Alexandra Bröhm
Yrsa. Journey of Fate

Alexandra
Bröhm

YRSA
Journey of Fate

Roman

Ullstein

Besuchen Sie uns im Internet:
www.ullstein.de

Wir verpflichten uns zu Nachhaltigkeit
- Papiere aus nachhaltiger Waldwirtschaft und anderen kontrollierten Quellen
- Druckfarben auf pflanzlicher Basis
- ullstein.de/nachhaltigkeit

Originalausgabe im Ullstein Paperback
© Ullstein Buchverlage GmbH, Berlin 2024
Gesetzt aus der Albertina powered by *pepyrus*
Druck und Bindearbeiten: CPI books GmbH, Leck
ISBN 978-3-86493-276-2

Für Thierry

Kapitel 1

Im Jahr 834

Nachtkalt ist die Luft, als Yrsa ins Freie tritt. Leise schließt sie die Hüttentüre, bleibt einen Moment stehen und zieht den Atem tief in die Lunge ein. Die Feuchte des Morgens prickelt ihr im Gesicht. Es ist noch früh, Yrsas Kopf schlaftrunken, aber im Osten schimmert bereits das erste Licht. Die Dunkelheit zieht sich in den Wald, die Höhlen, Ritzen und Spalten zurück. Yrsa packt ihren Bogen, die Pfeile, den Kamm, hängt sich den Eimer an den Arm und macht sich auf den Weg zum Bach. Das eisige Wasser wird die Dunkelheit auch aus ihrem Kopf verscheuchen. Zumindest einen Teil davon.

Barfuß läuft sie über die nasse Wiese. Sie trägt nur das lange dünne Leinenhemd, es flattert ihr um den Körper. Von ihrer Hütte ist es nicht weit bis zum Wald. Jetzt, zu dieser frühen Stunde, steht er da wie eine finstere, undurchdringliche Wand. Das Flüstern der Nachtelfen ist noch nicht ganz verhallt, die Luft riecht nach Harz, nach feuchter Erde. Der Bach fließt am Rand der Wiese zwischen den ersten Bäumen. Sie hat ihn fast erreicht, als in der Ferne ein Wolf heult. »Vor euch fürchte ich mich nicht«, murmelt Yrsa und legt die Hand an den Köcher. »Und vor dir auch nicht«, sagt sie in Richtung des Dorfes.

Am Bach kniet sie sich ans weiche Ufer. Das Wasser steht hoch, gurgelt um die Steine, bildet kleine Strudel. Sie hält die Hände hinein, die Kälte kriecht ihr in die Arme, sie spritzt sich das Wasser ins Gesicht, wäscht sich die schlechten Träume aus den Augen. Schließlich füllt sie den Eimer und neigt den Kopf nach vorne. Ihre langen braunen Haare streifen beinahe den Boden. Yrsa holt tief Luft, dann schüttet sie sich den Inhalt des Eimers über den Kopf. Sie prustet, schaudert, schüttelt sich und lacht. Jetzt kann der Tag kommen, er wird schwierig, aber sie hat das Herz einer Kriegerin. Sie drückt das Wasser aus und arbeitet sich mit dem Kamm aus Hirschgeweih durch die zerzausten Haare.

Vom anderen Ufer hört sie ein leises »Krakra«. Irgendwo dort in der Esche brüten zwei Nebelkrähen. Yrsas kleiner Bruder Sjalfi hat das Nest kürzlich entdeckt. Sie haben sich über die Krähen gefreut. Ihre Mutter hatte eine besondere Beziehung zu ihnen. Dass sie noch immer auftauchen, hat eine Bedeutung.

Yrsa macht sich auf den Weg zu der knorrigen Ulme. Sie steht mitten auf der Wiese, zwischen der Hütte und dem Bach, ihre Äste ächzen im Wind. Bevor sie den Baum erreicht, fällt ihr Blick auf etwas, das gestern nicht da war: Frische Spuren führen zur Ulme. Yrsa bückt sich, streicht über den Tau auf der Wiese. Sie berührt die eingedrückte Erde, lässt den Boden erzählen, wer hier wohl mitten in der Nacht nahe ihrer Hütte unterwegs war. Breite Füße, dünne Sohlen, zwei Männer, vielleicht vom Hof hinter der Mauer. Seltsam, sonst schleichen die hier nicht herum.

Sie folgt den Spuren. Kurz vor dem Baum enden sie, umrunden ihn und scheinen weiter in Richtung des Waldes zu führen. In wenigen Schritten ist Yrsa bei der Ulme, blickt nach oben. In einer Astgabel hängt ihre Scheibe, aus Stroh geflochten, jeden Tag schießt sie mit Pfeilen auf das Ziel. Es ist schon vorgekommen, dass die Scheibe zerpflückt in den Ästen hing. Dann hat sie das Stroh neu geflochten.

Aber heute ist die Zielscheibe unversehrt. Das Muster, das sie gestern mit den Pfeilspitzen gezeichnet hat, ist noch immer sichtbar. Jeden Morgen, meist nach dem Aufstehen, schießt sie fünf Pfeile, vierzig Schritte Abstand. Manchmal schließt sie die Augen, und Freyja lenkt ihre Hand.

Sie fährt über die rissige Rinde. Der Stamm ist so dick, dass Yrsa ihn nicht umfassen kann. In der Ferne kreischt eine Möwe. Yrsa hebt den Blick in den Himmel. Der Vogel erinnert sie daran, dass es bis zur Küste nur ungefähr eine Tagesreise ist. Doch ihr kommt es viel weiter vor. Jetzt, zwei Monde vor dem längsten Tag im Jahr, spürt sie eine Unruhe in sich. Sie denkt häufig daran, dass nun wieder die Schiffe von den Häfen und Küsten im Norden, Süden und Westen ablegen. Sehnlichst wünscht Yrsa sich, auch mit an Bord zu stehen, in die Weiten der See zu schauen, ins Ungewisse zu segeln.

Sie legt an, zielt auf die Scheibe, als ihr kleiner Bruder ruft. Sjalfi ist aufgewacht. »Ich bin gleich da«, ruft Yrsa zurück. Rasch lässt sie fünf Pfeile von der Sehne schnellen, lauscht ihrem Surren und schaut kurz zur Scheibe. Die ersten vier Pfeile bilden einen kleinen Kreis, in dessen Mitte der fünfte steckt. Yrsa macht sich auf den Weg zurück zur Hütte. Sie will Haferbrei kochen. Sjalfi kann das inzwischen auch selbst. Aber heute möchte sie es für ihn tun.

Kurz darauf sitzt sie mit Sjalfi auf der hölzernen Bank, draußen vor ihrer Hütte, ganz am Rand des Dorfes. Es ist ihr Zuhause, auch wenn sie es nicht liebt. Ihr kleiner Bruder möchte hier leben. Bis er groß ist, zählt nur das. Er ist der Einzige, den sie noch hat.

»Hast du die Stimmen gehört heut Nacht? Der Mond hat durch die Luke geblinzelt und mich geweckt«, sagt Sjalfi, wischt sich die blonden Locken aus den Augen und kratzt die Reste des Haferbreis aus dem Schälchen.

»Vielleicht die Knechte vom Nachbarhof«, sagt Yrsa, »sie haben gestern Bier gebraut.« Vielleicht erklärt das auch die Spuren, die ich gefunden habe, denkt Yrsa. Kürzlich hat der Bauer herumerzählt, sogar seine Knechte hätten jetzt Schuhe. Sie schiebt Sjalfi ihr Schälchen hin.

»Nimm das«, sagt sie, »ich bin nicht so hungrig heute Morgen.« Sie streicht sich über den Bauch, beschwört ihn, nicht zu rumpeln, ihr Bauch hält sich selten an ihre Wünsche. Sie ist erschrocken vorhin, als sie die Vorratskiste aufgestemmt hat. Gleich neben dem Eingang ihrer Hütte steht sie, in der Ecke hinten links, gegenüber dem Kuppelofen. Erneut ist fast nichts mehr übrig, ein langer, harter Winter liegt hinter ihnen. Und sie musste etwas tun, das sie nicht hatte tun wollen. Muss es heute, weil die Kiste beinahe leer ist, schon wieder tun.

»Es waren nicht die Knechte.« Sjalfi schaufelt die Reste ihres Breis in sich hinein. »Die Stimmen von denen kenn ich.« Er greift sich an den Gürtel, drückt das Säckchen mit seinem Talisman. Ein Haarbüschel ihrer Mutter und eine golden glänzende Glasperle bewahrt er darin auf. »Und der Mond ...«

»Wer war es dann?« Yrsa lehnt sich gegen die Hüttenwand, ihre nackten Zehen streifen das taunasse Gras. Sie zieht die Knie an den Körper, fröstelt, aber die Frühlingssonne wärmt ihr Gesicht. Immer früher schaffen es die ersten Sonnenstrahlen jetzt über die Baumkronen. Ihr Brennholzvorrat schrumpft nicht mehr so schnell. Alles wird besser. Schon bald.

»Ich hab die Stimmen nicht erkannt«, sagt Sjalfi und leckt das Schälchen aus. »Es waren Fremde.«

Die Frühstücksbank verschieben sie mit dem Lauf der Sonne. Und es trifft sich gut. Torbjörns Langhaus liegt westlich von ihnen.

Dorthin will Yrsa morgens nicht schauen. Dorthin will sie den ganzen Tag nicht schauen. Einst wohnten auch sie in diesem Langhaus, als Torbjörn und ihre Mutter sich liebten.

»Hast du vielleicht geträumt?«, sagt sie.

»Nein. Ich weiß doch, wenn ich wach bin. Du hast komische Sachen gemurmelt im Schlaf.« Sjalfi fährt sich mit der Zunge über den Schneidezahn, eine kleine Ecke fehlt oben rechts.

»Was für komische Sachen?« Manchmal schreckt Yrsa nachts auf, Schweiß auf der Stirn, sie will nicht, dass Sjalfi hört, was sie träumt.

»Weiß nicht.« Sjalfi wühlt in einem Beutel, der neben ihm liegt, zieht Vogelknochen heraus, fängt an, sie zu putzen. Auch seine selbst geschnitzte Flöte bewahrt er in dem Beutel auf. »Aber der Mond ...«

»Was ist mit dem Mond? Er ist hell, war gerade erst ganz rund.«

»Er hat genau durch unsere kleine Luke geblinzelt heut Nacht.« Sjalfi schaut sie an, sorgenvoll, und seine braunen Augen erinnern Yrsa, je älter er wird, immer stärker an ihre Mutter. Das ist schön, und es ist traurig.

»Das macht der Mond manchmal auf seiner Reise.«

»Ja«, sagt Sjalfi, er atmet schwer. »›Rad der Zeit‹ nennen sie den Mond in der Schattenwelt.« Wieder schüttelt er das Säckchen mit dem Talisman, flüstert: »Alvíssmál, die Riesen, sagen: Husch, husch, beeile dich. Für die Zwerge ist er der Glänzende, und die Elfen zählen mit ihm die Jahre, aber die Götter ...«

Yrsa streicht ihm über den Arm. »Sag es mir.«

»Die Götter sagen, der Mond verkündet Veränderungen. Der Feurige, der Wandler ...« Er schluckt leer. »Ich geh nachher noch zum Schrein.«

»Zieh das Wollhemd über. Es weht ein kalter Wind.« Yrsa fährt sich mit den Fingern durch die Haare, sie sind nicht mehr so nass, reichen ihr bis zur Taille. Sie teilt sie in drei Stränge und flicht sie zu einem Zopf.

»Mir ist nicht kalt.«

»Zieh es trotzdem an. Der Fiebertroll geht um.«

Sjalfi macht eine Grimasse. »Es ist zerrissen und zu klein. Freyja und Mama beschützen mich.«

Yrsa seufzt. »Ich schau, ob ich ein anderes auftreiben kann.« Sjalfi ist nicht besonders groß und eher schmal für sein Alter, aber auch aus den Hosen ist er längst rausgewachsen.

»Kann ich ein Stück Fladenbrot mitnehmen? Ich muss Elf Miðrogar um etwas bitten.«

Yrsa überlegt einen Moment, sie brauchen die Gunst der Elfe, dann sagt sie: »Wir haben fast keines mehr.«

»Geht auch ohne, mach dir keine Sorgen.« Sjalfi nimmt ihre Hand, seine Finger sind klebrig vom Haferbrei.

»Ja, bestimmt«, sagt sie und zieht ihn kurz an sich. In seinen Haaren riecht sie den muffigen Geruch des alten Strohsacks, der auf ihrem Bettgestell liegt. Auch den will sie bald erneuern.

»Ich muss mich beeilen«, sagt Sjalfi. »Ich will nicht, dass mich am Schrein jemand sieht.«

»Das macht nichts«, sagt Yrsa, »du musst nicht verstecken, was du kannst.«

Sjalfi löst sich von ihr, schaut auf den Boden.

»Sie fürchten sich«, sagt er. »Vor Mama haben sie sich auch gefürchtet, aber da war Torbjörn noch auf unserer Seite.«

»Es ist egal, was sie denken. Du bist wie Mama, ihre Kräfte schlummern in dir.« Yrsa ist stolz darauf, dass ihre Mutter eine mächtige Seherin und Heilerin war.

»Ich muss los«, sagt Sjalfi, verschwindet in der Hütte und rennt kurz darauf in Richtung des Schreins.

Yrsa legt die Hand auf ihr Amulett. Hofft auf die Kraft, die in ihm steckt, sie braucht sie heute. Das Amulett hat die Form eines Kampfschilds und war ein Geschenk ihrer Mutter. Als sie es Yrsa um den Hals legte, flüsterte sie: »Für meine Kriegerin, es macht dich stärker.« Yrsa ahnte damals noch nicht, was ihre Mutter, einige Monde später, mit letzter Kraft zu ihr sagen würde. »Pass auf Sjalfi auf. Pass auf ihn auf, für mich«, waren ihre Worte, ganz kurz bevor sie starb. Das ist vier Winter her, und Yrsa kämpft seither für diesen letzten Wunsch.

Es ist mit jedem Winter schwieriger geworden, obwohl Sjalfi jetzt schon neun ist. Yrsa hält sich nicht an das, was die Menschen im Dorf erwarten, und fast alle haben sich von ihnen abgewendet. Auch jene, die das nicht bereits damals taten, als Torbjörns Frau Lügen über Yrsa verbreitete. Was damals wirklich geschah, weiß keiner, und sie will sich jetzt nicht daran erinnern.

Egal, sie braucht niemanden. Und vielleicht war das Blinzeln des Mondes ein gutes Omen. Sie muss Sjalfi überzeugen, dass es auch für ihn das Beste wäre, das Dorf zu verlassen. Auch wenn sie sich selbst ein bisschen davor fürchtet.

Seit sie klein war, träumt Yrsa davon, Kämpferin zu werden. Seit sie klein war, hat sie für dieses Ziel geübt. Sie wird sich einem Raubzug anschließen, wird am Bug stehen und in die ungewissen Weiten der See schauen. Nie mehr werden sie Hunger leiden. Und sie muss auch keine Dinge mehr tun, die sie nicht tun will. »Dort draußen«, sagte ihre Mutter immer, »dort draußen liegt die Freiheit. Du musst sie dir nur holen.« Und das hat sie fest vor.

Yrsa kniet im Gras vor der Hütte, die Sonne hat es inzwischen getrocknet. Sie schnitzt neue Pfeile, die Späne fliegen durch die Luft, bleiben an ihren Hosen kleben, kitzeln sie am Oberschenkel. Den langen Riss im wollenen Stoff wollte sie noch stopfen, bevor sie aufbricht. Schön schief, wie immer, wen kümmert's. Sie lächelt.

Und dann noch die Axt schleifen. Der schwierigste Teil der Vorbereitungen kommt am Schluss. Sie muss Sjalfi sagen, dass sie ein paar Tage wegmuss.

Ihre Nachbarin Eydris kommt über die Wiese. Ihr langes Kleid strahlt grün wie das frische Gras, über die Schultern hat sie sich ein wollenes Tuch gelegt. Schon von Weitem erkennt Yrsa, dass Eydris' Laune heute nicht die beste ist. Mit zusammengekniffenen Lippen schaut Eydris auf ihren wallenden Rock, am Arm trägt sie einen Korb.

Eydris war eine Freundin von Yrsas Mutter, wohnt auf einem Hof nicht weit entfernt und ist die Einzige im Dorf, die ihnen noch hilft. Eydris wollte sie beide sogar aufnehmen, damals, als sie Torbjörns Langhaus verlassen mussten. Doch Eydris ist mit Torbjörns Bruder verheiratet. Der verbot es und sieht es nicht gern, wenn Eydris Yrsa hilft. Vor vielen Monden hat Yrsa zufällig einen Streit deswegen mitbekommen. Seither bittet sie Eydris nicht mehr um Vorräte. Sie fürchtet sich davor, ihre letzte Verbündete zu verlieren.

»Waren die Knechte gestern noch lange draußen?«, fragt Yrsa. Auf ihren Gruß hat Eydris nur mürrisch genickt.

»Nein, aber mein Kleinster war unruhig. Die ganze Nacht. Der Fiebertroll.«

Seltsam, denkt Yrsa, wen hat Sjalfi dann spätnachts gehört? Und wessen Spuren habe ich gefunden?

Eydris lässt sich auf die Bank vor Yrsas Hütte fallen, stützt den Kopf in beide Hände.

»Kann Sjalfi heute bei euch schlafen?«, fragt Yrsa. »Ich bin ein paar Tage unterwegs.« Sie steht auf, schüttelt sich die Späne von den Kleidern.

»Deine Hosen sind zerrissen«, sagt Eydris. Ihr Blick verengt sich. »Wann heiratest du endlich, Yrsa?«

»Lass uns nicht davon anfangen.«

»Doch«, sagt Eydris und schlägt mit der flachen Hand auf die Bank. »Es gibt viele Männer, die eine Frau suchen. Erst gestern habe ich von einem Bauernsohn im Nachbardorf gehört. Du bist schon achtzehn, in deinem Alter war ich seit drei Wintern verheiratet.«

»Bitte, Eydris. Ich habe andere Sorgen.« Yrsa schiebt die Pfeile in den Köcher.

»Eben, als Ehefrau wärst du die los.«

Ich hätte dafür andere, denkt Yrsa, aber sie will heute nicht mit Eydris streiten.

»Fragst du dich nicht, warum dir niemand außer mir hilft?«

»Nein, ich weiß es, und ich bin dir sehr dankbar«, sagt Yrsa und will noch hinzufügen: Das mit der Heirat ist nicht der einzige Grund. Aber sie lässt es bleiben. Sie waren die Neuen im Dorf, die Kinder der Seherin, die Torbjörn, den mächtigsten Mann des Dorfes, verzaubert hatte.

»Denk doch mal an Sjalfi, es wäre auch für ihn das Beste«, sagt Eydris. »Du willst das nicht hören, aber ich meine es gut.«

»Ich weiß. Lass uns ein anderes Mal darüber sprechen.«

»Auch deine Mutter hätte das gewollt.«

»Das ist nicht wahr.« Yrsa macht einen Schritt auf Eydris zu. »Meine Mutter hat meinen Wunsch, Kämpferin zu werden, immer unterstützt.«

»Da bin ich mir nicht so sicher.« Eydris steht auf, streicht sich den Rock glatt.

»Hör auf«, sagt Yrsa. Sie hat das laut gesagt, bemüht sich, leiser weiterzusprechen. »Sag keine falschen Sachen über meine Mutter. Sie hat sich nie darum gekümmert, was die anderen erzählen. Hat selbst nie geheiratet.« In ihrem Kopf versucht Yrsa ein Bild aufsteigen zu lassen, wie ihre Mutter sie fröhlich anlacht. Das hat ihre

Mutter oft getan, aber die Erinnerungen wollen sich im Moment nicht zeigen.

»Das kannst du nicht vergleichen, für Seherinnen gelten nicht dieselben Regeln.«

Yrsa schüttelt den Kopf, wendet sich ab, kämpft gegen die Wut an, die in ihrem Bauch brodelt. Sie zwingt sich, nichts mehr zu entgegnen. Warum, denkt sie, müssen sich alle einmischen in das, was ich tue?

Eydris greift in ihren Korb, nimmt zwei Eier heraus, legt sie auf die Bank.

»Nimm das«, sagt sie, »das fällt meinem Mann nicht auf. Ich höre es bis hier drüben, wie dein Magen vor Hunger rumpelt. Und Sjalfi ist bei uns immer willkommen.« Eydris macht sich auf den Rückweg über die Wiese.

»Ich danke dir«, ruft Yrsa ihr nach.

Einige Zeit später ist Yrsa unterwegs. Das Wasser im Fluss jenseits des Dorfes steht hoch. Sie hüpft von Stein zu Stein, auf dem dritten Stein rutscht sie beinahe aus, kaltes Wasser dringt ihr in die Schuhe. Dann folgt sie dem breiten Weg in den Wald. Es ist der Monat des Kuckucks, der Schlehdorn am Wegrand trägt weiße Blüten, Freyja hat viel zu tun, es riecht nach Waldmeister, nach wildem Knoblauch. Bald blühen die Apfelbäume, Yrsa freut sich auf den ersten Biss in einen Apfel in einigen Monden.

Sie hat sich noch von Sjalfi verabschiedet. Er mag es nicht, wenn sie fortgeht. Sie mag es auch nicht. Der lange, harte Winter hat sie zu diesen Ausflügen getrieben. Irgendwann schien es die beste der schlechten Lösungen. Sie jagte, stellte Fallen, trotzdem gingen ihnen die Vorräte immer wieder aus. Sjalfi beklagte sich nicht, aber Yrsa konnte seine eingefallenen Wangen nicht ertragen, wollte nicht zuschauen, wie er Hunger litt. Und dann war da Njáll, der Schmied, und schließlich gab sie seinem Drängen nach.

Kapitel 2

Ihre Hand zittert nicht. Sie spannt die Sehne des Bogens, bis sie sich ihr in die Finger gräbt, atmet ruhig, spürt den Waldboden unter den dünnen Sohlen, lauscht, wie der Wind die Wipfel zerzaust, durch die Blätter fährt. Etwas nur stört sie. Es ist ihr Herzschlag, laut dröhnt er ihr in den Ohren. Yrsa kneift ein Auge zu, sieht Njálls Kopf, die braunen Haare. Der Pfeil würde sich dort hinten, wo es in der Mitte weicher ist, in seinen Schädel bohren. In Gedanken hört sie den Pfeil sirren, die Luft durchschneiden, ein Leben zerreißen. Eine winzige Bewegung nur. Jede Warnung käme zu spät.

Njáll kauert einige Schritte vor ihr, hinter einem dicken Stamm, und gibt ihr ein Zeichen. Sein Winken heißt: nach vorne schleichen, auf gleiche Höhe mit ihm, nach rechts hinter den weitverzweigten Busch. Yrsa löst die Finger, senkt den Bogen und den Blick. Sie muss jetzt bei jeder Bewegung mit den Bäumen verschmelzen, so sachte auftreten, dass kein Beutetier eine Erschütterung spürt.

Dann hockt sie hinter dem Busch, ein Zweig sticht ihr ins Ohr. Sie regt sich nicht, späht durch die Blätter, durch das Astgewirr vor ihren Augen. Jetzt sieht sie den Hasen, einen struppigen Braunen. Er sitzt ein Stück weiter vorne im Dickicht, mümmelt im Takt mit Yrsas Herzschlag. So wie der Wind weht, kann er sie nicht wittern. Wieder legt sie an, atmet ruhig, ihr Herz schlägt leise. Diese Beute ist für ihren Bruder. Sie zieht die Sehne an den Mundwinkel, hält die Luft an und lässt los. Ein Zischen, und der Pfeil steckt. Blut strömt dem Hasen seitlich über das Fell.

»Guter Schuss«, sagt Njáll und kommt aus der Deckung.

Seit zwei Tagen ist Yrsa mit Njáll im Wald unterwegs. Sie jagen zusammen, und Njáll hat Vorräte mitgebracht. Fordert aber auch etwas von ihr.

Sie sind kurz darauf zurück bei der Hütte. Der hölzerne Verschlag liegt gut versteckt im Unterholz. Efeu kriecht an seinen Holzplanken hinauf, Dornenzweige schlingen sich um alles Grün. Helles Moos überzieht das niedrige Dach. Yrsa sieht es schon von Weitem zwischen den Stämmen hervorblitzen. Seit einigen Monden trifft sie sich hier mit Njáll.

»Jetzt setz dich hierhin.« Njáll zeigt auf den Platz neben sich auf dem Stein. Der Stein ist massig, ein Riese muss ihn mitten im Wald abgelegt haben.

»Ich muss los.« Sie streicht sich die Haare aus dem Gesicht. Ein paar Strähnen haben sich aus dem Zopf gelöst.

»Setz dich. Ich mach uns etwas zu essen.« Njáll schichtet Holzscheite in die Feuerstelle vor dem Stein. Seine Arme sind fast so breit wie die Scheite.

»Mein kleiner Bruder wartet.«

»Dein Bruder wartet auch noch länger. Du solltest dich stärken. Spar dir, was du in deinem Beutel hast. Ich brate uns Fleisch von dem dicken Hasen, den du gerade geschossen hast.«

»Den wollte ich mitnehmen.«

»Du hast schon genug in deinem Beutel. Wir können uns bald wiedersehen.«

»Nein, so oft kann ich nicht.« Wenn sie sich treffen, glaubt

Njáll, er könne alles bestimmen. Manchmal lässt sie ihn in dem Glauben, aber nicht immer.

Njáll klopft mit der Hand auf den Stein. »Hier.«

Sie zögert. Ihr Hunger ist groß, ihr Hemd klamm, die Kälte kriecht ihr unter die abgetragenen Kleider. Die Aussicht, am Feuer zu sitzen, ist verlockend. Eigentlich muss sie zurück. »Bleib nicht so lange weg«, sagt Sjalfi jedes Mal, wenn sie ihn zum Abschied fest an sich drückt. »Ich komme zurück, so schnell ich kann«, antwortet sie jeweils. Bis vor Kurzem sagte er immer: »Noch ein bisschen schneller als schnell.« Er rief es ihr nach, während sie schon fast im Wald verschwunden war. Beim »schnell« überschlug sich seine Stimme. Es war die Melodie, die sie auf ihren Jagdausflügen begleitete, sein Schutzzauber für sie. »Noch ein bisschen schneller als schnell, noch ein bisschen schneller als schnell.« Vor zwei Tagen sagte er das nicht, als sie losmusste. Auf ihr »Ich komme zurück, so schnell ich kann« nickte er nur und drückte sie kurz. Sie war stolz. Er ist jetzt alt genug und versteht, hat sie gedacht. Aber jetzt mischt sich ein ungutes Gefühl in den Stolz. Sie ist unruhig, will aufbrechen, zurückkehren zu ihm.

Doch schließlich setzt sie sich neben Njáll auf den Stein, beobachtet ihn von der Seite, die Ledermanschetten um seine Unterarme, die Zeichnung auf seiner Haut darunter, die kräftigen Hände. Njáll zupft an seinem Bart. Das tut er manchmal, wenn er in Gedanken ist, zwirbelt die braunen Haare zwischen den Fingern. Sie weiß nicht genau, wie alt Njáll ist, mindestens doppelt so alt wie sie. Er war noch ein Kind, als König Gudfred regierte. Sein langes Hemd und die Hosen sind aus wertvollem Wollstoff und wenig getragen. Njálls Schmiede und sein großer Hof stehen in einem Dorf nicht weit von ihrem.

»Du zitterst. Hast du noch keinen Umhang?«, sagt Njáll.

»Nein. Hast du vielleicht ein warmes Hemd für einen Neunjährigen, das ihr nicht mehr braucht?«

»Ich schaue nach. Und ich bringe dir nächstes Mal einen warmen Umhang. Was hast du mit dem Hacksilber gemacht, das ich dir vor zwei Monden dafür gegeben habe?« Er fasst Yrsa ans Handgelenk, schiebt ihren Ärmel nach hinten. »Und wo ist das Armband, das ich dir geschenkt habe?«

»Ich wollte nicht, dass ich auf der Jagd irgendwo hängen bleibe und es reißt.«

Njáll brummt und scheint ihr zu glauben. Sie hat das Armband im Nachbardorf für Vorräte und neue Schuhe für Sjalfi eingetauscht. Sie will kein Schmuckstück von Njáll tragen.

»Kürzlich kam ein alter Freund in unser Dorf«, sagt Njáll. »Ich bin vor vielen Wintern mit ihm als Wikinger über das Meer gereist. Die Wellen schlugen hoch über unser Boot. Aber er wusste immer, was zu tun war, übertönte mit seiner Stimme sogar die heranbrechenden Wellen. Nur die Götter wissen, wie er das schaffte.«

Njáll lacht und bläst in das Feuer, das er entfacht hat. Er erzählt gerne von früheren Heldentaten. Sie nickt meist nur und denkt an ihren Vater, der bestimmt viel Wilderes erlebt hat. So lange hat sie nichts mehr von ihm gehört.

»Warum kam dein Freund jetzt in euer Dorf?«

»Das will ich gerade erzählen. Sei nicht ungeduldig. Hol mir noch etwas zu trinken.«

Yrsa stößt ihn mit dem Ellbogen in die Seite. »Hol's dir doch selbst.« Manchmal redet Njáll mit ihr, als wäre sie eine Magd. Vielleicht behandelt er seine Frau auch so, das weiß sie nicht. Er drückt ihr den leeren Becher gegen den Bauch. Sie steht auf, füllt den Becher und setzt sich wieder neben ihn. Sie schaut zu, wie er den Hasen vorbereitet. Ihr Bauch zieht sich vor Hunger zusammen.

»Damals, vor vielen Wintern ...«, sagt Njáll, nimmt einen großen Schluck und stochert in der Glut.

»Nein, erzähl mir, warum dein Freund jetzt gekommen ist.« Sie kennt die Geschichte, die mit »damals, vor vielen Wintern« beginnt, schon.

»Bei Thors Hammer, du hast nicht viel Geduld.«

Das stimmt, denkt sie, vor allem nicht, wenn ich nach Hause möchte. »Plant er eine neue Reise?«

»Ja, sie wollen in Hollingstedt aufs Schiff und dann flussabwärts segeln, immer in Richtung der untergehenden Sonne. Die Flut trägt einen mit sich, zwischendurch muss man rudern. Der Fluss zieht weite Kurven, am Ufer versinken deine Füße tief. So kann dir niemand auflauern, um dich auszurauben. Und wenn Njörðr gute Winde schickt, siehst du am zweiten Tag das Meer.«

»Und dann? Wohin wollen sie? Erzähl schon.«

»Wenn sie das Meer erreichen, folgen sie der Küste, immer weiter in Richtung Dorestad.«

»Dorestad? Ich kenne diesen Namen.« Yrsa schaut einen Moment in die Glut. »Jetzt fällt es mir ein, meine Mutter hat mir von dieser Stadt erzählt. Dort leben Menschen, die an nur einen Gott glauben, hat sie gesagt. Und dass sie das, was meine Mutter konnte, nicht erlauben.« Trotzdem dachte sie damals, eine Reise nach Dorestad, das klingt aufregend.

»Nein. Glaube nicht alle Geschichten, die man dir erzählt.« Njáll dreht den Hasen auf dem Feuer.

»Das waren keine Geschichten. Meine Mutter wusste so was.« Yrsa rutscht auf dem Stein so weit wie möglich von ihm weg.

»Ich war noch nie in Dorestad«, sagt Njáll. »Aber man muss weiter reisen als Dorestad, um Orte zu finden, an denen Seherinnen nicht willkommen sind. Außerdem ist es gut für uns, wenn dort viele Menschen an nur einen Gott glauben. Sie bauen Häuser, in denen sie ihren Gott anbeten, und sie bauen noch größere Häuser, in denen sie wohnen und beten. Und die, die dort wohnen, können nicht kämpfen, tragen lange Gewänder. Aber vor allem lagern sie viel Gold und Silber in diesen Häusern. Es ist erstaunlich, wie leicht es ist, ihnen diese Schätze zu rauben.« Njáll nimmt Yrsas Arm und zieht sie wieder näher zu sich.

»Suchen sie noch Krieger, die mitreisen?« Sie streckt den Rücken, schaut Njáll an, spürt ein Kribbeln im Bauch. Schon als kleines Mädchen hat sie von einem Leben als Kriegerin geträumt, und ihr Vater hat das Kämpfen immer mit ihr geübt.

»Ja, er hat gefragt, ob ich wieder mitkomme. Aber ich habe abgewinkt.«

»Warum?« Sie schüttelt den Kopf. »So ein Angebot musst du annehmen. Ich würde sofort Ja sagen. Ich habe mir oft vorgestellt, wie es wäre, in ein fernes Land zu segeln, eine Axt oder vielleicht sogar ein Schwert am Gürtel.«

»Das sind Träume, mehr nicht. Du gehörst an meine Seite.«

»Nein, gehöre ich nicht. Wir üben auch manchmal den Kampf zusammen.«

Er winkt ab. »Das ist doch nichts Ernstes.«

»Für mich schon.« Wenn Sjalfi noch ein bisschen älter ist, denkt sie. Und wenn sie ihn überzeugt hat, mit ihr in die Ferne zu ziehen. Ihren Bruder interessiert das Kriegerleben nicht.

»Du wirst deine Meinung noch ändern. Es gibt bessere Beschäftigungen für Frauen als das Kämpfen.« Njáll legt seine Hand auf ihren Oberschenkel. Sie schiebt seine Hand weg.

Niemand weiß von ihren Treffen. Darauf hat sie bestanden. Für ihn spielt es keine Rolle. Eigentlich will er etwas anderes von ihr. »Komm und lebe mit mir als meine Frau«, sagte er vor einiger Zeit, mitten im Winter, und ließ den Blick über ihren Körper schweifen. Sie wäre seine zweite oder dritte Nebenfrau. »Du hast kein Land, und niemanden, der sich für dich einsetzt, sei froh über dieses Angebote, sagte er, und sie wusste, dass er eigentlich recht hat.

»Nein.« Sie schaute ihm damals direkt in die Augen und fuhr sich über die kleine Narbe auf ihrer Backe. Die Narbe wird heiß, wenn die Gefühle in ihr wühlen. Sie will nicht als seine Frau leben, sie will niemanden heiraten. Yrsa hat nie vergessen, was mit ihrer Freundin Liv passiert ist. Liv musste heiraten, als sie beide vierzehn waren. Ihr Vater hatte einen Mann für Liv ausgesucht, der zwanzig Winter älter war und vier Tagesreisen entfernt lebte. Am Morgen der Abreise saß Liv hinten auf dem Ochsenkarren, war noch bleicher und schmaler als sonst, hatte sich, obwohl es warm war, in einen Umhang gehüllt und wischte sich Tränen aus dem Gesicht. Yrsa hat sie nie wiedergesehen. Damals schon dachte Yrsa: Nicht mit mir. Über mein Leben bestimme ich selbst. Auch wenn es nicht einfach ist.

Das Essen ist fertig. Njáll teilt das Fleisch, gibt ihr einen saftigen Brocken und beißt in ein großes Stück. Das Fett läuft ihm über die Finger, er leckt sie ab, jeden einzelnen. Yrsa schaut ins Feuer. Sie hat sich so manche Nacht gefragt, ob sie richtig entschieden hat.

Als Njáll einsah, dass sie ihn nicht heiraten würde, machte er ihr einen neuen Vorschlag: Vorräte gegen gemeinsame Nächte in der Hütte. Er bot sogar an, Waffen mitzubringen und das Kämpfen mit ihr zu üben. Als Schmied hat Njáll viele glänzende Waffen und Erfahrung mit ihnen. Sie zögerte, hungerte, hoffte auf einen anderen Ausweg. Aber der Winter wollte nicht enden.

Also willigte sie schließlich ein unter der Bedingung, dass er es niemandem erzählt. Es kostete sie Überwindung, als sie sich das erste Mal im Wald trafen. Es kostet sie noch immer Überwindung, wenn sie das Bett mit ihm teilt. Sie mag Njálls Geruch nicht, leicht säuerlich wie Milch, die zu lange im Eimer lagerte. Aber sie hat sich daran gewöhnt. Ein bisschen zumindest. Und sie tröstet sich mit den Vorteilen: Sjalfi hat genug zu essen und sie auch. Es geht vielen jungen Frauen wie ihr, aber sie haben weniger Freiheiten. Und sie kann ab und zu mit Waffen üben, an die sie sonst niemals käme. Sie ist überzeugt, dass diese Lösung auch für Sjalfi das Beste ist.

In letzter Zeit drängt Njáll aber öfter, sie solle zu ihm auf den Hof ziehen. Sie hofft, dass sie ihn bald nicht mehr treffen muss.

Nach dem Essen will Yrsa aufbrechen, die Wärme des Feuers und ihr voller Magen haben sie schläfrig gemacht. Für ein paar Momente nur kippt ihr Kopf nach vorne, und sie hört die Stimme ihrer Fylgja. Wie meist, wenn die Fylgja sie im Traum besucht, ist da zuerst nur die Stimme, hallt von Weitem über das Land. Dann rauscht sie, schneller als die Pfeile aus Yrsas Bogen, ganz nahe an ihr Ohr. Die Stimme klingt ein bisschen wie die Stimme ihrer Mutter. Sie braucht einen Moment, bis sie die Worte versteht, bis aus dem Rauschen an ihren Ohren eine Botschaft wird. Dann sieht sie die Fylgja auch, ihre roten Gewänder, sie sind immer rot, ihre Mutter trug nie Rot, ihren kahlen Schädel, es ist kein klares Bild, ungefähr so, wie wenn man unter Wasser die Augen öffnet. Aber sie vertraut der Fylgja, seit Generationen wacht sie über ihre Familie. Aus dem Hall werden Worte: »Du musst nach Hause, beschütze ihn, steh auf, beschütze ihn, hör auf meine Worte, mach dich auf den Weg.« Was ist los, will sie fragen, was ist passiert, ist etwas mit Sjalfi?

Sie zuckt zusammen. Njáll hat sich neben ihr bewegt, sie hebt den Kopf, ist wieder wach.

»Du bist eingenickt«, sagt Njáll.

»Ich muss zurück. Dringend. Etwas stimmt nicht. Die Fylgja hat es mir gesagt.« Angst kriecht in Yrsas Bauch.

»Wird nicht so schlimm sein«, brummt Njáll. Er versucht sie zu umarmen. »Komm noch einmal mit mir in die Hütte. Ich gebe dir dafür noch ein Säckchen Hafer und getrockneten Fisch mit.«

Sie stößt ihn weg. Heftig. »Hast du nicht gehört, was ich gesagt habe? Ich muss los, jetzt gleich!«

»Das geht so nicht weiter.« Njáll stellt sich ihr in den Weg. »Du kannst dich nicht mehr lange mit deinem Bruder allein durchschlagen, wenn du so wenig Unterstützung in deinem Dorf hast. Ihr wärt ohne meine Hilfe nicht durch den Winter gekommen.«

Das stimmt. Zugeben will sie das aber nicht und keine Minute länger damit verschwenden, ihm zu erklären, warum sie so lebt, auch wenn es nicht einfach ist.

»Lass mich vorbei.« Er hat sich vor ihr aufgebaut, um ihr den Weg zu versperren. Sie will sich nicht mit ihm anlegen. Njáll ist breit, hat starke Arme und Schultern, das Schmieden des Eisens braucht viel Kraft. Doch sie ist wendiger als er und versucht es mit einem großen Satz zur Seite. Er bekommt ihren Zopf zu fassen, reißt an ihren Haaren und zieht sie zurück.

»Du tust mir weh, lass mich los.«

Er starrt sie an, ihre Haare fest in seiner Faust.

»Bitte, Njáll.«

Er lässt ihre Haare los und wendet sich ab.

»Den Rest der Vorräte behalte ich, du kannst sie dir das nächste Mal holen.« Er schüttelt den Kopf. »Nimm den Weg über die Anhöhe, das geht schneller«, sagt er noch. Sie rafft ihre Sachen zusammen, schaut ihn nicht mehr an und rennt los.

Kapitel 3

Die Zweige schlagen ihr ins Gesicht. Sie weicht aus, so gut sie kann. Der Pfad ist schmal, durch die Baumkronen fällt kaum Licht. Mit jedem Schritt gerät sie tiefer in ein undurchdringliches Gewirr aus Grün, das nach ihr zu greifen scheint, sie umschlingen will. Sie will jetzt aber zurück ins Dorf, so schnell es geht. Sie muss Sjalfi beschützen, muss dringend nach Hause, befürchtet Schlimmes.

Ein dicker Ast taucht auf, direkt vor ihrem Kopf. Hier gibt es kein Durchkommen, flüstern die Geister des Waldes. Sie duckt sich im letzten Moment, springt zur Seite, landet auf einer Wurzel, rutscht ab. Ein Stein bohrt sich durch die Sohle ihrer Schuhe. Sie rennt weiter. Der Boden ist schlammig, macht schmatzende Geräusche bei fast jedem Schritt.

Es war keine gute Idee, sich für diese Abkürzung durch den dichten Wald zu entscheiden. Beinahe scheint es ihr, als würden die Buchen vor ihren Augen näher zusammenrücken, die Birken ihre schmalen Stämme aufplustern. »Ich nehme es auf mit euch, Geister des Waldes«, sagt sie laut. Und denkt gleich daran, was sie gelernt hat. Sich mit den Geistern anzulegen ist selten eine gute Idee.

Sie hastet weiter. Dort scheint ein bisschen mehr Licht zwischen den Ästen hindurch. Sie ragen krumm in die engen Lücken, formen ein Netz vor ihr, in dem sie sich verfangen soll. Dickes

Moos überzieht das Holz. Ein Schwert wäre gut, um sich einen Weg frei zu schlagen. Sie wünscht sich ein Schwert, aber sie hat keines.

Sie greift um einen Stamm, zieht sich zwei Schritte weiter, balanciert und schlüpft in die nächste Öffnung. Ihre Haare sind feucht, sie wischt sich über das Gesicht. Dass die Fylgja sie warnt, kam schon sehr lange nicht mehr vor. Es fühlt sich an, als halte eine Riesenhand ihren Magen umklammert. Als hindere sie etwas daran, tief Luft zu holen.

Dann verfängt sich ihr Bogen an einem tief hängenden Ast. Sie stolpert, flucht. Ihr Bogen, ihr geliebter Bogen! Aus dem Schaft am Gürtel zieht sie ihr Messer, durchtrennt das Grün mit einem Schlag. Fährt mit dem Finger kurz über das geschwungene Eschenholz, die gespannte Sehne, schultert den Bogen wieder, rennt weiter.

»Lasst mich durch«, flüstert sie, »bitte. Elf Miðrogar, besänftige sie, das nächste Mal lege ich etwas mehr Butter auf den Stein.« Sie bereut, dass sie sich für die schmale Öffnung am Ende der Lichtung entschieden hat.

Der Beutel hüpft auf ihrem Rücken im Rhythmus ihrer Schritte. Zwei Kaninchen, eine Gans und getrocknetes Fleisch trägt sie mit sich. Sjalfi wird sich freuen. Sie ärgert sich, dass sie so unaufmerksam war. Dass er ihr dieses Mal nicht nachgerufen hat, war ein Zeichen. Die Geister wollten sie warnen. Und sie hat es nicht verstanden, hat nur Njálls Versprechen im Kopf gehabt, ein Schwert mitzubringen und ihr einige Schläge zu zeigen.

Einen Moment lang ist sie so in Gedanken, dass sie ausrutscht, aufs Knie fällt. Nässe dringt durch ihre Hosen. »Hilf mir jetzt«, flüstert sie und umfasst ihr Amulett. »Weise mir den Weg, lass mich das Richtige tun. Ich bin zu lange fort gewesen. Wenn ihm etwas geschieht, ist es meine Schuld.«

Sie rennt, schwitzt, trotzdem kriecht Kälte in ihre Finger.

Nur noch wenige Schritte, und sie ist auf der Anhöhe. Hier oben ist der Boden trockener, das Grün weniger dicht, sie hofft schneller voranzukommen. Dann zuckt sie zusammen, hat etwas gehört. Ist unsicher, ob es Stimmen waren. Sie bleibt stehen, macht ein paar Schritte rückwärts, ganz leise, duckt sich hinter einen umgekippten Stamm, stützt sich auf die Rinde und lauscht. In der Ferne ruft ein Specht, der Wind spielt mit den Ästen der Buchen. Sonst ist es still. Vielleicht hat sie sich getäuscht.

In der Hocke schleicht sie bis zu einem großen Stein, kauert dort noch tiefer. Sie will gerade aufstehen, als sie wieder etwas hört: ein Knacken, ein Rascheln, dumpf nur, die Geräusche kommen von weiter unten. Sie zählt die Schritte von ein, zwei, vielleicht drei Männern und duckt sich etwas tiefer.

Sie weiß nicht, ob sie die Männer kennt, ist lieber vorsichtig, wenn sie allein unterwegs ist. Wieder meint sie Stimmen zu hören, unbekannte Stimmen. Zu gerne wüsste sie, worüber die Männer sprechen und wohin sie unterwegs sind. Aber sie ist zu weit weg. Es kommt nicht oft vor, dass man in diesen Wäldern Fremde trifft.

Erst als länger Stille ist, rennt sie wieder los.

Dann steht sie am Fluss. Ihr Herz pocht so stark, dass es ihr in den Ohren dröhnt. Nicht nur weil sie gerannt ist. Das Wasser steht zu hoch, um den Fluss einfach zu durchwaten. Es hat die ganze Nacht geregnet. Daran hat sie in ihrer Sorge nicht gedacht. Sie muss über diesen Fluss, um auf dem schnellsten Weg zum Dorf zu gelangen. Jetzt umzukehren würde Stunden kosten. Sie läuft am Ufer entlang, den Blick auf die Mitte des Stroms.

Einen Moment überlegt sie, etwas ins Wasser zu werfen, um die Geister zu besänftigen, entscheidet sich dagegen. Ich komme da schon rüber, denkt sie.

»Vatn, Vatn, lass mich durch dein Reich. Ich will die Wellen nur kurz durchqueren, besänftige sie für mich. Ich bringe bald wieder einen Dank. Im Moment kann ich nichts entbehren«, sagt sie mit lauter Stimme, um das Tosen des Wassers zu übertönen.

Sie hebt einen knorrigen Stock auf, er reicht ihr fast bis zur Schulter. Den bohrt sie nun am Ufer in den schlammigen Grund. Einen Schritt nach dem anderen, Yrsa, Tochter der Katla, du schaffst das.

Schon dringt das eisige Wasser durch das Leder ihrer Schuhe, umschließt ihre Waden, kriecht die Hosen hinauf. Schwer hängen sie an ihren Beinen. Sie hat erst ein paar Schritte gemacht, und das Wasser zerrt bereits an ihr, will sie mitziehen auf seinem Weg um die nächste Biegung, vorbei an Njálls Dorf, durch die Heide und weiter in Richtung Meer. »Ich will nicht mit«, ruft sie und stemmt sich mit dem Stock stärker gegen die Strömung.

Das Wasser zieht an ihrem Hemd, so tief ist sie schon im Fluss. Sie schiebt den Beutel nach oben, stemmt die Füße in den Grund. Macht kleine Schritte. Es ist tiefer, als sie vermutet hat, dem Sog kann sie kaum etwas entgegensetzen. Mit Wucht treffen die Fluten auf sie, wollen sie von den Füßen reißen.

Vatn, Vatn, nein, will sie rufen und spürt, wie ihr Wasser in den Mund dringt. Ein falscher Schritt, eine tiefere Stelle. Das Wasser erfasst den Beutel, den Bogen, ein plötzlicher Ruck, sie verliert das Gleichgewicht. Ein Gurgeln, Rauschen, sie sieht nur noch verschwommen, alles verliert Farbe, Konturen, sie kann nicht mehr atmen, verschluckt sich, das Wasser umschließt sie, sie taumelt, weiß nicht mehr, wo der Himmel ist. Rudert mit den Armen gegen die Strömung.

Hilf mir, Mama!, schreit sie im Innern. Noch immer spricht sie in Gedanken manchmal mit ihrer Mutter. Fragt sie um Rat, und ihre Mutter antwortet auf ihre Art.

Der Stock, sie hält den Stock noch umklammert! Schafft es,

ihn in den Grund zu rammen, rudert mit den Beinen, strampelt nach unten. Die Luft wird knapp, sie kämpft gegen den Impuls, tief zu atmen und Wasser in die Lunge zu ziehen. Dann spürt sie mit einem Zeh den Grund, irgendwie gelingt es ihr, einen Fuß und dann den zweiten wieder in den schlammigen Flussboden zu stoßen.

Am anderen Ufer lässt sie sich auf die Erde fallen, saugt die Luft ein und spürt, wie das Zittern ihren Körper in Besitz nimmt, zuerst nur die Hände, die Zähne, dann schüttelt es sie überall. Sie zieht die Beine zum Körper, legt die Arme um sie. Alles ist nass und kalt, ihr langer Zopf hängt schwer auf ihrem Rücken, der Beutel auch. Alle Vorräte sind nass.

Nicht so schlimm, dass Njáll mir den Hafer am Schluss nicht geben wollte, denkt sie. Der hätte sich jetzt mit Wasser vollgesogen.

Als sie sich etwas gesammelt hat, greift sie sich an den Hals. Das Amulett ihrer Mutter ist noch da. Den Bogen trägt sie auch noch über der Schulter. Ihre Hand geht zum Gürtel. Ihr Messer ist weg. Sie schluckt, blickt zum Fluss und sagt: »Du musstest dir etwas holen.« Ihre Stimme ist so leise, dass das Rauschen des Wassers sie übertönt, doch sie weiß, dass die Botschaft angekommen ist. Sie steht auf, wringt das Wasser aus den Kleidern und hetzt weiter. Wenn sie rennt, spürt sie auch die Kälte weniger.

Kurze Zeit später taucht das Dorf in der Ferne auf. Seit sechs Wintern lebt sie hier. Die Rauchsäulen tanzen über den Dächern der Langhäuser, der Hütten, Lager und Scheunen. Sie springt über einen kleinen Bach, umrundet ein Schlammloch und ist in ein paar Schritten auf dem breiten Weg, der ein Stück weiter vorne mitten durchs Dorf führt. Er teilt es in zwei Hälften, vier große Höfe auf der einen und drei auf der anderen Seite. Der Weg ist so breit, dass zwei Ochsenkarren bequem aneinander vorbeirumpeln können.

Sie weicht oft auf Pfade über die Wiesen und Felder aus. Den Blicken, dem Tuscheln mag sie sich nicht immer aussetzen. Heute bleibt sie auf dem Weg, beschleunigt ihren Schritt. Vielleicht trifft sie Sjalfi irgendwo. Sie sehnt sich danach, ihn in die Arme zu schließen.

Eine Kuh trottet über den Weg, als sie die ersten Häuser erreicht. Sie schaut nach links, über die niedrige Mauer, die das größte Grundstück mit seinen vielen Gebäuden umgibt. Hier wohnt Torbjörn, der reichste Mann des Dorfes, mit seiner Familie. Nahe am Weg steht seine Käserei, ein Knecht klappert mit Töpfen. Dahinter wachsen die ausladenden Apfelbäume, auf die sie immer gerne geklettert ist. Schweine wühlen mit der Schnauze im Schlamm, und der Wind trägt den Geruch des gärenden Mets von der kleinen Brauerei bis zu ihr. Schnell hält sie sich die Nase zu, kämpft gegen die Erinnerungen und die Übelkeit. Würde sie den Hals strecken, sähe sie sein Langhaus. Es steht hinter den vielen kleineren Gebäuden.

Hier war früher auch ihr Zuhause, zumindest eine Zeit lang. Zwei Winter haben ihre Mutter, Sjalfi und sie auf dem Hof verbracht. Auch nach dem Tod ihrer Mutter haben sie noch eine Zeit lang bei Torbjörn gelebt, bis zu jenem Abend, an den sie sich nicht erinnern will. Ihre Narbe brennt, wenn sie es tut. Seither dürfen sie nicht mehr in seinem Langhaus wohnen. Das alte Grubenhaus ganz am Rand des Dorfes ist jetzt ihr Zuhause. Das Haus stand lange leer. Als sie die Tür das erste Mal aufstemmte, schlug ihr modrige Luft entgegen, Staubwolken vernebelten ihr die Sicht.

Sie grüßt zwei Frauen. Sie sitzen vor einem Haus, sind in ein Gespräch vertieft. Eine der beiden bewegt den Kopf kurz in ihre Richtung. Starrt sie an, fragt sich vielleicht, warum ihr die Kleider nass am Körper kleben. Die Frau nickt Yrsa zu, so knapp und schief, als würde sie eine Fliege verscheuchen. Ich wünsche dir auch einen schönen Tag, denkt Yrsa und geht weiter.

Ihre Beine fühlen sich so schwer an wie die feuchten Kleider, die an ihr hängen. Fährt der Wind durch sie, kriecht ihr Gänsehaut über die Arme. Vielleicht wollte die Fylgja ihr einfach deutlich machen, dass sie schnell nach Hause muss. Aber das tut die Fylgja sonst nicht. Der Gedanke, dass etwas Schlimmes passiert ist, lässt Yrsa nicht los. Sie ist so schnell gekommen, wie sie konnte. Bestimmt noch rechtzeitig. Sie muss sich zusammenreißen, um nicht durchs Dorf zu rennen.

Heute Abend wird sie für Sjalfi die zartesten Stellen des Kaninchenfleischs auf dem Feuer braten. Sie stellt sich sein Grinsen vor, wenn er sich das Bratenfett mit dem Handrücken von den Lippen wischt.

Sie ist fast bei der Hütte, als die Sonne durch die tief hängenden Wolken drückt und ihr feuchtes Hemd wärmt. Der Wind hat nachgelassen. Es ist früher Nachmittag, aber es dauert noch, bis das Licht im Wald westlich des Dorfes versinkt. In rund zwei Monden wird die Sonne ihre längsten Bahnen ziehen.

Sie biegt vom Weg ab, steigt über eine kleine Mauer und überquert die Wiese. Das Gras steht hoch, streift ihr um die Beine. Ganz hinten steht die kleine Hütte, in der sie nun seit drei Wintern wohnen. Dort steigt kein Rauch auf. Manchmal sitzt Sjalfi im Gras, wenn sie nach Hause kommt, spielt auf seiner Flöte. Heute ist alles still. Sie rennt die letzten Schritte, kann es nicht erwarten, ihn zu sehen. Zwei Hühner flattern zur Seite. Sie nimmt die drei Stufen, die zu ihrem Zuhause hinunterführen. Die Hütte liegt leicht vertieft in einer Kuhle. Ihre Hand zittert, als sie die Türe aufdrückt.

Kapitel 4

Inzwischen zieht sich nicht mehr alles in ihrem Magen zusammen, wenn sie nach Hause kommt. Am Anfang, kurz nach ihrer Verbannung in die Hütte, hatte sie nur ein Gefühl: Ich muss fort von hier, ich will nicht mehr in diesem Dorf leben.

»Lass es uns irgendwo anders versuchen«, sagte sie damals zu Sjalfi. Sie saßen gerade um die kleine Feuerstelle in ihrer Hütte und aßen Eintopf.

»Nein, ich will nicht weg, ich will hierbleiben«, rief er und sprang auf. »Deinetwegen wohnen wir nicht mehr im Langhaus. Ich will hierbleiben. Hier im Dorf.« Er rannte aus der Hütte, schlug die Türe zu, sie hörte ihn schimpfen, verstand aber nicht, was er sagte. Nach kurzer Zeit kam er wieder in die Hütte und umarmte sie.

Die Hütte ist leer und düster. Kalte Luft strömt ihr entgegen. Sjalfi ist nicht da.

Einen Moment bleibt sie regungslos stehen. Etwas riecht anders als sonst, fremd irgendwie, aber sie kommt nicht darauf, was es ist. Die Angst meldet sich zurück. Sie redet sich gut zu, tagsüber sind sie selten in der Hütte. Meist arbeiten sie draußen. Sjalfi hilft, wann immer er kann, bei einem der Nachbarn. Mistet Ställe aus, sammelt Feuerholz, melkt Schafe, füttert Hühner, hilft Zäune zu ziehen. Und als Belohnung bekommt er manchmal eine Kleinigkeit zu essen zugesteckt.

Er ist bestimmt irgendwo.

Durch den Rauchabzug im Dach und die Luke rechts von der Türe fällt nur wenig Licht, und sie ist sparsam mit der Fischöllampe. Erst wenn die Sonne über der knorrigen Ulme auf dem Feld steht, schickt sie einen Lichtstrahl in die Hütte. Er ist schmal wie ein Speer und leuchtet von der Feuerstelle bis zum Bett. Sie bemühte sich damals, die Hütte wohnlich zu machen. Ihre Freundin Eydris schenkte ihnen einen Pelz. Der war ein bisschen löchrig, aber warm. Yrsa legte ihn auf das alte Holzgestell, das in einer Ecke der Hütte steht, und sie wickelten sich zum Schlafen darin ein. Und jedes Mal, wenn Sjalfi zu schimpfen begann, dass es in Torbjörns Langhaus viel schöner gewesen sei, sagte sie: »Wir brauchen niemanden, wir schaffen das schon.«

»Meine Freunde wohnen im Langhaus. Ich will wieder bei ihnen schlafen. Dort ist es viel wärmer, und Torbjörn erzählt abends Geschichten«, sagte Sjalfi und wischte sich die Locken, die ihm so oft ins Gesicht hingen, aus den Augen.

»Ich weiß.« Mehr fiel Yrsa damals nicht ein, um ihn zu trösten. Sie vermisste das Leben in der Gemeinschaft auch.

»Warum dürfen wir nicht mehr dort wohnen?« Das fragte Sjalfi noch eine Zeit lang. Yrsa gab ihm nie Antwort, lenkte ihn mit anderen Geschichten ab. Mit der Zeit fragte er nicht mehr so oft.

In der Feuerstelle glimmt noch Glut. Sie ist fast erloschen, mindestens einen halben Tag alt. In letzter Zeit schläft Sjalfi, wenn sie fort ist, manchmal allein in der Hütte. Ihr ist es lieber, wenn er bei Eydris auf dem Hof übernachtet, wie er es früher immer getan hat. Aber er will ihr beweisen, wie groß er schon ist.

Als sich ihre Augen an die Dunkelheit gewöhnt haben, zuckt sie zusammen. Etwas ist nicht wie sonst.

In weniger Schritten ist sie bei der Truhe aus dickem Eichenholz, die hinten in der Ecke steht. Sie gehörte einst ihrer Mutter und ist ihr wichtigster Besitz. Alles, was sie von ihr noch haben, liegt in dieser Truhe gleich neben dem Bett. Abends vor dem Schlafen öffnen sie die Truhe manchmal, und dann wünscht sich Sjalfi, dass sie Geschichten erzählt über die Dinge, die ihrer Mutter gehörten. Vor allem in der ersten Zeit nach ihrem Tod wollte er das fast jeden Abend. Wäre es nach ihr gegangen, wäre die Truhe lange verschlossen geblieben. Sie mochte die Vorstellung, dass alles so war, wie ihre Mutter es zuletzt benutzt hatte, und manche Dinge noch nach ihr rochen. Jetzt steht der Deckel der Truhe offen.

Schnell überprüft sie, ob etwas fehlt. Ein kleiner Beutel aus Schafsleder, den ihre Mutter manchmal am Gürtel trug, ist verschwunden. Darin bewahrte sie wertvolle Dinge auf, die ihr halfen, mit Freyja in Kontakt zu treten. Und eine Kette mit einem silbernen Freyja-Anhänger ist nicht mehr da. Sie fragt sich, ob Sjalfi diese Dinge genommen hat. Das hat er noch nie getan.

Sie fröstelt, schält sich aus den nassen Sachen und zieht das rote Kleid aus Leinen an, das ihrer Freundin Eydris nicht mehr passt. Yrsa hat keinen Webstuhl. Sie bekommt ausgetragene Kleider von Eydris geschenkt. Fürs Weben hat sie sich nie interessiert. Auf der Jagd trägt sie die alten, viel zu weiten Hosen, um die Unterschenkel wickelt sie Bänder. Mit einem Stück Tau hält sie die Hosen in der Taille zusammen.

Ihr Blick fällt auf eines der Holzbretter, die sie an der Wand befestigt haben. Dort liegt Sjalfis Messer. Seltsam, dass er es nicht bei sich hat. Sie schaut das Messer an, den hölzernen Griff, den Sjalfi verziert hat, fährt mit dem Finger über das drachenartige Wesen, das er geschnitzt hat, und verlässt die Hütte.

Wenig später erreicht sie den Hof, in dem Eydris wohnt. Es ist nicht weit, und doch ist sie gerannt, quer über das Land, entlang der steinernen Mauer, die den Hof von den umliegenden Wiesen abgrenzt. Sie hat die Schafe erschreckt. Sie knabberten gerade grüne Spitzen von den Ästen eines Baumes, sind blökend zur Seite gesprungen. Dann ist sie über die niedrige Mauer geklettert und hat gespürt: Die Unruhe wühlt wieder in ihr. Sie hofft, dass Sjalfi auf dem Hof von Eydris' Familie ist.

Eydris arbeitet heute nicht im Gemüsegarten, wie sie es häufig tut. Einen Moment bleibt Yrsa stehen und denkt an den Streit, den sie und Eydris hatten, bevor sie aufgebrochen ist. Sie hofft, dass Eydris es ihr nicht mehr übel nimmt.

Durch die große Türe betritt sie das Langhaus. Es ist warm im Innern, kurz bleibt sie bei der Feuerstelle im vorderen Teil des Hauses stehen, streckt ihre Handflächen gegen die Flammen. Es riecht nach Brot und nach frisch aufgebrühter Minze.

»Eydris, bist du da?«

»Ich bin hier.«

Eydris' Stimme klingt matt, kommt aus dem hinteren Teil des Langhauses. Dort hat Eydris' Mann auf beiden Seiten entlang der Wände leicht erhöhte Holzpodeste gezimmert, wo Felle, Pelze und Kissen ausgebreitet sind. Ein Vorhang trennt den Schlafplatz zum Mittelgang hin ab, er ist halb zugezogen. Dort liegt Eydris, ihre langen Haare hängen seitlich über das Holz. Ihr Kleinster sitzt neben ihr und lädt Steine in ein Spielzeugschiff.

»Eydris, geht es dir nicht gut?«

Ihre Freundin hebt den Kopf, die Augen nur halb geöffnet, sie trägt ein leichtes Leinenhemd. Eydris ist blass, sogar die Sommersprossen scheinen blasser als sonst, und klingt matt, als sie antwortet.

»Ich habe Hitze in mir, mein Hals brennt.« Sie hustet. »Seit gestern Nacht. Ein Troll hat sich in mir breitgemacht. Er ist nicht so stark, aber ich muss mich ausruhen.«

»Soll ich dir Wasser holen? Einen Aufguss machen? Es tut mir leid, dass wir gestritten haben, bevor ich aufgebrochen bin.«

Eydris winkt müde mit der Hand. »Ist schon gut. Ja, bitte, etwas Wasser.«

»Weißt du, wo Sjalfi ist? Ich dachte, er wäre vielleicht hier.«

»Sjalfi habe ich heute noch nicht gesehen. Ich habe aber auch die meiste Zeit hier gelegen.« Eydris klingt heiser. »Mein Mann ist Holz schlagen. Die beiden Großen sind mitgegangen.«

»Ich hole dir frisches Wasser.« Yrsa läuft nach draußen, zieht einen Eimer aus dem Brunnen, es ist der tiefste Brunnen im ganzen Dorf, und trägt den Eimer zur Kochecke im Haus, die nahe dem Eingang liegt. Dort backt eine Magd gerade Fladenbrot.

»Hast du Sjalfi heute gesehen?«, fragt Yrsa die Magd.

Die Magd blickt auf, schüttelt ihre mit Mehl bedeckten Hände, überlegt kurz und sagt: »Nein, ich habe ihn gestern Abend gesehen, draußen. Er hat Holz geschlagen, zusammen mit Torbjörns Sohn.«

Mit einem Becher Wasser kehrt Yrsa zu Eydris zurück, hebt auf dem Weg eine wollene Decke auf und legt sie Eydris über die nackten Beine.

»Hat Sjalfi nicht bei euch übernachtet?«

»Letzte Nacht nicht, die Nacht zuvor schon. Er hat dich gestern schon erwartet. Er war unruhig den ganzen Tag, rastlos. Irgendetwas war nicht in Ordnung, aber er wollte mir nicht erzählen, was ihn bedrückt.« Eydris legt den Kopf wieder auf das Kissen und hustet.

»Ich konnte nicht früher zurückkommen.« Yrsa zupft am Ärmel ihres Kleides und schaut auf den Boden, als sie das sagt. »Hat Sjalfi dir erzählt, warum er die Truhe mit den Sachen unserer Mutter geöffnet hat? Das macht er sonst nicht.«

»Nein. Frag bei Torbjörn in seinem Langhaus nach ihm, oder

vielleicht ist er im Wald oder hilft draußen auf den Feldern«, sagt Eydris und schließt die Augen.

Yrsa hat Torbjörns Hof nicht mehr betreten, seit sie ihn damals verlassen mussten. Torbjörns Land liegt auf der anderen Seite des Weges, gegenüber von Eydris' Hof. Die schwere Türe seines Langhauses steht offen. Rechts und links des Eingangs hat Torbjörn zwei spitze Stöcke anbringen lassen. Er hat gehört, dass Jarls ihre Türen mit Speeren einfassen. Das Haus des Jarls in der Stadt ist aber viel größer als Torbjörns. Und der Jarl hat mehr Macht als Torbjörn. Macht hat Torbjörn keine, nur den größten Hof im Dorf. Ganz stimmt das nicht. Aber es geht ihr besser, wenn sie so denkt.

Die Spitzen der beiden Stöcke scheinen direkt auf sie zu zielen. »Nähere dich nicht«, flüstern sie, »wir sind die Wächter einer Welt, zu der du nie mehr gehören wirst.« Sie legt die Hand auf ihr Amulett und sagt: »Von euch lass ich mir den Eintritt nicht verwehren.« Auch die Kraft ihrer Mutter ist noch spürbar in diesem Langhaus. Hier ist sie gestorben. Die Menschen fürchten sich vor dieser Kraft. Das hat Yrsa oft geholfen.

Sie tritt über die Schwelle, bleibt kurz stehen, versucht die Bilder zu verscheuchen, die in ihrem Kopf aufsteigen, als ihr der Geruch von Eichenholz und von Wacholder in die Nase steigt. Und sie daran denken muss, was Torbjörn getan hat.

Es ist düster im Langhaus, aber nicht so düster wie in ihrer Hütte. In der Mitte des langen Raums knistern die Flammen in einer großen Feuerstelle aus Stein. Die Rauchsäule steigt steil nach oben und zieht durch die Öffnung weit oben im Dach. Gleich neben dem Eingang steht der Webstuhl, an dem Jorunn, Torbjörns Frau, oftmals sitzt. Yrsa ist erleichtert, sie jetzt nicht dort zu sehen. Jorunn mochte ihre Mutter nicht, und sie mag Yrsa nicht und gibt sich viel Mühe, ihr das jedes Mal zu zeigen, wenn sie einander begegnen.

Es duftet nach geräuchertem Fleisch. Direkt an der Außenwand liegt der Raum, in dem Torbjörns Familie Vorräte aufbewahrt. Die Kammer ist prall gefüllt. Yrsa und Sjalfi haben nur eine kleine Kiste für ihre Lebensmittel. Voll ist sie nie.

Torbjörn sitzt am Feuer und schnitzt. Im Licht der Flammen glänzen seine Haare und der buschige Bart rot. Auch das Bild hinter ihm, das auf die Wand des Langhauses gemalt ist, strahlt im Schein des Feuers. Es zeigt Torbjörn, wie er in dem Stuhl eines Jarls sitzt, zwei Drachenköpfe schmücken die Rückenlehne. Der Torbjörn auf der Wand schaut freundlicher als der echte.

Torbjörn blickt nicht auf. Sie weiß nicht, ob er sie wahrgenommen hat. Das Hemd spannt über seinem Bauch, um das Handgelenk trägt er noch immer den silbernen Armring, den Yrsas Mutter ihm einst schenkte. Mehrere dicke Drähte sind zu einem offenen Ring geschmiedet, die beiden Enden zeigen die Köpfe von Odins Raben, Huginn und Muninn. Obwohl der Armring ein Geschenk ihrer Mutter war, weckt er in Yrsa nur finstere Gedanken und Erinnerungen.

Torbjörn ist geschickt mit dem Messer und stellt Figuren her, die nur handgroß, aber so filigran sind, dass Yrsa immer wieder staunt, wie ihm das mit seinen Pranken gelingt. Aber sie schaut seine Hände nicht gern an. Während er arbeitet, murmelt er Verse. Abends sitzen manchmal alle Kinder des Dorfes um das Feuer und lauschen seinen Geschichten. Die Zeit vergeht schnell, wenn Torbjörn erzählt.

Sie stellt sich ans Feuer und wartet, bis er aufschaut, kämpft gegen ein Gefühl der Übelkeit und gegen die Erinnerungen, presst die Fingernägel in die Handflächen. Um sich abzulenken, denkt sie daran, wie sehr Sjalfi die Saga von dem Drachen und dem dicken Troll liebte, die Torbjörn den Kindern manchmal erzählte.

Torbjörn blickt auf. »Was willst du?«

Sie vermeidet es, ihm in die Augen zu schauen. Ihre Narbe im Gesicht pulsiert.

»Ich suche Sjalfi. War er heute hier?«

»Ich habe ihn nicht gesehen.«

Torbjörn hält die Figur gegen das Feuer, schabt mit dem Messer über eine Stelle, bläst die Späne weg. Beachtet Yrsa nicht. Das Blut steigt ihr in den Kopf.

»Was willst du hier?« Torbjörns Frau Jorunn steht plötzlich neben ihr. Yrsa hat sie nicht kommen hören. Schon ihre Mutter erzählte das, manchmal taucht Jorunn wie aus dem Nichts auf und steht neben einem. Jorunn konnte nicht ertragen, was Torbjörn in Yrsas Mutter sah. An Nebenfrauen hat sie sich gewöhnt. Doch das mit ihrer Mutter, erfuhr Yrsa später von Eydris, sei etwas anderes gewesen. Und in einem Moment passiert, als sich Jorunn gerade von einer langen Krankheit erholte. Torbjörns Gefühle für Katla seien stark gewesen, und nach ihrem Tod habe er krügeweise Met in sich hineingeschüttet. Daran kann Yrsa sich gut erinnern.

Jorunns große Augen sind zu zwei schmalen Schlitzen geschrumpft. »Du bist bei uns nicht erwünscht.«

»Sie sucht ihren Bruder«, sagt Torbjörn.

»Der kann allein auf sich aufpassen«, antwortet Jorunn.

»Ja, kann er«, sagt Yrsa und will gehen.

»Er hat es wahrscheinlich nicht mehr ausgehalten, so wie du dich hier im Dorf benimmst und alle Regeln missachtest.«

Yrsa bleibt stehen, ist einen Moment sprachlos, würde Jorunn am liebsten ins Gesicht schlagen. Ausgerechnet sie sagt so etwas.

Torbjörn schweigt.

»Du weißt nichts über uns«, sagt Yrsa, dreht sich um und geht.

Draußen lehnt sie sich gegen einen der Pfosten, die das Langhaus stützen, und versucht ihren Atem zu beruhigen. Es gibt noch viele Orte, an denen Sjalfi sein könnte. Alles kann in Ordnung sein, die Unruhe nur in ihr.

Vielleicht ist Sjalfi fischen gegangen, wollte sie mit einem frischen Fang überraschen. Doch plötzlich packt sie die Angst. Ihr fällt wieder ein, wie Sjalfi in der Nacht, bevor sie aufgebrochen ist, Stimmen gehört hat. Und sie hat morgens Spuren gesehen. Waren das Zeichen, die sie nicht richtig gelesen hat?

Kapitel 5

Yrsa rennt zum Fluss. Sie weiß, wo Sjalfi fischen geht. Sie hat ihm die Stelle selbst gezeigt. Das Ufer ist flach dort, die Strömung nicht stark, zumindest wenn der Fluss nicht beinahe überläuft wie jetzt. Sie hetzt über die Wiese, rutscht fast auf dem langen Gras aus, schlängelt sich durch die Kuhherde, rennt an Scheunen und Hütten vorbei. Das Wasser hört sie schon rauschen. Dann steht sie am Fluss. Dort, wo sie immer fischen, gibt es keine frischen Spuren.

Sie versteht nicht, wo Sjalfi ist. Er kann nicht einfach verschwinden. Sie hätte gestern schon zurückkommen sollen. Warum hat sie sich von Njáll aufhalten lassen?

»Sjaaalfi!« Sie schreit seinen Namen, so laut sie nur kann. Es ist, als würden ihre Rufe sogar das Rauschen des Flusses übertönen. Eine Antwort kommt nicht zurück. Im nahen Wald ruft ein Vogel.

Dann kommt ihr ein schrecklicher Einfall. Vielleicht ist er anderswo fischen gegangen und in den Fluss gestürzt. Sie hastet zurück in die Hütte, stößt die Türe auf, ihr Blick fällt in die Ecke gleich links. Sjalfi stellt dort immer seine Angelrute hin, die er selbst geschnitzt hat. Die Rute steht, wo sie immer steht.

Yrsa lässt sich auf den Schlafplatz, in den weichen Pelz fallen. »Ganz ruhig«, murmelt sie. Jetzt noch einmal in Ruhe nachdenken. Er ist bestimmt irgendwo, tritt gleich zur Türe herein. Doch die Botschaft der Fylgja geht ihr nicht aus dem Kopf. Sie schließt die

Augen. Komm noch mal zurück, bitte. Ich habe dich nicht verstanden. Ihre Mutter sagte immer: Die Fylgja kommt nur, wenn du ruhig daliegst und kurz einnickst. Also bleibt sie still liegen.

Sie denkt an das Gespräch mit Njáll und was er über Frauen gesagt hat, die kämpfen. Sie erinnert sich gut an das erste Mal, als sie sich sehnlichst wünschte, Kriegerin zu werden. Sieben oder acht Winter war sie damals alt. Es war einer jener Tage, an denen eine Abreise ihres Vaters kurz bevorstand. Er zog damals jeden Sommer in die Ferne, bis er irgendwann ganz wegblieb. Morgens war sie schnell zum Opferstein in der Nähe gerannt und hatte für die Elfe ein Stück Fladenbrot hingelegt. Das sparte sie sich beim Essen, wenn sie einen dringenden Wunsch hatte. Auch wenn es dann nachts in ihrem Bauch rumpelte. »Bitte, bitte, mach, dass die Ringelgänse noch ein bisschen länger im Süden bleiben«, murmelte sie, als sie das Brot auf den Stein legte und mit der Hand über die raue Oberfläche strich. Denn sie wusste, wenn die Ringelgänse in Scharen zurückkehrten, würde ihr Vater sie bald verlassen. Und sie hatte schon ein, zwei im Watt gesehen.

Abends saßen ihr Vater und sie dann auf dem Boden ihres Hauses in Ribe, wo sie damals wohnten. In einem Halbkreis hatte ihr Vater seine Waffen auf dem Boden ausgebreitet. Schwert, Kampfaxt, Bogen, Speer, Messer, Pfeile. Sie saß ihm gegenüber, lehnte sich gegen den Pfosten des langen Tisches und schaute zu. Sie hasste das Klackern, wenn ihr Vater die Waffen hin- und herschob, polierte, sortierte und überlegte, was er auf seine Reisen mitnahm. Es klang anders als das satte Klonk, das sie hörte, wenn ihr Vater mit einem Freund übte und die Schwerter aufeinanderprallten. Das Klackern klang nach Abschied und machte, dass sie dieses Ziehen im Bauch spürte, das in den ersten Tagen nach seiner Abreise am schlimmsten war.

Ihr Vater rieb den Wetzstein über die Klinge seiner Kampfaxt.

Sie beobachtete jede seiner Bewegungen und drehte den Holzstecken, der ihr als Schwert diente, zwischen den Fingern.

»Kann ich mitkommen?«, sagte sie.

Er schaute auf, lächelte sie an und schüttelte den Kopf. »Das ist zu gefährlich.«

»Aber du kannst auf mich aufpassen.«

In den Monden vor seiner Abreise verbrachte sie jeden Tag mit ihrem Vater. Er erzählte ihr oft davon, wie gut es sich anfühlte, in einer Gruppe zu kämpfen, wo sich jeder blind auf den anderen verließ. Ihre Mutter war in jener Zeit wie so oft viel unterwegs, half da, half dort. Ihr Vater und Yrsa hatten mit zwei dicken Stöcken gegeneinander gekämpft, und ihr Vater hatte versprochen, ihr schon bald ein Holzschwert zu schnitzen. »Viele kleine Trolle hüpfen in dir herum«, sagte ihre Mutter damals oft und lachte. Und nur wenn Yrsa viel rannte und tobte, waren die vielen kleinen Trolle abends müde.

Sie kroch zu ihrem Vater auf den Schoß, sein Bart kitzelte sie an der Backe, er roch nach Räucherfleisch, und sie fuhr mit einem Finger über den Griff seines Schwertes, das vor ihm auf dem Boden lag.

»Ich möchte aber so gerne mitkommen.«

»Wenn du größer bist, kannst du mitkommen. Dann kämpfen wir Seite an Seite.«

An diesen Satz dachte sie damals immer, wenn das Ziehen im Bauch zu heftig wurde. Sie ahnte nicht, dass ihr Vater sein Versprechen nicht halten würde. Als er damals abgereist war, rannte sie so oft wie möglich aus der Stadt, bis zum Hof ihres Freundes Sten. Sie musste nur zweimal über den Bach springen, durch das kleine Wäldchen hüpfen, und schon tauchte das Langhaus von Stens Familie auf. Ihre Mutter hatte Sten einst gerettet, als das Fieber in seinem Körper wütete. Sten hatte drei Brüder. Wenn Zeit war, übte

Stens Vater mit seinen Söhnen den Kampf. Sie stellte sich dazu und ahmte mit ihrem Holzstöcken alle Bewegungen nach, die Sten und seine Brüder mit ihren Holzschwertern und Äxten machten. Stens Vater beachtete sie nicht, aber er schickte sie auch nicht weg. Wahrscheinlich fürchtete er, dass ihre Mutter sonst das nächste Mal nicht mehr käme, wenn das Fieber wütete.

Nur Stens ältester Bruder sagte manchmal: »Du bist ein Mädchen, was willst du hier?« Sie gab keine Antwort. Als sie einen von Stens Brüdern bei einem Wettrennen besiegte, spürte sie die Blicke seines Vaters. Wieder fragte sie der älteste Bruder: »Was willst du hier? Willst du ein Junge sein?«

Und sie antwortete ihm: »Nein, ich will ein Mädchen sein, das kämpft.«

In den letzten Jahren ist ihr Wunsch, Kriegerin zu werden, noch gewachsen, erst recht, seit sie für Sjalfi und sich allein sorgen muss. Sie will eine geschickte Kämpferin sein, um sie beide zu beschützen. Damals, als sie noch in Torbjörns Langhaus wohnten, ist sie so manchen Abend zu der Truhe geschlichen, in der Torbjörn seine guten Waffen aufbewahrt. Hat die Truhe vorsichtig – nur kein Quietschen! – geöffnet und ist mit dem Finger über das kalte Metall der Kampfaxt gefahren, hat die Hand um den Griff geschlossen und sich vorgestellt, wie sie die Axt wirft, wie sie durch die Luft fliegt und bebend im nächsten Pfosten stecken bleibt. Einmal, sie wohnten erst kurze Zeit bei ihm, erwischte Torbjörn sie.

»Was machst du da?«, sagte er plötzlich hinter ihr. »An dieser Truhe hat niemand etwas verloren.«

Sie zuckte zusammen, auf seiner Stirn erschienen zwei Falten. Je ärgerlicher er wurde, umso kleiner war der Abstand zwischen den beiden Falten. Wenn beide zu einer verschmolzen, rannte man am besten schnell davon. Sie sah zwei Falten.

»Ich möchte auch so eine Axt«, sagte sie.

»Wozu?«, fragte er.

»Ich möchte Kriegerin werden. Ich wollte das immer schon, rennen, kämpfen, schlagen, toben.«

Die beiden Falten auf seiner Stirn entspannten sich. Jetzt kam es ihr fast so vor, als unterdrücke er ein Lächeln. »So, so, hast du schon einmal eine Frau gesehen, die Kämpferin ist?«

Sie schüttelte den Kopf. »Aber meine Mutter hat mir davon erzählt, und sie hat eine Freundin, die Kämpferin ist. Gibt es das denn nicht oft?«

Er überlegte einen Moment. »Ich kenne keine, aber ganz selten gibt es das.«

»Wann?«

»Wenn eine Frau eine richtig gute Kämpferin ist, vielleicht. Aber du wirst doch in ein, zwei Jahren heiraten.«

»Werde ich nicht. Meine Mutter ist einverstanden.«

Er zuckte mit den Achseln. »Na gut, wenn Katla das so sieht, soll mir das recht sein.«

Ihre Mutter sorgte dann dafür, dass sie mit Torbjörn und seinen Söhnen üben durfte. Die Mutter ahnte damals nicht, wie viel Anteil er daran haben würde, dass Yrsas Wunsch, sich mit Waffen verteidigen zu können, bald noch viel stärker werden sollte.

Sie springt auf. Die Fylgja kommt nicht. Sie muss Sjalfi finden!

Als sie die Türe öffnen will, erstarrt sie. Auf der Innenseite sind Runen ins Holz geritzt. Sie waren da nicht, bevor sie in den Wald aufgebrochen ist. Es ist zu dunkel, um lesen zu können, was da geschrieben steht. Sie zündet die Fischöllampe an, hält sie nahe an die Türe. »Das Feuer nimmt, Odin gibt«, steht da. Sie schüttelt den Kopf. Ihre Hände sind eiskalt. Sjalfi würde das nicht schreiben. Es muss jemand in der Hütte gewesen sein. Ihre Nase hat sie nicht getäuscht, etwas Fremdes schwebte in der Luft, als sie die Türe heute nach ihrer Rückkehr öffnete.

Sie lässt ihren Blick durch den kleinen Raum schweifen, läuft auf und ab mit der Lampe, sucht nach irgendwelchen Zeichen, was geschehen sein könnte. Doch sie findet nichts.

Sie rennt zu dem kleinen Schrein, den sie für Elf Miðrogar aufgebaut haben, nicht weit entfernt von ihrer Hütte, zwei große Holzscheite und darauf eine flache Schale aus Ton. Sie legt ein Stück Butter in die Schale. »Du musst mir helfen, bitte.« Einen Moment schließt sie die Augen, fährt sich mit beiden Händen über das Gesicht. »Ich verstehe nicht, was passiert ist.« Sie bleibt stehen, hofft auf ein Zeichen.

Als sie noch klein war, hat sie sich immer vorgestellt, dass Elf Miðrogar so groß ist wie der blauzahnige Riese. Vielleicht weil ihre Haarpracht so blau ist. Ihre Haare sind so lang, dass sie ihren Körper damit einhüllen kann, aber sie rollt sie meist zu einem dicken runden Knoten zusammen. Den steckt sie mit Silbernadeln fest. Die Nadeln sind so spitz, sie würden jeden verletzen, nicht aber Elf Miðrogar. Ihre Kopfhaut ist hart wie Stein. Ihr langes Schwert glänzt blau-silbern, das Schwert hat sich Yrsa als Mädchen immer am genauesten ausgemalt. Die Klinge ist am Rand so hauchdünn, dass sie fast durchsichtig scheint, doch nichts kann sie zerbrechen.

Früher hat sie sich manchmal mit Sjalfi gestritten, wie Elf Miðrogar aussieht. Er hat ein anderes Bild von ihr, und es gefiel ihm nicht, wie Yrsa sie in ihren Geschichten beschrieb. Doch ihre Mutter schlichtete den Streit immer schnell. Sie klapperte mit den Armreifen, das war immer ein Zeichen: Kinder, hört mal zu, und sagte dann: »Es spielt keine Rolle, ob deine Miðrogar anders ist als Yrsas. Elfen sehen das nicht so eng.«

Auch in letzter Zeit hat sie sich manchmal mit Sjalfi gestritten. »Du bist jetzt alt genug, lass uns das Dorf verlassen«, hat sie immer öfter gesagt. Sie will ihre Träume nicht mehr länger aufschieben. Fürchtet, dass sie irgendwann zu alt sein wird, um sich noch einer Gruppe Krieger anzuschließen.

»Ich will nicht weg«, hat Sjalfi jedes Mal geantwortet.

»Auch für dich wäre es besser«, sagte sie, »du könntest bei einer Seherin in die Ausbildung gehen.« Aber er schüttelte nur immer den Kopf. Sie versteht nicht, warum Sjalfi so an diesem Dorf hängt.

Einige Zeit später hat Yrsa fast alle im Dorf gefragt, ob sie Sjalfi heute gesehen haben. Manche haben sich gleich abgewendet, als sie sie gesehen haben, aber dann doch Antwort gegeben, als sie nach Sjalfi fragte. Niemand hat ihn gesehen. Auch nach Fremden, die im Dorf aufgetaucht sind, hat sie gefragt. Aber alle haben nur den Kopf geschüttelt. Yrsa ist durch den nahen Wald gerannt, über die Wiesen und Felder rund um das Dorf. Keine Spur von Sjalfi.

Sie muss noch einmal in Torbjörns Langhaus. Vielleicht weiß Thorgrim, der älteste Sohn von Torbjörn, etwas, die beiden sind befreundet, oder die Bediensteten, sie sind meist schon früh am Morgen draußen. Dieses Mal wartet sie nicht, bis ihr jemand Aufmerksamkeit schenkt. Sie stürmt zur Türe herein. Der Platz am Feuer ist leer. Jorunn ist im hinteren Teil des Hauses.

»Ich habe Sjalfi nicht gefunden. Wo ist Thorgrim?«

»Der ist gestern in die Stadt aufgebrochen.«

Jorunn wartet nicht auf eine Antwort Yrsas und verschwindet nach draußen.

Am Eingang des Langhauses sitzt eine junge Frau auf dem Boden und flicht einen Korb. Sie saß schon dort, als Yrsa heute das erste Mal in Torbjörns Langhaus kam. Jetzt winkt sie Yrsa zu sich. Sie kommt von jenseits des Meeres, Torbjörn hat sie in Haithabu gekauft. Sie spricht ihre Sprache noch nicht richtig.

»Dein Bruder?«, sagt sie jetzt.

Yrsa hockt sich zu ihr. »Weißt du etwas?«
»Heute früh. Drei Mann. Fremde.«
»Hast du drei Männer gesehen?«, fragt Yrsa.
Die Frau schüttelt den Kopf, zeigt mit einem Finger an ihr Ohr.
»Du hast sie gehört.«
Sie nickt.
»Hast du Sjalfi auch gehört?«
Sie schüttelt den Kopf.
»Wo warst du, als du die Männer gehört hast?«
»Im Stall.« Sie macht eine Bewegung, als würde sie eine Kuh melken.

Der Kuhstall liegt am Rande von Torbjörns Hof. Er ist stolz auf den Stall, weil die Tiere jetzt nicht mehr, wie bei den anderen, im Langhaus untergebracht sind.

»Danke«, sagt Yrsa und rennt zum Stall, als könnte sie dort eine Spur ihres Bruders finden. Sie fragt sich, was für Männer die Frau gehört hat und warum diese Männer über die Wiesen hinter dem Dorf gelaufen sind und nicht auf dem Weg, der mitten hindurchführt. Sie könnte sich aber auch geirrt haben und Männer aus dem Dorf gehört haben, die sie noch nicht kennt.

Plötzlich wird Yrsa heiß. Auch sie hat Stimmen gehört, drei Fremde, auf dem Weg zurück ins Dorf. Warum hat sie sich versteckt? Nun weiß sie nicht, wen sie gehört hat.

Sie springt hinter dem Stall über die niedrige Mauer, durchwühlt das Gebüsch. Wenn die Männer hier langgegangen sind, findet sie vielleicht eine Spur. Den Blick auf den Boden geheftet, geht sie auf und ab, sucht nach abgeknickten Zweigen. Aber sie kann nichts finden. Langsam wird es dunkel. Nebel zieht auf, legt sich in Schleiern über die Wiese. Sie rennt los, weiß aber nicht genau, wohin.

Ziellos ruft sie in die Landschaft: »Sjalfi, wo bist du? Bitte, gib mir Antwort.«

Sie ruft in alle Himmelsrichtungen. Fleht Freyja an, ihr ein Zeichen zu geben, ruft seinen Namen so lange, bis ihr der Hals schmerzt. Er kann nicht einfach verschwinden. Er war immer da, wenn sie zurückgekommen ist aus dem Wald. Sie versteht nicht, warum ihn heute niemand gesehen hat. Und wer hat die Botschaft in ihre Türe geritzt?

Kurz darauf steht sie am Grab ihrer Mutter, es liegt nicht weit vom Dorf. Ein Oval aus Steinen in der Form eines kleinen Bootes markiert es. Sie kniet sich neben das Grab, umklammert ihr Amulett. »Mama, ich finde ihn nicht. Er kann nicht einfach verschwinden.« Die Bilder rauschen ihr durch den Kopf, die Hand ihrer Mutter in der ihren, die Hand ist kühl, der Griff schwach. Bleib bei mir, ich kann das nicht allein, sie hält die kühle Hand noch fester, als könnte sie das Leben in sie zurückpressen, als könnte sie verhindern, dass ihre Mutter von dieser in die nächste Welt entschwindet.

»Hilf mir«, murmelt sie. »Ich bin schuld, warum bin ich so lange weggeblieben? Wo ist er?«

Ihre Mutter wüsste, was zu tun wäre. Lass die Gedanken fliegen, würde sie sagen. So wie ich es immer getan habe. Schick sie auf die Reise, sie werden dir den Weg weisen. Du kannst das auch, hat sie manchmal zu Yrsa gesagt. Yrsa schüttelt den Kopf, als würde sie mit ihrer Mutter sprechen. »Nein, ich bin keine Seherin wie du. Ich kann das nicht. Nur Sjalfi kann das.«

Sie erinnert sich daran, wie Sjalfi schon auf die Riten ihrer Mutter reagierte, als er noch klein war. Manchmal, wenn ihre Mutter sich zu den Trommeln bewegte, schnell und schneller, ging er zu ihr und stand still neben ihr, legte seine Hand ab und zu in die ihre.

Yrsa liest die Inschrift auf der Holzplatte.

»Ein schmaler Streifen Rot, tief unten am Horizont, so war der

Himmel, als du gegangen bist und wir nichts tun konnten, um dich hier zu halten. Immer wenn das Rot wieder schmal leuchtet, sehnt sich alles in uns noch mehr nach dir. Diese Platte haben ihre Kinder Yrsa und Sjalfi für Katla, die Seherin, aufgestellt«, steht da. Die Schrift ist inzwischen etwas verwittert, aber die Runen sind lesbar. Sie fährt mit dem Finger über die Kerben, die sie ins Holz geschnitzt haben.

Der Nebel ist noch dichter geworden. Steigt auf von den Wiesen, umfließt die Bäume, kriecht weiter bis zum Wald. Sie steht auf. Ruft noch einmal, so laut sie kann, Sjalfis Namen in alle Richtungen.

Der Nebel verschluckt ihre Rufe.

Eine Antwort kommt nicht zurück.

Kapitel 6

Yrsa legt ihre Hand auf das fasrige Holz, ballt die Finger zur Faust, öffnet sie wieder und zögert. Drinnen ist alles still. Sie weiß nicht, ob sie klopfen soll. Das Haus liegt eine Stunde vom Dorf entfernt mitten in der Heidelandschaft. Gleich nach Sonnenaufgang ist Yrsa losgelaufen. Es fiel noch kein Licht in die Hütte, als sie heute Morgen aufschreckte, die Leere neben sich auf dem Bettgestell spürte.

Sie lauscht, legt ein Ohr an die Türe. Vielleicht ist Revna nicht da. Des Nachts, so erzählen sich die Menschen im Dorf, streift sie manchmal durch die Heide, sagt Verse auf, wenn die Mondsichel schräg am Himmel hängt. Schneidet Bilsenkraut, wenn der Mond mit seinen spitzen Enden auf die Erde zeigt.

Und manchmal rennt sie so schnell über die Heide, dass ein nächtlicher Wanderer nur einen Schatten vorbeihuschen sieht. Und dann hallt es über die Heide: Das war Revna, die Seherin, Revna, die Wissende. Revna, die Yrsas Mutter nicht mochte.

Yrsas Hand liegt noch immer auf der schweren Holztüre. Revna huscht so schnell über die Heide, weil sie ihre Gestalt wechseln kann. In einem Moment jagt sie als Wolf über die Ebene, die vier Pfoten berühren kaum den Boden. Dann schwindet das Fell plötzlich, die Vorderbeine verwandeln sich in Arme, die Hände zerfasern in Federkiele. Es fließt kein Blut, wenn die Federn durch

Revnas Haut stechen. Ein-, zweimal schlägt sie dann mit den Flügeln, hebt ab, dreht Runden als Habicht, Mäusebussard oder Rabe. Nur ihre Augen verändern sich nie, egal in welches Tier Revna sich verwandelt. Gesehen hat Yrsa all das noch nie, aber die Menschen im Dorf erzählen davon.

Revna mochte Yrsas Mutter nicht, weil es ihr nicht gefiel, dass diese Fremde aus der Stadt so viel zu sagen hatte in dem Dorf, in dem die Menschen viele Jahre nur auf das Wort Revnas gehört hatten. Damals zog sie sich in die Heide zurück. Jetzt kommen die Menschen aus den umliegenden Dörfern wieder zu Revna, suchen ihren Rat, aber Yrsa hat sie lange nicht mehr gesehen. Revna ist selten im Dorf. Wer ihre Dienste braucht, der besucht sie.

Yrsa zögert nicht, weil sie Angst hat vor Revna. Oder vielleicht ein kleines bisschen. Noch mehr fürchtet sie sich davor, dass Revna Sjalfi nicht wohlgesinnt sein könnte. Dass es der Sache schadet, wenn sie Revna fragt. Aber sie weiß nicht weiter, und sie glaubt, hofft, dass ihre Mutter ihr raten würde, sich an Revna zu wenden.

»Trittst du ein oder hast du vor, noch lange vor meiner Türe zu stehen?«, ruft es jetzt aus dem Innern des Hauses.

Yrsa zuckt zusammen. Revna weiß, dass sie da ist. Natürlich weiß sie das.

Yrsa drückt gegen die Türe. Sie macht keinen Laut, als Yrsa sie aufstößt. Es ist düster im Haus, von Revna keine Spur. Ihre Augen brauchen einen Moment, um sich an das schummrige Licht zu gewöhnen. Sie steht in einem langen, niedrigen Gang. Den Kopf muss sie fast einziehen. Sie folgt den Kerzen am Boden, vorne links tanzen zwei kleine Flammen im Luftzug. Ein fremder Geruch steigt Yrsa in die Nase. Es riecht nicht so, wie es bei ihrer Mutter manchmal gerochen hat. »Beschütze mich«, flüstert sie so leise, dass Revna es nicht hören kann.

»Mach die Türe zu, es ziehen eisige Winde über das Land«, ruft eine Stimme aus dem Innern des Hauses. Im gleichen Moment spürt Yrsa einen Luftzug nahe am Kopf, etwas streift ihre Haare. Sie duckt sich, unterdrückt einen Schrei.

»Das war Eirik«, ruft die Stimme. »Niemals kann er sich entscheiden, ob er rein oder raus möchte.«

»Wer ist Eirik?«, fragt Yrsa. Sie sagt es leise, mehr zu sich als zu der Stimme.

»Eirik ist meine Goldammer, ein Vogel, der zu faul ist, selbst nach etwas zu fressen zu suchen«, ruft die Stimme.

Yrsa ist am Ende des Ganges angelangt, der sich mit jedem Schritt verengt. Als müsste sie durch ein enges Loch kriechen, um in Revnas Reich zu gelangen. Der Boden ist staubig, noch immer steigt ihr der eigenartige Geruch in die Nase. Dann tritt sie durch eine bogenartige Öffnung, schiebt einen kratzigen Vorhang beiseite und steht in einem Raum, der seltsam in die Länge gezogen scheint.

Links an der Wand ist ein Tisch, auf dem Revna Pflanzen ausgebreitet hat. Neben den Pflanzen steht eine kleine hölzerne Statue. Sie zeigt die drei Nornen: Urðr, Verðandi und Skuld. Skuld ist ein bisschen größer dargestellt. »Für Revna«, hat jemand eingeritzt.

In der Mitte des Raumes brennt ein Feuer. Die Flammen lodern grell, züngeln hoch über der Feuerstelle. Jemand wirft etwas, das aussieht wie eine Prise Staub, in die Flammen, und sie schießen noch höher. Das Feuer blendet Yrsa, und doch muss sie in die grellen, fast grün gleißenden Formen schauen.

»Revna, mächtige Völva, in Freyja vertraue ich und rufe dich an, mir zu helfen«, sagt Yrsa. Das Licht sticht ihr in die Augen. Sie kann nicht erkennen, ob Revna in der Nähe ist. Erst als sich die Flammen beruhigen, sieht Yrsa, dass Revna, die Arme auf beide

Lehnen gelegt, in einem Stuhl hinter dem Feuer sitzt und sie anschaut.

»Yrsa, Tochter der Katla, ich habe dich lange nicht mehr gesehen. Was führt dich zu mir? Muss ein dringender Wunsch sein.«

Revna hebt die Hand, als wollte sie die letzten Worte betonen. Sie trägt Handschuhe aus Katzenfell. Zwischen zwei Fingern hat sie eine dünne Rolle klemmen, deren Spitze glüht. Ab und zu zieht sie daran, und der eigenartige Geruch steigt Yrsa wieder in die Nase. Es riecht nach Erde, nach Holz und doch auch irgendwie stechend. Jedes Mal, wenn Revna die Hand zum Mund führt, fallen die weiten Ärmel ihres Mantels zurück. Eine Kapuze bedeckt ihre Haare und hängt ihr bis in die Stirn. Dabei ist es sehr warm, so nahe an dem wild lodernden Feuer.

»Ja, es ist dringend«, sagt Yrsa. »Sehr dringend.« Sie schluckt, will vermeiden, dass ihre Stimme zittert, wenn sie mit der Seherin spricht.

»Tochter der Katla. Wie lange ist es nun schon her, dass Katla uns verlassen hat?«

»Vier Winter.«

»Hmm, so lange schon.«

Yrsa hat sich vorgenommen zu warten, bis Revna sie auffordert, ihren Wunsch vorzutragen. Doch Revna schweigt, und Yrsa hält die Stille nicht lange aus.

»Du musst mir helfen, ihn zu finden! Ich weiß nicht mehr weiter. Er ist verschwunden. Ich habe überall gesucht, aber nirgendwo eine Spur gefunden.«

»Sjalfi?«

»Ja, mein kleiner Bruder. Bitte, ich habe dir …« Yrsa greift in ihren Beutel, zieht ein riesiges Stück getrockneten Fisch, alles, was sie an Fisch noch hatte, hervor. »Ich habe dir das mitgebracht.«

»Sjalfi«, sagt Revna wieder, dieses Mal ist es keine Frage. »Sjalfi,

Sohn der Katla, hmm.« Sie macht einen summenden Ton, wippt mit dem Oberkörper auf und ab. »Sjalfi. Der kleine Sjalfi, ja, ja, er ist etwas Besonderes. Ich habe kürzlich mit ihm gesprochen.«

»Du?« Yrsa stutzt einen Moment. »Wo?«

»Ich war im Dorf, ist schon ein bisschen her. Er redet mit den Geistern und den Elfen.«

Yrsa legt, was sie mitgebracht hat, neben die Feuerstelle.

»Und du meinst, das reicht, um mich zu bezahlen?«, sagt Revna.

»Ich habe nicht mehr.«

»Du hast nicht mehr.« Revna macht nickende Bewegungen mit dem Kopf. »Was ist das für ein Amulett, das du um den Hals trägst?«

Yrsa greift sich an den Hals, legt die Hand schützend über das Schmuckstück. »Das kann ich dir nicht geben.«

»Das ist schade. Sehr schade.« Revna zieht an der glühenden Rolle, die sie zwischen den Fingern hält, bläst den Rauch in Richtung Dach. »Ich weiß nicht, ob ich dir dann helfen kann.«

»Du musst. Ich bitte dich.«

»Ich muss gar nichts, liebes Kind. Die Türe ist hinter dir. Eirik wartet wahrscheinlich schon, um wieder hereinzuflattern. Halte ihm doch die Türe auf, wenn du gehst, sei so nett.«

»Das Amulett ist von meiner Mutter, es bedeutet mir sehr viel.«

»Das weiß ich doch.«

Soll der stinkende Troll dich holen, denkt Yrsa. Sie würde am liebsten gegen Revnas Stuhl treten, sodass er nach hinten kippt. Aber sie muss sich zusammennehmen. Die Wut hinunterschlucken. Für Sjalfi. Es muss ihr nun schnell etwas einfallen, was sie Revna anstelle des Amuletts anbieten kann.

»Ich kann dir morgen Fleisch bringen.«

»Ich habe genügend Fleisch.« Revna tätschelt ihren Bauch. »Ich will das Amulett. Ich spüre die Macht deiner Mutter in ihm.«
Yrsa beißt den Kiefer so heftig aufeinander, dass es schmerzt. »Wir haben einen Pelz, auf dem wir schlafen. Möchtest du ihn? Er ist warm.«
Bald blüht die Gerste, die Nächte sollten nicht mehr so kalt sein. Also kann sie das wagen.
»Schau mal nach da hinten«, sagt Revna und zeigt mit dem Finger ins Dunkle. »Dort hinten ist mein Nachtlager, ich habe mindestens fünf Pelze, zwischen denen ich auswählen kann.«
»Bei Freyja, ich bitte dich. Ich trage das Amulett seit vier Wintern Tag und Nacht. Ich kann es dir nicht geben.«
»Ich habe es schon einmal gesagt, Tochter der Katla, und sage es noch ein letztes Mal: Die Türe hinaus aus meinem Reich ist hinter dir.« Revna wirft, was sie geraucht hat, ins Feuer und streckt ihre Hand aus. »Ich spüre die Kraft in deinem Schmuckstück. Es wird uns helfen, deinen Bruder zu finden.«
»Wirklich?« Yrsa versucht einen tiefen Atemzug zu nehmen, es gelingt ihr nicht. »Einen Moment, ich bin gleich zurück.«
Sie dreht sich um, ohne eine Antwort abzuwarten, und rennt in Richtung des Ausgangs. Sie muss an die frische Luft, nur einen Augenblick, um klar zu denken. Der Rauch in Revnas Haus vernebelt ihr die Sinne. Sie stürzt aus der Türe. »Du gärende Giftkröte, stinkende Hexe, faulig-eitriger Fischkopfarsch«, murmelt sie und läuft auf und ab.

Neben dem Haus steht eine Birke. Yrsa schlägt mit der Faust gegen den Stamm, immer wieder, bis ihr die Haut aufspringt. Sie hat sich schon lange nicht mehr so allein und so elend gefühlt. Ich bin schuld, dass er verschwunden ist. Wäre ich nur nicht zu Njáll gegangen! Warum bin ich nicht früher nach Hause gekommen? Diese Gedanken wollen ihr nicht aus dem Kopf. Sie sinkt auf den

Boden. Wenn ich nur wüsste, ob es der Sache hilft, wenn ich Revna das Amulett gebe ...

Sie spürt ein Flattern nahe ihrem Kopf und blickt auf. Revnas Goldammer landet nur ein kleines Stück weg von ihr auf dem Boden, blickt sie an, öffnet den Schnabel und legt den Kopf schief.

Yrsa schaut den Vogel an und überlegt, was er ihr sagen will. Doch der Vogel verliert nach kurzer Zeit das Interesse und fängt an, mit dem Schnabel auf dem Boden nach etwas zu picken. Es muss ihr etwas einfallen. Jetzt. Sie kann sich nicht einfach auf den Nachhauseweg machen.

Sie hält sich die schmerzende Hand, steht auf und geht zurück ins Haus. Revna sitzt noch in ihrem Stuhl am Feuer.

»Ich habe einen Vorschlag«, sagt Yrsa, »ich habe ein zweites Amulett, das meiner Mutter gehörte. Es liegt bei uns in der Hütte, gut versteckt. Ich werde es dir noch heute Abend bringen. Meine Mutter hat immer gesagt, dieses Amulett habe noch mehr Kraft als das, das ich trage.«

»Freyja hat dich mit Schlauheit und Hinterlist ausgestattet, mein Kind. Warum trägst du dann dieses und nicht das andere Amulett, das bei euch in der Hütte liegt?«

»Dieses Amulett hat meine Mutter mir geschenkt. Sie hat es mir kurz vor ihrem Tod um den Hals gebunden. Sie hat einen Vers gemurmelt, mir die Hand auf die Schulter gelegt. Ich habe es seither nicht mehr abgenommen.«

Revna starrt sie an. Dann schließt sie die Augen und streckt wieder die Hand in ihre Richtung aus.

»Das Amulett in unserer Hütte hat einen Goldrand, es ist viel mehr wert als dieses hier.« Yrsa ist sich nicht sicher, ob stimmt, was sie erzählt. Sie weiß, dass das andere Amulett einen gelblichen Rand hat. Aus Gold ist er vermutlich nicht.

»Nun gut«, sagt Revna dann. Sie stützt beide Hände auf die

Armlehnen und erhebt sich aus ihrem Stuhl. »Dann bezahlst du mich mit dem goldenen Amulett, das bei euch in der Hütte liegt.«

Yrsa stößt die Luft aus, so erleichtert ist sie.

»Bis ich das goldene Amulett habe, nehme ich das Amulett, das du um den Hals trägst, als Pfand.«

Yrsa nickt langsam. Im Moment weiß sie keinen anderen Ausweg. »Aber während der Zeremonie möchte ich es noch tragen. Es könnte uns helfen. Ich gebe es dir danach.«

Revna zögert kurz, sagt dann: »Ja, das wirst du, Tochter der Katla.«

In wenigen Schritten, ihr blaues Kleid schleift am Boden, ist Revna an dem langen Tisch, auf dem die getrockneten Pflanzen liegen. Auch ein Krug steht dort. Es riecht nach Bier. Revna leert den Krug in einem Zug und wischt sich mit dem Ärmel über den Mund. Dann greift sie zu einem kleineren Krug und leert ein zähflüssiges Gebräu in ein Glas. Auch diese Flüssigkeit trinkt sie, schüttelt sich kurz und sagt dann: »Folge mir.«

Revna schlurft an der Feuerstelle vorbei, tiefer in den dunkleren Teil des Hauses. Sie beginnt leise zu summen. Wieder streift etwas Yrsas Haare. Dann erscheint ein kleines Podest, gezimmert aus dicken Brettern, im dämmrigen Licht. Darauf steht ein Thron, der mit Schnitzereien verziert ist. Schlangenartige Wesen umschlingen die Beine des Throns. Die Armlehnen haben die Form von Flügeln, jede einzelne Feder sorgsam aus dem Holz gefeilt. Ganz oben auf der Rückenlehne thront ein Schädel.

»Hilf mir«, sagt Revna.

Yrsa nimmt ihre Hand, die Seherin klettert auf das kleine Podest und setzt sich. Die weiten Ärmel ihres Mantels bedecken die hölzernen Schwingen der Armlehnen.

Dann beginnt Revna mit dem Oberkörper hin- und herzuschaukeln, ganz sachte nur. Mit jedem Atemzug macht sie knarrende Geräusche. Nach einer Weile sagt sie: »Du musst jetzt singen. Deine Mutter wird dir die Gesänge anvertraut haben.«

»Ich kann mich nicht erinnern.«

Revna schaukelt stärker, die knarrenden Töne werden lauter. »Doch. Ich spüre es. Sing jetzt.«

Yrsa schweigt.

Revna beginnt mit den Armen zu schlagen, hoch und runter, als hätten die hölzernen Federn sie daran erinnert, dass auch sie des Nachts manchmal ein Vogel ist. »Sing, Tochter der Katla, sing.«

Yrsa hört ein leises Summen. Es erfüllt ihre Brust und steigert sich langsam. Revna schlägt mit den Handflächen auf die Stuhllehnen, im Rhythmus des Summens, und Yrsa merkt, dass sie es ist, die summt und jetzt singt. Mit lauter, klarer Stimme. Ihr Gesang erfüllt das düstere Haus, und sie weiß nicht, woher die Worte kommen, die sie singt. Spürt nicht, wie ihr der Schweiß über den Körper läuft.

Revna hält einen langen metallenen Stab in ihrer Hand. An seiner Spitze ist ein winzig kleiner Vogelkäfig. Er rasselt, wenn Revna den Stab schüttelt.

»Sei still jetzt«, sagt Revna.

Yrsa verstummt. Revna erhebt sich von ihrem Stuhl, breitet die Arme aus und spricht mit einer Stimme, die anders klingt als zuvor:

»Der Mond matt und milchig
weich umweht ihn der Wind
schwer sind mir die Schwingen
bleich blinkt es, das Licht
hoch hinauf nun steige ich
weit, weit in das trübe Licht
Midgard, Bifröst, Asgard

Freyja, dich, dich rufe ich
kehr heim vom wilden Ritt
rot färbt sich der Morgen
wenn der Tau von ihm tropft
ich, Revna, rufe dich,
sei da, wenn es dämmert
wenn das Grau dem Blau weicht
das Tiefschwarz das Licht spinnt
nimm mich auf die Schwingen
Freyja auf dem Eber
Freyja mit den Katzen
zeig ihr, sie fleht um Hilfe, einen Weg
Sjalfi, Sjalfi, wir rufen dich
nach Ost, West, Nord und Süd
Nordri, Sudri, Audri, Vestri
gebt uns ein Zeichen
gebt uns ein Z…«

Mitten im Wort bricht Revna ihre Verse ab. Ihre Lippen stehen offen, als hätte ein eisiger Wind sie festgefroren. Ihr Blick geht ins Leere. Dann zuckt sie zusammen, ein Schauder fährt durch ihren Körper, ihr Kopf zittert, sie bewegt ihn leicht nach rechts, leicht nach links, als müsse sie sichergehen, dass er ihr noch gehorcht.

»Nein, nein, nein«, sagt sie dann. Ihre Stimme wird mit jedem Nein lauter.

Yrsa ist unsicher, ob all das Teil der Zeremonie ist. Sie hat früh gelernt, ihre Mutter nicht zu unterbrechen, wenn sie mit den Geistern sprach.

Sie hört einen lauten Schrei. Es ist Revna. Sie hält den Arm vor das Gesicht, fällt nach hinten, landet mit einem lauten Plumps auf ihrem Thron.

»Weiche, weiche«, ruft sie laut, hält den Arm wieder schützend vor ihr Gesicht. Und noch lauter: »Nein, nein, nein!«

Yrsa kann sich nicht bewegen, jetzt spürt sie, wie ihr der Schweiß über den Rücken rinnt. Revna schlägt mit den Armen um sich, als wolle sie etwas verscheuchen, das sich vor ihr aufbaut. Plötzlich starrt sie Yrsa an mit weit aufgerissenen Augen.

»Du«, sagt sie. Dann schlägt sie wieder mit den Armen um sich. »Verschwinde!« Sie schreit es fast.

Yrsa weiß nicht, ob sie gemeint ist oder ob Revna mit einem Wesen spricht, das nur sie sieht.

»Verschwinde!«, schreit Revna noch lauter.

Sie greift nach ihrem Stab und versucht nach Yrsa zu schlagen. Yrsa springt zur Seite.

»Raus aus meinem Haus, jetzt sofort. Weiche, weiche!« Revna hält die Handflächen vor die Brust. »Hörst du nicht, verschwinde!«

»Aber was ist los? Was hast du gesehen? Wo ist Sjalfi?«

»Ein böser Geist. Eine Warnung. Suche nicht nach Sjalfi. Raus, raus!« Revna schwingt den Stab in Yrsas Richtung.

»Was für ein Geist? Ich muss wissen, was los ist. Bitte!«

»Verschwinde sofort, oder ich verfluche dich.«

Yrsa dreht sich um, stolpert über etwas, das sie im Dunkeln nicht erkennen kann, und rennt davon. Als sie den niedrigen Gang erreicht, hört sie Revnas Stimme.

»Halt, bleib stehen, genau dort, wo du bist. Gib mir das Amulett, jetzt auf der Stelle.«

Yrsa verharrt einen Moment, macht zwei Schritte zurück, hält die Hand über das Amulett und weiß im gleichen Moment, dass sie es nicht hergibt, niemals hergeben wird. Sie rennt in Richtung des Ausgangs.

»Bleib stehen, Tochter der Katla. Das Amulett, es gehört mir.«

Als Yrsa die Türe öffnet und ins Freie stürzt, hört sie Revnas

Stimme aus der Ferne: »Ich verfluche dich. Ich verfluche dich. Ich verfluche dich!«

Kapitel 7

Etwas hat ihn geweckt. Avidh tastet neben sich, legt die Hand auf den Griff seines Schwertes, lauscht, macht keinen Laut. In jenem kurzen Moment zwischen Schlafen und Wachen schien es ihm, als habe jemand die Türe des Hauses zugeschlagen. Dämmriges Licht fällt durch den Vorhang, der den vorderen Teil des Hauses vom Schlafbereich abtrennt. Er hebt den Kopf vom Fell, ganz leise, atmet flach, richtet alle Aufmerksamkeit auf die Ohren. Jahrelang hat er das in seiner Ausbildung zum Krieger trainiert.

Frida wird es nicht sein. Irgendwann heute Morgen hat er gehört, wie sie aufgestanden und an seine Schlafstätte gekommen ist. Sie hat etwas von »Ich gehe Pilze sammeln und komme spät zurück« gemurmelt. So genau weiß er es nicht mehr.

Im Haus ist es still. Er stützt sich auf den Ellbogen, nicht mehr ganz so leise, sein Kopf brummt. Der Abend war lang gestern, die Abende in der Methalle mit Leif sind es meistens. Er kann sich nicht mehr erinnern, wie viele Becher Bier sie getrunken haben. Irgendwann saß eine der jungen Frauen vom Hafen neben ihm. Daran erinnert er sich noch.

Sein Mund ist trocken, er reibt sich die Augen, streicht die langen Haarsträhnen aus dem Gesicht. Ein seltsamer Geruch steigt ihm in die Nase. Er dreht den Kopf, schmunzelt. Auf dem Brett neben der Schlafstatt steht ein Becher. Frida wusste, dass sein Kopf heute schwer sein würde. Der Trank riecht genauso schlecht wie der letzte, den sie ihm vor einigen Monden nach einem langen Abend in der Methalle gebraut hat.

Noch einmal lauscht er in die Stille des Hauses. Geräusche dringen nur von außen an seine Ohren, Füße trampeln über die Holzplanken, eine Möwe schreit, und er hört die Stimme des Töpfers, dessen Werkstatt ein paar Häuser weiter steht.

»Frida, bist du da?« Seine Stimme klingt so rau, wie seine Kehle sich anfühlt.

Keine Antwort. Manchmal lässt der Wind die Türe klappern. Er legt den Kopf auf das Fell, versucht sich an den Abend zu erinnern. Leif war irgendwann bei ihm aufgetaucht. »Du musst wieder mal auf andere Gedanken kommen«, sagte er, »frag nicht, woher ich das habe«, und legte ein Silberstück auf den Tisch. Avidh lachte nur.

Ihm ist kalt. Frida hat kein Feuer gemacht. Er zieht die Decke über den nackten Oberkörper, wickelt sich ein, dreht sich auf die Seite, schließt die Augen. Der Schlaf kommt nicht zurück, nur ein dumpfes Pochen in seinem Kopf. Er seufzt, beschließt, doch nachzuschauen.

Durch den Vorhang schlüpft er in den vorderen Teil des Hauses. Kräuter, die Frida zum Trocknen an der Decke aufgehängt hat, streifen sein Gesicht. Sofort fällt sein Blick auf den staubigen Boden vor der Türe. Der abgeschlagene Kopf eines Raben liegt dort in einer kleinen Lache aus Blut.

Er geht in die Hocke, schaut sich den Rabenkopf genauer an. Er hat doch richtig gehört, jemand war in der Hütte und hat diese Botschaft hinterlassen. Wäre er doch beim ersten Geräusch aus dem Bett gesprungen!

Der Rabe hat ein kleines Stück Holz im Schnabel stecken.

Avidh zieht es heraus. Auf beiden Seiten hat jemand Runen in das Holz geritzt.

Avidh versucht sie zu entziffern. Er hat nie richtig lesen gelernt. In dem Alter, in dem manche Eltern das ihre Kindern lehrten, war er schon auf sich allein gestellt. Frida bemühte sich, ihm die Buchstaben beizubringen, als sie ihn schließlich aufnahm. Doch damals war es zu spät, er interessierte sich in jener Zeit mehr für Waffen als für Runen. Heute bereut er das.

Er starrt auf die ins Holz geritzten Linien, setzt einen Buchstaben nach dem anderen zusammen. Einen Teil auf der Vorderseite kann er gut lesen, es ist Fridas Name, diese Runen kennt er. Davor steht, wenn er sich nicht irrt, »Verschwinde«. Die Rückseite dauert länger, irgendetwas mit »Unheil«.

»Soll der Troll mich holen«, sagt Avidh, »wer bedroht eine alte Frau?«

Im gleichen Moment klopft es an der Türe. Mit dem Messer in der Hand reißt er die Türe auf. Ein Junge in löchrigen Kleidern, vielleicht sieben Winter alt, steht vor der Türe und zuckt zusammen, als er ihn sieht. Avidh steckt das Messer weg.

»Kein Grund, sich zu fürchten«, sagt er, »ich dachte, du wärst jemand anderes.«

Der Junge schaut ihn an und sagt, seine Stimme zittert ein bisschen: »Ist das das Haus von Frida der Heilerin? Ich habe eine Botschaft für Avidh den Krieger.«

»Das bin ich. Was gibt es?«

»Hrolfr der Heisere lässt ausrichten, du sollst sofort zu ihm kommen. Es ist dringend.«

»Mehr hat er nicht gesagt?«

»Nein, Herr.« Der Junge will sich umdrehen und wegrennen.

»Warte einen Moment.«

Avidh geht zur Kochstelle, nimmt ein großes Stück Fladenbrot, getrocknetes Fleisch und ein Stück Käse.

»Nimm das. Ich weiß, wie es ist, wenn man nichts hat.«

Der Junge packt das Essen, lächelt kurz und rennt davon.

Eigentlich will Avidh Frida suchen gehen. Er versteht nicht, wer ihr solche Botschaften schickt und was das zu bedeuten hat. Sie ist beliebt in der Stadt, hat schon vielen Menschen in Haithabu geholfen. Doch er weiß, dass Hrolfr der Heisere es nicht schätzt, wenn man ihn warten lässt. Wenn er einen Boten schickt, muss es dringend sein. Vermutlich geht es um die Planung ihres Überfalls auf Dorestad.

Es ist nicht weit zu Hrolfr dem Heiseren. Avidh tritt aus der Türe, Fridas Hühner gackern. Bevor Avidh über den Zaun springt, streut er ihnen Körner auf den Boden und krault die Ziege zwischen den Hörnern. Ihm fällt eine Stelle im Zaun auf, wo das Rutengeflecht zwischen den Rundhölzern löchrig ist. Das muss ich ausbessern, denkt er.

Auf dem Bohlenweg winkt er dem Töpfer zu, ruft: »Wie laufen die Geschäfte?«, der Töpfer schlägt sich mit der Hand gegen die Stirn. Dann ist er, zwei Häuser weiter, schon um die Ecke. Die Häuser stehen hier dicht an dicht. An manchen Stellen kann Avidh die Arme ausbreiten und links und rechts ein Haus berühren. Die dicke Nachbarin hört er oft schnarchen.

Auf dem Uferweg ein bisschen weiter östlich rumpeln Wagen und Schubkarren aneinander vorbei. Viele neue Häuser und Hütten sind entstanden, seit er wieder öfter in Haithabu ist. Jeden Sommer scheinen mehr Handelsschiffe aus dem Norden und dem Osten im Hafen anzulegen.

Plötzlich schreit jemand: »Feuer! Feuer!«

Es pocht in seinem Schädel, aber Avidh rennt sofort los in

Richtung der Schreie. Jeder weiß hier: Ein Feuer betrifft alle und nicht nur jene, in deren Haus es ausbricht. Holz, Stroh, Reet und die dichte Bebauung machen aus ein paar Flammen schnell einen Flächenbrand.

Ein Mädchen, vielleicht zehn Winter alt, kommt weinend in seine Richtung gerannt. Er sieht den Rauch aufsteigen, es ist nicht weit, er eilt um zwei Ecken, reiht sich ein mit all jenen, die schon Wasser aus dem Bach schöpfen.

Sie haben Glück, das Feuer hat sich noch nicht weitergefressen und ist schnell gelöscht. Ein Loch klafft im Reetdach der Hütte, sonst ist der Schaden klein. Die Familie ist noch nicht lange in der Stadt, kommt aus dem Westen. Mit seinen paar Brocken Friesisch versucht Avidh ihnen zu erklären, dass sie eine Tierhaut als Schutz über die Feuerstelle spannen sollen. Damit die Funken nicht so leicht ins Dach fliegen. Das Mädchen kommt dazu und sagt irgendwann: »Das weiß meine Mama, aber wir haben keine.«

Kurze Zeit später steht Avidh vor dem Haus von Hrolfr dem Heiseren, eines der größten Häuser in der Stadt. Bei seinem ersten Besuch staunte er, Hrolfrs Haus ist beinahe so groß wie die Langhäuser in den Dörfern, obwohl es in der Stadt viel weniger Platz gibt. Es liegt etwas abseits, in einiger Entfernung vom Hafen, wo Stunde um Stunde die Fässer klappern, die Händler rufen, niemals Ruhe herrscht und das Wasser, wenn es steigt, als Erstes alles überflutet. Der Weg führt hier schon leicht bergauf. Wenn man nur ein kleines Stück weitergeht, kommt man in die Südsiedlung, den ältesten Teil der Stadt. Dort war er, jetzt fällt es ihm wieder ein, am Abend zuvor. Eine der jungen Frauen vom Hafen wohnt dort in einer Hütte.

Vom Wasser her weht eine kühle Brise und hat seinen Kopf ein bisschen durchgelüftet. Er klopft, und eine junge Bedienstete, die er noch nie gesehen hat, öffnet die Türe. Als er an ihr vorbei ins Haus tritt, macht sie einen Schritt zurück, eine lange Schramme zieht sich über eine Hälfte ihres schmalen Gesichts. Sie blickt zu Boden.

»Der Herr erwartet dich schon.« Die junge Frau spricht mit Akzent. Es klingt, als käme sie irgendwo aus dem Osten, wo die Schiffe den Dnjepr hinabsegeln.

Avidh war schon öfter im Haus von Hrolfr dem Heiseren. Ohne das Silber von Hrolfr sind die Reisen in die Ferne schwierig. Jedes Mal, wenn er den Eingangsbereich seiner Halle betritt, scheint es ihm, dass noch mehr Wertvolles an den Wänden hängt. Der Duft eines Bratens steigt ihm in die Nase. Doch ihm ist im Moment nicht nach Essen zumute. Er schluckt, um die Übelkeit zu bekämpfen. Er hätte Fridas Trank leeren sollen.

Die Holzplanken quietschen unter seinen Füßen, sogar der Boden des Hauses ist nicht aus Lehm, sondern mit Holz ausgelegt. Über der Türe, durch die sie jetzt in den Hauptbereich des Hauses treten, hängt der Kopf eines Elchs. Hrolfr sitzt an einem langen Tisch neben der Feuerstelle und beißt gerade in ein Stück Braten. Neben ihm steht eine junge Bedienstete, die ihm Met in sein Glas einschenkt. Hrolfr trinkt nicht aus Bechern, er hat teure Gläser aus dem Frankenland. Er winkt Avidh hinein.

»Das wurde Zeit, setze dich hier neben mich«, sagt er mit seiner heiseren Stimme. »Ein zweites Glas, Mädchen.« Hrolfr versucht der jungen Frau, die neben ihm steht, mit der Hand auf den Hintern zu klopfen, ist aber zu langsam. Sie ist schon im hinteren Teil des Hauses verschwunden. Avidh verkneift sich ein Lächeln.

»Ich habe nicht viel Zeit. Was ist los?«, sagt er und setzt sich zu Hrolfr an den Tisch, lässt einen gewissen Abstand. Hrolfrs Atem riecht so faul wie die Kloake hinter der Methalle. Hrolfr hat schwarze Zahnstummel im Mund, klagt häufig über Zahnschmerzen und war schon mehrmals bei Frida. Sie stellt stinkende Pasten für ihn her, die er auf sein Zahnfleisch streichen soll. »Warum wolltet Ihr mich sehen?«

»Lass mich fertig essen. Trinke einen Becher Met mit mir.«

»Nein, kein Met für mich«, sagt Avidh. Die Bedienstete stellt ein Glas vor ihn, er schiebt es weg. Unter dem Tisch wippt er mit dem Fuß auf und ab, ist in Gedanken bei Frida und dem abgeschlagenen Rabenkopf.

Hrolfr steckt sich ein Stück Fleisch in den Mund, kaut und jault auf. »Soll der Troll mich holen, verfluchte Zähne. Das Fleisch ist zu hart. Wie oft muss ich das sagen, ihr sollt das Fleisch länger kochen«, ruft er in den hinteren Teil des Hauses.

Avidh geht in Gedanken die Menschen in der Stadt durch und überlegt, ob Frida jemanden verärgert hat.

Als Hrolfr fertig gegessen hat, erhebt er sich ächzend, lässt sich in seinen großen Stuhl fallen, rülpst und klopft mit der Hand auf die Stuhllehne, seine Ringe klackern gegen das Holz.

»Du musst etwas für mich erledigen«, sagt er. »Nimm zwei Männer und reite zu meinem Bruder an die Westküste. Ihr könnt euch im Stall drei Pferde nehmen. Du kannst den nervösen Hengst ausleihen, den mag außer dir sowieso niemand. Mein Bruder hat in Ribe Pelze verkauft, ihr müsst das Silber abholen. Wir brauchen es, um das Schiff für die Reise nach Dorestad fertigzustellen und Waffen zu kaufen. Ich muss dir nicht erklären, dass wir knapp sind nach den Ereignissen im letzten Sommer.«

»Das sind zwei Tagesreisen.«

»Und? Es ist wichtig. Ich muss jemanden schicken, dem ich vertraue und der sich gut verteidigen kann. Es ist das erste Mal, dass mein Bruder sich beteiligen will. Wir dürfen nicht zögern. Es ist ein ganzes Säckchen voll Silber.«

»Was sagt Gunnar?«

»Was spielt das für eine Rolle?«

»Ich arbeite mit Gunnar an den Vorbereitungen der Reise. Er hat das Sagen. Also muss ich wissen, was Ihr mit ihm besprochen habt, ob er Bescheid weiß.«

»Hör mal zu, Junge, ohne mein Silber gibt es keine Fahrt. Das sollte jedem klar sein. Und auch, dass wir schnell mehr Mittel brauchen. Wenn ich also einen Auftrag für dich habe, muss ich niemanden um Erlaubnis bitten.«

»Fragt jemand anderen. Mir passt es im Moment nicht.«

»Das spielt keine Rolle. Es ist wichtig.«

»Ihr findet jemand anderen.«

»Beim blaubeinigen Troll!« Hrolfr schlägt mit der Hand auf die Lehne seines Stuhls. Wieder klackern die Ringe. »Wollte ich jemand anderen fragen, würde ich das tun. Ich will, dass du das Silber holst, Avidh. Zu dir habe ich Vertrauen. Du bist wie dein Vater. Das Mädchen kann warten. Und wenn sie nicht wartet, gibt es viele andere, die gerne auf dich warten. Schau dich an. Ein stolzer Krieger ist aus dir geworden. Du erinnerst mich immer mehr an deinen Vater.«

»Es geht nicht um ein Mädchen.« Avidh spürt Zorn in sich aufsteigen, aber er bleibt ruhig sitzen. »Mein Vater ist seit fünfzehn Wintern in Valhöll, ich weiß nicht, ob Ihr noch ein so genaues Bild von ihm habt.« Es ist nicht das erste Mal, dass Hrolfr ihn mit seinem Vater vergleicht. Solche Vergleiche ärgern ihn. Er hat selbst nur noch ein verschwommenes Bild von seinem Vater. Er war sieben, als er ihn das letzte Mal sah. Zudem sagte sein Vater damals oft: »Ich sehe deine Mutter in dir«, und an sie hat Avidh keine Erinnerung.

»Fünfzehn Winter ist das schon her?« Hrolfr schnaubt. »Na ja, du erinnerst mich trotzdem an ihn. Du bist ähnlich furchtlos wie er, hat Gunnar mir erzählt.«

Avidh schweigt. Es ist keine große Sache für ihn, das Silber zu holen. Aber im Moment will er Frida nicht allein lassen.

»Vor fünfzehn Wintern war ich auch noch viel auf Reisen«, sagt Hrolfr und massiert sich die Backe. »Jedenfalls, was auch immer dich hier hält: Es muss warten. Du musst das Silber holen, wir brauchen es. Alles muss diesen Sommer besser laufen. Sonst wird nichts aus der Reise nach Dorestad. Vor allem wird für dich nichts aus der Reise. Das wäre schade, aus dir kann noch viel werden. Aber ich werde Gunnar sagen, dass er deinen Platz auf dem Schiff streichen soll, wenn du diesen Auftrag verweigerst.«

Kurz darauf steht Avidh wieder in der Gasse vor Hrolfrs Haus. Er muss einen Moment nachdenken, der Schmerz pulsiert noch stärker hinter seinen Schläfen. Er muss Frida suchen, muss herausfinden, was es mit der seltsamen Botschaft auf sich hat. So kann er sie nicht allein zurücklassen. Er springt über den Bach, macht sich auf in Richtung des Waldes.

Oben zwischen den fünf Tannen, hinter der hellgrünen Lichtung, dort, wo der Troll manchmal über das Haddebyer Noor schaut und an seine längst verblichene Trollliebe denkt, dort sammelt Frida gerne Pilze. Sie macht sich einen Spaß daraus, ihm Wege auf eine Art zu erklären, dass es keinesfalls so klingt, wie er es bei den königlichen Truppen einst gelernt hat. Die Lichtung mit dem Troll hätten sie gemieden, sich im Schutz des Dickichts von Baumriese zu Baumriese geschlichen.

Aber er kennt Frida lange genug, um auch ohne Wegbeschreibungen zu wissen, wo sie ihre Kräuter und Pilze sucht. Auch die geheimsten Orte kennt er, die mächtige Eiche, in die sie Beschwörungen, Sprüche und Rezepte ritzt. Frida hat ihm erzählt, es sei eine besondere Ehre, dass sie diese Eiche als ihr Gedächtnis nutzen dürfe. Eine Waldelfe hat es ihr erlaubt.

In den ersten Monden, als er bei ihr lebte, wunderte er sich über Dinge, die sie tat. Er hatte zuvor keine Seherinnen näher gekannt. Aber am meisten wunderte er sich, dass sie ihn bei sich aufgenommen hatte. Er war damals mehr tot als lebendig, ein Teil von ihm hatte schon die Reise nach Valhöll angetreten, und es brauchte die besonderen Kräfte von Frida, um ihn zurückzuholen.

Sie waren in jenem Sommer bis in den Westen des Frankenreichs vorgestoßen, hatten Klöster und Kirchen überfallen. Schon auf der Überfahrt ergriff ein Troll von ihm Besitz. Er lag fiebrig an Deck, schreckte manchmal auf, wenn eine große Welle über die Reling schwappte, sank dann durchnässt wieder auf die glitschigen Planken. Er hat kaum Erinnerungen daran, wie sie der Küste folgten, wie Leif ihm Wasser einflößte, ihm die salzverkrusteten Haare aus dem Gesicht strich.

So zog er geschwächt in den Kampf, die Kleider schlotterten ihm am Leib, selbst das Schwert lag unruhig in seiner Hand, als hätte der Troll das enge Band zwischen der Waffe und ihm angeknabbert. Und es passierte, was ihm sonst niemals passiert wäre: Ein Wachmann schoss ihm einen Pfeil in den Oberschenkel, der Pfeil schrammte am Knochen vorbei und bohrte sich tief in sein Fleisch.

Es ging ihm auf der Heimreise noch schlechter als auf der Hinfahrt, kalte Schauder durchfuhren ihn, die Hitze schüttelte seinen Körper, sein Bein schwoll zu doppelter Größe und pochte so heftig, als säße ein Herz im Oberschenkel, zehnmal größer als jenes in der Brust. Tagelang schwebte er zwischen Leben und Tod, fühlte sich Valhöll näher als den Männern an Deck, sah seinen toten Vater durch die Takelage geistern und rief: »Warte auf mich, ich komme mit!« Doch sein Vater schien ihn nicht zu hören. Er schrie gegen die Brandung und den Sturmwind an, der an den Segeln riss.

Ob aus Schmerz oder um die Aufmerksamkeit seines Vaters zu bekommen, wusste er nicht.

Im Hafen von Haithabu brauchte Leif die Hilfe eines zweiten Mannes, um ihn von Deck zu schleppen. Seine Arme hingen über ihren Schultern, seine Füße schleiften über den Boden, als ihnen Frida über den Weg lief. Sie schaute ihn an, zögerte keinen Moment und sagte zu Leif in einem Tonfall, der Widerrede unmöglich machte: »Bring deinen Freund sofort in mein Haus.«

Er hat kaum Erinnerungen an die ersten Tage bei ihr. Doch ein Bild hat sich ihm ins Gedächtnis eingeschrieben: Eines Morgens wachte er auf und fragte sich, wer die grauhaarige Frau war, die mit einem übel riechenden Trank an seinem Bett saß und ihn anlächelte.

Noch heute ist er überzeugt, dass er sich ohne ihre Hilfe nicht erholt hätte. Er fragte sie später manchmal, warum sie ihn damals ohne Zögern bei sich aufgenommen hatte, einen fremden, verdreckten, halb toten Dreizehnjährigen. Frida zuckte jedes Mal die Schultern und sagte nur: »Das war Freyjas Wille.« Sie habe an diesem Tag eine Unruhe in sich gespürt und gegen Abend beschlossen, ans Wasser zu gehen, um den Geistern zu lauschen. Dann habe das Schiff angelegt.

Nach kurzer Zeit sieht er Frida auf ihrem Lieblingsstein sitzen. Hoher Farn umrahmt den Stein. Von Weitem sieht es aus, als habe der Stein eine ausladende Lehne, als sei es ein mächtiger Thron aus Grün. Frida, die Königin des Waldes. Er findet das sehr passend. Ein kleiner Hase hockt neben ihr. Avidh hat schon lange aufgehört, sich zu wundern, dass manchmal irgendwelche Tiere still neben Frida sitzen und die beiden in ein aufgeregtes Gespräch vertieft sind, das er nicht hören kann. Wenn er auftaucht, verschwinden die Tiere immer sofort. Auch der Hase macht einen großen Satz ins Dickicht, als Avidh Frida erreicht hat.

»Avidh, das ist schön, dass du mich besuchst«, sagt sie. Sie scheint nicht erstaunt, dass er plötzlich auftaucht. »Wie geht es deinem Kopf? Setz dich hier neben mich.«

»Ich habe nur zwei Schlucke von deinem Trank genommen.«

»Und, schon besser?«

Er fasst sich an die schmerzenden Schläfen. »Geht so.«

»Du hättest den ganzen Becher leeren sollen.«

»Ja, ich weiß.« Er holt tief Luft. »Jemand hat einen Rabenkopf ins Haus gelegt, während ich schlief. Das hatte er im Schnabel.« Er zeigt ihr das Holzstück.

»Und deshalb kommst du zu mir?«

»Schau dir die Botschaft an. Ich konnte nicht alles entziffern.«

Frida liest: »›Verschwinde, Frida, Unheil kommt über dich.‹« Sie lächelt. »Ach herrje.«

»Ich will wissen, was dahintersteckt. So was bekommst du sonst nicht.«

»Der schiefbeinige Hinterwäldler hat mir einmal einen Krötenkopf geschickt, weil er meinte, ich hätte den Troll mit den grünen Zähnen auf ihn gehetzt. Hat nicht gestimmt, er hat sich dann entschuldigt.«

»Daran kann ich mich nicht erinnern.«

»Und weißt du noch, Clara die Langhüftige hat mir einmal ein Mäusebein vor die Türe gelegt, weil sie meinte, ich hätte ihren Mann verzaubert. Hat nicht gestimmt, sie hat sich dann entschuldigt.«

»Nein, weiß ich nicht mehr.«

»Weißt du noch, Hinrich der Sumpffüßige …«

»Nein, da war ich vielleicht gerade unterwegs.«

»Avidh, du hast heute schlechte Laune.« Sie nimmt seine Hand und hält sie fest. Fridas Hände sind faltig, warm und weich, obwohl sie so viel im Garten arbeitet, im Waldboden buddelt. Wenn sie seine Hand auf diese Art nimmt, ist es schwierig, vor ihr zu verstecken, was ihn gerade beschäftigt.

»Ich finde, du solltest das ernster nehmen«, sagt er. »Und ich will wissen, wer dir solche Drohungen schickt.«

»Um mich musst du dich nicht sorgen, Avidh.«

»Doch, muss ich, wenn du mir nicht sagst, was los ist.«

»Ach«, sie wedelt mit der Hand, »das kann vieles bedeuten. Vielleicht war jemand mit einem Kräutertrank unzufrieden. Dir schmecken sie ja auch nicht.« Sie lächelt.

»Frida, du lenkst ab. Du weißt etwas, das du mir nicht sagen willst.«

Sie schaut ihn an aus ihren wässrig grünen Augen, unzählige Fältchen haben ihren Blick so in ihrem Gesicht festgeschrieben, dass Frida immer freundlich aussieht. Zumindest kommt ihm das so vor. Er weiß, sie kann auch anders.

»Was soll mir schon passieren, wenn du bei mir bist?«

»Ich muss in einigen Wochen wieder los.«

»Bis dann hat sich, wer immer das war, bestimmt wieder beruhigt.«

Avidh hätte beinahe geantwortet, dass er auch jetzt zwei Tage unterwegs sein wird. Doch zuerst will er mehr herausfinden. Wenn Frida weiß, dass er fortmuss, wird sie alles verharmlosen.

»Denk nach. Es muss etwas geben. Jemanden, den du richtig verärgert hast.«

Wieder schaut sie ihn an, wischt sich die grauen Haare langsam aus dem Gesicht, eine Spinne krabbelt über ihr Kleid, sie beachtet sie nicht. Aber einen kurzen Moment meint er, etwas Sorge in Fridas Augen zu erkennen.

»Ich möchte nicht, dass du dich einmischst, Avidh.«

Kapitel 8

»Hejja«, ruft Njáll und lässt die Peitsche knallen. »Bei Thors Hammer, lauf ein bisschen schneller.«

Sein Ochse, der den Wagen zieht, nimmt sein Fluchen gelassen. Im Schritttempo ruckeln sie über den Weg. Und jetzt quietscht hinten ein Rad. Er hat heute Morgen vergessen, den Wagen zu überprüfen. Das macht er sonst immer, schmiert etwas Fett an die Stelle, wo die Achsen in den Holzrädern drehen, krault den Ochsen zwischen den Ohren und steigt dann vorne auf die kleine Bank.

Hätte ich das Pferd genommen, denkt er, ich wäre längst dort. Aber er muss unterwegs noch Holz für die Schmiede aufladen. Wieder lässt er die Peitsche knallen. »Was ich mit dem Silber anstelle, will sie wissen«, murmelt er und stampft mit dem Fuß auf. Woher soll er wissen, wohin das Silber verschwindet? Seine Frau hat vor langer Zeit die Planungen übernommen. Ohne sie würde die Schmiede niemals so gut laufen. Sie verwaltet das Geld, sagt ihm, was er besorgen und was er zuerst schmieden soll. Den Schlüssel zur Truhe im Versteck trägt sie um den Hals. Er hat auch einen Schlüssel zur Truhe, das hat sie vielleicht vergessen. Ist ihm auch egal.

Vor einigen Monden hat sie angefangen, sich zu beschweren, dass das Silber weniger wird. Dabei laufen die Geschäfte gut. Sogar

Kunden aus der Stadt waren schon da. Deshalb ist seiner Frau jetzt die Idee gekommen, er könnte noch einmal als Wikinger über das Meer ziehen und wie letztes Mal mit einer Menge Silber heimkehren. Er will aber nicht. Seit der letzten Reise sind viele Winter vergangen. Er gibt es nicht gern zu, aber im Kampf ist er nicht mehr so schnell wie früher, und er genießt die ruhigen Abende am Feuer.

»Das bringt doch nichts«, hat er zu Gudrun gesagt, »wir müssen herausfinden, warum das Silber verschwindet.« Sie hat ihm vorgeworfen, dass er sich herumtreibt, wieder Geld für Frauen ausgibt. So wie damals für Aoife. »Was uns das eingebracht hat, wissen wir ja«, hat Gudrun heute Morgen noch gesagt. An Aoife will er nicht denken, sein Ärger wächst sonst noch.

Er schaut den Wolken zu, wie sie tief über die Heide ziehen, sich in kleinen Fetzen über den Ginster legen. Es scheint beinahe, als könnten die höchsten Pflanzen die Wolken zerfleddern. Die Luft riecht immer stärker nach Regen.

»Mächtiger Thor, beschütze mich auf meinen Wegen«, murmelt Njáll. In den nächsten Tagen will er zum kleinen See in der Nähe des Dorfes reiten und dort die Haut einer Ziege aufspannen, ein Messer ins Wasser werfen und um gute Geschäfte bitten.

Er ist stolz darauf, was er aus der Schmiede gemacht hat, die ihm sein Vater übergab, kurz bevor er starb. »Vergiss nie«, sagte sein Vater an jenem Tag, »wir sind etwas Besonderes, wir sind die Nachfahren des Zwergs Ivaldi, die Götter wachen über unser Handwerk. Wir sind dunkle Elfen, beherrschen die Flammen, und niemand führt den Hammer so genau wie wir. Unsere Vorfahren schmiedeten die Ketten, die den großen Wolf Fenrir von seinen Schandtaten abhalten, und sie schmiedeten das Schwert, mit dem Sigurd den Drachen tötete.«

Nachdem sein Vater gestorben war, überlegte Njáll lange, wen er mit diesem »Wir sind etwas Besonderes« gemeint hatte. Alle

Schmiede, alle Söhne Ivaldis, oder nur sie beide, seinen Vater und ihn? Aber er hatte die Worte immer als Botschaft verstanden, aus der Schmiede etwas zu machen, über das die Menschen auch im Nachbardorf und sogar in der Stadt sprechen würden. Er wünschte, sein Vater könnte sehen, was er geschaffen hat.

Am kleinen See will er die Götter noch um etwas anderes bitten: dass sein Plan gelingen möge. Heute ist ein wichtiger Tag! Auch deshalb kann er es kaum erwarten, Yrsas Dorf zu erreichen. Der Ochse trottet noch immer in gemächlichem Schritt. Njáll kommt es vor, als könnte er Grashalme am Wegrand zählen. »Hejja«, ruft er wieder, doch er weiß, viel schneller geht es nicht. Der Boden ist feucht, die hölzernen Räder hinterlassen tiefe Furchen im Grund. Mit dem Pferd braucht er nur eine Stunde in Yrsas Dorf.

Njáll erinnert sich daran, wie ihm Yrsa hier vor einigen Monden zum ersten Mal aufgefallen ist. Es war ein eisiger Tag im letzten Winter. Wie heute saß er vorne auf seinem Ochsenkarren, der Wind pfiff vom Meer her über das Land. Er trug eine Jacke aus Seehundsfell, stellte den Kragen hoch, zog die Mütze in die Stirn, freute sich auf eine Schale heißer Suppe.

Da kam eine junge Frau in Sicht. Sie lief ein Stück weiter vorne entlang des Weges, trug ausgebeulte Hosen, dünne Schuhe und nur ein Hemd, keine Jacke, keinen Umhang. Um Kopf und Hals hatte sie ein wollenes Tuch gewickelt. Im ersten Moment glaubte er, er habe eine entlaufene Bedienstete erwischt, die er ihrem Besitzer zurückbringen konnte. »Mach ich doch gerne«, hört er sich sagen, und dann hätte er noch einen Krug Bier mit dem dankbaren Besitzer geleert.

Doch als er sich näherte, erkannte er, dass die Frau einen Bogen über der Schulter trug. Über die andere Schulter hatte sie sich zwei Hasen gehängt, an den Läufen zusammengebunden. Ihre braunen Haare waren zu einem dicken Zopf geflochten, der ihr fast bis zur Taille reichte. Der Wind blies ihnen ins Gesicht, und sie hörte seinen Wagen erst spät. Sie drehte sich um und griff in derselben Bewegung an ihren Gürtel, wo sie ein langes Messer trug. In diesem Moment erkannte er sie und musste sofort an Katla denken. Yrsa durfte das niemals erfahren. Vielleicht wäre Katla noch am Leben, wenn er damals …

»Njáll, der Schmied«, sagte Yrsa und ließ ihre Hand auf dem Knauf des Messers liegen. »Du bekommst sie nicht.«

»Ich bekomme was nicht?« Njáll lachte. »Ach so, ich will deine Hasen nicht. Was suchst du hier draußen so allein?«

»Das geht dich nichts an«, sagte sie.

»Ich mache eine Lieferung. Soll ich dich ein Stück mitnehmen?«

Sie schüttelte den Kopf.

»Der Wind muss dir durch alle Glieder fahren, er bläst heute kalt über die Ebene.«

»Geht schon«, sagte sie. Ihr Blick glitt an ihm vorbei. Er drehte sich etwas um, konnte aber nichts Interessantes in seinem Wagen entdecken.

»Hast du Hunger?«, fragte er.

Sie schüttelte wieder den Kopf.

»Steig auf. Ich fahre in dein Dorf.«

»Nein, ich will noch Fallen überprüfen.«

»Dann nehme ich dich ein Stück weit mit.«

Sie zog sich das Tuch tiefer ins Gesicht. »Was willst du von mir?«

»Nichts. Es ist kalt, und du kommst so schneller ins Dorf zurück.«

Sie war nicht viel älter als seine Erstgeborene. Irgendetwas in der Art, wie sie ihn anschaute, sich bewegte, konnte er sich nicht erklären. So als müsste er immer wieder hinschauen, um herauszufinden, was es war. Bei Thors Hammer, er wusste nicht, was los war mit ihm.

Eigentlich wusste er es schon.

»Was schaust du mich so an?«, sagte sie.

»Ich habe deine Mutter gekannt, Katla, die Seherin.«

»Viele Menschen haben sie gekannt.«

»Bist du wie sie?«

»Warum interessiert dich das?«

»Man erzählt, dass du die gleichen Fähigkeiten hast wie sie. Die Menschen fürchten sich. Stimmt das?«

»Nein.«

Sie schulterte die Hasen und ging weiter.

»Warte.«

Doch bevor er sie einholen konnte, war sie schon im Gebüsch jenseits des Weges verschwunden. Er schüttelte den Kopf, griff zu der Flasche neben sich, und da fiel ihm auf, wohin sie die ganze Zeit geschaut hatte. Sein Schwert lag neben ihm auf der Bank.

»Ich fasse das nicht«, murmelt er jetzt. »Ich bin Schmied, Liebling der Götter, Nachfahre von Zwergen und dunklen Elfen, Herr über die fauchenden Flammen und das rot glühende Eisen. Männer reisen von weit her, um meine Äxte zu kaufen, ich habe Gold und Silber, ein großes Langhaus, Fässer voller Vorräte. Und wie oft habe ich ihr mit Fleisch, Hafer, Wolle, Pfeilspitzen ausgeholfen. »Bekomme ich Dankbarkeit dafür?«, sagt er laut. »Nein.« Er schlägt mit der Faust auf die Holzbank des Wagens. Der Ochse macht vor Schreck einen kleinen Hüpfer nach rechts.

Sie hingegen hat nichts, kein Land, haust in einer schäbigen Hütte. »Bei meiner Ehre, warum versteht sie nicht, dass sie kein besseres Angebot bekommt als meines?« Sie hat keinen Vater, der ihr eine Heirat vermitteln kann.

Vor einiger Zeit hat er sie vor die Wahl gestellt. Entweder du heiratest mich, oder ich gebe dir keine Vorräte mehr. Sie hat ihn angeschaut aus ihren Augen, die mal grün, mal braun schimmern, hat lange geschwiegen und dann gesagt: »Ist gut, wir kommen auch ohne dich zurecht.«

Er wollte ihr ins Gesicht schlagen, wollte sie schütteln, anschreien. Zornig macht ihn auch, dass sie vermutlich einen anderen Mann finden könnte, der seine Rolle übernimmt. Wenn es nur darum geht, ein bisschen Spaß für ein paar Vorräte zu haben, er wüsste einige Männer, die nicht Nein sagen würden. Aber jetzt wird alles besser. Sie unterschätzt ihn. Er lässt sich nicht länger ausnutzen. Schon bald wird sie ihm ganz gehören.

»Gefällt mir«, sagt Torbjörn und fährt mit dem Daumen über die Klinge der Axt. »Gute Arbeit, Njáll. Scharf, leicht und tödlich. Das können wir hier in unserer kleinen Schmiede nicht.«

Torbjörn sitzt vor seinem Haus auf einer Bank in der Sonne. Es ist früher Nachmittag, die Regenwolken haben sich verzogen.

Njáll reibt sich den Rücken. Er hat lange vorne auf dem Ochsenkarren gesessen. Eine Magd bringt einen Krug, gefüllt mit Bier, und zwei Trinkhörner. Ein paar Schritte weiter, beim Eingang des Langhauses, dreht eine andere Magd den Mahlstein und zerreibt Gerste. Njáll steigt der Duft von frischem Brei in die Nase.

»Ich bleibe nicht lange«, sagt Njáll, nimmt aber eines der Trinkhörner. »Ja, die Axt ist gut gelungen. Hat etwas länger gedauert als erwartet. Der Blasebalg hat geklemmt. Und ein Gehilfe aus dem Dorf taugt nichts. Für die besonderen Stellen mische ich norwegisches Erz mit unserem Erz. Das norwegische ist noch besser als unseres.«

»Liegt gut in der Hand.« Torbjörn holt aus und schlägt kurz in die Luft. »Hätte ich nicht erwartet, dass du sie vorbeibringst.«

»Ich habe hier sowieso etwas zu erledigen.« Njáll hebt einen kleinen Stein auf und lässt ihn durch die Finger gleiten. Und dir werde ich gleich etwas mitteilen, das dir nicht gefällt, du aufgeblasener Möchtegern-Jarl, denkt er.

»Du kaufst dir besser in Haithabu einen Sklaven, anstatt Gehilfen aus dem Dorf zu beschäftigen«, sagt Torbjörn. »Oder noch besser: Du gehst nach Hollingstedt. Dort kommen die Schiffe aus dem Westen an. Sie verkaufen einen Teil der Gefangenen auf dem Ufermarkt direkt am Hafen, bevor sie sie auf die Ochsenkarren nach Haithabu laden. So hast du eine bessere Auswahl.«

»Das weiß ich«, sagt Njáll und scharrt mit dem Fuß in der Erde. Er will nicht an diese Märkte erinnert werden. »Hast du gehört, was man sich über Olaf den Unwirschen erzählt?«, sagt er dann.

»Wer ist das?«

»Ich habe die Geschichte kürzlich in Haithabu gehört. Olaf war Händler am Hafen in Hollingstedt. Dann hat er sich mit den Männern, die den Handel dort kontrollieren, zerstritten und den Zoll nicht gezahlt. Sie haben ihn aus der Stadt gejagt.«

»Hab ich nichts von gehört«, sagt Torbjörn.

»Man erzählt sich, dass Olaf der Unwirsche mit seinen Männern durch die Gegend streift und junge Leute und Kinder entführt, um sie von Haithabu aus zu verschiffen und im Osten zu verkaufen.«

»Hmm, das ist mir neu«, sagt Torbjörn, »wird wohl in unserer Gegend nicht aufgetaucht sein.«

»Ihr haltet besser die Augen offen.«

Torbjörn nickt. »Also, warum bist du in unser Dorf gekommen?«

Njáll nimmt einen großen Schluck aus seinem Trinkhorn,

schaut in die Ferne und räuspert sich. Es wird ihr nicht gefallen, aber jetzt ist Schluss mit der Heimlichtuerei. »Ich will Yrsa in mein Dorf holen.«

»Yrsa?« Torbjörn runzelt die Stirn.

»Ja, ich will, dass sie mit mir als meine zweite Frau lebt.«

»Wie kommst du denn darauf?« Torbjörn schnaubt. »Sie hat nichts, kein Land. Willst du dir den Brautpreis sparen?«

»Nein. Meine Schmiede läuft gut. Ich könnte mir viele Frauen leisten.« Was fällt Torbjörn ein, denkt er, ausgerechnet er. »Ich brauche einfach eine junge Frau.«

Torbjörn schweigt. Zwei Falten auf seiner Stirn verschmelzen zu einer tiefen Furche.

»Hast du was dagegen?« Njáll blickt Torbjörn in die Augen.

»Du kannst sie nicht einfach mitnehmen.«

»Was interessiert dich das? Du bist nicht ihr Vater.«

»Nein. Aber ich fühle mich verantwortlich.«

Njáll schlägt sich mit der Hand auf den Oberschenkel. »Verantwortlich? Bei Thors Hammer, ich glaube nicht, dass sie das merkt. Wann hast du dich zuletzt um sie und ihren Bruder gekümmert?«

»Das ist nicht deine Sache«, sagt Torbjörn. »Was mischst du dich da ein? Ich habe ihre Mutter geliebt.«

Torbjörn murmelt etwas. Njáll ist sich nicht sicher, es klang wie: Und ich liebe sie immer noch. »Und ich habe die beiden mit Vorräten versorgt.«

»Du?« Torbjörns Stimme klingt zornig.

»Wir treffen uns schon länger. Yrsa gehört mir.« Jetzt ist es raus. Die Nachricht wird sich schnell im Dorf verbreiten. Dann wird es für Yrsa schwieriger, sein Angebot abzulehnen. Er hofft, dass sie noch stärker unter Druck gerät. Schließlich wird sie ihm dankbar sein, wenn er ihr auf seinem Hof eine Zuflucht bietet.

Die Furche zwischen Torbjörns Augenbrauen vertieft sich noch. »Spiel dich nicht als Wohltäter auf.«

»Das geht dich nichts an«, sagt Njáll.

»Ich bestimme, was hier im Dorf läuft.« Torbjörn steht auf. »Beleidige nicht meine Ehre.«

Njáll winkt ab. »Das ist nicht meine Absicht. Du hängst an den beiden?«

»Ich?« Torbjörn schüttelt den Kopf. »Das Kapitel ist für mich abgeschlossen. Ich wollte ihre Mutter, mit Yrsa und Sjalfi habe ich schon lange nichts mehr zu tun.«

»Eben«, sagt Njáll. Gerade vorhin hat er noch gesagt, er fühle sich verantwortlich. Entscheide dich, Torbjörn, denkt er. »Dann kann ich sie ja mitnehmen.«

»Warum ausgerechnet Yrsa?« Torbjörn hebt das Trinkhorn an die Lippen. »Es gibt andere Frauen, die jung sind und deren Väter sie gerne an der Seite eines einflussreichen Schmieds sähen.«

»Ja, stimmt wohl. Aber ich will Yrsa. Und wenn ich etwas will, dann bekomme ich das in der Regel auch.« Weil Yrsa nicht auf sein Angebot eingeht, ist der Wunsch, sie ganz zu besitzen, in Njáll noch gewachsen. Und jetzt lässt er sich nicht länger hinhalten.

»Und sie ist einverstanden?«

Njáll zuckt mit den Schultern. »Sie wird einverstanden sein.«

Torbjörn schweigt. Nach einer Weile sagte er: »Ich kann dir nur so viel sagen: Yrsa ist nicht wie ihre Mutter. Ich rate dir ab.«

Kapitel 9

Yrsa lässt sich auf einen Baumstamm am Wegrand sinken, stützt beide Hände auf die raue Rinde. Ihr Herz pocht so laut, als säße es in ihrem Kopf. Sie ist gerannt, seit sie aus Revnas Haus geflüchtet ist. Bei jedem Schritt hallte ihr Revnas Fluch in den Ohren. Sie wischt sich den Schweiß von der Stirn, zupft einen langen Halm vom Wegrand und zerkrümelt ihn in kleine Stücke.

Es macht ihr Angst, was Revna gegen Ende der Zeremonie gesehen hat. Sie weiß nicht, was für ein böser Geist aufgetaucht ist. Versteht nicht, warum Revna sie so schnell davongejagt hat. Sie solle aufhören, nach Sjalfi zu suchen, hat Revna gesagt. Aber Yrsa wird nicht aufgeben, selbst wenn sie sich fürchtet. Vielleicht ist es besser, vorerst keine Seherinnen mehr zu fragen.

Ihre Gedanken kreisen um den Fluch, den Revna am Schluss ausgestoßen hat. Sie ist sich nicht sicher, wie viel Macht die Seherin über sie ausüben kann. Sie hofft auf den Schutz ihrer Mutter.

Flüche können Menschen ins Unglück stürzen, das wusste sie schon als kleines Mädchen. Ihre Mutter verfluchte nie jemanden. »Meine Magie soll den Menschen helfen«, sagte sie immer. »Soll ihnen den Weg zurück ans Ufer weisen, wenn der Wind mit ihrem Boot spielt, soll die bösen Geister aus ihrem Körper ziehen, wenn sie heiß und fiebrig fantasieren, soll ihre Gerste wachsen lassen, wenn sie auf dem Feld verfault, weil Freyr zu viel Regen schickt.«

Einst erzählte ihre Mutter von einem Seher in Ribe, mit dem sie früher befreundet war. Er beschwor dunkle Kräfte, um Menschen zu verfluchen. »Er nutzte einen kleinen Teich«, sagte sie, »man sieht den Grund nicht, nur einen winzig kleinen Strudel mittendrin, und manchmal hört man ein Flüstern. In der Tiefe sitzt ein böser Troll, mit ihm machte der Seher gemeinsame Sache. Wenn sich die Farben des Tages in Grautöne verwischten, legte er einen Fuchsschädel ans Ufer und umrundete den Teich gegen den Lauf der Sonne. Dann warf er einen Tierknochen ins Wasser und murmelte seine Flüche. Sie waren ...« Mitten im Satz brach ihre Mutter die Erzählung damals ab, ihr Blick erstarrte, in ihrem Kopf schien sich die Geschichte fortzusetzen. »Was ist dann passiert?«, fragte Yrsa. »Erzähl weiter«, aber ihre Mutter schwieg.

Die Angst kriecht durch ihren Körper, als sie sich daran erinnert. Das Hemd klebt ihr an der Haut. Sie weiß nicht, was ihr droht, falls Revna die Kräfte dieses Sehers besitzt. Ihre Mutter erklärte ihnen damals auch, wie man sich von einem Fluch befreit. Yrsa zermartert sich den Kopf, aber es will ihr nicht einfallen.

Zurück in der Hütte lässt sie sich auf die Schlafstätte fallen und starrt auf die Dachbalken. Hofft wieder, dass die Fylgja sich zeigt, schließt die Augen, doch alles bleibt stumm. Sie fragt sich, ob Revnas Fluch die Kraft hat, die Fylgja fernzuhalten. Und sie fragt sich, warum Revna kürzlich mit Sjalfi gesprochen hat und er ihr nichts davon erzählt hat. Vielleicht sollte sie doch noch einmal in Torbjörns Langhaus nachfragen, auch wenn Jorunn sie noch schlechter behandelt als ihre Bediensteten.

Sie wird nie vergessen, wie Torbjörns Frau sie nach dem Tod ihrer Mutter anschaute. Es lag keine Genugtuung in ihrem Blick, aber sehr viel Verachtung. Und genauso schaute sie, als sie und Sjalfi Torbjörns Langhaus schließlich verlassen mussten. Ihre

Narbe schmerzt, wenn sie an diese Zeit zurückdenkt. Yrsa hat sich oft gefragt, ob Jorunn weiß, was damals wirklich am Grab ihrer Mutter geschah.

Yrsa war vierzehn, sie wohnten noch in Torbjörns Langhaus. Seit dem Tod ihrer Mutter waren erst wenige Monde vergangen. Abends, als Sjalfi schlief, schlich Yrsa nach draußen und machte sich auf den Weg zum Grab.

Dort legte sie sich in das Oval der Steine. Der Boden war weich. Wo ihr Kopf lag, entstand eine Kuhle. Sie presste die Handflächen auf die Erde, zerkrümelte den weichen Boden, schaute in den Himmel. Es war eine sternklare Nacht, dort oben saß Freyja auf ihrem Schlitten, die Katzen zogen sie über den Himmel. »Mama, ich vermisse dich so sehr, Mama, ich weiß nicht, wie ich das schaffen soll«, murmelte sie. »Ich werde mein Versprechen halten, mach dir keine Sorgen, ich werde auf Sjalfi aufpassen, immer, aber du fehlst uns so.«

Sie schloss die Augen, presste die Handflächen wieder auf den Boden, den Kopf in die kleine Kuhle, zog den Geruch der kalten Nachtluft ein, und dann trug der Wind die Stimme ihrer Mutter bis zu ihr, zuerst nur ein leises Flüstern, wie wenn zwei Blätter im Wind aneinanderstreifen. Dann hörte sie die Stimme deutlich, sie schwang über dem Grab, umfloss die Steine. »Ich bin bei dir, Yrsa, ich werde immer bei dir sein, du bist stark, du kannst das.« Für ein paar Momente löste sich die harte Stelle in ihrem Bauch ein bisschen.

Plötzlich hörte sie ein Geräusch, ein Knacken, ein Rascheln, Schritte. Jemand näherte sich dem Grab. Es war dunkel, sie fuhr zusammen. Zwischen den Bäumen erschien eine mächtige Gestalt. Sie stand auf, schüttelte die Erde ab, kniff die Augen zusammen. Es war Torbjörn.

Sein Gang war unsicher, er torkelte, fing sich wieder. Seit dem

Tod ihrer Mutter trank Torbjörn fast jeden Abend Met, bis ihm der Krug aus der Hand fiel. Sie roch es am Morgen, in seinen Kleidern und im Holz dort, wo er abends gesessen hatte. Sie wusste, dass Torbjörn ihre Mutter sehr vermisste. Sie mochte Torbjörn, er war immer gut zu ihr gewesen, in diesen bald zwei Wintern, die sie nun bei ihm im Langhaus lebten. Er hatte sie nicht daran gehindert, wenn sie mit den Jungen draußen mit den Holzschwertern kämpfte, anstatt mit den anderen Mädchen am Webstuhl zu lernen. In den ersten Wochen nach dem Tod ihrer Mutter hatte er alles getan, um Katla die Reise in Freyjas Halle zu ermöglichen. Aber in den letzten Wochen starrte er immer häufiger ins Leere, sprach kaum mehr mit Sjalfi, stritt sich mit seiner Frau Jorunn, auch wenn er noch nicht zu viel getrunken hatte.

Jetzt stand er neben ihr am Grab.

»Yrsa, du bist auch hier.«

Seine Zunge war schwer, sie roch den Met in seinem Atem.

»Niemals habe ich eine Frau so geliebt wie Katla.« Er rülpste. »Oder wie Odin in seinem ›Hávamál‹ sagt: ›Liebe ist stark genug, um aus einem Mann, der einst weise war, einen Narren zu machen.‹«

»Ja«, sagte Yrsa. Sie fröstelte, wusste nicht, ob es an der kalten Nachtluft lag oder ob es die Erinnerungen waren.

Torbjörn schaute sie an. Irgendetwas in seinem Blick machte ihr Angst. Er hatte sie schon vor einigen Tagen so angeschaut. Anders als früher.

»Lass uns zurück ins Langhaus gehen«, sagte sie.

Torbjörn machte einen Schritt auf sie zu.

»Yrsa.« Er legte eine Hand auf ihre Schulter. Sie versuchte zurückzuweichen, aber sein Griff war zu stark.

»Lass uns zurückgehen, Torbjörn.«

»Yrsa, du erinnerst mich an sie.«

Er hielt sie jetzt an beiden Schultern fest.

»Nein, ich bin überhaupt nicht wie meine Mutter. Ich sehe auch nicht aus wie sie.«

»Ihr Gesicht erscheint mir in dem deinen. Ihr Körper erscheint mir in dem deinen.«

»Torbjörn, ich gehe jetzt zurück.«

»Nein.« Er zog sie an sich, nahm sie in die Arme.

Sie blieb stehen wie erstarrt, legte ihre Arme nicht um ihn. Er versucht dich zu trösten, sagte sie sich. Und er versucht sich selbst zu trösten. Vielleicht musste sie einfach einige Minuten mit ihm so stehen bleiben, und dann würden sie ins Langhaus und zu Sjalfi zurückkehren. Jeder Muskel in ihrem Körper verspannte sich. Sie war überzeugt, dass er das auch spürte. Aber es schien ihm egal zu sein.

»Yrsa, du erinnerst mich so sehr an sie«, flüsterte Torbjörn jetzt nahe an ihrem Ohr. Er drückte sie noch fester an sich.

»Torbjörn, ich bekomme kaum Luft«, sagte sie, aber er lockerte seinen Griff nicht.

»Yrsa«, flüsterte Torbjörn wieder. Es wurde ihr fast übel von dem Metgeruch in seinem Atem, von der Enge seiner Umarmung.

»Torbjörn, lass mich los. Du machst mir Angst.«

Dann spürte sie seine Hand an ihrem Kleid. Er packte den Stoff auf der Höhe ihres Oberschenkels und begann ihn nach oben zu schieben.

»Torbjörn, hör auf.« Jetzt war ihre Stimme laut. Sie wollte ihn von sich stoßen, aber er umklammerte sie. Sie schrie seinen Namen, wollte ihn zur Besinnung bringen.

Einen Moment lang verharrte seine Hand, er hatte das Kleid bereits so weit nach oben geschoben, dass seine Hand ihren nackten Oberschenkel berührte.

»Torbjörn, lass das sein!«

»Yrsa, ich will, dass du meine Frau wirst. Du bist alt genug. Ich werde gut für dich sorgen. Deine Mutter hätte das auch gewollt.«

»Nein!« Sie schrie ihn an. »Sie hätte das niemals gewollt. Lass mich sofort los!«

Er schien sie nicht zu hören. Er beugte seinen Kopf herunter, versuchte sie zu küssen. »Yrsa, ich will dich«, sagte er.

Sie musste sich beinahe übergeben, versuchte, den Kopf zur Seite zu drehen. Er bemühte sich, ihr Kleid noch weiter nach oben zu schieben.

»Hör auf, dich zu wehren. Du wirst meine Frau. Ich brauche das.«

In diesem Moment verstand sie, was sein Plan war. Sie schlug mit ihren eingeklemmten Armen nach ihm. Er lockerte den Griff um ihren Rücken, versuchte ihr an die Brust zu fassen, schwankte einen Moment. Sie konnte sich aus seinen Armen winden, trat ihn gegen das Schienbein und wollte davonrennen. Doch er hielt noch immer ihr Kleid in der Hand und zerrte sie so heftig zurück, dass sie das Gleichgewicht verlor und zu Boden stürzte. Das Kleid riss.

»Torbjörn, wir sind am Grab meiner Mutter, hör auf!« Ihre Stimme überschlug sich.

Er hielt einen kurzen Moment inne, sie nutzte die Zeit, um sich aufzurappeln, doch er erwischte sie wieder am Kleid. Sie schlug nach ihm, er packte ihren Arm. Dann trat sie ihn zwischen die Beine.

Er heulte auf, ließ sie so plötzlich los, dass sie stürzte und mit dem Gesicht auf einem der Steine aufschlug, die das Grab ihrer Mutter umrahmten. Der Schmerz fuhr ihr durch die Backe, aber sie war gleich wieder auf den Füßen.

Torbjörn war auf die Knie gesunken, die Hände im Schritt, stöhnte laut. Sie rannte in Richtung der Bäume, die den Friedhof vom Dorf abgrenzten, rannte, so schnell sie nur konnte, spürte, wie ihr das Blut über die Backe floss, es mischte sich mit ihren Tränen. Sie drehte sich alle paar Schritte um, doch er folgte ihr nicht.

Der Hahn hatte noch nicht gekräht, als einer von Torbjörns Knechten sie am Arm packte, aus den Fellen zerrte und in den vorderen Teil des Langhauses schleifte. Torbjörn saß in seinem breiten Stuhl, beide Arme auf die Lehnen gestützt, er stank noch immer nach Met. Jorunn stand neben ihm.

»Du dreckige Schlampe«, sagte Jorunn, »wir wollen dich nicht mehr unter unserem Dach. Mein Mann hat mir alles erzählt. Du bist noch schlimmer als deine Mutter.«

»Lass Katla aus dem Spiel«, sagte Torbjörn und griff flink nach Jorunns Arm. Jorunn zuckte kurz zusammen, so fest war sein Griff.

»Was hast du ihr erzählt?«, sagte Yrsa. Tränen brannten ihr in den Augen. Sie kniff die Lider zusammen, ihr Hals war wie zugeschnürt.

Torbjörn gab keine Antwort, starrte auf den Boden.

Yrsa wandte sich an Jorunn. »Ich sage dir, was wirklich geschehen ist.« Sie bemühte sich, ihre Stimme ruhig klingen zu lassen. Bevor sie weitersprechen konnte, stand Torbjörn ächzend auf, machte einen Schritt auf sie zu und schlug ihr ins Gesicht. Die Wunde an ihrer Backe begann wieder zu bluten.

»Du hältst dein Maul. Sonst hole ich Sjalfi und bestrafe ihn dafür, wie du dich verhalten hast.«

Yrsa wischte sich das Blut aus dem Gesicht. Sie streckte den Rücken, dann sagte sie mit fester Stimme zu Torbjörn: »Meine Mutter hasst dich jetzt.«

»Pack deine Sachen und deinen Bruder, wir wollen euch hier nicht mehr sehen«, sagte Jorunn.

Yrsas Narbe schmerzt, während sich diese Erinnerungen in ihren Kopf drängen.

Jemand poltert gegen die Hüttentüre.

»Yrsa, mach auf.«

Sie fährt hoch. Was macht er hier? Warum hält er sich nicht an das, was sie vereinbart haben?

»Yrsa, bist du da? Ich habe dich nach Hause kommen sehen.«

Sie möchte auf keinen Fall, dass Njáll zu ihr kommt. Das hat sie ihm gleich zu Beginn gesagt. Er hat nur mit den Schultern gezuckt und »Na ja, wenn dir das wichtig ist« geantwortet.

Eigentlich spielt es keine Rolle, was die Menschen im Dorf von ihr denken. Aber sie will nicht, dass Sjalfi darunter leidet. Wenn die Menschen noch mehr tuscheln, bekommt auch er das zu spüren. Und sie fürchtet sich davor, dass Torbjörn sie irgendwann davonjagen könnte. Auch wenn sie selbst das Dorf am liebsten verlassen möchte, will sie auf keinen Fall, dass Sjalfi so etwas erleben muss. Deshalb hat sie darauf bestanden, dass ihre Treffen irgendwo im Wald oder auf der Jagd stattfinden. Es soll nicht der Eindruck entstehen, als gehörten Njáll und sie zusammen. »Ich gehöre niemandem«, diesen Satz wiederholt sie in Gedanken oft. Und sobald es geht, will sie wieder ohne Njálls Hilfe auskommen.

Sie öffnet die Türe.

»Hat dich jemand gesehen? Ich will nicht, dass du mich besuchst!«

»Bei Thors Hammer, warum dauert das so lange?«, sagt Njáll und will sie an sich ziehen. Sie weicht aus.

»Sjalfi ist verschwunden. Die Fylgja, sie wusste es. Warum bin ich nicht früher nach Hause gegangen?« Sie schaut ihn an, zieht die Augenbrauen zusammen. »Bist du deshalb hier?« Einen Moment lang keimt Hoffnung in ihr auf. Sie muss sich zusammenreißen, netter sein zu Njáll. Für Sjalfi. Das ist im Moment das Einzige, was zählt. Njáll könnte ihr helfen.

Sie nimmt Njálls Hand. »Wir müssen ihn suchen. Bitte.«

Njáll zieht sie an sich, sie lässt es geschehen, löst sich nach kurzer Zeit wieder.

»Wenn wir sofort anfangen, können wir heute noch den Wald durchkämmen.«

»Ich weiß nicht. Er taucht bestimmt wieder auf.«

»Er ist noch nie so lange fort gewesen.« Ihre Stimme bricht. Warum begreift er das nicht?

»Reg dich nicht auf, vielleicht wollte er allein auf die Jagd oder was Ähnliches. Ich bin mit zehn Wintern auch schon allein durch die Wälder gestreift.«

»Er ist neun und hätte das Messer und den Bogen mitgenommen. Sjalfi würde niemals verschwinden, ohne mir Bescheid zu sagen.«

»Du warst nicht hier.«

Yrsa schaut ihm in die Augen, fühlt Wut aufsteigen und weiß nicht, auf wen sie wütender ist, auf Njáll oder sich selbst. Warum ist sie so lange fortgeblieben? Warum hat sie sich von Njáll hinhalten lassen?

»Ich glaube, dass er entführt wurde«, sagt sie.

»Wie kommst du denn darauf?«

»Es fehlen ein paar Gegenstände aus der Truhe unserer Mutter, eine silberne Kette mit Freyja-Anhänger und ein kleiner Beutel aus Schafsleder, da sind wichtige Dinge drin.«

»Vielleicht hat Sjalfi sie mitgenommen, damit eure Mutter ihn beschützt.«

Warum sollte er das tun, denkt Yrsa.

»Ich bin aus einem anderen Grund hier«, sagt Njáll. »Ich möchte dich auf meinen Hof einladen, dir meine Schmiede zeigen.«

»Njáll, ich kann jetzt nicht weg.« Wie kann er so etwas vorschlagen? Am Anfang war Njáll sehr zuvorkommend, und sie hatte den Eindruck, dass er sich an ihre Vereinbarung halten würde. Aber ihr ist schon die letzten Male aufgefallen, dass es für Njáll nur eines gibt, das zählt: er selbst und seine Bedürfnisse. Wahrscheinlich war es ein Fehler, sich überhaupt auf den Tauschhandel mit ihm einzulassen. Aber darüber muss sie später nachdenken. Jetzt will sie ihn dazu bringen, ihr bei der Suche zu helfen.

Njáll schüttelt den Kopf. »Was für einen Sinn macht es, hier allein zu warten?«

»Sjalfi ist meine Familie. Ich gehe nirgendwohin ohne ihn.«

»Ich kann deine Familie sein.«

Das will ich aber nicht, denkt sie, und so weit wird es niemals kommen. »Ich habe meiner Mutter vor ihrem Tod versprochen, auf Sjalfi aufzupassen. Und ich habe mein Versprechen nicht gehalten, sonst wäre er jetzt hier. Ich werde ihn suchen, bis ich ihn gefunden habe.«

»Was willst du allein da draußen? Das ist zu gefährlich. Ich sage ein paar Männern Bescheid, sie sollen die Augen offen halten. Ein Besuch bei mir bringt dich auf andere Gedanken.«

»Nein.«

»Ich habe gestern ein ganz besonderes Schwert fertiggeschmiedet. Das möchte ich dir zeigen.«

Yrsa seufzt. »Du hast mir schon lange versprochen, ein Schwert mitzubringen, aber bisher habe ich noch keines in der Hand gehalten.«

»Ein Schwert muss man sich verdienen. Ich hatte in deinem Alter auch noch kein Schwert. Aber ich biete dir jetzt die Gelegenheit, eines meiner neuen Schwerter auszuprobieren. Es ist ein besonderes Gefühl, ein gutes Schwert zum ersten Mal zu führen. Es liegt recht schwer in der Hand, und doch fühlt es sich leicht an. Ich kann mich noch gut an diesen Moment erinnern. Das vergisst man nicht.«

Yrsa lehnt sich gegen die Hüttenwand. Plötzlich ist ihr, als würden ihre Beine sie nicht mehr tragen.

»Du musst mir helfen. Bitte.« Sie stößt sich von der Wand ab und legt Njáll die Arme um den Hals.

»Ich mache dir einen Vorschlag«, sagt er, »du fährst mit auf meinen Hof, wir fragen überall herum und schicken einige Männer los.«

»Ich will nicht weg, ich muss hier sein, falls er plötzlich auftaucht.«

»Ich sage Torbjörn Bescheid, dass er dann jemanden zu uns ins Dorf schickt.«

»Nein, Torbjörn soll auf keinen Fall wissen, dass ich dich besuche, dass wir uns treffen. Das habe ich dir von Anfang an gesagt.«

»Jaja, schon gut, das muss er nicht erfahren. Ich sage ihm, du kommst zum Arbeiten auf unseren Hof.«

»Ich begleite dich nur, wenn du mir versprichst, dass wir nach Sjalfi suchen, heute und sofort.« Vielleicht ist es wirklich das Beste, denkt sie, ich habe überall rund um das Dorf gesucht, und was kann ich allein sonst noch tun?

Njáll nickt.

»Und was sagt deine Frau, wenn du mich heute mitbringst?« Sie hat nicht vergessen, wie schwer Torbjörns Frau es ihrer Mutter machte, als sie vor vielen Wintern ins Dorf kamen.

»Mach dir deshalb keine Sorgen«, sagt Njáll, »Gudrun nimmt ihre Aufgaben als Gastgeberin ernst.«

Kapitel 10

Mit jeder Wagenlänge, die der Ochse zurücklegt, es ruckelt und holpert auf dem Weg in Njálls Dorf, fragt Yrsa sich, ob sie das Richtige tut. Immer wieder muss sie an Njálls Worte denken, Sjalfi sei alt genug, um allein das Abenteuer zu suchen. Wenn er nur recht hätte und die Sorge tief in ihr unbegründet wäre. Sie möchte es glauben und tut es nicht.

Vielleicht hat sie Njáll falsch eingeschätzt. Immerhin ist er der Einzige, der ihr im Moment hilft. Sie rückt ein bisschen näher auf der Wagenbank, legt ihren Arm in den seinen, lehnt sich an ihn, spürt den rauen Stoff seines Hemds an ihrer Backe und sieht aus dem Augenwinkel, dass er lächelt. Er stimmt ein Seemannslied an. Yrsa hört ihm gerne zu, wenn er singt:

»Ho di di di hei ho
Njörðr schick uns Wind
Ho hei di die hei ho
In die Ferne segeln wir
Ho hei di die hei ho
trag uns durch den Sturm.«

Sie schließt die Augen und lauscht.

»Wir sind bald da«, sagt Njáll nach einer Weile und zeigt irgendwo in die Ferne. Yrsa kneift die Augen zusammen, versucht etwas zu erkennen im diesigen Licht. Sie sind den ganzen Weg in Richtung Sonne gefahren, die ihre Bahnen weit nach Westen zieht, bis sie schließlich ins große Wasser fällt. Das Dorf erscheint als dunkle Silhouette am Horizont. Die Dächer, mal hoch, mal niedrig, zeichnen eine gezackte Linie am Himmel.

»Du bist hier nicht willkommen«, flüstert jetzt eine Stimme, »weiche von hier.« Yrsa hört diese Botschaft, als der Wind durch die mächtige Ulme weiter vorne am Wegrand fährt. Ihre Blüten, sie hängen büschelweise an den Ästen, sonst in hellen Tönen, unauffällig, ballen sich zu schwarzen Klumpen. Einen Moment lang sieht Yrsa Augen, eine knollige Nase, einen im Zorn verzerrten Mund in dem dunklen Blütenmeer. Der nächste Windstoß rauscht durch die Blätter, und das Ulmenblättergesicht scheint sie nun mit stechendem Blick zu fixieren. »Nördlich der dunklen Täler welkt deine Macht, oh Katla«, raunt die Ulme. »Hier hat die mächtige Revna das Sagen.«

Die schemenhaften Häuser in der Ferne werden größer. Yrsa schließt die Augen. Beschütze mich, Freyja, ich spüre dich, Elf Miðrogar, denkt sie, während der Wagen weiterrumpelt. Es ist Revnas Fluch. Wenn sie nur wüsste, wie sie sich davon befreien kann!

Njálls Dorf ist größer als ihres, und es liegt an dem breiten Ochsenweg, der aus Norden bis nach Haithabu führt. Katla ist manchmal in das Dorf gereist, wenn jemand fiebrig in der Hütte lag und sie einen Troll aus dem Körper des Kranken verscheuchen musste.

Njáll lenkt den Wagen auf den Ochsenweg. Mitten im Dorf zieht er kräftig an den Zügeln. Vor einem langen, lehmverputzten Gebäude halten sie an. Gesang und Gelächter dringen aus den Luken. Es riecht nach Eintopf, nach Bier.

»Ich muss im Gasthaus etwas abliefern. Der Wirt braucht einen neuen Eisenhaken, um noch einen Topf über das Feuer zu hängen. Warte hier«, sagt Njáll, klettert vom Wagen und verschwindet in dem Gebäude.

Yrsa rutscht auf der hölzernen Bank hin und her, zwirbelt den Zopf zwischen den Fingern, schaut sich um. An einem Holzzaun neben dem Gasthaus sind drei Pferde angebunden. Eines der Pferde, ein Brauner, wirft den Kopf in die Höhe, schüttelt sich, scharrt mit dem Vorderhuf im lehmigen Boden, zieht an dem Halfter, schnaubt laut durch die geblähten Nüstern.

Wenn er so weitermacht, wird er sich verletzen, denkt Yrsa. Eigentlich fürchtet sie sich ein bisschen vor Pferden. Als sie klein war, hat ein Huf sie am Oberschenkel getroffen. Tagelang konnte sie kaum laufen. Trotzdem will sie jetzt versuchen, dieses aufgeregte Pferd zu beruhigen. Sie versteht seine Gefühle. In ihr ist mindestens genauso viel Unruhe. Die Angst um Sjalfi erfüllt ihren Kopf. Und sie wird immer größer, je länger sie hier allein auf der Wagenbank sitzt und wartet. Sie steigt ab.

Mit langsamen Schritten nähert sie sich dem nervösen Pferd, es ist ein Hengst mit elegant geschwungenem Rücken und starken Fesseln. Sie sagt »Pscht, pscht«, weiß aber nicht, wie nahe sie gehen darf. Das Pferd scheint sich nicht zu beruhigen, wirkt noch aufgewühlter, wirft den Kopf wieder in den Nacken.

»Was ist los mit dir?«, fragt Yrsa mit leiser Stimme. »Ich weiß, die Welt ist in Aufruhr, ich spüre es auch.«

Die Augen des Pferdes vergrößern sich. Es wiehert laut.

Freyja steh mir bei, denkt Yrsa, jetzt habe ich seine Aufregung noch verstärkt. Auch die Stimmen aus dem Gasthaus werden plötzlich lauter. Jemand hat die Türe geöffnet. Yrsa dreht den Kopf. Ein junger Krieger tritt ins Freie, schaut kurz rechts, kurz links, überfliegt mit einem schnellen Blick die ganze Umgebung und nähert sich. Er sieht aus, wie Yrsa sich einen Kämpfer vorstellt, ist ein gutes Stück größer als sie, hat breite Schultern, bewegt sich geschmeidig wie ein Luchs. Die schwarzen Haare hat er am Hinterkopf zusammengebunden. Etwas Wildes, Undurchschaubares liegt in seinem Blick. Sie merkt erst, wie lange sie ihn angestarrt hat, als er fast neben ihr steht.

Er wird denken, dass sie das Pferd geärgert hat. Oder schlimmer noch: stehlen wollte.

»Ich habe nichts getan, ich wollte es beruhigen«, sagt Yrsa und tritt einige Schritte zurück. Der Mann wirft ihr nur einen kurzen Blick von der Seite zu.

Auf dem Rücken trägt er ein langes Schwert, ein wunderschönes Schwert. Als er sich dem Pferd zuwendet, wird sein Blick weicher. In einem Singsang spricht er mit dem Hengst, was er sagt, versteht Yrsa nicht. Seine Stimme klingt warm, das Tier spitzt die Ohren. Der Krieger legt ihm die Hand auf den Hals, streicht langsam über das Fell. Am Mittelfinger trägt er einen dicken silbernen Ring mit einem eisblauen Stein, eine Narbe verläuft über seinem Handrücken und zieht sich bis zum Handgelenk unter eine lederne Schiene. Durch den Körper des Pferdes geht ein Zittern, es scheint sich etwas zu beruhigen. Kurz legt der Mann seinen Kopf ans Fell, spricht wieder in dem Singsang und fährt mit der Hand sanft oberhalb der Nüstern auf und ab. Das Pferd hört auf zu scharren, hält den Kopf ruhig, lauscht. Yrsa kann ihren Blick nicht von dem Mann abwenden. Sie staunt, wie sanft er mit dem nervösen Hengst umgeht. Sie hat schon viele Reiter beobachtet, die ihre Pferde schlagen, wenn sie nicht gehorchen.

Dann schaut der Krieger Yrsa an, streicht sich eine lockige Haarsträhne aus dem Gesicht.

»Ich wollte ihn nicht erschrecken«, sagt Yrsa.

»Er ist nicht deinetwegen erschrocken. Er hat ein unruhiges Herz«, sagt der Krieger.

Yrsa blickt dem Mann in die Augen, einen Moment zu lang. Seine Augen sind dunkel, fast schwarz. Sie wendet den Blick ab. Das Pferd hat sich beruhigt. Die Unruhe in ihr ist jedoch gewachsen. Etwas kribbelt in ihrem Bauch. Sie versteht nicht, was los ist. Irgendetwas an dem Krieger macht sie nervös. Sie hat keine Angst vor ihm, und trotzdem ist da diese Unruhe. Das Pferd und er passen gut zusammen. Sie haben beide eine Ausstrahlung, die zugleich unnahbar und anziehend ist.

»Er mag es nicht, wenn er angebunden ist«, sagt der Krieger und krault das Pferd am Hals.

»Verstehe ich«, sagt Yrsa.

»Ich auch«, antwortet der Mann, lächelt und streicht sich über den kurzen dunklen Bart.

Sie hat den Krieger noch nie in der Gegend gesehen. Er wäre ihr aufgefallen.

»Es gelingt dir gut, dein Pferd zu beruhigen.«

»Ist nicht mein Pferd, ich habe den Hengst nur ausgeliehen«, sagt er, und als wollte das Pferd ihm widersprechen, stupst es dem Krieger mit den Nüstern gegen die Brust.

»Er mag dich jedenfalls«, sagt sie. »Bist du auf der Durchreise?«

Er nickt. »Wir müssen weiter, aber mein Kumpel wollte unbedingt was essen. Er hat immer Hunger.«

»Woher kommt ihr?«

»Aus Haithabu.«

»Und geht ihr jetzt auf eine lange Reise?«

»Nein, wir müssen nur kurz an der Westküste etwas erledigen.«

»Ach so. Und dann kehrt ihr wieder nach Hause zurück?«

Er nickt. Sie sollte ihm nicht so viele Fragen stellen, denkt sie.

Yrsa macht einen Schritt auf den Hengst und den Krieger zu.

Sie weiß nicht genau, warum sie das tut. Das Pferd bleibt ruhig, der Mann streicht ihm über die Nüstern. Auch Yrsa streckt ihre Hand aus, berührt das Tier sachte am Hals.

Wieder öffnet sich die Tür des Gasthauses. Der Krieger dreht sofort den Kopf in Richtung des Eingangs, lässt die Hand vom Kopf des Pferdes in Richtung seines Schwerts gleiten und streift dabei Yrsas Hand.

Sie zuckt innerlich zusammen. Ein Schauder läuft über ihren Arm. Seine Hand war warm, die Berührung angenehm. Eigentlich mag sie es nicht, wenn fremde Männer sie berühren. Doch diese Berührung war nicht absichtlich, und sie ist sich nicht sicher, vielleicht hätte ihr selbst das nichts ausgemacht. Sie streicht kurz über die Stelle, wo der Fremde sie berührt hat, als könnte sie ihn dort noch spüren.

Er nimmt die Hand wieder vom Schwertknauf. Ein Bauer ist aus der Türe gekommen und torkelt zum Ochsenweg.

»Mein Essen wartet, dann müssen wir weiterreisen«, sagt der Krieger, lächelt sie noch einmal kurz an und verschwindet in Richtung des Gasthauses.

»Gute Reise«, ruft sie ihm nach und murmelt: »Freyja beschütze dich.« Einen Moment stellt sie sich vor, wie es wäre, wenn sie zu der Gruppe des Mannes gehörte. Wie viel sie von einem Krieger wie ihm lernen könnte. Genau davon hat sie immer geträumt. Sie schüttelt den Kopf. Ihre Träume sind im Moment nicht wichtig, jetzt muss sie Sjalfi so schnell wie möglich finden. Alles andere ist unwichtig.

Yrsa klettert zurück auf den Wagen. Eine Nebelkrähe hüpft über das Dach des Gasthauses. An der höchsten Stelle bleibt sie sitzen, schaut in Yrsas Richtung, legt den Kopf schief. Dann flattert sie auf.

Still sitzen kann Yrsa nicht. Sie steht auf, setzt sich wieder hin, schielt zu dem Pferd. Es spitzt die Ohren, ist aber nicht mehr so aufgeregt. Yrsa wünschte, der Krieger würde noch einmal nach draußen kommen. Und sie versteht nicht, warum sie sich das wünscht. Vielleicht sollte sie kurz ins Gasthaus gehen und nach Njáll schauen. Dann würde sie den Mann vielleicht noch einmal sehen. Aus Haithabu ist der Krieger, vielleicht bricht er von dort aus schon bald zu einer Reise auf. Während sie noch überlegt, ob sie ins Gasthaus gehen soll, öffnet sich die Türe wieder, und Njáll tritt ins Freie.

Er setzt sich auf die Wagenbank, so dicht neben sie, dass ihre Oberschenkel sich berühren. Sie rutscht ein Stück zur Seite.

»Was ist los?« brummt er, »vorhin haben wir auch nahe beieinandergesessen.«

Yrsa gibt keine Antwort. Als sie losfahren, dreht sie sich noch einmal um. Doch die Türe des Gasthauses bleibt geschlossen. Warum geht mir dieser fremde Mann nicht aus dem Kopf?, denkt sie. Vielleicht weil er das Leben lebt, von dem ich träume. Das muss es sein.

Kapitel 11

Sie biegen vom Ochsenweg ab und fahren in Richtung der untergehenden Sonne. Njáll zeigt nach vorne. »Dort«, sagt er, »dort ist meine Schmiede, wir sind fast da. Die Schmiede liegt etwas abseits des Dorfes, weil sich die Menschen vor den Flammen fürchten. Und manchmal arbeiten wir abends, weil wir bei Dunkelheit besser sehen, ob das Eisen heiß genug glüht.«

Der Weg führt leicht bergauf, der Ochse keucht. Yrsa fragt sich wieder, ob es eine gute Idee war, mit Njáll mitzufahren. Sie wird nicht auf seinem Hof übernachten, auch wenn sie in der Dunkelheit zurücklaufen muss.

»Siehst du den großen Stein dort am Horizont?«, sagt Njáll. »Halte dich fern von ihm. Ein Troll wohnt dort. Ein missmutiger Geselle.«

»Warum hast du deine Schmiede in seiner Nähe gebaut?«

»Habe ich nicht. Die Schmiede steht seit Langem da. Schon mein Vater und sein Vater vor ihm haben in ihr gearbeitet. Der Troll ist erst vor zwei Wintern aufgetaucht. Immer wieder sind Werkzeuge verschwunden. Und ein Gehilfe hat sich die Hand verbrannt, als plötzlich eine Stichflamme aus dem Ofen schoss. Wir legen jetzt ab und zu ein paar Flaschen Met in der Nähe des Steins ab. Seither ist es besser geworden.«

Ein Bach plätschert neben dem schmalen Weg, auf dem sie

jetzt fahren. Dann macht der Weg eine Biegung, und das Land, auf dem Njálls Schmiede und sein Langhaus stehen, taucht auf. Einen Moment ist sie sprachlos.

»Du hast ein großes Haus«, sagt sie dann, »so viele Gebäude. Ist das die Schmiede dort drüben?« Sie zeigt auf einige Hütten, die abseits stehen.

Njáll hält den Wagen an, sie steigen ab. Ein kleines Mädchen kommt aus dem Haus gerannt, sie hüpft über die Steine auf dem Weg, zwei Zöpfe tanzen auf ihren Schultern. In der Hand trägt sie einen Korb.

»Papa«, ruft sie und rennt auf Njáll zu. »Papa, ich habe Blumen gesammelt. Schau mal.«

»Das ist meine jüngste Tochter«, sagt Njáll. Das Mädchen ist schon weitergerannt.

»Wie viele Kinder hast du? Du hast nie von ihnen gesprochen.«

»Drei Töchter und zwei Söhne. Meine Älteste kam vor sechzehn Wintern zur Welt. Sie hat im letzten Sommer geheiratet und lebt bei ihrem Mann. Drei Söhne sind am Fieber gestorben.«

»Das tut mir leid. Wie viele Frauen leben mit dir?«

»Nur Gudrun, sie ist die Mutter meiner Kinder. Ich hatte eine zweite Frau. Sie war jung und die Mutter meines kleinen Sohns. Aber auch sie hat wie er vor zwei Wintern das Fieber nicht überstanden.«

Njálls Blick geht irgendwo in die Ferne, zwischen seinen Brauen sieht Yrsa eine tiefe Falte, die ihr so noch nie aufgefallen ist. Bevor sie etwas antworten kann, sagt er: »Komm mit, ich zeige dir die Schmiede und die Waffen.«

»Wir müssen Sjalfi suchen. Jetzt gleich. Du hast es versprochen.«

»Jaja«, sagt Njáll. »Komm erst mal mit.«

Ein breiter Weg führt vom Hof zur Schmiede. Yrsa hört rhythmisches Klopfen, Metall auf Metall. Je näher sie kommen, umso lauter klingt es ihr in den Ohren. Etwas abseits türmt sich ein Erdhügel, aus dem dicker Rauch quillt.

»Dort stellen wir unsere Kohle her«, sagt Njáll. »Und dort«, er zeigt auf einen langen Ofen auf der anderen Seite, »schmelzen wir die Eisenschlacke, um das Eisen zu gewinnen.« Auch die Schmiede ist größer, als Yrsa sie sich vorgestellt hat. Hinter den Hütten erkennt sie ein lehmverputztes Haus.

»In dem Haus dort muss ich dir etwas zeigen, in einem besonderen Versteck«, sagt Njáll.

»Nein, du hast gesagt, dass du auf dem Hof sofort deine Männer zusammenrufst, um sie suchen zu lassen.« Sie muss auf der Hut sein, Njáll scheint sie nur vertrösten zu wollen.

»Jaja«, sagt Njáll, nimmt Yrsas Arm und will sie zu dem lehmverputzten Haus ziehen.

»Njáll, nein, ich bin hier, um nach Sjalfi zu suchen!« Sie stößt seine Hand weg, als sich ihnen eine Frau nähert.

»Ach«, sagt Njáll, »da ist meine Frau Gudrun.«

Die Frau ist ungefähr in Njálls Alter. Sie trägt ein langes Wollkleid, es ist strahlend rot und sieht aus wie neu. Yrsa schaut an sich herunter, ihre Kleider haben schon einige Winter überstanden, so manches Loch hat sie notdürftig gestopft. Über dem Kleid trägt die Frau eine Schürze, oberhalb der Brüste hat sie die Schürze mit zwei Broschen befestigt. Sie glitzern silbrig, dazwischen baumelt eine Kette aus vielen bunten Glasperlen. Mit jedem Schritt strahlt die Frau aus: Das ist mein Land, das ist mein Haus, das ist mein Mann. Yrsa verschränkt die Arme, tritt von einem Fuß auf den anderen und denkt: Keine Sorge, ich will deinen Mann nicht.

»Du bist zurück«, sagt Gudrun, »ich habe dich nicht kommen sehen.«

»Ich wollte Yrsa die Schmiede zeigen«, sagt Njáll.

»Das hat noch Zeit.« Gudrun wendet sich Yrsa zu: »Ich habe gehört, dass du kommst.«

Yrsa versteht nicht, warum Njálls Frau von ihrem Besuch wusste. Sie wusste es am Morgen selbst noch nicht. Aber es beruhigt sie, dass Njáll seiner Frau von ihr erzählt hat.

»Ich habe deine Mutter gekannt«, sagt Gudrun. Ihre Augen strahlen. »Katla hat mir geholfen, als ich starke Schmerzen im Handgelenk verspürte.« Sie reibt sich das Gelenk. »Freyja hatte deiner Mutter viel Kraft verliehen. Ich bin froh, dass du uns bei der Webarbeit und beim Schafe-Scheren hilfst. Es gibt so viel zu tun. Wir sind froh um jede Hilfe.«

»Ich …« Yrsa schaut zu Njáll. »Ich bin nur hier, um meinen Bruder zu suchen. Njáll hat mir Hilfe versprochen.« Und sonst bin ich hier sehr schnell wieder weg.

Gudrun hebt die Augenbrauen. »Wir können im Moment niemanden entbehren. Jetzt fällt in der Schmiede noch ein Gehilfe aus, er hat sich die Hand verbrannt.«

»Aber …«, sagt Yrsa.

»Komm, du wolltest doch meine Waffen sehen«, sagt Njáll und zieht sie mit sich in Richtung des lehmverputzten Hauses.

»Warum glaubt deine Frau, ich wäre hier, um zu arbeiten?« Sie packt Njáll am Arm. »Was hast du ihr gesagt?« Warum hat sie ihm geglaubt? Er hat seiner Frau Lügen erzählt und ihr vermutlich auch. »Ich gehe wieder nach Hause, Njáll, ich habe keine Zeit für so etwas.«

»Scht.« Er legt ihr die Hand auf die Schulter. »Reg dich nicht auf. Irgendetwas musste ich ihr doch erzählen. Also habe ich gesagt, du würdest auf dem Hof arbeiten.« Njáll zieht einen Schlüssel aus der Tasche und steckt ihn in das dicke Schloss, mit dem die Türe verschlossen ist. Sie öffnet sich mit einem leisen Ächzen.

»Manchmal sitzen wir hier abends noch nach dem Schmieden, die Männer und ich«, sagt Njáll, als sie eintreten.

Yrsa stolpert beinahe über eine schwere Truhe, die gleich neben dem Eingang steht. Weiter vorne an der Wand sind zwei weitere Truhen. Es ist düster in dem Haus, es brennt kein Feuer in der Mitte des Raumes. Njáll zündet eine Fischöllampe an. Sie setzen sich auf ein langes Nachtlager mit Fellen und Kissen. Muffiger Geruch steigt Yrsa in die Nase. Über ihrem Kopf ist ein Brett befestigt, dort liegen Trinkhörner und Metflaschen.

»Hier können wir es uns später gemütlich machen«, sagt Njáll.

»Nein, ich will mit deinen Gehilfen, Knechten, Mägden sprechen, ob jemand Sjalfi gesehen hat. Du willst mich nur hinhalten.« Sie kneift die Augen zusammen. Ein schreckliches Gefühl breitet sich in ihrem Bauch aus. Er will ihr nicht helfen. Er hat ihr falsche Hoffnungen gemacht. Sie ist auf sich allein gestellt, wie immer. Sie muss Sjalfi ohne Njálls Hilfe finden.

Njáll greift nach ihrem Handgelenk: »Bei Thors Hammer. Das machen wir gleich.« Er steht auf, geht zu einer Truhe an der gegenüberliegenden Wand. »Komm erst mal her.«

»Lass mich los.« Sie stößt ihn weg.

Er nimmt einen Schlüssel von seinem Gürtel, öffnet die Truhe und schiebt ein Tuch zur Seite.

»Was ist das?« sagt Yrsa.

In der Truhe liegen Waffen, so schön, wie Yrsa sie noch niemals gesehen hat. Sie funkeln, blitzen und strahlen. Sie erkennt eine Kampfaxt, drei Messer, und dann ist da noch ein Schwertknauf mit aufwendigen Verzierungen.

»Du hast von diesen legendären Schwertern erzählt, die sie im Reich der Franken herstellen. Ich habe den Namen vergessen.«

»Das Ulfberht-Schwert.«

»Ja. Ist das ein Ulfberht-Schwert?«

»Nicht ganz, aber fast. Ich habe das Schwert selbst geschmiedet und kürzlich fertiggestellt. Es ist schwierig, an ein echtes Ulfberht zu kommen. Die Franken haben den Verkauf jenseits der Grenzen verboten. Sie fürchten uns.«

Njáll lacht, packt den Schwertgriff und zieht die Waffe aus der Truhe. Das Schwert ist mindestens so lang wie Yrsas Arm. Einen Moment lang findet sie keine Worte.

»Es ist unglaublich schön«, sagt sie schließlich.

»Ich habe lange daran gearbeitet.« Njáll dreht das Schwert mehrmals, als prüfe er ein letztes Mal, ob er mit seiner Arbeit zufrieden ist. »Die Klinge besteht aus mehreren Schichten. Vor allem an den Rändern habe ich viele Hammerschläge gebraucht, um die Schlacke herauszuschlagen. Ich habe Eisenerz aus Norwegen benutzt. Das wird härter als unser Erz.«

»Darf ich es in der Hand halten?«

Njáll gibt ihr das Schwert, und Yrsa spürt im ganzen Körper ein Kribbeln.

»Es ist schwer.«

Sie schwingt das Schwert nur leicht, fährt mit dem Finger vorsichtig über das Metall. Die Klinge berührt sie nicht.

»Kannst du mir auch so ein Schwert schmieden?«

Njáll nimmt ihr das Schwert wieder weg. »Das könnte ich. Aber du weißt, was ich zuerst will. Heirate mich, und dann ...«

Draußen ruft eine Frau Njálls Namen.

»Warte hier«, sagt Njáll. Bevor Yrsa antworten kann, hat er das Schwert wieder in die Truhe gelegt und ist zur Tür hinaus.

Sie starrt auf das Schwert, beißt die Kiefer zusammen. Würde Njáll sich mehr anstrengen, Sjalfi zu finden, wenn sie verspricht, ihn zu heiraten? Aber das will sie nicht. Er hat sie angelogen. Sie muss von hier verschwinden, schnell. Er wollte sie nur hinhalten mit den Waffen einlullen. Plötzlich wird ihr schwindlig. Sie setzt sich auf eines der Felle und schließt für einen Moment die Augen. Ein Surren erfüllt ihren Kopf, schwillt an, lässt nach, steigert sich wieder, bis es so laut ist, dass es alles verdrängt. Es kommt von rechts, von links, oder vielleicht doch von oben.

Sie legt die Hände an die Ohren, presst sie so fest gegen die Ohrmuscheln, dass es schmerzt. Sie reißt die Augen auf, sieht aber nur Dunkelheit, so schwarz, als hätten die Götter alle Sterne vom Himmel gefegt. Dann hört sie ein rhythmisches »Dadam«, als würde jemand mit dem Holzlöffel auf eine Schale klopfen. Als würde ein ganzes hungriges Dorf mit Holzlöffeln auf Schalen klopfen.

Es wird heller. Yrsa steht auf einer Ebene, eine Herde von Pferden galoppiert auf sie zu, wirbelt wolkenweise Staub auf. Jedes der Pferde trägt einen roten Sattel, sie wundert sich, versteht nicht, dann fällt ihr auf: Sie kennt dieses Rot. Das Gewand der Fylgja hat die gleiche Farbe. Doch sie hört ihre Stimme nicht. Sonst hört sie immer zuerst die Stimme der Fylgja, wie sie von Weitem über das Land hallt und dann blitzschnell an ihr Ohr rauscht. Yrsa hat das Gefühl zu fallen, breitet die Arme aus.

Endlich erklingt die Stimme der Fylgja. Sie steht an einem kleinen Teich, schaut auf das Wasser. »Lass dich nicht ablenken. Er entfernt sich von dir. Zieh los, rette ihn«, sagt sie und hebt beide Hände in Richtung des Himmels.

Yrsa zuckt zusammen. Sie liegt auf einem Fell, aber es ist nicht ihr Bett. Dann fällt ihr wieder ein, sie ist bei Njáll. Die Fylgja, wieder die Fylgja. Sie muss Njáll klarmachen, dass Sjalfi Hilfe braucht. Dringend. Und dass sie jetzt gehen wird, um weiterzusuchen.

Sie springt auf, hastet nach draußen und stößt beinahe mit einem Jungen zusammen.

»Sune!«

Der Junge schaut auf, seine Haare stehen ihm in Büscheln vom

Kopf, sein Gesicht ist rußverschmiert. »Yrsa, was machst du hier? Ist Sjalfi auch da? Wir wollten heute fischen gehen, aber er ist nicht gekommen. Da hat mein Vater mich mitgenommen, er arbeitet hier in der Schmiede, und ich muss ihm helfen. Ich wäre lieber fischen gegangen. Sag Sjalfi, dass ich wütend bin auf ihn.«

Er dreht sich um und will davonrennen.

»Warte«, sagt Yrsa. »Sjalfi ist verschwunden. Ich kann ihn nicht finden. Hast du irgendeine Ahnung, wo er stecken könnte?«

Sune schüttelt den Kopf.

»Ist in letzter Zeit irgendetwas Ungewöhnliches passiert?«

»Sjalfi fängt immer größere Fische als ich.«

Yrsa nickt. »Und sonst?«

Sune bohrt in der Nase. »Ich weiß nicht.«

»Na gut«, sagt Yrsa, »hoffentlich könnt ihr bald wieder fischen gehen.«

Sie will sich umdrehen, als Sune sagt: »Neulich im Wald, da war was. Sjalfi und ich haben Reisig gesammelt, da rannte er plötzlich, so schnell er konnte, den Hang hinunter. Ich dachte zuerst, er hat einen Troll gesehen, und hatte Angst.«

»Aber es war kein Troll?«

Sune schüttelt den Kopf. »Sjalfi hat mir zugeflüstert: ›Da ist jemand, der beobachtet mich. Ich spüre es. Aber jedes Mal, wenn ich mich umdrehe, sehe ich niemanden. Dabei habe ich Blätter rascheln und Zweige knacken gehört.‹«

»Und dann?«

»Wir hatten ein bisschen Angst, sind dann nachschauen gegangen, haben aber niemanden gefunden. Nur etwas war komisch. Wir haben ein Bild gefunden in einem Baum. Jemand hat es da eingeritzt.«

»Was war das für ein Bild?«

»Es hat ausgesehen wie eine große Flamme.«

Yrsa stockt der Atem. Sie versteht nicht, warum Sjalfi ihr nichts davon erzählt hat. Sunes Vater ruft nach ihm, und der Junge verschwindet.

Sie darf keine Zeit mehr verschwenden, muss sofort mit Njáll sprechen. Hinter der Schmiede, etwas abseits des Weges, wachsen Apfelbäume. Sie stehen in voller Blüte. Der Wind rauscht durch die Blätter. Und im Rauschen glaubt Yrsa Njálls Stimme zu hören. Sie bleibt stehen, will herausfinden, ob sie sich täuscht, legt den Kopf zur Seite, lauscht und tatsächlich, Njáll ist im Gespräch mit einem anderen Mann. Sie geht an den Apfelbäumen vorbei, weiter in Richtung der Stimmen. Ein Holzverschlag versperrt ihr die Sicht. Doch die Stimmen werden lauter. Sie zuckt zusammen, auch die zweite Stimme ist ihr vertraut, sehr vertraut.

Was macht Torbjörn hier? Hat er Neuigkeiten von Sjalfi?

»Hast du ihr von Olaf dem Unwirschen erzählt?« Das ist Torbjörn. »Ich habe nachgedacht, sie muss das wissen.«

»Jaja«, sagt Njáll, »ich werde es ihr sagen.«

Wovon sprechen die beiden? Sie klammert sich mit der Hand an dem rissigen Holzverschlag fest. Will den Verschlag gerade umrunden, als Gudrun dazukommt.

»Torbjörn, lange nicht gesehen.«

»Ich hatte bei euch im Dorf zu tun und dachte, ich schaue kurz vorbei. Ich hätte gerne meine Initialen in den Griff der Axt gebrannt. Ich könnte das selbst machen, aber es wird schöner, wenn Njáll das übernimmt«, sagt Torbjörn.

Schließlich verabschiedet sich Torbjörn. Yrsa will aufstehen, in das Haus zurückschleichen, bevor Njáll sie sucht. Sie wird ihm dort die Meinung sagen und sich anschließend auf den Weg machen. Dann hört sie Gudrun: »Du weißt, dass wir keine Männer entbehren können. Es macht wenig Sinn, jetzt ziellos durch die Wälder zu streifen, um einen Jungen zu suchen.«

»Jaja«, sagt Njáll, »das ist mir schon klar.«

»Dann mach es ihr auch klar«, sagt Gudrun. »Wir haben andere Sorgen. Und sie soll schnell mit der Arbeit beginnen.«

»Jaja«, sagt Njáll.

Kurze Zeit später sitzt Yrsa wieder auf den Fellen im Haus hinter der Schmiede. Sie zupft an den Haaren des Fells, reißt Büschel um Büschel heraus. Sie will wissen, worüber Njáll und Torbjörn gesprochen haben. Deshalb muss sie ihren Zorn zügeln. Doch er breitet sich immer stärker in ihrem Körper aus, und sie weiß nicht, ob sie das schafft. Als Njáll durch die Tür kommt, springt sie auf.

»Was wollte Torbjörn hier?«

»Torbjörn? Warum?«

»Ich habe euch gesehen.«

»Du hast uns belauscht?«

»Wer ist dieser Olaf, den Torbjörn erwähnt hat?«

»Ist nicht wichtig.«

Yrsa läuft auf und ab neben der kalten Feuerstelle. Nicht wichtig. Wichtig ist im Moment nur die Suche nach Sjalfi. Sie hätte nicht hierherkommen sollen.

»Setz dich wieder hin. Was ist los?«

Der Zorn überschwemmt ihren Körper, sie kann ihm nichts mehr entgegensetzen. »Du hast mich angelogen.« Ihre Stimme ist laut.

»Beruhig dich. Wovon redest du?«

»Ich habe dich gehört mit deiner Frau. Du hattest nie vor, mir zu helfen.« Es war dumm von ihr mitzugehen! Njáll tut nie etwas, das ihm nicht selbst nützt. Wie konnte sie das vergessen? »Was fällt dir ein, mich unter falschem Vorwand in dein Dorf zu locken?«

»Jetzt reicht's. Wer bist du, mir Vorwürfe zu machen?« Er packt sie am Arm. Sie reißt sich los.

»Das sag ich dir. Ich bin jemand, den du heute zum letzten Mal gesehen hast. Ich gehe jetzt. Und glaube nicht, dass du mich aufhalten kannst.«

Njáll stellt sich ihr in den Weg. »Die Sonne versinkt schon bald. Es ist zu gefährlich für dich allein da draußen.« Er will sie an sich ziehen. Sie stößt ihn mit dem Arm vor die Brust und von sich weg.

»Fass mich nicht an. Denkst du, ich wäre noch nie allein in der Dunkelheit unterwegs gewesen?«

»Bei Thors Hammer, mir reicht's. Von jemandem wie dir lass ich mich nicht beleidigen. Ich biete dir etwas, von dem du nur träumen kannst. Es gibt viele mittellose junge Frauen, die würden sofort mit dir tauschen.«

»Dann frag sie doch. Ich gehe jetzt. Und ich will dich nicht mehr sehen.«

»Du bleibst hier.« Er packt sie wieder am Arm.

»Lass mich los.« Sie schlägt ihm mit der freien Hand auf den Arm.

»Hör auf.« Er packt ihre zweite Hand, hält ihre Arme fest, drückt so fest zu, dass ihr der Schmerz durch die Handgelenke fährt. »Du beruhigst dich jetzt. Du meinst, weil du jung und schön bist, kannst du dich hier so aufführen und mich beleidigen. Setz dich da hin.«

Er stößt sie auf die Felle. Sie steht sofort wieder auf, tritt ihn mit Schwung gegen die Wade.

»Geh hin, wo die Trolle dich holen. Ich hasse dich!«, sagt sie.

Sie holt aus. Ihr ist jetzt egal, ob Njáll mehr Kraft hat. Sie will ihn treten, schlagen, beißen. Er versucht sie zu packen. Sie ist schneller, weicht aus und schlägt ihn in den Magen. Njáll stöhnt kurz und schlägt zurück. Sie springt nach hinten, er trifft sie an der Schulter. Der Schlag ist hart, sie taumelt, stolpert über die Feuerstelle und fällt zu Boden. Bevor Njáll nach ihr treten kann, rollt sie zur Seite und ist wieder auf den Beinen.

Er keucht, sagt: »Yrsa, hör auf. Ich bin stärker als du.«

Sie gibt keine Antwort, tänzelt, nähert sich. Er holt aus. Sie duckt sich und rammt ihm den Ellbogen in die Seite. Er japst nach Luft. Sie weiß, sie sollte aufhören. Aber sie kann nicht, die Wut drängt alles andere in den Hintergrund.

Sie landet einen Schlag gegen seinen Kopf, doch er stößt sie heftig in die Seite. Einen Moment lang bekommt sie kaum Luft. Er erwischt ihre Hand, verdreht ihr den Arm. Ihr Schultergelenk fühlt sich an, als würde es zerspringen. Sie stöhnt, stürzt auf den Boden. Ihre Schulter pocht, sie schießt wieder hoch, tritt nach Njáll. Er wankt kurz, dann schlägt er sie so heftig, dass sie das Gleichgewicht verliert. Sie prallt auf dem Boden auf. Alles wird schwarz.

Als sie wieder zu sich kommt, liegt sie noch immer auf dem Boden.

»Du bleibst hier drinnen und beruhigst dich.« Die Tür schlägt zu.

Sie will aufstehen, doch es fühlt sich an, als wäre sie an Bord eines Schiffes, mit dem der Wind spielt. Als sie sich aufstützt, fährt ein stechender Schmerz in ihre Schulter.

Nach ein paar Minuten hat sich der Seegang in ihrem Kopf ein bisschen beruhigt. Sie steht langsam auf, geht zur Türe, will sie öffnen. Aber sie lässt sich nicht bewegen. Sie versucht es noch einmal. Nichts. Njáll muss die Türe von außen verschlossen haben. Er hat sie eingesperrt.

Einen Moment lang sinkt sie zu Boden. Nach kurzer Zeit steht sie wieder auf. Sie muss raus. Irgendwie. Mit ihrem ganzen Gewicht wirft sie sich gegen die Türe. Der Schmerz fährt ihr durch die Schulter. Die Türe gibt nicht nach.

Kapitel 12

Der Ast ragt weit in den See hinaus. Avidh setzt einen Fuß vor den anderen, das Holz wippt unter seinem Gewicht. Als er hoch über dem Wasser ist, springt er in den See. Es ist kein heißer Tag. Doch es liegt ein Sirren in der Luft, in der Ferne schickt Thor Blitze über den Himmel, und Avidh braucht eine Abkühlung. Seine Haut kribbelt, als das kalte Wasser ihn umhüllt. Wasserpflanzen streifen seine Beine.

Er schwimmt in die Mitte des Sees, zieht gierig die kühle Luft ein, die knapp über der Oberfläche schwebt. Dann taucht er unter, tief und tiefer, lässt Luftblasen aufsteigen, treibt regungslos im Reich der Wassergeister. Er öffnet die Augen, beobachtet die milchige Welt, sieht nur zwei Armlängen weit, ein kleiner Fisch berührt seine Hand. Die Wassergeister heißen ihn willkommen, jedes Mal, sie flüstern: Bleib so lange, wie du magst. Und er bleibt, bis er nur noch aus der Frage besteht, wann er das nächste Mal tief Luft in die Lungen ziehen kann. Dann schießt er mit einem kräftigen Beinschlag an die Oberfläche zurück. Schon als Junge hat er sich manchmal so beruhigt. Hat der ganze Körper nach Luft gegiert, strömt beim nächstmöglichen Atemzug meist auch etwas mehr Ruhe in ihn.

Als Junge bedrängten ihn andere Dämonen als jetzt. Er konnte damals nicht verstehen, warum sein Vater nicht zurückkehrte, rannte jeden Tag zum Hafen, kniff die Augen zusammen, bis er so weit übers Noor schauen konnte wie nur möglich. Er wollte der Erste sein, der die verschwommenen Umrisse des Schiffes entdeckte, wenn sie in der Ferne auftauchten. Der Wirt sagte, sein Vater würde auf keinem Schiff mehr zurückkommen. Aber Avidh glaubte das nicht, sein Vater hatte es versprochen. Er hatte dem Wirt Silberstücke gezahlt, damit Avidh auf einem Strohballen in der Speisekammer schlafen konnte. Sein Holzschwert, das sein Vater ihm geschnitzt hatte, lag immer neben ihm. Bevor die Methalle zu Leben erwachte, versteckte Avidh es jeden Morgen in der hintersten Ecke zwischen zwei Fässern. Der Wirt fürchtete seinen Vater. Solange er an seine Rückkehr glaubte, hatte Avidh ausreichend zu essen, ohne arbeiten zu müssen.

An diese ersten Wochen erinnert er sich gern. Mit anderen Kindern zog er durch die lauten Gassen, und sie hatten viel Spaß. Frida war damals nicht in der Stadt. Eine alte Heilerin, die nicht mehr gut hörte, versorgte die Menschen. Sie schlüpften durch eine Lücke im Reetzaun, schlichen in ihre Hütte und stahlen ihr ein besonderes Kraut aus der Truhe. Der dicke Fróði am Hafen liebte dieses Kraut, stopfte es in seine Pfeife und schenkte ihnen Fische zur Belohnung.

Dann zog der Herbst auf, und noch immer kam das Schiff seines Vaters nicht zurück. Jeden Morgen, wenn Avidh zum Hafen rannte, dauerte es länger, bis sich die Dunkelheit über dem Wasser verzog. Als der Wirt nicht mehr an die Rückkehr seines Vaters glaubte, ließ er Avidh von morgens bis abends arbeiten und nur noch selten in der Speisekammer schlafen. Eines Tages packte er Avidh am Arm, als er gerade sein Holzschwert zwischen zwei Fässern verstecken wollte, und entriss ihm das Schwert. »Das brauchst du jetzt nicht mehr, sagte der Wirt, warf die hölzerne Waffe ins Feuer und hielt Avidh fest. Avidh biss ihn in die Hand, aber das Schwert brannte bereits lichterloh. Nur ein Häufchen Asche blieb übrig. Langsam kroch die Einsamkeit in jede Faser seines Körpers und setzte sich dort fest.

Deshalb sprang er manchmal, wenn ihm alles zu viel wurde, ins Noor bei Haithabu und wartete, bis seine Lunge beinahe platzte. Der Wirt versuchte ihm diese Bäder auszureden. Ein neunarmiges Seeungeheuer lebe im Noor, erzählte er ihm. Es sei scharf auf kleine Jungen. Avidh wusste, dass er ihm das nur erzählte, weil er keine billige Arbeitskraft verlieren wollte, und ließ sich nicht abschrecken.

Ein zotteliger Hund mit lindgrünen Augen begleitete ihn in jener Zeit auf Schritt und Tritt. Er rannte jeweils am Ufer auf und ab, bis Avidh wieder aus den Fluten auftauchte. Avidh nannte den Hund Seeungeheuer, und nach einer gewissen Zeit hörte der Hund auf den Namen, wenn er ihn rief. Seeungeheuer war ihm ein treuer Freund, nachts kuschelte Avidh sich in sein zotteliges Fell, und ihm war nicht mehr kalt.

Mit den Jahren konnte er immer länger unter Wasser bleiben. Vertraute er sich den Wassergeistern an und bewegte keinen Muskel, konnte er die Zeit in der konturlosen Welt weit und weiter ausdehnen. Das kam ihm später sogar als Krieger zugute. Irgendwo an der Küste der Franken geriet er in einen Hinterhalt und rettete sich mit einem Sprung in einen Teich. Dort blieb er still und regungslos unter Wasser, bis die gegnerischen Truppen vorbeigezogen waren.

Heute hat er andere Sorgen. Er denkt an Frida, hasst den Gedanken, dass er die alte Frau ohne Schutz zurücklassen musste. Ohne Schutz stimmt nicht, er hat einen Freund verpflichtet, ein Auge auf sie zu haben. Wirklich beruhigt hat ihn das nicht. Er könnte es sich nicht verzeihen, wenn ihr in seiner Abwesenheit etwas zustößt. Noch hat er nicht ganz verstanden, wer sie warum bedroht. Doch er hat ihr versprochen, der Sache auf den Grund zu gehen. Als sie gestern zu ihm sagte: »Ich will nicht, dass du dich da einmischst«, wusste sie, dass er keine Ruhe geben würde. Aber sie bestand darauf dass er den Auftrag für Hrolfr den Heiseren ausführt. Deshalb ist er jetzt mit zwei Begleitern unterwegs.

Was er von Frida erfahren konnte, hat ihn nicht beruhigt. Auf seine Frage gestern im Wald wand sie sich noch eine Zeit lang, begann noch mehr Geschichten zu erzählen von Beschwörungen, die in der Vergangenheit misslungen waren. Doch er ließ nicht locker, und schließlich sagte sie: »Eine neue Gruppe von Sehern ist seit einiger Zeit in der Stadt. Sie sind Kriegsmagier, nennen sich ›Die Boten Odins‹ und wollen mit Kampftruppen auf Fahrt gehen.«

»Ich weiß«, sagte Avidh. »Sie wollen die Lücke füllen, die Siv die Langhalsige hinterlassen hat.« Er schüttelte den Kopf. »So vieles lief letzten Sommer nicht nach Plan, sie hatte uns oft begleitet. Der Pfeil kam aus dem Nichts. Niemand konnte ihr mehr helfen. Was weißt du über die neue Gruppe?«

»Es sind sieben, acht Männer, so genau kann ich es nicht sagen«, antwortete Frida. »Zwei Anführer. Sie sagen, sie könnten im Kampf mächtige Trolle beschwören, um den Gegner einzuschüchtern. Sie sind hungrig nach Gold und noch hungriger nach Macht, sie wollen nicht nur in den Kampf ziehen, sondern sich auch in der Stadt breitmachen. Es ist wie so oft, wenn Männer als Seher tätig sind. Die Menschen haben Zweifel, und deshalb treten sie umso pompöser auf.«

»Hast du schon mit ihnen zu tun gehabt?«

»Ich habe einen der beiden Anführer im Wald getroffen. Ingvar ist sein Name.«

Mehr wollte Frida ihm nicht erzählen. Aber Avidh spürt, dass mehr dahintersteckt, und er wird herausfinden, was vor sich geht.

Zurück am Ufer setzt Avidh sich ins Gras, wartet, bis das Wasser von seinem Körper abgetropft ist, streicht sich die Haare aus dem Gesicht und bindet sie am Hinterkopf zusammen. Sein Pferd wiehert. Die junge Frau fällt ihm ein, die vor der Gaststätte versucht hat, seinen nervösen Hengst zu beruhigen. Er hätte sie nach ihrem Namen fragen sollen. Irgendetwas an ihr hat ihn beeindruckt.

Einer seiner Begleiter liegt abseits im Gras, der andere ist bei den Pferden. Mit einem Leinentuch reibt Avidh sich ab, spürt, wie die Wärme ihn nach dem kalten Bad durchströmt. Er zieht das leichte Hemd und die Hosen an, das lange Hemd darüber, befestigt die Lederstulpen an den Unterarmen, wickelt sich die Bänder um die Waden, schnürt den Brust- und Rückenschutz fest, zieht das wollene Kapuzenteil über Kopf und Schultern, schlüpft in die Stiefel und bindet den Gürtel um die Hüfte, in dem sein Messer und die Axt stecken. Das lange Schwert im Schultergurt, den warmen Umhang, den Helm und den Schild hat er am Pferd befestigt.

Leif ist im Gras eingenickt, macht pfeifende Geräusche. Avidh kickt ihn gegen die Fußsohle. Leif zuckt zusammen und setzt sich auf.

»He, sei froh, dass ich kein kaltes Seewasser genommen habe. Wir müssen weiter«, sagt Avidh.

Leif reibt sich die Augen und gähnt. »Warum die Eile? Wir müssen sowieso über Nacht bei Hrolfrs Bruder bleiben. Ich reite nicht mit einem Säckchen Silber durch die Dunkelheit. Und es ist nicht mehr allzu weit. Ich esse jetzt erst mal etwas.«

Avidh brummt. Er weiß, dass Leif recht hat, lässt sich neben seinem Freund ins Gras fallen. Leif kaut an einem Stück getrocknetem Fisch und wirft ihm auch einen Fetzen in den Schoß.

»Jetzt sag mal, warum treibst du uns so an?«

Avidh zupft Grashalme aus, bläst die Luft mit einem langen

Pfff durch die Lippen und erzählt Leif von den Drohungen gegen Frida.

»Und du nimmst das ernst?«

Avidhs Blick schweift über die ausladenden Zweige einer Weide, die am Seeufer wächst. Eine Nebelkrähe sitzt dort. Es kommt ihm vor, als schaue sie ihm direkt in die Augen. Ganz kurz spürt er ein seltsames Flattern im Körper.

»Mit so etwas ist nicht zu spaßen«, sagt er. »Was weißt du über die ›Boten Odins‹?«

Leif hebt die Augenbrauen, schiebt den getrockneten Fisch von der einen in die andere Backe. »Die Anführer kommen aus dem Norden, aus Ribe, dort waren sie nicht lange, sollen einige Winter bei den Angelsachsen verbracht haben. Warum sie jetzt hier sind, weiß ich nicht. Letzten Sommer waren sie von Ribe aus mit mehreren Schiffen auf großer Fahrt. Wahrscheinlich ein Streit um die Beute.«

»Was erzählen sich die Menschen in der Methalle über sie?«

»Das wird dich nicht beruhigen.«

»Sag schon. Ich muss Bescheid wissen.«

»Hast du schon mal von Knud dem Böswilligen gehört?«

»Nein, wer ist das?«

»Er war ein mächtiger Seher, irgendwo im Norden. Knud hatte eine Gruppe Männer um sich geschart. Ihre Kraft zogen sie aus den Mächten der Dunkelheit. Sie hätten mit Draugar zusammengearbeitet, hieß es. Wer sich ihnen widersetzte, den versuchten sie einzuschüchtern. Drohten, die Menschen bekämen nachts Besuch von den Wiedergängern. Einer dieser Kriegsmagier sei ein ehemaliger Anhänger von Knud. Wer es ist, weiß ich aber nicht.«

»Du hast recht, das beruhigt mich nicht.«

Leif winkt ab. »Du weißt, wie das ist, in der Methalle kursieren viele Geschichten. Was davon tatsächlich stimmt, kann ich nicht sagen. Vielleicht nicht einmal die Hälfte. Und was wollen sie von Frida?«

»Ich kann mir vorstellen, dass sie sich an ihrer mächtigen Stellung in der Stadt stören. Und Frida hält sich nicht zurück, wenn ihr etwas nicht gefällt. Wer sie nicht kennt, der unterschätzt sie.«

Leif lacht. »Du musst ihnen klarmachen, dass sie unter deinem, unter unserem Schutz steht.«

»Das werde ich. Aber die Zeit hat nicht gereicht. In dem Haus, das die Gruppe nutzt, habe ich nur einen ihrer Gehilfen gefunden. Aus ihm habe ich keine vernünftigen Informationen herausgebracht.«

»Ich habe gehört, dass sie sich vor Kurzem auf einem großen Hof am Südufer der Schlei eingerichtet haben. Er gehört einer reichen Witwe, sie hat sie eingeladen. Oder sie ist mit einem der beiden Anführer zusammen.«

Avidh schüttelt den Kopf. »Sobald wir zurück sind, statte ich ihnen einen Besuch ab. Ich habe Fridas Nachbarn gefragt, ob jemand gesehen hat, wer den Rabenkopf in unser Haus gelegt hat. Aber niemand hat etwas bemerkt.«

Leif knufft ihn in die Seite. »Der olle Birger wird schon auf sie aufpassen. Vergiss nicht, es gibt viele Menschen in der Stadt, die Frida sofort helfen würden, und Fridas Gegenzauber würde so manchen aus der Stadt ins Noor katapultieren.« Leif lacht.

»Ja, ich hatte im Gespräch mit ihr trotzdem den Eindruck, nur einen Moment lang, dass sie etwas beunruhigt. Zugeben will sie das nicht. Aber ich werde herausfinden, was es ist.«

Avidh schaut wieder auf den See. Die Krähe flattert über das Wasser und verschwindet in der Ferne.

Kapitel 13

Es pocht zwischen ihren Schläfen, der Schmerz surrt in ihrer Schulter. Sie läuft auf und ab, den schmerzenden Kopf in die Hände gestützt kann keinen Moment still sitzen. Der Zorn lodert so stark in ihr, dass es sich anfühlt, als würde sie innerlich verglühen, wenn sie nur kurz aufhört, sich zu bewegen. Warum hat sie Njáll vertraut? Wie kann er es wagen, sie einzusperren? Sie wünschte, er wäre noch hier, sie würde so lange auf ihn einschlagen, bis sie alle Kraft verlässt. Und dann noch ein bisschen länger. Verfluchte verfaulte verdorbene Krötenfresse, ich wünsche dir, dass der Troll dich holt und deine Schmiede abfackelt!

Sie schlägt in die Kissen und Felle. Am liebsten würde sie ihre Fäuste in die Wand rammen, aber im letzten Moment hält sie sich zurück. Sie muss ihre Hand, ihre Schulter schonen, sie braucht sie noch, um Sjalfi zu finden. Sie wird sich aus diesem Haus befreien. »Ich gehöre dir nicht«, will sie rufen, reißt sich aber zusammen. Es ist keine gute Idee, alle auf sich aufmerksam zu machen. Njálls Familie, seine Knechte und Mägde werden ihr nicht helfen. Sie muss allein einen Ausweg finden. »Setz dich hin, Yrsa, denk nach«, hätte ihre Mutter früher gesagt.

Sie macht noch drei Runden um die Feuerstelle, dann lässt sie sich auf den Boden fallen, winkelt die Beine an, legt den Kopf dazwischen und schaukelt hin und her.

Das Haus hat keine Fenster, nur einen Rauchabzug weit oben im Dach. Die Wände und die Türe sind zu dick, um schnell ein Loch zu schlagen. Njáll lässt sie vermutlich schmoren. Auch besser so, sie will ihn nicht sehen, nur schlagen. Sie hat nichts zu trinken, nichts zu essen. Sie blickt auf, und da ist die Kiste mit den Waffen, die noch immer offen steht.

Das Schwert, die Kampfaxt, die Messer.

Sie geht zur Kiste, zieht das Schwert aus dem Tuch. Schwer liegt es in ihrer Hand. Das Licht ist schummrig, und doch scheint das Schwert zu blitzen. Yrsa legt einen Finger auf die Klinge, spürt die Kraft und weiß im selben Moment: Diese Waffe ist wunderschön, aber nicht ihr Schwert.

Als sie noch kleiner war, bat sie ihre Mutter oft, ihr die Geschichte von der Heldin Hervor, ihrem Vater Angantýr und dem magischen Schwert Tyrfing zu erzählen. Tyrfing tötete jeden. Abends um die Feuerstelle hört man diese Geschichte in vielen Dörfern. Yrsa mochte es immer besonders, wenn ihre Mutter Hervors Saga erzählte, denn sie betonte den Wagemut der jungen Frau und vergaß nie zu erwähnen, dass sich Hervor schon als Mädchen weigerte zu nähen und zu weben, weil sie sich mehr für Schwerter und Äxte interessierte.

»Hervors Herz war gefüllt mit Mut«, das war immer Yrsas Lieblingsstelle, wenn ihre Mutter die Saga erzählte, »Hervor fürchtete sich nicht einmal davor, ins Grab ihres Vaters zu steigen, um an das Zauberschwert Tyrfing zu gelangen. Zwerge hatten Tyrfing geschmiedet, die Klinge leuchtete hell wie der Tag. ›Tyrfing wird dich zerstören‹, warnte ihr Vater Hervor aus dem Grab. Doch Hervor antwortete: ›Das Herz dieser Frau wird niemals erzittern, selbst wenn ein Geist vor meiner Türe erscheint.‹ Und sogar Flammen hielten sie nicht davon ab, das Schwert aus dem Grab ihres Vaters zu ziehen.«

Eines Tages werde ich auch ein solches Schwert haben, denkt Yrsa. Sie erinnert sich an eine Freundin ihrer Mutter. Inga die Furchtlose hieß sie, war Kämpferin, nicht besonders groß, aber kräftig, hatte leuchtend rote Haare bis zur Hüfte und das Bild eines Wolfes auf dem Schwertarm. Yrsa liebte es, wenn Inga zu Besuch kam und sie ihren Erzählungen lauschen konnte. Einmal, als Inga bei ihnen war, polterte ein Mann an die Türe. Ihre Mutter öffnete, und der Mann bedrohte sie mit einem Messer, schimpfte, sie habe ihn verflucht. Inga war in wenigen Schritten an der Türe, die Axt in der Faust, schlug dem Mann das Messer aus der Hand, stellte sich vor Yrsas Mutter und sagte mit ihrer tiefen Stimme: »Katla verflucht niemanden, aber vielleicht fängt sie bei dir damit an, wenn du nicht sofort verschwindest.« Sie sahen den Mann nie wieder. Später saßen sie zusammen um das Feuer, ihre Mutter bedankte sich bei Inga und sagte: »Yrsas Vater ist gerade wie so oft auf Reisen, wie gut, dass du heute hier warst.« Inga lachte und antwortete: »Habe ich gern gemacht. Eine Frau braucht keinen Mann.« Yrsa hatte danach den ganzen Abend nur einen Gedanken: Genau wie Inga möchte ich auch mal werden.

Sie nimmt die Kampfaxt aus der Kiste. Wie gut ihr der hölzerne Griff in der Hand liegt. Er ist etwas kürzer als ihr Arm. Die Axt ist leichter, als sie vermutet hat. Es wäre nicht schwierig, sie zu werfen. Sie zieht die lederne Kappe ab, mit der Njáll das Axtblatt schützt. Ganz leicht nur zieht Yrsa die Klinge über einen Scheit Holz in der Feuerstelle. Sie hinterlässt sofort eine Linie im Holz. Sie bewegt ihre Hand, als wollte sie die Axt werfen, und wartet auf ein Gefühl, das ihr sagt: Das ist nicht deine Waffe, leg sie wieder zurück. Doch es bleibt stumm in ihr.

»Oh Freyja, mächtige Göttin, ich höre keinen Widerspruch«, murmelt sie. Sie stülpt den ledernen Schutz wieder über das Axtblatt, legt die Axt auf den Truhenrand, denn sie fürchtet sich vor dem Gedanken, der gerade in ihr aufsteigt.

»Nimm die Axt«, flüstert eine Stimme in ihr. Yrsa tritt zwei Schritte zurück, den Blick noch immer auf die Waffe gerichtet. Sie könnte versuchen, die Türe mit der Axt zu durchschlagen. Doch das würde viel Lärm machen und lange dauern.

Ein gezielter Wurf, und sie könnte Njáll töten, wenn er zur Türe hereinkommt. Sie hat oft geübt mit ihrer Axt, mit der sie Holz hackt. Sie ist alt und liegt nicht so gut in der Hand. Doch wenn sie im Wald ist und Holz sammelt, stellt sie sich manchmal Aufgaben. Dreht sich blitzschnell auf einem Bein um, ruft: »Vorne rechts!«, kneift ein Auge zusammen, zielt und wirft die Axt in einen Baumstamm, den sie zum Feind erkoren hat. Sie liebt das hissende Geräusch, das die Axt macht, wenn sie durch die Luft wirbelt und sich dann in das Holz bohrt. Inzwischen trifft sie die hölzernen Feinde fast immer an der Stelle, die sie angepeilt hat.

Sie will Njáll aber nicht töten, auch wenn sie ihm gerade wirklich gerne wehtun möchte. Es hat trotz allem schon Momente gegeben, in denen sie froh war, dass es Njáll gibt. Er hat ihr in den letzten Monden geholfen, wenn es sonst kaum jemand getan hat, und war oft großzügiger, als sie erwartet hätte. Sie hasst ihn dafür, wie er sich heute verhalten hat. Aber vermutlich gäbe es Männer, die ihr Abkommen noch mehr ausgenutzt hätten und sich nicht darauf eingelassen hätten, alles geheim zu halten. Wenigstens darin hat Njáll sie nicht enttäuscht.

Sie hat sich immer vorgestellt, dass sie als Kriegerin gegen Fremde kämpft und nicht gegen einen Mann, den sie gut kennt. Ihre Mutter hat ihr manchmal davon erzählt, wie es sich anfühlt, wenn man einen Mann liebt, wenn man ihn so liebt, dass er jede Minute in deinen Gedanken wohnt, selbst wenn er weit entfernt ist. Solche Gefühle kennt sie nicht und will sie nicht. Die Vorstellung macht ihr Angst. Sie hat keine Gefühle für Njáll, und trotzdem glaubt er über sie bestimmen zu können. Wie soll man sich vor einem Mann schützen, der einem etwas bedeutet? Sie ist froh, dass sie früh beschlossen hat, nie zu heiraten und keinen Mann zu lieben. Als Kämpferin wird sie unabhängig sein, so wie Inga die Furchtlose.

Sie hat schon manchmal darüber nachgedacht, wie es wäre, einen Menschen im Kampf zu töten. Will sie Kämpferin werden, muss sie das können. Ob es einfach ist, ob man so außer sich gerät, dass alles im Körper nur noch schreit: »Wehre dich, verletze ihn, sonst verletzt er dich.« Sie vermutet es. Aber das wären Fremde. Nein, gegen Njáll kann sie die Axt nicht einsetzen.

In diesem Moment hört sie, wie jemand den Schlüssel von außen ins Schloss steckt. Sie packt die Axt, schiebt sie unter eines der Felle auf dem Schlaflager und setzt sich daneben, die Hand unter dem Fell am hölzernen Stiel der Waffe. Sie fürchtet sich vor dem, was gleich geschehen wird, krallt die Hand um den Griff der Axt, als könnte ihr das helfen.

Die Türe öffnet sich. Sie müsste jetzt werfen, um den Moment der Überraschung zu nutzen. Ihr Arm zuckt, dann stockt ihr der Atem.

Es ist nicht Njáll, der in der Türe steht. Es ist einer der jungen Männer, die in der Schmiede arbeiten. Er hat sich ihr vorhin als Ulf vorgestellt. Er bleibt abrupt stehen, als er sie sieht. Fast kommt es ihr vor, als wäre er erschrocken. Dann schließt er die Türe.

»Ich ... ich dachte, das Haus sei leer.« Ulf zupft sich an der Nase.

»Ich habe mich nur kurz ausgeruht«, sagt Yrsa und lächelt ihn an.

»Der Herr, er weiß nicht, dass ich einen Schlüssel habe«, antwortet Ulf und schaut auf seine Füße.

»Was machst du hier?«, fragt sie.

»Ich komme manchmal nach der Arbeit hierher, um etwas zu trinken.« Er zeigt auf ein Fass mit Met hinten in der Ecke. »Du darfst dem Herrn nichts verraten. Ich bekomme sonst Schwierigkeiten.« Ulf macht einige Schritte auf sie zu. »Ich bitte dich, sag dem Herrn nicht, dass ich hier war, einen Schlüssel habe und von dem Met trinke. Er darf das nicht wissen.«

»Mach dir keine Sorgen, ich sage ganz bestimmt nichts.«

»Versprich es mir, bei den Göttern.«

»Niemand erfährt etwas von mir.«

Ulf schaut sie noch kurz an. Dann macht er kehrt und verlässt schnell das Haus. Er schließt die Türe hinter sich, doch Yrsa hört keinen Schlüssel. Was für ein Glück. Er war so erschrocken, sie zu sehen, dass er nicht gefragt hat, warum sie im Haus eingeschlossen ist. Und er hat auch nicht daran gedacht, das Haus wieder zu verschließen.

Sie zieht die Axt unter dem Fell hervor. Sie muss nun schnell handeln, will die Axt gerade in die Waffenkiste zurücklegen, als ihr ein Gedanke kommt. Sie braucht die Axt nicht mehr, um sich zu befreien, aber sie könnte ihr gute Dienste leisten. Das Gefühl, dass sie losziehen muss, um nach Sjalfi zu suchen, viel weiter als nur in die Wälder rund um das Dorf, wird immer stärker. Ganz allein, egal was sie da draußen erwartet. Njáll hat lange an dieser Axt gearbeitet, und er könnte sie teuer verkaufen. Sie weiß nicht, was für eine Strafe sie erwartet, wenn sie die Waffe stiehlt. Und sie weiß, Njálls Zorn wird groß sein.

Sie zögert einen Moment. Dann steckt sie die Axt in ihren Gürtel, streicht über den langen Griff. Es fühlt sich gut an, sie spürt die Kraft der Kampfaxt und dass die Waffe sie beschützen wird. Dann nimmt sie noch eines der Messer aus der Kiste und steckt es in den leeren Halfter, in dem einst ihr eigenes Messer steckte, bevor sie es im Fluss verlor. Sie schließt die Kiste, damit Njáll der Diebstahl nicht sofort ins Auge fällt. Dann schleicht sie zur Türe, öffnet sie ganz leise, es ist inzwischen fast dunkel, und macht sich auf den Weg.

Die Schmiede hat sie schnell hinter sich gelassen. Sie meidet den Weg, auf dem Njáll sie als Erstes suchen würde. Östlich des Dorfes rennt sie geduckt über ein Feld, springt über einen kleinen Bach und beschließt, den Heimweg durch die Wälder zu nehmen.

Es ist jetzt dunkel, der Halbmond hängt schief am Horizont. Yrsa fürchtet die Nacht nicht. Nur: In diesem Wald war sie noch nie bei Dunkelheit. Um in ihr Dorf zu gelangen, muss sie durch ein Waldstück, in dem Waldelfen hausen. Sie mögen es nicht, wenn Menschen ihr Reich betreten. Es fallen ihr Geschichten ein, wonach sich diese Waldelfen mit einem einarmigen Troll verbündet haben. Niemand weiß, wie der Troll seinen Arm verloren hat, aber sein zweiter Arm ist seither länger geworden. Mit einem Schlag knallt der Troll einen damit an jeden Baum und sucht sich Stellen aus, wo abgebrochene Äste aus dem Stamm ragen. Sie bohren sich dann durch den Leib des Opfers.

»Nehmt mich auf, Geister des Waldes«, flüstert sie.

Die Baumstämme stehen stumm in der schwarzen Nacht. Ihre Beine schmerzen, sie mag nicht rennen. Ihr Kopf ist noch immer benommen von Njálls Schlag. Zwischen zwei Stämmen schlüpft sie ins Unterholz. Nach kurzer Zeit stößt sie auf einen Trampelpfad und folgt ihm. In der Ferne heult ein Wolf. Der Wind scheint zu antworten, fährt mit einem heftigen Stoß durch die Baumwipfel.

Sie läuft schneller, der Stiel der Axt schlägt ihr bei jedem Schritt gegen den Oberschenkel. Sie zieht die Axt aus dem Gürtel, vielleicht ist es keine schlechte Idee, kampfbereit zu sein. Wieder spürt sie, wie wunderbar ihr die Axt in der Hand liegt. Doch mit jedem Schritt wachsen ihre Zweifel, ob es eine gute Idee war, Njáll die Waffe zu stehlen. Sie würde sie zwar gut gebrauchen können, doch nun fürchtet sie sich davor, dass Njáll schon bald in ihrem Dorf auftaucht und sie an der Suche nach Sjalfi hindert. Wie dumm von mir, dass ich daran nicht gedacht habe.

Den Trampelpfad erkennt sie kaum mehr. Sie hüpft von Stein zu Stein, um sich nicht in dornigen Zweigen zu verfangen. Sie kann nur hoffen, dass er den Diebstahl nicht so schnell bemerkt.

Abrupt bleibt sie stehen, dreht sich um, versucht in der Schwärze des Waldes Konturen auszumachen. Einen Moment glaubte sie ihren Namen zu hören. Doch es ist still, nur der Wind spielt mit den Baumkronen. Sie läuft schneller.

Die Äste knarzen. Es kommt ihr vor, als höre sie Schritte, irgendwo hinter sich. Vielleicht sind es die Waldelfen. Die Stimmen schwellen an und klingen wieder ab. »Diese Waffe gehört dir nicht, Yrsa«, sagen sie.

Sie macht einen Satz zur Seite, will sich im Unterholz verstecken. Mit der Schulter stößt sie gegen einen dicken Stamm, der Schmerz fährt ihr durch das Gelenk.

»Du wirst deinen Bruder niemals finden, Yrsa.«

Sie stolpert zurück auf den Trampelpfad, weiß nicht, ob sie rennen oder sich verstecken soll.

»Du bist eine Diebin, Yrsa.«

Etwas streift ihre Haare. Sie glaubt einen kleinen Vogel zu erkennen. Ist es Revnas Goldammer? Der Fluch! Sie rennt los, springt über Wurzeln und Steine, rutscht, fällt, rollt einen Hang hinunter, rappelt sich auf und hastet weiter. Sie muss raus aus diesem Wald, dreht sich immer wieder um, ob die Goldammer sie verfolgt.

Irgendwann ist sie zurück in ihrem Dorf. Sie ist erschöpft.

Aber jetzt fürchtet sie sich davor, sich in ihrer Hütte auf das Bett zu legen. Wenn sie zu lange schläft, könnte Njáll plötzlich vor der Tür stehen. Und sie hat Angst, dass irgendjemand im Dorf sie sieht und Njáll erzählt, dass sie wieder da ist.

Sie duckt sich ins hohe Gras und verschwindet in der dunklen, kalten Hütte. »Hier bin ich sicher«, murmelt sie. Und glaubt ihren Worten nicht. Sie lässt sich auf das Bett fallen und schließt die Augen.

Sie zuckt zusammen, hat geschlafen. Sie hört Schritte. Jemand nähert sich der Hütte. Sjalfi!, ist ihr erster Gedanke. Doch die Schritte sind die eines schweren Erwachsenen.

Es klopft an der Türe. Einen Moment fürchtet sie, Njáll könnte ihr schon gefolgt sein. Sie macht sich klein, versucht nicht zu atmen. Wirft ein Tuch über die Axt.

»Yrsa, bist du da?«

Sie zuckt zusammen. Es ist Torbjörns Stimme. In zwei Schritten ist sie an der Türe. »Hast du etwas von Sjalfi gehört?«

»Nein. Kann ich kurz reinkommen?«

Sie zögert. Torbjörn war noch nie in ihrer Hütte. Warum ist er jetzt im Morgengrauen hier? Er riecht nicht nach Met. Schließlich macht sie einen Schritt zur Seite und lässt ihn eintreten. Achtet darauf, dass genügend Abstand zwischen ihnen ist.

»Ich muss dir etwas sagen, was mir keine Ruhe lässt«, beginnt Torbjörn.

Yrsa schaut ihn kurz an, blickt dann zur Seite. So ist es einfacher, die Erinnerungen in Schach zu halten. Was will er von ihr?

»Hat Njáll dir von Olaf dem Unwirschen erzählt?«

»Von wem?«

»Ja, ich habe vermutet, dass er das nicht erwähnt hat. Deshalb bin ich hier.«

Torbjörn erzählt, was er von Njáll über Olaf gehört habe. Es wird ihr heiß und kalt zugleich, während sie seinen Worten lauscht. Hat ein Sklavenhändler Sjalfi entführt? Ist das wirklich möglich? Alles passt zusammen. Sjalfi hat sich beobachtet gefühlt, sie hat Stimmen gehört, als sie von der Jagd mit Njáll zurückkehrte, jemand war in ihrer Hütte. Das waren bestimmt Olafs Männer, das müssen sie gewesen sein. Sie haben sich gedacht, ein Junge ganz allein, das ist ein leichtes Opfer. Und sie ist schuld daran, sie hat Sjalfi alleingelassen.

»Ich muss nach Haithabu«, sagt sie. »Ich muss heute noch nach Haithabu. Ich werde verhindern, dass dieser Olaf Sjalfi in den Osten verschleppt.«

Torbjörn schaut sie an. Sie weicht zurück, als er seinen Blick nicht abwendet. Es kommt ihr vor, als suche Torbjörn nach Worten. Doch dann dreht er sich um, geht zur Türe, und bevor sie noch etwas sagen kann, ist er in der kalten Morgenluft verschwunden.

»Danke«, murmelt sie noch. Aber er hört sie nicht mehr. Und dann will sie ihn noch fragen: Warum bist du gekommen, um mir das zu sagen, Torbjörn? Warum ausgerechnet du?

Kapitel 14

Der Haferbrei duftet heute besonders gut, denkt Njáll. Auf einem hölzernen Tablett trägt er zwei Schalen Brei und einen Becher Milch. Die Sonne kriecht im Osten gerade aus ihrem Nachtlager, Árvakr und Alsviðr ziehen sie über den Himmel. Er ist heute Morgen aufgestanden, als der Hahn gekräht hat. Er mag es, wenn kurz vor Tagesanbruch alles still ist, wenn er zuschauen kann, wie die Welt auf seinem Hof langsam zum Leben erwacht. Seine Welt, die er, Njáll der Schmied, geschaffen hat. Die Magd hatte da schon Brei gekocht. Jetzt ist er unterwegs zum Haus hinter der Schmiede, doch zuerst geht er zum Schrein. Der Tau sitzt auf den Grashalmen und streicht über seine Füße.

Er hatte gestern noch vor, nach Yrsa zu schauen. Aber Gudrun wollte mit ihm über das Silber sprechen, das verschwindet. Wenn er eine junge Frau hat, möchte Gudrun immer viel Zeit mit ihm verbringen. Er hat seiner kleinen Tochter eine Geschichte erzählt und mit seinem Bruder die Blót-Zeremonie besprochen. Die haben sie für den morgigen Tag geplant, um die Geister und Götter gnädig zu stimmen. Schließlich war es spät, und er dachte, vielleicht ist es nicht schlecht, wenn Yrsa sich allein beruhigen muss.

Dann steht er am Schrein. Ein Stück vom Haus entfernt, leicht erhöht, jenseits des Ziegenstalls haben sie eine kleine Opferstätte aufgebaut. So weht der Wind den Geruch der Gaben nicht in Richtung des Langhauses. Ein Baumstumpf, darauf ein breiter, flacher Stein, dahinter ein Gerüst aus Holz, dort spannen sie die Felle der Opfertiere auf. Auf einem Pfahl thront der Schädel einer Kuh. Auf dem Stein steht eine tönerne Schale für die Opfergaben und daneben eine eiserne Statue von Thor. Njáll hat sie selbst gegossen, hat lange daran gearbeitet, damit sein Werk die Kraft des Gottes würdig wiedergibt. Am Fuße Thors steht sein Hammer Mjölnir.

Wenn sie ein Blutopfer bringen, schlachten sie das Tier auf dem Stein. Der Regen hat die letzten Spuren weggewaschen, nur braune Flecken sind geblieben. Kleine Knochen liegen um den Baumstrunk verstreut. Njáll umfasst die Thor-Statue, spürt das kalte Metall und die Kraft des Gottes, legt beide Handflächen auf die raue Oberfläche des Sandsteins, schließt die Augen und sagt mit lauter Stimme: »Stehe uns bei, oh mächtiger Thor, schicke uns günstige Winde, oh mächtiger Njórðr. Nimm diese Gaben, Elf Viðrsmiða.«

Er stellt eine der Breischalen auf den Stein und nickt.

Beim Haus neben der Schmiede steckt er den Schlüssel ins Schloss. Er freut sich, Yrsa zu sehen, er freut sich immer, Yrsa zu sehen, auch wenn er weiß, dass sie wütend auf ihn ist.

»Seltsam«, murmelt er. Der Schlüssel lässt sich nicht drehen. Er drückt gegen die Türe, sie gibt nach. »Bei Thors Hammer, ich weiß, dass ich sie gestern abgeschlossen habe.« Er ruft Yrsas Namen. Das Haus ist leer. Er sinkt auf das hölzerne Schlaflager, wo Yrsa liegen sollte. Er hatte sich vorgestellt, dass sie noch schläft, er den duftenden Haferbrei in ihre Nähe stellt, sich leise neben sie setzt, ihr die langen Haare aus dem Gesicht streicht, mit der Hand über ihren Körper fährt und sie weckt. Yrsa hätte sich für den Angriff entschuldigt, und sie hätten sich versöhnt. Er braucht eine junge Frau, eine Eyrarúna, in deren Ohr er Geheimnisse flüstern kann. Wenn er junge Frauen besitzt, fühlt er sich der Macht der Götter besonders nah, ihre Kraft scheint seinen Körper zu durchströmen. Es ist ein Gefühl, von dem er nie genug bekommt.

Er nimmt eines der Kissen, presst es an sich. Welche Zauberei hat ihr dabei geholfen, die Türe zu öffnen?

Er legt den Kopf in die Hände. »Zauberei, Magie, weichet, ihr bösen Geister«, sagt er laut. »Beschütze mich, oh Thor.« Er greift an das Amulett in Form eines Hammers, das er um den Hals trägt. »Ich brauche deine Kräfte, deine große Stärke, die du so oft beweist, wie damals, als du Thjassi, den kühnen Riesen, getötet hast und die Augen dieses Sohns des Allvaldi in den klaren Himmel warfst. Beschütze mich vor den bösen Mächten, oh Thor, ich bin ein Nachfahre der Söhne des Ivaldis, ein dunkler Elf, der das Feuer und das Eisen beherrscht.«

Dann fällt ihm der Troll ein, der in der Nähe der Schmiede haust. Vielleicht hat er sein Unwesen getrieben. Er springt auf. Sofort muss er den Knecht fragen, wann er das letzte Mal Met auf den Stein gelegt hat. Seine Sorge steigert sich, wenn er daran denkt, der Knecht könnte es vergessen haben.

Aber er versteht nicht, wie Yrsa sich mit dem Troll verbünden konnte. Ein kalter Schauder fährt ihm über den Körper. Hat er sie unterschätzt? Immer wieder hat sie beteuert, die magischen Fähigkeiten ihrer Mutter schlummerten nicht in ihr. »Bei Thors Hammer, hat sie die Unwahrheit gesagt?«

Er setzt sich wieder auf das Schlaflager. Ein schrecklicher Gedanke kommt ihm. Er versucht ihn wegzuschieben. Das liegt zu weit in der Vergangenheit. Es ist sein schlechtes Gewissen, das sich meldet. Er hat damals seine Hilfe verweigert. Aber es war wirklich ein ungünstiger Moment.

Er überlegt, ob Yrsa ihn verzaubert hat. Doch sie wollte ihn zuerst nicht treffen. Er musste sich anstrengen. Es dauerte eine gewisse Zeit. Von einem solchen Zauber hat er noch nie gehört.

Ihm fällt ein, was ein Mann aus Yrsas Dorf einst erzählte. Nach Katlas Tod hätten manche gefordert, ihren Stab zu zerbrechen, bevor sie ihn ihr ins Grab mitgaben. Und sie wollten einen schweren Stein auf ihren Körper legen, damit sie nicht aus dem Grab steigt und ihren Zauber weiter ausübt. Yrsa wehrte sich damals gegen diese Pläne. Niemand hatte auf sie gehört, doch Torbjörn unterstützte sie. »Der Stab bleibt ganz«, habe er befohlen, »und niemand legt einen Stein auf Katla, sie trägt meinen Sohn in sich.« Die Seherin, erzählten sich die Menschen, habe Torbjörn verzaubert, er habe nicht mit klarem Kopf entschieden.

»Torbjörn«, murmelt Njáll, »soll der Troll ihn holen.«

Er zupft an seinem Bart, überlegt, ob es auch möglich wäre, dass Yrsa ohne die Hilfe des Trolls aus dem Haus gekommen ist.

Kurz darauf steht Njáll in der Schmiede. »Habt ihr die junge Frau gesehen, die gestern kurz mit mir hier war?«

Die beiden Gehilfen blicken sofort von der Arbeit auf. Ulf wischt sich mit der rußverschmierten Hand über die Stirn. »Nein, Herr, ich habe niemanden gesehen«, sagt er.

»War jemand von euch in dem Haus dort hinten?«

»Nein, Herr«, sagen beide.

Gudrun findet er am Tisch vor dem Langhaus. Sie beugt sich über eine der großen Holzplatten, in die sie alle Einnahmen und Ausgaben der Schmiede ritzt. Neben ihr steht eine kleine Waage. Sie schüttelt den Kopf. »Es fehlt uns diesen Mond schon wieder Hacksilber.«

Njáll zuckt mit den Achseln. »Warst du gestern noch in dem Haus hinter der Schmiede?«

»Lenk nicht ab«, sagt sie und beugt sich wieder über die Abrechnungen. »Wofür gibst du das Silber aus? Was hast du Yrsa alles gekauft?«

»Nichts, ich schwöre es.« Er setzt sich neben Gudrun, will ihre Hand nehmen.

»Pass doch auf, ich habe die kleinen Gewichte für die Waage hier aufgereiht. Ich glaube dir nicht.«

Njáll kneift die Augen zusammen. »Es passt dir nicht, dass ich eine junge Frau habe. Hast du Yrsa deshalb aus dem Haus gelassen? Ihr gesagt, sie solle verschwinden?«

Gudrun blickt ihn an. Ihr Mundwinkel zuckt, wie immer, wenn sie empört ist. »Du hast gesagt, Yrsa ist zum Arbeiten hier. Hast du mich wieder angelogen?«

»Ich glaube, du lügst mich an. Du hast doch auch einen Schlüssel zu dem Haus hinter der Schmiede?«

»Den habe ich lange nicht mehr benutzt.«

»Wo ist er?«

»In der Schatulle in der großen Truhe, hinten neben dem Schlafplatz. Und jetzt sag mir endlich die Wahrheit. Wenn nicht für Yrsa, hast du wieder eine junge Frau gekauft?«

»Wie sprichst du mit mir?« Njáll schlägt mit der Hand auf den Tisch. Ein Teil der kleinen Gewichte fällt auf den Boden. »Hast du sie nun rausgelassen oder nicht?«

»Habe ich nicht. Und du solltest dich besser darum kümmern, wohin unser Silber verschwindet. Diese Geschichten mit den jungen Frauen bringen immer nur Unglück. Ich erinnere dich an Aoife.«

»Sei jetzt sofort still. Du hast nicht darüber zu bestimmen, wie viele Frauen ich habe. Und vielleicht rechnest du einfach falsch. Hast du daran schon mal gedacht?« Eigentlich weiß er, dass Gudrun nicht falsch rechnet.

»Du kannst das Rechnen gern übernehmen. Außerdem musst du dich um die Vorbereitungen für die Blót-Zeremonie kümmern.«

Njáll steht auf. »Herumkommandieren kannst du die Mägde. Lass mich in Ruhe.«

Njáll durchwühlt die große Truhe. Er findet den Schlüssel nicht.

Dieses Mal schaut er sich das Schloss genau an, fährt mit dem Finger über das Metall und das raue Holz. Nichts ist abgesplittert, es gibt keine Anzeichen, dass jemand die Türe gewaltsam geöffnet hätte. Gudrun hat ihn angelogen. Oder wenn es nicht Gudrun war, benutzt jemand anderes den Schlüssel. Aber es ist ihm nie etwas aufgefallen hier im Haus.

Sein Blick fällt auf die Truhe, in der er die Waffen aufbewahrt. Er öffnet den Deckel, zieht das Tuch zur Seite, sieht sein Schwert, die Messer. Etwas fehlt. Die Axt, seine Kampfaxt ist verschwunden.

»Bei Thors Hammer!«, ruft er so laut, dass er in der Schmiede das Hämmern übertönt. »Ich fasse es nicht.« Er durchsucht die Truhe noch einmal, reißt alles heraus. Nichts. Seine Kampfaxt, an der er tagelang gearbeitet und für die er wertvolles Erz aus dem Norden verwendet hat, sie ist verschwunden. Er japst nach Luft. Jetzt packt ihn der Zorn. Er nimmt die Schale mit dem Brei und schmettert sie gegen die Wand. Sie zerbricht in viele Stücke, der Brei tropft langsam herunter. Ist es möglich, dass Yrsa seine Axt gestohlen hat? Er hat sie unterschätzt.

»Das lasse ich mir nicht bieten«, sagt er grimmig. Das wird sie bereuen.

Er rennt aus dem Haus, runter zum Stall. Auf dem Weg kommt ihm seine kleine Tochter mit einem hölzernen Spielzeugschiff entgegen. Er hat es kürzlich für sie geschnitzt.

»Papa, wir wollten das Schiff auf dem Bach schwimmen lassen!« Sie nimmt seine Hand.

Njáll stöhnt. »Nein, das geht jetzt nicht.«
»Warum? Du hast es versprochen.«
»Wir machen es später.«
»Nein, später muss ich Mama helfen. Ich will jetzt.«
»Hast du nicht gehört, was ich gesagt habe! Es geht jetzt nicht, ich muss weg.«

Seine Tochter fängt an zu weinen. »Du hast es versprochen.« Er nimmt sie auf den Arm. »Stimmt. Aber ich muss jetzt weg. Geh Mama suchen, wir lassen das Schiff später schwimmen.«

Beim Stall angekommen, herrscht Njáll den Knecht an, ihm sofort das Pferd zu satteln. Dann galoppiert er los.

Durch die rhythmischen Bewegungen auf dem Pferderücken flacht seine Wut nach einer Weile etwas ab. Er tätschelt den feuchten Hals des Pferdes, lässt es in einen gemächlichen Trab fallen. Vielleicht gibt es eine andere Erklärung. Vielleicht hat nicht Yrsa die Axt genommen. Wenn das Haus offen stand, könnte es auch jemand anderes gewesen sein. Er schüttelt den Kopf. Es macht ihn fassungslos, dass sie sich nicht von ihm helfen lässt. »Ich biete ihr ein viel besseres Leben«, murmelt er und stützt sich mit einer Hand am Sattel ab. Hätte sie einen Vater, er wäre schon lange mit ihm einig geworden. Seine junge Frau, die vor zwei Wintern am Fieber gestorben ist, vermisst er weniger, seit er Yrsa kennt.

Er hatte nie vor, sich nur mit ihren Treffen zufriedenzugeben. Eine Weile wollte er mitspielen und alles geheim halten. Warum auch nicht? Es hatte einen gewissen Reiz. Aber sein Plan war von Anfang an gewesen, sie auf seinen Hof zu bringen. Und um das zu erreichen, wollte er das Ganze herumerzählen. Er war zwar nicht sicher, ob sich Yrsa etwas daraus machte, was die Menschen redeten. Aber einen Versuch war es wert.

»Warum willst du unbedingt Kämpferin werden?«, fragte er sie immer wieder.

»Ich heirate dich nicht, Njáll den Schmied«, antwortete sie jedes Mal.

»Warum? Als meine Frau wird es dir an nichts fehlen.«

»Ich habe vom Kämpfen geträumt, seit ich ein kleines Mädchen war. Und ich konnte immer mit den Jungen mithalten. Ich will sein wie Hervor.«

»Hervor war böse. Das bist du nicht.«

Darauf gab sie ihm keine Antwort.

»Es gibt nicht viele Frauen, die kämpfen«, sagte er.

»Das ist mir egal. Meine Mutter hatte eine Freundin, sie ist als Kämpferin in die Ferne gezogen. Inga die Furchtlose war ihr Name. Ich habe sie nie vergessen.«

Der Buchenwald lichtet sich. Zwei Männer aus seinem Dorf kommen ihm auf einem Ochsenkarren entgegen, sie haben Fässer mit Bier geladen. Der Pfad ist schmal an dieser Stelle. Er lenkt sein Pferd auf die Seite, nickt den beiden zu. Er sollte Yrsas Dorf demnächst erreichen.

Er denkt an die Weissagung, die er kürzlich erhalten hat. Sie muss sich schon bald bewahrheiten. »Eine junge Frau wirst du bekommen«, hat der Seher gesagt, »eine junge Frau wie in deinen schönsten Träumen.« Also sind selbst die Götter auf seiner Seite, und er wird Yrsa zurückholen. Sie wird noch bereuen, was sie ihm angetan hat.

Kapitel 15

Yrsa duckt sich hinter den Ginsterbusch. Ein Zweig kitzelt sie an der Nase. Ein kalter Wind weht von der Küste, kriecht ihr unter das Hemd. Hoffentlich kommt Eydris bald, um nach ihrem Kräutergarten zu schauen. Yrsa will aufbrechen, nicht noch mehr Zeit verlieren. Ihr Bündel und der Bogen liegen neben ihr. Die neue Axt trägt sie nicht am Gürtel, sie hat sie in den Beutel gepackt, will sich nicht mit der gestohlenen Waffe im Dorf zeigen.

Seit drei Tagen fehlt von Sjalfi jede Spur. Wenn sie sich vorzustellen versucht, wo er sein könnte, versucht, ein Bild von ihm aufsteigen zu lassen, bleibt es dunkel. Das macht ihr schreckliche Angst. Aber es kann sein, dass der Fluch daran schuld ist. Flüche können Gedanken verschleiern und verdunkeln. Daran klammert sie sich.

Ein zarter Duft von Thymian steigt Yrsa in die Nase. In ein paar Wochen wird der Thymian noch stärker duften. Sie hofft, dann mit Sjalfi wieder hier zu sein. Es läuft ihr eiskalt den Rücken herunter, wenn sie daran denkt, was Torbjörn ihr über Olaf den Unwirschen erzählt hat. Sie muss verhindern, dass irgendwer Sjalfi auf dem Markt verkauft oder in die Ferne verschleppt. Sie würde Sjalfi nie wiedersehen, wenn er auf einem Schiff in Richtung Osten landete und dort auf einem Hof schuften müsste.

Eydris' Mann tritt aus dem Langhaus. Yrsa drückt sich noch etwas tiefer ins Gebüsch. »Hilf mir, Elf Miðrogar, dass er mich nicht bemerkt.« Vorhin hat sie noch ein Stück Fleisch in die Opferschale gelegt und um Schutz für ihre Reise gebeten. Sie hat Glück, Eydris' Mann verschwindet auf die andere Seite.

Vielleicht muss sie es wagen und sich ins Langhaus schleichen. Vielleicht liegt Eydris noch immer krank auf ihrem Schlafplatz. Yrsa hat auch Sjalfis Flöte eingesteckt. Sie hat die Flöte auf einem der Holzbretter in der Hütte gefunden, und sie ist für Yrsa ein weiterer Beweis, dass Sjalfi nicht freiwillig verschwunden ist. Er liebt seine Flöte, hat sie aus einem Hirschknochen, den sie im Wald fanden, selbst geschnitzt. Tagelang arbeitete er an dem Instrument, hat immer wieder ausprobiert, ob die vier Löcher am richtigen Ort sind, bevor er sie tief ausgebohrt hat. Sie hält die Flöte fest umklammert, fährt mit dem Finger über jedes einzelne Loch. Sjalfi saß manchmal abends vor der Hütte und hat traurige Melodien auf seiner Flöte gespielt, die ihr noch heute in den Ohren klingen.

Endlich kommt Eydris aus dem Haus. Manchmal fragt Yrsa sich, wie es wohl ist, wenn einem die Götter ein Leben gegeben haben, an dem man nichts auszusetzen hat. Und um was Eydris die Elfen bei der Opferschale bittet. Eydris bückt sich nach dem Thymian, zerreibt einen Spross zwischen den Fingern.

»Eydris, ich bin hier«, flüstert Yrsa.

»Yrsa! Ich bin so froh, dich zu sehen.« Eydris umarmt sie, nimmt ihren Kopf zwischen beide Hände und streicht ihr über die Haare.

»Eydris, sag niemandem, dass ich hier bin. Sag vor allem Njáll nicht, dass du mich gesehen hast, falls er ins Dorf kommt.«

»Yrsa, was ist los? Du bist so bleich.«

»Sjalfi könnte in Haithabu sein. Ich mache mich jetzt sofort auf den Weg dorthin. Falls er doch wieder auftaucht, weißt du, wo du mich findest.«

»Yrsa, du kannst nicht allein losziehen. Das ist viel zu gefährlich für eine junge Frau.«

»Ich komme schon zurecht. Ich habe keine Angst.« Sie lächelt, obwohl es nicht ganz stimmt, was sie sagt. Ein bisschen fürchtet sie sich schon. »Freyja und meine Mutter werden mich beschützen, die Fylgja wird mich warnen.«

»Kann Njáll dir nicht helfen? Er ist kein schlechter Mann.«

Yrsa schüttelt den Kopf, sie greift nach ihrem Bündel. »Kannst du dich an Thora erinnern? Sie war eine Freundin meiner Mutter, vor langer Zeit. Ich glaube, sie wohnt in der Nähe von Haithabu. Vielleicht kann sie mir helfen. Weißt du, ob sie noch dort ist?«

»Nein, ich kenne Thora nicht. Warte, Yrsa, das geht alles zu schnell. Rede zuerst mit Torbjörn. Ich weiß, es tut ihm leid, wie er sich verhalten hat. Bitte doch ihn um Hilfe.«

»Nein. Ich glaube nicht, dass du weißt, was alles geschehen ist.«

»Was meinst du?«

»Egal.«

»Für eine Frau ist eine solche Reise viel zu riskant. Selbst Katla hat sich vor jemandem gefürchtet.«

Yrsa runzelt die Stirn. »Meine Mutter?«

»Ja. Als ihr vor sechs Wintern hergekommen seid, ist Katla immer im Haus verschwunden, wenn Fremde im Dorf erschienen. Einmal hat sie mich gebeten, ihr Bescheid zu sagen, falls jemand nach ihr fragt.«

»Wirklich? Weißt du, warum?« Yrsa erinnert sich daran, wie unruhig ihre Mutter in der ersten Zeit nach ihrer Ankunft im Dorf war.

»Nein«, sagt Eydris. »Sie wollte mir nicht mehr verraten. Ich weiß es noch wie heute, als ich Katla zum ersten Mal sah. Sie hatte ein blaues Kleid an aus einem wertvollen Stoff, den ich nicht kannte.«

»Wertvolle Stoffe und Schmuck mochte sie gerne, aber ich muss jetzt los.« Yrsa tritt von einem Fuß auf den anderen.

»Ihre langen braunen Haare trug Katla offen. Ich sehe sie noch vom Wagen klettern. Sie raffte ihr Kleid mit einer Hand zusammen, und für einen Moment sah ich, dass sie um die Wade einen Ledergurt trug, in dem ein Messer steckte. Ihre Armreife klimperten. Ich dachte, etwas ganz Besonderes umweht diese schöne Frau mit den hohen Wangenknochen und der schmalen Nase. Sie trug einen kleinen Nasenring, eine zarte Kette führte von dort zum Ring in ihrem Ohr.«

»Eydris, ich muss los.«

Ein Pferd wiehert. Beide zucken zusammen. »Freyja steh mir bei«, murmelt Yrsa. Ihr wird heiß. Njáll zügelt sein Pferd vor dem Hof von Eydris und winkt Eydris zu sich. Yrsa duckt sich. Eydris richtet sich auf und wischt sich die Hände an der Schürze ab.

»Kein Wort«, flüstert Yrsa.

Eydris schüttelt den Kopf, wirft ihr einen sorgenvollen Blick zu und geht zu Njáll.

Es fällt Yrsa schwer, ruhig zu atmen. Aber wenn sie jetzt über die offenen Felder rennt, wird er sie sehen. Sie schielt durch die Blätter und sieht, dass Njáll beim Sprechen mit den Händen fuchtelt. Es war dumm von ihr, die Axt zu stehlen. Sie hätte sich auch niemals auf die Treffen, den Tauschhandel mit Njáll einlassen sollen. In welche Gefahr sie sich damit gebracht hat, versteht sie erst jetzt. Aber sie kann ihr Versteck jetzt nicht verlassen und ihm die Waffe zurückgeben. Er wird wieder versuchen, sie einzusperren. Es bleibt ihr nichts anderes übrig, als zu warten. Eydris spricht noch immer mit Njáll, es kommt Yrsa vor wie eine Ewigkeit. Dann steigt Njáll auf sein Pferd und reitet davon.

Eydris kehrt zurück, gibt ihr eine wollene Decke und Vorräte. »Yrsa, was ist geschehen? Njáll war zornig.«

Yrsa schließt kurz die Augen und seufzt.

»Er hat gesagt, er wird dich überall suchen.«

»Ja, ich muss los.«

»Yrsa, das ist nicht gut, wenn du Njáll wütend auf dich machst. Am Ende will er dich nicht mehr heiraten.«

Yrsa packt ihr Bündel und den Bogen und bereut, dass sie Eydris in die geheimen Treffen mit Njáll eingeweiht hat. »Lass uns nicht jetzt darüber sprechen.«

Eydris zieht ein kleines Säckchen aus ihrer Schürze. »Nimm das noch, ein bisschen Hacksilber. Wir haben gut verkauft auf dem Markt.«

»Das kann ich nicht annehmen. Was wird dein Mann sagen?«

»Lass das meine Sorge sein.« Sie drückt ihr das Säckchen in die Hand. »Es ist nicht viel, aber ich bestehe darauf. Pass auf dich auf dort draußen, und vertraue niemandem, keinem Fremden. Sie erscheinen freundlich, aber sie haben nicht immer gute Absichten. Versprich mir das.«

Yrsa nickt. »Danke dir, Eydris. Du warst immer gut zu uns.« Und weil du eine Freundin meiner Mutter warst, habe ich ihre Nähe immer gespürt, wenn wir beisammen waren, denkt Yrsa.

Eydris umarmt sie und drückt sie fest an sich. Dann dreht sie sich um und verschwindet in Richtung des Hauses.

Yrsa wartet noch kurz, um sicherzugehen, dass Njáll verschwunden ist. Dann packt sie ihre Sachen und rennt gebückt in Richtung des Waldes. Bis Haithabu liegt ein langer, gefährlicher Weg vor ihr.

Kapitel 16

Der Wind trägt vom Meer eine frische Brise bis zu ihr. Die Wolken ziehen so rasch über den Himmel, als würde eine Horde Wölfe sie jagen. Yrsa holt tief Luft. Unterwegs sein, reisen, lange hat sie davon geträumt, es sich aber anders vorgestellt. Trotzdem fühlen sich ihre Beine nicht mehr so schwer an wie am Abend zuvor. Sie läuft schnell, folgt dem Pfad entlang des Flusses. Und sie glaubt wieder daran, dass sie Sjalfi finden wird, summt eine der Melodien, die er auf seiner Flöte spielt, und sagt laut, sodass es die Frösche am Wegrand, die Fliege auf dem Heidekraut und wer immer Sjalfi entführt hat, alle hören: »Ich bin auf dem Weg zu dir, kleiner Bruder. Wo du auch bist, bald sind wir wieder zusammen.«

Es ist viel Regen gefallen in den letzten Wochen, immer wieder spritzt Schlamm an ihre Hosen. Als der Fluss eine Biegung macht, zweigt Yrsa auf den Trampelpfad ab, der in Richtung des Waldes führt. Ab und zu dreht sie sich um, lässt den Blick über die Landschaft schweifen, hofft, dass niemand ihr folgt.

Im Wald setzt sie sich auf einen umgestürzten Baum und zieht ein Stück Käse aus dem Beutel. Sie war lange nicht mehr in Haithabu. Der schöne Kämpfer mit dem nervösen Hengst fällt ihr ein. Er ist aus Haithabu. Wie es wohl wäre, ihn noch einmal zu sehen?

Die Stadt ist irgendwo dort, wo die Sonne kurz nach Mittag

am Himmel steht. Als sie damals neu waren in Torbjörns Dorf und sie sich nach dem alten Zuhause sehnte, fragte sie ihre Mutter, wo Ribe liegt. »Schau dorthin, wo die Sonne nie am Himmel steht«, sagte ihre Mutter, »und wenn du dich umdrehst, schaust du nach Haithabu.« Deshalb muss sie zum Ochsenweg, der von Norden nach Süden führt. Wenn sie ihn erreicht, ist das der schnellste Weg.

Sie hat Eydris nicht erzählt, was sie über Olaf den Unwirschen gehört hat, der umherzieht und Kinder entführt. Sie wollte nicht sehen, wie Eydris zusammenzuckt und sagt: »Hoffentlich hat er Sjalfi nicht schon in die Ferne verschleppt.« Sie wird das nicht zulassen.

Etwas will ihr nicht aus dem Kopf. Sie versteht nicht, warum Sjalfi ihr nicht erzählt hat, dass er sich beobachtet fühlte. Sie war zu oft weg die letzten Monde. Das muss sich ändern.

Das Blut schießt ihr in den Kopf. Sie schlägt sich gegen die Stirn. Wie konnte sie das vergessen? Sie springt auf. Falls sich Sjalfi vor irgendetwas gefürchtet hat, wäre dort ein gutes Versteck!

Sie rennt los, quer durch den Wald, der Bogen schlägt ihr gegen die Knie.

Eine Stunde später bleibt Yrsa keuchend stehend, stützt die Hände in die Seiten, versucht ihren Herzschlag zu beruhigen. Die Luft riecht nach Moos, ein Specht klopft gegen einen Stamm. Sie ist fast da. Irgendwo hier, tief im Wald, steht eine Hütte. »Freyjas Hütte« nannten sie den Unterschlupf, weil ihre Mutter sich manchmal dorthin zurückzog, um in Ruhe mit der Göttin zu sprechen. Sjalfi begleitete sie häufig. Seit Katlas Tod waren sie beide nie mehr dort.

Ein kleiner Pfad führte früher bis zu dem Unterschlupf. Yrsa muss die Abzweigung verpasst haben, nähert sich von der falschen Seite. Es ist lange her. Sie zwängt sich durch ein kleines

Stück Unterholz. Zweige zerren an ihr, als sie sich einen Weg bahnt, Tröpfchen fliegen. Dornengestrüpp zerkratzt ihr die Beine. Sie reckt den Kopf, schiebt Äste beiseite, hält Ausschau nach der großen Eiche. Dort, wo sie aus dem Dickicht emporragt, steht gleich dahinter die Hütte auf einer winzigen Lichtung. Yrsa zieht Njálls Messer. Falls die Hütte lange ungenutzt war, werden sich Ranken um den niedrigen Bau geschlungen haben. Sie ruft nach Sjalfi.

Endlich taucht die Hütte zwischen den Ästen auf. Es ist ein niedriger Bau, aus hölzernen Planken gezimmert. Wer den Unterschlupf einst gebaut hat, weiß Yrsa nicht. Sie stutzt. Jemand hat die Ranken vor nicht allzu langer Zeit zurückgeschnitten. Die Türe liegt frei.

»Sjalfi, bist du da?«, ruft sie laut. Ihr Herz pocht bis in die Schläfen.

In wenigen Schritten ist sie bei der Hütte und drückt gegen das Holz. Die Tür öffnet sich mit einem Knarzen. Es ist düster, Yrsa kneift die Augen zusammen, weiß aber sofort, dass Sjalfi nicht hier ist. Trotzdem erstarrt sie. Jemand war kürzlich hier. Es riecht nach Kräutern. Sie hängen büschelweise von der Decke, sehen aus, als würden sie seit ein, zwei Wochen dort trocknen. Dabei kennt kaum einer diese Hütte. Das war ihrer Mutter immer wichtig. Weil sie niemandem je die Hilfe verweigerte, wollte sie einen Ort, an dem sie ungestört sein konnte. Vermutlich weiß nicht einmal Torbjörn genau, wo der Unterschlupf liegt.

An der Wand steht ein großer Tisch. Auf der Tischplatte sind verschiedene Dinge ausgebreitet, eine feine Staubschicht hat sich über sie gelegt: der Flügelknochen einer Dohle, Kieferknochen eines Schweins, Eulengewölle, Baumrinde, Teile eines Hirschgeweihs. Yrsa kennt diese Dinge von ihrer Mutter. Sie schüttelt den Kopf. Wer nutzt diese Hütte?

Plötzlich fühlt sie sich beobachtet, dreht sich schnell um, tastet an der Hüttenwand entlang, um in die dunklen Ecken zu schauen. Niemand scheint hier zu sein. Trotzdem fühlt es sich so an, als wäre sie nicht allein. Revna! Ist es möglich, dass Revna die Hütte entdeckt hat? Sie könnte ihrer Mutter heimlich gefolgt sein. Revna beneidete Katla um ihre Macht und hätte ein Interesse gehabt, sie zu schwächen. Und jetzt fürchtet Yrsa sich vor Revna. Kann es sein, dass sie die Hütte nutzt und dass ihr Fluch Yrsa hierhergelockt hat?

Es ist zu düster, um alles genau zu erkennen. Auf einem Holzbrett entdeckt Yrsa eine Fischöllampe.

Sie zündet die Lampe an, und ein kalter Schauer läuft ihr über den Körper. Die Dinge auf dem Tisch sind in einem bestimmten Muster ausgelegt. Yrsa erkennt einen Bannzauber. In der Mitte liegt ein Amulett. Dessen Kräfte soll der Zauber brechen. Das Amulett sieht sie zum ersten Mal.

Seitlich davon fällt ihr Blick auf ein Stück Holz. Jemand hat Runen hineingeritzt. Im Schein der Lampe liest Yrsa:

»Dann singe ich
Sjalfi, Sohn der Katla,
noch ein weiteres Mal,
werde niemals müde,
dich zu rufen, mächtige Freyja
beschütze mich,
von allen Seiten.«

Ihre Gedanken rasen. Sjalfi war in der Hütte. Sjalfi flehte um Freyjas Schutz. Sjalfi nutzte die Hütte, und sie wusste nichts davon. Wem gehört dieses Amulett? Sie versteht nicht, warum Sjalfi dessen Macht bannen wollte, beugt sich noch tiefer über das

Schmuckstück. Es ist aus Silber gegossen. Yrsa erkennt ein kleines Bild in der Mitte. Ihr wird schwindlig, sie muss sich auf der Tischkante abstützen. »Das Feuer nimmt, Odin gibt«, stand auf ihrer Türe. Das Bild auf dem Amulett zeigt eine lodernde Flamme. Und eine Flamme war auch in den Baum eingeritzt, denkt Yrsa, als Sjalfi und Sune sich beobachtet fühlten.

Sie geht nach draußen, ruft Sjalfis Namen in alle Richtungen, so laut sie kann. Dann sucht sie in der Umgebung nach frischen Spuren. Doch sie findet nur ihre eigenen. Sie hastet zurück in die Hütte, sucht nach Vorräten, Anzeichen, dass jemand hier kürzlich geschlafen hat. Ein Bett gibt es nicht. Aber sie entdeckt nichts, was auf Sjalfis Anwesenheit seit seinem Verschwinden hindeuten würde. Auch nach den Dingen, die aus der Truhe ihrer Mutter fehlen, sucht sie überall. Vergebens.

Sie setzt sich vor die Hütte, lehnt sich gegen die raue Wand, reibt sich die Augen. »Mama, ich verstehe das nicht. Warum weiß ich nichts von alldem? Was hat das zu bedeuten?« Sie schüttelt den Kopf. »Du hast mir eine große Aufgabe gegeben. Es waren harte Jahre, aber wir haben es immer irgendwie geschafft. Doch jetzt habe ich versagt. Ich habe ihn nicht beschützt.« Sie schließt die Augen, hofft auf die Fylgja. Aber die Fylgja kommt nicht. Yrsa legt den Kopf in die Hände. Es ist Revnas Fluch, er vernebelt der Fylgja die Sicht. Sie muss sich von ihm befreien. Dringend.

Sie hört einen Vogel krächzen, ganz nahe, blickt auf. Eine Nebelkrähe hüpft über den Boden, klappert mit dem Schnabel. Auf ihrer Brust sitzt ein schwarzer Fleck. Darunter ist ein zweiter kleinerer Fleck, als wäre Farbe aus dem oberen Schwarz getropft. Es wirkt beinahe, als würde die Krähe ein Amulett tragen. Sie flattert kurz auf, nähert sich. Ihre dunklen Knopfaugen schauen Yrsa an.

»Hast du eine Botschaft für mich?«, fragt Yrsa.

Die Krähe legt den Kopf schief, macht den Hals lang, schüttelt sich. Dann hebt sie plötzlich ab, fliegt um Yrsas Kopf, streift beinahe ihre Haare und verschwindet in den Bäumen. Yrsa fasst an ihr Amulett. Es fühlt sich warm an.

Sie wartet noch eine Zeit lang. Sjalfi taucht nicht auf. Sie löscht die Lampe in der Hütte, schließt die Türe und macht sich wieder auf in Richtung des Ochsenwegs. Sie wird nicht aufgeben. Jetzt muss sie nach Haithabu, so schnell es geht.

Einige Zeit später hat sie den dichten Wald hinter sich gelassen. Der Pfad führt über offenes Land, als sie ein fernes Grollen vernimmt. Es rollt langsam über die Heide, über die Felder und die Weiden. Der Himmel hat sich verdunkelt. Etwas hat Thor erzürnt, aber seine Schläge prasseln noch in der Ferne nieder. Er hat den Himmel mit einer Decke aus Wolken überzogen. Als sie klein war, hat Yrsa sich immer geärgert, dass er ihr mit dieser Decke die Sicht versperrte. Sie wollte sehen, wie er über den Himmel tobt, seinen Hammer in der Luft tanzen lässt und mit aller Kraft auf die Erde hinabpoltert.

Jetzt schickt er einen Blitz über den Himmel, die Zacken fressen sich durch den Horizont. Für einen Moment ist sie geblendet, sie muss Schutz suchen. Sie fürchtet sich vor Thors Blitzen, seit sie erlebt hat, wie sie einen Knecht unter einem großen Baum töteten. Doch sie weiß nicht, wo sie hinsoll.

Sie glaubt noch etwas Zeit zu haben, bis Thor direkt über ihr wütet. Doch schon wieder schießt ein Blitz über den Himmel. Einen Moment ist sie wie geblendet. Dann hört sie ein Geräusch und dreht sich um. Sie sieht einen Reiter, er scheint aus der dunklen Wolkenwand zu galoppieren, nähert sich schnell. Sie zuckt zusammen. Sie kennt den Mann. Es ist Njáll.

Kapitel 17

Das Feuer prasselt. Der Geruch von gebratener Ente steigt Avidh in die Nase. Er sitzt bei Hrolfrs Bruder Skarde an einem langen Eichentisch und wartet. Mit dem Finger fährt er über die Tischplatte, unzählige Kerben im Holz zeugen von Festgelagen. Er streckt die Beine aus, sein Magen knurrt, eine Bedienstete schenkt Met in seinen Becher und schaut ihn von der Seite an. Skarde hat mehrere Frauen aus Norðymbraland auf seinem Hof. Sie müssen für ihn arbeiten. Hat er Gäste, so bietet er ihnen an, das Bett mit einer der Frauen zu teilen. Avidh will später entscheiden, ob ihn eine der Frauen interessiert.

Endlich taucht Skarde auf, murmelt etwas von wichtigen Geschäften und setzt sich in einen breiten Stuhl am Tischende. Skarde ist jünger als Hrolfr und ein erfolgreicher Händler. Er legt Wert auf seidene Stoffe, die Haare trägt er kinnlang und sorgfältig gescheitelt. Sein Hof liegt unweit des Meeres. Als sie sich auf den Pferden näherten, brandeten die Wellen hinter den Dünen an die Küste. Von hier kann man nach Norðymbraland segeln.

Skarde hebt das Glas, prostet ihnen zu und nimmt einen großen Schluck Met.

»Wir sind gekommen, um das Silber abzuholen«, sagt Avidh. »Hrolfr hat von einer Lieferung mit Waffen gehört, die in zwei Tagen im Hafen von Haithabu eintrifft. Wir wollen Äxte und Schwerter aus gutem norwegischem Stahl kaufen.«

»Das geht mir zu schnell«, sagt Skarde. »Mein Bruder möchte, dass ich Silber in eure Raubzüge stecke. Dann müsst ihr mich zuerst überzeugen, dass es sich lohnt. Es gibt das eine oder andere, das ich gerne aus dem Frankenland hätte. Seht ihre diese Schale dort drüben?« Er zeigt auf eine metallene Schale, die mit ineinander verschlungenen Greifvögeln verziert ist. »So etwas gefällt mir.« Er tupft sich die Lippen mit einem seidenen Tuch ab.

»Wir planen, mit zwei großen Schiffen von Hollingstedt aus in Richtung Dorestad im Frankenreich zu segeln«, sagt Avidh. Seine Augenlider sind schwer, die Wärme des Feuers macht ihn schläfrig. Anmerken lässt er sich das nicht.

»Warum Dorestad?«, fragt Skarde. Eine tiefe Falte gräbt sich zwischen seine Augenbrauen. »Soviel ich gehört habe, liegt Dorestad nicht direkt an der friesischen Küste.«

»Nein, es liegt dort, wo die Flüsse Rhein und Lek sich treffen. Aber es ist schwierig zu verteidigen, deshalb ist es ein gutes Ziel.«

»Warum?« Skarde wedelt ungeduldig mit der Hand. »Ich muss schon mehr wissen.«

Avidh nimmt einen Schluck Met. »Der Hafen der Stadt erstreckt sich sehr weit entlang des Rheins. Es gibt viele Stellen, an denen man angreifen kann.«

»Warst du selbst schon dort? Oder haben das die Kundschafter erzählt? Ich würde nicht alles glauben, was die erzählen.«

»Ich war schon dort, ist ein paar Winter her«, sagt Avidh. »Und es gibt verschiedene Händler in Haithabu, die Geschäfte mit Dorestad machen. Von ihnen haben wir viel über den Handelsplatz erfahren. Und wir haben eigene Kundschafter. Wir planen uns von Norden zu nähern, segeln bei Wieringen in die große Bucht und stoßen über den Fluss Vecht bis zum Rhein und dann nach Dorestad vor. So müssen wir das offene Wasser nicht lange verlassen. Über diesen Fluss erreichen wir die Stadt in weniger als einem Tag. Wir werden schnell sein, die Franken überraschen, Beute machen, einige Gefangene nehmen und rasch wieder verschwinden.«

»Mein Bruder hat mir erzählt, dass letzten Sommer etwas schiefgelaufen ist«, sagt Skarde. »Warum soll ich euch jetzt vertrauen?«

»Dieselben Fehler werden nicht mehr passieren. Wir hatten ein anderes Ziel weiter im Westen.«

»Und das soll ich glauben? Wenn es um mein Silber geht, vertraue ich nicht einfach dem Wort eines jungen Kriegers.«

»Hrolfr schickt uns.«

»Ich weiß. Das reicht mir nicht. Mein Bruder hat seine besten Tage längst hinter sich.«

Da hat er recht, denkt Avidh und sagt: »Hrolfr kämpft nicht mehr, aber seine Geschäfte laufen gut.«

»Wenn sie so gut laufen, braucht ihr ja meine Hilfe nicht.«

Skarde darf nicht zu viel darüber wissen, was letzten Sommer alles passiert ist, denkt Avidh. Und er will sich sowieso nicht daran erinnern. Avidh schaut zu Leif. Doch eine der jungen Frauen hat sich gerade neben Leif gesetzt.

»Es wurden uns günstige Winde vorausgesagt«, sagt Avidh. »Und was würde euch aus dem Frankenland interessieren? Wir werden danach Ausschau halten. Verzierte Schalen? Habt ihr die bauchige goldene Schale gesehen, mit Tierfiguren verziert, die wir Hrolfr gebracht haben? Oder das fein ziselierte silberne Gefäß mit den Frauenfiguren?«

»Natürlich. Hrolfr gibt gern an mit diesen Sachen«, sagt Skarde. »Wie groß ist eure Gruppe?«

»Wir sind ungefähr fünfundzwanzig Krieger auf einem Schiff. Wir haben letzten Sommer ein Schiff verloren. Das zweite müssen wir ausbessern. Deshalb brauchen wir viel Holz, viel Eisen und Teer. Und körbeweise Wolle für das neue Segel. Also sind wir dankbar für euer Silber, ihr werdet es vielfach zurückbekommen.«

»Wer sind diese Krieger?«

»Wir gehören zur Gruppe von Gunnar dem Waghalsigen.«

»Jaja, von Gunnar habe ich schon gehört.«

»Die Krieger sind Brüder und Vettern von Gunnar, Freunde, Kumpel aus der Zeit bei den königlichen Truppen wie Leif und ich. Wir sind alle Waffenbrüder. Wir arbeiten schon seit Monaten an der Planung und Vorbereitung.«

Was er Skarde nicht sagt: Gerade weil letzten Sommer so viel schiefgelaufen ist, stehen sie unter großem Druck und haben eine anspruchsvolle Reise vor sich.

Avidh schiebt ein Stück Fleisch in den Mund, das Fett tropft ihm über die Finger. Es ist laut in dem Langhaus, zwanzig, dreißig Männer und Frauen sitzen an verschiedenen Tischen. Dort lacht jemand auf, vorne streiten zwei Männer darum, wer von beiden der großzügigere Gastgeber ist. Avidh fasst über den Tisch, nimmt sich ein Stück Fladenbrot. Ein kleines Mädchen rennt laut schreiend hinter seiner Bank vorbei, lässt sich auf den Boden fallen und kriecht unter den Tisch.

»Mein Geschäft mit dem Blei läuft im Moment etwas schleppend«, sagt Skarde. »Ich kaufe es jenseits des Meeres im Westen. Aber ich habe Silber, weil ich Pelze verkauft habe. Vielleicht ist es nicht so viel Silber, wie mein Bruder vermutet, es würde euch jedoch helfen.« Er schlägt mit der Faust auf den Tisch, schaut Avidh in die Augen. »Aber ich will mindestens das Doppelte zurück. Und es muss besser laufen als letzten Sommer.«

»Da sind wir uns einig«, sagt Avidh. »Wir haben noch etwas mehr Zeit für die Vorbereitung, als wir dachten. Einer von Gunnars Kundschaftern ist vor wenigen Tagen aus dem Frankenreich zurückgekehrt. Es regnet dort stark. Wenn es so weitergeht, wird Dorestad vom Hinterland abgeschnitten. Das wäre für uns sehr günstig, dann haben sie keinerlei Möglichkeit, Truppen zur Verstärkung zu rufen.« Avidh trinkt seinen Met in einem Zug leer. »Von unseren Kundschaftern haben wir auch erfahren, was die Franken über unsere Angriffe in ihren Chroniken festhalten. Sie haben ein schlechtes Gedächtnis und schreiben vieles auf. Beim Aufschreiben übertreiben sie gern. Wenn wir mit zwei Schiffen kommen, schreiben sie von zwanzig. Wenn wir ein paar Häuser anzünden, berichten sie, wir hätten die ganze Stadt niedergebrannt.«

Skarde lacht. »Das hat mein Vater beim Erzählen auch immer getan. Wenn er im Wald eine Bärin getroffen hat, waren es zwei Monde später mindestens fünf.« Dann nickt er. »Ich will euch vertrauen. Aber enttäuscht mich nicht.«

Er winkt eine der jungen Frauen heran. Sie ist etwas älter als Avidh, hat lange blonde Haare und viele Sommersprossen. »Kümmere dich um diesen Krieger«, sagt Skarde und zeigt auf Avidh. »Kürzlich war ein Kriegsmagier hier. Er war schon bei Hrolfr und will sich eurer Reise anschließen, versprach, er könne den Gegner mit Nebelbänken umhüllen und eine mächtige Trollkönigin beschwören. Er kam aus Haithabu.«

Avidh runzelt die Stirn, schaut zu Leif. Doch Leif erzählt der Bediensteten gerade eine Geschichte. Sie lacht laut, Leif streicht ihr die Haare aus dem Gesicht.

»Der Kriegsmagier sagte, sie seien in Haithabu die mächtigste Gruppe und hätten viel Kampferfahrung, aber ich habe zuvor noch nie von ihnen gehört«, sagt Skarde.

»Auf solches Gerede würde ich nicht viel geben«, sagt Avidh. Vor allem, wenn es die Gruppe ist, die Frida bedroht, denkt er.

»Ich habe ihn an Gunnar verwiesen«, sagt Skarde. »Wenn er kann, was er behauptet, wird er euch eine Hilfe sein.«

»Das glaube ich nicht«, sagt Avidh.

Die junge Frau mit den Sommersprossen steht jetzt hinter ihm, legt ihm die Hände auf die Schulterblätter, fängt an, seinen Rücken zu massieren. Ihre Finger graben sich in die Muskelstränge über seinen Schulterblättern. Er schließt die Augen. Seine Gedanken schweifen ab. In seinem Kopf steigen Bilder vom letzten Sommer auf, die ihn manchmal verfolgen. Jedes Mal zermartert er sich den Kopf, wie sie der Situation heil hätten entkommen können.

Es war nicht deine Schuld, hat Leif schon oft gesagt. Wir waren alle blind.

Er schaut über den Tisch, die junge Frau sitzt bei Leif auf dem Schoß. Avidh schließt die Augen wieder. Die Frau hinter ihm streicht jetzt sanft über seinen Rücken. Diesen Sommer wird alles anders.

Kapitel 18

Sie kann sich nicht bewegen, will davonrennen, doch ihre Füße scheinen festgewachsen. Als hätte ein Troll durch die Erde gebohrt und zwei Seilschlingen um ihre Füße gezogen. Njáll hat sie gesehen, natürlich hat er sie gesehen. Er hebt den Arm, winkt, ruft ihren Namen. Hinter ihm schießen Blitze über den Horizont. Thors Zorn kommt aus derselben Richtung, aus der Njáll auf sie zureitet. Der Wind treibt die dunklen Wolken hinter ihm vorwärts, peitscht ihr die Haare ins Gesicht. Sie muss wegrennen, jetzt sofort, doch sie weiß nicht, wohin. Hätte er kein Pferd, könnte sie entkommen, doch wenn sie rennt und er reitet, holt er sie auf dem Weg rasch ein.

»Bei Thors Hammer, Yrsa!«

Seine Stimme klingt wütend und schon viel näher. Sein Zorn löst ihre Erstarrung. Sie hetzt los, sie muss entkommen, sich verstecken. Weiter vorne ist Wald. Vielleicht schafft sie es bis dorthin. Doch es scheint viel zu weit.

Sie rennt, so schnell sie nur kann, hört bereits das Schnauben des Pferdes im Rücken, spürt die Dampfwolken aus den Nüstern.

»Yrsa, bleib sofort stehen. Du entkommst mir nicht.«

Jetzt ist das Pferd gleichauf. Njáll versucht sie zu packen. Sie weicht aus, springt vom Weg auf die Wiese. Der Boden ist holprig. Sie keucht. Njáll hat im Sattel beinahe das Gleichgewicht verloren.

Im Augenwinkel sieht sie, wie er das Pferd zügelt und auf die Wiese lenkt.

Ein Blitz fährt quer über den Himmel. Thor lässt seinen Hammer Mjölnir von der Leine. Vielleicht will er Njáll helfen. Sie muss ihm entkommen, er darf sie nicht an der Suche hindern!

Im Zickzack hastet sie über die Wiese. Njáll ist ein guter Reiter, aber das Pferd schäumt bereits. Er muss es schnell vorangetrieben haben, seit er sein Dorf verlassen hat, schlägt es mit einem Stück Leder.

»Yrsa, bleib stehen!«

Wieder ist er fast gleichauf, der Schweiß des Pferdes trifft sie als Sprühnebel. Ihre Beine sind schwer, sie ist so viel gelaufen. Njáll greift nach ihr, bekommt beinahe den Beutel zu fassen. Sie stolpert, kann sich auffangen, rennt weiter. Noch ein Blitz, und auch Thors Hammerschläge grollen nun in der Ferne.

Sie hetzt weiter über die Wiese, bei jedem Atemzug sticht es sie in die Seiten. Sie hebt den Blick. Es ist noch so weit bis zum Wald. Sie wird es nicht schaffen.

Im selben Moment übersieht sie ein Loch in der Wiese und stürzt. Sie landet auf den Händen, steht gleich wieder. Doch Njáll hat sie eingeholt. Er zügelt das Pferd, ist nur noch wenige Schritte entfernt. Yrsa reißt das Messer heraus.

»Bleib, wo du bist«, sagt sie, »ich werde das Pferd oder dich verletzen, wenn du näher kommst.«

Njáll zieht heftig am Zügel. Das Pferd bleibt stehen, auch Njáll keucht.

»Yrsa, steck das Messer weg. Meine Geduld ist zu Ende.«

Sie hält das Messer drohend in seine Richtung. »Steig ab, Njáll. Ich spreche nur mit dir, wenn du vom Pferd steigst.«

»Du meinst, ich falle auf diesen Trick rein? Ich steige ab, und du rennst davon.«

»Nein. Lass uns miteinander sprechen.«

»Du bist eine Diebin. Das Messer gehört mir. Und wo ist meine Kampfaxt?«

Yrsa schluckt und umklammert das Messer. Ihre Knöchel sind weiß vom Druck. »Steig ab. Das Pferd ist müde.«

Njáll starrt sie an, schließlich legt er die Hand auf den Sattel, stützt sich ab, schwingt das Bein über das Pferd und springt auf den Boden. Auf diesen Moment hat Yrsa gewartet. Sie macht einen Schritt auf das Pferd zu, reißt die Arme in die Höhe, schreit laut. Das Pferd scheut. Doch Njáll erwischt die Zügel, kann es festhalten.

Yrsa rennt los, geradeaus auf das Waldstück zu. Die Wolken scheinen noch dunkler. Sie hört Njáll hinter sich fluchen, dreht sich nicht um, rennt, den Kopf gesenkt, so schnell sie nur kann, in Richtung der Bäume. Hinter sich hört sie die Hufe. Njáll ist wieder aufgestiegen. Sie kann nicht glauben, dass er auf ihren schlechten Trick reingefallen ist. Doch es sind nur wenige Momente, die sie so gewonnen hat. Wieder ist er beinahe gleichauf.

»Das wirst du bereuen, Yrsa!«, ruft er.

Sie schaut nicht auf, rennt weiter, schlägt Haken. Es ist nicht mehr weit bis zu den ersten Bäumen. Vielleicht kann sie es schaffen.

Sie keucht, das Stechen in den Seiten ist jetzt so stark, dass sie kaum mehr tief Luft holen kann. Dann hat sie es geschafft, springt am ersten Baum vorbei. Es geht leicht bergauf. Das müde Pferd wird hier langsamer sein, Njáll wird aufpassen müssen, wenn er es um die Bäume lenkt. Sie gewinnt an Boden, springt von Wurzel zu Wurzel auf dem schlammigen Grund. Wieder hört sie Thor in der Ferne grollen. Sie schaut zurück, Njáll ist noch immer hinter ihr. Doch wie sie gehofft hat, kommt das Pferd im Wald langsamer voran.

Ein Blitz fährt grell in die Bäume. Sie hört einen lauten Schlag, Thors Hammer scheint neben ihrem Ohr niederzusausen. Das Pferd wiehert schrill. Sie dreht den Kopf, sieht, wie es in die Höhe steigt, Njáll abwirft und davongaloppiert. Sie bleibt stehen, schaut hinunter. Njáll bewegt sich nicht.

Sie schlägt die Hand vor den Mund, keucht. Was soll sie tun? Sie muss weiter, das ist ihre Möglichkeit, ihm zu entkommen. Doch was, wenn er verletzt ist, nicht mehr aufstehen kann? Du kannst ihn nicht da liegen lassen, denkt sie. Ich muss Sjalfi suchen, er darf mich nicht erwischen, das ist wichtiger. Sie legt die Hand auf das Amulett. Wieder späht sie durch die Bäume, nach unten, Njáll liegt noch immer regungslos dort, wo ihn das Pferd abgeworfen hat. Alles ging so schnell.

Egal, denkt sie, ich muss los, macht einige Schritte den Berg hinauf, blickt wieder den Berg hinunter und kehrt um. Sie kann ihn nicht liegen lassen. In kleinen Schritten geht sie den Hang hinunter, Njáll im Blick.

»Njáll, ist alles in Ordnung?«, ruft sie.

Er bewegt den Arm, hebt den Kopf. Sie ist jetzt nahe. Er scheint benommen, setzt sich auf, hält sich den Knöchel. Sie bleibt in rund zehn Schritten Entfernung stehen.

»Njáll, bist du verletzt?«

»Was war das?«

»Das Pferd ist erschrocken, du bist gestürzt.«

Er blinzelt, noch immer benommen. Sie schaut ihn an, weiß nicht, ob sie näher treten soll. Njáll sitzt auf dem Waldboden, die Hände auf die Knie gestützt, und starrt vor sich hin.

»Wo ist mein Pferd?«

»Es ist davongerannt. Es kommt wieder zurück.«

Sie schaut in den Himmel, die Wolken haben sich etwas aufgehellt. »Soll ich dein Pferd suchen?«

»Nein. Du kommst mit mir.«

Yrsa schüttelt den Kopf. »Kannst du aufstehen?«

Njáll bewegt seinen Fuß. »Geht schon.«

Sie schweigen. Im Wald ruft ein Vogel.

»Dein Pferd ist dort«, sagt Yrsa und zeigt nach vorne. Das Pferd kommt über den Weg getrottet, bleibt stehen, beginnt zu grasen. Thor hat sich mit seinem Zorn in die Ferne verzogen. Ab und zu wirft er noch einen Blitz über den Himmel. »Wenn du dich dem Pferd vorsichtig näherst, kannst du es einfangen.«

Njáll blickt auf, schaut sie an. »Das weiß ich auch.« Yrsa hört wieder Zorn in seiner Stimme. »Wir gehen jetzt zusammen in mein Dorf.«

»Warum hast du mir nichts von Olaf dem Unwirschen gesagt?«

»Was redest du da?«

»Torbjörn hat es mir erzählt.«

»Torbjörn?« Njáll schüttelt den Kopf.

»Ich will wissen, warum du mir das verschwiegen hast.«

»Das ist doch nicht wichtig, Yrsa, das sind irgendwelche Geschichten, die ich gehört habe. Wer glaubt die schon?«

»Für mich ist das wichtig. Ich suche verzweifelt, und du weißt Dinge, die du mir nicht verrätst. Und du hast mich angelogen, hast deine Frau angelogen. Wem hast du noch Lügen erzählt?«

»Ich habe es dir nicht erzählt, weil Olaf Sjalfi vermutlich längst in den Osten verschleppt hat. Es bringt nichts, wenn du ihm nachjagst.«

Yrsa schluckt. »Das entscheidest nicht du.«

»Wo ist die Kampfaxt? Was fällt dir ein, meine Waffen zu stehlen? Das lasse ich mir nicht bieten, schon gar nicht von jemandem wie dir. Hol mir das Pferd, und dann reiten wir zurück. Die Axt gibst du mir jetzt sofort. Das Messer auch.«

»Ich habe mir die Waffen nur geliehen. Ich gebe sie dir zurück, wenn ich Sjalfi gefunden habe.«

»Nein, du gibst sie sofort zurück. Komm hierher und hilf mir beim Aufstehen.«

»Was willst du von mir, Njáll? Ist es das Gefühl, mich zu besitzen, über mich zu bestimmen? Geht es darum, das Bett mit mir zu teilen? Wünschst du dir, dass ich dich liebe? Das werde ich nicht tun.«

»Bei Thors Hammer, es wird mir schwindlig bei all diesen Fragen. Komm jetzt her und hilf mir.«

»Ich sehe, es geht dir besser. Ich will dich nicht bestehlen, ich will dich nicht verletzen. Aber ich werde es wieder tun, wenn es sein muss. Ich werde alles tun, um Sjalfi zu finden. Du glaubst, ich bin jung, habe von nichts eine Ahnung und irgendwelche Träume vom Kämpfen. Vielleicht stimmt das.« Sie nimmt einen tiefen Atemzug, um das Zittern in ihrer Stimme zu kontrollieren. »Aber etwas weiß ich: Ich werde nicht aufgeben, bis mein kleiner Bruder wieder bei mir ist und ich ihn beschützen kann, wie ich es meiner Mutter vor ihrem Tod versprochen habe. Und jetzt muss ich los. Mach's gut, Njáll. Ich werde nie mehr mit dir das Bett teilen. Was wir miteinander vereinbart haben, gilt nicht mehr.«

»Yrsa, wo willst du hin? Sag mir, wohin du gehst!« Er versucht aufzustehen.

Sie dreht sich um und rennt den Berg hinauf.

»Yrsa, bleib stehen, ich lasse dich nicht gehen.«

Sie rennt weiter. Seine Worte werden leiser. Sie hört noch: »Thor ist mein Zeuge, ich werde dich jagen. Du gehörst mir. Bleib stehen!«

Sie rennt schneller.

Irgendwann, sie weiß nicht mehr, wie lange sie gerannt ist, fällt sie mitten auf der Heide ins Gras. Ihre Beine brennen, weigern sich, noch einen einzigen Schritt zu machen. Ihr Herz flattert, die einzelnen Schläge kann sie nicht mehr zählen. Sie legt sich auf den Rücken, schaut in den Himmel, ihr Brustkorb hebt und senkt sich in schnellen Stößen. Die Erde ist weich und feucht. Das Zittern nimmt seinen Anfang in ihrem Bauch und breitet sich aus, strömt in ihre Arme und Beine, schüttelt sie am ganzen Körper. Tränen fließen seitlich an ihrem Gesicht herunter. Zwei winzig kleine Pfützen bilden sich links und rechts ihres Kopfes, versickern schnell ins Reich der Maden und Würmer. Sie liegt da und beobachtet, was geschieht, als würde es nicht ihr passieren. Ihr Kopf ist leer.

Auch Thor tobt nicht mehr über den Himmel. Zwischen den Wolkentürmen zeigen sich blaue Fetzen. Am liebsten würde sie einfach liegen bleiben und schlafen. Aber das geht nicht. Sie muss so schnell wie möglich nach Haithabu, muss das Schiff von Olaf dem Unwirschen finden und verhindern, dass er Sjalfi in ferne Länder verschleppt.

Sie spürt das Gewicht ihres Amuletts in dem Grübchen zwischen Hals und Brust. Die Stelle ist warm.

Langsam verebbt das Zittern, die kleinen Pfützen neben ihrem Kopf vertrocknen. In diesem Moment weiß sie: Was sie tut, ist richtig. Was sie Njáll über die Axt gesagt hat, ist die Wahrheit. Sie ist keine Diebin. Sie kämpft für ihren Bruder, und da muss man manchmal Dinge tun, die man sonst nicht tun würde. »Mein liebster kleiner Sjalfi«, flüstert sie, »ich hoffe so sehr, dass es dir gut geht, dass sie dich gut behandeln. Setz deine Kräfte ein, um dich zu schützen, leise und heimlich, niemand muss es merken. Ich werde dich finden. Egal, wie lange ich suchen muss.«

Die Treffen mit Njáll waren ein Fehler, ein schlimmer Fehler. Sie hätte auf ihr Gefühl vertrauen sollen. »Ich schaffe das allein, ich brauche keinen Mann«, diesen Satz hat sie so oft gemurmelt in den letzten Wintern. Und sie hätte sich die vergangenen Monde an diesen Grundsatz halten sollen. Sie hat sich von Njálls Großzügigkeit blenden lassen. Auf seinem Hof hat er ihr ein anderes Gesicht gezeigt, eines, das sie erschreckt hat. Die Vorstellung, noch einmal das Bett mit ihm teilen zu müssen, lässt sie schaudern. Sie wird ihn nie mehr treffen, egal was weiter geschieht.

Sie schließt die Augen, spürt ihre Mutter jetzt ganz dicht bei sich. Ein Bild taucht auf: Katla sitzt in einem Zelt, trägt eine dicke Felljacke, draußen ist es eiskalt. Ihre Mutter lacht, unterhält sich mit Menschen, die um sie herumsitzen. Diese Menschen sieht Yrsa nicht richtig, ein heller Lichtstrahl fällt von dort, wo sich die langen Zeltstangen berühren, direkt auf ihre Mutter. Katla ist weit oben im Norden, wo die Nächte im Winter kein Ende nehmen und die Sonne im Sommer atemlos über den Himmel zieht. Yrsa war noch nie so weit im Norden, ihre Mutter schon. Sie besuchte dort vor langer Zeit eine alte Heilerin bei den Menschen, die sich Sami nennen. Die alte Heilerin und ihre Mutter flüsterten einander viele Rezepte und Zaubersprüche ins Ohr. Diese Reise machte Katla, bevor Yrsa geboren wurde, und doch sieht Yrsa sie jetzt gerade, wie sie in diesem Zelt der Sami sitzt. Sie sieht glücklich aus und als gehörte sie dorthin. Sie lacht, hält den Kopf leicht schief, so wie sie es manchmal getan hat, wenn etwas sie ein bisschen verlegen machte. Vielleicht spricht sie gerade mit einem Sami, den Yrsa nicht sehen kann.

Yrsa bleibt noch kurz auf der weichen Erde liegen, während das Bild von ihrer Mutter in ihrem Kopf langsam verhallt. »Danke, Mama«, murmelt sie, »ich weiß, du hilfst mir, ihn zu finden.« Eine Krähe ruft ganz in der Nähe. Yrsa steht auf, packt ihr Bündel und macht sich wieder auf den Weg.

Schließlich erreicht sie den Ochsenweg und folgt ihm in Richtung Süden. Der Wind hat in der letzten Stunde aufgefrischt, bläst immer stärker von der Seite, reißt an ihrem Beutel. Von Westen schiebt sich eine dunkle Wolkenwand in ihre Richtung. Sie hat zuerst gehofft, sie könnte ihr davonlaufen. Doch was sich jetzt am Himmel zusammenbraut, sieht nach einem Sturm aus, der breit und gewaltig über das Land zieht. Sie muss irgendwo Schutz suchen.

Kapitel 19

Njáll gibt dem Knecht die Zügel in die Hand, tätschelt dem Pferd den Hals und sagt: »Einmal kräftig striegeln und eine zusätzliche Portion Futter.« Sein Knöchel schmerzt. Er humpelt in Richtung des Langhauses. Er kann nicht glauben, was heute Nachmittag geschehen ist. Wie kann eine junge Frau ihn derart zum Narren halten? Das darf er sich nicht gefallen lassen. »Bei meiner Ehre!«

Gudrun kommt ihm entgegen. Sie wirft beide Hände in die Luft. »Beim fünfbeinigen Troll, wo bist du gewesen? Ich habe dich überall gesucht.«

»Ich musste etwas erledigen.« Njáll will sie umarmen. Gudrun schiebt ihn weg.

»Warum hast du nicht Bescheid gesagt? Was ist mit deinem Fuß?«

»Ich bin vom Pferd gestürzt. Ein Wolf war in der Nähe, und das Pferd hat gescheut. Ich brauche etwas zu essen.«

Kurze Zeit später streckt er die Beine im Langhaus ans Feuer und schaufelt Eintopf in sich hinein. Gudrun sitzt neben ihm. Sie legt die Stirn in Falten.

»Es geht so nicht weiter.«

»Lass mich in Ruhe essen. Ich bin weit geritten.«

»Und was bringt uns das? Wissen wir, wohin das Silber verschwindet? Haben wir die Blót-Zeremonie von morgen schon vorbereitet?«

Njáll starrt auf seinen Teller.

»Ich habe mit den Mägden besprochen, was wir kochen. Du musst dich um das große Feuer kümmern, auf dem wir das Schwein braten. Und einen Knecht in den Wald schicken, um die trockenen Zweige für das Verspritzen des Blutes zu sammeln. Die Stelle nahe der silbernen Sturmesche, wo die Waldelfen hausen, ist ein guter Ort, um zu sammeln.«

Njáll brummt. »Jaja, mach nur.«

Gudrun stellt sich vor ihn, stützt beide Hände in die Seiten. »Nein! Nicht ich. Du! Hat sich ein Troll in dir breitgemacht? Du interessierst dich für nichts mehr, das hier wichtig ist.«

»Woher soll ich wissen, wohin das Silber verschwindet?« Njáll schiebt ein Stück Schinken in den Mund.

»Ich habe gerade von etwas anderem gesprochen. Du hörst nicht zu. Und was das Silber angeht: Du unternimmst nichts, um der Sache auf den Grund zu gehen. Gar nichts. Mir reicht es.«

Njáll schlägt mit der Faust auf die Bank. »Was soll das jetzt heißen?«

»Wenn sich nicht bald etwas ändert, bemühe ich mich um eine Scheidung. Ich werde zum Jarl gehen und ihm erklären, dass du ein schlechter Ehemann bist.«

»Das wirst du nicht.« Er packt Gudrun am Arm. Ohne sie läuft die Schmiede nicht, auch auf dem Hof würde Unordnung ausbrechen.

»Lass mich los, sofort.« Sie reißt sich los. »Deine Nebenfrauen bringen uns nur Schwierigkeiten. Du hast viel zu viel Silber für Aoife ausgegeben. Und jetzt lenkt diese Yrsa dich ab.«

»Das geht dich nichts an.«

»Doch, wenn es die Schmiede und den Hof in Gefahr bringt.«

»Ich konnte nicht ahnen, dass Aoife so bald davonläuft.«

»Du hättest sie nie kaufen sollen. Du vergisst Fehler, die du in der Vergangenheit gemacht hast, immer gerne. Das ist meine letzte Warnung.«

Gudrun verschwindet nach draußen. Er wirft den Löffel auf den Tisch. »Der Appetit ist mir vergangen«, sagt er laut. Die Magd zuckt zusammen. Gudrun hört ihn nicht mehr. Was muss Gudrun jetzt von Aoife anfangen? Es machte ihm schwer zu schaffen im Spätherbst, als Aoife spurlos verschwand. Er vermisste die Nächte mit ihr, und noch schwerer konnte er den Hohn ertragen, den er zu spüren bekam. Im Moment aber hat er andere Sorgen. Er will so schnell als möglich wieder aufbrechen, um Yrsa zu suchen.

Im hinteren Teil des Langhauses durchsucht er noch einmal alle Truhen, und dieses Mal findet er Gudruns Schlüssel zum Haus hinter der Schmiede. Eigenartig! Er liegt in einer anderen Schatulle, als sie behauptet hatte. Hat sie ihn doch angelogen?

Das Rätsel um das verschwundene Silber hat er damit noch nicht gelöst. Den Schlüssel zu dieser Truhe trägt Gudrun um den Hals. Und seinen Schlüssel hat er in einer der Waffenkisten versteckt. Dort ist er noch immer, er hat das erst gestern überprüft.

Draußen stellt er sich auf die Bank vor dem Langhaus und ruft alle zusammen, die auf dem Hof und in der Schmiede arbeiten.

»Alle mal herhören«, sagt er und lässt seine Stimme dabei möglichst barsch klingen. »Es gibt einen Dieb auf unserem Hof. Es verschwindet Silber. Wer mir hilft herauszufinden, wer der Dieb ist, der bekommt eine Belohnung.«

Die Knechte und Mägde beginnen zu tuscheln. Njáll lässt einen Blick über die Gruppe schweifen, schaut nach Gudrun. Er hofft, dass sie ihn gehört hat. Aber er sieht sie nirgendwo.

Im Stall zieht er Knecht Arne, der schon seit vielen Wintern bei ihm arbeitet, auf die Seite. Njáll vertraut ihm, der Knecht ist schlau und kaltblütig. Schon sein Vater hat für Njálls Vater gearbeitet. »Nimm ein Pferd und reite den Ochsenweg entlang. Halte die Augen offen nach der jungen Frau, die kürzlich hier war. Sie trägt eine meiner Kampfäxte am Gürtel. Du musst sie finden und zurückbringen. Das Ganze bleibt aber unter uns. Kein Wort zu irgendjemand.«

Der Knecht nickt.

Dann sitzt Njáll an der Opferstätte, nimmt die Statue von Thor in beide Hände, wartet auf ein Zeichen. Er lässt seinen Blick über die Schmiede, das Langhaus, seinen Hof wandern und schaut dann in die Ferne, so weit es nur geht, bis ihm die Augen schmerzen. Er will jetzt nicht hier sein, sondern Yrsa suchen. Spätestens morgen will er wieder aufbrechen. Du bist rastlos, sagte Gudrun ihm früher manchmal, rennst Frauen hinterher, die du nicht haben kannst.

Seine Gedanken gehen zurück in eine Zeit vor rund zehn Wintern. Was damals geschah, beschäftigte ihn lange. Und Yrsa darf niemals davon erfahren. Er war unterwegs in die Stadt Ribe, hatte von außergewöhnlichem Eisenerz gehört, das Händler aus dem hohen Norden dort verkauften. Er nahm das Pferd, rechnete nicht damit, große Mengen des Erzes kaufen zu können. Die Schmiede war damals noch kleiner. Die Vorstellung, einige Tage über das Land zu ziehen, gefiel ihm. In Ribe wollte er bei einem alten Freund übernachten. Doch dann kam alles anders.

Unterwegs machte er in einem kleinen Dorf halt. Dort bot ihm ein Bauer, für den er eine besonders schöne Axt geschmiedet hatte, ein Nachtlager in seinem Langhaus an, eine saftige Schweinskeule und viele Becher starkes Bier. Eine Seherin war gerade auf dem Hof zu Besuch. Der Bauer hatte sie um Hilfe gebeten. Ein Troll saß in seiner Frau und verhinderte, dass sich ein Kind in ihr einnistete.

Als Njáll ankam, hatte die Zeremonie gerade begonnen. Vor dem Langhaus stand ein hölzernes Podest, so breit wie eine kleine Hütte. Dort kniete die Bäuerin, die Seherin stand neben ihr, zwei Mädchen aus dem Dorf saßen am Rand, hielten Trommeln im Schoß. Es war ein monotones Dumm-Dumm, Holzklöppel auf Tierhaut, immer derselbe Takt. Alles schien zu beben, das Holz knackte, die Seherin wirbelte um die Bäuerin. Die Seherin trug ein langes Kleid, blau wie die junge Nacht, ihre Armreife klimperten, ihre langen, offenen Haare flogen im Wind. Wie eine Decke legte sich der Rhythmus auch über Njáll, ein dumpfes Pochen erfüllte ihn.

Die Seherin stimmte einen Gesang an, er verstand die Worte nicht, doch ihre warme Stimme berührte ihn. Sie strich der Bäuerin über den Bauch, flößte ihr aus einem Kelch einen Trank ein.

»Alles brennt in mir«, sagte die Bäuerin, »weiche, weiche Troll«, die Seherin. Sie begann mit einem metallenen Stab auf den Holzboden zu schlagen. Die Mädchen trommelten schneller, das Dumm-Dumm mischte sich mit dem Klack-Klack des Stabes, erfüllte alles, die Bäuerin strich sich jetzt selbst über den Bauch, rechts, wenn die Trommeln ertönten, links, wenn der Stab auf das Holz krachte. Eine Wand aus Schall baute sich auf, nur manchmal kurz schnappte Njáll Fetzen des Gesangs auf, »Freyja, Freyja, lass das Blut versiegen«.

Plötzlich merkte er, dass auch er sich mit der Hand über den Bauch strich, sich im Rhythmus der Trommeln wiegte. Die Hitze stieg ihm ins Gesicht, schnell verschränkte er die Arme vor der Brust. Noch heute glaubt er, dass ihn in diesem Moment ein Zauber befiel. Von dem er sich lange nicht befreien konnte. Und es vielleicht bis heute nicht ganz geschafft hat.

Abends aßen sie an einem langen Tisch im Haus des Bauern. Die Seherin saß neben ihm. Sie war anders als alle Seherinnen, die er bisher getroffen hatte. Sie lachte laut, wenn der Bauer einen Witz erzählte, trank Bier und erzählte viele lustige Geschichten. Er schaute sie immer wieder von der Seite an, ihre hohen Wangenknochen, die schmale Nase mit dem kleinen silbernen Stecker auf der Seite, ihren breiten Mund. Am meisten faszinierten ihn ihre grün-braunen Augen. Irgendetwas in der Art, wie sie ihn anschaute, wie sie sich bewegte, konnte er sich nicht erklären. So als müsste er immer wieder hinschauen, um herauszufinden, was es war. Er hatte sich kürzlich den Oberarm beim Schmieden verbrannt, sie nahm seinen Arm und legte die Hand auf den Schorf, der sich gebildet hatte. Es fühlte sich an, als würde eine winzig kleine Elfe zwischen seinen Armknochen hindurchkriechen und ihn von innen streicheln.

Am nächsten Morgen war das Pferd der Seherin verschwunden. Niemand wusste, ob es weggelaufen oder gestohlen worden war. Er sah, wie sich ihre Miene verdüsterte: »Ich muss zurück in die Stadt, meine Tochter wartet«, sagte sie. Es war ein zweitägiger Ritt, er bot ihr an, sie auf seinem Pferd mitzunehmen. Sie nahm sein Angebot dankend an.

Unterwegs erzählte sie ihm viele Geschichten. Manchmal erwischte er sich dabei, wie seine Aufmerksamkeit nicht bei ihren Worten war, sondern bei ihrem Körper, den er hinter sich ganz nahe spürte. Am Abend des ersten Reisetages beschlossen sie an einem kleinen See zu übernachten. Er machte Feuer, schoss ein Kaninchen, baute ein bequemes Nachtlager aus altem Laub und Moos für die Seherin und setzte sich auf einen Stein, um das Fleisch zu braten.

Es war ein warmer Sommerabend, und die Seherin trat ans Wasser, zog ihre Kleider aus und sprang in den See. Er beobachtete sie. Nach ihrem Bad setzte sie sich ans Ufer, um zu trocknen. Dann packte sie ihre Kleider und kam zurück, noch immer nackt. Sie nahm seine Hand und zog ihn auf das Nachtlager, das er für sie vorbereitet hatte. Sie schliefen miteinander, und sie lag die ganze Nacht eng an ihn geschmiegt unter seiner Decke.

Als sie Ribe erreichten, stieg sie vom Pferd, drückte seine Hand und sagte: »Njáll der Schmied, möge Thor dich beschützen, vielen Dank für alles.«

Er wusste nicht, was antworten, und sie war schnell zwischen den Häusern verschwunden. Er reiste danach noch einige Male nach Ribe und traf sich mit ihr, irgendwo im Wald, niemals bei ihr zu Hause, doch irgendwann sagte sie, er solle nicht mehr kommen. Zum Abschied legte sie ihm ein Thor-Amulett um den Hals, das er lange trug. Er versuchte die ganze Geschichte zu vergessen. Es dauerte eine Weile bis ihm das gelang. Und dann holte ihn alles wieder ein. Ziemlich unerwartet.

Kapitel 20

Das Haus taucht langsam zwischen den Bäumen auf. Der Wind pfeift Yrsa um den Kopf. Das Gebäude ist fast so lang wie ein Handelsschiff, sein Dach weit nach unten gezogen. Es scheint sich in die Landschaft zu ducken und könnte guten Schutz bieten. Als sie sich nähert, dringt lautes Stimmengewirr bis zu ihr, ein Mann lacht.

Sie steht vor einem Gasthaus. Sie zögert einen Moment, war lange nicht mehr in einem Wirtshaus und noch nie allein. Der Wind bläst ihr die Haare ins Gesicht, hat noch an Kraft zugelegt in den letzten Stunden.

Sie ist müde, durchnässt, und die Aussicht, in einem Raum mit einem Feuer etwas Warmes zu essen, ist sehr verlockend. Vielleicht gibt es Bohnen-Eintopf oder eine dicke Suppe. Bei diesem Gedanken knurrt ihr Magen. Noch schöner wäre es, auf einer Schlafstatt zu übernachten, vielleicht auf einem weichen Fell.

Aber sie weiß nicht, ob sie allein in dem Gasthaus übernachten soll. Allein unter fremden Männern will sie nicht über Nacht bleiben. Sie hofft, dass auch reisende Frauen im Haus sind. Ich schaue mir das alles zuerst mal an, denkt sie.

Mit dem Hacksilber von Eydris kann sie sich eine warme Mahlzeit leisten. Die Silberstücke hat sie in einem kleinen Beutel versteckt. Er ist in ihre Hosen eingenäht. Damit das niemand sieht, zieht sie jetzt ein kleines Stück heraus. Njálls Kampfaxt trägt sie am Gürtel. Sie denkt kurz nach, dann beschließt sie, die Axt in ihr Bündel zu packen. Im gleichen Moment stößt jemand die hölzerne Türe auf. Der Mann schwankt beim Gehen, sein Haar ist grau, sein Bauch dick, ein zweiter Mann stützt ihn.

»Hallo, junge Frau«, sagt der Schwankende zu Yrsa, »trinkst du was mit mir?« Seine Zunge ist schwer.

»Wir gehen«, sagt sein Begleiter und zieht ihn weiter.

Die Stimmen aus dem Innern des Gasthauses sind jetzt, da die Türe offen steht, noch lauter, ein Geruch aus Schweiß, Bier und Eintopf schlägt Yrsa aus dem düsteren Raum entgegen. Jemand ruft: »Mach die Türe zu, es ist kalt.« Sie sammelt sich einen Moment und tritt dann ein.

Die Türe zieht sie leise hinter sich zu. Niemand scheint sie zu bemerken. In der Mitte des Raums prasselt ein Feuer in einer mit Steinen eingefassten Feuerstelle. Mit geschlossenen Augen hätte Yrsa sie gefunden, von dort steigt ihr der Duft eines Bohneneintopfs in die Nase. Sie tritt näher, spürt, wie ihr die Wärme unter die nassen Kleider kriecht. An einem Metallgestell hängt ein großer Topf, darin blubbert leise der Eintopf, und Yrsas Magen macht gurgelnde Geräusche. Links von ihr sind Fässer aufgetürmt, über zwei Fässer hat jemand eine Holzplanke gelegt. Dahinter steht eine ältere Frau. Sie schenkt Bier aus, der Schaum läuft ihr über die Hand.

Bevor sie sich etwas zu essen bestellt, lässt Yrsa den Blick durch den Raum schweifen, überlegt, an welchen der langen Holztische mit Bänken sie sich setzen will. Hinten rechts spielt eine Gruppe Männer Taflkast, die Würfel kullern über den Tisch, dann ruft einer der Spielenden: »Das ist doch überhaupt nicht möglich!« Zwei Männer schauen zu, trinken Bier und brechen in lautes Gelächter aus. Am Tisch nahe der Türe fällt ihr ein älteres Paar auf, dort wird sie sich dazusetzen. Es ist eine dunkle Ecke, wo einen nicht jeder gleich sieht, der zur Türe hereinkommt. Sie hofft, dass Njáll die Verfolgung aufgegeben hat.

Yrsa stellt sich an die Theke und wartet. Die Frau, die Bier ausschenkt, trägt ein Kleid mit tiefem Ausschnitt. Ihre Haare hat sie zu zwei dicken Zöpfen geflochten.

»Dich habe ich hier noch nie gesehen«, sagt sie zu Yrsa.

»Ich bin auf der Durchreise. Eine Schale Bohneneintopf, bitte. Und ich suche einen Jungen, neun Winter alt, ungefähr so groß«, Yrsa hält ihre Hand unter ihre Schulter, »blonde, verstrubbelte Haare, braune Augen, er sieht meist ein bisschen verträumt aus. Am rechten Fuß hat er nur vier Zehen, aber das wird dir nicht auffallen, wenn er Schuhe trägt. Hast du ihn vielleicht in den letzten Tagen gesehen?«

Die Frau überlegt. »Mit wem ist er unterwegs?«

Yrsa seufzt. »Das weiß ich nicht.«

»Nein, ist mir nicht aufgefallen.«

»Kennst du einen Sklavenhändler aus Haithabu? Olaf der Unwirsche heißt er und soll Kinder verkaufen.«

Die Frau nickt, und Yrsas kaut nervös auf der Innenseite ihrer Backe herum. Sie hält die Vorstellung kaum aus, dass Sjalfi irgendwo angekettet auf einem Sklavenschiff sitzt.

»Weißt du, ob er die Sklaven in die Ferne verschifft?«

Die Frau nickt wieder. Yrsa will tief Luft holen, doch es gelingt ihr nicht.

»Weißt du, wann sein nächstes Schiff ablegt und wie ich es erkenne?«

Die Frau schüttelt den Kopf. »Frag den Einbeinigen. Du erkennst ihn an dem blauen Tuch, das er um sein kürzeres Bein bindet. Er taucht später noch auf.«

Sie löffelt ihren Eintopf, spürt, wie sich die Wärme in ihrem Körper ausbreitet. Trotzdem sitzt in ihrem Bauch ein Klumpen Kälte. Wenigstens hat sie eine Spur. Wenn nur das Schiff noch nicht abgelegt hat! Sie wird nicht zulassen, dass Olaf Sjalfi in die Ferne verschleppt. Sie wird ihn von diesem Schiff holen, und wenn es das Letzte ist, was sie tut.

Das ältere Paar ist auf dem Rückweg vom Markt. Yrsa hat ihre Schale noch nicht leer gegessen, da stehen beide auf.

»Der Sturm wird stärker«, sagt der Mann und zieht seinen Umhang enger um den Körper, »wir wollen es nach Hause schaffen, bevor er zu heftig tobt.«

Nach kurzer Zeit öffnet sich die Türe wieder. Yrsa schaut auf. Drei junge Krieger betreten das Gasthaus. Einer der Männer, er scheint der Anführer der Gruppe zu sein, trägt ein langes Schwert in einem ledernen Halfter auf dem Rücken. Der Knauf ist auf Kopfhöhe, leicht seitlich, jederzeit bereit, um das Schwert in einem eleganten Bogen zu ziehen. Sie hat dieses Schwert schon einmal gesehen. Ihr Herz schlägt schneller, sie streicht sich über die Hand: der nervöse Hengst vor dem Gasthaus in Njálls Dorf. Die kurze Begegnung mit dem Kämpfer, an den sie immer wieder gedacht hat. Sie sieht den Mann nur von hinten. Kann es sein, dass er es ist? Sie müssten nur etwas erledigen und würden dann zurückkehren, hat er gesagt. Vielleicht sind sie auf der Rückreise nach Haithabu. Er bestellt an der Theke Essen. Einen Moment überlegt Yrsa, ob sie aufstehen und ihn begrüßen soll. Aber er hat sie vermutlich längst vergessen, und sie kann keine Ablenkungen brauchen.

Am Ende des Schwertgriffs glänzt ein eisigblau schimmernder Stein. Sie erinnert sich, dass der Mann mit dem Hengst einen Ring mit einem ähnlichen Stein trug. Die Klinge des Schwerts ist länger als ihr Arm. Sie reicht dem Mann fast bis zur Hüfte, und er ist groß und breitschultrig wie der Krieger von neulich. Seine dunklen Haare hat er am Hinterkopf zusammengebunden. Wenn er den Kopf bewegt, streifen sie die Spitze des Schwertknaufes.

Sie ist vertieft darin, die silbernen Zeichnungen auf dem Schwert zu studieren, als sich der Krieger plötzlich umdreht. Es ist tatsächlich der Mann mit dem nervösen Pferd. Sein Blick schweift kurz über die Tische. Sie ist nicht sicher, ob er sie gesehen hat. Vermutlich nicht. In ihrem Bauch kribbelt es.

Er folgt seinen Männern in den hinteren Teil des Gasthauses und setzt sich dort an einen der Tische. Gerne hätte Yrsa das lange Schwert aus der Nähe betrachtet und angefasst. Und wenn sie ehrlich ist: Nicht nur das Schwert fasziniert sie. Sie versteht nicht, warum dieser Mann eine solche Anziehung auf sie ausübt. Dieses Kribbeln kennt sie sonst nicht. Sie schaut wieder auf ihre Schale und isst weiter.

Der Wind pfeift um das Haus, einer der hölzernen Läden klappert. Yrsa hofft, dass der Sturm nicht an Stärke zulegt. Sie muss heute weiterziehen, sobald sie mehr über Olafs Schiff herausgefunden hat. Die Wärme und das gute Essen machen sie schläfrig.

An einem anderen Tisch springen zwei Männer auf, um sich ein Duell der Wörter zu liefern. Alle, die in ihrer Nähe sitzen, grölen laut und klatschen. Auch in Torbjörns Langhaus gab es das abends manchmal. Torbjörn ist ein Meister der streitlustigen Verse, aber es ist lange her, dass sie ein solches Duell gehört hat. Sie erinnert sich daran, wie ihre Mutter laut lachte, wenn er sich in den wildesten Versen verhedderte. Ihr Lachen zog durch das Langhaus, zur Türe hinaus und flog über die Häuser und Weiden.

Der erste Mann räuspert sich, schlägt sich auf die Brust und beginnt:

»Gorm, du großer Grummler,
breit bläht sich nur dein Bauch

Nicht einmal drei Schafe,
kein gutes Paar Hosen
hast du in deinem Besitz.
Ich hab den schnellen Siegfried
in einem Duell aufgespießt
Was hast du so lange gemacht?«

Der zweite Mann prustet und antwortet:

»Rune, du rachsüchtiger Rempler
schwach und mickrig ist dein Geist
alt und langsam ist
der schnelle Siegfried
jetzt in jedem Duell
Ich habe mit drei Schwestern geschlafen.
Was hast du so lange gemacht?«

Wieder öffnet sich die Türe, ein heftiger Windstoß fegt ins Haus. Zwei Männer betreten das Lokal.

»Die Trolle tanzen, da braut sich was Übles zusammen«, sagt einer der beiden

»Mich bringst du da nicht mehr raus«, sagt der andere.

Yrsa geht nochmals an die Theke und zwingt sich, dabei nicht in Richtung der Krieger zu schauen. »Bist du sicher, dass der Einbeinige noch kommt?«

»Ja, der taucht noch auf.«

Der Wind jault immer lauter ums Haus, fährt durch die Ritzen zwischen den Bohlen.

»Irgendetwas hat die Götter erzürnt«, sagt die Frau hinter der Theke.

Dann rumpelt und kracht es laut. Als würde ein wütender

Riese auf den Boden stampfen. Sogar das Haus scheint einen Moment zu zittern. Einige Männer springen auf.

»Was war das?«

»Da geh ich nicht mehr raus.«

»Wir müssen die Türe verbarrikadieren.«

»Ich glaube, das war die alte Eiche, die kurz vor der Weggabelung steht«, sagt ein älterer Mann mit langem grauen Haar und Pfeife im Mund. »Umgestürzt.«

Was soll sie tun? Sie muss weiterhetzen. Und sie muss auf den Einbeinigen warten. Und sie fürchtet den Sturm. Wenn er noch mehr zulegt, ist die Gefahr groß, dass ein Ast, ein umstürzender Baum sie auf dem Weg trifft. Sie setzt sich wieder an den Tisch. Das Gasthaus ist voller Menschen, aber sie fühlt sich sehr allein. Schielt jetzt doch nach hinten, wo die drei Krieger sitzen. Sie trinken Bier und lachen.

Mit einem lauten Schlag öffnet sich die Türe erneut. Zwei Männer treten ein. Ein dritter Mann muss ihnen helfen, um die Türe wieder richtig zu verschließen. So heftig tobt der Sturm nun.

»Die Äste fliegen, der Regen peitscht, wir haben fast nichts mehr gesehen«, sagt einer der Männer. Die strähnigen Haare kleben ihm am Gesicht, das nasse Hemd spannt sich um seinen Bauch. Mit Eintopf und Bier setzen sich die beiden auf die Bank direkt neben Yrsa. Sie rutscht etwas zur Seite, als sich der Mann mit den strähnigen Haaren so nah zu ihr setzt, dass sich ihre Oberschenkel berühren.

»Bist du schüchtern?«, sagt er und lacht. »Und ganz allein hier?« Er riecht nach Kohl und nach nassen Kleidern, die seit Wochen nicht gewaschen wurden.

»Du fühlst dich bestimmt einsam«, sagt der zweite Mann. Bierschaum klebt in seinem zottigen Bart.

»Nein«, sagt Yrsa.

»Wir sind nicht wählerisch«, sagt der Mann neben ihr und knallt das Bier so heftig auf den Tisch, dass ein Teil herausschwappt.

»Kennt ihr den Einbeinigen?«

Beide Männer nicken.

»Kommt er noch?«

»Denke schon.«

Yrsa rutscht an den Rand der Bank. Weiter geht nicht, sonst fällt sie herunter. Der Sturm pfeift um das Haus, Regen klatscht auf das Dach, gegen die Wände. Sie beißt die Zähne aufeinander, bis ihr die Kiefer schmerzen.

Der Mann, der ihr schräg gegenübersitzt, starrt sie an. Ohne Pause, während er seinen Eintopf löffelt. Unter dem Tisch spürt sie sein Bein, das er gegen ihr Bein zu drücken versucht. Sie nimmt ihr Messer aus dem Gürtel, dreht es zwischen den Fingern, fährt über die Zeichnungen auf dem Griff.

»Schönes Messer hast du da«, sagt der Mann.

»Ich weiß«, sagt Yrsa. »Ich kann es dir an dein Doppelkinn halten, falls du nicht aufhörst, mich anzustarren und immer näher zu rücken.«

»Werd nicht frech«, sagt der Mann, der neben ihr sitzt.

Yrsa schaut sich in der Gaststätte um. Es sitzen keine anderen Frauen mehr an den Tischen. Nur die Frau hinter dem Tresen ist noch da, sie ist in ein Gespräch vertieft. Draußen heult der Wind, rüttelt an den Wänden. Sie zieht ihr Bündel an sich, spürt den Stiel der Axt durch den Stoff. Der Mann neben ihr rückt noch näher. Er stinkt. Ein dritter Mann kommt mit vier Bechern Bier.

»Ich habe Bier für alle«, sagt er und setzt sich ihr gegenüber.

Sie lässt sich nicht gerne vertreiben, aber jetzt packt sie ihr Bündel und will aufstehen. Doch etwas zieht heftig an ihrem Hemd, sie verliert das Gleichgewicht, plumpst wieder auf die

Bank, und das Messer fällt ihr aus der Hand. Der Mann neben ihr lacht laut, er hält ihren Hemdzipfel in der Hand und hat sie heruntergezogen. Der Mann auf der anderen Seite hat sich ihr Messer geschnappt.

»Wirklich ein schönes Messer«, sagt er und dreht es in der Hand.

»Gib es sofort zurück, du schmieriger Schweinearsch«, sagt Yrsa. Wie konnte sie so unachtsam sein, dass ihr im entscheidenden Moment das Messer aus der Hand gefallen ist? Das ärgert sie am meisten.

»Das ist mein Messer!«, sagt sie lauter. Aber es herrscht so ein Lärm in der Gaststätte, dass niemand zu bemerken scheint, was geschieht. Sie nimmt den Becher des Mannes und schüttet ihm sein Bier ins Gesicht.

Das war ein Fehler. Der Mann packt sie an den Haaren, will ihren Kopf auf den Tisch drücken. Er kommt so nahe, dass sie nur noch seine dicke Nase sieht, von der das Bier tropft, und seinen faulen Atem riecht. Sie tritt ihn unter dem Tisch gegen das Schienbein. Er schreit und lässt sie los. Sie springt auf und will ihm das Messer entreißen. Der zweite Mann packt sie am Unterarm, versucht ihr den Arm auf den Rücken zu drehen. Ihre Schulter schmerzt noch von dem Kampf mit Njáll.

»Das Messer gehört jetzt uns«, sagt er, holt aus und will ihr ins Gesicht schlagen. Sie kann sich wegducken, verliert fast das Gleichgewicht, wieder fährt ihr der Schmerz in die Schulter.

»Ihr lasst sofort die Frau los.« Der Krieger mit dem langen Schwert steht hinter ihr. Sie hat ihn nicht kommen hören. Die beiden Männer, die sie angegriffen haben, auch nicht. Sie mustern ihn kurz.

Der mit dem Messer sagt: »Was mischst du dich ein?«

Der andere wirft einen zweiten Blick auf den Krieger und lässt

Yrsa los. »Gib ihr das Messer zurück«, sagt er zu seinem Kumpel. Der schlägt mit der Faust auf den Tisch, schaut zu dem Krieger und reicht Yrsa das Messer.

»Ich danke dir«, sagt Yrsa zu dem Krieger. Mit ihm würde ich auch keinen Kampf riskieren, denkt sie. Sie fragt sich, ob er sie erkannt hat. Ein Gefühl der Dankbarkeit durchströmt sie. Er hat genau im richtigen Moment eingegriffen. Aber sie muss wachsam bleiben. Wenn er wie Torbjörn oder Njáll ist, gibt er sich zuerst freundlich und wird sie dann benutzen.

Der Krieger schaut ihr in die Augen und nickt. »Mein Pferd steht heute im Stall«, sagt er.

Er erinnert sich. Ein seltsames Gefühl breitet sich in Yrsas Bauch aus. Bevor sie antworten kann, dreht der Mann sich um und geht zum Tresen.

Sie packt ihre Sachen, auch wenn sie sich gern noch mit dem Krieger unterhalten hätte. Yrsa wirft einen kurzen Blick zum Tresen, beobachtet, wie die Frau, die Bier ausschenkt, den Krieger anschaut. Seine besondere Ausstrahlung fällt nicht nur Yrsa auf. Aber sie muss jetzt weiter, muss Sjalfi suchen. Alles andere ist unwichtig. Sie will zur Türe, als ein älterer Mann ihr zuruft: »Ich würde da nicht raus. Alle, die gehen wollten, sind gegangen. Njörðr schickt uns einen Orkan. Der bläst dich von den Füßen.«

Als wollte der Wind die Worte bestätigen, fegt ein heftiger Windstoß die Türe auf. Sie knallt Yrsa beinahe an den Kopf, sie kann im letzten Moment ausweichen. Zwei Männer kommen und rollen ein schweres Fass bis zur Türe. »Rein oder raus«, sagen sie, »wir verbarrikadieren die Türe jetzt.«

Einen Moment ist sie ratlos. Der Krieger steht an der Theke und sagt: »Ich würde es nicht mit dem Orkan aufnehmen. An unserem Tisch ist noch ein Platz frei. Dort kannst du den Sturm in

Ruhe aussitzen. Es wird niemand versuchen, dir dein Messer oder sonst etwas zu stehlen.«

Ganz kurz lächelt er sie an.

Kapitel 21

Yrsa, es war dunkel. Ich bin aufgewacht und habe es gleich gespürt: Da ist jemand. Ich bin nicht allein. Und das bist nicht du. Sie standen in unserer Hütte. Drei Männer. Ich bin so erschrocken. Ich konnte nichts sehen. Ich hatte Angst. Der Mond hat nicht durch die Luke geschaut. »Schrei nicht«, haben sie gesagt. »Sonst passiert deiner Schwester was, wir kennen sie.« Sie haben nicht gesagt, warum sie dich kennen. Ich hatte die Männer noch nie gesehen. Ich habe einen von denen getreten. So, wie du es mir gezeigt hast. Aber er hat gelacht.

Ich weiß, ich soll nicht allein in der Hütte schlafen. Aber ich hab gedacht, Mama passt auf. Dann waren die Männer da, und ich musste was trinken, es hat eklig bitter geschmeckt.

Ich weiß nicht, wo ich bin. Ich weiß nicht, wie lange wir gereist sind. Ich bin irgendwann aufgewacht, und da hat es geschaukelt. Das Wasser hat geplätschert. Árvakr und Alsviðr hatten die Sonne bis in den Westen gezogen. Dann bin ich wieder eingeschlafen.

Alvíssmál, murmle ich in meinem Kopf, die Götter sagen, die Sonne brennt als Ball im Süden, für die Zwerge ist sie Dvalins Spielzeug. Immerglanz nennen sie die Riesen, das schöne Rad die Elfen, überall glänzend flüstern die Söhne der Aesir.

Die Frauen hier sind nett zu mir. Einer der Männer hat gesagt, er ist mein Vater. Du hast mir immer viele Geschichten von ihm erzählt, doch die weiß ich nicht mehr. Ich kann mich gar nicht an ihn erinnern.

Es gibt viel zu essen. Aber ich vermisse dich, ich möchte wieder zu dir kommen. Es macht nichts, wenn wir weniger zu essen haben und du manchmal wegmusst. Ich möchte einfach bei dir sein. Es gefällt mir bei uns zu Hause viel besser. Yrsa, ich will nicht hier sein. Manchmal muss ich weinen, weil du mir so fehlst. Ich wisch mir dann schnell über die Augen, damit es niemand sieht. Bitte, komm mich holen.

Kapitel 22

Vor ihr steht ein Becher Bier, und neben ihr sitzen drei Männer mit den schönsten Waffen, die sie seit Langem gesehen hat. In den letzten Jahren hat sie nicht viele Krieger zu Gesicht bekommen. Ihr Dorf ist zu weit abgelegen. Deshalb kennt sie nur die Speere, Bögen und Äxte, mit denen die Bauern ihre Höfe verteidigen. Doch diese Waffen sind oft alt, abgeblättert und haben in viele Holzscheite geschlagen. Ihr Vater hatte Waffen, die blitzten, schimmerten und glänzten. Sie hat sich immer vorgestellt, wie er mit ihnen in fernen Ländern kämpft. Heute würde sie seine Waffen anders anschauen.

Am Bier nippt sie nur. Sobald der Sturm nachlässt, muss sie aufbrechen. Auch wenn sie gern mit den Kriegern am Tisch sitzt.

»Du hast ein schönes Schwert«, sagt sie zu dem Krieger, der sie vor den Männern gerettet hat. Sie weiß jetzt auch seinen Namen: Avidh heißt er. Er trägt das Schwert noch immer auf dem Rücken und sitzt ihr gegenüber, das Schwert reicht fast bis auf den Boden. Sie sieht nur den Griff und den Stein am Ende des Griffs. Die Flammen der Feuerstelle spiegeln sich in dem Stein, aber es ist kein warmes, sondern ein frostiges Feuer, das in ihm zu lodern scheint. »Tanze mit mir, die tödliche Kraft des Eiswindes steckt in mir«, flüstert das Schwert.

»Er liebt seine Frostige mit den Todesklauen«, sagt der Krieger, der Yrsa schräg gegenübersitzt, und grinst. Er hat sich als Leif vorgestellt und ihr gleich einen Becher Bier vor die Nase gesetzt. Vorne fehlen ihm zwei Schneidezähne, die Locken hängen ihm ungekämmt um den Kopf. Sein Blick ist freundlich, und er wüsste beim Biertrinken in einer langen Nacht bestimmt viele unterhaltsame Geschichten zu erzählen.

»Wer ist die Frostige mit den Todesklauen?«

»Na, sein Schwert«, sagt Leif. »Björn und ich«, er zeigt auf den dritten Krieger, »wollen auch so eins.«

»Meins habe ich von meinem Vater geerbt«, sagt Björn, »es ist ein gutes Schwert und hat unsere Familienehre oft verteidigt.«

Björns Stimme brummt tief, wenn er spricht, ein dichter schwarzer Bart wächst in seinem Gesicht. Er beißt in eine Schweinshaxe. Zuvor hat Björn zwei Schalen Eintopf gelöffelt.

»Björn hat immer Hunger«, sagte Leif, als er Yrsas Blick sah. »Wir sind unterwegs nach Haithabu.«

»Woher kommt ihr?«

»Von der Westküste. Dort mussten wir etwas erledigen, jetzt sind wir auf dem Heimweg.«

Wie Yrsa vermutet hat. Vielleicht haben die Götter dafür gesorgt, dass ihre Pfade sich wieder kreuzen. Nein, so darf sie nicht denken. Vielleicht ist es das Werk böser Geister. Sie muss auf der Hut bleiben.

Sie fragt die drei nach Sjalfi, doch sie haben ihn nicht gesehen. Der Sturm heult noch lauter. Die Wände zittern, wenn ein besonders heftiger Windstoß kommt.

»Ich müsste dringend aufbrechen«, sagt Yrsa.

»Ich auch«, sagt Avidh. Er starrt ins Feuer, scheint in Gedanken versunken, während die anderen beiden Geschichten erzählen.

Yrsa schaut ihn von der Seite an. Vielleicht findet sie heraus, warum er so seltsame Gefühle in ihr auslöst. Das Kribbeln spürt sie, seit er ihr geholfen hat, noch stärker. Wieder fallen ihr seine Augen auf. Sie sind so dunkel wie der Wald in einer Neumondnacht. Etwas an ihm erinnert Yrsa an einen Mann, der vor langer Zeit manchmal bei Torbjörn zu Besuch war. Dieser Mann erzählte, er käme von dem großen Meer im Süden, an dem die Römer einst herrschten.

Der Krieger bemerkt ihren Blick und sieht sie an, sie schaut schnell zur Seite.

»Ich warte auf den Einbeinigen«, sagt sie, »aber ich weiß nicht, ob er bei dem Sturm noch auftaucht.«

Ein Mann, der neben ihnen sitzt, wendet den Kopf. »Der Einbeinige sitzt dort drüben«, sagt er.

Kurz darauf ist Yrsa zurück am Tisch der Krieger, packt ihr Bündel, ihre Hände zittern.

»Danke für die Hilfe. Ich muss los«, sagt sie und verschwindet in Richtung der Türe, ohne auf Antwort zu warten oder den schönen Krieger noch einmal anzuschauen.

Drei schwere Fässer stehen vor dem Ausgang. Jemand hat zudem ein Brett vor die Türe genagelt. Sie zerrt an einem der Fässer. Es bewegt sich kein bisschen.

»Hey, junge Frau, Hände weg! Die Türe macht heute niemand mehr auf«, ruft ein Mann.

»Ich muss raus, es ist wirklich dringend.«

Sie zieht wieder an dem Fass. Es bewegt sich nicht. Niemand kommt ihr zu Hilfe. Sie sinkt zu Boden, lehnt sich mit dem Rücken gegen das Fass. Weiß nicht, was sie tun soll, kämpft gegen die Verzweiflung in ihrem Innern.

Die Flamme. Jetzt versteht sie. »Das Feuer nimmt«, die Inschrift auf ihrer Türe. Die Flamme auf dem Amulett in der Hütte und eingeritzt in den Baum, als Sjalfi sich beobachtet fühlte.

»Wie erkenne ich Olafs Schiff?«, hat sie den Einbeinigen gefragt.

»Das ist ganz einfach«, hat er geantwortet. »Auf der Flagge am Mast ist das Bild einer Flamme eingewebt.«

»Sjalfi«, leise murmelt sie den Namen ihres Bruders, legt einen Moment die Hand auf den Mund, bis ihre Stimme nicht mehr zittert, »Sjalfi, alles wird gut. Ich bin unterwegs.«

Nach einer Weile steht sie auf, geht zurück an den Tisch der Krieger und setzt sich wieder hin. Alle drei trinken Bier.

»Ich kann nicht hierbleiben«, sagt sie.

Leif, der Krieger mit der Zahnlücke, stellt wieder einen Becher Bier vor sie.

»Ist zu gefährlich da draußen«, sagt er. »Warum hast du es auf einmal so eilig?«

»Ich habe erfahren, dass übermorgen ein Schiff von Olaf dem Unwirschen in Haithabu ablegt. Ich muss unbedingt vorher dort sein. Und es ist noch weit.«

»Wenn dir ein Baum auf den Kopf fällt, wirst du nie dort ankommen«, sagt Avidh. »Außerdem dämmert es schon.«

Sie seufzt und weiß, dass er recht hat. »Ich kann nicht hier übernachten, allein in einem Schlafraum voller Männer.«

»Du kannst bei uns liegen«, sagt Avidh. »Ich verspreche dir, niemand wird dir zu nahe kommen.«

Sie schaut ihn an. Sie möchte ihm vertrauen. Doch nach allem, was sie erlebt hat, mahnt sie sich zur Vorsicht. Im Moment bleibt ihr aber nichts anderes übrig, als seinen Worten zu glauben.

Die Müdigkeit liegt schwer auf ihrem Körper, drückt sie auf den Strohsack, und trotzdem ist sie hellwach. Draußen heult der Wind, drinnen schnarchen die Männer. Hinten pfeift einer laut, neben ihm röchelt jemand, ein dritter vorne bei der Türe rasselt. Der Lärm ist nicht der einzige Grund, dass sie nicht schlafen kann. Sie dreht sich auf die Seite, öffnet die Augen. Neben ihr liegt der fremde Krieger. Er hat sein Hemd ausgezogen, liegt mit nacktem Oberkörper auf dem Bauch, die Arme neben dem Kopf. Es fällt nur ein schwaches Licht von der Feuerstelle im anderen Raum in den Schlafbereich. Aber sie erkennt im Schein des Feuers, wie wohlgeformt jeder Muskel an seinen Schultern, den Oberarmen, dem Rücken ist. Sie zwingt sich, die Augen zu schließen, kneift sie zu, du musst schlafen, Yrsa, befiehlt sie sich. Aber jetzt riecht sie ihn. Und es erstaunt sie, dass er gut riecht. Sie öffnet die Augen wieder. Sein langes Schwert hat er auf die andere Seite gelegt. Das ist schade. Gerne hätte sie einen Finger ausgestreckt und es vorsichtig berührt. Sie stützt sich auf den Ellbogen, versucht über ihn zu schielen, um die Waffe zu sehen.

»Alles in Ordnung?«, flüstert Avidh. Sie zuckt zusammen, hat ihn regelmäßig atmen gehört.

»Ja«, flüstert sie und legt den Kopf wieder auf das Kissen. »Ich wollte dich nicht wecken.«

»Hast du nicht.« Er hebt den Kopf leicht. »Bist du öfters so ganz allein unterwegs?«

»Nein, ist das erste Mal.«

»Falls dir kalt ist, kannst du meinen Umhang als Decke nehmen.« Er dreht sich auf die Seite und schaut sie an.

Sie sollte sich fürchten vor diesem Mann. Er könnte aufstehen, weggehen, sie wäre auf sich allein gestellt in einem Raum voller Fremder. Die anderen lassen sie nur in Ruhe, weil niemand glaubt, einen Kampf gegen ihn und seine Begleiter zu gewinnen. Oder er könnte sie packen, kaum jemand würde es merken. Doch sie glaubt nicht, dass er das tut. Das beruhigt sie und macht ihr gleichzeitig noch mehr Sorgen.

»Geht schon«, sagt sie und bereut ihre Worte im selben Moment. Sein Umhang sieht kuschelig weich aus. »Ich muss dringend weiter«, sagt sie. »Wenn nur der Sturm nicht wäre!«

»Geht mir auch so«, sagt der Krieger. »Ich hoffe, du findest deinen Bruder.«

»Danke. Es ist ein Schmerz hier drinnen.« Sie legt ihm die Hand auf den Bauch, zieht sie gleich wieder zurück. Sie weiß nicht, warum sie ihn berührt hat. Wie ungeschickt von ihr. Er wird es falsch verstehen. »Hier drinnen«, sagt sie noch einmal, »wenn ich an ihn denke und mir sehnlichst wünsche, dass er wieder auftaucht.«

Avidh schaut sie an im Dunkeln und nickt. Dann dreht er sich zurück auf den Bauch und schließt die Augen.

Irgendwann muss sie eingeschlafen sein. Als sie die Augen öffnet, fällt erst ein schwacher Lichtstrahl durch den Rauchabzug im Dach. Avidh liegt neben ihr, die Augen geschlossen. Er nutzt seinen Umhang als Kissen, eine Haarsträhne ist ihm ins Gesicht gefallen. Sie ertappt sich bei dem Gedanken, wie es wäre, ihm in die welligen Haare zu fassen. Sie sind nicht mehr zusammengebunden, reichen ihm bis zur Schulter. Wieder ein dummer Gedanke, Yrsa, schimpft sie innerlich mit sich und dreht sich zur Wand. Ihr Bündel ist noch immer an ihrem Kopfende, alles scheint in Ordnung. Sie hat gut geschlafen, was sie nicht erwartet hat. Ich muss schlafen, um morgen schnell zu sein, hat sie sich gesagt. Und das scheint geholfen zu haben. Obwohl dieser fremde Mann neben ihr liegt.

Aus der Gaststube hört sie keine Stimmen, das Feuer prasselt, die meisten Männer sind noch nicht aufgewacht. Niemand hat es eilig, bis der Sturm abgeflaut ist. Aber der Wind heult nicht mehr so laut, nur der Regen tröpfelt noch auf das Dach. Jemand fegt die Gaststube mit einem Besen, sie sieht ab und zu die Gestalt eines alten Mannes am Türspalt vorbeischlurfen. Sie muss aufstehen und losziehen. Sie schaut noch einmal kurz zu Avidh, sie wird ihn nicht so schnell vergessen.

Dann poltert es an der Eingangstüre, ein Fass steht dort noch. »Macht die Türe auf«, ruft jemand von draußen. Das schwere Fass kratzt über den Boden, als der alte Mann es keuchend auf die Seite rollt.

»Das hat lange gedauert«, sagt ein Fremder und betritt das Gasthaus. Yrsa sieht ihn nur kurz im Türspalt, sie zuckt zusammen. Irgendwo hat sie ihn schon einmal gesehen. Der Fremde unterhält sich mit dem alten Mann. Sie reden über den Orkan und die umgestürzten Bäume, die jetzt auf dem Ochsenweg liegen und den Karren das Durchkommen erschweren.

»Ich suche eine Frau, im Auftrag meines Herrn«, sagt der Fremde jetzt.

Yrsa erstarrt, wagt kaum zu atmen. Ihr ist eingefallen, wo sie ihn schon einmal gesehen hat. Er arbeitet als Knecht auf Njálls Hof.

»Wie sieht die Frau aus?«, fragt der alte Mann.

»Eine junge Frau, sie reist allein, hat eine besonders schöne, teure Kampfaxt am Gürtel, einen langen braunen Zopf, ist nicht besonders groß, hat braun-grün schimmernde Augen und eine kleine Narbe im Gesicht. Hast du die vielleicht gesehen?«

Kapitel 23

»Eine junge Frau allein, mit einer teuren Kampfaxt? Das wäre jedem aufgefallen. Nein, habe ich nicht gesehen«, sagt der alte Mann.
»Warum sucht er sie?«
»Sie ist eine Diebin. Mein Herr zahlt eine Belohnung.«
Yrsa dreht sich zur Wand. Ihr Herz schlägt so laut, dass sie glaubt, Avidh müsse es spüren. Sein Atem klingt nicht mehr so, als würde er schlafen. Vermutlich hat er die Worte des Mannes auch gehört. Und nicht nur er, vielleicht haben es viele mitbekommen.
Yrsa wird heiß, sie kämpft darum, ruhig zu atmen. Was für ein Glück, dass sie die Axt vor dem Gasthaus in den Beutel gesteckt hat. Trotzdem muss sie verschwinden. Njáll ist ihr auf den Fersen, sie hat ihn unterschätzt. Warum kann er sie nicht in Ruhe lassen? Sie ärgert sich, dass sie ihm die Axt gestohlen hat. Vielleicht würde er sie ohne den Diebstahl in Ruhe lassen. Vielleicht auch nicht.
Sie hört ein Rascheln neben sich, vorsichtig dreht sie den Kopf. Avidh schaut sie an.
»Ist etwas nicht in Ordnung?«, flüstert er.
»Ich muss verschwinden«, flüstert sie zurück.
»Hat er von dir gesprochen?«
Yrsa nickt. »Gibt es einen Hinterausgang?«
»Du musst quer durch die Gaststube, um ihn zu erreichen. Bleib liegen, vielleicht verschwindet er wieder.«

Kalter Schweiß läuft ihr über den Körper. Was, wenn die Krieger sie für die Belohnung verraten? Sie könnten Njálls Silber bestimmt gut gebrauchen. Die beiden Männer in der Gaststube unterhalten sich jetzt wieder über den Orkan.

»Setz dich ans Feuer«, sagt der alte Mann, »dann kannst du selbst schauen, ob du die Frau findest, wenn alle aufstehen.«

Neben Avidh raschelt Leif in seiner Decke. Er gähnt, setzt sich auf, kratzt sich seine zerzausten Haare. »Ich muss mal raus«, murmelt er, »das Bier.«

Avidh flüstert Leif etwas ins Ohr. Leif runzelt die Stirn, kratzt sich wieder. Dann steht er auf und geht zu den beiden Männern im anderen Raum. Yrsa ist sich nicht sicher, was er vorhat. Fürchtet, dass er sie verraten wird. Bestimmt hofft er auf die Belohnung. Sie starrt ins Dachgebälk. Sie sitzt in der Falle.

»Ich habe die junge Frau gesehen«, sagt Leif.

Yrsa legt die Hand auf ihren Beutel. Sie muss schnell sein, vielleicht gelingt es ihr, durch die Gaststube zu rennen, zum Hinterausgang, bevor sich ihr jemand in den Weg stellt. Wenn Avidh sie beim Aufstehen festhält, hat sie verloren. Sie schielt zu ihm herüber, sieht seinem Gesicht nicht an, was er denkt.

»Wo ist sie?«, fragt der Knecht.

»Sie ist vor einiger Zeit aufgebrochen, als der Sturm nachgelassen hat. Ich zeige dir, in welche Richtung sie gelaufen ist. Ich war da gerade draußen. All das Bier«, sagt Leif.

Sie hört die Türe. Leif und der Knecht treten hinaus.

»Pack deine Sachen, wir gehen jetzt zusammen durch die Gaststube. Ich lege meinen Arm um dich. Wir tun so, als gehörten wir zusammen, nur bis du außer Sichtweite bist«, sagt Avidh mit leiser Stimme.

»Nein, ich komme schon allein zurecht«, sagt sie. Sie ist unsicher, was für Hintergedanken Avidh hat, und sie fürchtet sich davor, ihm plötzlich so nahe zu sein. »Aber vielen Dank für alles.«

Avidh zuckt mit den Schultern, steht auf, geht in den vorderen Raum und unterhält sich mit dem alten Mann. Jetzt muss sie schnell handeln. Sie packt ihr Bündel und schleicht zum Durchgang. Avidh und der alte Mann stehen in der Nähe des Eingangs, drehen ihr den Rücken zu. Leif und Njålls Knecht sind noch draußen.

Sie eilt gebückt durch die Gaststube, vorbei an Tischen, die mit Bechern und Essensresten übersät sind. Kurz kauert sie sich hinter einen der Tische. Im hinteren Teil des Raums sind zwei Türen. Sie weiß nicht, welche sie nehmen muss, hat keine Zeit, lange zu überlegen. Njålls Knecht kann jeden Moment zurückkommen.

Sie öffnet die linke Türe einen Spaltbreit. Dahinter ist es dunkel und riecht nach Stall. Also die andere Tür. Im gleichen Moment klappert die Eingangstüre, und es bleibt ihr nichts anderes übrig, als im Stall zu verschwinden.

Sie schließt die Türe hinter sich. Es fällt kaum Licht durch die Ritzen im Holz, es riecht nach Mist. Sie stößt gegen einen Eimer. Der Eimer fällt um, sie erstarrt. Eine Kuh schnaubt, raschelt im Stroh. Durch die Türe dringen Stimmen.

Im Dunkeln tastet Yrsa sich voran, duckt sich in eine Ecke. Hofft, dass der alte Mann sie nicht sieht, falls er nachschauen kommt.

Sie wartet, aber niemand öffnet die Türe. Sie legt ein Ohr an die Wand, hört lautere Stimmen. Inzwischen sind vermutlich noch mehr Männer aufgestanden. Sie muss die Türe finden, die nach draußen führt, folgt mit der Hand der rauen Holzwand, fasst in etwas Warmes, Weiches, flucht und stößt mit einer Kuh zusammen. Die Kuh muht, etwas streift Yrsa um die Beine.

Dann spürt sie einen Türrahmen und drückt gegen die Türe.

Sie bewegt sich nicht. Sie drückt noch stärker. Die Tür öffnet sich nicht. Vermutlich steht davor auch ein Fass, als Schutz vor dem Sturm.

»Wie dumm von mir«, murmelt sie. Jetzt verliert sie wertvolle Zeit, muss im Dunkeln ausharren und ärgert sich. Sie weiß nicht, wie lange sie warten muss, bevor sie den Weg nach draußen wagen kann.

Entlang der Wand tastet sie sich zurück zur Türe, die ins Gasthaus führt. Wenn sie nur wüsste, ob Njálls Knecht inzwischen verschwunden ist und ob die Krieger abgereist sind! Sie will nicht, dass die drei sie nochmals sehen. Wie ungeschickt von ihr, im Stall zu landen, nachdem Avidh und Leif versucht haben, ihr bei der Flucht zu helfen. Hätte sie doch auf die beiden gehört!

Sie wartet. Ihre Beine zucken, sie müsste längst losrennen, das Stimmengewirr aus dem Gasthaus schwillt weiter an. Schließlich öffnet sie die Verbindungstüre einen winzigen Spalt. An den Tischen sitzen Gäste, Njálls Knecht und die Krieger sieht sie nicht.

Gebückt schlüpft sie aus der Türe, schaut nicht links oder rechts, hofft nur, dass die Nebentüre nicht verschlossen ist. Dieses Mal hat sie mehr Glück. Endlich steht sie an der frischen Luft.

Auf dem Ochsenweg darf sie sich nicht zeigen. Ausgerechnet jetzt, da sie schnell sein muss und dem breiten Weg bis fast nach Haithabu folgen könnte. Aber die Gefahr, dass Njáll oder einer seiner Männer sie einholt, ist zu groß. Sie wird Sjalfi von diesem Schiff holen. Wie sie das macht, weiß sie noch nicht. Doch darum wird sie sich kümmern, wenn es so weit ist.

Es war ein heftiger Streit, den die Götter in der Nacht zuvor am Himmel ausgefochten haben. Die Spuren liegen überall herum. Kaum hat sie das Gasthaus verlassen, muss sie über umgestürzte Stämme und abgerissene Zweige klettern. Sie schleicht geduckt hinter Büschen, damit keiner sie sieht. Falls hier mal ein Pfad war, hat der Sturm jegliche Spuren verwischt.

Sie kämpft sich durchs Dickicht, holt die Axt aus dem Beutel, um sich einen Weg freizuschlagen. Sie taumelt durch Laub, Moos und Schlamm und kommt endlich in ein Stück Wald, wo etwas mehr Luft zwischen den Bäumen hindurchzieht. Eine Uferschnepfe pfeift, und sie weiß, schon bald muss sie aufpassen, wohin sie tritt, um nicht allzu tief im Moor zu versinken. Die Nässe dringt in ihre Schuhe, Schlamm verkleistert die Bänder, mit denen sie ihre Hosen an den Waden zusammenhält.

Stundenlang hüpft Yrsa von Grasnarbe zu Grasnarbe. Ihre Beine fühlen sich so schwer an, als hätten sie hier im Moor alles Wasser aufgesogen. Sie hat heute erst ein trockenes Stück Fladenbrot gegessen. Kam an keinen Höfen vorbei, wo sie um etwas zu essen hätte bitten können.

Ihr fällt wieder ein, wie sie letzte Nacht im Gasthaus neben dem Krieger gelegen hat. Wie sie ihn im Dunkeln beobachtet hat und dann doch eingeschlafen ist. Irgendwann ist sie aufgewacht und erschrocken. Sie war im Schlaf an seine nackte Schulter gerutscht, hatte ihren Arm mit seinem verschränkt, seine Wärme gespürt. Schnell schob sie sich auf ihre Seite des Fells zurück. Ob er es gemerkt hat, weiß sie nicht. Es war schwierig, sein Gesicht zu lesen, auch bei Tageslicht. Vermutlich hat er geschlafen. Als sie sich wieder zur Wand drehte, vermisste sie die Nähe seines Körpers, und ihr war kalt.

Sie bemüht sich, die Erinnerung zu verscheuchen. Sie löst Gefühle aus, die ihr fremd sind. Wenn sie jetzt an die Nacht zurückdenkt, sehnt sie sich danach, wieder neben Avidh zu liegen. Das darf nicht sein. Aber bestimmt liegt es daran, dass sie aufgewühlt ist wegen Sjalfis Verschwinden. Sobald sie ihren Bruder gerettet hat, wird sie das alles vergessen. Sie fragt sich, warum Avidh ihr geholfen hat. Einfach so, ohne etwas dafür zu verlangen. Das hat sie am meisten erstaunt.

Kapitel 24

Langsam kriecht die Dunkelheit über das Land. Jetzt muss Yrsa sich bald einen Schlafplatz suchen. Eydris hat sie gebeten, die Nacht in dieser Gegend bei einer ihrer Cousinen zu verbringen. Die Cousine wohnt in der Nähe des Ochsenwegs, eine Tagesreise südlich des Dorfes. Aber Yrsa will keine Zeit damit verschwenden, den Hof der Cousine zu suchen. Schon bald will sie wieder dem Ochsenweg folgen. Sie muss sich beeilen, kann sich keine weiteren Umwege leisten. Was soll mir schon passieren, denkt sie. Und es fallen ihr sofort viele Dinge ein, die passieren könnten.

Das Moor hat sie hinter sich gelassen, jetzt klettert sie über Wurzeln und umgeknickte Zweige, schlägt sich mit der Axt einen Pfad, wenn das Unterholz zu dicht ist. In der letzten Stunde ist der Weg breiter geworden, mehr Licht strömt zwischen den Bäumen hindurch. Das ist ein gutes Zeichen. Es bedeutet aber auch, dass mehr Menschen unterwegs sind und sie bei der Suche nach einem Schlafplatz vorsichtiger sein muss.

Ihr Magen rumpelt, so leer ist er. Der Wald lichtet sich, Büsche wachsen jetzt am Wegrand, es riecht nach Waldmeister. »Quwirekk«, ertönt es rechts vom Weg im Unterholz. Yrsa bleibt regungslos stehen. Das war ein Rebhuhn. Ein Stück weiter hinten lagen Rebhuhnfedern im Gestrüpp. Vielleicht hat sie Glück.

Sie duckt sich hinter einen Busch und lauscht. Wieder hört sie den Ruf des Rebhuhn-Männchens. Er kommt von irgendwo seitlich des Weges. Sie schiebt ihr Bündel unter den Busch, nimmt den Bogen in die Hand und schleicht in Richtung des Rufes. Der Boden ist feucht. Das macht es einfacher, leise aufzutreten. Das Rebhuhn sitzt weiter vorne auf einem niedrigen Ast, sperrt den Schnabel auf und ruft noch einmal. Yrsas Magen knurrt wieder. Sie muss jetzt geduldig sein, warten, bis die Schussbahn frei ist, bis der Vogel sich bewegt. Näher kann sie nicht gehen, ohne ihn aufzuschrecken.

Sie macht sich klein, atmet flach, späht durch die Zweige. Als sie noch bei Torbjörn im Langhaus wohnten, hat sie das Bogenschießen oft mit seinen Söhnen geübt. »Du bist eine gute Schützin«, hat Torbjörn damals manchmal zu ihr gesagt. Sie hatte dann immer das Gefühl, ein Stück zu wachsen, obwohl sie kleiner war als seine Söhne. Alles, was nachher geschah, hat dieses Gefühl verschüttet. Aber heute weiß sie auch ohne Torbjörn, dass sie gut mit dem Bogen trifft.

Das Rebhuhn flattert vom Ast auf den Boden, wühlt mit dem Schnabel im Laub, macht einige Schritte in ihre Richtung. Plötzlich hebt es den Kopf, scheint Gefahr zu wittern, drückt sich auf den Boden, seine braun-grauen Federn verschmelzen mit dem Grund. Yrsa flucht innerlich, sie hätte vorher schießen sollen, jetzt sind wieder Äste im Weg. Aber falls das Rebhuhn aufflattert, wird sie es wagen. Im Beutel hat sie noch vier Pfeilspitzen, die Njáll geschmiedet hat. Um keinen Pfeil zu verschwenden, muss sie den Vogel tödlich treffen.

Ein Flattern, Yrsa richtet sich auf, zieht die Sehne an den Mundwinkel und lässt los. Die Pfeilspitze durchbohrt den Körper des Vogels. Er stürzt zu Boden.

»Ich danke dir, Freyja«, murmelt Yrsa und bahnt sich einen Weg durch das Gestrüpp. Sie hat das Rebhuhn schnell gefunden.

Es ist bereits tot, ihr Schuss hat die Lunge durchbohrt. Ihr Magen knurrt voller Vorfreude auf das gebratene Huhn. Sie zieht den Pfeil heraus. Und erstarrt.

Jetzt weiß sie, wovor das Rebhuhn sich gefürchtet hat. Ein Stück weiter vorne tapst ein junger Bär durchs Unterholz. Er ist vermutlich nicht allein. Wenn sie Pech hat, ist sie zwischen ihn und seine Mutter geraten. Ihr Puls rast. Nein, das darf ihr jetzt nicht passieren!

Sie lässt das Rebhuhn liegen, bewegt sich vorsichtig zurück in Richtung des Weges. Und bleibt abrupt stehen. Eine gewaltige Bärin. Nur einige Schritte weiter vorne. Viel zu nah! Und ihre Axt liegt dort, wo sie den Beutel versteckt hat. Wie dumm von mir, flucht sie innerlich. Immer bereit sein, warum habe ich daran nicht gedacht? Kälte kriecht ihr in die Hände, ein Zittern will sich in ihrem Bauch ausbreiten. Sie spannt die Muskeln an. Jetzt nur keine Angst zeigen.

Die Bärin scharrt mit den Füßen, starrt Yrsa an, legt die Ohren nach hinten und schnaubt. Sie wird mir nichts tun. Ruhig atmen. Sie geht vorbei. Den Blick senken, langsam zurückweichen. Nicht davonrennen.

Nichts würde sie jetzt lieber tun. Auch ihre Ersatzpfeile sind beim Beutel. Sie hat nur ihr Messer. Es würde ein verzweifelter Kampf.

Wieder schnaubt die Bärin, macht zwei Schritte auf Yrsa zu. Stellt sich auf die Hinterbeine. Sie ist viel zu groß, mächtiger als die Bäume füllt den ganzen Wald.

Es dröhnt in Yrsas Ohren. Tief atmen, langsam zurück, Schritt für Schritt. Nein, nicht zu ihr schauen, nur auf den Boden. Alles riecht nur noch nach Bärin. Der Boden scheint zu dröhnen. Hoffentlich gibt es kein zweites Junges, irgendwo hinter ihr.

Rascheln, Stampfen. Die Bärin läuft los, hält wieder inne. Sie ist jetzt noch ein Stück näher. Yrsa erkennt einzelne Krallen an den Tatzen, die sich in den Waldboden graben. Ich will nicht hier stehen bleiben, ich will wegrennen, dieser Gedanke dreht in Yrsas Kopf. Es kostet unglaublich viel Kraft, nicht zu flüchten. Sie schwitzt, friert. Es ist Revna, der Fluch, Revna hat die Bärin geschickt!

»Mama, beschütze mich, Mama, schnell, ich brauche dich«, murmelt Yrsa.

Die Bärin ist jetzt ganz nah, beinahe spürt Yrsa die Erdbrocken, wenn sie mit der Tatze scharrt. Es bleibt ihr nichts anderes mehr übrig. Es ist ein schreckliches Gefühl, aber sie muss es tun. Zieht mit zitternder Hand das Messer. Ganz langsam. Umklammert es. Geht in die Hocke, legt sich auf den Waldboden, dreht sich auf die Seite, winkelt die Beine an, legt einen Arm über den Kopf, das Messer bereit, wagt kaum zu atmen.

Die Bärin schnaubt, nähert sich. Es gibt nur noch ihren beißenden Geruch.

Yrsas Bauch zittert. Bleib still liegen, stell dich tot!

Sie hält die Luft an, presst die Augen zu. Murmelt Verse nur im Kopf: »Freyja, mächtige Göttin, beschütze mich, treib sie fort von mir, ich flehe ...« Sie spürt ein Stupsen, im Rücken, es ist die Bärin, ihr wird schlecht. »Freyja, nur du, mächtige Göttin, kannst mir helfen, lass es nicht mein Schicksal sein«, wieder ein Stupsen, »ändere ihren Pfad, leite sie fort von mir, ich bin noch nicht bereit für deine Halle, erst als mächtige Kriegerin möchte ich nach Folkvang kommen.« Saure Flüssigkeit steigt Yrsa in den Mund. Nicht jetzt! Ihr Herz rast, viel zu laut. »Ich will nicht ... Mama ...« Kälte, Schweiß, der beißende Geruch.

Äste knacken, etwas weiter hinten. Der Geruch wird schwächer. Kann es sein, dass ...? Nicht bewegen. Wieder ein Knacken. Es klingt, als entferne sich die Bärin. Vielleicht eines der Jungen.

Sie bleibt liegen, bewegt sich nicht, kalter Schweiß strömt ihr über den Körper. Sie atmet, so flach sie kann.

Schließlich dreht sie vorsichtig den Kopf. Sie weiß nicht, wie viel Zeit vergangen ist. Die Bärin ist weg. Kurz zieht Yrsa die Beine an den Körper, macht sich ganz klein und wartet, bis das Zittern, das Schwitzen, die Übelkeit ein bisschen nachlassen. Das war knapp! Ich danke dir, mächtige Freyja, du hast das Junge im richtigen Moment auftauchen lassen. Sie kniet sich hin, stützt die Hände in den Waldboden, beruhigt ihren Atem. Dann steht sie leise auf, wischt sich mit dem Ärmel über das nasse Gesicht. Jetzt schnell weg, bevor sie zurückkommt.

Das geschossene Rebhuhn ist verschwunden. Lieber hungrig einschlafen, als selbst zur Beute werden, denkt sie. Der Hunger ist ihr sowieso vergangen. Sie packt ihre Sachen und macht sich wieder auf den Weg. Ihr Körper hat sich noch nicht beruhigt, ihre Hände zittern. Sie dankt Freyja noch einmal und ihrer Mutter.

Bei einer Abzweigung verlässt sie den Trampelpfad, bahnt sich einen Weg durch das Dickicht, die Axt in der Hand. Sie hofft auf einen Wink der Geister, wo ein sicherer Schlafplatz ist. Sie hat noch nie so weit entfernt vom Dorf allein im Wald übernachtet. Vielleicht hätte sie doch auf den Rat von Eydris hören sollen. Auch weil Revnas Fluch noch immer über ihr schwebt. Wenn sie sich nur erinnern könnte, wie man sich von einem Fluch befreit! Drei Federn braucht sie dafür, das ist ihr wieder eingefallen. Aber an den Rest erinnert sie sich nicht. Ihre Mutter wäre enttäuscht. Sie hat es ihnen immer wieder eingeschärft. Sjalfi wüsste es noch. Sjalfi konnte diese Dinge immer viel besser. Dafür kann sie kämpfen. Sie wirft die Axt in die Luft, fängt sie wieder.

Yrsa hört ein Rascheln, dreht sich um, duckt sich, lauscht, ein Farnbüschel streift ihr Gesicht. In der Ferne plätschert ein Bach, eine alte Buche knarrt im Wind. Vielleicht hat sie einen Hasen aufgeschreckt.

Wieder lichtet sich der Wald etwas. Eine knorrige Eiche, in der Mitte gespalten, wächst wellenartig in Bodennähe. Sie legt ihre Hand auf die Rinde. Hier ist ein guter Platz, um ein Nachtlager einzurichten. Auf den ausladenden Wurzeln sitzt sie bequem, und falls es regnet, bietet ihr die Eiche ein Dach, zumindest ein bisschen.

Sie breitet ihre Decke aus, fröstelt, ihr Hemd, die Hosen sind feucht, sie sehnt sich nach einer warmen Mahlzeit. Zieht den Feuerstein und das Eisenstück aus dem Beutel, nimmt ein wenig Flachs und angekohlte Leinenfasern aus dem Säckchen. Sie schlägt Feuerstein und Eisenstück aneinander, wieder raschelt es nicht weit von ihr. Sie bewegt sich nicht. Dann sieht sie einen jungen Fuchs, der in einiger Entfernung durchs Gebüsch rennt. Sie entscheidet sich gegen ein Feuer, schlingt die Arme um ihre Beine. Knabbert einige Pflanzen, die sie unterwegs gesammelt hat. »Elf Miðrogar, ich weiß, du bist weit weg. Beschütze mich.«

Sie wünschte, ihr Vater würde plötzlich auftauchen und ihr bei der Suche helfen. Sie haben so viele Winter nichts von ihm gehört, schon vor dem Tod ihrer Mutter. Irgendetwas in der Art, wie ihre Mutter von ihm sprach, gab Yrsa das Gefühl, dass er auf seinen Reisen jenseits des Meeres ums Leben gekommen war. Wenn sie nachfragten, sagte ihre Mutter nur immer: »Freyja wird ihn beschützen.« Je öfter ihre Mutter diesen Satz wiederholte, umso fester glaubte Yrsa daran, dass er irgendwo in der Ferne von einem Schwert durchbohrt wurde. Aber sicher weiß sie es nicht.

Der Krieger aus dem Gasthaus fällt ihr ein: Avidh ... Es war schön, neben ihm zu liegen, ihn noch einmal zu treffen. Sie wird ihn kaum wiedersehen. Also darf sie ein bisschen träumen. Obwohl, wer weiß, er ist aus Haithabu, und sie ist auf dem Weg dorthin. Vielleicht ist es doch besser, wenn sie ihn schnell wieder aus ihren Gedanken drängt. Sie braucht keinen Mann, schon gar keinen, der verwirrende Gefühle in ihr auslöst.

Inzwischen scheint kaum noch Licht durch die Zweige. »Hervors Herz war gefüllt mit Mut«, flüstert sie. Zwischen den ausladenden Wurzeln sucht sie sich eine Stelle, um sich zusammenzurollen, polstert sie mit Laub, Farn und Moos, wickelt die Decke um sich, legt die Kampfaxt in Griffweite.

Sie schließt die Augen, und Bilder jenes schrecklichen Tages vor vier Wintern, als ihre Mutter ihren letzten Wunsch aussprach, steigen auf.

Mitten in der Nacht schreckte sie damals auf. In Torbjörns Langhaus hörte sie, was sie jede Nacht hören konnte, das Prasseln des Feuers, Schnarchen, Holz, das knarzte, oder eines der Kinder, das im Schlaf vor sich hin murmelte. Aber etwas war anders, sie hörte Torbjörn nicht, er schnarchte sonst am lautesten. Sie drehte sich zu Sjalfi um, auch er hatte die Augen offen, und da wusste sie, etwas war wirklich nicht wie sonst. Sie schälten sich aus den Fellen, standen leise auf.

Ihre Mutter und Torbjörn waren nicht da. Sie gingen nach draußen. Kalte Nachtluft schlug ihnen entgegen. Es war die Zeit nach der Ernte, als die Sonne tagsüber nur kurze Runden über den Himmel drehte. Nebelschlieren lagen über den Wiesen, die Götter hatten Schleier vor die Sterne gezogen. Torbjörn und Katla saßen draußen auf der Bank. Er hatte den Arm um sie gelegt. »Das Kind macht sich auf den Weg«, sagte ihre Mutter, und es lag ein Schatten über ihrem Gesicht.

Stunden später verlief das Leben auf dem Hof wie jeden Tag. Die Bediensteten mahlten Korn, schlugen Holz, die Hühner wühlten im Staub, die Schweine im Schlamm. Ihre Mutter hockte vor der Schlafstätte, die Geburtshelferin war bei ihr, Yrsa auch. Sie hatten den hinteren Teil des Langhauses mit Vorhängen abgetrennt. Torbjörn half, was er selten tat, draußen beim Holzschlagen. Ihre Mutter murmelte Verse. Jagte eine Welle des Schmerzes durch sie hindurch, kamen die Worte nur noch stoßweise.

Nichts war so, wie es bei Sjalfi gewesen war. Damals lag die ganze Zeit, trotz des Schmerzes, eine Ruhe über ihnen allen. In den Pausen zwischen den Wehen lächelte ihre Mutter. Und als er geboren war, bei ihrer Mutter auf dem Arm lag, betrachtete sie seine winzig kleinen Füße und sagte: »Schau, am rechten Fuß fehlt ein Zeh. Er hat magische neun Zehen. Das ist ein Geschenk Odins, er ist ein ganz besonderes Kind.«

Dieses Mal war alles anders, immer dunklere Schatten zogen über Katlas Gesicht. Der Schmerz kam in kürzeren Abständen, sie hatte kaum Zeit, sich zwischen den Wellen zu erholen. »Ein böser Geist stellt sich dem Kind in den Weg«, sagte ihre Mutter. Sie keuchte, stöhnte, ihr Atem flatterte. Sie schwitzte, dort, wo sie kauerte, bildeten sich nasse Flecken am Boden. Torbjörn hatte den Knecht losgeschickt, um noch eine Heilerin aus dem Nachbardorf zu holen. Die Angst begann in Yrsas Bauch zu verklumpen.

Ihre Mutter krümmte sich vor Schmerz, alles Hecheln, Atmen, Verse-Aufsagen wirkte nicht. Irgendwann stieß sie einen Schrei aus, der Yrsa noch heute in den Ohren klingt. Katla krallte beide Hände in ein Fell und schrie so, wie es Yrsa zuvor noch nie gehört hatte. Dann war es einen Moment still. Ihre Mutter flüsterte, sie musste ganz nahe zu ihr gehen, um die Worte zu verstehen: »Es hat mich im Innern zerrissen.« Zwischen ihren Beinen sickerte Blut auf den Boden. »Das Kind kommt nicht.«

Ein Blick in das Gesicht der Geburtshelferin sagte Yrsa alles, was sie wissen musste.

Sie halfen ihrer Mutter, sich auf die Schlafstätte zu legen. Yrsa legte sich neben sie, hielt ihre Hand. Sie war eisig. Sie strich ihr über den Arm und spürte kalten Schweiß. Ihre Mutter hielt sich den Bauch, der Schmerz kam nicht mehr in Wellen, er zerrte an ihr ohne Pause. Sie atmete schwer, nahm Yrsas Hand und legte sie sich auf den Bauch. »Dein Bruder.« Yrsa spürte einen Kinderkopf oberhalb des Bauchnabels. Aber es fühlte sich ganz anders an als zuvor, das Kind schien direkt unter der Haut ihrer Mutter zu liegen. Es bewegte sich nicht. Zuvor hatte es von innen gegen die Bauchdecke getreten, wenn sie ihre Hand auf den Bauch legten. Blut lief zwischen den Beinen ihrer Mutter auf das Fell.

»Pass auf Sjalfi auf. Pass auf ihn auf, für mich«, sagte sie dann und schien einen kurzen Moment noch einmal ganz klar. Sie packte Yrsas Hand mit einer Kraft, die vorher nicht da gewesen war. »Versprich mir das.«

»Das werde ich, Mama, mach dir keine Sorgen. Ich werde immer auf ihn aufpassen«, antwortete sie.

Als Yrsa sich an diese Worte erinnert, muss sie alle Kraft im Innern sammeln, dass die Gefühle, die sich wie eine Flutwelle in ihr aufbauen, sie nicht überschwemmen.

Jemand hatte Torbjörn gerufen. Er kam angerannt, riss beinahe den Vorhang herunter. Als er Katla sah, rief er: »Raus, alle raus, ich brauche einen Moment mit ihr allein.«

Yrsa wollte nicht gehen, ließ die Hand ihrer Mutter nicht los, aber Torbjörn sagte: »Nur ganz kurz, dann kannst du zurückkommen.«

Sie umarmte ihre Mutter, sie fühlte sich schrecklich kalt an, und sagte: »Ich bin gleich zurück«, rannte vor das Langhaus, rannte um das Langhaus, einmal, zweimal, sie weiß nicht wie oft, aber sie hatte schnell das Gefühl: Jetzt muss ich zurück, und sie hastete wieder nach hinten durch den Vorhang. Torbjörn saß zusammengesunken auf dem Fell. Ihre Mutter war schon zu Freyja entschwunden.

Sie legte sich neben ihre Mutter, schlang die Arme um sie, um den großen Bauch, und ließ sie nicht mehr los. Irgendwann kam Torbjörn, versuchte ihre Arme zu lösen. Sie trat nach ihm, bis er wieder verschwand.

»Verlass mich nicht, ich schaff das nicht«, murmelte sie ihrer Mutter ins Ohr, immer wieder, das Ohr wurde langsam kälter. Dann kam Sjalfi. Um ihn abzulenken, hatte ihn jemand mit in den Wald genommen. Er rief: »Mama, schau« und blieb abrupt stehen, als er das viele Blut sah. »Mama«, wiederholte er.

»Sjalfi«, murmelte Yrsa und wusste nicht, was sie als Nächstes sagen sollte.

Er kletterte auf die Schlafstatt, legte seiner Mutter die Hand ans Gesicht und sagte immer wieder: »Mama, schau doch. Yrsa, was ist …«

Yrsa konnte sich kaum bewegen, wollte einfach liegen bleiben, neben ihrer Mutter, wollte nicht versuchen, ihm alles zu erklären.

Aber schließlich nahm sie ihre Kraft zusammen, zog Sjalfi auf die Knie und versuchte ihm klarzumachen, dass ihre Mutter jetzt bei Freyja war. Er sagte immer wieder: »Aber sie kommt wieder zurück, sie wacht wieder auf!«

»Nein, sie bleibt bei Freyja«, sagte Yrsa. Er schien nicht zu verstehen, aber ihr ernstes Gesicht machte ihm Angst, und er fing an zu schluchzen. Sie schlang ihre Arme um ihn, hielt ihn fest, bis er sich wieder beruhigte. Und in diesem Moment begriff sie, was all das bedeutete. Sie musste jetzt dafür sorgen, dass es ihm gut ging. Sie allein. Immerhin war sie schon vierzehn und er erst fünf. Sie hatte es ihrer Mutter versprochen.

Was sie nicht verstand, bis heute nicht versteht: Warum hat ihre Mutter nicht vorhergesehen, was mit ihr passieren würde, warum hat sie den Kampf gegen den bösen Geist nicht gewonnen? Er wollte ihr das Kind aus dem Leib reißen, wollte es für sich beanspruchen. Dagegen hat sie gekämpft, aber es hat sie und das Baby das Leben gekostet. Und die Frage, ob Yrsa ihrer Mutter irgendwie hätte helfen können, beschäftigte Yrsa sehr lange.

Es ist jetzt ganz dunkel im Wald, sie zieht die Decke bis unter die Nase. Morgen hat sie noch einen weiten Weg bis nach Haithabu vor sich.

Kapitel 25

»Dort vorne ist es«, sagt Leif und zeigt in Richtung der hohen Buchen. In der Ferne erhebt sich ein Wall aus Stämmen, einer neben dem anderen in den Boden gerammt. Sie sind pausenlos geritten, seit sie das Gasthaus verlassen haben. In der letzten halben Stunde hat sich der Pfad verengt. Avidh musste sich im Sattel ducken, Ästen ausweichen. Büsche streiften seine Beine, bei jedem Schritt versanken die Pferdehufe im Boden. Am liebsten hätte er dem Hengst die Fersen in die Seiten gedrückt. Alles ging ihm zu langsam. Stattdessen tätschelte er den Hals des Tieres, ließ die Hand auf dem Fell liegen, zwang sich zur Ruhe.

Als sie den Wall aus Stämmen fast erreicht haben, lichtet sich der Wald etwas. Weit in der Ferne rauscht das Meer. Ein Tor unterbricht die Palisadenwand in der Mitte. Es ist verschlossen.

Leif zuckt mit den Schultern. »Wofür brauchen Magier eine solche Festung? Warum sind sie nicht in ihrem Haus in Haithabu geblieben?«

Avidh lenkt sein Pferd entlang des Walls. Eine Steinmauer schließt an die Wand aus Stämmen an. Auch sie überragt die Mauern, mit denen Bauern ihr Land sonst umgrenzen, bei Weitem. Er fährt mit der Hand über das fasrige Holz der Palisaden.

»Sie haben das erst kürzlich gebaut.«

»Also, was ist der Plan?«, sagt Björn und beißt in ein Stück Trockenfleisch.

»Ich mache ihnen klar, dass sie Frida in Ruhe lassen, die Drohungen sofort einstellen und es sonst mit mir, mit uns zu tun bekommen werden«, sagt Avidh. »Vermutlich werden sie alles abstreiten. Deshalb schaut euch um, ob euch irgendwas auffällt.«

»Und was suchen wir?«, fragt Leif.

»Das weiß ich auch nicht.«

Avidh klopft ans Tor. Es ist so hoch, dass sie hindurchreiten könnten. Sie warten. Nichts regt sich. Er klopft noch einmal, mehrmals, seine Schläge hallen durch den Wald. Avidh steigt vom Pferd, drückt mit der Schulter gegen das Tor. Es bewegt sich nicht.

»Ich klettere dort hinten auf einen Baum, um etwas zu sehen«, sagt er. Im gleichen Moment öffnet sich das Tor einen Spaltbreit. Ein junger Mann, es wachsen ihm noch kaum Haare im Gesicht, streckt seinen Kopf durch den Spalt.

»Was wollt ihr?« Seine Stimme klingt tief.

»Ich will mit deinem Anführer sprechen.«

»Mit Ingvar oder Halfdan?«

»Das ist mir egal. Mit jemandem, der das Sagen hat.«

»Einen Moment.« Bevor Avidh antworten kann, schließt der junge Mann das Tor wieder.

Avidh krault den Hals seines Pferdes. Unterwegs hat er ab und zu an die junge Frau gedacht, die im Gasthaus neben ihm geschlafen hat. Jetzt weiß er auch ihren Namen. Yrsas Mut hat ihn beeindruckt, eine solche Reise ist gefährlich für eine junge Frau allein. Gern hätte er sie in der Nacht an sich gezogen. Doch er hatte ihr sein Wort gegeben, niemand würde ihr nahe kommen. Und zu seinem Wort steht er. Vor allem Frida hat dafür gesorgt, dass aus ihm ein Krieger mit Ehre geworden ist.

Leicht hat Yrsa es ihm nicht gemacht. Mitten in der Nacht ist sie an seine nackte Schulter gerutscht, hat seinen Arm festgehalten. Er hat ihrem Atem gelauscht und gemerkt, dass es im Schlaf passiert ist. Leider. Sonst hätte er sich sofort darauf eingelassen. Vielleicht hätte er ihr anbieten sollen, mit ihnen zu reisen. Aber eigentlich hat er keine Zeit für Ablenkungen. Es gibt noch zu viel zu tun, bevor sie zu ihrer Reise aufbrechen, und bis dahin muss er sicher sein, dass Frida nicht in Gefahr schwebt.

Das Tor öffnet sich wieder einen Spalt. Der junge Mann ist zurück.

»Wer seid ihr?«, fragt er.

»Mein Name ist Avidh aus Haithabu, Kämpfer in den Diensten von Gunnar dem Waghalsigen, ehemals Kämpfer für König Horik. Das sind meine Begleiter Leif und Björn, Kämpfer im Dienste Gunnars. Sag deinem Anführer, es ist dringend, und ich verschwinde hier nicht, bevor er mit mir gesprochen hat.«

Der junge Mann schließt das Tor wieder.

»Man kann sich wichtigmachen, indem man andere warten lässt«, sagt Leif. Björn lacht, steigt vom Pferd und legt sich ins Moos.

Dieses Mal kehrt der junge Mann schon nach kurzer Zeit zurück, öffnet das Tor und bittet sie herein.

Hölzerne Statuen säumen den Weg, auf dem sie nun im Schritttempo reiten. Im Hintergrund steht ein großes Langhaus. Eine besonders hohe Statue zeigt einen Krieger, der anstatt eines Schwertes einen langen Magierstab in Richtung des Weges streckt. Doch es wird auf dem Hof nicht nur mit Magie gekämpft. Weiter hinten üben zwei Männer den Schwertkampf, ihre hölzernen Waffen prallen hart aufeinander. Manchmal, wenn Avidh die Augen schließt, hört er Schwerter und Schilde aufeinanderkrachen, und alles, was letzten Sommer geschehen ist, scheint plötzlich viel zu nah. Er fährt sich mit der Hand über das Gesicht, um die Erinnerungen zu verscheuchen.

»Wartet hier«, sagt der junge Mann, als sie das Ende des Pfads erreichen. Leif rollt die Augen. Sie steigen ab. Irgendwo spielt jemand auf einer Harfe.

Ein greiser Mann kommt auf sie zu. Er trägt ein langes Hemd, darunter blitzen dünne nackte Beine hervor. Mit starrem Blick kommt er näher, packt Avidh am Arm.

»Wenn der Morgen dunkel graut
Der Wind um alle Ecken winselt
Ziehen die geisterhaften Reiter
über den eisigen Himmel«, sagt er und tritt ein paar Schritte zurück

»So ist es«, antwortet Avidh.

Der Alte verschwindet in Richtung einer Hütte. Avidh fragt sich, was in den Schuppen und Hütten vor sich geht, wenn niemand das Land bewirtschaftet.

»Sieht aus, als wären sie mit reicher Beute von den Inseln im Westen zurückgekehrt«, sagt Leif.

Eine junge Frau taucht auf. Sie trägt ein kurzes, anliegendes Kleid, in der Taille ist es mit einem Gürtel eng zusammengeschnürt. Avidh sieht im Augenwinkel, wie Leif sie von oben bis unten mustert.

»Seid willkommen, Krieger«, sagt die junge Frau. Sie trägt ein Tablett mit einem Krug voll Met und drei Trinkhörnern und will einschenken.

Avidh sagt: »Danke, wir verzichten.«

Die Frau lächelt. »Meiner Mutter gehört dieser Hof. Bitte folgt mir.«

»Ich bleibe bei den Pferden«, sagt Björn.

Die junge Frau führt sie an den Scheunen und einem lang gezogenen Kräutergarten vorbei. Der Duft der Kräuter lässt Avidh an Frida denken. In ihrem Haus hängen manchmal so viele Kräuter zum Trocknen von der Decke, dass sie ihn bei jedem Schritt in der Nase kitzeln. Weil Frida viel kleiner ist als er, merkt sie das kaum. Würde sie von allen, denen sie schon geholfen hat, eine bessere Bezahlung verlangen, könnte sie sich schon längst ein größeres Haus leisten. Aber jedes Mal, wenn er ihr diesen Vorschlag macht, winkt sie ab und sagt: »Ich brauche nicht mehr. Ist doch gemütlich bei uns.«

Sie umrunden das Langhaus. Fackeln säumen den Pfad. Avidhs Hand liegt auf seinem Schwertknauf.

Dann weitet sich der Pfad. In der Mitte eines kreisrunden Platzes steht ein gewaltiger Stein, von oben bis unten vollgeschrieben mit Runen, am anderen Ende thront eine hölzerne Statue. Er muss den Kopf in den Nacken legen, um die Spitze zu sehen. Vor dem Runenstein ist ein Gabentisch aufgebaut. Auf der Seite, außerhalb des Kreises, brennt ein Feuer, ein seltsamer Geruch steigt Avidh in die Nase. Die junge Frau zeigt auf eine Bank neben der Feuerstelle, heißt sie Platz zu nehmen und verschwindet.

»Kannst du lesen, was auf dem Stein steht?«, sagt Avidh leise zu Leif. Leif schüttelt den Kopf.

»Gunnar schickt euch?«, fragt ein Mann, der hinter dem Feuer steht. Die Sonne blendet Avidh. Er steht auf, die Hand um den Griff seines Schwertes.

»Zeigt euch.«

Der Mann umrundet das Feuer, mustert sie. Sein Gesicht ist breit wie eine Schaufel, sein Bart lang, die Haare hat er abrasiert.

»Halfdan ist mein Name. Habt ihr eine Botschaft von Gunnar?«

»Nein«, sagt Avidh.

»Was wollt ihr dann?« Halfdans Ton ist unfreundlich.

»Meine Botschaft an euch ist: Ihr lasst Frida in Ruhe, keine Drohungen mehr, keine Einschüchterungen«, sagt Avidh.

»Wer ist Frida?«

»Du weißt, wer Frida ist. Sie ist eine bekannte Heilerin und Seherin in Haithabu.«

»Und was geht mich das an?«

»Die Drohungen hören sofort auf. Frida steht unter unserem Schutz.«

Halfdan nähert sich. Sein Schweißgeruch steigt Avidh in die Nase. Halfdan ist nur noch eine Handbreit von seinem Gesicht entfernt. Avidh bewegt sich nicht.

»Hör mal zu, Junge, ich weiß nicht, wer deine Frida ist und was euer Schutz wert ist, aber ihr verschwindet jetzt ganz schnell.«

»Wir verschwinden hier, sobald wir von dir hören, dass ihr sie in Ruhe lasst. Sonst können wir uns zum Duell treffen, Mann gegen Mann.« Avidh spricht laut und mit Ruhe.

»Würde ich dir nicht empfehlen«, sagt Leif von der Seite. »Hat schon mancher bereut.«

»Was fällt euch ein, ihr platzt hier rein und ...«

»Was ist los?« Ein anderer Mann, Avidh hat ihn im Augenwinkel kommen sehen, tritt ans Feuer. Er ist schmaler als Halfdan, aber fast so groß wie Avidh. »Halfdan, beruhige dich. Wer sind die Männer?«

Halfdan tritt einen Schritt zurück, die beiden unterhalten sich kurz. Dann sagt der zweite Mann: »Mein Name ist Ingvar, willkommen bei uns, bitte entschuldigt meinen Freund.« Ingvar schaut sie an. Sein Blick ist offen, sein Tonfall freundlich.

»Ich möchte euch versichern, wir haben keinen Streit mit Frida. Alle bewundern sie, ich habe viel von ihr gehört. Wer bedroht sie? Können wir helfen?« Ingvar streicht sich über den Bart.

»Nein«, sagt Avidh. »Aber ihr könnt allen erzählen, dass wer immer ihr etwas antut, mein Schwert zu spüren bekommt.«

»Das werde ich, und ich sehe, dass euch die alte Frau viel bedeutet. In welcher Beziehung steht ihr zu ihr?« Seine Worte begleitet Ingvar mit ausladenden Handbewegungen. Seine Ärmel fallen nach hinten, an einem Arm hat er Brandnarben.

»Das tut nichts zur Sache«, sagt Avidh.

»Habt ihr unseren Runenstein schon studiert?«, sagt Ingvar.

Avidh schüttelt den Kopf.

»Tretet näher. Er erzählt die Geschichte der Trollkönigin Skuld, sie ist unsere Beschützerin. Sie hat viel Macht. Wir beschwören Skuld in der Schlacht, wer an ihrer Seite kämpft, ist unbesiegbar.« Ingvar fängt an zu summen. »Richtet euren Blick nach Norden, dort schwebt sie herab, majestätisch, oh Königin Skuld, mächtige Trollfrau, hier bei uns hast du dein Zuhause gefunden. Im Kampf schickst du rollende Nebelbänke, sie umfließen, was immer sich ihnen in den Weg stellt, machen die Gegner blind, den Tag zur Nacht. Donner durchbricht die Stille, wenn du aus jedem Finger Pfeile schießt. Sehen kann dich fast niemand. Der Schrecken überfällt die Gegner aus dem Nichts.« Ingvar streicht sich über den kurzen Bart.

»Hilfe im Kampf ist nie verkehrt«, sagt Avidh und klopft mit der Hand auf seinen Schwertknauf.

»Kann ich euch den Hof zeigen? Wir haben auch unter der Erde eine Kultstätte.«

»Wir müssen weiter«, sagt Avidh.

»Denkt an den Moment, kurz bevor der Kampf losbricht. Was geht dann in euch vor?«, sagt Ingvar.

Avidh bleibt stehen, schaut Ingvar an, ist einen kurzen Moment überrascht von seiner Frage. »Ich spüre die Verbindung zu meinem Schwert, weiß, dass es mich nicht im Stich lassen wird«, sagt Avidh.

»Ich weiß, dass Avidh mich nicht im Stich lassen wird«, sagt Leif.

»Spürt ihr die Macht der Götter?«, fragt Ingvar.

»Ja, natürlich«, sagt Avidh.

»Nun stellt euch vor, dass mit Skuld noch eine mächtige Kämpferin an eurer Seite wütet. Ich danke euch für den Besuch, und ich versichere euch, Frida wird durch uns nichts geschehen.«

»Das raten wir euch. Nicht nur Avidhs Schwert ist mächtig. Auch Fridas Gegenzauber will sich niemand aussetzen«, sagt Leif.

Einige Zeit später erreichen sie Haithabu. Nördlich der Stadt geben sie die Pferde zurück. Avidh fährt seinem Hengst über die Nüstern, flüstert ihm einen Dank ins Ohr und führt ihn zum Stallburschen. Er mag den Geruch von Pferdemist und die Wärme des Stalls. Als Junge bot sie ihm oft Schutz, wenn er sich unbemerkt hineinschlich.

Zurück in der Stadt geht Avidh Frida suchen. Am Hafen legt gerade ein Handelsschiff aus dem Osten an. Zahllose Füße trappeln über die Holzplanken in Richtung des Ufers. Er hört Slawisch, Friesisch, Arabisch, Griechisch und andere Sprachen, deren Namen er nicht kennt, und fühlt sich zu Hause. Im Stimmengewirr erinnert er sich an die Marktfrau aus Sachsen, die ihm als Junge manchmal Äpfel geschenkt hat, an den friesischen Fischer, der grimmig schaute, wenn er besonders viel gefangen hatte: Niemand sollte auf die Idee kommen, ihn um Fische zu bitten. Die slawische Töpferin, die man selten ohne Pfeife im Mund traf, und den arabischen Händler, der ihm manchmal eine klebrige Süßigkeit schenkte.

Frida ist nicht am Hafen. Er findet sie bei den Hütten der Glasperlenmacher, wo eine ihrer Freundinnen wohnt. Es riecht nach Birkenteer, Fridas Freundin klebt gerade eine zerbrochene Perle zusammen.

»Avidh, schön, dass du zurück bist«, sagt Frida. »Dieser Birger, der auf mich aufpassen sollte, ist ein komischer Geselle.«

Kurz darauf sind sie auf dem Weg zurück zu Fridas Haus. Avidh sehnt sich danach, die Beine hochzulegen und sich satt zu essen.

Als sie das Haus erreichen, vergeht ihm der Appetit. An der Türe hängt eines von Fridas Hühnern. Jemand hat ihm den Kopf abgeschlagen und mit dem Blut eine Nachricht auf den Boden geschrieben: »Odin hat dich verlassen, Frida, du wirst sterben.«

Kapitel 26

Yrsa rennt. Endlich kommt der Hafen in Sichtweite. Die hölzernen Bohlen knirschen unter ihren Füßen. Überall sind Menschen, sie weiß nicht, wann sie zuletzt so viele Menschen gesehen hat. Da und dort stößt sie mit jemandem zusammen, schlängelt sich durch die Menge, so gut es geht. Es stinkt nach Schweiß, nach Mist, nach altem Fisch. Ihre Beine sind schwer, in den Seiten spürt sie einen stechenden Schmerz, aber in ihrem Kopf gibt es nur einen Gedanken. Sie muss so schnell wie möglich zu den Schiffen. Beinahe rutscht sie auf den schmierigen Holzplanken aus, stützt sich an der Schulter eines kräftigen Mannes ab. Bevor der Mann etwas sagen kann, ist sie weitergeeilt. »Lasst mich durch«, ruft sie, »es ist dringend.«

Das Ufer ist schlammig hier am Noor, wo die Männer die Schiffe aufs Land ziehen. Matten aus Reet sind ausgebreitet, um das Wasser aufzusaugen. Eine einzige Landungsbrücke aus Holz gibt es. Dorthin will sie. Muss das Schiff mit der Flamme auf der Flagge finden. Das Segel wird eingezogen sein, doch die Flagge sollte sie sehen.

Sie hetzt weiter, sieht das Schiff im Geiste ablegen, kurz bevor sie es erreicht hat. Sieht sich ins Wasser springen, hinterherschwimmen, »Sjalfi, ich komme!« rufen, sich in dem schlickigen Wasser verschlucken. Beinahe läuft sie in einen Hund, er knurrt, und dann ist sie ganz nahe und bleibt abrupt stehen. Am Landungssteg hat ein großes Schiff geankert. Ganz oben auf dem Mast flattert eine Flagge mit einer lodernden Flamme. Olafs Zeichen.

»Das Feuer nimmt«, dieser Spruch, den jemand auf der Türe ihrer Hütte hinterlassen hat, hämmert seit Tagen in ihrem Kopf. Jetzt haben wir es fast geschafft, Sjalfi, ich bin da! Ihr Puls rast. Sie hastet weiter. Die Holzbohlen weiten sich zu einer Plattform. Sie sieht Marktstände, Fässer, Kisten, Händler. Sie muss auf das Schiff.

Als Steg dient ein Holzbrett, das auf der Landungsbrücke aufliegt. Ein Mann hält dort Wache. Sie eilt zu ihm. In seinem Gürtel steckt eine lange Kampfaxt. Er schaut sie aus verquollenen Augen an. Sein Blick ist misstrauisch.

»Ist das das Schiff von Olaf dem Unwirschen?«

»Was interessiert dich das? Verschwinde.« Er macht eine Handbewegung, als wolle er eine Möwe verscheuchen.

»Es ist wichtig. Ich möchte mit Olaf ins Geschäft kommen.« Sie darf sich nicht abwimmeln lassen. Egal was passiert.

»Du?« Er mustert sie von oben bis unten. »Was denn für Geschäfte?«

»Das muss ich mit ihm selbst besprechen. Ist das sein Schiff? Ist er da?« Sie hält die Spannung fast nicht aus. Vielleicht sitzt Sjalfi auf diesem Schiff, sie ist ihm vermutlich ganz nah, muss unbedingt über den Holzsteg.

»Das ist sein Schiff.«

Yrsa will an dem Mann vorbei auf das Brett steigen. Er versperrt ihr den Weg. »Halt, hier kommst du nicht rein. Olaf ist nicht da.«

»Wo ist er?«

»Er kommt bald.«

»Ich muss kurz, nur ganz kurz auf das Schiff, bitte.« Sie bemüht sich, ihre Stimme fest klingen zu lassen.

»Unmöglich.«

Noch einmal versucht sie sich an dem Mann vorbeizudrängeln. Er stößt sie weg, sie verliert beinahe das Gleichgewicht. »Probier das nicht noch einmal, Mädchen.«

Yrsa holt ein Stückchen Silber heraus, hält es dem Mann hin. Es ist viel Silber, viel zu viel Silber, um es einfach so wegzugeben. Aber im Moment fällt ihr nichts Besseres ein. Ihre Hand zittert. »Das bekommst du, wenn du mich kurz aufs Schiff lässt.«

Der Mann schaut auf ihre Hand. Dann nickt er kaum merklich.

»Zuerst auf die Seite treten«, sagt Yrsa. Sie steckt ihm das Silber zu und läuft vorsichtig über das Holzbrett. Sjalfi, ich komme, es gibt nur noch diesen Gedanken in ihrem Kopf.

An Bord stehen zwei weitere Männer mit Kampfäxten, doch sie beachten Yrsa nicht. Sie schaut in die Gesichter von rund zwanzig Menschen, die rechts und links in Reihen auf dem Schiffsboden sitzen, die Füße am Holz angekettet. Sie sind schmutzig, ein muffiger Geruch steigt Yrsa in die Nase. Ihr Herz schlägt bis zum Hals. Doch wo ist Sjalfi? Sie sieht ihn nicht. Das kann nicht sein.

Sie läuft die Reihen ab, schaut jedem ins Gesicht. Fast alle sind erwachsen, obwohl es hieß, dass Olaf der Unwirsche Kinder entführt. Kaum jemand erwidert ihren Blick. Auf der linken Seite sitzt eine Frau, vielleicht in ihrem Alter, ihre roten langen Haare sind voller Dreckklumpen, ihr Kleid ist zerrissen. Sie fragt die Frau nach Sjalfi. Die Frau blickt nicht auf, schüttelt nur den Kopf. Etwas weiter hinten fragt sie einen Mann, er antwortet etwas in einer Sprache, die sie nicht versteht. Yrsas Verzweiflung wächst. Sie hat alles getan, um rechtzeitig am Hafen zu sein, hat Sjalfi doch fast gefunden. Es kann nicht sein, dass er nicht hier ist. Sie muss das ganze Schiff durchsuchen.

Auf der rechten Seite kauert ein Junge. Er ist etwas älter als Sjalfi, kräftig gebaut, seine Kleider sind nicht so schmutzig wie die der anderen. Auch ihn fragt sie nach Sjalfi, er zuckt mit den Schultern.

»Haben sie dich entführt?«

Er schüttelt den Kopf. »Meine Eltern sind gestorben. Mein Onkel hat mich verkauft.«

»Was macht diese Frau auf dem Schiff?« Ein hagerer Mann, er trägt keinen Bart, ist über das Holzbrett gepoltert. »Wer hat diese Frau aufs Schiff gelassen? Ach, du willst mit uns reisen!« Der Mann kommt näher. Er hat eine auffallend kleine Nase, die Mitte seines Gesichts wirkt eingedrückt. Er wirkt verärgert und klingt gleichzeitig gelangweilt. Als habe er jede Schwierigkeit, die es in seinem Geschäft gibt, schon viele Male erlebt.

»Nein, ich wollte gerade gehen«, sagt Yrsa und läuft schnell in Richtung des Holzbrettes. Die beiden Aufpasser stellen sich ihr in den Weg.

»Du bleibst hier«, sagt der eine. »Olaf, nehmen wir sie mit?«

Yrsa wartet nicht auf eine Antwort, macht einen schnellen Ausfallschritt in Richtung der Reling, springt auf ein Fass, zieht sich hoch, hält ihren Beutel gut fest und springt ins Noor. Die Männer schauen über die Reling. Sie hört sie laut lachen, als sie wieder auftaucht.

Zurück am Ufer versucht sie das Wasser aus ihrem Zopf und den Kleidern zu drücken. Zwei Frauen, unterwegs in Richtung des Marktes, starren sie dabei an. Yrsa setzt sich abseits des Getümmels auf den Boden, wo das Schilfgras platt gedrückt ist. Das Gelächter von Olaf und seinen Männern hallt in ihren Ohren nach. Hinter ihr klopft es laut, einige Männer arbeiten daran, den Rumpf eines Bootes zu erneuern. Den Beutel legt sie zum Trocknen in die Sonne, packt ihn aus Angst vor Dieben aber nicht aus. Sie spürt, wie Wassertropfen an ihr herunterlaufen, um sie herum bildet sich eine kleine Pfütze. Die Sonne scheint zwar auf ihre Kleider, aber ihr ist eiskalt. Schauder laufen ihr in Wellen über Rücken und Arme.

Sie beachtet die Kälte nicht, starrt vor sich hin. In ihrem Bauch sitzt ein dicker Klumpen Verzweiflung, und in ihrem Kopf ist nur eine Frage: »Was soll ich jetzt tun?« Sie war sich so sicher, dass sie Sjalfi auf diesem Schiff finden würde. Hatte sie alles falsch verstanden? Wo ist ihr Bruder? Ist er überhaupt noch am Leben? Sie schiebt diese letzte Frage weg. Sie ist zu schrecklich, sie macht, dass sie sich irgendwo verkriechen möchte. Und das hilft ihr nicht dabei, neue Spuren zu finden. Sie versucht all ihre Aufmerksamkeit auf die Sonnenwärme zu lenken. Ihre Kleider, ihre Haare sind schon ein bisschen trockener.

Regungslos bleibt sie sitzen. Ab und zu bringt ein kalter Windstoß sie zum Frösteln. Sie kann sich nicht bewegen, braucht alle Kraft, damit die Verzweiflung sie nicht überschwemmt, der Klumpen in ihrem Bauch keine Risse bekommt. Sonst breitet sich die Hoffnungslosigkeit im ganzen Körper aus. Deshalb bleibt sie sitzen, friert, spürt ab und zu die Wärme der Sonne. Sie strahlt ihr durch die feuchten Kleider jetzt bis auf die Haut.

»Yrsa! Du hast es nach Haithabu geschafft. Sehr gut«, sagt eine tiefe Männerstimme hinter ihr. Sie dreht den Kopf und sieht den Krieger, der sie in jener Nacht vor den Männern beschützte: Avidh. Sie hat ihn nicht vergessen.

Sie nickt und sagt: »Danke nochmals für deine Hilfe.« Bemüht sich, ihre Stimme nicht zittern zu lassen.

»Hast du deinen Bruder gefunden?«, fragt Avidh.

Sie schaut aufs Wasser und findet die Worte nicht, um seine Frage zu beantworten. Hofft, dass er weitergeht. Im Moment hat sie keine Kraft, sich mit Gefühlen zu beschäftigen.

»Yrsa?«

Sie gibt keine Antwort. Und doch wünscht sie, er würde sich neben sie setzen, ganz nahe, und sie wärmen. Vielleicht wüsste er auch, wo sie noch suchen könnte. Nein, das muss sie selbst herausfinden.

»Ist alles in Ordnung?«, fragt er, legt ihr ganz kurz die Hand auf die Schulter.

Nichts ist in Ordnung, denkt sie, sagt es aber nicht. Dann hört sie im Hintergrund die Stimme einer älteren Frau. Sie ruft: »Avidh, kannst du mir mal kurz helfen?«

Yrsa starrt aufs Wasser. Der Zopf liegt ihr schwer auf dem Rücken. Sie weiß nicht, ob Avidh noch in der Nähe ist. Nach einer Weile dreht sie den Kopf, der Krieger ist verschwunden. Sie hat die Möglichkeit verpasst, ihn um Hilfe zu bitten, und hat keine Ahnung, was sie tun soll, hat nichts zu essen und fast kein Silber mehr. Sie hat dem Wachmann am Schiffssteg viel zu viel gegeben.

Irgendwann sind ihre Kleider trocken. Etwas raschelt im Schilf. Sie blickt auf. Eine Nebelkrähe sitzt da. Unter dem schwarzen Fleck auf ihrer Brust hat sie einen tropfenförmigen zweiten. Die Krähe hüpft näher. Vorsichtig streckt Yrsa einen Finger aus und berührt den schwarzen Fleck. Der Federflaum ist weich. Die Krähe bleibt regungslos sitzen. Dann lässt jemand am Hafen ein Fass auf den Boden krachen, und der Vogel flattert davon. Yrsa legt die Hand auf ihr Amulett, es ist warm.

Schließlich steht sie auf, stößt beinahe mit einem Mann zusammen. Er eilt mit einer Schubkarre in Richtung der Schiffe. Sie biegt vom Uferweg ab und folgt dem Plankenweg entlang eines Baches. Sie will raus aus der Stadt, muss nachdenken. Fast an jeder Ecke stinkt es nach Mist.

Die Häuser sind viel kleiner als bei ihnen im Dorf, stehen dicht an dicht, sind aus Spaltbohlen oder lehmverputzten Flechtwerk gebaut, die Dächer mit Reet gedeckt. Überall hört sie Stimmen, eine riesengroße Wolke aus Stimmengewirr scheint über der Stadt zu schweben, vermischt sich mit dem Gekreische der Möwen. Yrsa biegt rechts ab, läuft weiter auf dem Hauptweg.

»Haithabu ist ein Tor zur Welt, ein Tor in den Osten, den Norden«, hörte sie früher oft und dachte manchmal, vielleicht ist es auch ein Tor zu meinen Träumen. Im Moment fühlt sich alles eher wie ein Albtraum an.

Am nördlichen Rand der Stadt läuft sie an kleineren Grubenhäusern vorbei, lässt auch sie hinter sich. Der Weg steigt leicht an, verengt sich, wird zu einem Pfad, der in Richtung des Waldes führt. Auf der rechten Seite liegt das Noor. Eine alte Frau kommt ihr entgegen, sie trägt einen Korb voller Pflanzen.

»Kann ich dir helfen, mein Kind?«, sagt sie und schaut Yrsa aus freundlichen Augen an.

»Wohin führt dieser Weg?«

»Er durchquert den Wald. Wenn du dann in Richtung der untergehenden Sonne läufst, kommst du an den Nordwall. Wohin möchtest du?«

Yrsa zuckt mit den Schultern und geht weiter. Als sie den Waldrand erreicht, setzt sie sich auf den weichen Boden und blickt über die Stadt, das Haddebyer Noor, von hier oben wirkt es fast wie ein See. Wo soll sie heute Nacht schlafen? Am liebsten würde sie die Stadt verlassen, irgendwo im Wald übernachten. Doch was dann? Sie wird nicht allein in ihr Dorf zurückkehren.

Sie zieht Sjalfis Flöte aus dem Beutel, fährt mit den Fingern über die Löcher, die er in den Knochen geschnitzt hat, erinnert sich an seine Melodien.

Die Sonne wärmt ihre Haut. Sie beschließt, den Beutel auszupacken, damit alles trocknen kann. Viel ist es nicht. Sie breitet die Decke im Gras aus. Legt ihren Kamm aus Hirschgeweih, das Stückchen Seife, den Wetzstein, die Sachen zum Feuermachen, ihr

Ersatzhemd, den Wasserbeutel, die Schale, den Bogen und den Köcher zum Trocknen aus.

Ihre Pfeile hat sie beim Sprung ins Noor verloren. Wie ungeschickt von mir denkt sie. Sie muss neue schnitzen. Doch sie werden nicht so gut sein wie die von Njáll mit der Eisenspitze. Zwei Eisenspitzen hat sie noch im Beutel, mit ihnen muss sie sparsam umgehen.

»Mama, was soll ich tun? Ich weiß nicht, wo ich ihn suchen soll. Ich bin schuld, dass er verschwunden ist.« Sie stützt den Kopf in beide Hände. »Warum habe ich nicht auf die anderen gehört und geheiratet? Dann wäre Sjalfi noch da. Warum muss ich mich immer allein durchkämpfen?«

Etwas rauscht an ihrem Kopf vorbei. Sie spürt den Luftzug, blickt auf und sieht eine Krähe. »Du wieder«, sagt sie leise. Die Nebelkrähe mit den zwei Flecken auf der Brust landet auf ihrer Decke, legt den Kopf schief. Der Vogel macht zwei Hüpfer, flattert, landet und hebt wieder ab.

Bleib hier, will Yrsa rufen, aber die Krähe entschwebt, als habe sie ein klares Ziel. Yrsa kneift die Augen zusammen. Schaut gegen die Sonne. Die Krähe segelt hinunter in Richtung der letzten Häuser, fliegt einen Bogen und verschwindet irgendwo im Gewimmel des Hafens.

»Ich weiß nicht, wo ich dich suchen soll, Sjalfi«, sagt Yrsa. »Aber ich folge jetzt der Krähe. Mein Gefühl sagt mir, ich muss zurück an den Hafen, mich in der Stadt umschauen.«

Die Stadt ist ihr fremd, macht ihr mehr Angst als der Wald. »Vertraue niemandem«, hat Eydris gesagt. Bevor sie aufbricht, versteckt sie ihren Bogen und den Beutel auf einer weit verzweigten Eiche im Dickicht.

Kurze Zeit später steht sie wieder am Hafen. Fast an derselben

Stelle, wo sie zuvor am Strand gesessen hat. Zwei Möwen streiten laut um einen Brocken Fladenbrot. Die Wellen plätschern seicht gegen die Boote, die links und rechts des Landungsstegs auf dem Ufersand liegen. Das Schiff von Olaf dem Unwirschen hat abgelegt. Wenigstens hat sie die Gewissheit, dass Sjalfi nicht auf diesem Schiff war. Nur, was soll sie jetzt tun? Wo anfangen zu suchen? Vielleicht ist der Hafen keine schlechte Idee. Neuigkeiten und Geschichten verbreiten sich hier schnell. Und wenn sie es richtig beobachtet hat, ist auch die Nebelkrähe hierhergeflogen.

Das bisschen Hacksilber, das sie noch hat, reicht höchstens für ein warmes Essen und einige Becher Bier. Ob sie Zeit zum Jagen haben wird, weiß sie nicht. Auf den Feldern kann sie hier auch nicht helfen. Die Hitze schießt ihr ins Gesicht, obwohl vom Noor ein kühler Wind herüberweht. Sie hat keine Ahnung, wie man in der Stadt überlebt. Und sie will niemanden fragen, wie sie hier etwas zu essen findet. Die Stadt ist so viel größer als ihr Dorf, so viel größer als Njálls Dorf. In ihrem Dorf leben vielleicht hundertfünfzig Menschen. Hier sind es mindestens zehnmal mehr. Es ist schon lange her, dass sie in Ribe gelebt haben. Ribe ist ungefähr so groß wie Haithabu, aber damals war sie noch ein Kind.

Stehlen will sie nicht. Auch wenn sie vermutlich schneller rennt als viele der Händler und Marktfrauen. Die Aufregung mit Njálls Axt hat ihr fürs Erste gereicht. Betteln will sie auch nicht. Und sie kennt niemanden hier.

Das stimmt nicht ganz. Avidh scheint in der Stadt zu sein. Aber sie weiß nicht, wo sie ihn finden kann, und um etwas zu essen will sie ihn auf keinen Fall bitten. Immer wieder hat sie sich seit der Nacht im Gasthaus an ihre Gefühle erinnert, als er neben ihr lag und sie ihn im Dunkeln beobachtet hat. Ich sehe ihn sowieso nie wieder, hat sie angenommen und sich unterwegs erlaubt, manchmal an ihn zu denken. Das Kribbeln war angenehm, und es hätte sie Anstrengung gekostet, die Gedanken zur Seite zu schieben. Bei Njall gab es das nicht.

Aber jetzt hat sie Avidh, kaum war sie in der Stadt angekommen, wiedergetroffen. Sind es vielleicht böse Geister oder Revnas Fluch, dass sich ihre Wege kreuzen? Sie muss auf der Hut sein. Auch wenn es schön wäre, ihn wiederzusehen. Sie hat nicht vergessen, dass er ihr in dem Gasthaus einfach so geholfen hat, ohne etwas dafür zu verlangen. Dass er so freundlich zu ihr war, passt nicht zu der geheimnisvollen, unnahbaren Ausstrahlung, die ihn sonst umgibt. Das macht es noch interessanter, aber auch verdächtiger. Vielleicht muss sie ihn das nächste Mal, wenn sie ihn zufällig trifft, beobachten. Sie lächelt kurz. Sie sucht Ausreden, warum sie einen Mann heimlich beobachten sollte. Das hat es wirklich noch nie gegeben.

Sie dreht sich um und schaut in Richtung der Landungsbrücke. Auf den hölzernen Plattformen am Wasser haben Händler Marktstände aufgebaut. Ihre Rufe dringen bis zu ihr. Sie macht sich auf in Richtung des Marktes. Ihr Bauch grummelt laut. Immer wieder muss sie ausweichen, weil Männer und Frauen mit Fässern, Körben, Kisten und Karren an ihr vorübereilen.

»Haferbrot, frisches Haferbrot!« Gleich hinter der Landungsbrücke hat eine Frau einen Stand aufgebaut. Ihre Stimme übertönt sogar die Möwen. Sie ist hager und trägt ihre grau melierten Haare hinten am Kopf zusammengebunden.

»Junge Frau, ein Stück Käse?«, sagt sie.

Yrsa schüttelt den Kopf, bleibt neben dem Stand stehen, weil es so gut duftet.

»Komm nicht auf die Idee, mich zu bestehlen«, sagt die Marktfrau, »schau mal dort drüben, die beiden kräftigen Männer, das sind meine Söhne.«

»Ich stehle nicht«, sagt Yrsa.

»Ich verschenke auch nichts, Hunger haben hier viele, du kannst weiterlaufen.« Die Frau ruft wieder über den Markt.

»Stehen deine Söhne den ganzen Tag am Hafen und passen auf, dass niemand etwas von deinem Marktstand stiehlt?«, sagt Yrsa.

Die Frau lacht laut. »Du bist wohl nicht von hier. Nein, sie warten auf das Handelsschiff. Die brauchen immer Männer zum Ausladen.«

»Vielleicht kann ich auch helfen«, sagt Yrsa.

»Du kannst es versuchen, aber die Gruppe dort wartet schon«, sagt die Marktfrau. »Ich gebe dir einen guten Rat. Wenn du allein bist und ein Bett suchst, wo dir keiner ein Kind macht, übernachte nicht im Gasthaus dort drüben. Viele Seemänner kommen bei ihren Handelspartnern unter, aber jene, die keinen Platz finden, landen meist dort. Und es sind nicht die angenehmsten Gestalten.«

Yrsa stellt sich neben die Gruppe, die an der Landungsbrücke wartet. Kurz darauf segelt ein mächtiges Schiff in Richtung des Hafens. Es ist länger und viel breiter als das Schiff von Olaf dem Unwirschen. Yrsa reckt den Hals. Am Mast hängt ein Rahsegel, das zwei Männer jetzt einziehen. Das Schiff verlangsamt seinen Kurs. Vorne und achtern ist ein Halbdeck. Dort stehen einige Seemänner, der restliche Platz ist mit Fässern, Truhen, Beuteln und Kästen ausgefüllt.

Immer mehr Menschen strömen auf die Landungsbrücke, drücken und schieben.

»Warten alle hier, um beim Entladen zu helfen?«, fragt Yrsa einen älteren Mann.

»Nein. Viele Händler nehmen die Ware selbst in Empfang.«

»Woher kommt das Schiff?«

»Aus dem Osten, aus Truso. Sieben Tage dauert die Reise, immer entlang der Küste des Slawenlands. Das Schiff hat wertvolle Dinge geladen, feinste Seide, wenn sie dir über die Finger rinnt, spürst du kaum, dass dich etwas berührt, orientalische Gewürze«, der Mann rümpft die Nase, »nicht so mein Fall, aber wertvoll, Schmuck, Edelsteine, byzantinisches Glas. Auch die Heiler hier in der Stadt warten oft auf besondere Zutaten aus dem Osten. Weil das Schiff von weit her kommt, drängeln hier alle so. Manche warten auf Waren, die sie den Händlern als Erste abkaufen möchten.«

»Auf die Seite«, ruft jetzt ein Mann und übertönt das Stimmengewirr auf der Brücke. Das Gedränge nimmt noch zu. Mehrere schwer bewaffnete Männer sind in Richtung des Handelsschiffs unterwegs. Hinter ihnen läuft ein großer Mann in teuren Kleidern. Einer der Bewaffneten ruft: »Der Wikgraf kommt.«

»Wer ist der Wikgraf?«, fragt Yrsa.

»Der Wikgraf hat das Sagen hier. Er vertritt König Horik. Und er sorgt mit seinen Männern dafür, dass die Händler ihren Zoll zahlen. Normalerweise kommt er nicht selbst, aber er erhält vermutlich eine wertvolle Ladung aus dem Osten.«

Yrsa setzt sich ans Ufer und wartet. Als sich die Menge langsam auflöst, geht sie zum Schiff. Es ist kaum noch etwas an Bord.

»Gibt es noch etwas zu tun?«, sagt sie zum Mann am Landungssteg.

Er mustert sie von oben bis unten. »Was willst du?«

»Beim Ausladen helfen.«

Der Mann dreht sich um, zeigt ins leere Schiff und lacht. »Nein, aber ich hätte noch ein paar Botengänge zu vergeben. Die wollte niemand haben. Manche können ihre Waren nicht selbst abholen. Ich kann dir nichts dafür zahlen, aber die Empfänger sollten dir etwas geben.«

»Sie sollten?«

»Das musst du mit ihnen klären.«

Kapitel 27

Yrsa, ich vermisse dich noch immer so. Heute habe ich mit Mama gesprochen, in meinem Kopf. Ich mache das oft. Und dann ist es mir wieder eingefallen. Es ist nur ein unscharfes Bild wie im Traum. Aber ein bisschen erinnere ich mich, wie Pabbi mal bei uns war. Wir haben am Hafen gestanden, du und ich und Mama. Ich war noch klein und hab deine Hand gehalten. Er kam an und hat mir ein Holzschiff geschenkt. Ich hab lange überlegt, aber ich weiß nicht, wo das kleine Holzschiff jetzt ist. Ich möchte es gern suchen. Ich weiß nicht, wie weit weg ich von zu Hause bin. Ob ich den Weg allein zurückfinde. Vielleicht nimmt mich jemand im Wagen mit. Soll ich das versuchen? Aber ich bin nicht sicher, ob ich hier rauskomme. Sie passen immer so gut auf.

Ich weiß jetzt, dass der Mann hier, der sagt, er ist mein Vater, nicht Pabbi ist. Er sieht anders aus als unser Pabbi. Und er ist auch sonst anders.

Ich verstecke hier, dass ich wie Mama mit den Geistern, Elfen und Göttern sprechen kann. Das mache ich ja oft. Du sagst immer, ich soll es nicht verstecken. Aber es ist besser so. Manchmal sind hier viele Menschen. Und dann wieder nur wenige.

Ich habe meinen Talisman noch. Das ist gut. Aber sonst konnte ich nichts mitnehmen.

Ich habe Angst, dass du mich vergisst. Hier sagen sie, du willst nicht, dass ich bei dir bin. Aber Yrsa, stimmt das wirklich? Ich möchte lieber bei dir sein.

Kapitel 28

Kurz darauf stolpert Yrsa durch die Gassen der fremden Stadt. Sie muss drei Lieferungen machen. Den schwersten Beutel bringt sie einem Schmied in den westlichen Teil der Stadt. Eine Schmiede steht hier neben der anderen. Der Geruch von heißer Kohle und glühendem Eisen lässt sie an Njáll denken. Hoffentlich hat er die Verfolgung mittlerweile aufgegeben.

Der Schmied streckt nur eine dicke Nase durch den Türspalt, reißt ihr den Beutel aus der Hand und knallt die Türe wieder zu. »Und was gibst du mir fürs Vorbeikommen?«, ruft sie, eine Antwort bleibt aus. Der Schiffsbesitzer hat ihr eingeschärft, alles persönlich zu überbringen. »Und wenn du etwas verschwinden lässt, finden wir dich.«

Die zweite Lieferung ist für eine Perlenmacherin. Sie wohnt südlich von da, wo die Häuser am dichtesten stehen. Yrsa trägt den kleinen Beutel mit den wertvollen Glasmosaiksteinen vorsichtig über die schmierigen Bohlenwege. Weiter vom Hafen entfernt sind die Wege nicht mehr ganz so rutschig, viele Menschen begegnen ihr immer noch. Wieder bekommt sie nichts für ihre Dienste.

Langsam versteht sie, warum niemand die Botengänge übernehmen wollte. Jetzt hofft sie auf eine Belohnung beim letzten Haus. Dort arbeitet eine Gruppe von Sehern. Eine kleine hölzerne Truhe hat sie für sie dabei. Die Truhe ist fest verschlossen, trotzdem schnuppert Yrsa am Verschluss. Auch ihre Mutter hat manchmal getrocknete Pflanzen von weit her auf dem Markt gekauft. »Frag nach Ingvar«, hat ihr der Mann auf dem Schiff gesagt. Sein Haus steht ein bisschen nördlich von dem Bereich, der am dichtesten besiedelt ist.

Sie überquert die kleine Brücke über den Bach, links und rechts am Ufer waschen Frauen Kleider. Sie kann im letzten Moment ausweichen, als jemand einen Eimer mit einer stinkenden Flüssigkeit ausleert. Dann steht sie vor einem aufwendig verzierten Haus und fragt sich, ob die Seher darin arbeiten. Ihre Mutter hatte kein pompöses Haus, sie sagte immer, es sind die inneren Kräfte, die entscheiden, und nicht, was du an deinen Zauberstab hängst.

Yrsa klopft. Keine Antwort. Sie klopft noch einmal lauter, ruft: »Ist jemand da?«

Eine Nachbarin sagt: »Die Seher sind nicht da. Sie wohnen außerhalb der Stadt. Der Bote vom Schiff soll in der Methalle warten.« Die Frau erklärt ihr den Weg. Es ist nicht die Gaststätte am Hafen, vor der die Marktfrau sie gewarnt hat.

Kurz darauf sitzt Yrsa in der Methalle »Zum uferlosen Ulf«. Die Methalle ist nicht so groß wie das Gasthaus am Ochsenweg, aber doch größer als die umliegenden Häuser. Yrsa setzt sich an einen Tisch nahe dem Eingang. Noch ist es nicht allzu voll. Ein köstlicher Duft steigt ihr in die Nase. Direkt über ihrem Kopf hängt ein prächtiges Stück Schinken von der Decke. Sie stöhnt leise. Es ist später Nachmittag, sie hat heute noch nichts gegessen. Die kleine Truhe stellt sie vor sich auf den Tisch und hofft, dass der Seher bald auftaucht.

Eine Frau, sie ist um einiges älter als Yrsa, setzt sich zu ihr und schaut sie an. Ihr Kleid ist aus einem dünnen Stoff und vorne tief ausgeschnitten. Die langen Haare trägt sie offen, ihre Wangen hat sie mit Rötel betont, unter den Augenlidern ein dunkles Pulver verteilt.

»Mit den Hosen hast du es schwer hier«, sagt die Frau.

Yrsa schaut an sich herunter. Ihr rotes Kleid, das Eydris ihr geschenkt hat, liegt zu Hause im Dorf.

»Du musst dir mehr Mühe geben, auch wenn du keine anderen Kleider hast. Trag die Haare offen. Ich kann dir zeigen, wie man sich schminkt. So kommen keine Kunden. Eigentlich siehst du ganz nett aus.«

»Ich warte nicht auf Kunden«, sagt Yrsa, »aber danke.«

Der Hunger quält mich, aber ich will mich nicht an Seemänner verkaufen, denkt sie. Obwohl sie sich in der ersten Zeit mit Njáll manchmal gefragt hat, ob überhaupt ein Unterschied besteht zwischen Frauen wie ihrer Tischnachbarin und ihr. Inzwischen spielt das keine Rolle mehr, sie wird sich nie mehr mit Njáll treffen, hofft, ihn nie mehr sehen zu müssen. Die Frau setzt sich zu zwei Männern an einen anderen Tisch.

Sie hat lange gewartet, als ein großer schmaler Mann die Türe mit viel Schwung aufstößt und mit schnellen Schritten zur Theke eilt. Der Wirt zeigt auf Yrsa. Der Mann kommt an ihren Tisch und stutzt einen Moment. Dann sagt er: »Dich habe ich hier noch nie gesehen.«

Er lächelt und fährt sich mit der Hand durch die braunen Haare, die er schulterlang trägt. Yrsa schiebt die Truhe über den Tisch. Mal schauen, ob er so geizig ist wie die anderen.

»Mein Name ist Ingvar, darf ich dir etwas zu essen holen?«, fragt der Mann. Sein Blick scheint zu sagen: Das würde ich gern machen. »Du siehst hungrig aus.«

Er wartet nicht auf ihre Antwort. Nach kurzer Zeit kommt er mit einer dampfenden Schale Eintopf, einem Becher Bier und einem Stück Fladenbrot zurück. Sie fängt sofort an zu essen. Ingvar setzt sich zu ihr.

»Was ist in der Truhe?«, sagt Yrsa zwischen zwei Löffeln. »Muss wertvoll sein.«

»Eine seltene Pflanze, die bei uns nicht wächst. Für ein geheimes Rezept.«

»Was für ein Rezept?«

»Das kann ich nicht verraten«, sagt Ingvar und lächelt. Er hält die Truhe ans Ohr und schüttelt sie leicht.

»Warum nicht? Meine Mutter war auch Seherin und Heilerin.« Ingvar zieht die Augenbrauen nach oben. »Hier in Haithabu?«

»Nein, weiter im Norden. Aber sie ist vor einigen Wintern gestorben.«

»Bist du auch Heilerin?«, fragt Ingvar und lächelt. »Dann könnten wir vielleicht ein paar Rezepte austauschen.« Er tippt auf die Truhe und schaut sie freundlich an.

»Ich? Nein, ich möchte …« Sie bricht ab, wollte sagen: Kämpferin werden. Eigentlich erzählt sie Fremden nicht von ihren Träumen. So mancher findet ihre Pläne gut. Aber weil es viel mehr Männer als Frauen gibt, die kämpfen wollen, stößt sie manchmal auf Ablehnung oder Spott. Sie schaut Ingvar ins Gesicht, irgendetwas in seinem Blick macht, dass sie ihm vertraut.

»Du brauchst noch mehr Eintopf«, sagt Ingvar, steht auf und holt ihr einen zweiten Teller.

»Du bist der Erste, der mir für meinen Botengang etwas gibt.«

»Wenn du Arbeit suchst, schau bei uns vorbei«, sagt Ingvar, »es gibt immer etwas zu tun.«

»Ich danke dir. Was sagen die Menschen, wenn sie hören, dass du ein Heiler und Seher bist? Ich weiß, es ist nicht immer leicht für Männer.« Sie denkt an Sjalfi und wie er manchmal versucht hat, seine Gaben zu verstecken.

Ingvars Blick hängt irgendwo an der Wand hinter ihr. »Manchmal ernten wir Spott, werden als Ergi beschimpft. Wir bekommen zu hören, wir wären keine richtigen Männer, würden uns jede neunte Nacht in eine Frau verwandeln, hätten keine Ehre, wären feige. Oder es kommen Zweifel. Dass wir die Botschaften der Götter nicht so gut hörten oder verstünden wie die Frauen.«

»Und was machst du dann?«

»Ich strenge mich an, versuche zu zeigen, dass auch ich als Mann eine Verbindung zur Welt der Götter und Geister haben kann. Aber manchmal ärgert es mich. Ich finde es ungerecht.« Er streicht sich durch die Haare. »Wir sind Kriegsmagier, ziehen mit den Männern in den Kampf, das macht es etwas einfacher. Trotzdem verlassen sich auch viele Krieger lieber auf Seherinnen.«

»Also arbeitet ihr nicht hier in der Stadt?«

Ingvar zögert einen Moment mit der Antwort, kratzt sich am Kinn. »Doch, ich möchte mehr in der Stadt arbeiten, weniger in den Kampf ziehen.«

»Hast du schon immer hier gelebt?«

Ingvar schüttelt den Kopf. »Ich komme aus dem Nordosten von jenseits des Meeres. Als Kind habe ich in Birka gewohnt. Mein Vater handelte mit Pelzen. Die hat er von den Sami hoch oben im Norden geholt und sie an Händler aus dem Osten weiterverkauft.«

»Dann hattet ihr viel Silber?« Mit dem Brot tunkt Yrsa die letzten Reste ihres Essens auf.

»Ja, wir hüllten uns im Winter in teure Pelze, im Sommer in zarte Seidenstoffe, trugen Ketten aus Bernsteinperlen, und unsere Mägde kochten mit wertvollen Zutaten, manche von weit her. Die erste Frau meines Vaters war bei der Geburt ihres sechsten Kindes gestorben. Mein Vater lernte dann am Hafen eine junge Frau kennen. Niemand wusste genau, woher diese Frau kam, sie trug teure Kleider und viel Schmuck, erzählte aber allen, sie sei die Tochter eines Bauern von jenseits der See. Aber vor allem war sie von besonderer Schönheit. Viele wohlhabende Händler bemühten sich um sie. Je mehr Männer um sie warben, umso wildere Geschichten erzählte man sich am Hafen. Die mysteriöse Schöne sei die Tochter einer Magierin aus dem Osten, habe dunkle Kräfte, munkelten manche. Andere sagten, sie habe eine Rivalin vergiftet und sei deshalb über das Meer gereist. Schließlich entschied sie sich für meinen Vater, verstanden hat das niemand, ich eigentlich auch nicht.«

Er schüttelt den Kopf. »Die Frau war meine Mutter. Und schon kurz nach der Hochzeit bekam sie Zwillinge. Meine Schwester und mich. Wir waren zu zweit, aber wir waren eins. Haben nie ›ich‹, immer nur ›wir‹ gesagt, alles geteilt, waren niemals voneinander getrennt. Meine Schwester war das Abbild unserer Mutter. Die gleichen schwarzen Haare, die bleiche Haut, die feinen Gesichtszüge, aber sie hatte einen Schalk in den Augen, den meine Mutter nicht hatte. Sie liebte es, anderen Streiche zu spielen. Und wenn sie erwischt wurde ließ sie ihren Charme spielen. Ich habe immer bei allem mitgemacht, auch wenn ich häufig härtere Strafen bekam als sie.« Ingvar lächelt.

»Wo ist deine Schwester jetzt?«

»Etwas Schreckliches ist passiert.«

Yrsa hört die Türe schlagen.

»War meine Warnung nicht deutlich genug?«, sagt eine Männerstimme laut neben ihnen.

Yrsa blickt auf, Avidh steht neben ihrem Tisch. Er schaut sie nicht an, richtet sich an Ingvar. Sein Blick ist frostig.

»Lass mich in Ruhe«, sagt Ingvar.

»Komm mit nach draußen, ich will etwas mit dir besprechen«, sagt Avidh. Seine Stimme klingt so wie im Gasthaus, als er Yrsa vor den Männern beschützte.

Ingvar steht auf und folgt ihm hinaus.

»Danke für das Essen«, ruft Yrsa ihm nach. Vielleicht wird sie Ingvar fragen, ob er ihr mit Revnas Fluch helfen kann. Zuerst muss sie ihn noch etwas besser kennenlernen. Eigentlich sucht auch sie lieber Seherinnen auf. Aber sie denkt an Sjalfi und will nicht, dass ihr Bruder später als Magier mit Vorurteilen zu kämpfen hat. Also sollte sie mit gutem Beispiel vorangehen. Und Ingvar schien sehr freundlich. Sie versteht nicht, warum Avidh ihn so kalt behandelt hat. Aber wahrscheinlich versteht sie vieles noch nicht, was in dieser Stadt passiert.

Einige Zeit später öffnet sich die Türe wieder, und Avidh kommt zurück. Er hat wieder diese Ausstrahlung des unnahbaren Kämpfers, und es ärgert sie, aber sie kann den Blick nicht von ihm lassen. Tatsächlich setzt er sich an ihren Tisch, dorthin, wo Ingvar zuvor saß. Was in ihm vorgeht, kann sie nicht in seinem Gesicht lesen.

»Was war los?«, fragt Yrsa.

»Ich musste was klären.«

»Was denn?«

Avidh steht auf, kehrt mit zwei Bechern Bier zurück. »Halte dich fern von diesem Mann.«

»Warum? Er war großzügig, ich habe mich gut mit ihm unterhalten.«

Avidh runzelt die Stirn. »Du kennst ihn nicht. Er ist berechnend.«

»Kennst du ihn gut?«

»Nein.«

»Warum sagst du dann, ich sollte mich von ihm fernhalten?« Es reizt sie, Avidh zu widersprechen, wenn er diese unnahbare Ausstrahlung hat. Warum, weiß sie nicht so genau.

Yrsa nimmt einen großen Schluck Bier, sieht aus dem Augenwinkel, dass die Frau in dem dünnen Kleid sich nähert.

»Hallo, Avidh«, sagt die Frau.

»Hallo«, antwortet er, ohne aufzuschauen.

Die Frau stellt sich neben ihn. »Wollen wir zusammen ein Bier trinken?«

»Nein.«

»Warum nicht? Ich habe Zeit.« Sie wirft einen Blick auf Yrsa.

»Ich nicht«, sagt Avidh.

Sie fährt mit der Hand über seine Schulter. »Bist du sicher?«

»Ja.«

»Du bist heute wieder mal gesprächig«, sagt die Frau und geht an einen anderen Tisch.

»Kennst du sie gut?«, fragt Yrsa. Unter dem Tisch wippt sie mit dem Fuß, spielt mit den Haarspitzen ihres Zopfes. Sie hat sich gewünscht, dass die Frau wieder verschwindet, hat ein Brennen im Bauch gespürt, als sie Avidh berührt hat. Seltsame Dinge geschehen mit ihr. Sind es vielleicht doch böse Geister, die sich einmischen?

»Nein.«

Yrsa trinkt einen weiteren Schluck Bier. Recht hat sie, die Frau, denkt sie, besonders gesprächig ist er nicht. Avidh leert seinen Becher in einem Zug.

»Noch eins?«, fragt er, wischt sich mit dem Handrücken über den Mund und geht zur Theke. Sie schaut ihm nach. Sein schönes Schwert trägt er heute nicht auf dem Rücken. Als er an der Theke steht, nähert sich ihm die Frau wieder. Die beiden reden kurz miteinander. Yrsa steigt die Wärme ins Gesicht. Was ist mit mir los?, fragt sie sich. Es sollte mich nicht interessieren, was diese Frau von ihm will.

Kurz darauf setzt sich Avidh mit zwei Bechern Bier wieder an ihren Tisch. Er nimmt einen langen Schluck. Dann erzählt er ihr von einem Streit mit Ingvar und Drohungen gegen eine Frida.

»Ist Frida deine Mutter?«

»Nein.«

»Wer ist sie dann?« Sie muss mehr über diese Frida erfahren. Das könnte ihre Frage beantworten, ob böse Geister oder Revna dafür sorgen, dass Avidh ihren Weg gekreuzt hat.

»Frida ist eine Heilerin und Seherin hier in der Stadt. Wenn du mal Hilfe brauchst, geh zu ihr. Ihr Herz ist größer als die ganze Bucht an der Schlei. Sie hat mich bei sich aufgenommen, als ich mehr tot als lebendig war. Und sie hat mich damals von einem dunklen Ort zurückgeholt. Ich weiß nicht, ob ich mich ohne sie zu einem Krieger mit Ehre entwickelt hätte.« Sein Blick geht irgendwo in die Ferne, mit zwei Fingern streicht er sich zwischen Nase und Mund über den Bart.

Das klingt nach einer Seherin, wie meine Mutter eine war, denkt Yrsa. »Spricht Frida mit bösen Geistern, und hat sie schon viele Menschen verflucht?«

»Nein, Frida verflucht niemanden. Sie ist wie eine Mutter für mich.«

Ein warmes Gefühl durchströmt Yrsas Bauch. Frida scheint Katla tatsächlich ähnlich zu sein. Ihre Befürchtung, böse Geister könnten Avidh geschickt haben, scheint unbegründet. Frida würde das wohl nicht zulassen.

»Was war mit dir, als sie dich aufgenommen hat?«, fragt sie.

»Ist schon lange her. Ich war mehrere Winter bei den königlichen Truppen auf der anderen Seite der Schlei. War noch sehr jung, als ich dorthin kam. Und eigentlich zu jung, um in den Kampf zu ziehen.«

»Wie bist du dort hingekommen?«

»Ist eine längere Geschichte. Ich war als Kind viele Winter allein. Das macht dich zu jemandem, der nicht an andere denkt. Das musste ich erst wieder lernen.« Avidh spielt mit seinem Messer, steckt die Spitze in die Tischplatte, dreht den Knauf zwischen den Fingern.

»Dann weißt du, wie man gut kämpft?«

Er lächelt das erste Mal. »Ja, das weiß ich.«

Yrsa schaut ihn an, einen Moment zu lange. Sie weiß nicht, was sie von ihm denken soll, weiß nicht, warum sie sich vorhin gewünscht hat, dass er sich wieder zu ihr an den Tisch setzt. Sie nimmt einen großen Schluck Bier. »Lebst du immer hier in der Stadt?«

»Wenn ich nicht unterwegs bin. In knapp zwei Monden brechen wir auf.«

»Wohin?«

»Das sage ich dir erst, wenn ich sicher bin, dass du keine Kundschafterin der Franken bist.« Jetzt lacht er. Seine Augen strahlen dunkel, beinahe schwarz, sie hat selten so dunkle Augen gesehen.

»Ich? Eine Kundschafterin? Sehe ich so aus?«

»Wie sehen Kundschafterinnen aus?«

Sie weiß keine Antwort.

Er leert sein zweites Bier. »Was ist mit deinem Bruder?«

Yrsa seufzt, räuspert sich. Dann erzählt sie Avidh, wie sie Sjalfi auf dem Schiff von Olaf dem Unwirschen gesucht hat. »Kennst du ihn?«

»Ja, übler Geselle. Halte dich fern von ihm.«

»Von wem soll ich mich noch alles fernhalten?«

»Ist nur ein gut gemeinter Rat. Mach, was du willst. Aber ein Sklavenhändler lässt sich nicht gerne von einer jungen Frau ins Geschäft pfuschen.«

»Du meinst ich bin dazu nicht in der Lage.«

»Habe ich nicht gesagt.«

»Aber gemeint.«

»Ich will dich nicht von einem Sklavenschiff retten müssen.«

»Würdest du das?« Sie spürt ein seltsames Kribbeln im Bauch.

Ein Mann betritt die Methalle und ruft Avidh ein lautes Hallo zu.

»Wann ist dein Bruder verschwunden?«

»Vor fünf Tagen. Ich mache mir schreckliche Vorwürfe.«

»Und das Schiff heute war das erste, auf dem du nachgeschaut hast?«

Yrsas Herz fängt an zu rasen. Daran hat sie nicht gedacht.

»Hat Olaf mehrere Schiffe?«

»Zwei.«

»Wie oft legen die ab?«

»Weiß ich nicht so genau, alle paar Tage, kommt drauf an, wie schnell sie die Schiffe füllen.«

»Dann könnte er vielleicht auf dem nächsten Schiff sein.«

Avidh zuckt mit den Schultern. »Wäre möglich.«

»Danke.« Sie greift über den Tisch und legt ihm die Hand auf den Unterarm. »Das gibt mir wieder Hoffnung, also bleibe ich in der Stadt und warte.« Sie zieht ihre Hand zurück. Jetzt ist es ihr schon wieder passiert, wie damals im Gasthaus, als er neben ihr lag. Warum berührt sie ihn einfach plötzlich, ohne nachzudenken? Das sollte sie nicht tun. Das macht sie sonst nicht.

Avidh nickt.

»Oder er …« Sie will den Gedanken verscheuchen, der ihr gerade kommt. »Oder er war auf einem Schiff, das schon abgelegt hat.« Ihre Stimme zittert. »Weißt du, ob diese Woche schon eines abgelegt hatte?«

»Nein, ich war unterwegs.«

»Freyja, stehe mir bei, ich muss das sofort herausfinden.« Sie springt auf, rennt zur Türe und hört noch, wie Avidh ruft: »Yrsa, warte!«

Kapitel 29

Njáll steht in der Schmiede und arbeitet an einer neuen Axt. Und er weiß jetzt schon, sie wird ihm nicht so gut gelingen wie die Axt, die Yrsa gestohlen hat. Zu viel Unruhe sitzt in seinem Arm. Sonst trifft jeder Schlag ganz genau, die schärfsten Klingen kann er schmal nach vorne treiben. Aber heute führt der Troll seine Hand. Scheidung? Was fällt Gudrun ein, ihm damit zu drohen! Das lässt er nicht zu. Und es ärgert ihn, dass er sich jetzt anstrengen soll, damit sie ihre Drohung zurücknimmt. Sein Gehilfe murmelt etwas und schaut ihn an.

Njáll hört auf zu hämmern. »Wir machen jetzt noch nicht Pause.«

»Ihr habt doch von einer Belohnung gesprochen, Herr«, sagt der Gehilfe, der mit dem Blasebalg das Feuer am Laufen hält. »Ich habe etwas beobachtet, das euch interessieren könnte.«

Njáll legt den Hammer zur Seite.

Stunden später lauert Njáll hinter einem der großen Apfelbäume, stützt sich mit der Schulter gegen den Stamm. Wolken haben sich vor den Mond geschoben. Es ist still auf seinem Hof, in der Ferne bellt ein Hund. Er darf jetzt nicht einnicken, kaut auf einem Stück Trockenfleisch, um sich wach zu halten. Um diese Zeit würde er eigentlich schon längst schlafen. Wehe, der Gehilfe hat ihn angelogen.

Seine Beine sind müde, er setzt sich auf den Boden, späht in Richtung der Grubenhäuser, wo einige Gehilfen wohnen. Die Grubenhäuser liegen im Dunkeln. Es würde Gudrun beeindrucken, wenn er den Silberdieb auf frischer Tat ertappen könnte. Eine Schnake surrt ihm um den Kopf, er schlägt nach ihr, trifft nur sein Ohr, flucht leise. Irgendwann kippt Njáll der Kopf gegen den Baum, und seine Beine schmerzen. Der Dieb kommt nicht. Er muss es morgen noch einmal versuchen. Er hat dem Gehilfen gesagt, dass er seine Belohnung erst bekommt, wenn bewiesen ist, was er Njáll erzählt hat.

Am nächsten Abend sitzt Njáll wieder hinter den Apfelbäumen. Den ganzen Tag hatte er schlechte Laune, weil die Nacht viel zu kurz war. Es nieselt, er duckt sich unter die Äste. Kürzlich, so hat es ihm der Gehilfe erzählt, habe er Ulf dabei beobachtet, wie er abends, als niemand mehr in der Schmiede arbeitete, lange an einem kleinen Stück Eisen feilte. Ulf habe das Stück Eisen schnell weggesteckt, als er aufgetaucht sei, aber was er da bearbeitete, habe wie ein Schlüssel ausgesehen. Ausgerechnet Ulf, denkt Njáll. Ihn hatte er schon lange wegen etwas anderem in Verdacht.

Heute Abend starrt Njáll vor allem auf das Grubenhaus, in dem Ulf schläft. Dann öffnet sich die Türe eines der anderen Häuser. Njáll ist sofort hellwach, duckt sich etwas tiefer. Es ist einer der jungen Gehilfen aus der Schmiede. Der Mann bleibt kurz stehen, streckt sich, öffnet die Hose und verschwindet hinter dem Haus. Falscher Alarm. Njáll ärgert sich, wie viel lieber würde er jetzt auf einem weichen Fell liegen. Nach kurzer Zeit verschwindet der Gehilfe wieder in der Hütte.

Es ist heute noch dunkler als in der Nacht zuvor. Dichte Wolken verdecken die Götter, die Sterne und den Mond. Njáll sieht die Hütten nur als dunkle Umrisse.

Wieder öffnet sich eine Tür, dieses Mal am Grubenhaus, in dem Ulf schläft. Njáll streckt den Hals. Es scheint Ulf zu sein, er schaut sich zweimal um und macht sich auf den Weg zum Haus hinter der Schmiede. Es ist zu dunkel, um sicher erkennen zu können, ob es Ulf ist.

Njáll wartet, bis der Mann beim Haus ist, die Tür öffnet und verschwindet. Dann eilt er so leise wie möglich hinterher, lauscht, wartet einen Moment und reißt schließlich die Türe auf.

Ulf zuckt zusammen. Er beugt sich gerade über eine der Truhen. Njáll ist in wenigen Schritten bei ihm, packt ihn am Hemd.

»Bei Thors Hammer, jetzt habe ich dich erwischt!«

»Bitte, Herr, ich kann alles erklären.«

»Ein Dieb bist du.« Er schlägt Ulf ins Gesicht und durchsucht ihn, findet zwei nachgemachte Schlüssel, einen für das Haus und einen für die Truhe mit ihrem Silber. Er stößt Ulf auf den Boden, tritt nach ihm. »Das wirst du bereuen!«

»Ich war in Not. Ich habe nicht für mich gestohlen, Herr! Ich gebe alles zurück! Ich habe das Silber vergraben.«

Das sind gute Nachrichten, denkt Njáll. Er wird Gudrun den Dieb und das ganze Silber präsentieren.

»Warum hast du uns bestohlen?«

»Es ist wegen einer Frau. Sie ist schwanger. Sie war krank. Ich wollte ihr helfen.«

Njáll brummt. »Und wer ist diese Frau?«

»Ihr kennt sie nicht. Sie wohnt in einem Dorf nicht allzu weit entfernt von hier.«

»Und du bist der Vater des Kindes?«

»Ja, Herr, es tut mir schrecklich leid.«

Er packt Ulf am Arm, hebt ihn hoch. »Du zeigst mir sofort das Versteck.« Njáll zieht seine Axt. »Und keine Fluchtversuche.«

Als sie zurück sind, sperrt er Ulf in eine der Hütten, die aus besonders dickem Holz gezimmert ist. Die Türe lässt sich von außen mit einem Riegel verschließen. Dann nimmt er das Säckchen mit dem Silber, es liegt schwer in seiner Hand, und macht sich auf in Richtung des Langhauses. Er freut sich schon auf Gudruns Gesicht am nächsten Morgen. Und er hat einen Plan, der ist so gut, dass er selbst staunt. Das meiste hat Knecht Arne sich ausgedacht.

Am nächsten Tag steht Njáll in Eydris' Garten. Er ist gut gelaunt. Gudrun hat ihn heute Morgen zum ersten Mal seit Langem wieder umarmt, als er ihr das Silbersäckchen gab.

»Es ist wichtig, Eydris, Yrsa braucht meine Hilfe«, sagt Njáll.

Eydris zupft Unkraut aus der Erde ihres Kräutergartens und blickt nur kurz auf. Er steht etwas abseits, bemüht sich, nicht auf die hellgrünen Sprosse zu treten. Den Blick, den Eydris ihm zuwirft, kann er nicht lesen. Sie presst die Lippen zusammen und wühlt mit einem Stock in der Erde.

»Der Thymian wächst schön dieses Jahr«, sagt er und kratzt sich im Bart.

Eydris brummt zustimmend, robbt auf den Knien zwischen den Stauden. Den ganzen Weg von seinem in Yrsas Dorf hat Njáll sich überlegt, was er zu Eydris sagen wird. Wie er sie dazu bringen kann, ihm zu verraten, was sie über Yrsas Reise weiß. Die gestohlene Axt wird er nicht erwähnen, das hat er sich vorgenommen. Seit einer Weile versucht er nun schon, Eydris zu überzeugen. Vergeblich.

»Ich will nur das Beste für Yrsa«, sagt er, »das musst du mir glauben.«

Eine Katze streicht Njáll um die Beine, er bückt sich, krault ihr die Ohren und dankt Freyja im Stillen, dass sie ihm diesen Vorwand geschickt hat, um Eydris besser sehen zu können. Sie gräbt gerade eine Wurzel aus, stochert heftig, ein bisschen zu heftig, wie er findet, in der Erde.

»Wie geht es Gudrun?«, sagt sie und schaut kurz zu ihm hinüber.

Njáll zwingt sich, ruhig zu bleiben, er will jetzt nicht über Gudrun reden, sondern wissen, wo Yrsa ist. »Es geht ihr gut. Ich muss Yrsa etwas mitteilen wegen Sjalfi, es ist wichtig.«

Eydris hört auf zu hacken, schaut ihm in die Augen. »Was weißt du über Sjalfi?«

»Das muss ich ihr selbst sagen.«

Eydris kniet sich zwischen die Stauden, in einer Hand ein Büschel Unkraut, in der anderen das Holzstück, mit dem sie gräbt.

»Njáll, du meinst, auf so was falle ich rein? Wenn du etwas gehört hast, dann sage es mir bitte jetzt sofort. Ich schlafe schlecht, weil ich mich frage, wie es den beiden geht.«

Die Katze rennt davon, Njáll steht wieder auf. Bei Thors Hammer, ist diese Frau stur, denkt er und sagt: »Ich möchte Yrsa einfach helfen. Das kann ich aber nicht, wenn mir nicht klar ist, wo sie sich aufhält. Ich mache mir große Sorgen. Warum macht sie ein Geheimnis daraus, wo sie nach Sjalfi sucht?«

Eydris runzelt die Stirn. »So genau weiß ich das auch nicht. Ich bin gleich zurück. Ich muss etwas holen.«

Njáll bleibt neben dem Thymian stehen und überlegt, wie er Eydris überzeugen könnte. Ihn ärgert, dass er nicht einschätzen kann, was Eydris von den vergangenen Geschichten weiß und was sie damals von Katla alles erfahren hat.

Es war ein ungünstiger Moment, als sie nach Jahren einfach aus dem Nichts bei ihm auftauchte.

»Ich brauche Hilfe, es ist dringend«, sagte Katla, als sie eines Tages plötzlich vor ihm stand.

Seit ihrem letzten Treffen waren drei, vier Winter vergangen. Er fühlte sich überrumpelt. Katla hatte sich kaum verändert, außer dass sie ihm sehr besorgt schien. Aber er hatte gerade eine neue junge Frau geheiratet. Gudrun hatte sich an sie gewöhnt. Da wollte er nicht wieder Unruhe ins Haus bringen.

»Was willst du nach so vielen Jahren?«, fragte er. Es störte ihn, dass Katla auf seinen Hof kam. Sie war noch nie bei ihm gewesen, früher hatten sie sich immer in Ribe getroffen.

»Ich habe mich durchgefragt«, sagte sie. »Wir mussten dringend aus der Stadt verschwinden. Ich erzähle es dir, wenn du uns ein Dach über dem Kopf gibst. Meine beiden Kinder warten weiter vorne im Wagen.«

Er wies sie ab, fragte nicht weiter nach, warum sie die Stadt hatte verlassen müssen. Dass sie schließlich bei Torbjörn landen würde, damit hatte er nicht gerechnet. Und es gefiel ihm nicht. Er weiß nicht, ob Katla ihm noch lange gegrollt hat. Eigentlich war das nicht ihre Art.

Eydris ist zurück, wirft ihm nur einen kurzen Blick zu und fängt wieder an, in der Erde zu buddeln.

»Ich habe Yrsa meine Hilfe angeboten, habe sie mit in mein Dorf genommen, aber sie ist verschwunden«, sagt er.

»Ja, manchmal tut sie sich schwer damit, Hilfe anzunehmen. Ich habe ihr schon öfters gesagt, sie sollte heiraten und sich niederlassen. Das wäre auch für Sjalfi das Beste. Es gibt viele junge Männer, die eine Frau suchen.«

Ich will aber nicht, dass sie irgendeinen jungen Mann heiratet, denkt Njáll. »Ja, es wäre viel besser für sie, wenn sie heiratet«, sagt er, »und auch für Sjalfi.«

Eydris schaut in den Himmel. »Es ziehen Regenwolken auf«, sagt sie und zupft weiter Unkraut.

»Für eine junge Frau ist es gefährlich, allein da draußen«, sagt Njáll. »Ich bin viel unterwegs. Meine Tochter würde ich nicht allein reisen lassen.« Was er Eydris nicht sagt: Wenn er Yrsa findet, wird er sie vor die Wahl stellen: Entweder du kommst mit, oder ich lasse dich wegen Diebstahls meiner Kampfaxt bestrafen.

Eydris steht auf. »Ja, ich habe ihr das auch gesagt, es ist einfach zu gefährlich.«

»Eben. Wer weiß, in was für Schwierigkeiten sie schon steckt. Du wirst dir Vorwürfe machen, wenn ihr etwas geschieht und ich das hätte verhindern können.«

Eydris wischt sich mit dem Handrücken über die Stirn. Dann schaut sie Njáll an. »Sie wollte nach Haithabu. Bitte bring sie sicher wieder zurück und hilf ihr bei der Suche nach Sjalfi.«

»Das werde ich«, sagt Njáll.

Aber zuerst muss er noch etwas erledigen.

Kapitel 30

Es ist still in dem Haus. Yrsa legt noch einmal das Ohr an die Wand und lauscht. Nichts. Sie schielt durch einen kleinen Spalt zwischen den Bohlen, aber es fällt kaum Licht in das lang gezogene Gebäude. Sie glaubt Kisten und Fässer zu erkennen, aufeinandergestapelt, an den Wänden und in den Ecken. Das ist nicht Olafs Lager, hier sind keine Menschen eingesperrt.

Von der Methalle ist Yrsa direkt zum Hafen gerannt, hat sich zwischen eng stehenden Hütten, Ständen und umgedrehten Booten hindurchgezwängt, im Kopf nur einen Gedanken: Ich muss herausfinden, ob Olafs zweites Schiff diese Woche schon abgelegt hat oder wann es ablegt. Sie wollte die Marktfrau fragen, mit der sie früher am Tag gesprochen hat, konnte sie aber nicht finden. Wo sie genau suchen soll, weiß sie nicht.

Das Haus, in das sie nun schielt, steht nahe am Wasser, nicht weit von der Plattform mit den Marktständen. Dort rollt ein kräftiger Mann Fässer zu einem Ochsenwagen, das knirschende Geräusch dringt bis zu Yrsa. Ein Junge in zerrissenen Kleidern huscht zwischen den inzwischen fast verlassenen Marktständen hindurch, sucht nach Resten. Viel Glück wird er nicht haben. Auch die Möwen streiten sich lautstark um einige wenige Brotkrumen.

Hinter dem Markt stehen noch weitere Häuser und Hütten, vielleicht sollte sie dort nachschauen. Yrsa umrundet das lang gezogene Haus und prallt beinahe in einen Mann, der Kleider aus teurem Wollstoff trägt. Er zieht die buschigen Augenbrauen zusammen.

»Was schleichst du um unser Lagerhaus? Verschwinde, mit Dieben machen wir kurzen Prozess«, sagt er.

»Ich bin keine Diebin. Ich habe …«, sie will sagen: noch nie etwas gestohlen, doch dann fällt ihr ein, dass das nicht stimmt.

»Dies ist mein Lagerhaus, ich bin Händler«, sagt der Mann. »Was willst du hier?«

»Ich wollte nichts stehlen. Ihr seht doch, dass ich nichts bei mir habe«, sagt sie möglichst freundlich. Womöglich kann der Händler ihr weiterhelfen. Er starrt sie noch immer grimmig an, lässt den Blick über ihre Kleider schweifen. Weil sie fremd ist, scheinen alle erst einmal anzunehmen, dass sie stehlen möchte. Auch die alte Marktfrau am Hafen glaubte das. Vielleicht liegt es tatsächlich an ihren abgetragenen Kleidern. Im Dorf kümmert das niemand. Aber auch hier am Hafen laufen viele in alten Hosen und löchrigen Hemden herum.

»Es sind in den letzten Tagen Kisten verschwunden«, sagt der Händler. »Du weißt nicht zufällig was davon? Ich habe dich hier noch nie gesehen.«

»Nein, ich komme aus einem Dorf einige Tagesreisen nördlich von hier. Olaf der Unwirsche hat meinen kleinen Bruder entführt, will ihn verkaufen, und ich muss ihn befreien. Wisst Ihr, wo ich Olaf finde?«

»Hier auf jeden Fall nicht.« Der Händler schüttelt verärgert den Kopf.

»Womit handelt Ihr?«

»Mit Waren aus dem hohen Norden. Pelze, Walrosszähne, Eisenerz. Die Schiffsroute führt über Birka bis zu uns. Ich habe auch Schmiede aus der Gegend, aus der du kommst, als Kunden. Vor einigen Tagen ist uns eine wertvolle Lieferung hier aus dem Lagerhaus gestohlen worden.«

»Da war ich noch nicht in der Stadt«, sagt Yrsa.

Im Augenwinkel sieht sie, dass sich ein Mann zwischen den Häusern nähert. Er hat die Kapuze seines Umhangs in die Stirn gezogen, aber sie erkennt ihn sofort. Ihr Herz schlägt ein bisschen schneller.

»Ich dachte, dass ich dich hier finde«, sagt er.

Der Händler dreht sich um. »Ach Avidh, du kennst diese Frau? Ich habe den Verdacht, dass sie mich bestehlen wollte.«

Avichs Atem riecht nach Bier, er setzt die Kapuze ab. »Mach dir keine Sorgen, Halldór, sie ist harmlos.« Er klopft dem Händler auf die Schulter. Es kommt Yrsa vor, als bemühe sich Avidh, nicht zu grinsen.

»Na gut«, antwortet der Händler und sagt zu Yrsa: »Ich will dich hier nicht mehr sehen.«

»Lass uns dort weiter hinten ans Wasser gehen«, sagt Avidh.

Sie nickt und folgt ihm auf einem schmalen Pfad, der vom Hafen wegführt. »Ich bin nicht harmlos«, murmelt sie.

Avidh dreht sich um und sagt: »Da bin ich mir auch nicht so sicher.«

Kurze Zeit später sitzt sie am Noor, ein bisschen abseits des Landungsstegs. Neben ihr sitzt Avidh. Und zwischen ihnen stehen einige Becher Bier, die er in der Methalle am Hafen geholt hat. Sie schauen aufs Wasser, die letzten Sonnenstrahlen wärmen ihr den Rücken. Yrsa ist unruhig, so viele Gedanken rasen ihr durch den Kopf. Sie muss herausfinden, was mit Olafs Schiff ist. Sie würde sich am Liebsten in den Wald oberhalb der Stadt zurückziehen und lange schlafen. Was für einen aufwühlenden Tag sie hinter sich hat. Und gleichzeitig möchte sie hier bei Avidh sitzen bleiben. Sie nimmt einen der Becher und trinkt in schnellen Zügen. Sie spürt, dass Avidh sie von der Seite anschaut. Sie trinkt den Becher leer.

»Ich muss herausfinden, ob diese Woche schon ein Schiff von Olaf abgelegt hat.«

»Habe ich schon gemacht.«

»Du?« Sie schaut ihn an, und es fällt ihr auf, wie nahe beieinander sie sitzen. Die Becher haben nur knapp zwischen ihnen Platz. Es sind noch zwei, sie haben beide einen leeren Becher auf ihre andere Seite gestellt.

»Wärst du nicht so schnell aus der Methalle gerannt, hätte ich dir sagen können, wie du das angehen kannst. Du musst die richtigen Leute kennen.«

Yrsa greift sich den nächsten Becher Bier. »Und?« Sie spürt die Angst tief in ihrem Bauch.

»Es hat noch keines abgelegt. Das heute war das erste. Es wird vermutlich zwei, drei Tage dauern bis zum nächsten. Vielleicht geht es auch schneller, kommt darauf an, wie viele Gefangene am Hafen eintreffen.«

»Das sind die ersten guten Nachrichten seit Langem.« Sie schaut ihn an und würde ihm am liebsten um den Hals fallen. Tut es aber nicht.

»Keine Ursache. Olaf hat keine Ehre, da helfe ich gerne.« Auch Avidh nimmt das nächste Bier. Jetzt stehen keine Becher mehr zwischen ihnen.

»Stimmt es, dass er auch junge Menschen aus der Gegend entführt?«

»Es gibt diese Gerüchte, aber nachgewiesen hat es ihm bisher niemand. Er verkauft vor allem Menschen von den Inseln im Westen und selten welche von hier. Vermutlich braucht er niemand zu entführen. Ausschließen würde ich bei einem Mann wie ihm aber nichts.«

Yrsa nickt. In ihrem Bauch breitet sich Wärme aus. Sie weiß nicht, ob es das Bier ist. Sie erzählt Avidh von ihrer Suche. Den Diebstahl der Kampfaxt und Njáll erwähnt sie nicht. Dann fällt ihr ein, dass Avidh am Morgen, als Njálls Knecht im Gasthaus auftauchte, einen Teil der Geschichte mitbekommen hat. Aber solange er nicht danach fragt, erzählt sie lieber nicht von Njáll. Während sie redet, schaut sie ihn immer wieder an, stellt sich vor, sein Gesicht zu streicheln, mit den Fingern in seinen kurzen Bart zu greifen, seine Lippen zu küssen. Sie schüttelt den Kopf, um diese Gedanken zu verscheuchen. Es muss die Wirkung des Biers sein. Sie wünschte, sie könnte jemanden fragen, wie man solche Vorstellungen zum Verschwinden bringt.

»Wo ist der Stützpunkt der königlichen Truppen, wo du kämpfen gelernt hast?«

Avidh zeigt mit dem Finger über das Wasser. »Siehst du das andere Ufer dort drüben?« Er lehnt sich in ihre Richtung. Ihre Köpfe berühren sich beinahe. Wieder fällt ihr auf, dass sie seinen Geruch mag.

»Du musst nicht gegenüber schauen, sondern etwas weiter nordöstlich auf der anderen Seite der Schlei. Sliesthorp liegt sehr günstig, leicht erhöht, man sieht weit. Und auf drei Seiten ist Wasser oder Sumpf, im Norden des Stützpunktes fließt ein Fluss.«

»Ist König Horik oft dort?«

»Manchmal. Wenn er in der Gegend ist, dann residiert er in Sliesthorp. Es gibt dort eine Halle, eindrucksvoller als alle Langhäuser, die du je gesehen hast. Acht Pfosten stützen das Dach auf jeder Seite. Die Wände sind weiß getüncht und im Innern mit Wandbildern bemalt. Auf dem Boden liegen Teppiche. Durch das Tor betrittst du eine andere Welt, Essen und Trinken gibt es im Überfluss. Abends kannst du lauschen, wie die besten Dichter Verse vortragen.«

»Und wo sind die Kämpfer, die Waffen und das Kampftraining?«

»Stell dir Sliesthorp vor wie ein Dorf, aber ein ganz besonderes Dorf mit einer königlichen Halle, mehreren Langhäusern, die keine Bauernhöfe sind. In manchen leben die Kommandanten mit ihrer engsten Gefolgschaft, in anderen schlafen Kämpfer, dicht an dicht. Und es gibt noch andere Gebäude, Grubenhäuser mit Handwerkern, Schmieden, einen Markt, Zelte, Übungsplätze, Ställe, Lagerhäuser, eine Opferstätte.«

»Wie alt warst du, als du nach Sliesthorp kamst?«

»Knapp zehn Winter. Zuerst arbeitete ich auch im Stall, aber mit der Zeit war ich nur noch mit Kämpfen beschäftigt. Toke der Röhrende war unser Ausbilder. Seinen Namen hat er bekommen, weil er uns oft angebrüllt hat.«

»Was habt ihr gemacht?«

»Manchmal sind wir runter ans Wasser. Zwanzig Männer haben ein Schiff gerudert, und wir mussten von Ruder zu Ruder springen. Das zwingt dich zu gutem Gleichgewicht.« Er lacht. »Wenn du danebenspringst, nimmst du ein kaltes Bad. Und wer ins Wasser gefallen ist, der musste, wenn wir zurückkamen, einmal auf den Händen über die Wiese laufen. Danach bringt dich im Kampf nichts mehr so leicht aus dem Gleichgewicht.«

»Hmm.« Yrsa überlegt, wie es ihr in solchen Prüfungen ergehen würde. Sie schaut Avidh wieder von der Seite an. In einem Kampf gegen ihn würde sie schlecht abschneiden. Sie muss mehr üben. »Und mit den Waffen?«

»Ja, jeden Tag, mit Pfeil und Bogen auf bewegliche Ziele schießen, den Speer werfen, mit Schwert, Axt und Schild kämpfen.«

»Und jetzt stehst du noch immer im Dienst von König Horik?«

Er schüttelt den Kopf. »Schon lange nicht mehr. Ich bin jetzt in der Gefolgschaft von Gunnar dem Waghalsigen. Manchmal ruft uns der König, dann kämpfen wir für ihn, aber wir unternehmen auch eigene Fahrten. Wie diesen Sommer. Unsere Ausflüge ins Frankenland gefallen König Horik nicht.«

»Warum nicht?«

»Er will selbst alle Angelegenheiten mit den Franken regeln. Seit der Kämpfen mit Harald Klak vor einigen Wintern ist die Situation ein bisschen angespannt.«

»Wer ist Gunnar der Waghalsige?«

»Er ist ein berühmter Krieger. Niemand zeigt in der Schlacht so viel Mut wie er. Er ist ein ehrenvoller Kämpfer und meist ganz vorne im Getümmel. Seine Männer belohnt er großzügig. Viele leben auf seinem Hof außerhalb von Haithabu. Nur Leif und ich wohnen nicht dort, wenn wir nicht als Kämpfer umherziehen. Ich wohne bei Frida, und Leif ... na ja, wo es ihm gerade so passt. Leif und ich kämpfen fast jeden Tag zusammen.«

»Du kennst ihn schon lange?«

»Ich kenne Leif seit unserer Zeit in Sliesthorp, da waren wir elf. Er ist mein Waffenbruder. Er kommt aus dem Norden von einem Hof, hat ich weiß nicht wie viele ältere Brüder. Es war klar, dass er niemals etwas von dem Land erbt, und er wollte schon immer für den König kämpfen. Als er elf war, hat er einen Händler gebeten, ihn im Ochsenkarren in den Süden mitzunehmen.«

Avidh schiebt die Ärmel seines Hemds zurück, wirft sein Messer in die Luft, fängt es wieder auf. Yrsa ertappt sich dabei, wie sie seine Unterarme beobachtet. Jeder einzelne Muskelstrang zeichnet sich unter der Haut ab, wenn Avidh sich bewegt.

»Wer Leif kaum kennt, der sieht zuerst nur seine Leichtigkeit, seinen Charme, seinen Erfolg bei den Frauen, aber damit tarnt er kalte Entschlossenheit und Härte. Ich könnte mir keinen besseren Waffenbruder wünschen«, sagt Avidh.

»Wie viele seid ihr?«

»Im letzten Sommer, als wir ins Frankenland gezogen sind, hatten wir zwei Schiffe mit je fünfundzwanzig Männern. Aber ein Teil der Männer hat sich uns nur für diese Reise angeschlossen.«

»Wie greift ihr an?«

»Wir sind schnell, nähern uns im Morgengrauen im Dunst, ziehen das Segel ein, rudern. So bemerken sie uns erst im letzten Moment.«

»Woher wisst ihr, wo es sich lohnt anzugreifen?«

»Wir haben gute Kundschafter, sprechen mit Händlern, richten in der Nähe unser letztes Lager ein. Aber am wichtigsten ist es, schnell und überraschend zu kommen. Das gibt den Menschen keine Zeit zu fliehen oder Wertvolles zu verstecken. Und genauso schnell wieder zu verschwinden.«

Yrsa nickt. Njáll hat ihr von diesen Dingen nie so ausführlich erzählt. Eine neue Welt öffnet sich ihr.

»Wenn dich das alles interessiert: In ein paar Tagen ist ein Wettstreit in Sliesthorp. Leif und ich nehmen teil. Wenn du willst, kannst du mitkommen. Wir reiten um die Mittagszeit los.«

»Ich habe kein Pferd.«

»Zu Fuß sind es zwei Stunden. Du kannst auch mit mir reiten.«

Ihr Herz schlägt schneller. »Ich komme gerne mit. Kann ich dort auch kämpfen?«

»Ich meinte zuschauen.«

»Ach so. Gibt es auch Frauen, die teilnehmen?«

»Ein paar wenige sind meistens dabei.«

»Ich wäre auch gern eine Kämpferin.«

Irgendetwas in seinem Gesicht scheint sich zu verändern. »Wirklich?«

»Du traust mir das nicht zu?«

»Das habe ich nicht gesagt.«

Sie schaut ihn an, kann seinen Blick nicht lesen.

»Manchmal sagt man Dinge nicht und meint sie trotzdem«, sagt sie und steht auf. »Ich muss los. Danke nochmals für deine Hilfe.«

Er schweigt. Sie dreht sich nicht mehr um. Sie will nicht wissen, ob er ihr nachschaut. Es ist alles ein bisschen zu viel für sie.

Oben im Wald zieht sie ihren Beutel und den Bogen aus der Eiche und baut sich in einem abgelegenen Winkel einen Schlafplatz aus Reisig, Moos und Laub. Hier auf der Hochburg wohnen die Toten. Einst standen hier Hütten, in denen Menschen lebten. Doch das ist lange her. Sie ist an Grabhügeln vorbeigelaufen, hat die Geister der Verstorbenen gespürt und ist über einen Wall geklettert. Bei einem Angriff ziehen sich die Bewohner noch heute hier in den Wald zurück, hat Avidh erzählt. Ein lang gezogener Wall, der die Hochburg umfasst, würde Schutz bieten.

Sie hat sich außerhalb des Walls im dichten Wald eingerichtet. Auf dem Weg aus der Stadt kam es ihr vor, als folge ihr jemand. Immer wieder hat sie sich umgedreht, über die Schulter geschaut, doch niemanden gesehen.

Dann liegt sie unter der weit verzweigten Eiche, schaut dem Wind zu, wie er mit den Blättern spielt, die Äste zum Wippen bringt. Ein Käfer kriecht über ihr Bein. Langsam zieht die Dunkelheit in den Wald. Morgen wird sie Olafs Hauptquartier einen Besuch abstatten.

»Sjalfi, wo auch immer du bist, ich hoffe so sehr, dass es dir gut geht. Schlaf gut, mein kleiner Bruder«, murmelt sie.

Sie denkt an ihr Gespräch mit Avidh zurück. Und daran, wie er sie angeschaut hat, als sie ihren Wunsch, Kämpferin zu werden, ausgesprochen hat. Vielleicht, denkt sie, lag auch eine Spur Traurigkeit in seinen Augen. Sie ärgert sich, dass sie so schnell aufgestanden und davongelaufen ist. Sie hätte nachfragen sollen, was er wirklich davon hält. Das war dumm von mir, denkt sie, als sie schon fast einschläft, und nimmt sich vor, ihn nächstes Mal danach zu fragen. Vielleicht kann sie ihn morgen irgendwo abpassen und nochmals mit ihm sprechen. Zu dem Turnier möchte sie sehr gern mitgehen.

Kapitel 31

Mit einem heftigen Schlag spaltet Avidh das letzte Stück Holz, wischt sich den Schweiß von der Stirn und türmt das Brennholz so hoch auf beide Arme, dass er kaum mehr etwas sieht. Er hat Frida versprochen, den Vorrat heute Morgen aufzufüllen, bevor er zu Gunnar aufbricht. Mit der Schulter stößt Avidh die Türe auf und schichtet die Hälfte des Holzes neben Fridas Ofen in die Kochecke. Die andere Hälfte legt er bei der Feuerstelle in der Mitte des Raumes ab.

»Ich danke dir«, sagt Frida. Sie sitzt am Tisch und trinkt einen Kräutertrank. Der Geruch ist Avidh schon um die Nase geweht, als er den ersten Schritt über die Schwelle gemacht hat. »Ich teste gerade ein neues Rezept«, sagt Frida, »setz dich noch einen Moment. Ich weiß, du musst los. Aber iss zuerst etwas.« Sie schiebt ihm ein Schälchen frischen Haferbrei über den Tisch.

Avidh setzt sich zu ihr. »Ich habe mit den Nachbarn gesprochen wegen des toten Huhns und der Drohung«, sagt er. »Der alte Töpfer meinte, er habe einen Fremden im Umhang die Gasse entlanglaufen sehen, kurz bevor wir zurückkamen. Aber er hat ihn nur von hinten gesehen, und der Fremde hatte die Kapuze ins Gesicht gezogen. Das bringt uns nicht weiter.«

»Kann irgendjemand gewesen sein«, sagt Frida. »Ich kaufe auf dem Markt ein neues Huhn.«

»Es geht nicht um das Huhn. Ich lasse das nicht ruhen. Die Drohung war dieses Mal noch klarer gegen dein Leben gerichtet.«

Frida legt ihm die Hand auf den Unterarm. »Mach dir keine Sorgen. Ich habe keine Angst vor denen. Sind nur Männer.« Sie lacht, um ihre Augen gibt es eine Explosion von Fältchen. Er sieht das sehr gerne.

»Ja, deshalb sind sie gefährlich. Sie fühlen sich dir in ihrer Magie unterlegen und wollen sich doch hier in der Stadt breitmachen. Achte darauf, dass du die Türe immer gut verschließt. Das habe ich schon oft gesagt.«

»Avidh, du machst dir zu viele Gedanken.«

Er schüttelt den Kopf. »Du nimmst das nicht ernst genug. Ich habe gestern in der Methalle Gerüchte gehört, deine Verbindung zu den Geistern sei durch einen bösen Zauber gestört. Auch das werden sie in die Welt gesetzt haben. Das darfst du nicht hinnehmen.«

Frida seufzt. »Ich spreche heute nochmals mit Astrid der Blumenkundigen. Uns fällt schon ein Gegenzauber ein. Vielleicht tappen sie dann plötzlich blind durch die Welt. Der mächtige Vater Odin, Mimirs Freund, der Gegner des Wolfes, Vilirs Bruder, wird mich beschützen. Und du auch.« Sie füllt seine Schale ein zweites Mal mit Haferbrei.

Avidh schaufelt den Brei in sich hinein. Frida süßt ihn mit einem besonderen Honig. Vermutlich hat sie lange mit den Bienen verhandelt. Nirgendwo schmeckt der Brei so gut wie bei ihr. Avidh hat keine Erinnerungen an seine Mutter, Frida und diesen Brei verband er immer mit dem Gefühl von Wärme und Nachhausekommen. Vom ersten Tag an liebte er diesen Honighaferbrei. Das Fieber hatte ihn damals sehr geschwächt, die Fieberträume durcheinandergebracht. Immer wieder war eine Frau durch seine Träume gegeistert, die er zu kennen glaubte. Aber er wusste nicht, woher.

Sie stand in einer Landschaft, die ihm fremd vorkam. Schneebedeckte Berge türmten sich im Hintergrund. »Komm schnell, wir müssen uns verstecken«, sagte die Frau, wenn sie ihm erschien. Er versuchte zu ihr zu gelangen, doch es lenkte ihn immer etwas ab. Es war nicht das erste Mal, dass ihn dieser Traum verfolgte.

Heute Nacht hat ihn etwas anderes beschäftigt. Er hat von Yrsa geträumt. Schade, dass sie gestern Abend plötzlich verschwunden ist, denkt er. Er hätte gerne noch länger mit ihr an der Schlei gesessen. Und er hätte sie gerne berührt.

»Wer ist die junge Frau?«, sagt Frida jetzt.

»Welche junge Frau?«

»Über die du nachdenkst.«

Avidh lächelt. Er hat es längst aufgegeben, sich zu wundern, was Frida wahrnimmt, ohne dass er ein Wort sagt. Er erzählt von Yrsa, ihrer Suche nach Sjalfi und von den Gefahren, in die sie sich begibt.

»Wie hieß ihre Mutter?«, fragt Frida.

»Katla die Großherzige.«

»Ach, das dachte ich mir. Ich habe sie gekannt. Katla war ein paarmal in der Stadt, auch hier bei uns zu Besuch. Vielleicht zwei Winter, nachdem du zu mir gekommen bist. Sie war eine auffallende Erscheinung. Erinnerst du dich?«

»Nein.«

»Und warum geht Yrsa dir nicht aus dem Kopf?«

Avich denkt einen Moment nach. »Sie ist furchtlos. Hat sich im Gasthaus am Ochsenweg mit drei üblen Kerlen angelegt.« Er schaut einen Moment ins Feuer. »Wie sie für ihren kleinen Bruder kämpft, ich weiß nicht, irgendwie lässt mich das nicht kalt. Und es scheint ihr egal, was andere von ihr denken. Aber eigentlich will ich nicht wieder …«

Frida schüttelt den Kopf. »Es war nicht deine Schuld.«

»Lassen wir das«, sagt Avidh und steht auf. »Ich muss los.«

Avidh hat den Pferdestall noch nicht erreicht, als er sie von Weitem sieht. Yrsa lehnt mit dem Rücken an der hinteren Wand, schaut aufs Wasser. Er hat nicht damit gerechnet, sie heute Morgen zu sehen, fragt sich, was sie hier macht.

Wie immer trägt sie das weite Hemd und die ausgebeulten Hosen. Es reizt ihn mit seinen Händen zu erkunden, was sich unter den schlabbrigen Kleidern verbirgt. Er müsste deshalb ja nicht … Es könnte nur für eine Nacht sein. Doch er weiß, dass er sich etwas vormacht. Noch versteht er nicht ganz, warum er sie anziehend findet. Es gibt Frauen, die von größerer Schönheit sind, aber etwas an Yrsas Ausstrahlung beeindruckt ihn. Eine gemeinsame Nacht würde das nicht wegwischen. Im Gegenteil, er würde danach vermutlich mehr wollen. Manchmal hat sie einen herausfordernden Blick, das gefällt ihm. Und wenn er ihr in die Augen schaut, spürt er eine Verbindung, die er nicht begreift. Er räuspert sich. Genug jetzt.

Er nähert sich dem Pferdestall mit schnellen Schritten. Sie dreht sich um, lacht ihn an.

»Ich habe auf dich gewartet.«

»Was ist los?«

»Nichts. Ich … Tut mir leid, dass ich gestern so plötzlich verschwunden bin. Wollen wir uns vielleicht … also nur wenn es dir passt … heute Abend nochmals zusammen ans Wasser setzen?«

Er denkt: Das sollte ich nicht tun, und sagt: »Das passt mir. Am besten treffen wir uns dort.« Er zeigt in Richtung Westen. »Siehst du die ausladende Esche, ein bisschen oberhalb der Stadt, wo der Weg auf die Hochburg führt? Dort warte ich auf dich.«

Sie nickt. »Und zu dem Turnier komme ich auch gerne mit.« Sie streift ihm mit der Hand kurz über den Arm, als sie an ihm vorbeiläuft.

Einige Zeit später sitzt Avidh in Gunnars Langhaus am Feuer und schärft die Klinge seines Messers.

»Unsere Spione bringen gute Nachrichten«, sagt Gunnar.

Sie haben draußen zusammen Schläge geübt und machen Pause. Gunnar ist beinahe zehn Winter älter und ein Stück kleiner als Avidh, trotzdem ist jedes Übungsduell mit ihm eine Herausforderung. Gunnar legt sein Schwert zur Seite und hängt den Schild in die Vorrichtung an der Wand. Mit der Hand fährt er sich mehrmals durch seinen blonden Bart und streckt die kräftigen Schultern. Auch die Frauen schätzen Gunnar. Vorhin hat Avidh eine junge Frau mit hüftlangen schwarzen Haaren gesehen, die ihm zuvor noch nie aufgefallen war. Mehrere junge Frauen wohnen mit Gunnar in seinem Langhaus.

»Njörðr bläst noch immer Regenwolken entlang der fränkischen Küste. Das Wasser steht in manchen Regionen schon an Orten, wo es sonst nicht steht«, sagt Gunnar. »Wenn Njörðr so weitermacht, wird Dorestad vom Hinterland abgeschnitten. Das kommt uns sehr zugute.«

Sie sitzen in kleinen Gruppen in Gunnars Langhaus, stärken sich nach dem Kampf.

»Was erzählen die Spione sonst noch?«, fragt Avidh.

»Es gibt eine Mautstation in Dorestad, wo die Händler ihre Waren verzollen müssen. Wir wissen bereits, wo das ist, und werden ihr auf jeden Fall einen Besuch abstatten. Genauso wie der Werkstatt, wo sie die Münzen prägen. Und wir müssen planen, wen wir in Dorestad entführen könnten, um Lösegeld zu erpressen«, sagt Gunnar.

»Das muss besser laufen als letzten Sommer«, sagt einer der Männer.

»Ich habe schon eine Liste im Kopf«, sagt Gunnar, »am besten wäre es, Familienmitglieder des Prokurators, des königlichen Beamten, zu erwischen. Das bringt viel Lösegeld. Oder sonst Kirchenmänner. Oder beides.« Er lacht. »Wir werden ein Lager in der Nähe von Wieringen einrichten und von dort aus unsere Angriffe ausführen.«

»Schtt«, sagt Avidh, »ein Fremder.«

Ein junger Mann kommt zur Tür herein. Avidh hat ihn noch nie gesehen. Er sieht nicht aus wie ein Krieger, hat schmalgliedrige Hände und einen ausgezehrten Körper.

»Das ist Svend«, sagt Gunnar, »er gehört zu einer Gruppe Kriegsmagier, die sich uns auf der Reise anschließen möchten. Ich habe ihm zugesichert, dass wir uns anhören, was sie zu bieten haben.«

Svend stellt sich vor ihnen auf. »Es wird ein Sturm über eure Gegner hereinbrechen«, er hebt beide Arme, »Blitz, Donner, Hagel werden auf sie niederprasseln. Die mächtige Skuld wird Pfeile abfangen, zurückschicken, eure Feinde werden von ihren eigenen Waffen aufgespießt. Nur wer das zweite Gesicht hat, wird sehen, wie Skuld über das Schlachtfeld wirbelt. Sie kann toten Kriegern neues Leben einhauchen, den Gegnern das Augenlicht rauben, und manchmal erhebt sie sich in die Lüfte, verwandelt sich in einen Drachen, sticht herab, wird zum Eber, zum Bullen, der alles platt stampft. Habt ihr einmal an ihrer Seite gekämpft, wollt ihr nie mehr ohne ihre Begleitung in die Schlacht ziehen.«

»Klingt gut«, sagt einer der Männer hinter Avidh.

Der junge Mann ist kaum fertig mit seinen Erzählungen, als Avidh sagt: »Du kannst jetzt verschwinden, wir besprechen das mit Gunnar.«

Es ärgert ihn, dass Gunnar dem Vortrag aufmerksam gelauscht hat. Avidh erzählt ihm von den Drohungen gegen Frida.

»Und du bist sicher, dass die Kriegsmagier dahinterstecken?«

»Frida sagt das.«

»Aber sicher weißt du es nicht?«

»Ich vertraue ihrem Wort. Warum nehmen wir nicht die beiden Seherinnen mit?«

»Könnten wir schon«, sagt Gunnar. »Aber es gibt eine Schwierigkeit. Das Silber, das ihr bei Skarde geholt habt, reicht nicht. Wir brauchen mehr Waffen, mehr Holz und mehr Silber, und zwar schnell.«

»Was hat das mit den Magiern zu tun?«

»Sie haben angeboten, sich an den Kosten zu beteiligen.«

»Beim viergeteilten Troll«, sagt Avidh, »ich habe kein Vertrauen zu diesen Magiern und will nicht mit ihnen in den Kampf ziehen.« Er schiebt den Hocker zurück und verlässt das Langhaus.

Kapitel 32

Yrsa dreht sich immer wieder um. Bleibt abrupt stehen, schaut nach hinten. Wie am Vorabend hat sie das Gefühl, dass ihr jemand folgt. Doch jedes Mal, wenn sie sich umdreht, ist da keiner. Sie läuft hinunter in die Stadt, am Hafen vorbei, bis zur Südsiedlung und noch ein Stückchen weiter. Am Ufer nahe einer kleinen Bucht entdeckt sie ein lehmverputztes Haus aus Flechtwerk. Genauso hat es Avidh beschrieben.

Sie setzt sich in einiger Entfernung ins Gras, an einer Stelle, die leicht erhöht ist. Es ist still um das Haus. Vom Wasser weht ein kühler Wind. Sie wartet. Doch nichts regt sich. Vielleicht bin ich falsch, denkt sie und beschließt, nachschauen zu gehen.

Gebückt schleicht sie um das Gebäude. Es gibt eine winzig kleine Luke, durch die sie schielen kann. Sie starrt in das düstere Haus und kann nichts erkennen, hört keine Geräusche aus dem Haus. Sie fragt sich, ob sie Avidhs Wegbeschreibung richtig verstanden hat.

Auf der Seite zum Wasser entdeckt sie eine Türe, die sich außen mit einem schweren Riegel schließen lässt. Auch das hat Avidh erwähnt. Die Türe ist nur angelehnt. Kurz überlegt sie, ob sie in eine Falle läuft, ob Olafs Männer sie vielleicht erwarten. Sie geht in Deckung hinter einen Busch und wartet.

Enten quaken, eine Fliege surrt ihr um den Kopf, aber aus dem

Haus kommen keine Geräusche. Sie geht noch einmal zu der Türe, schielt durch den Spalt. Es ist zu dunkel, um irgendetwas zu erkennen. Sie stößt leicht gegen die Türe. Sie öffnet sich ein Stück.

Yrsa zuckt zusammen, schaut über die Schulter. Niemand scheint da zu sein. Sie schlüpft durch den Spalt. Es wird ihr beinahe übel, es stinkt nach Fäkalien, Schweiß und Urin. Seitlich des Eingangs ist eine Öffnung im Boden, von dort kommt der Gestank.

In der Mitte des Hauses erkennt sie eine Feuerstelle. Auf beiden Seiten stehen hölzerne Podeste. Sie sind mit schmutzigem Stroh bedeckt, ein beißender Geruch liegt in der Luft. An den Wänden sind Ketten befestigt, an ihren Enden hängen eiserne Fesseln. Sie hat Olafs Unterschlupf gefunden. Hier sperrt er die Gefangenen ein, bis er sie verschifft und verkauft. Sie hält sich die Hand vor die Nase, läuft durch das ganze Haus, schaut in jede Ecke, sieht nur verfaulte Essensreste, keine persönlichen Gegenstände, und vor allem findet sie keine Spur von Sjalfi.

Sie war noch nie in einem solchen Gebäude, wo Sklavenhändler Menschen einsperren, und hat sich bisher nicht so viele Gedanken darüber gemacht. Ihre Mutter hatte nie Sklaven, aber sie besaßen auch keinen Hof. Torbjörn sagte immer: Die Gefangenen haben Glück, dass wir sie nicht gleich töten. Was Njáll auf den Märkter am meisten interessierte, weiß sie. Während ihrer Zeit bei Torbjörn hat sie sich immer Mühe gegeben, nett zu Torbjörns Leibeigenen zu sein. Warum sie das getan hat, weiß sie nicht genau. Es schien selbstverständlich, auch wenn es das für Torbjörn und seine Frau nicht war. Vielleicht hat sie es gerade deshalb getan.

Wenn sie sich jetzt vorstellt, Sjalfi wäre hier in diesem Loch angekettet, wird ihr übel. Den Gedanken kann sie kaum ertragen. »Das werdet ihr mir büßen«, sagt sie leise, »wehe, er hat nur den kleinsten Kratzer.«

Sie muss nachdenken, kauert sich in eine staubige Ecke, möglichst weit weg von dem stinkenden Loch. Fragt sich, wie lange sie die Sklavenhändler beobachten soll. Was ist, wenn sie einer falschen Spur folgt und Sjalfi irgendwo anders auf ihre Hilfe hofft, während sie Sklavenschiffe beobachtet?

Aus der Ferne dringen ein Rumpeln und Stimmen an ihre Ohren, Hufgetrappel, barsche Rufe von ein, zwei Männern. Es klingt, als ob sich ein Wagen und einige Reiter nähern. Sie rennt zur Türe, schlüpft durch den Spalt und versteckt sich im nahen Gebüsch. Ihre Lippen zittern, ihr Bauch schmerzt. Was soll sie tun, wenn Sjalfi auf dem Wagen ist? Bisher hat sie nach Lösungen gesucht, wie sie ihn aus einem verschlossenen Haus befreien könnte. Jetzt fällt ihr ein, sie könnte ihn hier und jetzt zurückkaufen. Aber sie hat nicht genügend Silber. Sie muss zu Geld kommen. Bloß wie? Sie könnte Njålls Axt verkaufen, doch sie braucht sie noch. Und eigentlich hat sie versprochen, die Waffe zurückzugeben.

Zwei hölzerne Wagen, gezogen von Ochsen, halten neben dem Haus an. Vier Männer auf Pferden begleiten die Gespanne. Je rund fünfzehn Menschen sitzen auf dem Boden beider Wagen, dicht aneinandergepfercht. Yrsas ganzer Körper verspannt sich. Vorsichtig streckt sie den Kopf aus dem Gebüsch und versucht etwas zu erkennen. Es sind keine Kinder unter den Gefangenen. Aber vielleicht sitzt Sjalfi in der Mitte zwischen all den Erwachsenen. Ihre Hände sind eiskalt.

»Los, alle absteigen«, ruft einer der Männer. Er trägt eine schwere Silberkette und viele Ringe an den Fingern. Seitlich des Auges zieht sich eine lange Narbe über seine Schläfe. Sie hat ihn schon einmal gesehen. Er hat Wache gehalten an dem Brett, das am Hafen auf Olafs Schiff führte. Er war es, dem sie viel zu viel Silber gegeben hat.

Die Gefangenen sind mit einer Kette zusammengebunden und

müssen einzeln vom Wagen steigen. Yrsa sieht junge Frauen und Männer. Sie sind schmutzig, haben strähnige Haare, manche tragen zerfetzte Kleider. Sie glaubt die Sprache zu hören, die man in Norðymbraland spricht, bemüht sich, jedem ins Gesicht zu schauen, um ganz sicherzugehen, dass Sjalfi nicht unter ihnen ist. Aber eigentlich erkennt sie das schon an der Größe der Gefangenen. Sjalfi ist nicht groß für sein Alter.

Die Männer zerren die Gefangenen an den Ketten in das Haus. Eine Frau stolpert, wird einige Schritte mitgeschleift. »Pass doch auf«, fährt sie einer der Männer an, »wir wollen gute Ware verkaufen.«

Als alle im Haus verschwunden sind, will Yrsa davonschleichen. Sie hat genug gesehen, Sjalfi ist nicht unter den Gefangenen. Aber sie erwischt einen schlechten Moment. Gerade als sie aus ihrer Deckung tritt, kommt der Mann mit der Silberkette aus dem Haus.

»Hey«, ruft er. »Was machst du da? Dich kenne ich doch.«

Sie prescht los, so schnell sie nur kann, über die Wiese, über den Weg, den Hang hinauf. Schaut kurz über die Schulter und sieht den Mann im Augenwinkel. Er rennt hinter ihr her.

Sie versucht schneller zu laufen, keucht, weiß nicht, wohin sie flüchten soll, rutscht aus auf dem nassen Gras, stützt sich ab, hastet weiter. Wieder wirft sie einen Blick über die Schulter. Sie hat ihn noch nicht abschütteln können. Er macht viel längere Schritte als sie.

Ihre Beine sind schwer, sie hat noch nichts gegessen, stolpert wieder, fasst in Dornen, die an ihrer Haut reißen. Weiter vorne sieht sie die ersten Häuser der Südsiedlung. Vielleicht kann ihr dort jemand helfen, aber es ist noch ein Stück, bis sie die Häuser erreicht. Ihr Atem geht stoßweise. Es sticht in ihrer Seite, jedes Mal, wenn sie Luft holt. Sie ist heute nicht so schnell wie sonst.

Der Mann kommt näher. Sie hört ihn schnaufen. Er wird sie einsperren, schlagen, ihre Axt stehlen. Sie springt über einen Graben, knickt um, rappelt sich wieder auf, verliert noch mehr von ihrem Vorsprung. Jetzt kann sie ihn riechen. Er stinkt nach Schweiß, nach Bier.

Mit letzter Kraft versucht sie, ihre Beine noch schneller voreinander zu setzen, die Schmerzen in der Seite nicht zu beachten. Er ist jetzt ganz nahe. Sie schaut über die Schulter. Im gleichen Moment bekommt der Mann ihren Zopf zu fassen und reißt sie zu Boden. Sie fällt ins feuchte Gras, schlägt mit der Schulter auf einem Aststück auf, will wieder aufstehen, als ihr ein stechender Schmerz durchs Bein fährt. Der Mann hat seinen Fuß auf ihre Wade gestellt und sein Gewicht auf das Bein verlagert. Sie unterdrückt einen Schrei.

»Verfluchte Göre, habe ich dich erwischt«, sagt er. »Was fällt dir ein, uns zu belauschen? Das mögen wir nicht. Du willst wohl auf einem Sklavenschiff landen?«

»Nimm sofort deinen Fuß von meinem Bein, du Dünnscheißer. Ich bin eine freie Frau und keine Sklavin.«

Der Mann drückt noch heftiger auf ihre Wade. »Bleib, wo du bist. Wenn du was Faules versuchst, breche ich dir das Bein. Das geht schnell. Du wärst nicht die Erste.«

Yrsa stützt sich auf die Ellbogen, aufstehen kann sie nicht, solange der Mann seinen Fuß nicht wegnimmt. Ihre Kiefer knirschen, so heftig versucht sie Schmerzenslaute zu unterdrücken. Sie will dem Mann diese Genugtuung nicht geben. Auf sein Mitleid zählt sie nicht. Sie ist überzeugt, dass er schon zahlreiche Menschen um ihre Freiheit hat betteln hören. Ihr Vater schärfte ihr das schon früh ein. »Keine Schwäche zeigen im Kampf, Yrsa«, sagte er. »Das ist wichtig, egal ob es schmerzt, ob es schlecht steht um dich. Wenn jemand deine Furcht wittert, wird er noch heftiger zuschlagen.« Die Angst sitzt tief in ihrem Bauch, aber sie schiebt sie zur Seite. Denkt nur daran, wie wütend sie der Gedanke macht, dass die Männer Sjalfi irgendwo gefangen halten.

»Ich habe dir am Hafen viel Silber gegeben. Hast du das vergessen?«

»Ich will wissen, warum du uns folgst.«

»Ich suche meinen Bruder. Hast du ihn vielleicht gesehen? Er ist neun Winter alt, hat blonde Locken.«

»Mir ist egal, wen du suchst. Du kommst jetzt mit zu Olaf. Er entscheidet, was mit dir geschieht. Wir haben bestimmt ein paar Einfälle.«

Er verlagert noch mehr Gewicht auf seinen Fuß. Ein stechender Schmerz fährt durch ihr Bein. Sie bemüht sich, ruhig zu klingen. Bemüht sich, ihre Gedanken weg von dem Schmerz zu leiten. Der Boden unter ihren Hosen ist feucht, die Nässe dringt durch den Stoff.

»Ich gebe dir noch mehr Silber, wenn du mich gehen lässt.«

Der Mann mustert sie, sie kann keine Regung in seinem Gesicht erkennen. »Bezahlt Olaf dich gut für deine Dienste? Er macht viel Geld mit den Sklaven.«

Der Mann zieht die Augenbrauen zusammen. »Wie viel Silber hast du?«, sagt er.

»Ich habe noch viele Münzen in meinem Säckchen. Du musst mich aufstehen lassen, sonst kann ich sie nicht rausholen.«

Der Mann zögert. Sie spürt, wie der Druck auf ihrer Wade etwas nachlässt.

»Zeig mir das Silber.«

»Du musst mich aufstehen lassen.«

Er tritt wieder heftiger auf ihre Wade. »Muss ich das?«

»Mein Mann hat noch mehr Silber. Ich bin eine freie Frau. Du kannst mich nicht wie eine Sklavin behandeln. Ihr werdet das bereuen.«

»Dein Mann scheint nicht hier zu sein.« Er lacht. »Du würdest uns einen guten Preis bringen auf den Märkten im Osten. Mehr Silber, als du mir geben kannst.«

»Und wie groß wäre dein Anteil?«

»Einer der Händler in Truso hat kürzlich gesagt, er sucht eine junge Frau. Du würdest gut passen. Er braucht immer wieder mal eine neue. Ich weiß nicht, was mit denen geschieht, die er zuvor gekauft hat.«

»Mein Mann wird euch verfolgen.«

»Jaja, dein Mann.«

Er hat nicht nachgeschaut, ob sie ein Messer hat. Er scheint nicht auf den Gedanken zu kommen, dass sie eins benutzen könnte.

»Nimm deinen Fuß von meinem Bein.«

»Wo hast du dein Silber versteckt? Sag es mir, sonst suche ich es.«

Yrsa wird schlecht bei dem Gedanken, er könnte sie mit seinen schmutzigen Händen abtasten. Sie muss schnell sein.

»Es ist hier vorne, Moment.« Sie setzt sich hin, wartet nicht, ob der Mann protestiert, fasst mit der einen Hand in ihre Hose. Spürt, wie der Mann ihrer Hand mit seinen Blicken folgt. Mit der anderen Hand tastet sie am Rücken nach dem Messer. Die Hand in der Hose schiebt sie zwischen ihre Beine, sagt: »Das Säckchen ist hier unten, ich habe es gleich«, zieht im gleichen Moment mit der zweiten Hand das Messer und reißt es über den Unterschenkel des Mannes.

Er schreit, verliert das Gleichgewicht, ihr Bein ist frei. Sie tritt dem Mann zwischen die Beine. Er jault.

Sie rennt los, versucht es zumindest, kann kaum auftreten auf den schmerzenden Fuß. Der Mann ist zusammengesunken, hält beide Hände über seine Hoden und flucht.

»Das wirst du bereuen«, ruft er ihr hinterher. »Das wirst du zutiefst bereuen. Agnar ist mein Name. Ich werde dich in deinen Albträumen verfolgen.«

Sie keucht den Hang hinauf in Richtung der ersten Häuser, der Schmerz pulsiert in ihrem Bein. Dann hat sie es bis zur Südsiedlung geschafft. Eine kräftige Frau zupft in einem Garten Unkraut aus der Erde.

»Wovor rennst du denn davon?«, ruft sie Yrsa zu.

»Ein Sklavenhändler bedroht mich. Ich bin eine freie Frau.«

Die Frau schüttelt den Kopf. »Es gibt zu viele Männer, die sich am Hafen schlecht benehmen. Setz dich hier auf meine Bank, ich hole dir einen Becher Milch.«

Als sie sicher ist, dass Agnar die Verfolgung aufgegeben hat, macht Yrsa sich auf in Richtung der engen Gassen. Es war dumm von ihr, sich erwischen zu lassen. Das Glück hat sie in den letzten Tagen verlassen. Es muss Revnas Fluch sein, der noch immer über ihr schwebt. »Mama, ich spüre deine Kraft«, flüstert sie. »Aber ich muss mir Hilfe holen, um mich von dem Fluch zu befreien. Es tut mir leid, dass ich es nicht allein mit deinem Schutz schaffe. Bitte sei nicht böse.«

Sie läuft durch die Gassen und überlegt, ob sie bei Frida vorbeischauen soll. Aber sie kennt sie nicht, weiß nicht, wo sie Frida finden könnte. Sie biegt in die Gasse ein, in der das Haus der Seher steht. Ingvar sitzt vor dem Haus. Er schaut auf den Boden, scheint in Gedanken. Sie bleibt stehen, begrüßt ihn.

»Ach, Yrsa. Schön, ein freundliches Gesicht zu sehen.«

»Was ist los?«

»Ich habe gerade längere Zeit unsere Türe abgeschliffen. Jemand hat eine unfreundliche Botschaft hineingeritzt.«

»Was denn?«

»Ich will es nicht wiederholen.«

»Sag schon.«

»›Ergi‹ stand da, ›Schande über euch – ihr seid Ergi, keine Männer‹.« Er schaut in die Ferne. »Ist nicht das erste Mal. Vielleicht hätte ich doch auf meine Mutter hören sollen.«

»Womit?«

»Sie wollte, dass aus mir ein großer Krieger wird. Aber mir war früh klar, dass ich andere Fähigkeiten habe. Und die Magie ist den Waffen im Kampf sowieso überlegen.«

»Hast du eine Ahnung, wer das mit deiner Türe war?«

»Nein, vielleicht fragst du mal bei Avidh dem Krieger nach.«

Sie überlegt, ob Avidh so etwas tun würde. Eine Antwort hat sie nicht.

»Setz dich ein bisschen zu mir«, sagt Ingvar und zeigt auf den Platz neben sich »Ich hole uns etwas zu essen.«

Yrsa setzt sich auf die Bank. Sie löffeln Eintopf mit Lachs, es schmeckt köstlich. »Wir wurden in der Methalle unterbrochen. Du hattest gerade gesagt, etwas Schreckliches sei mit deiner Schwester passiert.«

Ingvar nickt. »Mein Vater und unsere älteren Geschwister sind alle gestorben, als das schlimme Fieber in Birka wütete. Meine Mutter, meine Zwillingsschwester und ich blieben wie durch ein Wunder verschont. Meine Mutter hat sich jedoch nie für das Handelsgeschäft interessiert, und plötzlich blieben die Einnahmen aus. Es gab keine Seide, keine Pelze, keine teuren Gewürze mehr. Aber meine Mutter hatte noch immer zahlreiche Verehrer, traf sich mit ihnen, und so kamen wir über die Runden. Meine Schwester und ich verbrachten viel Zeit bei einer alten Heilerin, die in der Nähe lebte. Magische Kräfte schlummerten in meiner Schwester, sagte die Heilerin und wollte sie ausbilden. Meine Schwester hatte aber keine Lust und schickte mich. Sie sagte, wir seien eins, also müssten die Kräfte auch in mir wirken. Doch die alte Heilerin wollte mich nicht. ›Männer haben keine magischen Kräfte‹, sagte sie immer wieder. Aber meine Schwester war überzeugt, dass ihre Kräfte auch in mir lebten. Und ich weiß, dass sie recht hatte.«

»Wo ist deine Schwester?«

»Als wir älter wurden, hatte meine Schwester wie unsere Mutter viele Verehrer. Sie war zwölf, hatte einen leicht trotzigen Zug um die Oberlippe, als sie begann, sich mit Männern zu treffen. Ich versuchte sie davon abzuhalten, schlief kaum, weil sie sich oft nachts rausschlich und ich sie zurückhalten wollte. Aber eines Nachts war ich so müde, dass ich nicht aufschreckte, als sie loszog. Am nächsten Morgen lag ich allein in unserem Bett. Ich wusste sofort, dass etwas Schreckliches geschehen war. Ich jagte durch die Stadt, fand sie tot in einer Gasse. Jemand hatte ihr Gewalt angetan und ihr das Genick gebrochen.«

»Das tut mir sehr leid.«

Ingvar starrt ins Leere, nickt kaum merklich.

»Es wurde noch schlimmer«, sagt er. »Die Menschen behaupteten, meine Schwester sei eine Draugr. Sie komme des Nachts aus ihrem Grab, würde Unschuldige angreifen und sie krank machen. Dabei stimmte das nicht. Sie hätte nie jemandem schaden wollen.«

»Draugar verhalten sich oft anders als die Menschen, die sie einst waren.«

»Jaja, ich weiß. Aber meine Schwester hat das nicht getan.« Er seufzt. »Die alte Heilerin sagte, all das wäre nicht passiert, wenn meine Schwester ihre Gabe nicht beiseitegeschoben hätte. Von diesem Moment an wusste ich, dass ich ihre Gabe am Leben halten würde. Meine Schwester hatte mich immer ermutigt auf diesem

Weg. Es war nicht einfach, ist es noch immer nicht. Aber ich bin zu einem mächtigen Magier aufgestiegen, egal was alle sagen. Ich kämpfe für unser Erbe, und ich werde weitermachen, auch wenn ich noch viele Male die Türe abschleifen muss. Meine Schwester ist immer bei mir.« Sein Mund ist nur noch eine schmale Linie.

»Könntest du mir helfen?«, sagt Yrsa.

Ingvar schaut sie an. »Natürlich. Womit?«

»Ein Fluch lastet auf mir. Meine Mutter hat mir beigebracht, wie ich mich davon befreien kann, aber mir fällt nicht mehr alles ein.«

»Ich kann den Fluch für dich in alle Winde zerstreuen, oder du kannst es selbst versuchen.«

Yrsa überlegt einen Moment. Es scheint ihr sicherer, es zuerst selbst zu versuchen.

»Woran erinnerst du dich?«, sagt Ingvar.

»Drei Federn eines Wasservogels und drei Runen, aber ich weiß nicht mehr, welche und was ich sonst machen muss.«

»Komm her, ich flüstere es dir ins Ohr.« Ingvar beugt sich zu ihr herunter. Seine Haare riechen nach Fischöl, das schon ein bisschen ranzig ist.

Sie schlägt sich gegen die Stirn. »Natürlich. Das war genau das, was meine Mutter uns erzählt hat. Ich danke dir.«

Ingvar lächelt. »Und sonst komm zurück, falls es nicht klappt.«

Im Wald hinter dem Pferdestall befreit sie sich von Revnas Fluch. Nach ihrem Besuch bei Ingvar ist ihr alles wieder eingefallen, was ihre Mutter ihnen eingeschärft hatte. Sie ritzt drei Runen in ein Stück Holz, lässt Blut auf sie tropfen, umrundet einen Baum gegen den Lauf der Sonne und murmelt Verse. Dann wirft sie das Stück Holz und die drei Vogelfedern in die Schlei. Endlich kann sie wieder freier atmen. Sie setzt sich noch einen Moment ans Wasser.

»Dich kenn ich doch. Du hast noch was gut bei mir«, sagt ein Mann hinter ihr. Er zieht sie am Zopf nach oben, hält ihre Haare fest umklammert.

Sie versucht sich umzudrehen, spürt einen leichten Stich im Rücken.

»Eine falsche Bewegung, und ich ramme dir das Messer zwischen die Rippen. Ich habe dir versprochen, dass ich dich in deinen Albträumen verfolgen werde. Jetzt ist es so weit.«

Kapitel 33

Avidh ist auf dem Rückweg von Gunnars Hof, lässt das Pferd in gemächlichem Schritt laufen. Er ärgert sich noch immer, dass Gunnar dem Vortrag des Kriegsmagiers aufmerksam gelauscht hat, und nimmt sich vor, noch einmal mit Frida zu sprechen. Er muss etwas unternehmen. So geht es nicht weiter. Sein Hengst schnaubt aufgeregt, wirft den Kopf in den Nacken. Er tätschelt ihm den Hals, krault das Fell. »Alles in Ordnung, Junge, kein Grund sich aufzuregen. Wir werden schon fertig mit diesen Kriegsmagiern.«

Avidh denkt an Yrsa. Es war eine schöne Überraschung, sie heute Morgen kurz am Pferdestall zu treffen, und noch besser ist, dass sie heute Abend wieder zusammen am Wasser sitzen. Er ist gespannt, wie es sein wird, sie nach Sliesthorp mitzunehmen. Auf den Wettkampf freuen Leif und er sich schon lange. Kämpfer aus der ganzen Gegend werden sich dort treffen.

Es ist eine Weile her seit seinem letzten Besuch in Sliesthorp. Seine ersten Monde dort vor vielen Wintern waren hart. Er war einer der Jüngsten und schlief anfangs im Stall. Das machte ihm nichts aus, es war warm. Viele Jungen stammten aus guten Familien, schon ihre Väter hatten im Dienst des Königs gestanden. Das betonten sie gern. Sie kamen mit glänzenden Waffen und guter Ausrüstung. Sein Vater war auch ein großer Krieger gewesen, doch er war damals schon drei Winter in Valhöll. Ein Franke hatte seinem Vater nach dessen Tod die Waffen gestohlen. Avidh brachte nur einen selbst geschnitzten Bogen mit nach Sliesthorp.

»Dann wirst du besser kämpfen als alle anderen«, sagte Toke der Röhrende zu ihm. Das waren nur leere Worte. Heute schüttelt er den Kopf darüber, wie jung und gutgläubig er war.

Toke hatte ihn nach Sliesthorp geholt. Er trank gerne in der Methalle, in der Avidh sich sein Essen verdiente. Irgendwann fragte Toke, ob er sich nicht als Krieger ausbilden lassen wollte.

»Du bist zäh und schnell«, sagt er, und Avidh antwortete: »Ihr habt mich nur die Methalle fegen sehen.«

»Machst du alles mit der linken Hand?«, fragte Toke.

Avich nickte.

»Dann wird erst recht ein gefährlicher Krieger aus dir«, sagte Toke.

Avidh fühlte sich geschmeichelt und erinnert sich gut an das Kribbeln in seinem Bauch, als er endlich dort stand, wo der König sich manchmal aufhielt. Er tat sich zuerst schwer damit, sich in die Gruppe einzufügen. Er hatte zu lange nur für sich gekämpft. Musste oftmals die Waffen der Ausbilder schärfen, weil er nicht tat, was sie von ihm verlangten. Doch alles wurde besser, als Leif nach Sliesthorp kam und ihm zeigte, was es heißt, Teil eines größeren Ganzen zu sein.

»Würdest du meine älteren Brüder kennen, würdest du dich hier nicht so aufführen«, sagte Leif ihm schon nach kurzer Zeit. Und weil Leif gleich anschließend eine lustige Geschichte von seinen Geschwistern erzählte, vergaß Avidh, dass er ihm diese Bemerkung eigentlich hatte übel nehmen wollen.

Als er knapp zwölf Winter alt war, mussten sie in Sliesthorp eine besondere Prüfung durchstehen. Schon viele Monde vorher sprachen alle Jungen in seinem Alter von nichts anderem. Sie überboten einander mit wilden Geschichten, die sie gehört hatten.

»Ihr müsst von einer Klippe springen, nur die Hälfte überlebt«, sagten die einen. »Wir müssen uns allein und ohne Waffen bis ins Frankenreich durchschlagen«, die anderen. Nichts davon entsprach der Wahrheit, aber er würde die Prüfung trotzdem sein Leben lang nicht vergessen.

Sie fand immer kurz vor der längsten Nacht mitten im Winter statt. Neun Tage mussten sie im Wald überleben, allein und nur mit einem Messer bewaffnet. Egal ob ein Schneesturm tobte oder klirrende Kälte herrschte. Nur wer bis ganz zum Schluss durchhielt, hatte bestanden. »Schnitzt euch als Erstes einen Bogen«, rieten ihnen die älteren Jungen. »Und sorgt dafür, dass ihr Schuhe aus dickem Fell habt.« Im Bogenschnitzen war Avidh geübt, die Schuhe waren eine Herausforderung.

Schon Wochen vor der Prüfung lungerte er häufig bei der Hütte des Schuhmachers herum. Sie stand östlich des großen Langhauses, in dem die reichen Krieger nächtigten. Der Schuhmacher war ein drahtiger Mann. Er schlug manchmal heftiger als nötig mit dem Hammer auf das Leder und murmelte dabei wilde Flüche. Die wertvollsten Lederstücke lagerte er im Strohsack, auf dem er schlief. Avidh kannte schon bald seine Gewohnheiten. Doch der Schuhmacher verließ die Hütte nur selten, und dann bewachte ein scharfer Hund die Lederstücke.

Ein ehrenvoller Krieger stiehlt nicht, erzählten ihnen die Ausbilder. Ihm war das egal. Er hatte seit dem Tod seines Vaters viel gestohlen. Nicht nur aus Hunger, manchmal reizte ihn die Herausforderung. Wenn ihn der Wirt erwischte, versuchte er ihn zu verprügeln. Doch noch während er ausholte, war Avidh meist unter seinem Arm weggetaucht und davongerannt.

An einem Tag kurz vor der großen Prüfung war unten an der Schlei eine Lieferung mit Seehundfell angekündigt. Die wohlhabenden Krieger ließen sich daraus Schuhe für den Winter nähen.

Er wollte etwas von dem Fell stehlen, bevor es beim Schuhmacher eintraf, schlich sich frühmorgens zur Anlegestelle. Er wartete zwei Stunden hinter einem stachligen Busch. Vergebens.

Am Nachmittag sah er den Schuhmacher mit einer dicken Rolle Seehundfell auf der Schulter in seiner Hütte verschwinden. Kurz darauf versammelten sich die Krieger bei ihm. Avidh setzte sich in einiger Entfernung ins Gras. Ihm fiel ein loses Brett an der Seitenwand der Hütte auf. Der Hund war nicht da, niemand achtete auf ihn. Er setzte sich direkt an die Hüttenwand, schob das Brett leise hin und her, um zu sehen, wie groß die Öffnung war.

Der Schuhmacher war beschäftigt, alle versuchten an die besten Stücke zu kommen. Schnell war Avidh klar, dass er jetzt zuschlagen musste. Auch wenn es irrwitzig schien, es war helllichter Tag, und überall standen Menschen.

Er wurde ruhig, dann quetschte er sich durch die Öffnung, kauerte sich in der Werkstatt hinter ein Fass. Der Schuhmacher stand nur wenige Schritte vor ihm, ein Krieger zeigte ihm gerade, wie hoch er sich den Schaft seiner Stiefel vorstellte. Auf dem Boden lagen Fellreste. Avidh schlich hinter den Schuhmacher, von draußen konnte ihn niemand sehen. Er hätte das Bein des Schuhmachers berühren können. Er schnappte sich ein Stück Fell, stopfte es in sein Hemd und verließ die Hütte auf dem gleichen Weg. Dann rannte er in den Wald.

Das Stück Seehundfell war zu klein, um zwei Schuhe daraus zu nähen. Er gab Leif die Hälfte davon ab, und sie konnten sich beide zwei Sohlen zuschneiden, die sie in ihre alten Schuhe legten. Es war besser als nichts.

Zwei Tage, bevor sie loszogen, mussten sie fasten, einen Tag vorher in der Schwitzhütte sitzen. Bevor sie schließlich aufbrachen, beschwor eine Seherin die Geister des Waldes für sie. Ihre Trommelwirbel dröhnten Avidh noch in den Ohren, als er durch den Schnee in Richtung der Bäume stapfte. Seine Beine waren ein bisschen zittrig.

Zu Beginn war alles nur dünn überzuckert mit Schnee, gerade genug Weiß, um die lange Nacht zu erhellen, aber kein großes Hindernis. Avidh schnitzte sich am ersten Tag einen Bogen und baute einen Unterschlupf aus Zweigen und Laub. Aber sein Jagdglück war mäßig, er hatte erst einen Hasen geschossen. Nachts wachte er auf, weil sein Hunger so groß war.

Am vierten Tag zog ein Schneesturm auf. Der Wind jaulte durch die Wipfel der Bäume, ließ die Eiszapfen klirren, fegte sie von den Ästen. Ein langer spitzer Zapfen verfehlte Avidhs Arm nur knapp. Bald sah er nichts mehr, der Schnee schien von oben, von unten, von allen Seiten zu kommen. Winzige Eiskristalle fielen vom Himmel und stachen in seine Haut.

Die Schneemassen drückten seinen Unterschlupf platt. Überleben konnte er nur mit einer Schneehöhle. Er türmte den luftigen Schnee mit einem Holzstück zu einem Hügel auf. Der Wind zerstörte sein Werk immer wieder. Irgendwann schaffte er es, einen kleinen kompakten Schneehügel zu formen, auf den er immer mehr Schnee schaufelte. Dann grub er einen Tunnel hinein. Er spürte seine Finger, die Ohren, die Nasenspitze kaum noch. Schon den ganzen Tag war ihm leicht schwindlig. Der Wind fauchte in den Wipfeln.

Bevor der Sturm losgebrochen war, hatte er etwas Reisig zusammenraffen können und polsterte damit seine Höhle aus. Mit einem Pfeil bohrte er ein Luftloch. Dann legte er sich hin, lauschte dem Jaulen des Windes. Seine Kehle war trocken, er lutschte Schnee, sein Magen grummelte.

Er wusste nicht, wie lange er so gelegen hatte, als der Eistroll erschien. Seine Augen waren zwei Glaskugeln, die ein feines Netz durchzog, als wäre ein Stein auf ihnen aufgeschlagen. Der Eistroll stand mit seinen mächtigen Füßen auf Avidhs Brust, füllte die Schneehütte, wuchs und wuchs, dehnte sie auf das Zehnfache aus, fauchte eisige Luft auf ihn, als wollte er seinen Atem gefrieren lassen.

Avich kämpfte, der Druck auf seiner Brust war riesig, er bekam kaum Luft, alles war nur noch eisiger Hauch. Er schloss die Augen, stellte sich vor, im Reich der Wassergeister zu schweben, und so gelang es ihm, den Eistroll schrumpfen zu lassen. Zuerst perlten nur Tröpfchen von seiner Brust, sie verwandelten sich in Rinnsale und dann in Sturzbäche. Avidhs Atem ging wieder leichter. Als er die Augen schließlich öffnete, war der Eistroll verschwunden. Und er hatte im Traum sein Schwert gesehen.

Avidh lenkt das Pferd über einen Bach. Plötzlich zischt ein Pfeil an seinem Ohr vorbei. Avidh duckt sich, gleitet aus dem Sattel, rollt über den Boden, zieht das Schwert, springt zurück und greift nach seinem Schild. Mit einem Satz ist er in Deckung und kauert sich hinter den nächsten Baum.

Der Pfeil kam von den großen Buchen etwas weiter oben. Seinen Kopf hat das Geschoss nur knapp verfehlt, das tödliche Sirren war ganz nahe. Er lauscht, hört bloß das leise Rascheln der Waldbodenbewohner. Gebückt schleicht er zum nächsten Baum, sieht im Augenwinkel eine Bewegung, weiter oben, duckt sich tiefer. Dort oben ist jemand, mehrere Männer vielleicht.

Er atmet ruhig, das Schwert in der linken Hand, den Schild in der anderen, und spürt für den Bruchteil einer Sekunde diese Ruhe tief in sich, die immer da ist, bevor er losschlägt. Eine eisige Ruhe, die von einem Moment zum anderen zu tödlicher Kraft wird. »Das macht dich zu einem gefährlichen Krieger«, hat ihm einmal ein älterer Soldat gesagt.

Er kneift die Augen zusammen, wieder bewegt sich etwas zwischen den Ästen weiter oben. Die Männer, es sind mindestens zwei, werden ihn von verschiedenen Seiten angreifen. Er will einzeln gegen sie kämpfen, schleicht langsam seitwärts, die Baumgruppe, wo er sie vermutet, immer im Blick.

Er hebt ein Holzstück vom Waldboden auf und wirft es dorthin, wo der Pfeil ihn beinahe getroffen hätte. Ein zweiter Pfeil folgt. Nun weiß er, wo der Schütze ungefähr steht. Weiß aber nicht, wo die anderen sind. Der Boden ist mit kleinen Zweigen, Reisig und altem Laub übersät. Es ist nicht leicht, sich geräuschlos zu bewegen. Behutsam schiebt er sich vorwärts, versucht auf Moos, Steine, Wurzeln zu treten.

Dann hört er hinter sich ein Knacken, ein Zweig ist zerbrochen, das Geräusch war nahe. Avidh dreht sich um. Ein Mann stürmt auf ihn zu, mit Schwert und Schild bewaffnet. Sein erster Schlag trifft Avidhs Schild. Avidh stößt den Mann weg, will ihn aus dem Gleichgewicht bringen. Etwas sirrt, Avidh reißt den Schild seitlich nach oben, ein Pfeil bohrt sich hinein.

Im Augenwinkel sieht Avidh ein Schwert auf sich zurasen, duckt sich, verliert das Gleichgewicht, rollt über den Waldboden, steht gleich wieder, den Schild vor dem Körper, das Schwert gezückt.

»Wenn ihr Ehre habt, kämpft ihr offen gegen mich«, ruft er den Männern zu.

Er weiß, was sie vorhaben. Der Bogenschütze will ihn seitlich treffen, wenn er seinen Schild vorne zur Deckung braucht. Er muss ihnen zuvorkommen, springt auf seinen Angreifer zu, reißt den Schild nach oben, wehrt einen Schlag ab, schlägt in derselben Bewegung mit dem Schwert auf das Bein des Gegners, trifft ihn, zieht dem Mann die Klinge durchs Fleisch. Der Mann schreit, verliert das Gleichgewicht und seine Deckung.

Wieder zischt ein Pfeil durch die Luft, Avidh hält den Schild in Kopfhöhe, der Pfeil fliegt knapp an ihm vorbei.

Sein Gegner hat sich wieder in Position gebracht, trifft Avidhs Schild, blockiert seinen Schlag. So geht es hin und her.

Als Avidh wieder einem Pfeil ausweichen muss, schlägt der Mann ihm die Kante des Schilds gegen die Brust. Avidh taumelt, japst nach Luft, die Schwertschläge prasseln auf den Schild, er weicht zwei Schritte zurück, stolpert über eine Wurzel, fällt nach hinten, schlägt auf dem Waldboden auf und verliert das Schwert.

Sein Gegner ist mit einem Satz bei ihm, drückt ihm die Kante des Schilds auf die Brust, der Schmerz fährt Avidh durch die Rippen. Er presst mit der Hand dagegen, will den Druck mindern, tastet mit der anderen Hand an seinen Gürtel.

Der Mann holt aus, will zuschlagen. Avidh zieht das Messer und rammt es dem anderen heftig in den Fuß. Das Messer bohrt sich durch bis in den Waldboden.

Sein Gegner schreit, der Druck auf Avidhs Brust lässt nach. Avidh springt auf, greift nach der Axt und schlägt dem Mann das Schwert aus der Hand. Avidhs Messer steckt noch immer im Fuß des Gegners, der Mann kann sich kaum bewegen.

Avidh hat seine Waffen wieder, schlägt dem Mann den Schild ins Gesicht. Der geht zu Boden. Avidh zieht ihm das Messer aus dem Fuß, rennt von Baum zu Baum in Richtung des Bogenschützen.

Bei der dritten Buche erwischt ihn beinahe ein Pfeil, ganz nahe hört er das Zischen, der Pfeil steckt im Baum, er hetzt weiter. Er hört den Bogenschützen davonrennen, setzt ihm nach und holt ihn nach kurzer Zeit ein. Der Mann lässt Bogen und Pfeile fallen, zieht sein Schwert. Ihre Schilde krachen aufeinander.

Der Mann schießt besser mit dem Bogen, als er mit dem Schwert kämpft. Nach kurzer Zeit trifft Avidh ihn zuerst am Arm, dann spaltet er ihm das Schulterblatt, der Knochen splittert. Der Mann jault und sinkt zu Boden.

»Wer hat dich geschickt?« Er hält dem Mann die Spitze seines Schwerts auf die Brust.

»Ich kann das nicht sagen, Herr, bitte«, sagt der Mann am Boden.

Avidh drückt noch etwas stärker mit der Schwertspitze. »Los, rede!«

»Bitte, Herr, nein, sie haben damit gedroht, meinen Sohn zu töten.«

Avidh überlegt einen Moment, dann sagt er: »Du hast Glück, es ist gegen meine Ehre, einen Mann zu töten, der wehrlos auf dem Boden kniet. Verschwinde, so schnell du kannst, und sag deinem Auftraggeber, wer auch immer es ist: Diesen Hinterhalt wird er bereuen.«

Avidh geht zu seinem Pferd zurück, fährt ihm über die Nüstern, nimmt die Zügel und führt das Pferd ein Stück weit durch die Bäume. Dabei lauscht er in die Richtung des Mannes mit der verletzten Schulter. Der Zweite wird ihn mit seinem durchbohrten Fuß kaum verfolgen können.

Der Mann mit dem gespaltenen Schulterblatt stöhnt, rappelt sich langsam auf und schleppt sich zum Weg. Avidh bindet sein Pferd wieder an einen Baum, kauert sich hinter einen Busch und wartet. Dann folgt er dem Mann in einigem Abstand. Der Verletzte bleibt immer wieder stehen, hinterlässt eine Blutspur.

Dort, wo sich der Weg kurz vor der Stadt gabelt, wird der Mann erwartet. Avidh ist nicht überrascht, als er den Auftraggeber sieht.

Kapitel 34

Yrsa zerrt an der Kette. Immer wieder. Um ihre Handgelenke liegt eine schwere eiserne Fessel, mit der Kette ist sie an der Bordwand befestigt. Das Metall der Fessel scheuert an Yrsas Haut. Sie beachtet den Schmerz nicht. Die Wut brodelt in ihr. Wie konnte sie so langsam, so unvorsichtig, so nachlässig sein?

Sie hatte sich von Revnas Fluch befreit, sich in falsche Sicherheit gewiegt und einen Moment nicht aufgepasst. Nur einen winzigen Moment. Und dann war da plötzlich dieser Agnar, diese stinkende, widerliche Schweinekröte. Ihr Atem geht schnell. Wieder reißt sie an der Kette. Die Verankerung gibt nicht nach, aber Yrsa will den Zorn am Leben halten. Denn darunter schlummert die Angst. Und es gibt viele Gründe, schreckliche Angst zu haben.

Sie ist eine Gefangene auf Olafs Schiff, sitzt auf den Holzbohlen, ganz hinten in der Ecke. Vielleicht fünfzehn Schritte lang ist das Schiff und breiter als die Schiffe der Krieger. Entlang des Rumpfs sind überall Ketten im Holz befestigt. Dort kauern andere Gefangene. Vorne auf dem Halbdeck steht Olaf. Dieses Mal reist er selbst mit. Was das bedeutet, weiß Yrsa nicht. Am Mast weht die Flagge mit der Flamme, von Sjalfi keine Spur.

Mit Gewalt haben die Sklavenhändler Yrsa an Bord gezerrt, verschleppen sie in den Osten, in die Stadt Truso oder vielleicht noch weiter. Ihr Bauch krampft sich zusammen, wenn sie sich an

Agnars Worte erinnert, wonach ein Händler in Truso oft junge Frauen brauche. Nein, die Angst darf sie nicht lähmen.

Am Hafen hat sie sich gewehrt, hat um sich geschlagen, Agnar ins Gesicht gespuckt, aber es waren zu viele Männer. »Ich bin eine freie Frau«, hat sie immer wieder gerufen, »ihr habt kein Recht, mich mitzunehmen.« Doch es hat nichts genützt.

Haithabu haben sie schon hinter sich gelassen, segeln jetzt auf der Schlei in Richtung des offenen Meeres, beidseits zieht die Küste an ihnen vorüber. Am nördlichen Ufer hat Yrsa Sliesthorp gesehen, dort soll übermorgen das Turnier stattfinden, zu dem Avidh sie mitnehmen wollte.

Sie schluckt leer, die Zunge klebt ihr am Gaumen. Seit Stunden hat sie nichts getrunken. Sie kämpft gegen die Verzweiflung, die sich in ihr breitmachen will. Sjalfi braucht mich, ich werde ihn finden, sagt sie sich immer wieder in ihrem Kopf. Und vielleicht wird sie sogar Avidh wiedersehen. Was wird er denken, wenn sie nicht zu ihrem Treffen auftaucht? Wenn er ihr nur helfen könnte. Gegen Avidh hätte Agnar keine Chance.

Vier Bewacher sind außer Olaf an Bord und rund dreißig Gefangene. Was sie nicht versteht: Das Schiff ist nicht ganz voll. Warum hat Olaf nicht gewartet, bis er genügend Gefangene beisammenhat, wie er es sonst anscheinend tut? Auch jene Menschen, die sie am Mittag auf die Wagen gepfercht hat ankommen sehen, sind an Bord. Eine Ewigkeit scheint seither vergangen.

Fast keiner der Gefangenen spricht ihre Sprache. Sie stammen aus dem Westen von jenseits des Meeres, aus Norðymbraland oder von den gälischen Inseln. Über Hollingstedt haben die Händler sie bis nach Haithabu verschleppt. Sie muss von diesem Schiff, bevor sie die offene See erreichen. Sonst ist sie verloren. Wie viel Zeit ihr bis dahin bleibt, weiß sie nicht genau. Viel ist es nicht.

Agnar arbeitet vorne an der Reling, unterhält sich mit einem von Olafs anderen Männern. Schnell senkt sie den Blick, will seine Aufmerksamkeit nicht auf sich ziehen. Immer wieder hat sie im Augenwinkel bemerkt, wie er sie mit seinen verquollenen Augen anstarrt und dann mit dem anderen Mann tuschelt. Sie ist nicht die einzige junge Frau an Bord, aber sie weiß, dass Agnar sich an ihr rächen will.

Sie hat nichts bei sich. Ihr Beutel, die Axt liegen auf der Hochburg. Sie wollte mit der schönen Waffe nicht auffallen in der Stadt, fürchtete, jemand könnte sie als Waffendiebin beschuldigen. Das bereut sie jetzt. Vielleicht hätte sie sich mit der Axt gegen Agnar verteidigen können. Aber alles ging so schnell. Das Messer hat er ihr dieses Mal abgenommen. Um seinen Unterschenkel ist ein Verband gewickelt. Sie hat ihn nicht richtig erwischt, es ist vermutlich nur ein Kratzer.

Noch einmal reißt sie an der Kette, obwohl sie weiß, dass es sinnlos ist. Die Kette ist an einem massiven Eisenstück befestigt. Das Eisen ist Teil der Fessel und mindestens zwei Finger dick. Der Bügel der Fessel steckt in dem Eisen und hat einen Schließmechanismus, eingerastet mit einer Spreizfeder. Wenn sie ihr Messer hätte, könnte sie das Ganze vielleicht irgendwie aufspringen lassen.

Yrsa rutscht auf den feuchten Holzplanken hin und her, auch ihre Knöchel sind zusammengebunden. Sie will die Beine nicht einschlafen lassen, aber es ist schwierig, eine bequeme Haltung zu finden. Immer wieder schwappt etwas Wasser über die Reling, ihre Schuhe, die Hosen sind durchnässt, ihre Füße, die Beine eiskalt. Der Wind weht aus Westen, hat ihre Fahrt zuerst beschleunigt, jetzt treibt er sie nahe an das südliche Ufer. Die Bewacher sind damit beschäftigt, das Schiff auf Kurs zu halten. Diese Zeit muss sie nutzen. Sie braucht schnell einen Plan. Irgendetwas.

»He«, zischt sie leise dem jungen Mann zu, der neben ihr kauert. Er ist etwas jünger als sie, in seinem Gesicht wächst erst spärlicher Bartflaum. Seine Nase ist krumm, ein schlecht geheilter Bruch, vielleicht auch zwei. Ganz kurz dreht der junge Mann den Kopf, dann starrt er wieder auf die Planken.

»Sprichst du meine Sprache?«, flüstert sie. »Wie heißt du? Hast du einen Jungen unter den Gefangenen gesehen? Mein kleiner Bruder. Ich ... ich suche ihn schon so lange.«

Der junge Mann gibt keine Antwort, brummt leise vor sich hin, scharrt mit den Füßen.

»Wir müssen hier weg«, sagt Yrsa.

Er stöhnt. Sie weiß nicht, ob er sie versteht. Sein Gesicht ist schmutzig, seine Haare sind verfilzt, die Hosen zerrissen. Vermutlich hat er eine längere Reise hinter sich und begreift nicht.

Kurz nachdem sie abgelegt haben, hat Olaf vorne auf dem Halbdeck gestanden. Und hat eine kurze Ansprache gehalten, zuerst in einer fremden Sprache. Dann hat er etwas in ihrer Sprache gesagt. Sie sollten sich benehmen, dann würde niemandem etwas zustoßen. Schließlich wolle er gute Ware verkaufen.

Agnar stand hinter Olaf, den Blick fest auf Yrsa gerichtet. Er schüttelte den Kopf, während Olaf sprach, fasste sich in den Schritt und machte eine Handbewegung, als wollte er ihr die Kehle durchschneiden. Ein eiskalter Schauder läuft ihr über den ganzen Körper, wenn sie sich daran erinnert.

Sie muss sich befreien. Sonst wird sie Sjalfi nie wiedersehen, ihre Freiheit verlieren, am Hof irgendeines Mannes im Osten enden. Wird für ihn schuften müssen, bis sie tot umfällt. Falls Agnar sie nicht vorher schon umbringt.

Eine Windböe von Westen trifft das Schiff, es macht einen Schlenker. Yrsa rutscht über die Planken, alle rutschen, die Kisten schleifen über das Holz, einige Gefangene kreischen. Dann wird sie zurückgerissen von der Kette um ihre Handgelenke. Der Schmerz fährt ihr in die Schulter.

»Alle wieder richtig hinsetzen«, brüllt Olaf.

Yrsa schiebt sich auf ihren Platz zurück, und da fällt es ihr auf. Das könnte die Lösung sein. Sie hat es zuvor nicht wahrgenommen.

Ein Stück weiter hinten, im Rücken des jungen Mannes, ragt ein langer Nagel zwischen zwei Schiffsbohlen hervor. Wenn sie diesen Nagel erwischen könnte. Vielleicht könnte sie die Fessel damit öffnen. Aber ob sie sich so weit strecken kann? Und sind ihre Zähne stark genug, den Nagel aus dem Holz zu ziehen? Sie hält den Kopf gesenkt, schielt vorsichtig nach vorne. Die Männer sind damit beschäftigt, die Fracht zu richten und das Schiff auf Kurs zu halten. Auch Agnar dreht ihr den Rücken zu.

Sie testet, wie weit sie seitlich nach hinten rutschen kann. Zuerst nur ein kleines Stück, dann ein bisschen weiter. Das Schiff schlingert wieder. Das kommt ihr zugute. Sie schiebt ihr Hinterteil in Richtung des Hecks, versucht den ziehenden Schmerz in ihrer Schulter, den Handgelenken nicht zu beachten. Dann winkelt sie den Oberkörper in Richtung des Nagels ab. Er ist zu weit weg. Sie muss sich noch mehr anstrengen, ohne aufzufallen.

Wenn sie den jungen Mann dazu bringen könnte, ihr Deckung zu geben. Vielleicht gelingt es dann. Aber es ist ein Risiko, möglicherweise versteht er sie falsch. Yrsa zögert einen Moment, schaut auf die Seite. Sie sind schon weit gesegelt, es bleibt nicht mehr viel Zeit. Sie schließt die Augen, richtet die Aufmerksamkeit auf ihr Amulett. Hilf mir, Mama, fleht sie in ihrem Kopf. Wenn wir das offene Meer erreichen, bin ich verloren. Und Sjalfi auch. Dann bringt es nicht einmal mehr etwas, wenn sie sich von den Fesseln befreit. Einen Sprung von Bord kann sie nur wagen, solange das Ufer in Sichtweite ist.

Sie wartet, bis sie die Wärme des Amuletts spürt.

»Pscht«, sagt sie dann in Richtung ihres Sitznachbarn. Er hebt kurz den Blick. Sie macht eine Kopfbewegung in Richtung des Nagels. Er scheint zu verstehen und folgt ihrem Blick. Dann kneift er die Augen zusammen und murmelt einige Worte in einer Sprache, die Yrsa nicht versteht. Aber sie hofft, dass er trotzdem begreift.

»Mach dich groß«, flüstert sie, »damit sie nicht sehen, wenn ich den Nagel zu erreichen versuche. Ich befreie dich auch.«

Er räuspert sich, senkt den Blick wieder. Wackelt mit dem Kopf. Sie weiß nicht, was das bedeutet. Er hat es schon vorhin immer wieder getan. Aber es kommt ihr vor, als würde der junge Mann den Oberkörper, die Schultern aufrichten. Vielleicht hat er doch verstanden. Es bleibt ihr nicht viel anderes übrig. Sie muss es wagen.

Noch einmal reckt sie sich, so weit sie nur kann, kippt den Oberkörper zur Seite, lässt sich noch etwas weiter in Richtung des jungen Mannes gleiten. Fast hat sie es geschafft. Mit der Stirn berührt sie die Kante des Nagels. Aber sie braucht noch ein kleines Stück, um ihn mit dem Mund zu erreichen. Sie atmet tief in den Bauch, drückt den brennenden Schmerz in ihrer Schulter, den Handgelenken weg. Nur noch ein kleines bisschen. Sie spürt die Kante des Nagelkopfes an ihrer Nase. Plötzlich fängt der junge Mann laut an zu schreien. Agnar und Olaf drehen den Kopf in ihre Richtung.

Kapitel 35

Die Sonne wärmt Avidhs Rücken. Es ist später Nachmittag, er hat ein kurzes Bad im Noor genommen und die Wassergeister besucht. Nun sitzt er unter der mächtigen Esche und schaut den Sonnenstrahlen zu, wie sie über das Wasser wandern. Der Baum wächst ein bisschen oberhalb von Haithabu, nicht weit vom Weg auf die Hochburg entfernt. Avidhs Haare sind längst trocken, er hat sie am Hinterkopf wieder zusammengebunden. Yrsa ist noch immer nicht aufgetaucht. Avidh fragt sich, wo sie bleibt. Sie wollten sich hier treffen, wenn das Licht die südwestliche Ecke des Pferdestalls berührt. Das hat es längst getan. Doch bisher wartet er vergeblich.

Avidh streicht sich über die Rippen, sucht die Stelle, wo er den Druck spürt. Dort hat der Mann, der ihn überfallen hat, den Schild gegen seine Brust gepresst. Schlimm ist es nicht, grün und blau wird es sich verfärben, aber morgen spürt er es schon weniger. Kann es sein, dass er Yrsa falsch verstanden hat? Oder sie ihn, hat sie sich im Treffpunkt geirrt? Sie kennt die Stadt nicht so gut wie er. Oder vielleicht hat sie es sich anders überlegt.

Er sollte sowieso nicht hier sitzen. Es geht gegen alles, was er sich vorgenommen hat. In seinem Kopf steigen Bilder auf und verstärken den Druck in seiner Brust. Daran will er jetzt nicht denken. Er beschließt noch zu warten, bis es die Sonnenstrahlen nicht mehr über die Ulme nördlich des Pferdestalls schaffen.

Einige Zeit später steht Avidh auf. Ist besser so, sagt er sich, und ist doch enttäuscht. Er wüsste gern, wie es sich anfühlt, Yrsa zu berühren. Aber bald brechen sie zu ihrer Reise ins Frankenland auf. Ablenkungen kann er nicht brauchen.

Er nimmt den Uferweg, beschließt, Leif in der Methalle zu suchen. Vielleicht trifft er die junge Goldschmiedin wieder, mit der sie dort kürzlich getrunken haben. Avidh läuft über den Markt bei der Anlegestelle, winkt einem Händler zu und der alten Marktfrau, die sich jeden Tag über Diebe beschwert. Es ist nicht mehr viel los an den Ständen um diese Zeit.

Dann zieht er die schwere Türe der Methalle hinter dem Markt auf. Der vertraute Geruch aus abgestandenem Bier und Schweiß schlägt ihm entgegen, der düstere Raum ist gut gefüllt. Dem fülligen Wirt kleben die roten Haare wie immer verschwitzt am Kopf, obwohl es nicht besonders warm ist im Gasthaus. Avidh fragt nach Leif. Der Wirt reibt sich die verklebten Augen.

»Hab ihn heute noch nicht getroffen. Du weißt besser, im Bett welcher Frau du ihn suchen musst.«

»Er ist vermutlich noch draußen bei Gunnar.«

Avidh bestellt ein Bier und lehnt sich an eines der hohen Fässer im Raum. Jemand streicht ihm über den Rücken. Er muss sich nicht umdrehen, um zu wissen, wer hinter ihm steht. Die junge Magd Gerdi hat er schon gesehen, als er hereingekommen ist. Er riecht Alkohol in ihrem Atem, ihr Gesicht ist gerötet, die Augen sind glasig.

»Ach, der schönste Krieger der Stadt beehrt uns mal wieder«, sagt Gerdi und stellt ihr Bier so heftig auf das Fass, das ihr der Schaum über die Hand läuft. Sie leckt sich die Finger ab.

»Du verwechselst mich mit Leif. Der kommt vielleicht später noch.«

»Nein«, Gerdi lacht, »ich kann euch doch auseinanderhalten. Ihr seht euch gar nicht ähnlich.«

Sie beschwert sich über den Bauern, bei dem sie schuften muss, erzählt von widerspenstigen Kühen und dem alten Knecht, der nicht mit ihrer Arbeit zufrieden ist.

Avidhs Gedanken schweifen ab. Er fragt sich, wo Yrsa steckt. Sie kennt nicht viele Menschen hier in der Stadt. Wo sie sich wohl aufhält an einem solchen Abend? Er hofft, dass ihr nichts zugestoßen ist.

»Hörst du mir überhaupt zu?«, fragt Gerdi und legt ihre Hand auf seine. »Ich hole uns noch mehr Bier.«

»Nein, lass mal«, sagt Avidh.

»Willst du nicht mit mir trinken?« Sie schaut ihn traurig an. »Heute ist der einzige Abend in der Woche, an dem ich hier sein kann. Ich war heute sogar besonders früh da. Es war noch leer, und draußen am Hafen gab es Aufregung. Irgendeine Frau hat herumgeschrien.«

Avidh schaut von seinem Bier auf. »Was für eine Frau?«

»Kann ich durch Wände schauen?« Gerdi fasst sich an die Stirn. »Nein, Avidh, das kann ich nicht.«

»Hast du die Stimme erkannt?«

»Hab ich nicht.« Sie rückt näher, lehnt sich gegen seine Schulter.

»Vielleicht gehst du besser nach Hause, Gerdi«, sagt Avidh.

»Ich will nicht nach Hause.«

Avidh leert sein Bier und verabschiedet sich. Draußen fragt er die alte Marktfrau, was am Hafen vorgefallen ist. Es muss nichts bedeuten, sagt er sich. Aber irgendwie lässt es ihm keine Ruhe, dass Yrsa nicht erschienen ist.

»Ich war heute Nachmittag nicht am Stand«, sagt die alte Marktfrau. »Ein Schiff von Olaf hat abgelegt. Vielleicht eine Gefangene, kommt manchmal vor.«

»Hm«, sagt Avidh. Yrsa hat Olaf im Verdacht, ihren Bruder entführt zu haben. Kann es sein, dass ...? Nein, er macht sich zu viele Gedanken.

Einige Zeit später sitzt Avidh in Fridas Haus am Feuer und poliert die Klinge seiner Kampfaxt. Er geht in Gedanken den nächsten Tag durch, überlegt, wie sie Waffen besorgen können, ohne das Silber der Kriegsmagier anzunehmen. Aber er denkt immer wieder an Yrsa und an die Geschichte, die Gerdi vom Hafen erzählt hat. Könnte es Yrsa gewesen sein, die Gerdi hat rufen hören? Dann würde Yrsa in großer Gefahr schweben. Nein, am Hafen gibt es oftmals Streitereien. Es kann irgendwer gewesen sein. Aber dass es ausgerechnet ein Schiff von Olaf war, das abgelegt hat. Er traut Yrsa zu, dass sie allein zu Olafs Lagerhaus geschlichen ist.

Er nimmt sich seinen Bogen vor, spannt die Sehne neu, schnitzt Pfeile. Die Holzspäne fliegen. Dann kommt ihm eine Idee. Er weiß nicht genau, wo Yrsa geschlafen hat im Wald, irgendwo bei der Hochburg, sagte sie, und dass sie ihren Beutel in einer großen Eiche verstecke. Es wäre für ihn ein Leichtes, ihre Spuren zu finden. Vielleicht sollte er nachschauen, ob sie dort ist. Dann wüsste er, dass alles in Ordnung ist und sie ihn einfach nicht treffen wollte. Und er kann die Geschichte abschließen.

Die Dämmerung zieht langsam auf, als er sich auf den Weg in den Wald macht. Die Hochburg hat er rasch erreicht. Er setzt sich auf den Wall, ruft nach Yrsa, wartet, aber es kommt keine Antwort. Er schaut sich um, überlegt, wo er ein verstecktes Lager einrichten würde, umrundet den Wall, sucht nach Stellen mit frisch geknickten Ästen. Im Osten an der schmalsten Stelle fallen ihm gebrochene Zweige auf, es ist nur ein kleiner Durchgang. Er bückt sich. Die Axt benützt er nicht, um sich eine Schneise zu bahnen. Er will keine Spuren zerstören. Einen Moment hält er inne. Sie soll nicht den Eindruck bekommen, dass er ihr hinterherschnüffelt. Gut möglich, dass sie ihn nicht sehen wollte. Er setzt sich wieder auf den Wall und wartet. Aber die Sorge verschwindet nicht, das ungute Gefühl auch nicht. Und auf seinen Instinkt kann er sich sonst verlassen.

Eine Krähe ruft von irgendwo im Dickicht. Avidh steht wieder auf, folgt ihrem Ruf, lauscht. Das Dornengestrüpp wird dichter, hier ist Yrsa nicht langgekrochen. Er kehrt um, bahnt sich einen Weg zurück zum Wall. Wieder hört er die Krähe, jetzt von etwas weiter vorne. Er folgt dem Gekrächze und bleibt stehen, als der Vogel verstummt. Ihm fällt eine Stelle auf, wo Äste geknickt sind, vielleicht ein Tier.

Er beschließt der Spur zu folgen, schiebt die Äste und Ranken zur Seite, klettert über Wurzeln, Dornen ziehen an seinem Hemd. Dann lichtet sich der Wald etwas, und er steht plötzlich vor einer großen Eiche. Als er den Baum umrundet, fällt sein Blick auf ein Lager aus Reisig, Moos und Laub. Er bückt sich, fährt mit der Hand über das Moos. Dann hebt er den Blick und entdeckt etwas weiter oben im Baum einen Beutel. Den Beutel kennt er, er lag im Gasthaus nachts neben ihrem Kopf. Es sind Yrsas Sachen. Einen Moment setzt er sich auf eine Wurzel. Vielleicht sollte er hier warten, ob sie heute Abend in ihr Lager zurückkehrt. Nur um sicher zu sein, dass alles in Ordnung ist. Er hofft, dass sie ihm das nicht übel nimmt. Er kann ja sofort verschwinden, wenn sie zurückkehrt.

Die Stunden verstreichen, die Dunkelheit legt sich über den Wald.

Irgendetwas ist nicht in Ordnung. Je länger er wartet, umso stärker wird dieses Gefühl.

Kapitel 36

Olaf hat sich vor dem jungen Gefangenen aufgebaut. Der Mann schreit nicht mehr. Olaf spricht mit ihm in der Sprache, die Yrsa nicht versteht. Der Gefangene antwortet schnell, aufgeregt, zeigt immer wieder auf Yrsa. Sie schaut auf die Planken, vermeidet es, in Richtung des Nagels zu schielen. Der junge Mann wird sie verraten. Sie hat sich getäuscht in ihm. Er wollte ihr nie helfen, sondern sich vermutlich eine bessere Behandlung erschleichen.

Agnar taucht auf, stellt sich neben Olaf. Sie zwingt sich, ruhig zu atmen und den Blick auf ihre Füße zu senken. Selbst aus dieser Entfernung riecht sie, wie Agnar stinkt. Olaf spricht noch immer mit dem jungen Mann. Agnar kommt näher. Sie atmet durch den Mund, um den Gestank weniger wahrzunehmen.

»Du dumme Schlampe«, sagt Agnar, »was wolltest du von dem Jungen? Ihn zur Flucht anstiften?«

Vielleicht haben sie den Nagel nicht bemerkt. Vielleicht hat ihr Sitznachbar nicht verstanden, was sie vorhatte.

»Ich rede mit dir.«

Sie gibt keine Antwort.

»Schau mich an, wenn ich mit dir spreche.« Agnar tritt gegen ihren Fuß.

Sie starrt weiter auf die Planken. Vielleicht muss er sich zusammenreißen, wenn Olaf neben ihm steht. Gute Ware will er verkaufen, hat Olaf gesagt. Darauf hofft sie.

Agnar packt die Kette um ihre Handgelenke, reißt daran, sodass sie das Gleichgewicht verliert und fast mit dem Kopf gegen die Reling schlägt.

»Warte, bis wir heute Abend anlegen«, sagt er dann so leise, dass nur sie es hört. »Dann bist du dran.«

Es wird ihr beinahe übel, als sie ihn so nahe riecht, und erst recht bei der Vorstellung, er könnte sie allein von Bord zerren. »Du stinkender Schweineficker, vor dir habe ich keine Angst«, zischt sie ihm zu. Agnar holt aus, um sie zu schlagen. Olaf stößt ihn zur Seite.

»Was wolltest du von dem Jungen?«, sagt Olaf.

»Nichts. Er hat mich wohl falsch verstanden. Ich habe nur gefragt, woher er kommt.«

Olaf verzieht den Mund zu einem schiefen Grinsen. »Für so blöd hältst du uns also«, sagt er, drängt sich an ihr vorbei, packt den Nagel, zieht ihn aus dem Holz und wirft ihn über Bord.

»Falls du glaubst, du hättest das Eisen damit öffnen können, irrst du dich«, sagt er und lacht. »Und wenn du noch einmal so etwas versuchst, können wir dich auch gefesselt über Bord werfen.« Er stöhnt entnervt. »Immer die gleichen Schereien. Ich werde langsam zu alt für diese Arbeit. Agnar, bring den Gefangenen Wasser.« Er zeigt auf Yrsa. »Ihr brauchst du nichts zu geben.«

Yrsa versucht ihre trockenen Lippen zu befeuchten. Sie will jetzt nur daran denken, wie durstig sie ist. Alles andere, was ihr bevorstehen könnte, ist schrecklicher. Nicht aufgeben, du kannst ihnen entkommen. Immer wieder sagt sie sich diese Worte im Kopf vor. Auch wenn es ihr im Moment schwerfällt, sie zu glauben. Vielleicht bietet sich eine Möglichkeit, wenn sie anlegen. Sie hat keine Ahnung, wie lange sie anlegen, ob die ganze Nacht oder nur kurz.

Sie denkt an ihren Vater. Sie weiß kaum noch, wie er ausgesehen hat, so viele Winter hat sie ihn nicht gesehen. Aber er hat auf seinen zahlreichen Reisen vielleicht schon Ähnliches erlebt. Was würde er tun? Eins steht fest: Er würde Ruhe bewahren. Noch ist nicht alles verloren. Er hatte gesagt: »Der Kampf ist erst vorüber, wenn du tot bist.« Und sie ist noch sehr lebendig. Sie zwingt sich, alle Möglichkeiten durchzuspielen, wie sie den Sklavenhändlern entkommen könnte. Einen guten Einfall hat sie noch nicht.

Die Küste zieht jetzt auf beiden Seiten rascher vorüber. Der Wind treibt sie gegen das südliche Ufer, trotzdem sind sie schnell unterwegs, segeln an einem Hof vorbei. Ein Mann arbeitet auf dem Feld. Er ist zu weit weg, um sie zu hören. Und was soll sie rufen? Am Hafen hat es auch niemanden gekümmert.

Sie wünschte, sie könnte jemandem eine Nachricht für Avidh mitgeben. Was er wohl gerade macht? Ob er lange auf sie gewartet hat? Er wird denken, dass sie es sich anders überlegt hat. Sie vermisst ihn, kämpft dagegen an, dass ihre Zähne aufeinanderschlagen. Ihr ist schrecklich kalt. Wenigstens hat sie Avidh heute Morgen noch kurz gesehen, und alles war gut. Nein, Yrsa, schimpft sie innerlich mit sich. Das klingt nach Aufgeben. Sie wird sich befreien, Sjalfi finden, Avidh wiedersehen!

Einer der Bewacher nähert sich. Er ist mindestens doppelt so breit wie sie, sein Bart reicht bis zum Bauchnabel. Der Mann löst die Fessel um Yrsas Handgelenke und packt sie grob am Arm.

»Was willst du von mir?«, sagt sie. Ihr Puls hämmert in den Schläfen. Plötzlich hat sie Angst. Was, wenn die Männer sie tatsächlich gefesselt über Bord werfen? Sie wird elendig ertrinken. Soll sie sich wehren, oder wird das den Mann erst recht dazu ermutigen?

»Eine dumme Bewegung, und du bist Fischfutter«, sagt er.

Er schaut sie nicht an, reißt an ihrem Arm, schleift sie mit sich, bis in die Mitte des Schiffs, wenigstens nicht zur Reling. Sie kann mit den zusammengebundenen Füßen nicht richtig laufen, stolpert immer wieder, stürzt, schlägt sich die Knie auf. Der Mann greift ihr unter die Schulter, stellt sie wieder auf die Füße.

»Du sitzt jetzt dort drüben, hat der Kapitän gesagt, wo du niemanden neben dir hast.« Er zeigt auf einen leeren Platz auf der Steuerbordseite.

Sie wehrt sich nicht, als er sie dorthin schleift. Er stößt sie auf die Planken, packt die Kette an ihren neuen Platz, legt ihr die eiserne Fessel um die Handgelenke und will den Bügel schließen. Im gleichen Moment lässt eine Böe das Schiff schlingern. Der Mann verliert beinahe das Gleichgewicht, Yrsa knallt gegen die Reling. Vorne löst sich eine Kiste, die über die Planken rutscht.

»Was seid ihr doch für Hohlköpfe«, brüllt Olaf. »Macht endlich die Ladung richtig fest.«

Der Mann eilt nach vorne, um die Kiste zu befestigen. Yrsa schaut auf ihre Handgelenke, der Bügel ist verschlossen, aber sie ist nicht sicher, ob er auch richtig eingerastet ist. Sie darf sich nichts anmerken lassen. Geduld, ermahnt sie sich innerlich, versucht, ruhig zu atmen. Sie muss einen unbeachteten Moment erwischen, um auszuprobieren, ob sie sich befreien kann. Und dann das Seil um ihre Knöchel lösen. Nur wie soll sie das schaffen, wenn Agnar sie ständig beobachtet?

Ein Stück hinter ihr sitzen zwei Männer und eine Frau. Sie sehen ähnlich verdreckt aus wie der Junge, der sie verraten hat, und haben wohl auch eine lange Reise hinter sich. Die Frau ist ungefähr gleich alt wie Yrsa. Der Rock ihres Kleides ist eingerissen. Die roten Haare hängen ihr wie ein Schleier vor dem Gesicht. Yrsa würde sie am liebsten auch befreien, falls sie sich selbst befreien kann. Sie wünschte, sie hätte eine Waffe. Sie würde sie Agnar in den Bauch rammen.

Sie dreht sich wieder um, darf keine Aufmerksamkeit auf sich lenken. Schon bald haben sie das Ende der Schlei erreicht. Nur noch ein kleines Stück Weg trennt sie von der offenen See. Yrsa hofft inständig, dass sie an der Mündung anlegen.

Wieder drückt ein Windstoß das Schiff in Richtung des Ufers. Ohne auf ihre Hände zu schauen, versucht Yrsa mit den Fingern den eisernen Bügel zu ertasten. Sie biegt ihr Handgelenk weit und erreicht mit den Fingerspitzen den Bügel, bekommt ihn zwischen zwei Fingern zu fassen und zieht sachte daran. Er bewegt sich. Tatsächlich! Sie schließt die Augen, zieht die Luft tief in den Bauch. Sie darf sich nichts anmerken lassen. Ihre Hände kann sie, wenn der Zeitpunkt günstig ist, befreien. Doch wie löst sie unauffällig das Seil um ihre Knöchel?

Agnar wühlt am Bug in einer Kiste. Er zieht einen Korb heraus, klemmt ihn unter den Arm und läuft durchs Schiff. Jedem Gefangenen wirft er ein Stück Fladenbrot vor die Füße. Yrsa starrt wieder auf die Planken, hofft, dass er an ihr vorübergeht. Was er nicht tut.

Er stellt sich vor sie, hält den Korb so, dass sie das Brot sieht.

»Ach wie schade«, sagt er dann, »für dich gibt es heute keines.«

Ich habe sowieso keinen Hunger, würde Yrsa ihm am liebsten entgegnen. Aber sie lässt es sein. Wenn er sie zornig packt, könnte er bemerken, dass mit ihren Fesseln etwas nicht stimmt.

Agnar macht einen Schritt auf sie zu. Sie hält die Luft an. »Soll ich mich dafür ein bisschen zu dir setzen?«, sagt er.

Sie will ihn beschimpfen, anspucken, beleidigen, aber sie kneift die Lippen zusammen. Er packt ihren Zopf.

»Ich habe dir schon einmal gesagt, du sollst mich anschauen, wenn ich mit dir rede.«

Sie bemüht sich, ruhig zu atmen. Er wird bemerken, dass ihre Fessel nicht richtig verschlossen ist.

Kapitel 37

Avidh zuckt zusammen. Er ist eingenickt, den Kopf an die Rinde der Eiche gelehnt. Er sieht kaum etwas, es ist dunkel im Wald. Die Blätter rascheln im Wind, ein Käuzchen ruft. Keine Spur von Yrsa. Er steht auf, beschließt, sich am Hafen umzuhören. Vielleicht erfährt er mehr darüber, was beim Ablegen von Olafs Schiff geschehen ist.

Vor der Methalle ist es jetzt laut. Eine größere Gruppe von Männern steht um das hölzerne Gebäude. Zwei Männer streiten miteinander, es riecht nach Wein. Vermutlich streiten sie deswegen. Wein gibt es nur, wenn gerade eine Ladung aus dem fränkischen Reich eingetroffen ist. Avidh weicht aus und stößt die Türe auf. Von Leif keine Spur, aber er trifft einen Händler, den er kennt. Ihn fragt er nach Olaf.

»Am späten Nachmittag haben sie abgelegt«, erzählt der Händler. »Soweit ich gehört habe, wollen sie die Nacht heute im Dorf am Ausgang der Schleimündung verbringen. Ganz sicher weiß ich das nicht, hängt vermutlich vom Wetter ab. Dann soll es weitergehen in Richtung Osten.«

»Ist etwas vorgefallen, als das Schiff abgelegt hat?«

»Nichts Besonderes. Irgendeine junge Frau hat herumgeschrien, mehrere Männer waren nötig, um sie auf das Schiff zu zerren. Kommt manchmal vor.« Er zuckt mit den Achseln.

»Hast du verstanden, was die Frau gesagt hat?«

»Ich hab nicht so richtig aufgepasst, ich war mit einem Kunden ins Gespräch vertieft.«

»Hat sie unsere Sprache gesprochen?«

Der Händler überlegt. »Ja, ich glaube schon. Frag den Gewürzhändler. Er ist dort hinten irgendwo und war heute Nachmittag auch am Hafen.«

Avidh drängelt sich durch die Menge und entdeckt den Gewürzhändler in einer Ecke. Er fragt ihn nach dem Streit bei Olafs Schiff.

»Hast du verstanden, was die Frau gerufen hat?«

Der Gewürzhändler grinst. »Erstaunt mich nicht, dass du das wissen willst. Wenn ich es richtig verstanden habe, hat sie deinen Namen erwähnt.«

»Was?«

»Hast du dich mit einer entlaufenen Sklavin vergnügt?«

»Wie hat sie ausgesehen?«

»Nicht übel. Ich kann dich verstehen.«

Avidh schüttelt den Kopf. »Wie alt war sie?«

»Jung.«

»Ihren Namen hast du nicht gehört?«

»Nein. Sie hat irgendwas gerufen, sie sei eine freie Frau. Na ja, was sie sich halt so ausdenken.«

Avidh verlässt die Methalle, zieht draußen die kühle Abendluft tief ein. Dabei spürt er den Druck auf der Brust wieder. Alles deutet darauf hin, dass Olaf Yrsa verschleppt hat. Aber warum? Wenn sie nur nach ihrem Bruder gefragt hat, sollten Olafs Männer sie nicht einfach mitnehmen.

Einen Moment setzt er sich ans Wasser und überlegt, ob seine Sorge übertrieben ist. Ob es nicht besser ist, er geht nach Hause. Er kennt Yrsa erst seit wenigen Tagen. Vielleicht hat sie ihm Märchen erzählt. Sie wäre nicht die Erste. Und sie musste schon in der Methalle am Ochsenweg plötzlich fliehen. Vielleicht ist sie tatsächlich eine entlaufene Sklavin.

Er legt sich ins Gras, schaut in den Himmel. Die Wolken ziehen schnell. Der Wind hat aufgefrischt. Dann fällt ihm ein, dass Frida Yrsas Mutter gekannt und geschätzt hat. Er steht auf. Er muss herausfinden, was geschehen ist. Es lässt ihm sonst keine Ruhe. Von Olaf hält er nicht viel. Der Sklavenhändler hat einen seiner Freunde bei einem Geschäft betrogen. Aber Frida kennt Olaf schon seit Langem, hat ihm geholfen, als ein Pfeil in seiner Schulter steckte. Deshalb wird Olaf ihm zuhören müssen, falls er ihn findet.

Avidh macht sich auf den Weg zum Pferdestall. Er will sich den Hengst ausleihen, mit dem er oft unterwegs ist. Er hat ein wildes Temperament, ist schreckhaft und bei den meisten Reitern unbeliebt. Doch er mag das Tier und weiß, es wird ihn sicher durch die Nacht bis zur Küste tragen. Er will in dem Dorf am Meer nachschauen, ob Olafs Mannschaft dort haltgemacht hat. Das zumindest will er versuchen. Falls Olaf weiter als nur bis zum Ausgang der Schlei gesegelt ist, wird er Yrsa vermutlich nie mehr wiedersehen.

Der Pferdestall ist bereits verriegelt. Avidh poltert an die Türe. Der Stallbursche schläft meist im Stroh.

»Was soll das?«, ruft eine verschlafen klingende Stimme.

»Ich bin's, Avidh, ich möchte Hrolfrs Hengst holen. Es ist dringend.«

»Hrolfrs Pferde sind nicht da. Lass mich in Ruhe schlafen.«

Dann brauche ich jemanden, der mir ein Boot ausleiht, denkt Avidh, wenigstens für einen Teil der Strecke. Zu Fuß ist es fast eine Tagesreise bis zur Mündung. Auch wenn er rennt, dauert es die halbe Nacht. Er macht sich wieder auf den Weg zur Methalle am Hafen.

Als er sich dem Gasthaus zum dritten Mal heute Abend nähert, trifft er Gerdi draußen. Sie kann kaum mehr gerade stehen und unterhält sich mit einem Fischer. Auch der Fischer scheint nicht mehr ganz sicher auf den Beinen. Gerdi hängt sich an Avidhs Schulter.

»Trink was mit«, sagt sie.

»Magnus, bist du mit dem Boot hier?«, fragt Avidh den Fischer. Er wohnt ein Stück weiter in Richtung der Schleimündung. Wenigstens einen Teil des Weges könnte Avidh mit ihm zurücklegen.

»Jajaja«, antwortet der Fischer.

»Ich bringe dich nach Hause. Ich muss in deine Richtung. Ich rudere für dich.‹

»Ich will nicht nach Hause.«

»Nein, nicht nach Hause«, sagt Gerdi und schmiegt sich an Avidh.

»Es ist langsam Zeit«, sagt Avidh. »Wartet nicht deine Frau?«

»Kommst du mit mir nach Hause?«, sagt Gerdi.

»Ja, ich komme zu dir nach Hause«, sagt der Fischer.

»Nein, ich begleite den Fischer«, sagt Avidh.

»Ich gehe mit Gerdi«, sagt der Fischer.

»Nein, Avidh kommt mit mir«, sagt Gerdi.

Mich jetzt mit zwei Betrunkenen herumzuschlagen hat mir noch gefehlt, denkt Avidh. Aber aus den Jahren, in denen er als Kind in der Methalle schuften musste, weiß er: Nur Geduld und viel Zeit führen zum Ziel. Zeit, die er vielleicht nicht hat.

»Avidh geht mit meinem Boot«, sagt der Fischer, »ich begleite dich, Gerdi.«

»Wenn du mir jetzt dein Boot gibst, weißt du das morgen nicht mehr und beschuldigst mich, ich hätte es gestohlen«, sagt Avidh.

»Nein, stehlen darfst du es nicht«, sagt der Fischer.

»Was hast du gestohlen?«, fragt Gerdi.

Avidh seufzt.

Kapitel 38

Irgendwo hinten im Schiff bricht ein Streit aus. Yrsa wagt es nicht, sich zu bewegen. Sie hört einen Mann laut schreien. Vielleicht streiten zwei Gefangene um das Brot.
»Agnar«, ruft Olaf. »Sorg für Ruhe. Aber sofort.«
Agnar schnaubt und verschwindet in Richtung des Hecks.
»Segel einziehen«, ruft Olaf plötzlich. Er sitzt hinten am Steuer. Das Schiff nimmt Kurs auf die Küste. Darauf hat Yrsa gehofft. Das ist ihre Gelegenheit. Sie weiß nicht, wie lange sie anlegen. Wagt es nicht nachzufragen.
Zwischen den Bäumen am Ufer taucht eine Anlegestelle auf. Ein dicker Pfosten ist dort in den Boden gerammt. Daneben steht eine kleine Hütte. Das Segel ist jetzt ganz eingezogen, ihre Fahrt hat sich stark verlangsamt. Agnar wirft ein Seil um den Pfosten, zu zweit ziehen die Männer das Schiff zur Anlagestelle und befestigen es.
Einige Gefangene tuscheln. Niemand weiß so recht, was geschieht. Sie haben das Dorf an der Mündung noch nicht erreicht.
Zwei Männer schieben ein langes Holzbrett auf die Reling. Es dient als Landungssteg. Olaf geht von Bord. Agnar und zwei weitere Männer folgen ihm. Nur der Mann mit dem langen Bart bleibt zurück, setzt sich vorne auf das Halbdeck und zündet eine Pfeife an.

Was soll schon passieren, denkt er vermutlich, alle Gefangenen sind angebunden. Diese Gelegenheit muss Yrsa nutzen. Sie winkelt die Knie an und schiebt die ausgestreckten Arme dazwischen. Den Kopf legt sie auf ein Knie, als wolle sie sich ausruhen. In dieser Position kann sie unauffällig versuchen, das Seil um ihre Knöchel zu lösen. Sie muss mit dem linken Arm verdecken, dass ihre rechte Hand frei ist und sich zu den Füßen bewegt. Der Schweiß läuft ihr über das Gesicht, obwohl ihr eigentlich eiskalt ist.

Als der Mann kurz in ihre Richtung schaut, erstarrt sie.

»He, du da hinten«, ruft er.

Yrsa schließt die Augen und hofft, dass er nicht mit ihr spricht. Der Mann flucht, steht auf, und sie hört, wie Schritte sich nähern. Sie öffnet ein Auge einen Spalt weit. Er geht an ihr vorüber, weiter in Richtung des Hecks.

»Setz dich wieder hin«, fährt er einen der Gefangenen an.

Der Mann schlurft wieder vorbei, Yrsa hält die Augen geschlossen. Er beachtet sie nicht.

Als er es sich am Bug wieder bequem gemacht hat, nestelt sie weiter an dem Knoten. Sie darf keine Zeit verlieren. Die anderen können jederzeit zurückkommen. Noch weiß sie nicht, warum sie hier angelegt haben und ob sie hierbleiben.

Dann ist der Knoten offen. Ihr Herz rast. Sie muss nur noch mit der zweiten Hand aus der eisernen Fessel schlüpfen und ist frei. Doch wann ist der beste Zeitpunkt? Selbst wenn der Mann nicht zu ihr schaut, muss sie damit rechnen, dass einer der anderen Gefangenen losbrüllt, wenn sie aufsteht und über die Reling klettert. Jeder achtet hier nur auf den eigenen Vorteil. Aber noch länger zu warten ist keine gute Idee.

Vorsichtig bewegt sie die Füße hin und her. Sie muss schnell sein, auch wenn ihre Beine jetzt lange in unbequemer Stellung verharrt waren. »Freyja, stehe mir bei«, murmelt sie. Dann springt sie auf.

Sie hat sich nicht getäuscht. Auf dem Schiff geht lautes Geschrei los. Sie hechtet zur Reling und klettert über die Schiffswand in Richtung des Ufers. Den Bewacher hört sie hinter sich. Jetzt wohin? Sie darf Olaf und den anderen nicht in die Arme laufen. Sie drückt sich dicht an den Schiffsrumpf und schleicht durch das seichte Wasser bis unter den Landungssteg. Leise, leise, nur kein Plätschern! Hier wird er sie nicht sehen. Direkt über ihrem Kopf poltert er über das Brett, schreit: »Bleib stehen. Ich erwische dich sowieso.«

Sie hofft, dass der Mann weiterrennt und sie zwischen den Bäumen sucht. Dann kann sie aus ihrem Versteck flüchten. Es sind noch einige Schritte bis zum Ufer. Bis dorthin hat sie keine Deckung. Aber der Mann bleibt über ihr stehen. Wenn sie aus dem Versteck kriecht, entdeckt er sie. Jetzt keine Fehler machen. Fast hat sie es geschafft.

Er ist vorne auf dem Brett. Sie muss weg vom Schiffsrumpf. Wenn er sich auf die Seite beugt, entdeckt er sie sonst. Gebückt schleicht sie ein Stück nach vorne. Der Mann bleibt mitten auf dem Brett stehen. Sie verharrt direkt unter ihm. Ihr Herz klopft bis zum Hals. Er scheint unschlüssig, was er tun soll, macht einige Schritte zurück zum Schiff. Sie schleicht auch wieder näher.

»Ich weiß, dass du hier irgendwo bist«, ruft er. »Glaub nicht, dass du mir entkommst.«

Sie wagt es kaum zu atmen, aus Angst, er könnte es hören. Erneut macht er einige Schritte Richtung Ufer. Sie kriecht auch ein Stück nach vorne. Dabei gerät sie auf einen glitschigen Stein. Ihr Fuß rutscht ab, sie verliert das Gleichgewicht und muss ihr Bein ausstrecken, um nicht zu stürzen.

Der Mann poltert los. Er hat sie gesehen. Sie rennt in Richtung des Ufers, so schnell sie kann, quer durch das seichte Wasser. Er versucht ihr den Weg abzuschneiden. Sie schlägt Haken. Ist schneller als er.

»Bleib stehen«, ruft er.

Sie hebt einen Stein auf, wirft ihn nach dem Mann, verfehlt ihn. Schleudert noch einen, wieder daneben. Das hat wertvolle Zeit gekostet. Er ist ihr dicht auf den Fersen. Versucht nach ihr zu greifen, sie spürt seine Fingerspitzen im Rücken, aber er bekommt ihr Hemd nicht zu fassen. Sie hetzt weiter. Die Bäume am Ufer stehen zu weit auseinander, um sich dort zu verstecken. Aber das Schilf wächst hoch, auf der Ostseite der Landungsstelle. Dorthin muss sie.

»Die junge Frau ist abgehauen«, brüllt der Mann in Richtung des Pfades, der vom Ufer wegführt. Eine zornige Stimme ruft etwas zurück. Yrsa versteht die Worte nicht, aber sie weiß, was es bedeutet. Die anderen kehren zurück, sind fast da. Sie braucht ein gutes Versteck, und zwar schnell, sonst entkommt sie nicht. Sie stolpert, stützt sich mit einer Hand auf den Boden, keucht, hastet weiter. Wasser und Schlick spritzen an ihre Kleider. Dann hat sie die ersten Halme erreicht, teilt sie. Schlängelt sich durch das Schilf, das mannshoch steht. Hält einen Arm schützend vor das Gesicht.

Ihren Verfolger sieht sie nicht mehr, aber sie weiß, dass er hinter ihr ist.

»Schwärmt aus«, brüllt Olaf.

»Wir finden sie, treib sie in unsere Richtung«, das ist Agnars Stimme.

»Sie muss hier irgendwo sein«, ruft Olaf. »Sucht, bis ihr sie gefunden habt.«

Yrsa läuft kreuz und quer durch die Halme, rutscht beinahe ab, als sie an eine tiefere Stelle gerät. Ihre Hosen saugen sich mit Wasser voll, hängen schwer an ihren Beinen. Der Schlick quillt ihr in die Schuhe. Sie zieht die Ärmel über die Hände, um sich vor den scharfen Blättern zu schützen. Vom Schiff hört sie wütende Männerstimmen.

Weiter vorne lichtet sich das Schilf. Von oben auf dem Schiff könnte man sie dort entdecken. Sie muss zwischen den hohen Halmen bleiben, hört den Verfolger aber hinter sich. Sie watet tief, bis ihr das Wasser zu den Knien reicht. Dann geht sie in die Hocke und ist ganz still. Nur ihr Herz schlägt so laut, dass ihr Kopf fast zerspringt. Bitte, Mama, hilf mir, fleht sie in Gedanken.

Der Wind streicht durch die Halme. Nein, es ist nicht nur der Wind. Dort vorne ist das Schilf in Bewegung, weil jemand es durchquert. Die Pflanzen rascheln, Yrsa hält die Luft an, duckt sich noch ein bisschen tiefer. Sie hat ein gutes Versteck, außer der Mann stolpert direkt über sie.

»Du bleibst hier stehen und behältst diese Seite im Auge.«

Die Stimme kam von dort, wo das Schilf sich lichtet. Sie sitzt in der Falle. Nein, sie muss ruhig sitzen bleiben, bis die Männer die Suche aufgeben. Sie werden sie nicht entdecken. Sobald das Schiff ablegt, ist sie frei.

Yrsa wartet, spürt nur ihr rasendes Herz und die eiskalten Beine. Ihr Verfolger ist in die andere Richtung gelaufen. Es ist beunruhigend still. Sie darf sich nicht bewegen. Ihre Beine werden taub, und noch immer hört sie kaum etwas. Sitzen bleiben, Yrsa, beschwört sie sich. Kann es sein, dass sie abgelegt haben? Nein, das hätte sie bemerkt. Weiter vorne erkennt sie wieder Bewegung in den Halmen. Atmet flach.

»Sie ist hier nirgendwo«, ruft ein Mann.

»Der giftspeiende Wintertroll soll euch holen«, ruft Olaf. »Was seid ihr für eine unfähige Truppe, lasst euch von einer jungen Frau übertölpeln.«

»Es tut mir leid, Herr. Ich weiß nicht, wie sie sich befreien konnte. Ein böser Zauber. Vielleicht lassen wir sie besser hier.«

Die Stimmen nähern sich wieder.

»Wir lassen sie nicht hier, sie kann nicht weit sein.« Agnar. Sie will sich die Hände über die Ohren legen. Will ihn nie mehr hören, sehen oder riechen, aber sie muss wissen, was geschieht. Ein heftiger Windstoß fährt durch das Schilf.

»Wir haben schon genug Zeit verschwendet«, sagt Olaf. »Holt jetzt die anderen Gefangenen. Wir müssen weiter.«

»Nein«, ruft Agnar. »Wir können sie nicht hierlassen.«

»Halt die Fresse«, sagt Olaf. »Wir laden die anderen Gefangenen aufs Schiff und legen ab. Der Wind dreht auf.«

Yrsas Kiefer beginnt zu zittern. Sie legt die Hand vor den Mund. Ihr Bauch zieht sich schmerzhaft zusammen. »Andere Gefangene«, haben sie gesagt. Freyja, stehe mir bei. Ich muss wissen, ob Sjalfi dabei ist.

Kapitel 39

Sjalfi! Was, wenn Sjalfi zu dieser neuen Gruppe Gefangener gehört? Deshalb war das Schiff nicht voll besetzt. Die Männer laden hier weitere Menschen ein. Sie könnte sitzen bleiben. Warten, bis Olaf ablegt. Nach Haithabu zurückkehren. Avidh wiedersehen. Vielleicht Kämpferin werden. Doch sie könnte sich nie verzeihen, wenn Sjalfi dort vorne auf dieses elende Schiff laufen muss, in den Osten verschleppt wird und sich irgendwo zu Tode schuftet. Und sie nicht alles getan hat, um das zu verhindern.

Sie muss wissen, wo ihr kleiner Bruder ist. Vielleicht ist er ganz nah. Sie sehnt sich so danach, ihn in die Arme zu schließen, ihm die Locken aus dem Gesicht zu streichen, ihn sagen zu hören: Lass das, ich bin kein kleines Kind mehr.

Wie kann sie näher heranschleichen, freie Sicht haben, ohne dass die Männer sie entdecken? Die Halme schwanken, sobald sie sich bewegt. Vielleicht hilft ihr der Wind. Beim nächsten Windstoß will sie einige Schritte in Richtung des Stegs versuchen. Danke, Njörðr, denkt sie, als der Wind durch die Halme streicht und sie ein Stück vorwärtskommt.

»Los, alle in diese Richtung laufen«, ruft einer der Männer.

Sie muss sich beeilen. Noch ein Windstoß, wieder einige Schritte näher.

Zwischen den Böen hört sie, dass sich eine Gruppe auf dem

Pfad zur Landungsstelle nähert. Ketten schleifen am Boden, Menschen sprechen in einer fremden Sprache. Einer der Bewacher ruft etwas.

Sie hat den Rand des Schilfes fast erreicht, späht durch die Halme. Aber so sieht sie nur Füße. Sie glaubt zwar, dass sie Sjalfi auch an seinen Füßen erkennt. Trotzdem muss sie sichergehen. Langsam richtet sie sich auf. Was sie tut, ist gefährlich. Aber sie hat keine Wahl.

Und dann sieht sie die Gruppe. In einer langen Reihe laufen die Gefangenen in Richtung des Landungsstegs. Sie schaut jeden an. Wieder sind es nur Erwachsene. Zehn oder fünfzehn Menschen. Sjalfi ist nicht dabei. Das weiß sie sicher. Jetzt muss sie sich leise ein paar Schritte zurückziehen und warten. Beim nächsten Windstoß schafft sie ein kleines Stück zurück in die Deckung. Alles wird gut. Bald sind Agnar und Olaf nur noch eine böse Erinnerung.

»Hol noch den Jungen«, ruft Agnar.

Was? Den Jungen? Hat sie richtig gehört? Das muss Sjalfi sein. Vielleicht haben sie ihn irgendwo anders eingesperrt. Ihr ist schwindlig, sie muss ihn da rausholen. Sie teilt die Halme, versucht so rasch wie möglich an die Stelle zurückzugelangen, wo sie den Weg sieht, richtet sich langsam wieder auf. Sie braucht gute Sicht.

Im gleichen Moment packt sie jemand am Arm, dreht ihn ihr schmerzhaft auf den Rücken. Ohne den Mann zu sehen, weiß sie: Es ist Agnar.

»Wusste ich es doch«, sagt er und kommt ganz nahe an ihr Gesicht. Yrsa kämpft gegen Übelkeit, gegen den Sog der Verzweiflung, der in ihr aufreißt. »Dein kleiner Bruder!«, sagt Agnar. »Du hast mir heute Mittag von ihm erzählt. Schon vergessen?« Er lacht. »Tja, dein Bruder ist nicht hier. Aber du reist dafür mit uns.«

Yrsa sitzt auf den nassen Planken. Ihre Hände fühlen sich taub an. In ihren Ohren dröhnt es. Ihre Füße sind so kalt, sie spürt sie kaum. Die eisernen Fesseln liegen um ihre Handgelenke. Das Schiff segelt weiter, jede Kette ist besetzt. Sjalfi ist nicht da. Sie ist auf einen plumpen Trick hereingefallen.

Im Moment hat sie keine Kraft, um nachzudenken, warum ihr das passiert ist. Auch den Zorn, der nach dem ersten Ablegen in ihr brodelte, kann sie nicht beschwören. Kurz muss sie sich ausruhen. Auch wenn ihr dazu keine Zeit bleibt. Sie segeln rasch in Richtung der Schleimündung. Weit ist es nicht mehr.

Noch immer klebt ihr die Zunge am Gaumen. Das Brackwasser im Schilf konnte sie nicht trinken. Und Verpflegung bekommt sie nicht. Wenigstens hat Agnar sie bisher in Ruhe gelassen. Sie weiß, das wird nicht von Dauer sein. Aber bis sie irgendwo anlegen, ist sie einigermaßen geschützt. Olaf ist dazwischengegangen, als Agnar sie schlagen wollte. Gute Ware, das gilt noch. Anscheinend hofft er tatsächlich auf einen hohen Preis für sie.

Vorsichtig bewegt sie ihre Finger. Sie braucht ihre Kraft zurück. Nein, Sjalfi, ich gebe nicht auf. Ich werde dich finden. Ich bin am Leben. Nur einen kleinen Moment ausruhen. Obwohl sie Sjalfi schrecklich vermisst, ist sie erleichtert, dass er nicht hier ist. Dass er nicht durchmachen muss, was alle hier auf dem Schiff erleben. Der Bügel der eisernen Fessel ist dieses Mal richtig eingerastet. Sie hat es gehört, und Olaf hat es überprüft. Sie braucht einen neuen Plan.

Inzwischen ist es fast dunkel. Neben ihr sitzt eine Frau, sie ist vielleicht zehn Winter älter, ihr Haar ist zu Zöpfen geflochten, und sie hält sich erstaunlich aufrecht. Den Rücken durchgestreckt, den Kopf in die Höhe, schaut sie in Fahrtrichtung.

»Wie heißt du?« flüstert Yrsa.

Die Frau gibt keine Antwort, starrt unvermittelt geradeaus.

Dann verlangsamt das Schiff die Fahrt. Yrsa dreht den Kopf.

Das Segel wird eingezogen. Sie haben die Mündung fast erreicht. Am südlichen Ufer ist irgendwo ein Dorf. Vielleicht legen sie dort an. Ihr Bauch bebt bei jedem Atemzug. Sie hat Angst, was Agnar versuchen könnte, falls das Schiff über Nacht hier ankert. Und sie hat Hoffnung, dass ihr eine Nacht an der Küste Zeit gibt, sich zu befreien.

Einige Zeit später ist das Schiff verankert. Yrsas Vermutung bestätigt sich. Sie verbringen die Nacht an der Schleimündung. Alle Gefangenen sind angekettet an Bord. Zwei Männer sitzen am Ufer, haben ein Feuer angezündet und bewachen das Schiff. Sie hört ihre Stimmen im Hintergrund. Olaf und Agnar sind verschwunden. Hoffentlich für den Rest der Nacht. Ihre Gedanken rasen. Was kann sie tun, um sich zu befreien? Die Kette hält. Sie hat schon mehrmals daran gerissen.

Sie zuckt zusammen. Jemand trampelt über das Holzbrett, das als Landungssteg dient. Es sind Agnar und ein Mann, der zuvor nicht auf dem Schiff war. Sie tragen einen Eimer Wasser und einen Korb mit Brot. Alle Gefangenen bekommen etwas. Nur sie nicht.

»Du kannst jetzt wieder verschwinden«, sagt Agnar zu dem Mann.

Auch er geht von Bord. Sie atmet erleichtert auf. Agnar unterhält sich mit den beiden Männern, die Wache halten. Sie schielt über die Reling. Agnar steckt beiden Männern etwas zu. Ihr Herz rast. Sie ahnt Böses. Tatsächlich kommt er zurück über das Brett, steuert direkt auf sie zu und löst ihre Fesseln. Sie versucht nach ihm zu treten. Er lacht, packt sie am Arm, legt ihr ein Messer an den Hals und zwingt sie, mit ihm von Bord zu gehen.

Kapitel 40

Avidh bleibt kurz stehen. In der Ferne sieht er den Schein eines Feuers. Der Mond ist ein Stück weit gewandert, während er an der Küste entlanggerannt ist. Es ist ihm zwar irgendwann gelungen, den Fischer mit seinem Boot nach Hause zu rudern. Aber trotzdem war es noch ein weiter Weg bis hier zur Schleimündung.

Es macht ihm nichts aus, durch die Nacht zu rennen. Ein frischer Wind aus Norden trocknet seinen Schweiß, und jetzt hat er es beinahe geschafft. Nun will er kurz verschnaufen und sich auf einen möglichen Kampf einstellen.

Wolken schieben sich vor den Mond. Der Schein des Feuers in der Ferne wird heller, als er weiterläuft. Er hält sich nahe am Ufer, damit er erkennt, ob Schiffe vor Anker liegen. Dann hört er Stimmen, Jammern, Weinen und etwas, das klingt, als würde jemand die Götter um Hilfe anflehen.

Er holt tief Luft. In der Dunkelheit kann er jetzt die Konturen eines Schiffes ausmachen. Er hat das Sklavenschiff gefunden. Es liegt in der Nähe des Dorfs vor Anker. Die Gefangenen sind an Bord, verbringen dort vermutlich angekettet die Nacht. Zwei bewaffnete Männer sitzen am Ufer. Sie haben ein Feuer angezündet, essen gerade. Einen der beiden hat er schon in Haithabu gesehen.

Avidh legt die Hand auf sein Schwert, geht auf die beiden zu und ruft laut Yrsas Namen. Einer der Männer steht auf, zückt die Axt. Avidh ruft noch einmal. Es kommt keine Antwort.

»Wo ist Olaf?«, sagt er zu dem Mann mit der Axt.

»Was willst du?«

»Ich bin Avidh der Krieger, ich komme aus Haithabu. Ich suche eine Frau, ihr habt sie entführt, sie ist keine Sklavin.«

»Wir haben nur Sklaven an Bord. Verschwinde.«

»Ich verschwinde erst, wenn ich das mit eigenen Augen gesehen habe.«

Der Mann überlegt kurz, tuschelt mit seinem Begleiter. »Du kannst nachschauen und dann verschwinden.«

Avidh nimmt sich ein Holzstück, zündet es an, hält die Fackel über den Kopf und watet im niedrigen Wasser bis zum Brett, das an Bord führt. Auf dem Schiff ruft er Yrsas Namen, leuchtet jedem ins Gesicht, sieht aber nur fremde, verängstigte Mienen. Niemand scheint ihn zu verstehen. Zurück am Ufer geht er noch einmal zu den Männern.

»Ich habe gehört, dass es in Haithabu Schwierigkeiten mit einer Gefangenen gab, die unsere Sprache spricht. Wo ist sie?«

»Die haben wir ins Meer geworfen. Sie wurde lästig.« Der Mann lacht.

Avidh lässt sich nicht anmerken, dass ihn die Worte des Mannes beschäftigen. »Wo ist Olaf? Ich will mit ihm sprechen.«

Der Mann zeigt in Richtung des Dorfes. »Drittes Haus auf der rechten Seite. Er wird sich nicht über die Störung freuen.«

Kurz darauf poltert Avidh gegen die Türe des Hauses. »Olaf, mach auf«, ruft er, »oder ich trete die Türe ein!«

Er lauscht, hört aufgeregtes Stimmengewirr. Dann öffnet ein Mann die Türe einen Spaltbreit. Seine Hand ist blutverschmiert.

»Was willst du?«, sagt er.

»Sofort mit Olaf sprechen.«

Der Mann zögert.

»Olaf«, ruft Avidh laut. Er stößt die Tür auf, ist einen kurzen Moment geblendet, weil ihm eine Öllampe ins Gesicht scheint. Auf dem Boden des Hauses liegt ein Mann, er blutet aus mehreren Wunden in der Brust und stöhnt. Zwei andere Männer knien neben ihm, drücken Tücher auf die Wunden. Überall am Boden sind Blutspuren, sie führen von der Türe bis zu dem Mann am Boden. Avidh zieht sein Schwert, betritt das Haus und schaut sich um.

Olaf steht im hinteren Teil des Hauses, raucht Pfeife und scheint nicht beunruhigt über den blutenden Mann.

»Olaf, wo ist die junge Frau, die ihr aus Haithabu entführt habt?«, sagt Avidh.

Olaf macht einige Schritte auf ihn zu. »Welche junge Frau?«, sagt er.

»Lüg mich nicht an«, sagt Avidh, »sonst kannst du draußen Mann gegen Mann gegen mich kämpfen.«

»Frag ihn«, sagt Olaf und zeigt auf den blutenden Mann auf dem Boden. »Ich bin von dummen Anfängern umgeben.« Er stößt mit der Schuhspitze gegen den Fuß des schwer verletzten Mannes. »Sie hätte uns gutes Geld gebracht im Osten.«

»Wo ist sie?«

»Das weiß nur er, aber im Moment hat er keine Luft, um dir das zu erzählen«, sagt Olaf und wendet sich ab. Der Mann am Boden röchelt, eine Blutlache bildet sich dort, wo er liegt. Um den Hals trägt er eine teure Silberkette.

Einer der Männer, die neben ihm knien, dreht sich um. »Sie ist nicht hier.«

Mit gezücktem Schwert schaut Avidh sich im ganzen Haus um, von Yrsa findet er keine Spur.

»Ich brauche eine Fackel«, sagt er. Die andere hat er beim Schiff ins Feuer geworfen.

»Gib ihm eine«, sagt Olaf zu einem der Männer, »dann sind wir ihn los.«

Draußen folgt Avidh den Spuren im Schein der Fackel bis zu einem kleinen Waldstück hinter den Häusern. Dort findet er eine Blutlache und Spuren eines Kampfes. Immer wieder ruft er laut Yrsas Name in alle Richtungen. Eine Antwort kommt nicht zurück.

Einen Moment bleibt Avidh stehen und denkt nach. Sie muss hier irgendwo sein. Oder der Mann beim Schiff hat nicht gelogen, und sie liegt am Grund der Schlei. Bevor er nicht überall gesucht hat, will er nicht an diese Möglichkeit denken.

Er untersucht die Spuren. Wenn sie in diesen Kampf verwickelt war, ist sie vielleicht verletzt und davongerannt. Zuerst in Panik, vermutet er. Sie ist keine erfahrene Kämpferin, auch wenn sie das Zeug dazu hat. Falls sie verletzt ist, wird sie irgendwo Schutz suchen. Vom Ort, wo der Kampf stattfand, führt nur die eine Blutspur weg. Das ist ein gutes Zeichen. Die Küste und den Pfad wird sie meiden, dort würden die Männer sie schnell finden.

Er weiß nicht, ob Olaf schon Männer losgeschickt hat, um sie zu suchen. Olafs Wort vertraut er nicht.

Immer wieder ruft er Yrsas Namen.

Kapitel 41

Yrsa zieht die Knie zum Körper, schlingt die Arme um die Beine. Alles in ihr zittert. Sie versucht, ruhig zu atmen. Es gelingt ihr nicht. Nun sitzt sie schon eine Weile gegen diesen Baum gelehnt, ihr Herz rast noch immer so schnell, als würde sie rennen. Sie legt den Kopf auf die Knie, schließt die Augen, will die Bilder verscheuchen. Aber die Bilder verschwinden nicht.

Sie wippt hin und her mit dem Oberkörper, wischt sich den kalten Schweiß aus dem Gesicht. Das hätte sie nicht tun sollen, Übelkeit steigt auf, sie kämpft gegen das Würgen, spuckt die Flüssigkeit aus, die sich in ihrem Mund sammelt. Ihre Hände stinken, riechen nach Blut. Sie wischt sie am Moos ab, wischt und wischt, doch der Geruch geht nicht weg. Sie hält sich die zitternden Hände vor die Augen, sie spürt sie kaum, eiskalt sind sie. Es ist zu dunkel, um es zu sehen. Aber sie weiß es. Ihre Hände sind blutverschmiert. Sie hat sich verteidigt. Er war selbst schuld. Er hätte besser auf sein Messer aufpassen müssen. Sie konnte nicht aufhören. Vielleicht wollte sie nicht.

Die Bilder kommen wieder, lassen sich nicht wegschieben. Einmal, zweimal, mehrmals hat sie ihm das Messer in die Brust gerammt, sein Blut ist ihr ins Gesicht gespritzt. Sie konnte nicht aufhören. Hat immer wieder zugestochen, hat sein verzerrtes Gesicht, die Angst in seinen Augen gesehen, hat Torbjörns Gesicht gesehen und weitergemacht.

Sie zuckt zusammen. Jemand ruft ihren Namen. Sie haben sie gefunden. Sie duckt sich tiefer. Beißt auf die Zähne, damit sie nicht aufeinanderschlagen, wagt kaum zu atmen. Starrt in die Dunkelheit, doch sie sieht nur die schwarzen Silhouetten der Bäume.

Noch einmal hört sie: »Yrsaaa!« Es ist eine tiefe Stimme, der Mann ruft laut. Sie kennt die Stimme. Es ist Avidh. Sie versteht nicht, was Avidh hier macht. Das Zittern wird stärker. Avidh sollte nicht hier sein. Ihr kommt ein schrecklicher Gedanke. Kann es sein, dass er mit den Sklavenhändlern zusammenarbeitet, dass sie ihn geschickt haben, um sie zu suchen? Wenn jemand sie finden könnte, dann er.

Sie darf sich nicht bewegen, er hört das leiseste Rascheln, sie muss sich winzig klein machen. Seine Rufe klingen so, als ob er noch ein Stück entfernt ist. Vielleicht sollte sie noch tiefer ins Dickicht kriechen, damit er sie nicht findet. Bevor er zu nahe ist und jedes Knistern wahrnimmt.

Nein, nein, sie irrt sich. Alles, was geschehen ist, vernebelt ihr die Sinne. Avidh würde ihr nicht schaden wollen, er könnte ihre Rettung sein. Sie muss ihn finden, er muss ihr helfen, von hier zu verschwinden. Was macht er hier?

Sie stützt sich ab im Moos, versucht sich hinzuhocken. Ihre Beine gehorchen kaum. Wieder hört sie Avidh. Seine Rufe klingen schon näher.

Sie öffnet den Mund, will rufen: »Hier bin ich, komm hier rüber, Avidh, hier, hier drüben«, als sie zusammenzuckt. Ein Knacken im Gebüsch. Avidh kann es nicht sein. Seine Rufe kamen aus Norden. Das Knacken kam von der anderen Seite. Olafs Männer! Sie haben die Suche nach ihr nicht aufgegeben. Sie muss sich noch besser verstecken, muss tiefer ins Dickicht kriechen.

Sie schafft es, auf die Füße zu kommen, bleibt in der Hocke sitzen. Leise, ganz leise setzt sie einen Fuß vor den anderen, es ist nicht einfach, mit zitternden Beinen zu schleichen. Wieder hört sie Avidh, seine Rufe sind leiser, er scheint in die andere Richtung zu laufen.

Sie stolpert über einen Stein, fällt auf die Knie, erstarrt, hofft, dass, wer immer durchs Gebüsch schleicht, sie nicht gehört hat. Wieder ein Geräusch, ganz in der Nähe. Sie sieht fast nichts, verstrickt sich immer tiefer im Unterholz, überall reißt es an ihr, kratzt und pikt es. Ihr Hemd ist sowieso zerrissen. Sie kriecht unter einen langen Ast, der am Boden schleift, und rollt sich zusammen. Die Blätter geben ihr Schutz. Den Kopf hebt sie ein wenig, damit sie merkt, falls jemand näher kommt.

Sie erschrickt, weiter vorne sieht sie den Schein einer Fackel, jemand schwingt sie zwischen den Bäumen. Sie weiß nicht, ob es Avidh ist. Doch der Fackelträger ruft nicht nach ihr, es muss einer von Olafs Männern sein. Ihr Herz schlägt so heftig gegen ihren Brustkorb, dass sie glaubt, der Boden könnte unter ihr zittern, tausend kleine Wesen davonstieben und ihren Aufenthaltsort verraten. Sie schließt die Augen, will die Fackel nicht sehen, presst die Hände auf die Ohren, will nichts mehr hören.

Sie weiß nicht, wie lange sie so ausgeharrt hat. Vorsichtig nimmt sie die Hände von den Ohren, lauscht. Sie hört Rascheln im Unterholz, vielleicht eine Maus, sie hört das Rauschen der Blätter, aber sie hört keine Schritte mehr, keine Rufe. Sie öffnet die Augen. Es ist dunkel, kein Fackelschein.

Sie kriecht aus ihrem Versteck. Ein Bach plätschert ganz in der Nähe. Sie kann fast nicht aufstehen, so steif sind ihre Beine. Sie taumelt, stützt sich an den Bäumen ab. Vorsichtig, ein Schritt nach dem anderen, schleicht sie zum Wasser, trinkt gierig, bis sie sich verschluckt, und schrubbt ihre Hände, bis die Haut schmerzt.

Auch ihr Hemd, ihr Gesicht, ihre Haare wäscht sie, bis alles an ihr so eiskalt ist, dass sie nicht mehr weiterwaschen kann. Ihr zerrissenes Hemd verknotet sie, so gut es geht. Dann sucht sie wieder den Schutz der Bäume.

Sie zuckt zusammen, ihr Herz rast wieder. Die Umrisse eines Mannes tauchen auf, ein Stück weiter vorne. Kurz nur war da eine schemenhafte Figur, dann ein Feuerschweif, so wie wenn jemand eine Fackel hin- und herschwenkt, um ins Unterholz zu leuchten. Es muss Olafs Mann sein. Avidhs Stimme hat sie seit einiger Zeit nicht mehr gehört.

Sie muss sich verstecken. Schnell. Am besten dort hinten, im dichten Gestrüpp. In der Dunkelheit wirkt es wie eine unpassierbare Wand. Leise setzt sie einen Fuß vor den nächsten. Ihre Beine wollen kaum gehorchen. Sie duckt sich hinter einen Stamm. Dort vorne war er wieder, der Lichtschein der Fackel. Dieses Mal schon näher. Da, wo sie jetzt hockt, wird der Mann sie entdecken. Der Stamm bietet zu wenig Schutz. Sie muss weiter nach dort drüben, tief in die Sträucher, Dornen und Ranken kriechen.

Ein lautes Knacken unter ihrem Fuß. Sie erstarrt, ist auf einen dürren Zweig getreten. In viele kleine Stücke ist er zerbrochen. Das Geräusch scheint durch den ganzen Wald zu hallen. Das passiert ihr sonst nicht. Sie ist nicht sicher, wie weit man das Knacken wirklich gehört hat. Ob es nur ihr so schrecklich laut vorkam. Sie wagt nicht, sich zu bewegen. Olafs Mann wird sie sonst erwischen. Nicht jetzt im entscheidenden Moment versagen.

Der Schein der Fackel leuchtet jetzt noch näher. Der Mann hat sie gehört. Sie geht in die Knie, schließt die Augen, will die Welt aussperren. Wagt kaum zu atmen.

»Yrsa.« Jemand zischt ihren Namen, leise, es kam von ganz nah. Avidh, es ist Avidh, nicht Olafs Mann! Zuerst muss sie ganz sicher sein. Ob es nicht die Waldtrolle sind, die ihr etwas vorgaukeln. Sie lauscht noch einmal. Das Fackellicht bewegt sich nicht mehr.

»Yrsa!«

Es ist Avidh. Sie ist sich sicher. Sie kennt seine Stimme. Es ist wunderschön, seine Stimme zu hören. In sich hört sie ein erleichtertes Schluchzen, aber es dringt nicht bis nach draußen.

»Hier«, sagt sie leise.

Das Licht der Fackel nähert sich. Sie ist geblendet, kann Avidh nicht erkennen. Aber er hat sie entdeckt, senkt die Fackel, steckt sie nicht weit von ihr in den Waldboden.

Sie ist so froh, ihn zu sehen, bringt aber kein Wort über die Lippen, lehnt sich nur mit dem Rücken gegen einen Stamm und sinkt die Rinde entlang auf den Boden, legt die Arme um die Beine und den Kopf auf die Knie.

»Bist du verletzt?«, sagt Avidh, macht einen Schritt auf sie zu, geht in die Hocke, legt ihr eine Hand auf den Knöchel. »Yrsa, blutest du?«

Sie schüttelt den Kopf. Sie findet keine Worte, die sie laut aussprechen kann. Und keine Kraft, irgendetwas zu tun. So wie kürzlich, als Sjalfi nicht auf dem Schiff war und sie starr am Hafen von Haithabu saß. Sie schüttelt noch einmal den Kopf und hofft, dass Avidh begreift. In ihren Ohren rauscht es laut, ihr Bauch zittert.

Äußerlich ist sie erstarrt, möchte sie ihm erklären, weil es in ihr drinnen so heftig tobt. Sie schafft es nicht, was sie fühlt, in eine Sprache zu übersetzen, die außerhalb ihres Kopfes gilt. Avidhs Hand liegt noch immer auf ihrem Knöchel, auf ihrem nassen Fuß. Seine Hand ist warm, die Berührung angenehm. Avidh bewegt sich nicht, sie auch nicht, und er stellt keine weiteren Fragen. Das Licht der Fackel spiegelt sich in seinen dunklen Augen. Sein Blick ist besorgt.

Dann steht er auf, nimmt seinen Umhang ab und legt ihn ihr

über die Schultern. Sie packt beide Enden und wickelt den warmen Wollstoff um ihren Körper. Avidh setzt sich neben sie auf den Waldboden. Sie lauscht seinem Atem. Bemüht sich, genauso ruhig zu atmen wie er.

»Ich bin ihm entkommen«, sagt sie irgendwann. »Ich habe ihn besiegt.«

»Du bist eine Kämpferin«, sagt Avidh.

Nach einer Weile hört sie die Geräusche des Waldes wieder. Ganz in der Nähe murmelt der Bach, an dem sie sich gewaschen hat. Avidh hat sein Schwert neben sich gelegt. Yrsa macht sich jetzt keine Sorgen mehr wegen Olafs Mann. Auch wenn sie im Moment nicht so schnell ist, der beste Kämpfer Haithabus beschützt sie.

»Ich weiß nicht, ob ich ihn getötet habe«, sagt sie noch ein bisschen später.

»Sah ziemlich danach aus«, sagt Avidh. »Er war ein Mann ohne Ehre.«

Sie schluckt. Fühlt Genugtuung und erschrickt ein bisschen darüber. Aber es ist besser so, nie wieder will sie Agnar begegnen müssen. Und gleichzeitig überschwemmt sie die Angst, wenn sie zurückdenkt an den Moment, als er versucht hat, sie anzugreifen, und sie das Messer in der Hand gehalten und immer wieder zugestochen hat.

»Er wollte mein Hemd zerreißen und hat einen Augenblick nicht auf sein Messer aufgepasst«, sagt sie und fängt an zu zittern.

»Er hat bekommen, was er verdient hat«, sagt Avidh. »Ich mache ein Feuer.«

»Nein, sie werden uns sehen.«

»Olaf wird es nicht wagen, uns anzugreifen«, sagt Avidh, »und selbst wenn, ich fürchte ihn nicht. Du musst dich aufwärmen.« Er steht auf.

»Geh nicht weg«, sagt sie.

»Ich geh nirgendwohin, es liegen genügend Äste hier ganz nahe.«

In kurzer Zeit hat Avidh ein kleines Feuer aufgebaut und angezündet. Und setzt sich wieder neben sie. Sie streckt ihre eiskalten Füße und Hände gegen die Flammen. Das Zittern verebbt nicht ganz, aber es lässt nach. Sie ist so dankbar, dass er bei ihr ist. Auch wenn sie ihm das im Moment nicht sagen kann.

»Weißt du noch, wie das war, als du zum ersten Mal jemanden getötet hast?«, fragt sie nach einer Weile. In ihr sind gerade so viele Gefühle, die sie nicht entwirren kann. Sie ist stolz, Agnar besiegt zu haben, erleichtert, dass er sein Ziel nicht erreicht hat, aber auch voller Furcht, wenn die Bilder vom Kampf sie verfolgen.

»Ja, ist schon lange her«, sagt Avidh.

»Wie alt warst du?«

»Sehr jung. Es war ein Hinterhalt. Ich musste schnell handeln. Hatte keine Zeit, Angst zu haben. Die kam erst danach. Ein erfahrener Krieger hat mich dann gelobt. Und nach einer Weile war der Stolz größer als die Angst.«

»Ist das erste Mal das schwierigste?«

Avidh überlegt einen Moment. »Nicht unbedingt. Wichtig ist es, deine Ehre nie zu vergessen. Und eigentlich ist es ganz einfach, du tötest, damit du nicht getötet wirst.«

Avidh wirkt so ruhig, wenn er von diesen Dingen spricht. »Ich glaube nicht, dass ich, was passiert ist, so schnell vergessen kann«, sagt sie.

»Ja. Es ist ein Unterschied, ob du einen Fremden im Kampf tötest oder jemanden, der dir zuvor schon viel Leid zufügen wollte.«

Sie nickt, hüllt sich noch enger in seinen Umhang. »Wie hast du mich gefunden?«

»War nicht schwer.«

»Und du hast den ganzen Weg meinetwegen gemacht?«

Er zuckt mit den Schultern. »Ich habe erfahren, dass es am Hafen Aufregung gab, und irgendwann habe ich verstanden, dass Olaf versucht, dich zu entführen. Das konnte ich nicht zulassen.« Er lächelt sie kurz an.

An einem anderen Tag würde sie ihm jetzt um den Hals fallen. »Ich bin so froh, dass du da bist«, sagt sie dafür jetzt. Sie kann nicht glauben, dass er diesen Weg auf sich genommen hat. Für sie. Sobald sie sich besser fühlt, muss sie darüber nachdenken, was das bedeutet. »Ich schaff das nicht, heute Nacht nach Haithabu zurückzulaufen.«

»Musst du nicht. Wir bleiben hier, bis es hell ist. Dort hinten ist ein Hof. Vielleicht fährt der Bauer auf den Markt und kann uns mitnehmen. Ist dir schon wärmer?«

»Ein bisschen.«

»Du kannst hier neben dem Feuer schlafen. Ich decke dich mit dem Umhang zu.«

»Und du?«

»Mir ist nicht kalt.«

Sie legt sich hin, ist schrecklich müde. Der Umhang wärmt sie, aber sie fröstelt trotzdem.

»Kannst du so wie in der Nacht im Gasthaus neben mir liegen?« Sie dreht sich auf die Seite.

»Auf jeden Fall«, sagt er und legt sich neben sie. Sie spürt im Rücken die Wärme des Feuers, und sein Körper beschützt sie vor allem, was dort draußen hinter den dunklen Bäumen lauert. Er breitet den Umhang über sie beide aus. Sie nimmt seine warme Hand zwischen ihre Hände und hält sie fest. Es ist ein beruhigendes Gefühl. So bleibe ich die ganze Nacht liegen, denkt sie.

Sie zuckt zusammen, schreckt auf, setzt sich hin. Einen Moment weiß sie nicht, wo sie ist, was los ist, ob sie geschlafen hat. Ihre Zähne schlagen aufeinander, kalter Schweiß läuft ihr über das Gesicht. Sie versucht im Dunkeln etwas zu erkennen.

»Keine Sorge, das war nur ein Tier«, sagt eine tiefe Stimme neben ihr. Es ist Avidh, er liegt neben ihr. Alles fällt ihr wieder ein.

»Ich ... ich bin nur zusammengezuckt«, sagt sie.

»Leg dich wieder hin, ich höre, wenn sich jemand anschleicht.«

»War da jemand?«

»Nein, da ist niemand.«

Sie legt sich wieder hin, starrt in die Dunkelheit, ihr Herz schlägt viel zu schnell. »Es ist gleich wieder besser«, sagt sie, »ich bin sonst nicht so schreckhaft.«

Sie ärgert sich. Was wird Avidh von ihr denken? Es war einfach alles ein bisschen viel die letzten Tage. Sie dreht sich auf die Seite, tastet nach Avidhs Hand, berührt seinen Unterarm. Er hebt den Arm, und sie rutscht näher zu ihm, bis ihr Kopf an seiner Schulter liegt und sie seinen ruhigen Herzschlag hört. Sein Arm liegt auf ihrem Rücken. Nach einer Weile fühlt sie sich etwas besser und macht die Augen zu.

Als sie die Augen das nächste Mal aufschlägt, sind die Bäume keine schwarzen Konturen mehr. Das erste Licht sickert in den Wald. Avidh bewegt sich neben ihr.

»Wir müssen los«, sagt er.

Sie machen sich auf den Weg zu dem Hof, der in der Nähe des Waldes liegt, treffen die Bäuerin an einem Bach, der ihr Land begrenzt. Sie wäscht gerade ein Hemd. Avidh ruft ihr von Weitem zu. Die Frau scheint sich zu erschrecken, dreht sich um. Sie trägt ein leuchtend blaues Kleid, neben ihr liegt ein Bündel Holz. Als sie näher kommen, wirft sie einen Blick auf Yrsas zerrissenes und verknotetes Hemd runzelt die Stirn und sagt zu Avidh: »Du solltest deine Frau besser behandeln.«

»Er war das nicht«, sagt Yrsa. »Er hat mir geholfen.«

Die Bäuerin zieht die Stirn kraus, schaut Avidh noch einmal länger an. Er verzieht keine Miene, schaut ihr direkt in die Augen. Es scheint ihn nicht besonders zu interessieren, was sie von ihm denkt.

Schließlich sagt die Frau: »Ich habe noch ein Hemd von meinem Sohn. Es passt ihm nicht mehr. Wenn du möchtest, schenke ich es dir. Eine Tochter habe ich nicht. Eigentlich brauchst du ein schönes Kleid.« Die Bäuerin schüttelt den Kopf.

»Ich danke Euch«, sagt Yrsa, »ich nehme das Hemd sehr gerne.«

Kurz darauf sitzen sie auf dem Wagen. Es weht ein kalter Wind. Avidh legt ihr wieder seinen Umhang um die Schultern. Sie hüllt sich ein, lehnt sich gegen ihn und schließt die Augen.

Dann rüttelt jemand an ihrem Arm und sagt: »Wir sind in Haithabu.« Sie braucht einen Moment, bis sie versteht, wo sie sich befindet und was geschehen ist. Der Markt ist schon voller Menschen. Sie steigen vom Wagen.

»Ich muss zu Gunnar«, sagt Avidh.

Yrsa nimmt alles wie durch einen Schleier wahr. So viele Menschen und Nebel in ihrem Kopf. Sie gibt Avidh seinen Umhang zurück. Am liebsten wäre sie einfach an ihn gelehnt sitzen geblieben. Sie nimmt seine Hand und hält sie einen Moment ganz fest. Erinnert sich daran, wie froh sie war, seine Hand in der Nacht in ihrer zu spüren.

»Morgen beim Turnier?«, fragt er. Sie nickt und drückt seine Hand noch einmal, weiß nicht, ob sie ihn umarmen soll. Alles geht zu schnell. Hier in der Stadt unter den Menschen ist er wieder der unnahbare Krieger. Was in ihm vorgeht, kann sie nicht erkennen.

Dass er ein Krieger mit Ehre ist, hat sie nun schon einige Male erlebt. Und eigentlich von Beginn an gespürt.

»Avidh.« Sie ruft ihm nach. Er dreht sich um. Sie holt ihn ein. »Danke nochmals«, sagt sie. »Du hast mir sehr geholfen.«

»Ich habe nichts gemacht. Du hast dich selbst befreit.«

»Aber die Nacht war viel einfacher, als du bei mir warst. Und überhaupt, du bist nur meinetwegen so weit gereist. Das ... das war ... Ich danke dir.«

Er lächelt. »Habe ich gern gemacht.«

Kapitel 42

»Yrsa, bist du das?« Thora schlägt die Hände zusammen. »Bei Freyjas Katzen, ich hätte dich fast nicht erkannt. Du warst noch so klein«, sie hält ihre Hand auf Brusthöhe, »als wir uns das letzte Mal gesehen haben. Komm her.«

Thora breitet ihre Arme aus. Yrsa versinkt in ihrer Umarmung und schlingt die Arme um sie. Thora riecht nach Pfeifenrauch und feuchter Wolle. Bilder ihrer Mutter rauschen durch Yrsas Kopf. Sie sieht die beiden auf der Bank vor ihrem Haus in Ribe sitzen, eingehüllt in einer Wolke Rauch. Stundenlang saßen sie dort oft und unterhielten sich.

»Ich sehe sie in dir«, sagt Thora, legt Yrsa beide Hände auf die Schultern und mustert sie, »du hast ihre Augen, ihren Blick. Ich vermisse sie noch immer.« Thora streicht sich mit der Hand über die Backen, wischt Tränen weg. Ein langer grauer Zopf liegt auf ihrer Schulter. Fast an jedem Finger trägt sie einen goldenen Ring.

Yrsa beißt die Kiefer aufeinander. Sie denkt an ihre Mutter, die Ereignisse der letzten Tage und den gestrigen Abend. Alles war zu viel. Sie umarmt Thora noch einmal, hält sie fest und unterdrückt ein Schluchzen. Thora streicht ihr über die Arme, schaut sie an. »Was ist passiert?«

»Ich muss mich nur kurz sammeln.« Noch immer verfolgen sie die Bilder der vergangenen Nacht, Agnars Angriff, sein Blut, das ihr ins Gesicht gespritzt ist. »Ein Mann hat gestern Abend versucht, mich zu töten.«

»Was! Und das sagst du so beiläufig?«

Yrsa erzählt, was geschehen ist. »Das ist furchtbar«, sagt Thora und schüttelt immer wieder den Kopf. »Hat er …?«

»Nein, er hat es versucht, ich habe ihn abgewehrt. Ich will jetzt nicht mehr davon sprechen. Ich komme wegen etwas anderem.«

Thora drückt sie an ihren weichen Bauch. »Du hast gut gekämpft. Ich bin stolz auf dich. Ich hoffe, dieser Agnar ist verreckt. Setz dich ans Feuer. Was führt dich zu mir?«

»Ich habe dich in Haithabu gesucht und dann erfahren, dass du hier am Nordufer wohnst. Ein Fischer hat mich mitgenommen. Ich habe dein Haus nicht gesehen, als wir auf dem Wasser waren. Eine reiche Frau wohnt dort oben, hat der Fischer gesagt. Aber sie versteckt sich hinter hohen Bäumen.«

Thora lächelt. »Der Hof liegt sehr günstig. Meine Männer erkennen schon von Weitem, wer sich nähert. Mir würde das nicht auffallen, ich stehe meistens in meiner Werkstatt. Warte hier, du siehst hungrig aus. Ich sag der Magd, sie soll dir etwas zu essen machen, und ich muss kurz etwas in der Werkstatt erledigen. Mach's dir bequem.«

Yrsa schaut sich in Thoras Haus um. Wertvolle Bilderteppiche hängen an den Wänden. Der breite Stuhl neben dem Feuer ist mit feinen Schnitzereien verziert. Aus dem vorderen Teil des Langhauses hört sie leises Klopfen, im Vorbeigehen hat sie einen Blick in Thoras Goldschmiedewerkstatt geworfen, wo zwei Gehilfen arbeiten. Yrsa setzt sich an den langen Tisch, der neben der Feuerstelle steht.

Es fällt ihr schwer, die letzte Nacht aus ihren Gedanken zu vertreiben. Immer wieder bricht ihr kalter Schweiß aus. Tot würde sie jetzt irgendwo an der Schleimündung liegen. Aber sie ist stolz, wie sie sich gegen Agnar zur Wehr gesetzt hat, auch wenn sie der Abend noch lange verfolgen wird.

Lieber denkt sie an den Moment, als Avidh aufgetaucht ist, seine warme Hand auf ihrem Knöchel, sein besorgter Blick. Wie sehr es ihr geholfen hat, mit ihm zu sprechen, wie beschützt sie sich gefühlt hat, als er neben ihr lag. Er hat einen solch langen Weg auf sich genommen, nur um sie zu suchen, und wusste nicht einmal sicher, wo er sie finden würde.

Trotzdem muss sie es jetzt schaffen, weniger an ihn zu denken. Es gibt im Moment keinen Platz für diese Gefühle. Sie versteht sie nicht, sie sind ihr unheimlich, und sie halten sie davon ab, alle Kraft in die Suche nach Sjalfi zu stecken.

Thora kehrt mit einer dampfenden Schale Eintopf und einem Krug Bier zurück.

»Mein Geschäft läuft sehr gut. Aber mir wurde es in der Stadt zu voll, ich bin zu alt für so was.« Sie lacht und zieht an ihrer Pfeife. »Jetzt bin ich schon lange hier und habe einen Gehilfen. Er ist wie ein Sohn für mich, und er verkauft den Schmuck in der Stadt. Er kommt alle paar Tage mit dem Boot und holt neue Ware. Nie zu viel auf einmal. So ist es leichter, uns gegen Diebe zu verteidigen. Die engen Gassen waren mir zu unübersichtlich. Hier habe ich meine Knechte, die gute Waffen tragen.«

Yrsa schaufelt den Eintopf in sich hinein, während sie Thora von Sjalfis Verschwinden erzählt.

»Ich war so sicher, dass ich Sjalfi auf Olafs Schiff finde. Alles hat darauf hingewiesen. Jetzt weiß ich nicht mehr, wo ich suchen soll. Ob Sjalfi überhaupt noch lebt? Seit mehr als einer Woche fehlt jede Spur von ihm.« Sie kämpft gegen die Traurigkeit.

»Warum bist du nicht sofort zu mir gekommen?«, sagt Thora. »Das ist ja alles schrecklich, was du mir da erzählst. Ab sofort schläfst du hier.«

Yrsa schüttelt den Kopf. »Ich danke dir, aber ich muss in der Stadt bleiben.«

»Weißt du noch, wie du in Ribe, als du klein warst, oft bei mir gewohnt hast, wenn Katla unterwegs war?«, fragt Thora.

»Ja. In meiner Erinnerung ist es immer Sommer, wenn ich bei dir war. Dann war mein Vater auch auf Reisen. Sonst war ich mit ihm zusammen, wenn Katla unterwegs war. Ich wünschte, mein Vater könnte mir bei der Suche nach Sjalfi helfen. Ich habe ihn so oft vermisst die letzten Jahre.«

»Das würde er bestimmt machen«, sagt Thora und zündet ihre Pfeife wieder an. »Auch wenn er Sjalfi kaum kennt. Die wenigen Male, die er ihn gesehen hat, hat er ihn immer wie seinen eigenen Sohn behandelt.«

»Meinst du, dass mein Vater noch lebt? Ich fürchte, dass er tot ist.«

»Das weiß ich nicht. Ich glaube, auch Katla wusste das nicht. Obwohl sie sehr viel wusste. Sie hat sich oft nach ihm gesehnt. Er hatte eine Unruhe in sich, immer wieder zog es ihn in die Ferne. Doch wenn er da war, dann konntet ihr euch ganz auf ihn verlassen. Er hat alles für Katla getan und ihr die Freiheit gelassen, die sie für ihre Arbeit brauchte. Entschuldige, jetzt rede ich von ihm, als wäre er tot.«

Die Schale mit dem Eintopf ist schnell leer. Thora steht auf und verschwindet. Yrsa denkt an ihren Vater. Warum hat er sich nie mehr blicken lassen? Sie kann es sich nur damit erklären, dass er nicht mehr lebt.

Nach kurzer Zeit steht eine zweite dampfende Schale vor ihr.

»Warum hast du vorhin gesagt, mein Vater habe Sjalfi wie seinen eigenen Sohn behandelt?«

»Er ist nicht Sjalfis Vater.«

Yrsa hört auf zu essen. »Was? Bist du sicher?«

»Ganz sicher.«

Sie schaut Thora an, runzelt die Stirn. »Ich erinnere mich aber, wie mein Vater bei uns war, und Sjalfi war ein kleines Kind. Er konnte gerade laufen.«

»Ja, aber vorher war er drei Winter fort. Katla hat sich damals oft gefragt, ob er noch zurückkommt. Und eines Tages stand er plötzlich wieder vor der Tür.«

Yrsa schluckt. Wenn ihr Vater nur jetzt plötzlich auftauchen würde! Sie sehnt sich nach ihm.

»Und wer ist Sjalfis Vater?«

»Das weiß ich nicht. Ich habe nie so direkt gefragt. Katla war in jener Zeit sehr viel unterwegs. Du weißt, wie sie auf Männer wirkte. Und sie hat sich immer genommen, worauf sie Lust hatte.«

»Ich wusste, dass meine Mutter sich mit vielen Männern traf. Aber sie hat immer gesagt, Freyja hat ein Auge darauf, dass sie nicht schwanger wird. Und sie selbst kenne auch ein paar Tricks. Die hat sie mir eingeschärft, lange bevor ich das erste Mal geblutet habe. Und ich blute sowieso nicht so häufig wie andere.« Yrsa denkt nach. »Meinst du, sie wusste, wer der Vater war?«

»Bestimmt. Katla wusste so was.«

»Aber wer könnte das sein? Ich muss ihn finden. Vielleicht hilft er mir bei der Suche. Oder ...«, sie kneift die Augen zusammen, »könnte er etwas mit Sjalfis Verschwinden zu tun haben?« Sie spürt große Wut auf diesen unbekannten Mann. »Aber warum sollte er das tun? Und warum jetzt?«

»Vielleicht hat er keinen Erben.«

»Dann muss ich ihn erst recht finden. Aber wie? Denk nach. Gibt es irgendjemanden, der das wissen könnte?«

»Puh, schwierige Frage. Es ist alles so lange her.«

»War es ein Mann aus Ribe?«

»Nein, bestimmt nicht. Das wüsste ich. Es muss auf ihren Reisen gewesen sein.«

»Wie soll ich ihn dann jemals finden?« Verzweiflung steigt in ihr auf. Dieser Mann kann irgendwo sein. »Wen könnte ich suchen, der meine Mutter damals gut gekannt hat? Ich kann mich nur noch an Inga die Furchtlose erinnern, weil sie mir als Kämpferin immer ein Vorbild war. Aber ich weiß nicht, wo sie steckt, ob sie noch lebt.«

Thora denkt nach. »Morgen ist in Sliesthorp ein Turnier. Dort kommen alle guten Kämpfer aus der ganzen Region zusammen. Falls sie noch lebt, könnte sie vielleicht dort sein.«

Yrsa lächelt. »Von dem Turnier habe ich schon gehört. Ich werde hingehen. Gibt es sonst jemanden, der dir einfällt?«

Thoras Blick geht in die Ferne. »Wie heißt der Mann, bei dem ihr im Dorf gewohnt habt?«

»Torbjörn? Meinst du, sie hat es ihm anvertraut?«

Thora zuckt mit den Schultern. »Keine Ahnung. Katla schien sehr angetan von ihm. Er habe ihr das Leben gerettet, hat sie einmal gesagt.«

»Das Leben gerettet? Torbjörn? Was hat sie damit gemeint? Sie ist bei der Geburt seines Kindes gestorben.«

Thora seufzt. »Ich weiß auch nicht, worauf sie sich da bezog.«

Yrsa kommt ein schrecklicher Gedanke. »Es war Torbjörn, der mich vor Olaf dem Unwirschen gewarnt hat. Deswegen bin ich hier in Haithabu.«

»Das muss nichts heißen. Er wollte dir vermutlich helfen. So wie ich Katla einschätze, hätte sie ihm sowieso nichts von früheren Liebhabern erzählt. Sie hatte ein gutes Gespür für so was. Komm in einigen Tagen wieder. Oder noch besser, bleib hier. Hier hast du es gemütlich.«

Yrsa schüttelt den Kopf. »Warum in einigen Tagen?«

»Eine Freundin sollte dann in Haithabu mit dem Schiff anlegen. Sie ist Händlerin, geht regelmäßig auf Reisen in den Osten. Sie hat Katla auch gekannt. Vielleicht weiß sie etwas. Sonst fällt mir im Moment niemand ein. Erzähl mir noch mehr von dir, gibt es einen Mann in deinem Leben? Willst du deshalb zurück in die Stadt?«

»Nein, ich will nicht heiraten.«

»Männer kann man trotzdem haben. Ich seh dir an, dass du an jemanden denkst.«

Yrsa spielt mit ihrem Zopf, weicht Thoras Blick aus.

»Nun sag schon.«

»Er bringt mich durcheinander.«

»So muss das sein.«

»Nein, nicht so, wie du meinst.« Yrsa denkt nach. »Kennst du Frida die Heilerin?«

»Natürlich.«

»Und den jungen Krieger, der manchmal bei ihr wohnt?«

Thora prustet. »Ja, auf den würde ich auch ein Auge werfen, wenn ich in deinem Alter wäre.«

»So ist das nicht. Er ist gestern Nacht weit gereist, um mich zu suchen, und jetzt … jetzt muss ich viel zu viel an ihn denken. Ich möchte, dass sich das ändert. Was kann ich tun, Thora?«

»Vielleicht musst du einmal mit ihm das Bett teilen. Das heilt vieles.«

Yrsa schüttelt den Kopf.

»Was gestern geschehen ist, lässt einen Sturm in deinem Innern wirbeln. Da weiß man manchmal nicht mehr, was man warum fühlt. Du hast um dein Leben gefürchtet, und dann ist er plötzlich aufgetaucht. Er war das Gute in einer bösen Welt. Deshalb sehnst du dich nach ihm.«

»Meinst du?«

»Ja, ganz bestimmt. Und er hat das vermutlich nur getan, weil er eine Nacht mit dir verbringen möchte, und gut ist.«
»Bist du sicher?«
»Ja. So sind sie, diese jungen Krieger.«

Kapitel 43

Die Sonne schläft noch, als Yrsa loszieht. Doch das Schwarz der Nacht weicht schon den Grautönen des Morgens. Wieder übernachtet sie im Wald oberhalb der Stadt. Ihr Lager liegt gut versteckt. Wer zufällig auf dem Pfad über die Hochburg geht, wird sie niemals sehen. Sie hat sich am Vorabend bei Thora satt gegessen und lange geschlafen. Ihre Kraft ist zurückgekehrt. Sie ist eine Kämpferin und lässt sich nicht unterkriegen. Heute findet das Kriegerturnier statt, zu dem Avidh sie eingeladen hat.

Yrsa läuft runter ans Wasser und sucht am Noor einen geschützten Ort, um sich zu waschen, hat ihr Ersatzhemd mitgenommen. Wenn sie heute auf Avidhs Pferd mitreitet, will sie nicht müffeln und dreckverschmierte Kleider tragen.

Sie hofft inständig, dass sie Inga die Furchtlose bei dem Turnier trifft. Sie kann nicht glauben, was sie von Thora erfahren hat. Yrsa hat Sjalfi so oft von ihrem Vater erzählt, wollte die Erinnerung an ihn lebendig halten, weil er nach Sjalfis Geburt kaum noch auftauchte. Und jetzt hat Sjalfi einen anderen Vater, und der ist vielleicht für das Verschwinden ihres Bruders verantwortlich. Ihr wird schwindlig, wenn sie daran denkt, wo dieser Vater überall stecken könnte. Sie wünschte, ihre Mutter hätte ihr davon erzählt.

»Mama, gib mir ein Zeichen«, murmelt sie. »Ich brauche deine Hilfe. Ich verstehe nicht, warum Sjalfi einen Bannzauber gegen das

Amulett mit der Flamme versucht hat. Woher hatte er dieses Amulett? Ich dachte, dass es Olafs Männer waren, die ihn beobachtet haben. Aber Olafs Männer tragen diese Amulette nicht.«

Nördlich der Stadt findet sie eine Stelle, wo das Schilf dicht wächst. Sie versteckt ihre Waffen, zieht sich aus, öffnet ihren Zopf und bahnt sich einen Weg durchs Schilf. Die Halme kitzeln ihre Finger, der sandige Schlick drückt zwischen ihren Zehen hindurch. Dann umspült das kalte Wasser ihre Füße. Sie springt hinein und schwimmt ein paar Züge. Wasserpflanzen streifen ihre Beine, den Kamm hat sie zwischen die Zähne geklemmt.

    Sobald sie wieder Grund unter den Füßen hat, arbeitet sie sich durch ihre zerzausten Haare. Am Schluss wäscht sie das dünne Leinenunterhemd, wringt es aus, so gut sie kann, und schüttelt es im Wind. Als ihr Körper trocken ist, zieht sie es an. Es klebt feucht an ihrem Körper, die kalte Morgenluft lässt sie frösteln. Um sich aufzuwärmen, tanzt und hüpft sie über den sandigen Boden.

    Sie denkt an Avidh. Jedes Mal, wenn sie sich jetzt zu stark nach seiner Nähe sehnt, erinnert sie sich an ihre Suche. Nichts darf sie ablenken, sie muss Sjalfi finden. Und vermutlich hat Thora recht. Sie verwechselt etwas in ihren Gefühlen, weil die Entführung einen Sturm in ihr aufgewirbelt hat. Und Avidh möchte einfach eine Nacht mit ihr verbringen.

    Obwohl, sie hüpft noch ein bisschen höher, dann gäbe es keinen Grund, Abstand zu halten. Eine Nacht wird sie nicht von der Suche ablenken. Oder nur ein kleines bisschen. Wenn sie ehrlich ist, wünscht sie sich, Avidh zu berühren. Es wäre ein Abenteuer, das Bett mit einem Mann zu teilen, den sie anziehend findet. Aber sie fürchtet sich davor, dass ein Liebeszauber sie befällt. Und Thora nicht recht hat. Doch jetzt sollte sie nicht mehr an Avidh denken:

Heute ist ein wichtiger Tag! Zum ersten Mal geht sie zu einem Kriegerturnier und will dort zeigen, was sie kann.

Einige Zeit später steigt sie hinter Avidh auf sein Pferd, den nervösen Hengst, der sie in Njálls Dorf erstmals gesehen hat. Er zuckt, als Yrsa sich auf seinen Rücken schwingt und er einen zweiten Menschen auf sich spürt. Ein Beben läuft durch seinen Körper, sein Schweif peitscht kurz rechts, kurz links, trifft Yrsa an der Wade. Sie fasst hinter sich, streicht über das weiche Fell des Pferds. Der Hengst schnaubt, beruhigt sich kurz, doch die Spannung in seinem Körper weicht nicht.

»Halt dich fest an mir«, sagt Avidh. Sie legt die Hände rechts und links an Avidhs Hüfte, dort, wo sein Gürtel mit dem Messer, der kleinen Tasche und der Kampfaxt hängt. »Halt dich richtig fest«, sagt Avidh, »es geht auf und ab, über Wurzeln, Steine und Schlamm.«

Sie legt die Arme um seinen Oberkörper, auf den wollenen Stoff seines Hemds. Avidh drückt dem Braunen die Fersen in die Flanken. Mit einem Ruck läuft das Pferd los. Yrsas Hände liegen auf Avidhs flachem Bauch, unter ihren Fingern spürt sie Muskeln, spürt, wie sie sich bei jeder Bewegung des Pferdes zusammenziehen und wieder entspannen. Alles fühlt sich anders an als bei Njáll. Dessen Bauch ist massiger und viel schlaffer. Und schon ist sie wieder da, diese Sehnsucht, Avidh ganz nahe zu sein. Es ist nur der Sturm in meinem Innern, denkt Yrsa und versucht sich abzulenken.

Sie reiten am Ufer der Schlei entlang. Die Wellen plätschern leise gegen die sandige Böschung. Kalter Wind zieht vom Wasser über das Land, kriecht ihr unter das Hemd, doch Avidhs Körper ist warm. Wieder nimmt sie seinen Geruch wahr, wie in den Nächten, als sie neben ihm lag. Warum muss er so gut riechen? Sie will sich nicht an diesen Duft gewöhnen, hält die Nase in den Wind und ertappt sich dabei, wie sie die Luft tief einzieht, wenn der Gang des Pferdes ihren Kopf gegen Avidhs Rücken drückt.

Sein Geruch lässt sie an Meeresluft, an frisch geschlagenes Eichenholz denken. Und noch an einen anderen Duft fühlt sie sich erinnert, schon damals im Gasthaus, als sie nicht schlafen konnte, überlegte sie, was es sein könnte. Jetzt im Wind, der über die Küste zieht, fällt es ihr ein. Vor vielen Wintern lief sie westlich der Stadt Ribe mit ihrer Mutter und Sjalfi am Strand entlang, und sie fanden einen gräulichen Klumpen. Er fühlte sich an wie Wachs, ihre Mutter erklärte, dass er aus dem Bauch eines Wals stamme und man die Masse Ambra nenne. Katla nutzte kleine Brocken des Klumpens für Kräutertränke, wenn der Kopf schmerzte oder die Nase lief. Yrsa mochte die herbe, holzige, irgendwie geheimnisvolle Note dieses Walklumpens, roch manchmal daran, wenn die Kräutertruhe ihrer Mutter offen stand.

Ein Hund rennt über den Weg, jagt bellend einer Ente nach, Avidh zieht am Zügel, der Hengst bleibt abrupt stehen. Der plötzliche Ruck drückt sie noch näher an Avidh. Hitze schießt ihr ins Gesicht. Es kribbelt, überall, wo sie ihn berührt. Sie rutscht ein Stück nach hinten auf dem Pferd, bemüht sich, dass wenigstens ein Fingerbreit Abstand ist zwischen ihren Körpern.

»Wie lange reiten wir?«, fragt sie.

»Nicht sehr lange«, sagt Avidh. »Wenn du Hunger hast, im Beutel ist Trockenfisch.«

Sie hat keinen Hunger, nur ein seltsames Gefühl tief unten im Bauch. Avidh tätschelt das Pferd am Hals, lässt es in einen gemütlichen Schritt fallen. Der Boden ist schwer, schmatzt, wenn der Hengst die Hufe hebt. Eine Krähe fliegt über den Weg, schickt ein kurzes »Krakra« in ihre Richtung.

»Hast du eine Botschaft in Ingvars Türe geritzt?«

»Ich? Was?«

»Jemand hat Beleidigungen in seine Tür geritzt.«

Avidh lacht. Sie spürt, wie seine Bauchmuskeln sich bewegen.

»Glaubst du, ich würde so etwas tun?«

Yrsa überlegt, sie ist sich nicht sicher. »Ich weiß es nicht.« »Manchmal kommen einem die Vorurteile der Menschen, die in der Stadt wohnen, zu Hilfe.«

Warum frage ich ihn das jetzt, denkt sie, eigentlich beschäftigen mich ganz andere Dinge.

»Wird der König heute auch in Sliesthorp sein?«, fragt Yrsa.

»Er ist vielleicht im Norden unterwegs.«

»Mein Vater hat für König Horik gekämpft, als er sich mit Harald Klak um den Thron stritt.« Als Kind hat Yrsa sich oft ausgemalt, wie der König ihren Vater empfing. Heute weiß sie, er hat ihn wohl nie empfangen. Damals hat sie sich die königliche Halle als riesengroßen Bau vorgestellt, hell erleuchtet mit unzähligen Kerzenleuchtern, niemand konnte sich so viele Kerzen leisten wie der König. Sie saßen manchmal im Dunkeln. Und am Ende der Halle erhob sich eine riesengroße Treppe aus dunklen Steinen, glänzend poliert und mit harten Kanten. Neun Stufen führten bis zum Thron. Dort saß der König, streng bewacht von den stärksten Kämpferinnen. Jede Stufe war so hoch, dass man sie nur mit Anstrengung überwand. In die Lehne des Throns waren zwei Drachen geschnitzt sie kämpften miteinander, spuckten Feuer, schlugen ihre Krallen ins Fleisch des anderen. Diese Kraft übertrug sich auf den König.

Sie hatte sich ausgemalt, wie ihr Vater die Treppen hinaufstieg, vor dem König niederkniete und ihm Treue schwor, und er hätte, so ist ihr Vater, kurz aufgeschaut und jener Kämpferin zugezwinkert, die neben dem König am grimmigsten schaute. Und dann hätte er den König mit seinem Schwert vor unzähligen Feinden beschützt.

»Mein Vater kämpfte auch für den König, aber er ist schon lange in Valhöll«, sagt Avidh.

»Wo ist dein Vater gestorben?«, fragt sie. Das Pferd steigt über das Wurzelgeflecht einer alten Buche. Sie reiten jetzt nicht mehr direkt am Ufer. Es geht auf und ab, der Hengst schnaubt, als würde er sich noch immer über die zusätzliche Last auf seinem Rücken ärgern, und sie muss wieder näher rücken, um sich an Avidh festzuhalten.

»Auch im Kampf gegen Harald Klak. Nur weil er Hilfe von den Franken hatte, konnte Klak sich hier in der Gegend eine Zeit lang festsetzen. Mein Vater kämpfte für die Söhne von König Gudfred. Er ist ehrenvoll gestorben. Aber er hat nicht mehr erlebt, wie sie Klak vertrieben haben.«

»Und du?«

»Ich habe versucht, mich irgendwie durchzuschlagen.«

»Was ist mit deiner Mutter?«

Sie spürt, wie sein Bauch sich anspannt. »Das weiß ich nicht.«

»Ist sie gestorben?«

Avidh zuckt mit den Schultern. »Ich weiß nichts von ihr, ob sie noch lebt, wo sie steckt. Ich glaube, er hat sie auf seinen Reisen irgendwo im Frankenland kennengelernt. Mein Vater hat immer gesagt: ›Ich erzähle dir das, wenn du älter bist. Dann wirst du es verstehen.‹ Aber vorher ist er gestorben.«

»Das tut mir leid. Was sollte so schwierig zu verstehen sein, dass er es dir damals nicht erzählt hat?«

»Keine Ahnung. Ich habe mich das später oft gefragt. Es lässt mir bis heute keine Ruhe.«

Ein Reiter überholt sie, dreht sich im Sattel. Es ist Leif.

»Wenn ihr weiter so langsam reitet, kommt ihr erst morgen in Sliesthorp an«, ruft er.

Vor ihnen, hinter ihnen, neben ihnen tauchen Reiter und Wagen auf. Der Weg schlängelt sich wieder entlang des Schleiufers. Unter der Haut spürt Yrsa ein Flattern. Sie weiß nicht, was sie in Sliesthorp erwartet, hat so lange von einem solchen Ort geträumt, von einem Leben, in dem sie lernt, wie sie Gegner mit dem Schwert besiegt, Schläge mit dem Schild pariert und mit der Axt nicht mehr nur auf Baumstämme zielt. Sie hofft, dass auch sie an dem Wettstreit teilnehmen kann. Aber sie weiß nicht, wie gut sie sein wird und ob sie sich jemals mit ihrer Heldin Hervor wird vergleichen können.

»Kommen heute Nachmittag die besten Kämpfer aus der Gegend zusammen?«

»Vielleicht nicht alle, manche sind mit dem König unterwegs, aber viele von ihnen«, sagt Avidh.

»Kennst du Inga die Furchtlose? Sie ist eine Freundin meiner Mutter, ich muss dringend mit ihr sprechen.«

»Nein, kenne ich nicht.«

Kurz vor einer Bootsanlegestelle lenkt Avidh das Pferd auf einen Weg, der vom Ufer wegführt. Ein Fluss mündet hier in die Schlei, sie folgen seinem Lauf. Es geht leicht bergauf. Vor ihnen, hinter ihnen, neben ihnen sind Reiter und Männer zu Fuß.

»Wir sehen uns nachher im Kampf«, ruft ein massiger Mann, der an ihnen vorbeireitet, Avidh zu. Der Mann trägt ein Schwert auf dem Rücken, es ist fast so lang wie jenes von Avidh. Avidh hat sein Schwert heute seitlich am Pferd befestigt.

»Ich kann es kaum erwarten«, ruft Avidh zurück.

Dann taucht die königliche Halle auf. Sie thront über dem Wasser, ist nicht so groß, wie Yrsa sie sich als Kind vorgestellt hat, aber man erkennt schon von Weitem, wer hier das Sagen hat. Sie kneift die Augen zusammen. Die Sonne scheint auf das Gebäude, und die weiß getünchten Außenwände leuchten noch gleißender im Licht. Sie denkt an ihren Vater, fragt sich, ob er hier jemals an Wettkämpfen teilgenommen hat.

Vor Aufregung hat sie die Arme enger um Avidhs Bauch geschlungen. Sie holt tief Luft und bemüht sich, den Griff zu lockern. Sie ist so aufgeregt, dass Avidh es spüren muss. Noch nie war sie ihrem Traum vom Kämpfen so nahe wie hier. Überall sind Menschen mit Waffen, die zusammenkommen, um sich aneinander zu messen. Was für ein Glück, dass sie Njálls gute Axt am Gürtel trägt.

Leif ist schon abgestiegen, hat sein Pferd angebunden und unterhält sich mit drei Männern in Kampfmontur. Yrsa schaut sich um, und ihr fällt auf, was ihr noch alles fehlt. Sie hat keinen Helm, kein Schwert, keinen Schild, keinen Brustpanzer oder ein Kettenhemd. Kettenhemden, hat Avidh ihr erzählt, können sich nur die Kämpfer aus reichen Familien leisten. Auch er hat keines. »Macht nichts« hat er gesagt, »ich bin wendiger ohne.«

Hinter der königlichen Halle stehen zwei Langhäuser. Dort wohnen die Soldaten aus den reichen Familien. Alle anderen schlafen in den Zelten, Grubenhäusern und schlichteren Langhäusern, die sich seitlich der großen Wiese aufreihen.

Sie steigen ab. Avidh verschwindet in der Menge, irgendwo hat jemand seinen Namen gerufen. Yrsa setzt sich auf einen Baumstumpf, ihre Knie zittern. Vor ihr liegt ein riesiger Kampfplatz. Die Wiese ist mindestens dreimal so lang wie die königliche Halle. Plötzlich scheinen ihre Träume greifbar und doch in so weiter Ferne. Sie sollte nicht hier sein, sie sollte Sjalfi suchen. Aber es sind viele hier, die sie nach ihm fragen kann. Und sie hofft, Inga irgendwo zu treffen, hofft, sie wiederzuerkennen.

Es ist noch lauter und voller als in Haithabu am Hafen. Überall sind Menschen, stehen um Tische, auf der Wiese, bilden Kreise, dort, wo die einzelnen Wettkämpfe stattfinden. »Frisches Haferbrot, köstlicher Eintopf, Schafsmilch«, ruft eine heisere Stimme etwas weiter vorne. Hinter ihr klappert ein Schmied mit seinen Werkzeugen. Letzte Reparaturen an den Waffen.

Avidh unterhält sich mit zwei Kämpfern. Ihr fällt auf, wie er während des Gesprächs immer wieder kurz die Umgebung mit seinen Blicken überfliegt. Er schaut rechts, schaut links, wie ein Adler, der auf Beute lauert, oder vielleicht wie ein Hase, der schon vorausdenkt, welchen Haken er als Nächstes schlägt. Manchmal huscht einen Moment lang ein Lächeln über sein Gesicht, aber man muss genau hinschauen, damit man es nicht verpasst. Sie zwingt sich, in eine andere Richtung zu schauen, versucht zu erkennen, welche Wettkämpfe auf der Wiese stattfinden. Nach kurzer Zeit ertappt sie sich dabei, wie sie Avidh wieder beobachtet. Sie schüttelt den Kopf, das geht so nicht weiter. Auf dem Rückweg wird sie Leif fragen, ob sie bei ihm auf dem Pferd mitreiten darf. Sie steht auf, schaut sich um, mischt sich ins Gedränge, trifft Leif ein Stück weiter vorne.

»Es gibt neun verschiedene Wettkämpfe«, sagt Leif und kratzt sich im Bart. »Man muss nicht bei allen mitmachen. Jeder kann sich aussuchen, was er möchte. Die Sieger in jedem Wettkampf bekommen eine Münze. Wer am Schluss die meisten Münzen hat, der ist Tagessieger und gewinnt ein Bärenfell. Haben mehrere Kämpfer gleich viele Münzen, duellieren sie sich, bis der Beste feststeht.«

»Was sind das für Wettkämpfe?«

»Wir messen uns im Ring, kämpfen mit dem Schwert, schießen mit Pfeil und Bogen, werfen die Axt, rennen um die Wette, denken uns Verse aus, springen weit in voller Montur, bessern unsere Waffen aus und lassen die Speere fliegen.«

»Waffen ausbessern ist auch ein Wettkampf?«

»Ist wichtig«, sagt Leif. »In der Schlacht hast du keinen Schmied, den du mal kurz besuchen kannst.«

Heftig klatschen die beiden Männer aufeinander, Schweißtropfen fliegen, Yrsa wischt sich über das Gesicht. Avidh kämpft im Ring, mit Tauen ist ein Rund begrenzt. Leif und sie stehen am Rand, zusammen mit vielen anderen. Es ist die vierte Runde, die Männer ringen mit nacktem Oberkörper, nur noch fünf andere und Avidh. Rote Striemen ziehen sich über Avidhs Rücken, dort, wo sein Gegner ihn gepackt hat, vergeblich versucht hat, Avidh zu Boden zu reißen. Yrsa mustert Avidhs breiten Rücken, schaut zu, wie sich die einzelnen Muskeln anspannen, während er die Angriffe des Gegners pariert. Über Avidhs Schulterblatt zieht sich eine lange Narbe, vielleicht von einem Schwerthieb.

Sein Gegner stöhnt, krallt die Finger jetzt in Avidhs Schulter, packt ihn auf beiden Seiten. Der Nacken des Gegners ist breiter als Yrsas Oberschenkel. Sein Schweißgeruch weht bis zu ihr. Der Mann stampft auf die Erde, sie spürt die Erschütterung. Langsam drehen sich die beiden um die eigene Achse. Der Gegner zieht auf die eine, zieht auf die andere Seite, greift Avidh in den Nacken, will ihn von den Füßen reißen, prustet bei jedem Schritt laut, als könnte er damit Avidhs Aufmerksamkeit durchbrechen. Avidhs Blick ist irgendwo in der Ferne erstarrt, die kleinste Bewegung gleicht er mit seinem Körper aus.

»Mach ihn fertig, Avidh«, ruft Leif.

»Du schaffst das!«, ruft Yrsa. Zu Leif flüstert sie: »Warum macht er nichts?«

»Warte.«

Avidh erwischt den Arm des Mannes, dreht sich ab, stößt mit der Schulter gegen den Gegner, zieht den Arm des Mannes über die Schulter und wirft den Koloss ins Gras. Dort geht der Kampf weiter.

»Drück ihn auf den Boden!«, ruft Leif.

Sein Gegner bekommt Avidhs Arm zu fassen und versucht ihm die Schulter auszukugeln. Yrsa spürt den Schmerz in ihrer eigenen Schulter, meint ein Knacken in Avidhs Gelenk zu hören. Doch im gleichen Moment kann er sich aus der Umklammerung befreien, nützt den Schwung, sitzt schließlich auf seinem Gegner und gewinnt die Runde.

»Im Ringkampf verliere ich immer gegen Avidh«, sagt Leif, der schon ausgeschieden ist. »Auch mit dem Schwert ist es schwierig. Als Linkshänder ist Avidh ein unberechenbarer Gegner. Aber ich werde besser.« Er lacht. »Lass uns was zu essen holen.«

Leif und Yrsa stellen sich in eine lange Schlange, die bis zu einer Feuerstelle reicht. Dort hängt an einem Metallgestell ein Kessel über den Flammen, in dem ein Bohneneintopf blubbert. Der Wind trägt den Essensduft bis zu ihnen.

»Ich habe noch keine Kämpferinnen gesehen«, sagt Yrsa.

»Dort vorne sind einige«, sagt Leif. »Es gibt nicht viele, aber einige wenige sind immer da. Machst du auch mit?«

»Ich würde gerne.«

»Nur zu.«

»Avidh scheint das anders zu sehen als du.«

»Warum?«

»Ich weiß nicht. Es kam mir so vor, als ich mit ihm darüber gesprochen habe.«

Leif schüttelt den Kopf. »Das glaube ich nicht. Er war mit einer Frau zusammen, die Kriegerin war. Seine Geliebte war letzten Sommer mit uns auf Reisen und hat mit uns gekämpft.«

»Wo ist sie jetzt?«

»Sie hat uns betrogen, ist zu den Franken übergelaufen. Es hätte Avidh fast das Leben gekostet.«

Kapitel 44

Yrsa umklammert den Griff des Bogens, um das Zittern ihrer Hände zu beruhigen. Drückt so heftig, dass sie fürchtet, das Holz zu zerquetschen. Sie weiß, das ist unmöglich, Eschenholz bricht nicht, aber so fühlt es sich an. Ihre Knöchel treten weiß hervor. Alles in ihr bebt, und wenn sie heftig drückt, kann sie das Beben ein bisschen zähmen. Gut schießen wird sie so nicht.

Torbjörn hat ihr etwas anderes beigebracht, damals vor vielen Wintern, als sie noch mit ihm und seinen Söhnen üben durfte. »Nur wenn es dir gelingt, deinen Atem zu beruhigen, wirst du treffen«, hat er ihr eingeschärft. »Stell dir einen Tunnel vor, ein Maulwurf hat ihn gegraben, kein Wind weht dort, genauso ruhig muss die Luft von deiner Nase in den Bauch und von dort bis in deine Füße fließen. Spüre den Boden unter deinen Sohlen.«

Im Moment spürt sie vor allem zu viel Aufregung. Sie schaut nach vorne, die Zielscheibe scheint weit weg. Sie kneift die Augen zusammen, fixiert den Punkt in der Mitte. Komm, du hast schon auf Rehe geschossen, die weiter weg waren und davongelaufen sind, denkt sie. Es ist fast windstill.

Seitlich von ihr steht Avidh, irgendwo auf der Wiese, und schaut zu. Ohne den Kopf zu drehen, spürt sie seine Blicke. Links von ihr haben sich unzählige andere aufgereiht, den gespannten Bogen in der Hand, den Pfeil auf der Sehne. Jeweils fünf Schützen treten gegeneinander an. Wer am schlechtesten schießt, fliegt in der ersten Runde raus. Und so geht es weiter, wer am Schluss übrig bleibt, schafft es in den nächsten Durchgang. Wenn ihre Hände weiter zittern, wird sie nicht einmal die erste Runde überstehen. Sie wünschte, Avidh würde irgendwo anders zuschauen.

»Und los«, ruft der Krieger, der den Wettkampf leitet, und gibt ein Handzeichen. Yrsa hält die Luft an und lässt die Sehne los. Eigentlich liebt sie dieses sirrende Geräusch, wenn sich der Pfeil auf die Reise macht. Doch jetzt sieht sie sofort, dass ihr Pfeil nicht auf der richtigen Bahn fliegt. Sie schaut ihm nach, als könnte sie ihn noch zwingen, seinen Kurs zu ändern.

Die Spitze des Pfeiles bohrt sich in den äußersten Rand der großen Scheibe aus Stroh. Beinahe wäre er vorbeigeflogen. Yrsa sieht zu Boden, spürt die Röte in ihr Gesicht steigen. Sie traut sich nicht, nach rechts oder links zu blicken. Das war es dann wohl mit ihren Schießkünsten.

Einer der anderen Männer flucht: »Ich verstehe das nicht, etwas stimmt nicht mit meinem Bogen.« Sie schaut nach vorne und sieht, dass er die Scheibe ganz verfehlt hat. Die anderen drei haben viel besser getroffen als sie.

Sie spürt, dass Avidh noch immer seitlich von ihr steht. Er sagt kein Wort. Sie blickt nicht zu ihm. Eine letzte Möglichkeit hat ihr der Fehler des Mannes geschenkt. Sie dankt ihrer Mutter und Freyja und legt den nächsten Pfeil in den Bogen. Das Zittern hat ein bisschen nachgelassen, aber es ist noch immer da. Wieder versucht sie ihren Atem zu beruhigen.

»Alle bereit?«, ruft der Krieger und will die Hand zum Zeichen heben.

»Einen Moment noch«, ruft jetzt einer der Männer links von ihr. »Ich muss meinen Pfeil auswechseln. Der hier fliegt nicht gut, ist mir gerade eingefallen.« Ein anderer Teilnehmer stöhnt auf, ärgert sich über die Verzögerung. Yrsa löst ihre Hände für einen Moment, versucht die Schultern zu entspannen, schließt die Augen.

Bilder steigen auf. Sie erinnert sich daran, wie sie als Mädchen zum allerersten Mal mit ihrem Vater auf Zielscheiben schoss, irgendwo auf einer Wiese außerhalb von Ribe. Sie hatten die Zielscheibe zusammen aus Stroh und Holz gebaut, den ganzen Vormittag dafür gebraucht. Sie war ein bisschen schief, doch das spielte keine Rolle. Dann kniete ihr Vater neben ihr, legte seine Hände über ihre und zeigte ihr, wie sie den Bogen halten sollte. Gleich ihr erster Schuss traf damals mitten auf die Scheibe, und er jubelte laut, hob sie in die Luft, sie drehten sich zusammen im Kreis. Es war ein wunderbares Gefühl. Plötzlich ist diese Erinnerung so stark, dass es sich fast anfühlt, als würden seine Hände jetzt auch auf den ihren liegen. Ihr Atem beruhigt sich.

Der Krieger gibt das Zeichen.

Sie schießt.

Dieses Mal fliegt ihr Pfeil viel besser, sie schaut ihm nach und weiß, die Scheibe wird er nicht verfehlen. Der Pfeil bohrt sich in die Scheibe, bleibt beinahe in der Mitte stecken. Sie scheidet nicht aus, auch in der nächsten Runde nicht. Ein älterer Krieger und sie sind übrig.

Zum ersten Mal wagt sie einen kurzen Seitenblick, vielleicht ist Avidh schon längst nicht mehr da. Aber er steht noch immer dort, wo er zuvor schon stand, schaut sie an, nickt und lächelt.

Und es passiert, was sie nicht mehr für möglich gehalten hätte: Sie gewinnt auch gegen den älteren Krieger, der zornig seinen Bogen zur Seite wirft. Damit schafft sie es in die nächste Runde. Je länger der Wettkampf dauert, umso sicherer fühlt sie sich, denkt an die unzähligen Male, die sie im Wald auf Wild geschossen hat, bei schlechter Sicht und zwischen Stämmen eingeklemmt. Die Zielscheiben stehen inzwischen in viel weiterer Ferne.

In der zweitletzten Runde scheidet sie schließlich aus. Einen Preis gewinnt sie nicht, aber sie ist zufrieden mit ihrem Wettkampf.

»Starke Leistung«, sagt eine helle Frauenstimme hinter ihr. Yrsa dreht sich um und steht vor einer Kriegerin. Sie ist ein gutes Stück größer als Yrsa, hat ihre blonden Haare in kleinen Zöpfen dem Kopf entlang geflochten, am Unterarm hat sie eine lange Narbe. Die Frau lächelt sie an, in ihre beiden Vorderzähne sind links und rechts Kerben gefeilt.

»Ich heiße Gunhild.« Sie ist vielleicht zehn Winter älter als Yrsa, hat einen drahtigen Körper und eine wettergegerbte Haut. »Ich habe dich hier noch nie gesehen.«

»Avidh hat mich mitgenommen.« Yrsa zeigt in seine Richtung. Er steht noch immer an der Seite, ist jetzt mit zwei anderen Kriegern ins Gespräch vertieft.

Gunhild hebt kurz die Augenbrauen zum Gruß, als sie Avidh sieht.

»Bist du die neue Frau von Avidh?«, fragt sie.

Yrsa schüttelt den Kopf.

Kurze Zeit später sitzt sie mit Gunhild unter einem Baum am Rande des Turnierplatzes und weiß nicht, wo anfangen mit den vielen Fragen, die ihr im Kopf herumschwirren.

»Wie bist du zur Kämpferin geworden?«

»Ich hatte vier Brüder und war das einzige Mädchen, das das heftige Fieber überlebt hat. Meine Eltern sind auch daran gestorben. Mein ältester Bruder hat für uns gesorgt, irgendwie, und dann sind meine Brüder einer nach dem anderen in den Dienst des Königs getreten und hier nach Sliesthorp gekommen. Als der jüngste auch noch gehen wollte, bin ich einfach mit. Ich hatte keine andere

Möglichkeit, zumindest hat es sich für mich so angefühlt. Ich wollte aber auch nichts anderes.« Sie lacht.

»Warst du das einzige Mädchen hier?«

»Nein, aber wir waren nicht viele, vielleicht noch drei, vier andere. Die Jungs haben sich einen Spaß daraus gemacht, unsere Waffen zu verstecken oder unser Essen zu stehlen. Aber ich hatte meine Brüder, die haben aufgepasst, und irgendwann war das nicht mehr nötig.«

»Warst du mit Avidh hier?«

»Nein, das war vor seiner Zeit. Ich bin um einiges älter als er. Ich kann mich aber noch erinnern, wie er hier ankam. Ein magerer Junge, würde man heute nicht mehr denken, aber blitzschnell und furchtlos war er damals schon.« Sie nimmt einen großen Schluck Met. »Na ja, schnell müssen wir alle sein. Die Langsamen sind längst in Valhöll.« Sie lacht ein dröhnendes Lachen, das nicht zu ihrer hellen Stimme zu passen scheint. »Schnell sein oder viel Glück haben. Aber jedes Glück verlässt einen irgendwann.«

»Kämpfst du noch immer für den König?«

»Heute kämpfe ich für den Meistbietenden. Aber nicht für die Franken.« Sie spuckt auf den Boden. »Ganz bestimmt nicht für die Franken. Letzten Sommer war ich mit derselben Truppe unterwegs, für die Avidh gekämpft hat. War eine üble Geschichte mit Signe.« Sie schaut Yrsa an. »Ach, du kennst Signe nicht, na ja, besser so. Sie hat uns alle enttäuscht.«

»Wer ist Signe?«

»Frag Avidh. Er kann es dir erzählen. Ein Stück Mist ist sie. Thor möge seinen Hammer auf sie herabdonnern lassen. Und warum willst du Kriegerin werden?«

»Ich will das schon, seit ich klein war, mein Vater hat oft mit mir geübt. Und in den letzten Jahren ist einiges passiert, das den Wunsch, mich verteidigen zu können, noch verstärkt hat.«

»Mach dir keine romantischen Vorstellungen. Ist ein hartes Leben. Und viele gehen viel zu früh nach Valhöll. Das merkst du erst, wenn du selbst mittendrin steckst. Ich habe schon viele Freunde verloren. Hast du schon einmal jemanden getötet?«

Yrsa zögert. »Schwer verletzt.« Vermutlich ist er tot, denkt sie.

»Na ja, das ist nicht das Gleiche. Ich gebe dir einen guten Rat. Wenn du dich einer Gruppe anschließt, lass dich von den Männern nicht beeindrucken. Sie machen dir am Anfang das Leben schwer, reißen dumme Sprüche, versuchen das Bett mit dir zu teilen. Ich war mal in einer Gruppe, da hat der Anführer zu Beginn gesagt, wir nehmen dich nur auf, wenn du zuerst mit jedem schläfst. Ich habe geantwortet, das kannst du dir in deinen feuchten Träumen ausmalen, passieren wird es nicht. Und im Kampf sind wir alle gleich. Es zählt nur, wer am längsten überlebt.«

»Kennst du Inga die Furchtlose? Sie ist älter als du. Ich weiß, dass sie eine Zeit lang in Haithabu war und für den König gekämpft hat. Ich muss dringend mit ihr sprechen.«

Gunhild denkt nach. »Hatte sie rote Haare und das Bild eines Wolfes auf dem Oberarm?«

»Ja, genau. Es ist lange her, dass ich sie gesehen habe.«

»Da habe ich schlechte Nachrichten. Inga ist schon länger in Freyjas Halle.«

»Nein! Inga war ... Ich habe Inga als Kind so bewundert.« Es ist sehr lange her, dass Yrsa Inga zuletzt gesehen hat, aber trotzdem trifft sie diese Nachricht. Sie hat so gehofft, Inga könnte ihr bei der Suche nach Sjalfi helfen. Und Inga war für sie immer etwas ganz Besonderes.

»Aber ihr Bruder wohnt auf einem Hof in der Nähe«, sagt Gunhild. »Er hat einen anderen Weg eingeschlagen. Er glaubt an den Gott der Christen, ist Mönch und hilft entlaufenen Sklaven. Offo ist sein Name. Vielleicht kann er dir weiterhelfen.«

»Entlaufene Sklaven? Ich werde ihn besuchen. Aber ich denke nicht, dass meine Mutter mit einem Mönch befreundet war.«

Avidh kommt. Die beiden wechseln ein paar Worte, und Gunhild verabschiedet sich kurz darauf, lädt Yrsa noch ein, einmal bei ihr vorbeizuschauen.

»Lass uns über den Markt laufen, ich brauche einen neuen Brustpanzer«, sagt Avidh.

An einem der Stände begrüßt Avidh einen Weber, klopft auf einen der Panzer, die der Mann ausgestellt hat.

»Dreißig Lagen Stoff«, sagt der Weber.

Avidh nickt. »Sieht gut aus.«

Während Avidh verhandelt, schaut Yrsa über das Festgelände. Plötzlich rast ihr Herz. Dort drüben, war das …? »Freyja, stehe mir bei«, sagt sie und rennt los. Quer über die Wiese, an den Ständen und den Ringkämpfern vorbei. Sie schlängelt sich durch die Menge, rempelt da und dort jemanden an, bleibt nicht stehen, um sich zu entschuldigen. Sie muss zu der Opferstätte, weiter hinten am Waldrand. Sie hat dort einen Jungen gesehen. Er sah aus wie Sjalfi. Es muss Sjalfi sein. Sie könnte schwören, dass er es war. Sie keucht, ruft seinen Namen über den ganzen Platz. Aber der Lärm schluckt ihre Rufe. Niemand beachtet sie. Das Gedränge wird immer dichter, sie zwängt sich durch Gruppen von Menschen, stößt beinahe eine Frau mit zwei Bierkrügen um und rennt weiter.

»Sjalfi!«, ruft sie wieder, ihre Stimme überschlägt sich.

Endlich hat sie die Opferstätte fast erreicht. Doch Sjalfi ist nirgendwo. Eine ältere Frau legt gerade ein Stück Butter in die Opferschale und schaut Yrsa erstaunt und ein bisschen verärgert an.

Yrsa bemüht sich, ihren Atem zu beruhigen. »War hier nicht gerade ein Junge ungefähr so groß, mit blonden Locken?«

»Hier war kein Kind«, sagt die Frau und runzelt die Stirn.

»Doch, ganz bestimmt. Habt ihr ihn nicht gesehen?«

Die Frau schüttelt den Kopf. »Nein. Ich stehe schon eine Weile da und möchte in Ruhe mit den Geistern sprechen.«

»Ich verstehe das nicht«, sagt Yrsa. Sie hastet zu den Bäumen, die ihre Äste in Richtung der Opferstätte recken, schaut rechts, links, überallhin, überfliegt das ganze Festgelände mit ihren Blicken, aber sie kann Sjalfi nicht mehr entdecken. Wieder und wieder ruft sie seinen Namen, sinkt dann auf die Knie.

»Ich bin sicher, dass er hier war«, murmelt sie, legt die Hand an ihr Amulett. »Mama, hilf mir! Ist es ein böser Zauber, der mich ihn hat sehen lassen? Ich weiß nicht mehr, wo ich noch suchen soll.« Sie hat Zeit auf einem Kriegerturnier verschwendet, anstatt all ihre Kraft in die Suche zu stecken.

Jetzt muss sie fort von hier, steht auf, folgt einem Pfad, der entlang der Bäume in Richtung der königlichen Halle führt. Über das Festgelände will sie nicht mehr laufen.

»Yrsa«, hört sie Avidhs Stimme.

Sie dreht sich nicht um, läuft weiter.

»Yrsa, bleib stehen.«

Sie beschleunigt ihren Schritt.

»Was ist passiert?«, ruft Avidh.

Sie dreht sich um. »Ich muss los.«

»Warte, ich kann dich zurückbringen.«

»Danke, ich laufe.«

Avidh holt sie ein, legt eine Hand auf ihren Arm. »Bleib stehen. Warum bist du davongerannt?«

»Ich habe Sjalfi gesehen, dort hinten«, sie zeigt in Richtung der Opferstätte, »er stand dort und hat etwas in die Schale gelegt. Ich bin mir sicher, aber dann war er plötzlich verschwunden.«

»Lass uns zusammen suchen.«

»Ich habe überall nachgeschaut. Er hat sich in Luft aufgelöst.

Ich hätte niemals herkommen sollen. Ich bin schuld, dass er verschwunden ist. Und jetzt vergnüge ich mich hier.«

»Du warst gut.«

Sie zuckt mit den Schultern. »Was spielt das für eine Rolle?«

»Es kann dir bei der Suche helfen. Lass uns noch etwas essen, etwas trinken.«

»Mir ist nicht nach Feiern zumute. Ich habe gehofft, Inga die Furchtlose hier zu finden. Habe gehofft, dass sie mir weiterhilft. Aber sie lebt nicht mehr.«

»Wir laufen nochmals über das ganze Festgelände und schauen nach ihm. Aber sonst kannst du heute nicht mehr viel tun, um ihn zu finden.«

Avidh schaut sie an. Es fällt Yrsa schwer zu erkennen, was in ihm vorgeht.

»Manchmal weiß ich nicht mehr weiter«, sagt sie und wischt sich über das Gesicht. »Alle, die mir nahestehen, sind tot oder verschollen. Es ...« Sie wirft ihm einen kurzen Blick zu, schüttelt den Kopf. »Ich weiß nicht, wie ich das ...«

»Ich kenne das«, sagt Avidh.

Yrsa holt tief Luft. Sie spürt einen Strudel der Verzweiflung in sich und darf sich dem Strudel nicht ergeben. Es wird sie in die Tiefe ziehen, lähmen. Dabei muss sie stark sein, für Sjalfi kämpfen. So wie sie es immer getan hat. Einfach noch ein bisschen mehr. Auch wenn es viel Kraft kostet.

Avidh macht einen Schritt auf sie zu, legt beide Arme um sie und zieht sie an sich. Ein Zittern geht durch Yrsas Körper. Sie vergräbt das Gesicht in Avidhs Hemd, hört sein Herz ruhig schlagen. Versucht nur noch dieses regelmäßige Pochen wahrzunehmen, alles andere zu vergessen. Irgendwann legt sie ihre Arme auch um ihn. Sperrt die Welt da draußen aus. Avidh fährt ihr mit der Hand über den Rücken. Yrsa schließt die Augen, schlingt die Arme noch enger um Avidhs Körper, will sich kurz ausruhen von diesem Gefühl, allein zu kämpfen. Je länger sie seinem Herzschlag lauscht, umso ruhiger wird ihr eigener. Und so stehen sie, eine lange Zeit, bis das Zittern verebbt ist.

»Hunger?«, fragt er dann.

»Ja«, sagt Yrsa. Sie löst sich von ihm. Am liebsten wäre sie noch lange so stehen geblieben. Wie er sie umarmt hat, hat etwas tief in ihr berührt.

»Leif und ich müssen die Pferde zurückbringen«, sagt Avidh. »Aber wir essen und trinken in der Stadt.«

Auf dem Weg über das Festgelände kommt ihnen ein Krieger entgegen. Er gleitet durch die Menge, jeder scheint wie von selbst einen Schritt zur Seite zu treten. Der Mann ist breit, kräftig, bewaffnet. Doch das sind viele hier. Yrsa überlegt, ob er ein Anführer der königlichen Truppen ist. Aber seine Kleidung ist nicht besonders edel. Er bleibt stehen, klopft Avidh auf die Schulter. »Schöner Kampf. Gratuliere.«

Dann schaut er Yrsa an.

»Das ist Gunnar der Waghalsige«, sagt Avidh.

»Du hast gut geschossen«, sagt Gunnar zu Yrsa, und plötzlich steigt in ihr dieses Gefühl von einst wieder auf, dieses Gefühl, ein bisschen größer zu sein, als sie eigentlich ist.

»Ich habe gehört, dass du dich einer Gruppe von Kriegern anschließen möchtest. Hast du Erfahrung?«, fragt Gunnar.

Einen Moment weiß sie nicht, was antworten. »Ein bisschen.«

»Komm doch mal mit raus auf den Hof. Avidh zeigt dir den Weg.«

Kapitel 45

Einige Zeit später sind sie zurück in Haithabu, haben gegessen, Bier getrunken, und jetzt sitzt Yrsa in der Nähe des Pferdestalls am Noor. Es ist ein milder Abend, das Wasser plätschert leise gegen die Uferböschung. Manchmal knistert das Schilf, wenn der Wind durch die Halme streicht. Leif hat sich in die Methalle verzogen. Avidh sitzt neben Yrsa. Es ist nur eine Handbreit Gras zwischen ihnen. Er schaut aufs Wasser.

»Ich kann nicht glauben, dass Gunnar mich eingeladen hat«, sagt Yrsa. Ist es möglich, dass sie diese Gelegenheit bekommt, von der sie so viele Winter geträumt hat? Alles fühlt sich unwirklich an. Sie wagt es kaum, sich zu freuen. Zuerst schaue ich mir das alles an, denkt sie, vielleicht wird nichts draus. Vielleicht hat sie zu wenig Erfahrung. Vielleicht behindert es die Suche zu stark. Aber sie kann sich nicht erinnern, wann sie zuletzt ein so aufgeregtes Flattern in sich gespürt hat. Und da ist noch etwas anderes.

»Du hast es verdient«, sagt Avidh.

Seit sie in der Stadt zurück sind, hat er nicht viel gesprochen. Warum, weiß Yrsa nicht. Er sitzt neben ihr am Ufer und spielt mit seinem Messer, wirft es in die Luft und fängt es wieder, ohne richtig hinzuschauen.

Yrsa kauert sich auf ihre Füße, steht auf, geht in die Hocke, lässt sich wieder ins Gras fallen. Sie versteht nicht, was mit ihr geschieht. Seit Avidh sie am Turnierplatz lange umarmt hat, drängt sich etwas in den Vordergrund: Sie wünscht sich, Avidh zu berühren. Ihn zu riechen, seinen Körper zu spüren. Es ist ein fremdes Gefühl. Ganz stimmt das nicht, es ist immer wieder aufgeflammt, seit sie Avidh kennt, und je mehr Zeit sie mit ihm verbracht hat, umso stärker ist es geworden. Es fühlt sich schön an, und es macht ihr Angst. Sie hat so was noch nie erlebt. Bei Njáll musste sie sich bei der kleinsten Berührung überwinden.

»Wer ist Signe?«, fragt sie. »Leif und Gunhild haben heute von ihr gesprochen.«

Avichs Miene verdüstert sich. Yrsa bereut ihre Frage sofort. Avidh schweigt, zupft an einem Grashalm. Jetzt habe ich es geschafft, ihm die dümmste Frage zu stellen, denkt Yrsa.

»Danke, dass du mich mitgenommen hast«, sagt sie, »ich werde den Nachmittag nicht vergessen.« Er dreht den Kopf kurz in ihre Richtung. »Als ich dich habe kämpfen sehen, ist mir klar geworden, wie viel ich noch lernen möchte.« Sie redet von Schlägen, die sie sich abschauen will. Von seinem schönen Schwert, dem Ringkampf, dem Wettrennen.

Avidh sieht sie an, dann sagt er. »Warum willst du wissen, wer Signe ist?«

»Nein, ich wollte nur … Wir müssen nicht …«

»Was hat Leif gesagt?«

»Dass sie euch verraten hat und dass es dich fast das Leben gekostet hätte.«

Er nickt. Sie schweigen. Avidh starrt aufs Wasser.

Alles dreht sich in Yrsas Kopf. Es fühlt sich an, als wären seit heute Morgen mehrere Tage vergangen. Das Turnier, das Bogenschießen, das Gefühl, Sjalfi zu sehen, die Angst um ihn, Gunnars Einladung und jetzt die Sehnsucht nach Avidh, der eigentlich neben ihr sitzt.

»Ich bin müde, ich mache mich auf den Weg«, sagt Yrsa, als sie das Schweigen nicht mehr aushält, und will aufstehen.

»Signe hat mir einmal viel bedeutet«, sagt Avidh. »Doch das ist vorbei.« Er wirft sein Messer, sodass es zitternd in einem Holzscheit landet.

»Warum hat sie euch verraten?«

Er schnaubt. »Das ist mir ein Rätsel.« Er schüttelt den Kopf. »Das wissen nur die Götter. Es wäre einfacher, wenn ich es auch wüsste.«

»Sie ist mit euch ins Frankenland gereist?«

Er nickt. »Gunnar hat sie vor zwei Wintern kennengelernt und eingeladen, sich unserer Gruppe anzuschließen. Sie ist eine sehr geschickte Kriegerin. Gunnar war beeindruckt. Ich auch. Aber das spielt jetzt keine Rolle mehr.«

Mit dem Finger zeichnet er das Muster auf seinem Schwertknauf nach.

»Und deshalb glaubst du, ich bin eine Kundschafterin der Franken und werde dich auch verraten?«

»Nein, das glaube ich nicht.«

»Hast du Signe geliebt?«

Er atmet laut aus. »Ich denke schon.«

»Wie hat sich das angefühlt?«

»Du stellst Fragen. Ich mach mir nicht so viele Gedanken über so was. Es ist schön, eine Frau zu spüren, ihre Wärme zu erleben. Das Leben ist ein einsamer Ort.«

Eine Nebelkrähe krächzt ganz in der Nähe. Der Vogel hüpft am Ufer entlang. Yrsa steht langsam auf, um ihn besser zu sehen, macht einige Schritte in Richtung des Noors.

»Ich habe diese Krähe schon mehrmals getroffen, sie hat eine besondere Zeichnung«, sagt sie mit leiser Stimme.

Avidh ist auch aufgestanden, steht hinter Yrsa. »Sie hat mich auch schon besucht«, sagt er.

Yrsa streckt ihre Hand vorsichtig in Richtung des Vogels aus. Die Krähe hüpft näher, legt den Kopf schief, dann hebt sie ab und fliegt aufs Noor hinaus. Avidh steht jetzt direkt hinter ihr. Vermutlich ist nur eine Handbreit zwischen ihren Körpern. Yrsa sieht ihn knapp im Augenwinkel. Das Noor flirrt im Licht des Abends.

»Warum hast du mir geholfen, in jener Nacht im Gasthaus am Ochsenweg?«

»Das war doch selbstverständlich.«

»Mich hat es überrascht.«

»Warum?«

»Du hättest mich vielleicht nie mehr wiedergesehen.«

Er lacht. Sie ahnt, wie sich seine Bauchmuskeln bewegen. »Wäre schade gewesen. Aber warum sollte mich das davon abhalten, dir zu helfen?«

Ich weiß nicht, denkt Yrsa. Die Männer, die ich bisher kannte, hätten eine Gegenleistung erwartet.

»Du hast gut geschossen mit dem Bogen heute«, sagt Avidh.

Seine Stimme ist nahe an ihrem Ohr. Es kribbelt in Yrsas Bauch. Das von ihm zu hören bedeutet ihr viel. »Du auch«, sagt sie.

»Ich habe nicht geschossen.«

»Ich meinte gekämpft.«

Die Hitze steigt ihr ins Gesicht, sie holt tief Luft und macht einen winzigen Schritt rückwärts. Der Abstand zwischen ihnen ist jetzt so klein, dass sie Avidhs Körper spürt, auch wenn sie einander nicht berühren.

Irgendwann hebt Avidh seinen Arm und legt ihn ihr um die Taille, zieht sie an sich. Ihr Rücken, ihre Schultern lehnen gegen die Muskeln an seiner Brust, seinem Bauch. Es ist nicht das erste Mal, dass er ihr so nahe ist. Doch meist war sie abgelenkt, aufgewühlt von dem, was um sie geschah. Jetzt ist es anders. Plötzlich spürt sie jede Stelle, wo sie einander berühren.

Sein Unterarm umfasst ihre Taille, liegt auf ihrem Bauch und streift dabei, immer wieder, ganz leicht nur, die Unterseite ihrer Brüste. Dort spürt sie, sie weiß nicht genau was, ein Kribbeln, Wärme, ein Gefühl, das ihr Herz, ihren Unterleib pochen lässt, ein Gefühl, das sie in einen kleinen Beutel packen und immer bei sich tragen möchte. Sie schließt die Augen, spürt, wie seine Brust sich hebt und senkt, fühlt seinen Atem in ihrem Haar.

In ihrem Bauch flattert es. Der Wunsch, Avidh noch näher zu sein, ist jetzt so überwältigend, dass sie ihm nichts mehr entgegensetzen will. Der Wunsch verdrängt all die mühsam zusammengereimten Sätze, warum sie das, was sie für Avidh fühlt, nicht zulassen sollte. Plötzlich weiß sie es ganz sicher. Sie will ihn, egal was morgen passiert, sie will ihn jetzt.

Sie legt ihre Hand auf seine, dort wo seine Hand sie umfasst. Auch in der Nacht der Entführung hat sie seine Hand gehalten, doch damals hat sie sich an ihr festgeklammert, um den Schrecken zu bannen. Jetzt berührt sie Avidhs Haut, weil sie nichts anderes tun will, streicht über die Adern auf seinem Handrücken, vorsichtig, in langsamen Bewegungen, folgt mit den Fingerspitzen der Narbe, die sich über sein Handgelenk zieht. Sie lehnt sich noch etwas stärker nach hinten, drückt ihren Hintern gegen sein Becken, seinen Schritt.

Er zieht hörbar die Luft ein, seine Atmung verändert sich. Sie wagt es nicht, den Kopf zu drehen, ihm in die Augen zu schauen. Ihre Finger wandern über seinen Unterarm, zeichnen die Muskeln nach, streichen über die dunklen Haare, die dort wachsen. Ihr Herz schlägt schnell. Es ist aufregend, ihn so zu berühren. Aber sie weiß nicht, wie er es aufnimmt. Irgendetwas schien auch ihn bisher zurückzuhalten.

Avidh greift ihr von hinten sanft in die Haare, streichelt ihren Bauch. Sie versinkt in seinem Geruch, den sie von Beginn an gemocht hat, dem Duft nach frischem Eichenholz, nach dem Wind, der über das Meer streicht, und dem herb-geheimnisvollen Ambra.

»Yrsa«, er murmelt ihren Namen, mit einer tiefen, heiser klingenden Stimme, dicht an ihrem Ohr. Sie vergisst, dass sie ihn nicht anschauen wollte, dreht den Kopf, dreht sich in seinen Armen, legt ihm die Hände auf die Brust, blickt ihn an.

Das Wasser des Noors spiegelt sich in seinen dunklen Augen. Kurz nur hört sie das Flüstern der Wassergeister. Sie fürchtet sich nicht vor ihnen, sie fürchtet sich nicht vor Avidh, vor dem Sog seines Blicks. Eine Pforte, die er sonst verschlossen hält, öffnet sich einen kleinen Spalt. Yrsa hört das Wasser murmeln, sieht für einen Moment Einsamkeit und vielleicht auch Sehnsucht in Avidhs Augen aufblitzen. Seine Lider scheinen schwer. Er blinzelt, und sie ist sich nicht sicher, was sie wirklich gesehen hat.

Avidh, der Krieger, Avidh, dessen Gesicht selten etwas preisgibt. Einen Moment lang hat sie etwas gesehen, das er sonst versteckt. Ihr Wunsch, ihm nahe zu sein, nimmt noch zu. Alles fühlt sich an, als wäre es das erste Mal. Ist es auch, irgendwie. Das erste Mal, dass sie ein solches Verlangen nach einem Mann spürt. Ein Verlangen, das sie vermeiden wollte und das sie jetzt überschwemmt.

»Yrsa«, noch einmal sagt er ihren Namen. Sie schaut auf seine Lippen, den kurzen dunklen Bart. Avidh legt ihr eine Hand ans Gesicht, streichelt mit dem Daumen ihren Wangenknochen, folgt dann der Linie ihres Munds. Sie öffnet die Lippen, nickt. Selbst wenn es nur ein Liebeszauber ist, den die Wassergeister ihr vorgaukeln, will sie jetzt, dass es nicht aufhört.

Sie schließt die Augen. Seine Lippen berühren ihre, vorsichtig zuerst, dann fordernder.

Avidh.

Sie spricht seinen Namen nicht laut aus, aber sie hört ihn überall in ihrem Körper. Er verdrängt alle Worte, die sie denken kann. Seine Lippen sind warm, er schmeckt nach Bier, nach Waldhonig, nach etwas, von dem sie immer mehr möchte. Mit der Zunge streicht er über ihre Lippe, berührt ihre Zunge, er umfasst mit beiden Händen ihren Kopf, küsst sie tiefer.

Sie gräbt die Hand in seine Haare, schmiegt sich an seinen Körper, wie sie es noch nie getan hat, will jede Regung in ihm wahrnehmen, schlingt die Arme um seinen Hals. Er umfasst ihren Po, zieht sie nach oben, noch enger an sein Becken. Sie bewegt die Hüften, liebt es zu hören, wie er stöhnt.

Kurz unterbricht sie den Kuss, atmet schnell, schaut ihm in die Augen. Und sieht in seinem Blick jetzt nur noch eins. Verlangen. Was ihr eigenes Verlangen noch steigert. Sie wünscht sich, dass die Geister der Liebe sie davontragen, will vergessen, wo ihr Körper endet und seiner beginnt, möchte in das Gefühl hineinkriechen, nur ihn zu spüren und sonst nichts.

»Ich möchte dich überall berühren«, sagt er. Seine Hand wandert unter ihr Hemd. Auch sie schiebt sein langes Hemd nach oben, um seine Haut zu spüren. »Hast du einen Mann in deinem Dorf?« Seine Stimme klingt anders als sonst.

»Nein«, sagt sie leise.

Eine Gruppe Männer nähert sich dem Pferdestall. Sie reden laut, lachen. Avidh dreht kurz den Kopf, seine Hand geht zum Schwert.

»Wo hast du die letzten Nächte geschlafen?«, flüstert er ihr ins Ohr.

»Im Wald bei der Hochburg. Ich wusste nicht, wohin in der

Stadt.« Sie will sich nicht lösen von Avidh, aber die Männer sind beim Stall stehen geblieben. »Ich zeige es dir«, sagt sie.

Er nimmt ihre Hand, und sie laufen durch die Gassen, vorbei an den Hütten, Häusern, Misthaufen, über den Bach, die Planken. Die ganze Zeit spürt sie nur seine Hand in der ihren. Spürt die Schwielen, wo der Schwertknauf zwischen Daumen und Zeigefinger aufliegt. Mit ihrem Finger streicht sie über die Schwiele.

Plötzlich hört sie Rufe in der Ferne. Dann rennt ein Mann in ihre Richtung, er fuchtelt mit den Armen. »Avidh«, ruft er. »Komm schnell. Es brennt. Bei Frida!«

Schneller, als Yrsa denken kann, hat Avidh sich umgedreht und läuft hinter dem Mann her. Sie folgt den beiden. Vor Fridas Haus steht bereits eine Kette mit Menschen, alle reichen Wassereimer weiter. Yrsa reiht sich mit ein. Flammen sieht sie keine, aber zwischen den Bohlen, dem Stroh und aus der Türe dringt Rauch ins Freie. Avidh ist im Haus verschwunden. Sie macht sich Sorgen, der Qualm, sie ruft ihm nach: »Sei vorsichtig!«

»Das Feuer ist schon gelöscht«, sagt jemand.

Avidh kommt wieder heraus, hustet, wedelt den Rauch zur Seite. Yrsa ist erleichtert, ihn zu sehen.

»Ich danke euch allen«, sagt Avidh. »Der Schaden ist klein, weil ihr so schnell wart.«

»Ich habe jemanden vor Fridas Haus gesehen«, sagt eine dicke Frau. »Ich war aufmerksam, wie du mir aufgetragen hast, Avidh. Ein Mann im Umhang. Als er mich bemerkt hat, ist er verschwunden. Ich habe versucht, ihm zu folgen, aber er war schnell. Kurz darauf haben wir den Qualm gerochen.«

Avidh umarmt sie kurz. »Du bist eine gute Nachbarin.«

»Wo ist Frida?«, ruft jemand.

»Sie ist nicht da«, sagt Avidh und lässt den Blick über die Menge schweifen, schaut in alle Gesichter.

Als sich die Menge aufgelöst hat, sagt Avidh leise: »Frida ist in Hollingstedt. Ich muss dorthin reiten und nachsehen, ob es ihr gut geht.« Sein Blick ist düster. »Ich nehme das Pferd. Ich bin schneller allein.«

Bevor Yrsa antworten kann, ist er losgerannt in Richtung des Pferdestalls.

Kapitel 46

Avidh springt vom Pferd, schlingt das Halfter um den nächstbesten Baum, klopft dem Hengst kurz auf das nasse Fell und dankt ihm. Dann fährt er sich über die verschwitzte Stirn. Fast die ganze Strecke von Haithabu nach Hollingstedt ist er im Galopp geritten, den Schutzwall des Danewerks meist zu seiner Linken. Der Weg ist breit, führt in Richtung der untergehenden Sonne und ist um diese Tageszeit wenig befahren. Er hat die Kraft des Eistrolls beschworen, um seinen Zorn auf die Kriegsmagier in Schach zu halten. Um sie kümmert er sich später. Zuerst muss er wissen, dass es Frida gut geht.

Er ist rasch vorangekommen. Bei Tag sind auf dieser Strecke zahlreiche Ochsenkarren unterwegs, bringen Waren von den Schiffen, die am Hafen von Hollingstedt landen, bis nach Haithabu. Bis zum Hafen muss Avidh nicht, der zieht sich im Westen der Stadt entlang des Flusslaufs der Treene.

Er hofft, dass Frida bei ihrer Freundin ist. Sie wohnt am nördlichen Ende der Siedlung und handelt mit Kräutern und Tinkturen, die aus dem Frankenreich in Hollingstedt ankommen.

Avidh eilt zwischen den Häusern hindurch, sie stehen nicht ganz so eng nebeneinander wie in Haithabu. Da und dort nickt er Menschen zu, die vor ihren Türen sitzen und sich von den letzten Strahlen der Abendsonne wärmen lassen. Eine Gans watschelt über den Weg, aus der Methalle dringt Stimmengewirr. Alles scheint friedlich. Doch dem Schein traut Avidh nie, seine Hand liegt auf dem Schwert. Er ist bereit zum Kampf.

Das Haus von Fridas Freundin taucht hinter einer weit verzweigten Ulme auf. Ein sorgfältig gepflegter Kräutergarten zieht sich um das Gebäude. Laut ruft Avidh Fridas Namen. Es steigt kein Rauch auf, alles scheint dunkel, er klopft an die Türe. »Frida, bist du da?«

Eine Antwort kommt nicht. Am liebsten würde er die hölzerne Türe mit der Schulter eindrücken, es wäre ein Leichtes für ihn. Noch einmal ruft er Fridas Namen. Im Nachbarhaus streckt eine Frau den Kopf aus der Türe, reibt sich die Augen.

»Was ist das für ein Lärm, wie soll ich da schlafen?«, ruft sie herüber.

Avidh ist in wenigen Schritten bei ihr: »Ich suche Helga. Ist sie nicht zu Hause?«

»Ich glaube, Helga wollte mit Frida einen alten Mann besuchen. Ihm sitzt ein Troll in den Därmen. Vielleicht sind sie noch dort. Du musst in Richtung des Hafens laufen, bei der Methalle dem Weg folgen, der zum Seidenhändler führt, und kurz davor rechts abbiegen. Der alte Mann wohnt in einem windschiefen Haus, in die Türe sind Greifvogelmuster geschnitzt. Und schrei hier nicht mehr so herum.« Sie schlägt ihre Türe wieder zu.

Kurz darauf steht Avidh vor einem Haus, auf das die Beschreibung der Nachbarin passt. Die Holzplanken sind verwittert, das Dach braucht eine neue Deckung, aber die Türe ist aufwendig verziert. Rauch steigt auf, und durch die Luke neben der Türe dringt das Licht einer Öllampe.

»Frida, bist du da?«, ruft er, bevor er klopft. Während er wartet, fährt Avidh kurz mit dem Finger über die ineinander verschlungenen Tierwesen, die in die Türe geschnitzt sind.

Eine ältere Frau öffnet die Türe einen kleinen Spalt, sie hält eine tönerne Öllampe in der Hand.

»Wer ist da?« Ihre Stimme klingt unsicher.

Avidh tritt einen Schritt zurück, hebt beide Hände: »Entschuldigt die Störung, ich suche Frida die Heilerin. Habt Ihr sie gesehen?«

»Sie kümmert sich gerade um meinen Mann.«

»Geht es ihr gut?«

»Ja. Was ist denn los?«

»Ich wollte nur schauen, ob es ihr gut geht.«

»Soll ich Frida holen?«

»Nein, stört sie nicht bei der Arbeit. Ich warte hier.«

Avidh lässt sich auf die Bank vor dem Haus fallen und fährt mit dem Ärmel über sein verschwitztes Gesicht. Er fragt sich, wo Yrsa jetzt ist. Es tut ihm leid, wie er sie hat stehen lassen, glaubt aber, dass sie es verstanden hat. Sein Zorn auf die Kriegsmagier will aufflammen. Er legt die Hand auf den Knauf seines Schwerts, spürt die Kraft. Vielleicht ist es besser, dass er Yrsa nicht in den Wald gefolgt ist. Auch wenn er große Lust dazu hatte.

Nach einer Weile tritt Frida aus dem Haus, setzt sich zu ihm und nimmt seine Hand.

»Hat dich irgendwer hier bedroht?«

»Nein. Warum bist du gekommen, Avidh?«

Er erzählt ihr von dem Feuer. Sie seufzt. »Ich danke dir, dass du so schnell warst.«

»Und hier ist wirklich niemand aufgetaucht? Ist dir jemand gefolgt?«

»Nein, es ist alles in Ordnung.«

»In Ordnung ist es nicht. Verstehst du jetzt, dass sie es ernst meinen?« Er drückt ihre Hand. »Hätten die Nachbarn nicht so schnell reagiert, wäre dein Haus abgebrannt. Du musst das jetzt ernster nehmen, Frida.« Von dem Mordanschlag auf ihn hat er ihr noch nichts erzählt und will es vorerst auch nicht tun. Er fürchtet die Magier nicht. Seine Rache hat Zeit. Solange Frida in Sicherheit ist.

»Vielleicht sollte ich mal auf dem Hof der Magier vorbeischauen. Wenn sie Streit mit mir wollen, dann möchte ich, dass sie ihn direkt mit mir austragen. Ich habe Ingvar schon einige Male in der Stadt gesehen, ich spüre Unsicherheit in ihm.«

»Genau. Und deshalb ist es viel zu gefährlich, auf den Hof der Magier zu gehen.«

»Avidh, du machst dir zu viele Sorgen. Freyja beschützt mich. Ich habe keine Angst vor diesen Magiern. Komm noch mit zu Helga. Du musst etwas essen.«

»Wer ist Knud der Böswillige? Leif hat erzählt, einer der Kriegsmagier sei ein ehemaliger Anhänger seiner Gruppe. Sie hätten ihre Kraft aus den Mächten der Dunkelheit gezogen und sich mit Draugar verbündet. Stimmt das?«

Er beobachtet Frida genau, während er auf ihre Antwort wartet.

Sie seufzt. »Glaub nicht alles, was die Menschen in der Methalle erzählen.«

»Aber stimmt es? Und wer ist der ehemalige Anhänger? Sag es mir, du weißt es.«

»Mach dir keine Sorgen, Avidh. Komm und iss noch was.«

Er schüttelt den Kopf. »Ich verstehe schon, du willst es mir im Moment nicht erzählen. Aber ich werde nicht lockerlassen. Ich reite wieder zurück. Soll ich dich morgen abholen?«

»Nicht nötig. Vielleicht bleibe ich noch länger. Helgas Sohn bringt mich mit dem Ochsenkarren zurück. Er muss sowieso nach Haithabu.«

»Ich lasse das nicht auf sich beruhen«, sagt Avidh.

Frida streicht ihm über den Arm. »Ich weiß.«
»Die Magier werden bereuen, was sie getan haben.«

Kurz darauf ist Avidh wieder bei seinem Pferd, tätschelt ihm den Hals, legt den Kopf an sein feuchtes Fell und atmet tief durch. Er schwingt sich in den Sattel und lässt den Hengst in einen gemächlichen Schritt fallen. Er hat das Pferd auf dem Hinweg gefordert, für den Rückweg lässt er sich Zeit, lässt die Zügel schleifen. Er fröstelt und zieht die Kapuze seines Umhangs tief in die Stirn. Das Pferd kennt den Weg zurück in seinen Stall. Yrsa wird sich in den Wald verzogen haben und schlafen. Vielleicht ist es besser so, denkt er noch einmal. Aus dem Kopf geht sie ihm nicht. Er denkt daran, wie er sie geküsst hat, und spürt sofort, wie seine Lust zurückkehrt.

Er versteht nicht, warum Leif ihr von Signe erzählt hat. Das wird er ihm erklären müssen. Er möchte die Geschichte am liebsten vergessen, auch wenn ihn das Ganze verfolgt und er viel öfter, als ihm lieb ist, darüber nachdenkt. Er fühlt einen brennenden Schmerz tief im Innern, wenn die Erinnerungen aufsteigen. Und ärgert sich, dass er die Zeichen damals nicht gelesen hat. Sich von ihrem Verrat hat überrumpeln lassen. Immer wieder hat er die Reise im Kopf durchgespielt und überlegt, wann ihm etwas hätte auffallen müssen. Eine klare Antwort hat er noch nicht.

Sie waren auf einer besonderen Mission. Es war die zweite Reise im letzten Sommer, die Tage wurden bereits kürzer. Die erste Reise war nicht glücklich verlaufen, deshalb mussten sie zu der zweiten aufbrechen. Die Franken hatten einen Teil ihrer Männer gefangen genommen, und sie fürchteten, sie könnten ein Exempel an ihnen statuieren, wie es die Franken schon manchmal getan hatten. Unzählige Sachsen hatte König Karl, den sie Magnus Rex nannten, vor rund fünfzig Wintern nach einem Aufstand hinrichten lassen. Karl lebte zwar nicht mehr, doch seine Söhne waren nicht besser.

Für die Vorbereitung der zweiten Reise hatten sie viel zu wenig Zeit, brachen überstürzt auf. Sie kamen nach Hause, luden neue Vorräte, ersetzten, was am dringendsten war, vernachlässigten aber, was sie sonst über viele Monde taten: auskundschaften, planen, vorbereiten. »Wird schon irgendwie gehen«, sagte Gunnar, »schließlich kennen wir den Küstenabschnitt.« Doch er täuschte sich, sie alle ließen sich täuschen. Avidh hätte es wissen müssen. Ein Sieg, das hatte er in Sliesthorp früh gelernt, lässt sich nur mit guter Vorbereitung erzielen.

Am Vorabend der geplanten Befreiungsaktion saßen Signe und er zusammen an einem Bach nahe ihrem Lager. Das machten sie meist so, den nächsten Tag zu zweit durchdenken. Signe war fahrig, wollte sich nicht mit ihm unterhalten, versuchte ihn abzulenken.

»Lass uns ein Bad nehmen«, sagte sie, »wir sind gut geschützt hier mit all den Bäumen, die am anderen Ufer wachsen. Niemand wird uns sehen.« Als er nicht darauf einging, setzte sie sich auf seinen Schoß, begann ihn zu küssen.

»Später, Signe«, sagte er. »Später jederzeit.«

Sie sprang auf, warf ihre langen braunen Zöpfe auf den Rücken und schimpfte. »Nicht einmal Spaß kann man haben, bevor es ernst wird. Du willst planen, dann planen wir. Ich mache morgen allein die Vorhut. Du kannst bei den anderen bleiben.«

»Bestimmt nicht.«

»Traust du mir das nicht zu? Der große Krieger Avidh muss unbedingt dabei sein, sonst mache ich was falsch?«

»Hör auf, du weißt, wir gehen immer zu zweit auf Pirsch.«

Sie begann zu lachen. »War nur ein Scherz. Was bist du so ernst?«

Er schüttelt den Kopf. Er hätte damals misstrauisch werden sollen. Signe war sonst nicht so. Im Gegenteil, sie war es, die meist jede Minute des nächsten Tages zusammen durchsprechen wollte. Vielleicht, so überlegte er später, wollte sie ihn mit ihrem Vorschlag, allein vorauszugehen, schützen. Vielleicht fürchtete sie sich aber auch nur vor seiner Reaktion.

Am nächsten Morgen zogen sie los, bevor es dämmerte. Sie wollten einen reichen Händler und seine Familie entführen. Dieser Händler war der Bruder eines fränkischen Kommandanten. Den Händler und seine Familie wollten sie gegen ihre gefangenen Freunde eintauschen. Beschützt wurde er von einer kleinen Gruppe bewaffneter Männer. Sie in einem Hinterhalt zu besiegen schien nicht allzu schwierig.

Sie lauerten dem Händler an einem Wegstück auf, das durch dichten Wald führte. Dass jemand sie verraten hatte, wusste Avidh an jenem Morgen schnell. Die Angreifer kamen von hinten, während sie den Weg beobachteten. Er kämpfte hart, wollte Signe die Flucht ermöglichen. Doch die Angreifer waren in der Übermacht, und Avidhs Gruppe verlor mehrere Männer. Freunde. Waffenbrüder.

Besonders gut erinnert er sich an jenen Moment, als ihm klar wurde, dass es Signe war, die sie verraten hatte. Zu viert saßen sie in einem düsteren Verlies. Es war stickig, es war eng, stank nach Schweiß, nach Moder und Verwesung. Hinten in der Ecke lag eine tote Ratte. Avidh hockte an der feuchten Wand und malte mit dem Finger Linien in den erdigen, feuchten Boden. Immer wieder zeichnete er die Formen auf seinem Schwertknauf in den Dreck, um sich an die eisige Kraft seiner Waffe zu erinnern und daran, dass sie auch in ihm steckte. Er zeichnete, verwischte und zeichnete erneut. Eine Assel krabbelte in eine der Linien, die er gezeichnet hatte. Er zerquetschte sie zwischen den Fingern.

Er sorgte sich um Signe. Zu fünft hatten die Franken sie erwischt, sie war die einzige Frau und wurde sofort von ihnen getrennt. Als ihn die Feinde zum Verhör holten, sah er sie. Er hatte sich schlimme Dinge ausgemalt, war verdreckt und hungrig, sein Körper schmerzte von den Schlägen, aber sie stand draußen, sah aus wie frisch gebadet und scherzte mit einem fränkischen Soldaten. Zuerst verstand er nicht. Erst als er sie ein zweites Mal von Weitem sah, dämmerte ihm, dass sie keine Gefangene war. Er wollte begreifen warum sie Gunnars Männer, warum sie ihn verraten hatte. Er rief ihren Namen, sie drehte sich nicht um, der Wächter schlug ihm in den Nacken. Das ärgerte ihn am meisten, dass sie sich ihm nicht mehr hatte erklären müssen.

Gunnar kaufte ihn und die Männer schließlich frei. Er musste die ganze Beute des Sommers dafür aufwenden, und auch deshalb gehen die Vorbereitungen für die neue Reise jetzt nur schleppend voran. Avidh hat oft darüber nachgedacht, was er tun würde, wenn Signe plötzlich vor ihm stünde. Eine Antwort hat er nicht.

In der Ferne sieht er die ersten Häuser von Haithabu auftauchen. Es bringt nichts, zu viel über Vergangenes zu grübeln, sagt er sich. Wichtiger ist es jetzt herauszufinden, wie er die Kriegsmagier in die Schranken weisen kann. Er muss nochmals mit Gunnar sprechen.

Den Abend hätte er lieber mit Yrsa verbracht. In der guten Zeit mit Signe war das Gefühl der tiefen Einsamkeit in ihm etwas verebbt, hatte ihn nach ihrem Verrat aber umso heftiger überschwemmt. Manchmal denkt er, Yrsa könnte dieses Gefühl kennen. Vielleicht ist auch das mit ein Grund, weshalb er gern in ihrer Nähe ist. Aber es ist noch etwas anderes. Yrsa scheint harte Jahre hinter sich zu haben und strahlt trotzdem Zuversicht und Tatkraft aus. Das beeindruckt ihn.

Zurück in der Stadt beschließt er, beim Haus der Magier vorbeizugehen. Seine Botschaft ist klar. Er wird nicht länger zuschauen. Sie haben sich mit dem Falschen angelegt.

Kurz bevor er das Haus erreicht, bleibt er stehen, legt die Hand wieder auf den Knauf seines Schwertes, wartet, bis die eisige Ruhe ihn durchströmt, und klopft dann an die Türe.

Es dauert einen Moment, dann öffnet Svend, der sie kürzlich in Gunnars Langhaus besucht hat, die Türe einen Spaltbreit. Er zuckt zusammen, als er Avidh sieht. »Was willst du?«

»Kurz mit dir sprechen. Lass mich hinein.«

Svend zögert einen Moment. Dann öffnet er die Türe. Avidh betritt das Haus. Die Wände sind bemalt mit Bildern der Trollkönigin Skuld. Skuld wirbelt über das Schlachtfeld. Skuld schießt Pfeile aus den Fingern. Skuld halb Trollfrau, halb Drache.

»Bist du allein hier?«

»Ingvar kommt schon bald.«

»Ich weiß, dass ihr die beiden Männer im Wald auf mich gehetzt habt.«

»Wovon sprichst du?«

»Du brauchst dir keine Mühe zu geben, alles zu leugnen. Ich habe dich gesehen. Du hast dich mit dem Mann getroffen, dem ich das Schulterblatt gespalten habe.«

»Das kannst du behaupten. Skuld ist das egal. Sie ist mächtig.«

»Ich spreche nicht mit Skuld. Ich spreche mit dir. Ihr denkt, ich bekomme Angst, wenn ihr zwei Männer beauftragt, mich anzugreifen. Habe ich das richtig verstanden?«

»Skuld ist mächtig.«

»Du hast meine Frage nicht beantwortet. Wie oft bist du schon mit Skuld in den Kampf gezogen?«

»Ich durfte sie noch nicht erleben. Aber ich hoffe, es wird schon bald so weit sein.«

»Gut. Du kannst Ingvar ausrichten, dass ihr euch eine andere Gruppe suchen müsst, die ihr begleitet. Mit uns werdet ihr nicht reisen.«

Er macht einen Schritt auf Svend zu. Der weicht zurück, schüttelt den Kopf. »Das hast du nicht zu entscheiden. Ich werde Gunnar erzählen, dass du uns bedrohst.«

»Ich bedrohe euch? Das musst du mir erklären. Aber: Ihr bedroht Frida, ich bedrohe euch. Das passt gut zusammen.«

Avidh macht noch einen Schritt auf Svend zu.

Svend weicht zurück, bis er an der Wand steht und Avidh direkt vor ihm. Er packt Svend am Gewand.

»Du zitterst. Wo ist Skuld, wenn du sie brauchst? Es ist gegen meine Ehre, dich anzugreifen, obwohl ich große Lust dazu hätte.«

Er lässt Svend los, und der sinkt an der Wand zu Boden. Wenn er wüsste, denkt Avidh, dass er es ausgerechnet Frida zu verdanken hat, dass aus mir ein Krieger mit Ehre geworden ist. Sie hat Svend gerade heftige Schläge erspart.

»Grüß Ingvar von mir«, sagt Avidh und verlässt das Haus.

Kapitel 47

Seit dem Morgengrauen sitzt Yrsa am Hafen, lauscht dem Wind und beobachtet die Schiffe. Hinter ihr bessern einige Männer einen Bug aus, der Geruch von Teer zieht bis zu ihr. Seit sie in Haithabu ist, spürt sie, wie sehr sie das offene Wasser vermisst hat. In ihrem Dorf gibt es nur den Fluss. Als Kind ist sie in Ribe oft weit ins Watt hinausgelaufen, bis sie aufs Meer sah und der Schlick ihr zwischen den Zehen herausquoll. Und dann träumte sie davon, das Meer einst auf einem Schiff zu überqueren, ihrem Vater als Kriegerin in die Ferne zu folgen. Heute Morgen scheint sie ihrem Traum so nahe wie noch nie. Sie summt leise vor sich hin, weiß nicht, was stärker ist, ihre Freude oder das Nervenflattern. Sie fragt sich, was sie bei Gunnar erwartet. Bevor sie heute Nachmittag zu ihm gehen, muss sie noch etwas Dringendes erledigen.

Gut geschlafen hat sie nicht. Die Aufregung. Und sie hat Geräusche gehört während der Nacht. Es knackte und raschelte im Unterholz, mehrmals ist sie aufgeschreckt, aufgestanden, meinte Schritte zu hören, hat sich wieder hingelegt.

Sie hoffte heimlich, Avidh würde noch auftauchen. Aber er verschwand so schnell gestern, dass sie ihm nicht mehr sagen konnte wo genau sie schläft. Das Flattern in ihrem Bauch kehrt zurück, wenn sie sich daran erinnert, wie er sie geküsst hat. Es gibt vieles, was sie ihm gestern Abend vielleicht ins Ohr geflüstert hätte: Noch nie habe ich einen Mann wie dich gekannt, noch nie für einen Mann empfunden, was ich für dich fühle. Wenn ich an dich denke, verschwimmen mir die anderen Gedanken, zurück bleibt ein heftiges Sehnen, dich zu berühren, zu küssen, zu fühlen. Überall.

Sagen wird sie ihm all das nicht. Auf jeden Fall nicht heute. Und vielleicht besser gar nicht. Alles wühlt sie zu sehr auf. Sie darf nicht vergessen, was sie sich vor langer Zeit vorgenommen hat. Keine Gefühle für einen Mann. Sie könnten ihren Traum vom Kämpfen verhindern. Gerade an einem Tag wie heute.

Kurze Zeit später hat sie die Stadt hinter sich gelassen, folgt einem Pfad in Richtung Nordosten. »Sjalfi, mein liebster Sjalfi«, murmelt sie. »Ich habe die Suche nach dir nicht vergessen. Ich hoffe, ich erfahre gleich mehr über deinen Vater.« Noch immer fällt es ihr schwer zu glauben, dass ihr Vater nicht Sjalfis Vater ist. Eine Überraschung ist es eigentlich nicht. Sie weiß, wie ihre Mutter gelebt hat. Trotzdem hat sie nie daran gedacht. Vielleicht weil sie immer eine tiefe Verbindung zu Sjalfi gespürt hat. Geändert hat sich daran nichts.

Der Pfad führt durch dichten Wald, den Himmel sieht Yrsa nur ab und zu zwischen den Wipfeln und Ästen aufblitzen. Gunhild hat ihr genau beschrieben, wohin sie laufen muss. »Du darfst es niemandem weitererzählen«, hat sie gesagt. »Je weniger Menschen von dem Hof wissen, umso besser ist es.«

Als der Weg eine Biegung macht, stellen sich ihr plötzlich drei bewaffnete Männer in den Weg. Yrsa flucht innerlich, dass sie die Männer nicht hat kommen hören. In diesem Fall ist es nicht so schlimm, doch es sollte ihr nicht passieren. Sie hebt die Hände und sagt: »Ich suche keine entlaufenen Sklaven, eine Freundin von Offos Schwester Inga schickt mich.«

Sie muss den Männern ihre Waffen aushändigen, dann folgt sie ihnen durchs Dickicht. Nach einer weiteren Wegbiegung taucht ein Hof zwischen den Bäumen auf. Es ist erstaunlich still, während sie sich nähern. Kühe muhen, ein Vogel pfeift in der Ferne, aber Yrsa hört keine Stimmen, sieht niemanden. Erst als einer ihrer Begleiter im Langhaus verschwunden ist, tauchen plötzlich Menschen auf. Sie vermutet, dass der Hof ein unterirdisches Gangsystem hat.

»Setz dich hier ins Gras«, sagt einer der Männer. »Offo ist unterwegs, du kannst auf ihn warten, deine Waffen bekommst zu zurück, wenn du wieder gehst.« Sie fragt die Männer nach Sjalfi, aber sie zucken nur mit den Schultern.

Yrsa hofft, dass Offo nicht allzu lange weg ist. Wenn die Sonne am höchsten am Himmel steht, trifft sie Avidh, er zeigt ihr den Weg zu Gunnars Hof. Eine junge Frau bringt Yrsa einen Becher Milch. Auch sie hat Sjalfi nicht gesehen.

»Setz dich kurz zu mir«, sagt Yrsa. Die Frau hat lange gewellte Haare, die ihr bis zur Taille reichen, und ein bleiches Gesicht. Sie ist hochschwanger. »Bist du auch auf der Flucht?«

Die junge Frau nickt. »Ich komme von der gälischen Insel. Ich möchte zurück, muss nach meiner Mutter schauen, aber zuerst«, sie streicht mit der Hand über ihren Bauch, »soll mein Kind zur Welt kommen.«

»Wann ist es so weit?« Yrsa leert die Milch, wischt sich mit dem Handrücken über den Mund.

»Es dauert nicht mehr lange. Vielleicht einen Mond, vielleicht zwei. Ich warte auf den Vater des Kindes, er will mit uns reisen.«

»Wie bist du nach Haithabu gekommen?«

»Wikinger haben unser Dorf überfallen, mich entführt und in die Sklaverei verkauft. Irgendwann bin ich hier gelandet, und ein

Mann, der weiter im Norden wohnt, hat mich gekauft, noch bevor wir am Sklavenmarkt ankamen.«

»Ist er der Vater deines Kindes?«

Die Frau schüttelt heftig den Kopf. »Glücklicherweise nicht. Der Mann, der mir bei der Flucht geholfen hat, ist der Vater. Das hoffe ich wenigstens«, sagt sie mit leiser Stimme und bekreuzigt sich. »Ich musste mich lange verstecken. Er arbeitet bei meinem ehemaligen Besitzer und musste noch dortbleiben. Es sollte kein Verdacht auf ihn fallen, und er wollte noch Silber für uns verdienen. Aber dann hat alles viel länger gedauert als geplant, weil es mir nicht gut ging. Ich habe viele Monde lang jeden Tag erbrochen, viel länger als die meisten Frauen, alle Kräuter haben nichts genützt, und ich war zu schwach, um zu reisen. Jetzt geht es etwas besser.«

»Wie war dein Besitzer?«

Die Frau zuckt mit den Schultern. »Er war schlimm, aber was ich so gehört habe, gibt es schlimmere. Er hatte die Vorstellung, ich müsste ihn lieben, forderte Nacht um Nacht mit mir zu verbringen. Er widerte mich an, ich wollte nur weg. Er hat mich nicht geschlagen, er hat mich eingesperrt, bis ich ihn nicht mehr abgewiesen habe.«

»Wo hat er dich eingesperrt?«

»In einem Haus, das etwas abseits stand auf seinem Land. Dort gab es nur ein Nachtlager und einige verschlossene Truhen. Irgendwann habe ich fast den Verstand verloren und seinem Drängen nachgegeben. Ich weiß, es ging mir ähnlich wie vielen jungen Frauen, die keine Sklavinnen sind, aber einen älteren Mann heiraten müssen, weil ihr Vater das so bestimmt hat. Aber ich bin nicht mehr fünfzehn. Ich habe meine eigenen Vorstellungen und konnte es nicht ertragen, wie er versuchte, mich zu seinem Eigentum zu machen. Und er drohte mir immer damit, mich an einen gewalttägigen Mann in seinem Dorf zu verkaufen, wenn ich mich nicht fügte.«

»Das hätte ich auch schlecht ertragen«, sagt Yrsa. »Wie heißt du?«

»Aoife.«

»Und hier fühlst du dich sicher?«

»Offo ist sehr gut zu mir. Aber ich kann es trotzdem kaum erwarten abzureisen.«

Diese Geschichten gehen mir nun viel näher, denkt Yrsa. Seit ich selbst verschleppt wurde und fürchten musste, irgendwo auf einem Hof bei einem gewalttätigen Fremden zu landen.

»Da kommt Offo«, sagt Aoife und zeigt auf einen glatzköpfigen Mann. Er trägt ein langes braunes Gewand und hat einen freundlichen Blick. Offo setzt sich neben sie. Yrsa erzählt von Sjalfis Verschwinden.

»Es tut mir leid, ich habe deinen Bruder nicht gesehen«, sagt Offo und spielt mit dem Kreuz, das an einer Kette um seinen Hals hängt.

Yrsa seufzt, schließt einen Moment die Augen. Wie nur, wie soll sie Sjalfis Vater je finden, wie neue Spuren entdecken?

Offo schaut sie mitleidig an. »Ich halte die Augen und Ohren für dich offen«, sagt er.

»Warum hilfst du den Sklaven und Sklavinnen?«

»Ich glaube nicht, dass ein Mensch einen anderen als Sklaven besitzen darf.«

»Warum nicht? Das war schon immer so.«

»Gott sagt, dass alle Menschen gleich sind und wir unsere Nächsten lieben sollen. Wie kann man dann einen Menschen für sich schuften lassen, ihn schlagen und ausbeuten?« Offo wühlt in einem kleinen Beutel, zieht eine krumme Nadel und einen Wollfaden hervor.

»Nicht alle Menschen behandeln ihre Sklaven schlecht«, sagt Yrsa. Allerdings hat sie die letzten Tage selbst erleben müssen, wie die Händler mit den Gefangenen umgehen und was für Männer es sind, die mit Menschen handeln. Und sie hatte Glück. Sie konnte entkommen.

»Das spielt keine Rolle.«

»Ist das dein Hof?«

Offo näht einen Riss an seiner Kutte zusammen und schüttelt den Kopf. »Der Hof gehört einem älteren Mann. Er hat viel Geld im Frankenreich gemacht und glaubt jetzt an unseren Gott. Er besitzt mehrere Höfe.«

»Denken alle, die an den Gott der Christen glauben, so wie du?«, fragt Yrsa und beißt in ein Stück Trockenfleisch, das Aoife ihr gebracht hat.

»Nein. Es gibt viele Christen, die sich nur dann über den Sklavenhandel beschweren, wenn Mönche oder Nonnen in die Sklaverei verkauft werden.«

»Warum bist du anders?«

Offo sticht sich in den Finger, zuckt kurz zusammen und lächelt sie an. »Ich nehme die Worte ernst, die im Buch der Christen stehen«, sagt er und überlegt einen Moment. »Bevor ich Mönch wurde, war ich mit einer Frau zusammen. Sie kam wie Aoife von der gälischen Insel, erzählte mir aber nicht, dass sie eine entlaufene Sklavin war. Eines Tages war sie verschwunden. Der Sklavenhändler hatte sie aufgespürt. Ich suchte sie überall, wollte sie befreien, reiste bis an den Dnjepr. Aber ich kam zu spät, ihr neuer Besitzer hatte sie erschlagen, sie habe ihm nicht gehorcht. Ich konnte nichts mehr für sie tun und beschloss dann wenigstens anderen, die ein ähnliches Schicksal haben, zu helfen.«

»Bekommst du keine Drohungen von den Besitzern oder den Händlern?«

»Doch. Meist sind die Entlaufenen nur kurz bei mir, vor allem wenn ihre Besitzer irgendwo hier in der Nähe leben. Wir helfen ihnen bei der weiteren Flucht.«

»Inga die Furchtlose war deine Schwester?«

Offo nickt. »Sie ist seit fünf Wintern tot. Im Kampf hat ihr jemand den Kopf abgeschlagen.« Er bekreuzigt sich.

»Dann ist sie jetzt in Freyjas Halle«, sagt Yrsa. »Dort wird es ihr an nichts fehlen.«

»Sie ist bei Gott«, sagt Offo.

»Gibt es bei den Christen keine Göttinnen?«

»Nein, es gibt nur einen Gott«, sagt Offo.

»Versteh ich nicht«, sagt Yrsa. »Was denkt dein Gott über Seherinnen?«

»Es gibt keine Seherinnen in unserem Glauben. Nur Priester.«

Yrsa schüttelt den Kopf. »Warum nicht? Die Seherinnen haben eine sehr wichtige Aufgabe. Meine Mutter war Seherin. Ich habe gehört, dass du sie vielleicht kanntest. Katla die Großherzige war ihr Name.«

Offo lächelt. »Ja, ich habe Katla gekannt, sie war mit Inga befreundet. Es ist lange her, und was dich vielleicht erstaunt: Deine Mutter und ich hatten viel gemeinsam. Auch sie hat den Menschen geholfen. Und sie hat gerne mit mir über den Gott der Christen gestritten. Hat sich beschwert, dass wir den Frauen ihre Macht rauben wollten, die ihnen die Magie verleiht.«

»Hast du meinen Bruder Sjalfi gekannt?«

»Ich habe ihn nie gesehen. In jener Zeit, als ich häufiger mit deiner Mutter zu tun hatte, war er etwa zwei Winter alt.«

»Weißt du, wer sein Vater war?« Yrsas Stimme zittert ein bisschen. »Das wäre sehr wichtig.«

»Nein, das weiß ich nicht. Aber deine Mutter hat damals viel von Sjalfi erzählt. Sie hat seine magischen Fähigkeiten stark gespürt, war beeindruckt. Ich habe Ribe im Jahre des Herrn 827 verlassen. Entschuldige, ich meine vor sieben Wintern. Ich bin dem Mönch Ansgar von Bremen gefolgt. Als Harald Klak vertrieben wurde, ist Ansgar ins Frankenreich zurückgekehrt. Ich bin dann erst später wieder in den Norden gekommen, habe deine Mutter aber nicht mehr gesehen.«

Yrsa seufzt. »Ich habe gehofft, du könntest mir helfen.«

»Und du glaubst, die Spur führt in die Vergangenheit?«

»Ich weiß es nicht.«

»Hast du mal überlegt, ob Sjalfis Gabe ein Grund sein könnte, dass er verschwunden ist?«

Yrsa denkt einen Moment nach. »Er hat seit Längerem versucht, sie vor den Menschen zu verbergen.«

Kapitel 48

Sie treffen sich außerhalb der Stadt bei der alten Buche, die gerade blüht. Als Yrsa ankommt, sitzen Avidh und Leif auf einer ausladenden Wurzel. Avidh spielt mit seinem Messer, blickt nur kurz auf. In Yrsas Bauch flattert es, als sie ihn sieht. Sie möchte ihn berühren, lässt es aber sein. Avidh scheint einen Moment zu überlegen, wie er sie begrüßen soll. Er steht auf, streicht ihr über den Rücken, zieht seine Hand aber schnell wieder zurück.

»Geht es Frida gut?«

Er nickt.

»Ich habe ...« Im letzten Moment überlegt sie es sich anders, wollte sagen: Ich habe es verstanden, dass du wegmusstest. Aber plötzlich scheint es seltsam, den gestrigen Abend überhaupt zu erwähnen. Vielleicht möchte Avidh vor Leif nicht davon sprechen. Obwohl sie die Vermutung hat, dass Leif und Avidh sich häufig über Frauen unterhalten.

»Lasst uns aufbrechen, wir sind spät dran«, sagt Leif und klopft Yrsa auf die Schulter.

Der Weg führt entlang des Nordwalls, Nieselregen schlägt ihnen ins Gesicht. Yrsa fragt sich, ob Signe letzten Sommer manchmal mit den beiden zu Gunnars Hof gelaufen ist. Sie wüsste gern mehr über Signe, will aber nicht nach ihr fragen. Yrsa ist zornig auf Signe, weil sie Avidh verletzt hat, und gleichzeitig ist sie froh, dass Signe irgendwo weit weg im Frankenland ist. Wie sie wohl aussieht? Eine geschickte Kämpferin sei sie, hat Avidh gesagt. Yrsa fühlt ein seltsames Brennen in ihrer Mitte. Etwas Ähnliches hat sie vor einigen Tagen in der Methalle gespürt, als sich die Frau in dem dünnen Kleid Avidh näherte.

»Wie läuft die Suche nach deinem Bruder?«, sagt Leif.

Sie erzählt von ihrem Besuch bei Offo. »Ich bin nicht viel weiter als zuvor.«

»Warum habt ihr Ribe damals verlassen?«, fragt Avidh. »Wie alt warst du?« Er trägt heute ein dunkelrotes Hemd, das seine Augen noch dunkler strahlen lässt. Yrsa schaut auf den Weg.

»Knapp zwölf. Ich kann mich gut an die Angst in den Augen meiner Mutter erinnern, als wir überstürzt aufgebrochen sind. Unterwegs habe ich mir sehnlichst gewünscht, richtige Waffen zu haben, um uns zu verteidigen.«

»Wovor fürchtete sich deine Mutter?«

»Sie wollte es nicht verraten. Sie kam an jenem Tag nach Hause, und ich wusste sofort, dass etwas nicht stimmte. Der warme Glanz in ihren Augen war verschwunden, und eine tiefe Falte hatte sich zwischen ihren Augenbrauen eingegraben. Ich habe diesen Glanz geliebt.«

Sie laufen nun leicht bergab. Der Weg ist rutschig. Yrsa verliert fast das Gleichgewicht. Avidh hält sie am Arm fest. Leif ist ein Stück weiter vorne.

»Danke, geht schon.«

»Was hat eure Mutter damals zu euch gesagt?«

»Wir müssten am nächsten Tag alle auf eine längere Reise gehen. Ich wollte nicht. Sagte, sie solle allein losziehen, ich würde auf Sjalfi aufpassen. Das tat ich oft. Aber sie bestand darauf, dass wir alle reisten. Ich stritt mit ihr, weigerte mich, bestürmte sie mit Fragen. Ich hatte in Ribe gerade wieder jemanden gefunden, der mit mir das Kämpfen übte. Aber meine Mutter blieb hart, sagte nur: Packt alles ein, was ihr braucht. Sie war mir fremd an jenem Abend, ließ all unsere Fragen ins Leere laufen, das war sonst nicht ihre Art. Dann konnte ich nicht einschlafen, stand leise auf und hörte sie vor dem Haus mit Freyja sprechen. Sie murmelte Verse, die ich noch nie zuvor gehört hatte. Sie machten mir Angst.«

»Du musst herausfinden, warum ihr so plötzlich aufbrechen musstet«, sagt Avidh.

»Ja. Weil wir so überstürzt abgereist sind, weiß ich nicht, ob meine Mutter noch mit jemandem gesprochen hat. Seit ich bei Thora war, denke ich darüber nach, ob wir vielleicht vor Sjalfis Vater fliehen mussten.«

Sie durchqueren ein kleines Waldstück, und Leif erzählt Avidh von einem rötlich schimmernden Schwert, das ihm auf dem Turniermarkt aufgefallen ist. Yrsa läuft einige Schritte hinter ihnen, ihr ist plötzlich etwas eingefallen: Vielleicht hält Avidh Abstand, weil sie zu Gunnar mitgeht. Die anderen sollen nicht denken, dass er sich wieder mit einer Kämpferin einlässt. Es wird ihr heiß und kalt bei diesem Gedanken. Muss sie sich entscheiden, ob sie zur Kämpfergemeinschaft gehören oder ihm nahekommen möchte? Diese Entscheidung hat sie vor langer Zeit getroffen. Jetzt muss sie sich nur daran halten. Sie will auch nicht, dass die anderen denken, sie wäre nur dabei, weil Avidh sie mitgenommen hat. Das stimmt nicht. Gunnar hat sie eingeladen.

Kurze Zeit später erreichen sie den Hof. Es hat aufgehört zu regnen. Sie laufen durch ein mächtiges Tor. Oben am Querbalken hängt ein Bärenschädel mit weit aufgesperrtem Maul. Einige Sonnenstrahlen blitzen durch die Wolken. Ein Strahl scheint direkt auf den Bärenkopf zu treffen, lässt ihn kurz aufflackern. Bei jedem Schritt spürt Yrsa das Gewicht ihrer Axt am Gürtel. Sie fragt sich, ob sie ihre Axt heute werfen wird, ob alle anderen ein Schwert haben.

Rechts des Weges zeigt Avidh auf einen Runenstein, er steht etwas zurückversetzt. »Er floh nicht, sondern kämpfte, solange er eine Waffe halten konnte«, liest Yrsa.

»Dieser Stein erinnert an Gunnars Vater«, sagt Avidh. »Wie sein Sohn war er ein großer Krieger.«

Gunnar hat viel mehr Land als Torbjörn. Nicht eines, sondern zwei Langhäuser stehen nicht weit voneinander. Jenseits des rechten Langhauses erstrecken sich Felder, auf denen Knechte und Mägde arbeiten Hühner picken vor der breiten Eingangstüre im Staub. Schafe weiden auf einer Wiese. Ein sandfarbener Hund rennt schwanzwedelnd auf Avidh zu. Avidh krault ihm den Kopf.

Vor dem zweiten Langhaus stehen rund dreißig bewaffnete Männer in kleinen Gruppen. Yrsas Herz klopft schneller. Sie streckt den Rücken, zieht die Schultern nach hinten, um größer und breiter zu wirken. Sie legt die Hand auf Njálls Kampfaxt. Wie gut, dass sie diese Axt hat! Dann wird ihr flau im Magen. Niemand darf erfahren, wie sie zu dieser Waffe gekommen ist. Die anderen sollen nicht denken, dass sie eine Diebin ist, und schon gar nicht, dass sie Waffen stiehlt. Wenn sie eine Gelegenheit bekommt, muss sie Avidh erklären, was geschehen ist. Aber Njáll will sie nicht erwähnen.

»Sind noch andere Kämpferinnen hier?«, flüstert sie Avidh zu.

»Im Moment nicht. Vielleicht schließt Gunhild sich uns noch an. Ich glaube, sie verhandelt noch mit Gunnar wegen ihrer Beteiligung an der Beute.«

Als sie sich nähern, spürt Yrsa viele Blicke auf sich. »Avidh schleust wieder seine Frauen in unsere Gruppe ein«, sagt einer. Sie lag mit ihrer Vermutung richtig. Genau das sollen die anderen nicht denken. Sie wird dafür sorgen.

»Hey, Birger, du Spatzenhirn, weißt du nicht mehr, dass Gunnar Sigre in die Gruppe eingeladen hat?«, ruft Leif.

»Egal«, sagt ein anderer, »Glück hat sie uns jedenfalls nicht gebracht.«

»Halt's Maul, Sven«, sagt Björn der Schwarzbart. Yrsa erkennt ihn, er war auch in jenem Gasthaus, als sie vor Njálls Knecht floh.

»Hat irgendjemand etwas gegen Gunhild?«

Die Männer johlen. »Na also«, sagt Björn, »gebt der Neuen erst mal die Möglichkeit, sich zu bewähren.«

»Beruhigt euch«, sagt Avidh, klopft einem der Männer auf die Schulter. »Gunnar entscheidet, wer mitreist und wer nicht.« Einem anderen gibt er einen Klaps auf den Hinterkopf. »Ihr habt da sowieso nichts zu melden.« Die Männer lachen, einige klopfen mit den Fäusten auf ihre Schilde.

»Alle mal herhören«, sagt jetzt ein groß gewachsener Mann, der Yrsa gleich zu Beginn einen misstrauischen Blick zugeworfen hat. Die anderen nennen ihn Harald den Kahlkopf, dabei hat er lange füllige Haare, die er im Nacken zusammenbindet. »Gunnar ist heute Vormittag unterwegs, solange hören alle auf meinen Befehl.« Zu Yrsa sagt er: »Ich habe gehört, dass du kommst. Streng dich an. Wir nehmen keine Rücksicht auf Neulinge.«

»Habe ich auch nicht erwartet.« Sie hofft, dass ihre Stimme nicht verrät, wie aufgeregt sie ist.

Dann stehen sie auf einem Feld hinter Gunnars Langhäusern. Es ist außerhalb der Mauern und liegt brach. An einem Ende sind Zielscheiben aus Stroh und mehrere Holzpflöcke platziert. Hinter dem Feld beginnt der Wald.

»Wir üben heute verschiedene Formationen«, ruft Harald. In einer Hand hält er einen langen Speer.

Yrsa weiß nicht, wo sie sich hinstellen soll. Alle Männer haben einen Schild, den sie vor den Körper halten. Sie hat keinen. Avidh rennt in Gunnars Haus, kommt mit einem Schild zurück und drückt ihn ihr in die Hand.

»Mach einfach, was die anderen machen«, sagt er leise zu ihr. Sie nickt und denkt: Das werde ich, ich werde alles tun, um euch zu zeigen, dass ich hierhergehöre. Auch wenn es bedeutet, von dir Abstand zu halten. Er lächelt sie an. Ihr fällt auf, wie schön er dabei aussieht, und sie ärgert sich sofort über dieses Gefühl.

»Schildwall«, ruft Harald laut.

»Schulter an Schulter«, zischt Leif ihr zu.

»Los, die Kleinen in die vordere Reihe«, ruft Harald. »Schild in den Boden rammen. Hey, du Neue, beweg den Arsch, du sitzt nicht am Webstuhl.«

»Ich sitze nie am Webstuhl«, ruft Yrsa ihm zu, rennt zwischen Leif und einen zweiten Mann und kauert sich hinter ihren Schild. »Und schneller als du renne ich sowieso«, ruft sie noch.

Im Augenwinkel sieht sie Leif den Kopf schütteln. Aber es ist schon zu spät.

»So, du rennst schneller als ich«, sagt Harald und kommt näher. »Das probieren wir nachher gleich mal aus. Wenn du verlierst, putzt du meine Stiefel, polierst und schärfst mir alle Waffen.« Dann hebt er die Stimme: »Die Großen dahinter, und dann alle die Schilde heben, losrennen, anhalten, Schilde hoch und so weiter. Ihr wisst ja.«

Beinahe wäre Yrsa gestolpert, doch es gelingt ihr, den Schild auf Hüfthöhe zu heben und zwischen den Männern mitzurennen. Immer und immer wieder.

»Halt«, ruft Harald. »Wall.« Die Männer und Yrsa bilden mit ihren Schilden eine undurchdringliche Halbkugel, hinter der sie kauern.

»Öffnen«, schreit Harald. Zwei Männer in der Mitte drehen ihre

Schilde zur Seite. Ein Bogenschütze schießt aus dem Loch in Richtung der Zielscheiben. Sofort schließen die beiden Männer die Lücke wieder mit ihren Schilden.

Harald brummt zufrieden.

Dann ruft er: »Schweineschnauze.«

Yrsa hat keine Ahnung, was er meint. Ein Mann hinter ihr stößt sie in den Rücken, sie stürzt, ist gleich wieder auf den Beinen.

Harald ruft. »Du mit dem Zopf, auf die Seite und zuschauen.«

»Ich heiße Yrsa«, sagt sie leise und setzt sich an den Rand ins Gras.

Die Männer stellen sich in Keilformation auf. An der Spitze steht Avidh, dann zwei Männer mit Schilden, hinter ihnen drei, dann vier und so weiter. Sie schlagen auf die Schilde, dann rennen sie los.

»Flanken schließen«, brüllt Harald.

»Warum sitzt du hier?«, sagt eine tiefe Stimme hinter Yrsa.

Sie dreht sich um. Gunnar ist zurück. Bevor sie antworten kann, ruft er übers Feld: »Harald, warum macht sie nicht mit?«

»Sie konnte nicht mithalten.«

»Stimmt das?«, sagt Gunnar.

»Nein.«

»Los, aufstehen. Wir schießen mit dem Bogen.«

Ihre Wut auf Harald beflügelt Yrsa. Anders als beim Turnier flattern ihre Nerven nicht. Sie rennen, schießen, drehen sich, rennen weiter, schießen auf die andere Seite. Sie kann gut mithalten.

Als sie kurz Pause machen, um Gunnars Brunnen sitzen und Wasser trinken, nähert sich einer der Männer. Sven der Schwulstige nennen ihn die anderen. Er ist drahtig, hat lange rote Haare und einige Kerben in seine Vorderzähne gefeilt.

»Eine schöne Kampfaxt hast du«, sagt er, »ich kenne den

Schmied, der diese Äxte herstellt. Njáll ist ein alter Freund von mir. Wir sind zusammen als Wikinger über das Meer gereist.«

Yrsa steigt die Hitze ins Gesicht. Jetzt braucht sie schnell eine Ausrede. »Ja, sie liegt sehr gut in der Hand.«

»Wo hast du all das Silber her, um so eine teure Waffe zu kaufen?«

»Sie war ein Geschenk.«

»Von wem?«

»Warum interessiert dich das?«

»Ich habe Njáll kürzlich in Haithabu gesehen. Nächstes Mal muss ich ihm von dir erzählen«, sagt Sven.

»Ja, mach das.« Yrsa steht auf, will sich nicht an Njáll erinnern und daran, dass er sie noch immer jagt. Beim Eingang des Langhauses stößt sie beinahe mit Harald zusammen.

»Wir machen jetzt unser Wettrennen«, sagt Harald. »Ich will dich putzen sehen.«

Zwei Männer haben auf dem Feld ein langes Tau ausgelegt. Von dort sollen sie losrennen. Die Rennstrecke geht über das ganze Feld bis zu den Zielscheiben. Alle Krieger haben sich links und rechts aufgereiht, lachen und rufen. Erst als sie an der Startlinie steht, fällt ihr auf, wie viel größer Harald ist und wie viel länger seine Beine sind.

»Du kannst auch gleich mit der Arbeit anfangen, du musst dich nicht blamieren«, sagt Harald zu ihr, während sie nebeneinanderstehen. Er wirft ihr einen Blick zu von der Seite, kneift die Augen kurz zusammen, drohend oder abschätzig, Yrsa ist sich nicht ganz sicher.

Sie schüttelt den Kopf. »Wir rennen.«

Dann gibt einer der Krieger ein Handzeichen, und sie sprinten los. Lange Schritte, Yrsa, gleichmäßig atmen, nicht auf die Seite schauen! Sie stellt sich vor, die Bärin wäre hinter ihr her. Keucht, rennt, hört ihren Namen, hört Haralds Namen, erkennt Avidhs Stimme. Versucht, das Stechen in der Seite nicht zu beachten. Schaut kurz auf. Harald ist schon mehrere Schritte vor ihr. Sie senkt den Kopf, rennt, so schnell sie kann. Als sie das nächste Mal kurz aufblickt, hat er schon einen großen Vorsprung, ist fast bei den Zielscheiben. Sie hastet weiter. Nicht aufgeben. Dann jubelt er laut. Und sie hat verloren. Steht am Ziel und japst nach Luft.

»Das war dumm von dir«, sagt Harald und lässt sie stehen.

Etwas später sitzt sie auf der Wiese vor dem Langhaus. Neben ihr liegen Wetzstein, Schwert, Axt, Messer und sehr dreckige Stiefel. Harald hat sie angezogen, ist durch ein Schlammloch getrampelt und hat sie ihr dann hingeworfen. Mir würden viele schöne Schimpfwörter für dich einfallen, hat Yrsa gedacht, aber keine Miene verzogen und geschwiegen. Vielleicht war es nicht geschickt, was sie zu Harald gesagt hat. Aber sie will keine dummen Bemerkungen über Webstühle hören. Sie will, dass die Männer sie als ebenbürtige Kämpferin annehmen. Wie sie das am besten schafft, muss sie noch herausfinden. Zuerst macht sie sich an das Schärfen der Klingen.

Aus dem Langhaus dringen Gunnars und Avidhs Stimmen. Sie reden laut. Es klingt, als ob sie streiten. Dann kommt Avidh aus dem Haus. Sein Blick ist kalt.

»Was ist los?«, fragt jemand.

»Wir sind uns nicht einig wegen der Kriegsmagier.«

Als Avidh Yrsa sieht, hellt sich sein Gesicht kurz auf. »Gut gekämpft«, sagt er im Vorbeigehen. Sie schaut ihm nach und fragt sich, wo er hingeht.

Die Sonne hat am Himmel ein gutes Stück Weg zurückgelegt, als Yrsa endlich fertig ist. Haralds Stiefel waren wohl lange nicht mehr so sauber, die Waffen sind geschärft. Sie will sich auf den Heimweg machen, als Gunnar ihren Namen ruft. Rauchend sitzt er vor dem Langhaus und macht ein grimmiges Gesicht, als sie sich nähert. Sie schaut ihm in die Augen, stellt sich ruhig vor ihn. Er soll nicht merken, wie schnell ihr Herz bei dem Gedanken pocht, was er gleich zu ihrem heutigen Besuch sagen wird.

»Ich habe mich nicht getäuscht, du bist eine sehr gute Bogenschützin«, sagt Gunnar. Er nimmt einen Zug aus seiner Pfeife. »Auch mit deiner schönen Axt kannst du gut umgehen.« Er zieht noch einmal an der Pfeife, bläst den Rauch in den Himmel. »Aber sonst musst du noch sehr viel lernen.«

»Ja, ich weiß.«

»Wenn du dich anstrengst und jeden Tag kommst, schaffst du das. Also bis morgen.«

Sie nickt, kann nicht aufhören zu nicken, bedankt sich bei Gunnar und macht sich auf den Heimweg.

Als sie die ersten Häuser von Haithabu erreicht, zuckt sie zusammen, bleibt stehen, duckt sich hinter eine Häuserecke. Ein harter Knäuel bildet sich in ihrem Bauch. Etwas weiter vorne auf dem Plankenweg erkennt sie zwei bekannte Gestalten. Was will die Seherin Revna in Haithabu? Und warum läuft Torbjörns Sohn Thorgrim neben ihr? Sie schaut den beiden nach, bis sie um die nächste Biegung verschwinden.

Als Yrsa später auf ihrem Lager bei der Hochburg liegt, ärgert sie sich. Sie hätte den beiden nachschleichen sollen, um herauszufinden, was Revna in der Stadt macht. Sie dachte, dass Revna meist in ihrem Haus sitzt und wartet, bis jemand ihre Dienste braucht. Dass sie bis nach Haithabu reist, hätte Yrsa nicht erwartet.

Sie schüttelt den Kopf. Sie war so erschrocken, dass sie nicht nachgedacht hat. Sie wünschte, sie hätte etwas von Avidhs eisiger Ruhe.

Kapitel 49

»Du musst genauso vorgehen, wie wir es besprochen haben, verstanden?«, sagt Njáll mit leiser Stimme.

Knecht Arne nickt und streicht sich über den buschigen Bart. Sie stehen hinter dem Stall. Es ist ein kühler Morgen, dünne Schleier liegen über der Wiese. Langsam wird es hell.

»Wichtig ist, dass ich mit Gudrun im Langhaus sitze, wenn du es tust. Und dass dich niemand sieht.«

»Ja, Herr, keine Sorge. Es wird nichts schiefgehen.«

Njáll macht sich auf den Weg zurück ins Langhaus. Es duftet nach frischem Brot, die Magd steht neben dem Ofen. Njáll will mit Gudrun die erste Mahlzeit des Tages einnehmen. Seit er Ulf erwischt hat, ist sie viel freundlicher zu ihm. Heute Nacht hat sie sich an ihn geschmiegt. Und es ist kein Silber mehr verschwunden. Er will alles tun, damit sie ihm wohlgesinnt bleibt. Und nicht merkt, was er vorhat. Er ist stolz auf seinen Plan. Ulf ist noch immer in der kleinen Hütte eingesperrt. Jeden Morgen bringen sie ihm etwas zu essen.

Das Ganze hat sich verzögert. Vor ein paar Tagen ging es seiner Jüngsten plötzlich schlecht. Das Fieber. Ausgerechnet. Er hat nie vergessen, wie sein kleiner Sohn leblos in seinen Armen hing vor einigen Wintern. Und mit seiner Jüngsten spürt er eine besondere Verbundenheit.

Er war unterwegs, um Waren auszuliefern, und als er gegen Abend zurückkehrte, musste er nur einen Blick in Gudruns Gesicht werfen, um zu verstehen, dass es ernst war. Er rannte ins Haus. Die Kleine lag zwischen Fellen und Kissen auf dem Schlafplatz, ihre Haut schien durchsichtig, sie zitterte und schwitzte, nahm ihn nicht wahr. Sie kämpften zwei Tage und Nächte darum, den Troll aus ihrem Körper zu verscheuchen. Njáll schlief kaum, eilte häufig zur Opferstätte, flehte um die Hilfe der Elfen, lauschte den Beschwörungen der Heilerin, half dabei, Kräutertränke zu brauen, und vergaß beinahe, dass er Yrsa hatte suchen wollen.

Dann konnten sie den Troll verjagen, seine Tochter schlug die Augen auf und trank die Brühe, die Gudrun für sie gekocht hatte. Er schlief fast einen ganzen Tag, und gestern hüpfte die Kleine wieder durch das Langhaus, und sie ließen zusammen das Holzschiff auf dem Bach schwimmen. Aber auch die Unruhe und die Gedanken an Yrsa schlichen sich in seinen Kopf zurück.

Njáll sitzt mit Gudrun vor dem Langhaus in der Sonne, sie essen Brei und planen den Tag. Es weht ein kühler Wind. Njáll steht auf, holt ein wollenes Tuch und legt es Gudrun über die Schultern. Sie lächelt ihn an. Dann kommt eine Magd angerannt.

»Herr, Ulf ist verschwunden! Ich wollte ihm gerade etwas zu essen bringen. Ein Brett auf der Rückseite der Hütte ist lose.«

Njáll springt auf. »Das darf nicht wahr sein. Bei Thors Hammer!« Er schlägt mit der Hand auf die Bank. Auch Gudrun ist aufgesprungen.

»Wir müssen ihn suchen«, sagt sie.

»Mach dir keine Sorgen, Gudrun. Ich verfolge ihn. Ich hole ihn ein.«

»Wollen wir nicht ein paar Männer schicken?«

Njáll schüttelt den Kopf. »Das übernehme ich selbst. Knecht Arne wird mir helfen.«

Kurz darauf sitzt er auf dem Pferd. Der Knecht ist bereits unterwegs. Das hat Gudrun in der Aufregung nicht mitbekommen. Endlich kann er die Suche nach Yrsa wieder aufnehmen, und er hofft, dass auch Aoife für das zahlen muss, was sie ihm angetan hat. So schnell wie möglich will er nach Haithabu, hat schon zu viel Zeit verloren.

Einige Zeit später sitzt Njáll auf einer Lichtung, lässt das Pferd eine Weile grasen, zieht ein Stück Trockenfisch aus seinem Beutel und ist froh, endlich auf dem Weg zu sein. Ein Blaukehlchen zwitschert in der Nähe. So viel ist schiefgelaufen in den letzten Monden. Immer wieder hielt er Ausschau nach dem Troll, fürchtete, ihn nicht mehr in die Schranken weisen zu können. Aber jetzt sind die Geister wieder auf seiner Seite.

Alles Übel fing mit dem Verschwinden von Aoife an. Er kann sich gut erinnern, wie er sie damals das erste Mal gesehen hat auf dem Markt in Haithabu. Eigentlich hatte er Gudrun versprochen, keine jungen Frauen mehr zu kaufen. »Wir haben genügend Hilfe auf dem Hof«, sagte Gudrun damals und warf ihm einen vielsagenden Blick zu. Natürlich wusste sie, dass er die jungen Frauen aus einem anderen Grund zu sich holte. Aber irgendetwas an Aoife zog Njáll so an, dass er einfach stehen bleiben musste. Er wartete am Hafen in Haithabu gerade auf eine Lieferung, als drei große Ochsenkarren mit Leibeigenen sich einen Weg durch die Menge bahnten.

Dicht an dicht standen die Männer und Frauen auf der Ladefläche. Aoife war am Rand, musste sich immer wieder auf der hölzernen Umrandung abstützen, um nicht hinunterzustürzen. Deshalb sah er sie sofort. Ihre langen Haare fielen ihr in Wellen fast bis zur Taille. Sie war schmutzig, ihr Kleid zerrissen, er wünschte sich sofort, sie zu berühren. Sie hielt den Blick nicht, wie die meisten anderen, gesenkt, sondern schaute in die Menge, als wollte sie sagen, ihr könnt Silber für mich ausgeben, aber ich gehöre euch trotzdem nicht. Er konnte seinen Blick nicht abwenden. Als der Wagen abrupt anhielt, verlor sie das Gleichgewicht und stürzte vom Karren. Einer der Sklavenhändler kam angerannt, fluchte und wollte sie an den Haaren packen.

Njáll ging dazwischen. »Ich kaufe diese Frau«, sagte er, ohne nachzudenken.

350 Gramm Silber musste er zahlen. Viel mehr hatte er nicht bei sich, er hatte gerade Waffen verkauft und wollte das Silber mit nach Hause nehmen. Er wusste, dass Gudrun sich aufregen würden. Aber das war ihm in dem Moment völlig egal.

Aoife lernte ihre Sprache erstaunlich schnell. Er erinnert sich, wie er einst mithörte, wie sie einer Magd von dem Überfall auf das gälische Klosterdorf Glendalough erzählte, bei dem Nordmänner sie entführt hatten. Eigentlich wollten die Männer sie nach Norwegen bringen, doch über die Orkney-Inseln und einige Umwege landete sie schließlich auf dem Markt in Haithabu. Ihm sagte sie solche Dinge nicht. Wahrscheinlich, weil sie wusste, dass er selbst vor einigen Jahren als Wikinger unterwegs gewesen war.

»Sie kamen im Morgengrauen«, hörte er Aoife erzählen. »Ich trat gerade aus unserer Hütte, Nebelschwaden zogen von den Hügeln über die Siedlung, ich wollte zum Brunnen und dachte noch: Nebelfetzen im Mai, das ist ein schlechtes Omen. Die kalte Morgenluft ließ mich schaudern, ich legte mir einen Schal um die Schultern, hielt ihn mit einer Hand zusammen, in der anderen trug ich den Eimer. Das Unheimlichste an diesem Morgen waren die Stille und der Moment, als die Stille zerriss. Dort, wo ich mit meiner Mutter und den Schwestern lebte, standen nur wenige Hütten. Näher beim Kloster, wo die Handwerker und Buchmaler wohnten, drängten sich die Häuser viel dichter aneinander. Aber die Nordmänner überfielen uns als Erste, ich hatte es nicht ganz bis zum Brunnen geschafft, als der Lärm losbrach. Eine Gruppe von vielleicht zwanzig Männern tauchte so plötzlich auf, als hätte der Nebel sie in unser Dorf gespült. Ich konnte mich einen Moment lang nicht bewegen. Dann versuchte ich, dem Erstbesten den Wassereimer gegen den Kopf zu schleudern. Das hätte ich nicht tun sollen. Er packte mich, warf mich zu Boden und trat nach mir. Einem Nachbarsjungen, der mit einem Messer aus der Hütte stürmte, rammten sie ein Schwert mitten in die Brust. Der Junge ist erschrocken stehen geblieben, schaute an sich herunter, das Blut spritzte, er hat ein gurgelndes Geräusch gemacht und ist umgefallen. Unsere Hütten waren schnell eingenommen, und die Männer, es sind noch viel mehr aus dem Nebel aufgetaucht, rannten weiter in Richtung des Klosters. Ich hoffte schon, dass alles vorüber wäre, als mich einer der Männer packte und mit sich riss. Ich konnte meiner Mutter nur noch zurufen, sie solle in der Hütte bleiben. Ihr verzweifelter Blick war das Letzte, was ich gesehen habe. Ich weiß nicht, was aus meinen Schwestern geworden ist. Ich weiß nur, dass ich unbedingt zurückmuss und nach meiner kranken Mutter schauen.«

Als sie das sagte, ging Njáll schnell nach draußen. Er hatte genug gehört. So genau wollte er nicht wissen, woher sie kam.

Aber er ärgert sich, dass er damals nicht hellhörig wurde. Er hätte besser aufpassen müssen. Aoife ist schlau, sie hat sich schnell mit allen gut verstanden, kann lesen, hat Geschichten erzählt, denen alle gerne lauschten. Sie behandelte ihn anders als die anderen, so kam es ihm zumindest vor, sie war freundlich, aber es war eine Freundlichkeit, die sie überzog wie ein Kleid, es war keine Freundlichkeit, die aus ihrem Innern kam. Sogar wenn sie die Nacht zusammen in dem Haus hinter der Schmiede verbracht hatten, behandelte sie ihn immer ein bisschen wie einen Fremden. Doch das ließ in ihm nur den Wunsch wachsen, sie zu besitzen, zu berühren, über sie zu bestimmen.

Es blieb ihm nicht verborgen, wie sie auf Männer wirkte. Auch erwischte er Ulf immer wieder dabei, wie er in der Schmiede bei der Arbeit fehlte. Wenn er ihn dann suchte, tuschelte er irgendwo mit Aoife. Er verbot den beiden den Umgang. Er hatte lange den Verdacht, dass Ulf Aoife bei der Flucht geholfen hat. Schon bald wird sich das vielleicht klären.

Sie konnte sich frei bewegen auf dem Hof. Wo will sie schon hin allein und zu Fuß?, hatte er sich gedacht. Sie bekommt zu essen und wird gut behandelt. Und dann war sie eines Morgens einfach weg. Er suchte überall nach ihr, in den Wäldern und Dörfern. Keine Spur. Und die 350 Gramm Silber war er auch los. Er will Aoife nicht mehr, aber er will sie auf dem Markt verkaufen und sein Silber zurück.

Njáll schüttelt sich, steht auf. Vor allem muss er jetzt nach Haithabu und Yrsa finden. Er steigt auf sein Pferd und reitet weiter.

Kapitel 50

Die nächsten Tage läuft Yrsa mit Avidh und Leif zu Gunnars Langhaus. Sie üben das Kämpfen, und jeden Tag fühlt Yrsa sich sicherer. Auch bei den Formationen steht sie den anderen nicht mehr im Weg Einmal scheint ihr Harald sogar einen freundlichen Blick zuzuwerfen. Vielleicht hat sie es sich nur eingebildet, aber ein bisschen hat sie das Gefühl, zur Gruppe zu gehören.

Avidh und Leif sind viel unterwegs, müssen Aufträge für Gunnar ausführen. Es fühlt sich seltsam an, Avidh jeden Tag zu sehen und keine Zeit mit ihm zu verbringen. Sie versucht ihre Gefühle zur Seite zu schieben, den Kuss am Wasser zu vergessen. Manchmal gelingt ihr das, aber oft ertappt sie sich, wie sie kurz in seine Richtung schaut, ihn beobachtet, sich nach seiner Nähe sehnt. Wenn sie mit Leif zu Gunnar laufen, sprechen sie nur über das Kämpfen.

Am dritten Abend liegt Yrsa im Wald und schaut in das Stück Himmel, das sie zwischen den Ästen sieht. Sie ist stolz, was sie die letzten Tage geschafft hat. Vielleicht sind ihre Träume mehr als Träume. Doch heute ist etwas geschehen, das sie traurig macht. Als es Zeit war, nach Hause zu gehen, saß Avidh beim Runenstein nahe dem Tor. Es kam ihr vor, als warte er auf sie. Leif war schon weg. Sie kehrte um und unterhielt sich länger mit einer Magd, die im Langhaus Abendessen kochte. Als sie sich schließlich auf den

Heimweg machte, war Avidh verschwunden. Und sie fühlte sich elend. Fühlt sich noch immer elend. Sie versteht nicht, warum sie das getan hat. Fragt sich, ob sie wirklich zwischen ihrem Traum vom Kämpfen und dem Wunsch, mit Avidh zusammen zu sein, wählen muss. Ohne ihn wäre die letzte Zeit so viel schwieriger gewesen, und jetzt behandelt sie ihn, als wäre er irgendeiner von Gunnars Männern. Mit jedem Tag, der verstreicht, fühlt sich das falscher an.

Mitten in der Nacht schreckt Yrsa auf. Tropfen klatschen ihr ins Gesicht. Der Wind peitscht die Äste der Eiche hin und her. Der kleine Unterstand, den sie sich unter dem Baum gebaut hat, ist undicht. Sie versucht die Löcher in der Dunkelheit notdürftig zu stopfen, aber der Wind reißt immer wieder Lücken. Nass und frierend sitzt sie schließlich unter dem Baum, zieht die Knie an den Körper, viel schlimmer als Kälte und Regen fühlt sich plötzlich etwas anderes an: Sie hat die Suche nach Sjalfi vernachlässigt, nur an das Kämpfen gedacht. Sie schließt die Augen, hofft, die Fylgja könnte sich zeigen. Sie presst die Lider zu, zwingt sich, nicht in den Sturm zu schauen, aber während es draußen tobt, bleibt es in ihr beunruhigend still. Die Fylgja hat sie schon so lange nicht mehr besucht. Was mag das bedeuten?

Am nächsten Morgen wacht sie am Fuß des Baums auf, eine Wurzel drückt ihr in den Rücken. Es regnet nicht mehr, auch der Wind hat nachgelassen. Ihre Beine, die Arme schmerzen, aber vor allem sitzt in ihrem Bauch ein Klumpen. Es muss ihr etwas einfallen, wie sie Sjalfis Vater aufspüren kann. So geht es nicht weiter.

Als sie Gunnars Hof erreichen, sind viele Ochsenwagen und Pferde zwischen dem Tor und den Langhäusern angebunden. Schon von Weitem hört Yrsa Stimmengewirr und Kindergeschrei. Rund um die Gebäude stehen viel mehr Menschen als sonst. Und es sind keine Krieger.

Sven der Schwulstige kommt ihnen auf dem Pfad zwischen den Häusern entgegen. »Der olle Birger feiert später am Abend eine kleine Hochzeit«, sagt er zu Yrsa. »Es gibt ein Festgelage mit Tanz. Hatten wir schon länger nicht mehr. Letzten Sommer wäre es auch beinahe ...«

»Hey, wann ist es bei dir endlich so weit, Sven?«, sagt Leif.

»Das wissen die Götter«, sagt Sven, schaut Avidh kurz an und schüttelt den Kopf. Auch Yrsa blickt zu Avidh. Was wollte Sven andeuten? Avidhs Miene ist undurchschaubar, wie so oft.

»Ich tanze dann mit dir«, ruft Sven ihr nach.

Kurz darauf stehen sie auf der Wiese, auf der sie jeden Tag kämpfen. Die Hochzeitsvorbereitungen finden außer Sichtweite statt, hinter dem zweiten Langhaus. Es ist ein warmer Tag, das Gras ist trocken. Sie kämpfen, während die Sonne über den Himmel wandert.

Als alle müde sind, sagt Gunnar: »Jetzt widmen wir uns dem Nahkampf.« Er steht in der Mitte der Gruppe, stützt sich auf eine lange Kampfaxt. »Wir arbeiten zu zweit. Ich lege fest, wer gegen wen kämpft. Und ich gebe vor, was ihr ausprobiert.«

Fast hofft Yrsa, dass Avidh ihr Gegner ist. Auch wenn sie kläglich verlieren wird. Vielleicht könnte sie ein paar Worte mit ihm wechseln. Die seltsame Stimmung macht ihr immer mehr zu schaffen. Die tiefe Verbundenheit, die sie zu ihm spürt, ist nicht verschwunden. Und die Sehnsucht, mit ihm zusammen zu sein, wird stärker anstatt schwächer.

Gunnar teilt ihr Gísli, einen der ältesten Kämpfer, zu. Er lächelt Yrsa freundlich an. Vorne fehlen ihm mehrere Zähne. Die blonden Haare trägt er kürzer als die meisten Männer, um die Stirn hat er ein Tuch gebunden, es ist schweißgetränkt. Yrsa lässt sich von seinem freundlichen Auftreten nicht täuschen. Was ihm an Schnelligkeit fehlt, macht Gísli mit langer Erfahrung wett.

»Zuerst holt ihr einander von den Füßen«, ruft Gunnar. »In der zweiten Runde arbeiten wir mit den Messern.«

Von allen Seiten hört Yrsa nach wenigen Momenten Ächzen, Brummen und Körper, die aufeinanderprallen.

»Na los, Mädchen«, sagt Gísli.

»Komm nur«, antwortet sie und wartet auf den ersten Schlag. Sie geht leicht in die Knie, steht breitbeinig da und schiebt ihren Oberkörper hin und her. Gísli bewegt sich nicht. Sie rennt auf ihn zu, springt ab und versucht ihm mit gestrecktem Bein gegen die Brust zu treten. Gísli schlägt gegen ihren Fuß, sie verliert das Gleichgewicht, dreht sich in der Luft und rollt über die Schulter am Boden ab. Er grinst.

»Das habe ich kommen sehen, Mädchen.«

»Ich bin kein Mädchen.«

»Weiß ich doch, Mädchen.«

Sie stößt ihr links gegen die Schulter, holt gleichzeitig rechts aus, um ihm einen Faustschlag zu verpassen. Doch auch das scheint er geahnt zu haben und wehrt ihren Arm ab. Er steht ruhig da, sie tänzelt. Aber ihre Bewegungen sind heute nicht so geschmeidig.

»Ich warte, bis du müde bist«, sagt Gísli. Das bin ich schon lange, denkt sie.

Ihren nächsten Schlag muss er mit gekreuzten Armen abwehren, verpasst ihr dabei aber einen Tritt gegen die Hüfte. Sie taumelt kurz, stellt ihm das Bein zwischen die Füße und stößt ihn gegen die Brust. So geht es hin und her, und am Schluss liegt sie doch am Boden. Gísli hilft ihr wieder auf die Beine.

»Gut gekämpft, Mädchen«, sagt er.

»Du auch, Junge.«

Er lacht.

»Jetzt das Messer aus der Hand schlagen«, ruft Gunnar. »Immer schön ausweichen, und der Angreifer passt auf. Ich will keine Verletzten.«

Gísli zieht sein Messer aus dem Gürtel und stellt sich auf.

»Na los, hol es dir«, sagt er und macht schnelle Stichbewegungen in die Luft. Yrsa springt zurück. Konzentriert ihren Blick auf das Messer, will jede Bewegung Gíslis erahnen, bevor er sie ausführt. Plötzlich geht ein Zittern durch ihren Bauch. Sie kneift die Augen zusammen, öffnet sie wieder. Agnar steht vor ihr, er will sie angreifen. Sie schüttelt den Kopf. Nein, Agnar ist nicht hier.

Sie pariert einen Angriff. Rechts, links, bücken, ausweichen, einen Ausfallschritt. Alles ist in Ordnung, es läuft gut. Wieder schaut sie nur auf das Messer. Es dröhnt in ihren Ohren. Sie kann Agnar riechen, seinen Gestank, sein Blut. Sie springt zur Seite, atmet schnell, kalter Schweiß läuft ihr über den Körper. Sie tritt, schlägt, presst, hört Ächzen, Stöhnen. Jemand packt ihren Arm, reißt sie zur Seite.

»Yrsa, hör auf! Yrsa!« Es ist Leif. Gísli steht daneben, stützt die Arme auf die Knie und atmet schwer.

»Verrücktes Weib«, stößt er zwischen Keuchen hervor.

»Was ... was ist passiert?«, sagt Yrsa. »Habe ich dich ... Es tut mir leid.«

Sie wischt sich übers Gesicht, fröstelt, aber die Hitze steigt ihr in den Kopf. Sie schaut sich um. Die meisten Männer sind noch mit Kämpfen beschäftigt. Avidh ist irgendwo auf der anderen Seite.

»Was habe ich getan?«, flüstert sie Leif zu.

»Du hast ihm das Messer aus der Hand getreten, ihn von hinten gepackt, den Arm um seinen Hals gelegt und zugedrückt.« Leif lacht. »Wir üben hier nur, aber keine Sorge, Gísli hält was aus.«

»Ich ... Es war nicht so gemeint. Ich hole mir Wasser.«

Abseits des Getümmels setzt sie sich unter einen Baum. Der

kalte Schweiß läuft ihr über den Körper. Sie versucht tief zu atmen, aber ihr Bauch schmerzt, ihr Kopf, ihr ganzer Körper. So etwas ist ihr noch nie passiert. Sie muss sich zusammenreißen. Das darf nicht noch einmal vorkommen.

Die meisten Kämpfer ziehen jetzt in Richtung der Festwiese, wo schon viele Menschen stehen. Yrsa ist nicht in Feierlaune. Aber vielleicht sollte sie Bier trinken und alles für einen Abend vergessen. Sie macht sich auf den Weg zur Wiese, bleibt stehen. Ist unschlüssig, ob sie verschwinden soll, sich in den Wald legen und lange schlafen. Noch immer dröhnt es in ihren Ohren.

Ein kleiner Junge rennt ihr auf dem Pfad entgegen, vielleicht sechs Winter ist er alt, packt sie am Ärmel und ruft: «Komm schnell.» Bevor sie fragen kann, was los ist, verschwindet der Junge in Richtung des Hochzeitsfests. Der Wind trägt lautes Stimmengewirr bis zu ihr, Gelächter, Kinderschrei, ein Hund bellt. Dann ist es einen Moment still, und sie hört die tiefe Stimme eines älteren Mannes. Er rezitiert Verse, sie ist noch zu weit weg, um seine Worte zu verstehen.

Wieder kommt der kleine Junge angerannt, die blonden Haare stehen ihm in Büscheln vom Kopf, sein Mund ist verschmiert. Sie bleibt kurz stehen, es fällt ihr schwer, ruhig zu atmen. Der Junge erinnert sie an Sjalfi, als er kleiner war. Er zupft sie am Ärmel, sagt: »Jetzt gibt es gleich Honigkuchen, den gibt es fast nie«, legt seine Hand in die ihre und zieht sie vorbei am Brunnen, den Hühnern, Scheunen und Holzstapeln auf eine große Wiese hinter Gunnars zweitem Langhaus. Dort stehen Tische, so voll mit Essen beladen, dass die Tischbeine im Boden versinken. Es duftet nach Schweinebraten, nach Bier, geräuchertem Fisch, frischem Brot und Ziegenkäse.

Mitten auf der Wiese steht der ältere Mann, dessen Stimme sie gehört hat. Ihr Blick bleibt an den Stickereien auf seinem blauen Hemd hängen. Ein Boot, Wellen schlagen wild übereinander, aber das Boot bleibt scheinbar ruhig auf Kurs. Die Wiese ist voller Menschen. Avidh entdeckt sie nirgendwo. Mit tiefer Stimme fängt der Mann an, Verse aus dem Gedicht »Hávamál« zu singen. Wieder ist es still.

»Schlag Holz, wenn der Wind aufdreht
Schick dein Boot hinaus auf die See
Umwirb die Liebste bei Nacht nur
der Tag hat zu viele Augen.«

Dann stimmen viele Menschen in den Gesang mit ein. Ein Schauder läuft Yrsa über den Rücken.

»Achte ein Schiff, weil es schnell ist
Ein Schild, weil er dich beschützt
Ein Schwert für seine Schärfe
Und eine Frau für ihren Kuss.«

Während er singt, schaut der Mann das Paar an, das vor ihm in einem thronartigen Stuhl sitzt. Es ist ein breiter Thron für einen, verziert mit schlangenförmigen Schnitzereien, zu zweit sitzt das Paar eng aneinandergeschmiegt und lauscht. Birger hat Blumen in seinen buschigen Bart geflochten, in der Hand hält er einen tiefen Kelch. Seine Braut hat Yrsa noch nie gesehen, auch sie hält einen Kelch, trägt ein Kleid aus Seide, so teuer wie fünf Schafe muss der Stoff gewesen sein. Noch einmal streckt Yrsa den Hals, schaut überall nach Avidh. Aber er ist nirgendwo.

»Du hast das Gedicht mit dem Drachen verpasst«, sagt der kleine Junge. »Da war ein Schwert, so lang.« Er streckt die Arme aus. »Ich hab auch ein Schwert, aus Holz, soll ich's dir zeigen?« Bevor sie antworten kann, rennt er davon, und sein blonder Schopf verschwindet in der Menge. Während Yrsa ihm nachschaut, sehnt sie sich so heftig nach Sjalfi, dass ihr beinahe schwindlig wird.

»Ein Stück Honigkuchen?« Eine Frau blickt Yrsas ins Gesicht, der Kuchen duftet nach Honig und Haselnüssen. Yrsa nimmt das Stück, doch ihr ist nicht nach essen zumute. Ihre Beine wollen sie kaum mehr tragen, sie setzt sich am Rand auf einen Hocker. Morgen, nimmt sie sich vor, morgen muss ich wieder nach Sjalfi suchen.

Als sie sich etwas gefangen hat, schaut sie sich um. Dort, wo der Mann im blauen Hemd gesungen hat, stehen jetzt Musiker mit einer Laute und Flöten. Viele Hochzeitsgäste tanzen. Es fällt Yrsa noch immer schwer, tief Luft zu holen, es fühlt sich an, als halte eine Riesenhand ihren Magen umkrallt.

»Endlich wieder mal ein richtiges Hochzeitsfest«, sagt eine Frau neben ihr. Yrsa fällt auf, dass viele Frauen lange farbige Kleider tragen, sich Blumen in die Haare gesteckt haben, Ketten und Broschen tragen. Nur sie hat die gleichen alten Kleider an wie immer.

»Was war es für ein Fest, das letzten Sommer nicht stattfand?«, fragt Yrsa die Frau. »Wer wollte heiraten?«

»Na, er dort« sagt die Frau und zeigt durch die Menge in Richtung des Langhauses. Avidh und Leif kommen gerade aus der hohen Türe. Leif hat seinen Arm um eine junge Frau gelegt. Avidhs Blick geht irgendwo in die Ferne.

Yrsa schaut Avidh an, und als würde er es spüren, dreht er den Kopf in ihre Richtung. Sie wendet den Blick nicht ab. Es ist ihr jetzt egal, ob er merkt, dass sie ihn beobachtet. Die Welt um sie scheint aus dem Ruder, und sie sehnt sich nach Avidh. Auch wenn sie nicht weiß, wo das hinführen soll. Es ist inzwischen dunkel, das Feuer in der Mitte des Festplatzes und einige Öllampen spenden Licht. Es reicht, um zu erkennen, dass Avidh in ihre Richtung schaut. Sie holt tief Luft, zwingt sich zu lächeln. Er kommt herüber und streckt die Hand aus.

»Tanz mit mir«, sagt er.

Er führt sie auf die Wiese, wo die Musiker spielen. Nicht mitten rein ins Getümmel, sondern ein bisschen abseits. Sie legt die Arme um seinen Hals und spürt seine Hände in ihrem Rücken. Zum ersten Mal seit jenem Abend, als sie sich geküsst haben, ist sie ihm wieder so nahe. Sie bewegen sich langsam im Takt der Musik. Sie legt ihre Wange an seine Brust und schließt die Augen. Aber dieses Mal gelingt es ihr nicht, die Welt auszuschließen, Bilder von Sjalfi, von Agnar drängen sich in ihren Kopf. Wieder wird ihr schwindlig, sie bleibt stehen, fasst sich an die Stirn.

»Es tut mir leid ... Ich möchte lange mit dir so tanzen, aber ... ich ... Sjalfi, ich muss ihn suchen. Ich weiß nicht mehr weiter.«

Sie schaut auf den Boden, wartet nicht auf eine Antwort, löst sich von ihm und rennt davon.

Kapitel 51

Avidh hat schlecht geschlafen, ist mehrmals aus wirren Träumen aufgeschreckt, hat nach seinem Schwert gegriffen und ins Dunkel gelauscht. Jetzt schält er sich aus den Decken, ächzt, setzt sich auf den Rand der Schlafstatt und reibt sich seinen Oberschenkel. Er schmerzt heute Morgen, die uralte Pfeilwunde meldet sich. Das passiert selten. Auch sein Kopf ist schwer. Nachdem Yrsa gestern davongerannt ist, hat er noch unzählige Becher Bier getrunken.

Er versteht nicht, warum sie so plötzlich verschwunden ist, ob er etwas falsch gemacht hat. Ein ziehender Schmerz fährt in sein Bein, als er aufsteht. Die Einsamkeit hat sich in den letzten Tagen in sein Leben zurückgeschlichen. Er zieht sich an, schiebt das Schwert in die Scheide. »Du bist wie immer meine treuste Freundin«, murmelt er. Er muss sich sowieso anderem widmen. Frida kommt zurück, und er wird sie vor den Kriegsmagiern beschützen, wird heute nochmals Ingvar in die Schranken weisen. Er traut dem momentanen Frieden nicht.

Kurz darauf springt Avidh nahe dem Pferdestall ins Noor. Die Kälte umhüllt ihn, die Wassergeister tuscheln. Er lauscht ihrem Wispern, dem Raunen, lässt die Luft aus seinem Körper strömen und wartet auf die Ruhe. Die Kluft zwischen ihm und Yrsa ist von Tag zu Tag tiefer geworden. Dass er auf Gunnars Hof Abstand halten würde, war für ihn klar. Niemand sollte denken, sie sei seinetwegen dort. Aber sie hat ihn mehr und mehr gemieden, auch sonst.

Er schießt an die Oberfläche, schwimmt weit hinaus und lässt sich treiben. Er hat nicht vergessen, wie sich Yrsas Körper unter seinen Händen angefühlt hat. An jenem Abend hier am Wasser wollte er sie nicht nur ein bisschen, sondern ganz. Nichts hat sich daran geändert, und doch türmt sich jetzt ein Wall zwischen ihnen auf, so hoch, er sieht sie kaum mehr. Dabei würde er gern fortsetzen, was sie begonnen haben.

Vielleicht sollte er sich ein Beispiel an Leif nehmen. Nur hat er das schon mehrmals versucht. Die jungen Frauen am Hafen langweilen ihn, er sehnt sich nach einer Partnerin in seinem Leben und nicht nach Liebschaften in vielen Betten. Eigentlich hatte er nicht vor, sich wieder mit einer Kämpferin einzulassen, aber inzwischen ist ihm das egal. Im Gegenteil: Die Vorstellung, gemeinsam über das Meer zu reisen, gefällt ihm.

Er wird sich besser fühlen, wenn sie nachher mit den Schwertern kämpfen.

Avidh hat jeden Zweikampf gewonnen, als er später an einem der Tische in Gunnars Langhaus sitzt. Neben ihm schlürft Leif eine Suppe, und um sie herum lärmen rund zwanzig weitere Männer. Sie haben draußen gekämpft, sind müde, und Gunnar hat sie zu einem wichtigen Austausch eingeladen. Yrsa ist nicht aufgetaucht. Avidh macht sich Sorgen, vermutlich ist es besser, er vergisst sie. Gunnar hat sich kurz nach ihr erkundigt, den Kopf geschüttelt und gesagt: ›Wenn sie mitreisen möchte, will ich sie jeden Tag hier sehen. Richte ihr das aus.«

Mit der Fingerspitze fährt Avidh die Konturen des blau schimmernden Steins nach, der den Knauf seines Schwerts ziert, folgt jeder der silbernen Linien, die sich um den Stein schlängeln. Die

Frostige mit der Todesklauen nennt Leif sein Schwert scherzhaft. Das Schwert hört auf einen anderen Namen, wenn er es schwingt und das Band, das niemand zu durchtrennen vermag, zwischen ihnen knistert. Diesen Namen kennt nur er. Die Wassergeister haben ihm den Namen zugeflüstert bei einer seiner Reisen in ihre Welt: »Dein Schwert stammt aus einer Zeit, als der eisige Wind über uns strich und die Grenzen unseres Reichs erstarren ließ. Als die Zwerge es schmiedeten, hauchten wir ihm die tödliche Kraft des Eises ein. Wenn sich die Schwertspitze in den Gegner bohrt, entfaltet sie eine Wucht, die sich fortpflanzt wie ein Riss auf dem gefrorenen See. Er verästelt sich, dehnt sich aus, wird zur tödlichen Falle.«

Es war ein besonderer Moment, als er die Waffe zum ersten Mal in der Hand hielt und den ersten Gegner mit ihr tötete. Es brachte dem Mann einen ehrenvollen Tod.

»Hört mal alle zu«, sagt Gunnar mit lauter Stimme.

Avidh blickt von seinem Schwert auf.

Gelächter, Gespräche, Schmatzen und das Knistern des Feuers erfüllen den Raum. Björn der Schwarzbart schiebt sich gerade ein Stück Käse in den Mund, Birger der Schweinefuß zieht den Wetzstein über die Klinge seines Messers, und Sven der Schwulstige erzählt, wie sich sein Pfeil einem Hirschbock in die Lunge gebohrt hat.

»Ruhe jetzt«, sagt Gunnar noch lauter und klopft mit der Faust auf einen der Tische. Die Gespräche verebben, nur das Feuer knistert noch. »Es gibt wichtige Neuigkeiten«, sagt Gunnar, »angenehm sind sie nicht.«

»Was ist los?«, ruft Harald der Kahlkopf. »Scheißen sich die Franken schon die Hosen voll?« Alle lachen.

Gunnar bleibt ernst. »Das wahrscheinlich auch. Die Nachrichten aus dem Frankenland sind gut. Kaiser Ludwig hatte die letzten zwei Jahre ziemlich zu tun, um die Revolten seiner Söhne einzudämmen. Das Land hat sich noch nicht beruhigt, das ist günstig für uns. Wir hören noch immer von kleinen Aufständen und Scharmützeln. Und Ludwigs Sohn Lothar scheint nichts dagegen zu haben, dass wir die Küsten im Nordosten unsicher machen.«

»Und darin sind wir gut«, sagt einer hinter Avidh.

»Aber es gibt jemand anderen, der uns fette Steine in den Weg rollen will«, sagt Gunnar.

»Ich habe Gerüchte gehört«, flüstert Leif.

»Du weißt schon wieder alles«, flüstert Avidh zurück.

»Noch ist es nicht sicher«, sagt Gunnar, »aber König Horik kommt vielleicht schon bald nach Sliesthorp. Und er will uns unsere Fahrten verbieten.«

Wieder ertönen Gejaule, Buhrufe und Gelächter.

»Was will er uns verbieten? Und warum?«, ruft einer.

»Er verhandelt neue Verträge mit den Franken und will wohl, dass wir sie nicht verärgern«, sagt Gunnar.

»Das bisschen Silber können sie schon entbehren«, ruft ein anderer.

»Wir sollten alles tun«, sagt Gunnar, »um möglichst schnell bereit zu sein. Vielleicht können wir schon etwas früher aufbrechen. Die Händler erzählen uns, dass die Fluten im Hinterland von Dorestad weiter steigen. Das ist günstig.«

Wieder wird es laut im Langhaus.

»Halt, ich bin noch nicht fertig«, ruft Gunnar. »Wir haben außerdem gehört, dass eine andere Gruppe von Hollingstedt aus auf Dorestad zielt. Wir sollten ihnen zuvorkommen, bevor sie uns die beste Beute vor der Nase wegschnappen.«

»Wir sind noch nicht so weit«, ruft Björn.

»Wir haben noch zu wenig Silber«, ein anderer.

»Wir besprechen gleich, wer sich um was kümmert«, erwidert

Gunnar. »Wir brauchen jetzt alle Kräfte für eine schnelle Vorbereitung und Planung. Ulf, sag uns, was noch fehlt.«

Ulf der Schwermütige steht auf, fährt sich über seinen Bauch, kratzt sich in den langen Haaren und sagt: »Sieben Männer, die sich uns anschließen wollen, haben keine eigenen Schwerter oder Kampfäxte. Wir lassen die Waffen schmieden, zahlen sie dann mit Hrolfrs Silber, ziehen es vom Anteil der Beute ab, den die Männer bekommen. Aber das Silber reicht nicht.«

»Also treiben wir noch mehr Silber auf oder reisen mit schlechten Waffen. Ihr wisst, was das bedeutet«, ruft Gunnar. »Rede weiter, Ulf.«

»Eines der Schiffe ist noch nicht fertig. Wir brauchen mehr Holz, mehr Wolle für die Segel, Teer, Eisen, Nägel. Und wir müssen noch Vorräte besorgen, Töpfe, Leinen, alles, was wir im Lager brauchen werden, und müssen Fässer und Kisten zimmern, um es zu verschiffen.«

»Also, Männer«, ruft Gunnar laut. »Keine Ablenkungen mehr. Es geht bald los, haltet euch ran!«

Alle klopfen laut mit den Fäusten auf die Tische.

Kapitel 52

Waren es böse Geister, die sich bei Revna kurz nach Sjalfis Verschwinden in die Zeremonie eingemischt haben? Seit dem Morgengrauen lässt diese Frage Yrsa keine Ruhe. Sie hat nicht vergessen, wie Revna sie damals aus dem Haus jagte, weil sie irgendetwas Furchterregendes gesehen hatte. Geschlafen hat Yrsa kaum, sie ist über die Hochburg geschlichen, hat im nächtlichen Wald nach Antworten gesucht. Wieder hat das schlechte Gewissen sie wach gehalten. Jetzt sitzt sie auf dem Wall und weiß nicht mehr weiter. Sjalfi, mein liebster Sjalfi, ich habe die Suche vernachlässigt! Wie konnte das passieren?

Seit mehr als zwei Wochen ist ihr kleiner Bruder nun schon verschwunden. Er könnte so weit fort sein, und ich weiß noch immer nicht, wo ich seinen Vater suchen soll, denkt Yrsa. Hoffentlich bekommt Thora heute Hinweise von der Händlerin. Doch was, wenn die Händlerin auch nichts über Sjalfis Vater weiß? Ich darf nicht untätig bleiben und nur auf diese Spur hoffen.

Am Vortag ist sie Ingvar in der Stadt über den Weg gelaufen, hat ihm von ihrer Verzweiflung und der schwierigen Suche erzählt. Und Ingvar hat ihr angeboten, er könne die Geister für sie um Hilfe bitten. Yrsa hat gezögert. Aber jetzt schiebt sie, auch Sjalfi zuliebe, die Vorurteile gegenüber Sehern beiseite und beschließt, Ingvar eine Chance zu geben. Sie rennt hinunter in die Stadt.

Ingvar sitzt vor dem Haus der Magier. »Ich habe kein Silber, um dich zu bezahlen, aber ich kann Botengänge für dich übernehmen«, sagt Yrsa.

Ingvar winkt ab. »Mach dir keine Sorgen. Folge mir in den Wald, dort steht mein Zelt, wo uns die Geister und vor allem der mächtige Odin lauschen. Ich bin sein Botschafter.«

Kurze Zeit später erreichen sie eine Lichtung im dichten Wald außerhalb der Stadt. Auf der Wiese steht ein hohes Zelt. Dorthinein verschwindet Ingvar. »Warte hier«, hat er gesagt.

Yrsa setzt sich auf den weichen Waldboden, lauscht dem Wind und beobachtet das Zelt. Neun Pfosten sind in den Boden gerammt, ein schwerer dunkler Stoff ist über sie gespannt. In der Mitte hängt er durch, aus einer Öffnung quillt jetzt Rauch. Ein beißender Geruch steigt ihr in die Nase. Auf einem der Zeltpfosten ist ein Wolfsschädel aufgespießt. Um das Zelt stehen Öllampen. Ingvar hat sie angezündet, bevor er ins Innere verschwunden ist.

Nach einiger Zeit hört sie Ingvar ihren Namen und »Tritt ein in mein Reich« rufen. Seine Stimme klingt anders als zuvor. Yrsa teilt den schweren Stoffvorhang und schlüpft hinein. Der Rauch im Innern ist dicht, sie sieht kaum etwas und hustet.

»Setz dich auf den Boden«, sagt Ingvar.

Yrsa wartet, bis sich der Rauch, den sie mit der Bewegung des Vorhangs aufgewirbelt hat, etwas beruhigt. Mit dem Fuß stößt sie gegen etwas Weiches, bückt sich, tastet, findet ein Kissen. Sie setzt sich, legt die Arme um die Knie.

Langsam taucht aus dem Rauch eine Gestalt auf. Ingvar steht auf einem hölzernen Podest, rechts und links von ihm sind Schalen, aus denen der Rauch aufsteigt. Yrsa erkennt ihn kaum. Er trägt einen dunkelblauen Umhang, die Kapuze hängt ihm in die Stirn.

Sein Gesicht ist von einer Maske verhüllt, eine Tierfratze, ein Fuchs oder ein Wolf. Yrsa fröstelt. Komm schon, du kennst solche Rituale, denkt sie. In einer Hand hält Ingvar einen langen silbernen Stab, mit dem er auf den hölzernen Boden des Podests klopft. Nach neun Schlägen hebt er zu einem Gesang an. Es sind tiefe, gutturale Laute. Yrsa versteht nicht, was er singt. Jedes Mal, wenn er kurz Luft holt, schlägt er wieder neunmal mit dem Stab auf das Podest.

Dann zieht er die Maske vom Gesicht und wirft sie auf die Seite. Yrsa sieht nun einen Teil seines Gesichts. Ein Auge hat er mit einem Tuch verbunden.

»Ich bin die Maske, mein Gesicht bleibt im Schatten, ich bin der Verhüllte, der Einäugige. Neun Tage hing ich. Von hier aus sehe ich die ganze Welt«, sagt Ingvar. »Sprich nun, Tochter der Katla, was führt dich zu mir? Ich bin der Allwissende. Muninn, der Gedanke, und Huginn, die Erinnerung, meine Raben, fliegen jeden Tag um die ganze Welt. Jeden Tag fürchte ich, dass der Gedanke nicht zurückkehren könnte, aber noch mehr fürchte ich um die Erinnerung. Nenne uns nun deinen Wunsch, wir hören zu.«

»Helft mir, meinen Bruder Sjalfi zu finden.«

Ingvar fängt wieder an zu singen, zu summen, dreht sich im Kreis, wirft den Kopf hin und her.

»Erinnere uns daran, wer deine Mutter war«, sagt er mit seiner fremden Stimme.

»Sie war eine Seherin wie du.«

»Erinnere uns an ihre Kräfte.«

»Sie hatte starke Kräfte.«

»Nein«, er wedelt mit den Armen, »du musst es genauer erzählen. Damit die Götter verstehen, wer du bist.«

Yrsa legt die Hand auf ihr Amulett, es fühlt sich nicht warm an.

»Wenn des Nachts die Frostriesen ihre Krallen ausstreckten,

war meine Mutter immer an unserer Seite, nicht nur an unserer, sondern an der Seite aller, die sie um Hilfe baten. Wenn sie mit Freyja sprach, trug sie einen Umhang mit Federn. Sie wusste, wohin die Katzen den Wagen der Göttin zogen.«

Ingvar schaut ihr einen Moment lang in die Augen. Etwas Wildes flackert in seinem Blick. Angst durchströmt Yrsa. Sie fürchtet, dass sich wieder böse Geister einmischen. Der Rauch wird dichter. Es fällt ihr schwer zu atmen.

»Ich sehe eine Stadt«, sagt Ingvar.

»Haithabu?«

»Nein. Ich sehe eine Stadt, sie liegt im Norden.« Seine Hand zeichnet Wellen in die Luft. »Das Meer, es ist im Westen.«

Spricht er von Ribe?, denkt Yrsa. Sie will ihn nicht unterbrechen.

Ingvar bewegt die Arme, als wären sie Flügel. »Nein, diese Stadt ist es nicht, wir fliegen weiter, noch weiter in den Norden, sind kurz über die Stadt gekreist. Nun setzen wir die Reise fort, folgen der Küste, weiter in den Norden.«

»Noch weiter in den Norden?«, murmelt Yrsa.

»Still«, sagt Ingvar mit lauter Stimme.

Er schwingt hin und her, dreht den Kopf nach links, nach rechts. Das tut er lange. Er spricht nicht mehr, sie wartet.

Irgendwann setzt er sich auf die Plattform, nimmt die Kapuze und das Tuch über dem Auge ab.

»Die Botschaft ist zu Ende«, sagt er.

»Was hast du gehört? Wo ist Sjalfi?«

»Du musst in den Norden. Er ist nicht hier, er kommt nicht nach Haithabu. Er ist im Norden, noch weiter nördlich als Ribe, irgendwo an der Küste. Und jetzt lass mich bitte allein.«

»Im Norden? Wo im Norden? Was macht er dort? Bei wem ist er?«

»Ich habe dir alles gesagt, was ich gesehen habe. Mehr weiß ich leider auch nicht.«

»Aber wie soll ich ihn finden, wenn ich nicht genau weiß, wo im Norden ich suchen soll?«

»Du wirst es herausfinden, wenn du dort bist. Vertraue mir und meiner Botschaft von den Göttern.«

Zurück in Haithabu fühlt sich Yrsas Kopf an, als würde sie durch eine Nebelwand taumeln. Sie ist durch den Wald gestolpert, hat sich verlaufen. Den ganzen Weg über hat sie versucht, Ingvars Botschaft zu verstehen. Vielleicht ist Sjalfis Vater doch in Ribe. Sie weiß nicht, was sie jetzt tun soll, ob sie sofort in Richtung Norden aufbrechen muss. Es ist weit von hier nach Ribe, ungefähr vier Tagesreisen.

Nein, zuerst muss sie noch einmal mit Thora sprechen. Und auch mit Avidh. Sie weiß nicht, warum sie gestern Abend vor ihm davongerannt ist. Sie wollte ihm nahe sein, sehnt sich auch jetzt nach ihm. Aber plötzlich war alles zu viel. Und er ist vermutlich enttäuscht von ihr, auch weil sie heute nicht bei Gunnar aufgetaucht ist.

Sie will die Stadt nicht verlassen, jetzt, da sie ihren Träumen zum ersten Mal näher kommt. Aber sie muss weitersuchen. Sie setzt sich in der Nähe des Pferdestalls ans Ufer, starrt aufs Wasser.

»Mama, gib mir ein Zeichen«, murmelt sie. Es beunruhigt sie, dass ihr Amulett während Ingvars Botschaft so kalt blieb. Aber vielleicht liegt es daran, dass Ingvar nicht mit Freyja spricht.

Kapitel 53

Endlich sieht Njáll die Stadt in der Ferne auftauchen. Er streckt den Rücken und fischt sich ein Stück Trockenfleisch aus dem Beutel, der am Sattel hängt. Das Pferd lässt er im Schritt laufen, der Weg ist breit, das Wetter gut. Jetzt sollte nichts mehr schiefgehen.

Als er die ersten Häuser der Stadt erreicht, mietet er sein Pferd in einem großen Stall ein und macht sich auf den Weg zu einem befreundeten Schmied, der im Westen der Stadt eine Werkstatt betreibt. Der Knecht weiß als Einziger, wo Njáll übernachten wird. Falls es wichtige Neuigkeiten gibt.

Njáll will sich in der Stadt umhören, alte Freunde treffen. Irgendjemand hat Yrsa bestimmt gesehen. Den Seher, der ihm die Prophezeiung gemacht hat, will er auch noch besuchen. Vielleicht hatte er doch recht. »Eine junge Frau wirst du bekommen«, hatte er gesagt, »eine junge Frau wie in deinen schönsten Träumen.« Die Götter sind auf seiner Seite, also wird er Yrsa in Haithabu finden. Sie wird alles bereuen und als seine Frau mit ihm nach Hause zurückkehren. Zwischendurch waren Njáll Zweifel gekommen, ob der Seher sich vielleicht getäuscht hatte. Aber jetzt ist er seinem Ziel schon viel näher.

Am Nachmittag sitzt er vor dem Haus seines Freundes, hört ihn drinnen hämmern, trinkt Bier und schaut den vielen Menschen zu, die über die Wege laufen. Früher als er ihn erwartet hat, kommt auch Knecht Arne über den Bohlenweg.

»Ihr hattet recht«, sagt er. »Ulf ist auf direktem Weg zu Aoife. Ich hatte zeitweise Mühe, ihm zu folgen, so schnell war er unterwegs. Er hat den Ochsenweg gemieden, wir sind durch die Wälder. Ein Reiter hat ihn ein Stück mitgenommen. Glücklicherweise hatte auch ich ein Pferd.«

»Wo sind sie? War es nicht leichtsinnig, ihn schon aus den Augen zu lassen?«

»Sie sind auf einem Hof nördlich der Stadt. Aber es gibt eine Schwierigkeit, Herr.«

»Er hat dich gesehen?«

Der Knecht schüttelt den Kopf. »Sie ist hochschwanger.«

»Das macht nichts, das Kind ist nicht von mir.«

Der Knecht schaut ihn an, hebt die Augenbrauen. »Es wird schwierig, sie so auf dem Markt zu verkaufen. Sie kann nicht hart arbeiten, und die Hofbesitzer werden nicht das Bett mit ihr teilen wollen. Ihr habt mir die Hälfte des Silbers versprochen.«

Njál brummt. »Jaja, das habe ich nicht vergessen. Wir können sie einsperren, bis das Kind da ist, und sie dann verkaufen.« Jetzt sind ihm die Götter gnädig gestimmt. Er wusste nicht, in welche Richtung Ulf fliehen würde. Wertvolle Zeit, um nach Yrsa zu suchen, hat er ihm auf jeden Fall geschenkt. Dass er jetzt sogar noch die Geschichte mit Aoife lösen kann, macht Njáll sehr zufrieden.

Am Abend will er einen alten Freund treffen. Sie waren zusammen auf einer großen Reise. Und sich am Hafen eine möglichst junge Frau suchen. Er hat Gudrun versprochen, keine Frau für den Hof zu kaufen, aber über einen Abend haben sie nicht gesprochen. Vorher hat er noch Zeit. Er trinkt sein Bier leer.

»Zeig mir den Hof.«

Auf dem Bauch liegen sie hinter einer Reihe Ginsterbüsche und schauen in Richtung eines schmalen Pfades. Rechts und links des Pfads stehen Buchen mit ausladenden Ästen.

»Ich sehe nichts«, sagt Njáll.

»Näher kommen wir nicht ran«, sagt der Knecht. »Der Hof ist gut bewacht. Wenn wir weitergehen, fangen uns die Wachen ab. Wir sind nicht die Ersten, die sich zu nähern versuchen.«

»Und wenn ich auf diesem Pfad einfach in Richtung des Hofes laufe?«

»Ihr könnt es versuchen.«

»Wenn sie hochschwanger ist, wird sie nicht schnell davonrennen können. Und sie weiß nicht, dass wir kommen.«

»Als ich Ulf bis hierhin verfolgt hatte, habe ich mich ein bisschen umgehört. Normalerweise sind die entlaufenen Sklaven hier nur kurz. Aoife ist wohl eine Ausnahme.«

»Ich gehe jetzt dorthin und fordere mein Silber zurück.«

»Ich weiß nicht, ob ihr da weit kommt.«

»Hast du vielleicht eine bessere Idee?«

Knecht Arne denkt nach. »Ulf hat nicht gesehen, dass ich das Brett gelockert habe. Mich lassen sie wahrscheinlich eher durch als euch. Ich könnte zu ihm gehen und sagen, ihr seid auf dem Weg hierher. Sie müssten schnell verschwinden. Dann fangen wir sie ab, wenn sie flüchten.«

Njáll schaut ihn an und nickt. »Sehr schlau, ein guter Plan. Du hast dir das Silber verdient. Sie werden langsam sein und sich nicht in die Wälder schlagen in Aoifes Zustand.«

»Ihr könntet euch in Haithabu am Hafen noch zwei Männer suchen, die uns gegen ein paar Münzen dabei unterstützen, die beiden aufzuhalten.«

Einige Zeit später steht Njáll mit zwei bewaffneten Männern nahe einem Wegstück, das in die andere Richtung führt, im Wald. Hier, so meinte Arne, sei die beste Fluchtroute, wenn er zu Ulf und Aoife sage, dass Njáll aus Haithabu käme.

Sie warten recht lange. Er fürchtet schon, dass der Knecht die Situation falsch eingeschätzt hat. Dann kommt er angehetzt. Er kauert sich neben sie und sagt: »Sie sind auf dem Weg, dauert nicht mehr lange.«

Schließlich erkennt Njáll in der Ferne zwei Gestalten. Der Mann hält die Frau am Arm. Sie sind langsam unterwegs. Njáll wartet, bis sie nur noch ein kleines Stück entfernt sind. Dann tritt er mit seinen Begleitern aus der Deckung.

»Jetzt habe ich euch erwischt«, sagt Njáll. Lange hat er sich auf diesen Moment gefreut.

Ulf schaut sich um. Hinter ihm versperrt einer der Männer, die Njáll angeheuert hat, den Weg. Ulf bleibt stehen. Ihm scheint klar, dass Aoife nicht fliehen kann.

»Du hast mich bestohlen, Ulf, gleich mehrfach. Mein Silber und meine Frau. Was fällt dir ein?« Njáll stößt Ulf gegen die Schulter.

Aoife geht dazwischen. »Bitte, verletzt ihn nicht.«

Njáll schaut sie an. Er erkennt sie kaum wieder. »Du hast dich verändert«, sagt er. »Die Flucht hat dir nicht gutgetan.«

»Sie ist hochschwanger, das seht ihr doch«, sagt Ulf.

»Ich muss nach Irland, mich um meine Mutter kümmern.« Aoife schaut auf den Boden.

»In diesem Zustand wohl kaum«, sagt Njáll. »Von wem ist das Kind?«

»Von Ulf.«

»War ich nicht immer gut zu dir, Aoife?« Njáll legt ihr die Hand auf die Schulter, packt sie dann am Kinn, hebt ihren Kopf und zwingt sie, ihm in die Augen zu schauen.

Aoife zögert mit der Antwort, wehrt sich aber nicht gegen seine Berührung. Das gefällt ihm, er hat noch immer Macht über sie.

Dann sagt sie: »Ja, das wart Ihr.«

»Hat es dir bei mir nicht gefallen?«

»Doch. Ihr habt einen sehr schönen Hof, seid ein mächtiger Schmied. Ich habe Euch immer bewundert.«

»Warum bist du dann davongelaufen?«

»Es ist wegen meiner Mutter. Ulf hat mir Hilfe versprochen.«

»Warum hast du dich nicht an mich gewendet?«

»Das hätte ich tun sollen. Aber ich wusste, dass Gudrun mich niemals hätte gehen lassen.«

Njáll nickt. »Das stimmt wohl. Ich habe die Nächte mit dir immer sehr genossen, Aoife. Hast du Ulf davon erzählt?«

Aoife schließt kurz die Augen, dann sagt sie: »Mein Kind kommt schon bald auf die Welt. Ich spüre, wie es mich tritt. Wollt Ihr mal fühlen?« Sie nimmt Njálls Hand und legt sie auf ihren Bauch, streichelt ihm dabei über die Hand und den Unterarm.

»Bitte, Herr«, sagt sie, »Ihr wart immer gut zu mir. Lasst uns gehen.«

Njáll denkt einen Moment nach. Er könnte beide verprügeln. Er könnte Aoife einsperren, das Kind nach der Geburt aussetzen und sie wieder auf dem Markt verkaufen. Ulf für den Diebstahl bestrafen. Aber plötzlich sieht er eine Rolle für sich, die ihm viel besser gefällt. Er will Aoife sowieso nicht mehr.

»Ich werde meinem Kind erzählen, dass ich mal auf dem Hof eines sehr großzügigen Schmieds gelebt habe«, sagt Aoife. »Bitte, sperrt uns nicht ein.«

»Sollen wir sie packen und in die Stadt bringen, Herr?«, fragt der Knecht.

»Ihr könnt gehen«, sagt Njáll zu den beiden Männern vom Hafen und drückt beiden etwas Silber in die Hand.

Dann wendet er sich an Aoife, streicht ihr über die Haare. »Ich möchte, dass du mich in guter Erinnerung behältst und deinem Kind von mir erzählst. Ich bin ein großzügiger Mann und ein mächtiger Schmied. Und was ich sage, gilt. Ich schenke dir jetzt deine Freiheit. Du darfst gehen. Ich laufe in diese Richtung weiter, so als ob wir uns hier auf diesem Pfad nicht begegnet wären.«

Aoife bekreuzigt sich. »Ich danke Euch.«

»Und du«, er ohrfeigt Ulf, »lässt dich nie mehr bei uns in der Gegend blicken.«

»Herr, wir haben etwas anderes vereinbart. Ich will meinen Anteil«, sagt der Knecht Arne.

»Sei still, das besprechen wir später«, antwortet Njáll.

Kapitel 54

»Eher friert die Schlei im Sommer, als dass wir dir so viel Silber für sieben Schwerter zahlen«, sagt Avidh. Er wirft eine Silbermünze in die Luft und fängt sie wieder auf. Der Schmied streicht sich mit der Hand über die verschwitzte Stirn und spuckt auf den Boden.

»Wenn ihr die Schwerter rasch wollt, ist das der Preis«, sagt er. »Ich habe viele Aufträge, also fragt jemand anderen. Alle wollen um diese Jahreszeit neue Waffen. Das kostet. Ihr seid nicht die Einzigen, die eine Reise planen. Wenn viele kaufen wollen, steigt der Preis.«

Avidh lässt seinen Messergriff durch die Finger gleiten, wirft das Messer, sodass es im Boden neben dem Amboss stecken bleibt.

»Wir haben dir letzten Sommer zu guten Geschäften verholfen. Hast du das vergessen?«

Der Schmied zuckt mit den Schultern. »Letzten Sommer? Weiß ich nicht mehr.«

Avidh zieht das Messer aus dem Holz. »Und was ist im Winter? Denkst du, wir kommen dann wieder zu dir, wenn du kaum Kunden hast?«

Leif packt Avidh am Ärmel und zieht ihn aus der Schmiede. »Lass es, das bringt nichts. Wir versuchen es woanders.«

»Es ist der fünfte Schmied, der uns übers Ohr hauen will. Ich weiß, warum Gunnar das Silber der Kriegsmagier will. Ich will es aber nicht.«

Leif nickt. Seit längerer Zeit ziehen sie durch die Gassen am westlichen Rand der Stadt, wo viele Schmiede ihre Werkstätten haben.

»Du und ich«, sagt Avidh, »wir könnten ein paar Händler überfallen, um zu Silber zu kommen.«

Leif lacht. »Großartige Idee.«

»Im Ernst, was macht es für einen Unterschied, ob wir Händler hier oder im Frankenland überfallen?«

»Das weißt du selbst. Ich will es mir mit den Händlern in unserer Stadt nicht verderben.«

Sie machen sich auf den Weg zur nächsten Schmiede. Leif knufft ihn in die Seite. »Hey, wie läuft's mit Yrsa?«

»Nichts läuft.«

»Du nimmst das zu ernst.«

»Ja, du hast vermutlich recht.«

»Ich muss dir etwas erzählen«, sagt Leif. »Gestern in der Methalle habe ich Gerüchte gehört, Frida habe die Geister erzürnt und sie würden nicht mehr mit ihr sprechen.«

Avidh bleibt stehen, schüttelt den Kopf. »Schon wieder. Und Gunnar sagt, ich solle mich nicht mehr mit den Kriegsmagiern anlegen. Wir haben vor einigen Tagen gestritten, weil einer der Magier behauptet hat, ich hätte ihn bedroht. Aber ich schaue nicht mehr zu. Ich lasse mir das nicht bieten und gehe noch mal zu Ingvar. Ich will, dass er mir ins Gesicht sagt, was ihre Absicht ist.«

»Ich begleite dich, irgendjemand muss ja auf dich aufpassen«, sagt Leif.

Kurz darauf stehen sie vor Ingvars Haus in der Stadt. Avidh klopft an die Türe. Einmal, zweimal, doch alles bleibt still. Eine Nachbarin kommt um die Ecke.

»Habt Ihr Ingvar heute gesehen?«, fragt Avidh.

»Heute Vormittag saß er vor dem Haus«, sagt die Nachbarin, »ich habe gehört, wie er sich mit einer jungen Frau unterhalten hat. Es klang, als ob sie ihren Bruder sucht und Ingvar ihr helfen wollte.«

»Wirklich?«, sagt Avidh. Er versteht nicht, warum Yrsa nicht zu Frida geht. »Habt Ihr sonst noch etwas beobachtet?«

»Sie sind zusammen losgezogen Richtung Wald. Die Magier haben dort ein Zelt aufgebaut, wo sie Rituale durchführen.«

»Wisst Ihr, wo im Wald?«

»Irgendwo in Richtung Westen.«

Als sie die letzten Häuser hinter sich lassen, sehen sie in der Ferne einen Mann. Er kommt aus dem Wald, über dem Arm trägt er einen langen blauen Umhang.

»Das ist er«, sagt Avidh und rennt los. Er schaut sich nicht um, ob Leif ihm folgt.

»Was hast du im Wald gemacht?«, sagt Avidh, als er Ingvar erreicht hat.

Ingvar bleibt stehen. »Was geht dich das an? Lass mich in Ruhe.«

»Wo ist Yrsa?«

»Das weiß ich nicht. Geh mir aus dem Weg.«

»Das habe ich nicht vor.«

Ingvar macht einen schnellen Schritt zur Seite, das Gras neben dem Pfad ist feucht, er rutscht aus.

Avidh fängt ihn auf, hält seinen Arm fest. »Du bist nicht sehr standfest für einen, der sich Kriegsmagier nennt.«

»Lass mich sofort los.«

Avidh lässt seinen Arm los. »Ihr bedroht Frida, hetzt Meuchelmörder auf mich. Das verletzt meine Ehre. Und deshalb fordere ich dich jetzt zum Duell. Mann gegen Mann.«

»Ich will nicht gegen dich kämpfen.«

»Ich habe dich zum Duell gefordert. Hast du keine Ehre?«

»Ich habe mehr Ehre als ihr beide zusammen. Ich werde dich verfluchen.«

Avidh lacht. »Davor fürchte ich mich nicht. Fridas Gegenzauber ist viel mächtiger als deine Flüche. Kein ehrenhafter Mann kämpft mit verdeckten Drohungen, Feuerattacken, Angriffen aus dem Hinterhalt. Deshalb gebe ich dir jetzt die Gelegenheit, deine Ehre wiederherzustellen.«

Ingvar steigt Röte ins Gesicht. Er holt aus. Bevor sein Arm nur in die Nähe von Avidhs Kopf kommt, hat Avidh ihn abgeblockt.

»So wird das nichts«, sagt Avidh.

Ingvar versucht es erneut. Avidh packt ihn am Hals.

»Lass mich los, oder ich verfluche dich!«

Avidh lockert seinen Griff nicht. Die Versuchung ist groß, noch stärker zu pressen. Es wäre leicht. Aber er reißt sich zusammen.

»Sag deinem Freund, er soll mich sofort loslassen«, presst Ingvar in Leifs Richtung hervor.

»Du hast meine Frage noch nicht beantwortet«, sagt Avidh. »Wo ist Yrsa?«

»Es geht mir wie meinem Freund, ich möchte auch wissen, wo sie ist«, sagt Leif.

»Ihr werdet das bereuen. Gunnar wird sich nicht freuen«, sagt Ingvar.

»Lass Gunnar unsere Sorge sein«, sagt Avidh und drückt stärker zu.

Ingvar röchelt und wedelt mit der Hand. »Hör auf. Ich wollte ihr nur helfen. Die Götter haben mir in der Zeremonie eine Nachricht für sie übermittelt. Sie haben gesagt, sie müsse in den Norden ziehen. Dass ihr Bruder nicht in Haithabu ist.«

»Wo im Norden?«

»So genau weiß ich das nicht, nördlich von Ribe, an der Küste.«

»Und wo ist sie jetzt?«

»Das weiß ich nicht.«

Avidh drückt wieder stärker.

»Ich weiß es wirklich nicht.«

»Lass ihn los«, sagt Leif.

Gegen Abend steht Avidh in der Methalle am Hafen. Ein Schiff hat vor Kurzem angelegt, hat Waren aus dem Norden gebracht, und der Raum ist brechend voll. Er steht bei den Fässern, wartet, bis er Bier kaufen kann. Er hofft, dass Leif bald auftaucht. Er versteht nicht, warum Yrsa heute bei Gunnar gefehlt hat. Macht sich Sorgen, dass Ingvar ihnen nicht die Wahrheit gesagt hat.

Ein älterer Mann steht neben ihm, er trägt Ledermanschetten um die Unterarme, wie Schmiede es oftmals tun, und unterhält sich mit einem Mädchen. Sie ist höchstens vierzehn Winter alt, trägt ein sehr kurzes Kleid, stützt sich mit einer Hand auf der Schulter des Mannes ab und lauscht seinen Heldentaten.

»Ich habe dich noch nie hier in der Stadt gesehen«, sagt sie.

»Meine Schmiede steht in einem Dorf im Norden. Ich habe einen großen Hof, die Kunden kommen von weit her zu mir, um die Waffen zu kaufen, die ich schmiede.«

»Also hast du viel Silber?«, fragt das Mädchen.

»Bist du hungrig? Ich kaufe dir etwas zu essen«, sagt der Mann.

Avidh weiß, wohin der Mann das Gespräch schon bald lenken wird. Ihm wäre das Mädchen zu jung, obwohl er selbst viel jünger ist als der Mann. Vielleicht ändert sich das, wenn er mal in dem Alter ist. Die Wahrscheinlichkeit, dass ihn lange vorher ein Schwert durchbohrt, ist hoch. Was soll's, denkt er, und ist dann endlich an der Reihe, um sein Bier zu kaufen. Mit dem Krug und zwei Bechern wühlt er sich durch die Menge, verlässt die Methalle und setzt sich draußen etwas abseits ans Wasser, um auf Leif zu warten.

Er fragt sich, ob Yrsa einfach in Richtung Norden aufbrechen würde, ohne Bescheid zu sagen. Dann hätte er sich wirklich in ihr getäuscht. Der brennende Schmerz in seinem Oberschenkel flammt wieder auf. Während des Kämpfens heute hat er den Schmerz weniger gespürt, also wird es nicht so schlimm sein.

»Avidh.«

Er fährt herum. Yrsa steht hinter ihm. Sie sieht bleich aus.

»Ich habe gehofft ...«, sagt sie und bricht ab.

»Wo warst du? Was ist los?«

»Darf ich mich zu dir setzen?«

Er zögert einen Moment. Es ist schön, sie zu sehen, aber ob es eine gute Idee ist? »Setz dich«, sagt er, »ich habe mich gefragt, ob ich dich noch einmal sehe.«

»Es tut mir leid.«

»Was?«

»Dass ich gestern davongerannt bin.«

Das hat mir auch leidgetan, denkt er, nimmt den Bierkrug, schenkt ein und schiebt ihr einen Becher hin. »Was war los?«

»Ich ... ich weiß nicht. Ich habe mit Gísli gekämpft, und plötzlich habe ich Agnar gesehen und ...«

Avidh seufzt. »Manchmal spielen einem die Götter diese Streiche. Das ist mir auch schon passiert.« Und er hat sich danach elend gefühlt und versteht jetzt besser, warum er gestern kaum zu ihr durchdringen konnte.

»Wirklich?« Sie holt tief Luft. »Ich wollte nicht davonrennen. Ich habe es vermisst, bei dir zu sein.«

Er schüttelt den Kopf. »Ich war immer da.«

»Ich weiß.«

Spätestens jetzt sollte ich aufstehen, nach Hause gehen und sie vergessen, denkt Avidh und bleibt sitzen. »Warum bist du mir dann die letzten Tage aus dem Weg gegangen?«

»Du bist mir aus dem Weg gegangen.«

»Nein, ich habe mich nur auf Gunnars Hof zurückgehalten.«

»Weil du mit keiner Kämpferin mehr zusammen sein möchtest.«

Er schnaubt. »Nein, ich wollte nicht, dass die anderen denken, du wärst meinetwegen dort.«

»Ich dachte, ich muss Abstand halten, wenn ich zu eurer Gruppe gehören möchte.«

»Wer hat das gesagt?«

»Niemand. Aber am ersten Tag haben die Männer dumme Bemerkungen gemacht.«

Er zuckt mit den Achseln. »Lass sie. Das ist mir egal.« Er knetet seinen schmerzenden Oberschenkel.

»Ist etwas mit deinem Bein?« Sie schaut ihn von der Seite an, die Sorge in ihrem Blick berührt ihn.

»Nichts Schlimmes.« Er nimmt einen großen Schluck Bier. »Kürzlich, bevor es bei Frida gebrannt hat … Ich dachte, wir würden …« Die richtigen Worte fallen ihm nicht ein. Sie nickt, schaut ihm in die Augen. »Wo warst du heute? Ist alles in Ordnung?«

Sie zuckt mit den Schultern. »Geht so. Ich mache mir schreckliche Vorwürfe, dass ich die Suche nach Sjalfi vernachlässigt habe. Es ist alles meine Schuld.« Sie wischt sich über die Augen.

Avidh weiß nicht, was er antworten soll. Er legt den Arm um Yrsa. Er kann nicht anders. »Sprich mit Frida«, sagt er.

Yrsa nickt. »Meinst du, das geht?«

»Aber sicher.«

»Ingvar hat gesagt, Sjalfi ist im Norden.«

Avidh nickt. »Ich halte nichts von Ingvar. Das weißt du. Sprich mit Frida.«

»War Gunnar wütend, dass ich heute nicht gekommen bin?«

»Wir erklären ihm, warum du gefehlt hast.«

»Ich weiß nicht mehr, was ich tun soll. Ich möchte hierbleiben und mit euch kämpfen. Aber vielleicht muss ich Sjalfi im Norden suchen. Vielleicht finde ich dort auch eher eine Spur seines Vaters. Aber wo soll ich anfangen zu suchen? Ribe ist groß, die Küste nördlich von Ribe ist lang.«

»Sprich mit Frida. Das ist wichtig.«

Sie lehnt den Kopf gegen seine Schulter. Er zieht sie näher an sich. So sitzen sie eine Weile, dann streicht sie mit ihrer Hand über die Stelle an seinem Oberschenkel, die er zuvor geknetet hat. Es fühlt sich gut an, er schließt die Augen, fährt ihr mit der Hand über den Rücken. Sie streichelt seinen Schenkel in immer weiteren Bewegungen, nähert sich mit der Hand seinem Schritt. Er spürt, wie seine Lust aufflammt, wenn sie ihn so berührt. Was soll's, denkt er. Ich genieße das jetzt. Und wenn es morgen wieder anders ist, hatte ich wenigstens eine schöne Nacht. Er dreht den Kopf, sucht ihre Lippen, küsst sie.

»Yrsa! Bei Thors Hammer«, ruft eine laute Männerstimme. Avidh spürt, wie Yrsa zusammenzuckt, wie ein Beben durch ihren Körper geht.

»Nein, nicht er, nicht jetzt«, murmelt sie, alle Farbe scheint wieder aus ihrem Gesicht verschwunden.

Sie steht auf, langsam, als wäre sie sehr müde. Avidh springt auf, stellt sich neben sie, nimmt ihre Hand.

»Wer ist das?«, fragt er.

Ein kräftiger Mann nähert sich. Er ist gekleidet wie ein Schmied. Avidh hat das Gefühl, ihn schon einmal irgendwo gesehen zu haben. Dann fällt es ihm wieder ein, es ist der Mann aus dem Gasthaus am Hafen, der versucht hat, sich dem viel zu jungen Mädchen zu nähern.

»Wo ist meine Kampfaxt, Yrsa? Du bist eine Diebin. Ich habe dir gesagt, ich würde dich jagen.«

»Lass mich in Ruhe«, sagt Yrsa.

»Wer ist das?«, sagt der Mann und zeigt auf Avidh.

Avidh macht einen Schritt auf den Mann zu, die Hand auf dem Schwertknauf. »Wer bist du? Was willst du von ihr?«

Der Mann starrt Yrsa an und sagt zu ihr: »Wenn du nicht sofort mitkommst, gehe ich zum Wikgraf und sorge dafür, dass du wegen des Diebstahls bestraft wirst.«

»Was für ein Diebstahl?«, fragt Avidh, obwohl er zu wissen glaubt, wovon der Mann spricht. Er erinnert sich an Yrsas morgendliche Flucht aus dem Gasthaus.

»Was mischst du dich ein?«, sagt der Schmied zu ihm. »Lass die Finger von meiner Frau.«

»Deine Frau?«

»Ich bin nicht deine Frau«, sagt Yrsa.

»Glaub ihr nicht. Sie ist eine Lügnerin, und sie ist eine Diebin. Du kommst jetzt sofort mit, Yrsa, oder ich rufe hier alle zusammen.«

Avidh schaut sich um. Es nähern sich bereits einige Menschen vom Hafen. Ein Mann stellt sich neben den Schmied, ein zweiter folgt.

»Das ist deine letzte Möglichkeit, Yrsa«, sagt der Schmied. »Wo ist meine Axt?«

Yrsa schüttelt den Kopf. »Ich komme nicht mit, Njáll.«

»Du lässt sie jetzt in Ruhe«, sagt Avidh und macht noch einen Schritt auf den Schmied zu.

»Dich hat sie bestimmt auch angelogen«, sagt der Schmied zu

ihm, »ich weiß, wie sie ist. Ich verbringe regelmäßig Nächte mit ihr. Wir waren kurz davor zu heiraten.«

Avidh schaut Yrsa an. »Sagt er die Wahrheit?«, fragt er sie.

Yrsa gibt keine Antwort. Ihr Gesicht scheint wie erstarrt.

»Hört mal alle her«, sagt der Schmied jetzt mit lauter Stimme. »Mein Name ist Njáll der Schmied. Diese Frau hier …« Er zeigt auf Yrsa. Mehr Menschen strömen vom Hafen in ihre Richtung.

»Es tut mir leid, ich muss weg«, flüstert Yrsa Avidh ins Ohr, dreht sich um und rennt davon. Alles geht sehr schnell. Der Schmied will hinterher, prallt in Avidhs Schulter, stolpert, stürzt beinahe.

»Ich zahle eine Silbermünze, wenn sie jemand aufhält«, ruft er laut.

Avidh sieht im Augenwinkel, dass sich ein Mann Yrsa in den Weg stellt. Sie weicht ihm aus, springt zur Seite und verschwindet zwischen den Häusern.

Der Schmied versucht ihr zu folgen, bleibt aber nach kurzer Zeit stehen, stützt beide Hände auf die Knie und keucht. Es scheint ihm klar, dass er sie nicht einholen kann.

»Was willst du von Yrsa? Lass sie in Ruhe, sonst bekommst du es mit mir zu tun«, sagt Avidh zu dem Mann, der sich Njáll nennt.

Der Mann mustert ihn. Es kommt Avidh vor, als überlege er, wer von ihnen beiden ein Duell gewinnen würde.

»Fass sie nicht an«, sagt Njáll.

»Du hast mir nichts vorzuschreiben. Wir können das auch Mann gegen Mann klären, wenn du meine Ehre beleidigst.« Avidh legt die Hand auf sein Schwert. Er hat große Lust, gegen den Mann zu kämpfen. Er nimmt es ihm sehr übel, dass er ihn mit Yrsa unterbrochen hat, er würde ihm keine Chance lassen. Er stößt den Fremden gegen die Brust, drängt ihn vor sich her, hofft auf eine Reaktion. »Na los, oder fürchtest du dich vor meinem Schwert?«

»Nein, nein«, sagt der Mann und weicht zurück. »Ich bin Njáll der Schmied, ich will deine Ehre nicht verletzen. Aber du musst aufpassen, dass du meine nicht verletzt. Yrsa ist meine Frau.«

Avidh bleibt abrupt stehen. »Das hat sie nie gesagt.«

Njáll der Schmied lacht. »Ja, das erstaunt mich nicht. Sie nimmt es nicht so genau mit der Wahrheit. Ist dir das nicht auch aufgefallen?«

Ich habe sie gefragt und sie hat mir gesagt, sie habe keinen Mann in ihrem Dorf, denkt Avidh. Sein Oberschenkel pocht. Bilder von Signe, ihrem Verrat, der Zeit in Gefangenschaft tauchen auf. Er muss seine ganze Kraft zusammennehmen, um nicht auf Njáll den Schmied loszugehen. Er möchte ihn zusammenschlagen, in den Staub werfen, treten, den feigen Hund. Avidh umklammert sein Schwert, beschwört den Eistroll. Er braucht seine eisige Kälte, dringend. Njáll starrt ihn an. Avidh sieht Furcht in Njálls Augen. Er wartet noch einige Momente, dann lässt er den Schmied stehen und macht sich auf in Richtung Pferdestall.

Yrsa hat ihn angelogen. Warum hat er ihr vertraut? Wie dumm von ihm. Er zieht seine Axt aus dem Gürtel, schlägt in den nächstbesten Baum und hört erst auf, als sein Atem wieder ruhiger geht. Er sollte jetzt nur noch an die Reise denken. Es ist besser, er vergisst Yrsa. Keine Ablenkungen mehr, hat Gunnar gesagt.

Kapitel 55

»Gut, dass du kommst«, sagt Thora und drückt Yrsa an ihren weichen Bauch. Einen Moment schlingt Yrsa die Arme um Thora und hält sie fest.

»Ist alles in Ordnung?«, sagt Thora. »Hat wieder ein Mann versucht, dich umzubringen?«

»Nein, nein, ich muss mich nur kurz sammeln.« Wie soll sie noch klar denken, wie Sjalfis Vater finden, wie ihre Gefühle für Avidh zur Seite schieben? Und jetzt auch noch Njáll.

»Du siehst nicht so aus, als ob alles in Ordnung wäre.«

»Ich musste schnell aus Haithabu verschwinden und mich jetzt kurz ausruhen.« Sie erzählt Thora, was in den letzten Tagen geschehen ist.

Thora drückt sie an sich. »Dieser Njáll hat dich nicht verdient, das spüre ich schon, ohne viel von ihm zu wissen. Warte einen Moment. Ich hole dir etwas zu essen.«

Yrsa denkt zurück an ihre Flucht aus der Stadt. Es war nicht schwer, die Verfolger abzuschütteln. Um zu Thora zu gelangen, hat sie den Weg gemieden, der aus Haithabu herausführt.

»Was denkst du, wie lange bleibt dieser blöde Njáll in Haithabu?«, sagt Thora.

»Ich weiß nicht. Er hat einen großen Hof und eine Schmiede, seine Frau mag es nicht, wenn er lange weg ist. Aber ich muss sowieso in den Norden. Oder nein. Eigentlich weiß ich nicht mehr, wo Sjalfi sein könnte.« Sie schaut Thora an und kämpft gegen die Traurigkeit.

»Du bleibst heute Nacht erst mal hier, schläfst dich aus und isst anständig. Ich habe für dich mit der Händlerin gesprochen, die eine Freundin Katlas war.«

Yrsa blickt auf. »Wusste sie etwas?«

»Sie hat lange nachgedacht. Hat immer wieder ›Ist lange her‹ gemurmelt. Was sie weiß, hat sie nicht von Katla selbst gehört, sondern von der Freundin einer Freundin. Katla hat vor eurer überstürzten Abreise mit niemandem gesprochen. Sie war auf der Flucht vor einem Mann, das hat die Händlerin erzählt.«

»Vor einem Mann. Vor wem? War es Sjalfis Vater?«

Thora zuckt mit den Schultern. »Das wusste sie nicht. Katla habe schreckliche Angst vor diesem Mann gehabt. Deshalb wollte sie auch niemandem verraten, wohin sie geht, vermutete ihre Freundin.«

»Wahrscheinlich muss ich doch in den Norden. Ausgerechnet jetzt, wo ich vielleicht zum ersten Mal Teil einer Kampftruppe werden kann.«

»Warum in den Norden? Wir wissen nicht, wo Sjalfis Vater ist.«

»Ich war bei einem Seher. Die Geister haben ihm gesagt, dass Sjalfi irgendwo im Norden ist.«

»Ein Mann? Da wäre ich vorsichtig.«

»Ich weiß. Aber Sjalfi hat auch starke magische Kräfte. Das hat auch meine Mutter gesagt. Sie hat nie abschätzig über Männer mit magischen Fähigkeiten gesprochen.«

»Erzähl mir von Avidh.«

»Es gibt nicht viel zu erzählen. Ich möchte sowieso nicht heiraten.«

»Du kannst mir trotzdem von ihm erzählen. Ich bin eine ältere Frau und höre gerne solche Geschichten.«

»Er ist anders als die Männer bei uns im Dorf und in den Nachbardörfern.«

»Wie anders?«

Yrsa überlegt. »Ich weiß nicht.«

»Wie sieht er aus?«

»Auch anders.«

»Yrsa, ich bitte dich, du musst schon mehr erzählen, sonst kann ich mir kein Bild von ihm machen. Na los, du musst ihn deshalb nicht heiraten.«

»Du kennst ihn doch.«

»Ich möchte hören, warum er dir gefällt.«

»Als ich ihn beim Turnier in Sliesthorp beim Kämpfen beobachtet habe, konnte ich keine Minute wegschauen. Ich habe es probiert, aber es war schwierig. Seine Art sich zu bewegen ... Ich weiß nicht, wie ich das sagen soll, alles sah so geschmeidig und leicht aus. Ist es aber nicht. Und er ...« Sie sucht nach Worten, es ist aufregend, wenn er mich berührt, denkt sie, wird das Thora aber gewiss nicht erzählen. »Wenn man ihn anschaut, ist es schwierig, in seinem Gesicht zu lesen. Und er hat sehr schöne, tiefdunkle Augen.«

Vorhin war es nicht so schwierig, in seinem Gesicht zu lesen, denkt sie. Als Njáll sie als seine Frau bezeichnet hat, kam es ihr kurz vor, als habe sie Enttäuschung und Traurigkeit in Avidhs Augen gesehen. Es tut ihr weh, wenn sie sich daran erinnert.

»Gefällt mir, was ich da höre. Red weiter.«

»Jetzt fürchte ich, dass er mir die Sache mit Njáll übel nimmt.«

»Ach, das wird er schon verkraften. Diese jungen Krieger bläst nicht so leicht was um. Wenn du das Bett mit ihm teilst, verzeiht er dir.«

»Thora!«

»Genieße einfach seinen Körper.«

Ja, das würde ich gern, denkt Yrsa, ich wünsche es mir sogar sehr, aber ich fürchte mich davor, wie es sich danach anfühlt. Und ob ich dann nicht zu abhängig von ihm werde. »Ich will mich nicht an einen Mann binden. Ich will selbst entscheiden, und ich will nicht schwanger werden.«

»Ja, du musst halt aufpassen. Nimm dir ein Beispiel an deiner Mutter. Sie hat die Männer genossen.«

»Es hat ihr kein Glück gebracht.«

»Das sehe ich anders. Sie hat viele schöne Momente erlebt. Dass sie bei einer Geburt gestorben ist, hat nichts mit ihrem sonstigen Leben zu tun. Auch andere Frauen sterben bei Geburten, solche, die ihr Leben lang unglücklich waren mit dem Mann, den ihr Vater für sie ausgesucht hat. Und Avidh ist ein schöner Mann, also warum nicht?«

»Schon, aber ich weiß nicht ...«

»Du fürchtest dich davor, dass der Liebeszauber über dich kommt. Du weißt selbst, was am besten für dich ist, Yrsa. Ich will mich nicht einmischen. Aber ich finde, du solltest morgen unbedingt nach Haithabu zurückkehren.«

»Warum?«

»Bleib bei dieser Kampftruppe, das ist eine großartige Möglichkeit. Und sprich nochmals mit Avidh. Er wird dir helfen bei der Suche. Nimm seine Hilfe an. Ich sehe dir doch an, dass du gerne mit ihm zusammen bist.«

»Ja, aber ...«

»Kein Aber. Außerdem ist morgen Nachmittag in Haithabu das Sagafest. Das solltest du nicht verpassen. Sie zeigen auf der Bühne auch die Saga von Hervor und dem Zauberschwert Tyrfing. Die

Stadt ist dann so voll, da wirst du Njáll nicht in die Arme laufen. Falls er überhaupt noch da ist.«

Am nächsten Morgen fühlt Yrsa sich etwas besser. Sie hat in Thoras Haus auf einem weichen Fell so lange und tief geschlafen wie schon ewig nicht mehr. Jetzt fürchtet sie sich davor, nach Haithabu zurückzukehren. Doch Thora hat sie überzeugt, dass dies der richtige Schritt ist. Als sie Thora zum Abschied noch einmal lange umarmt, drückt Thora ihr ein Säckchen in die Hand.

»Ich habe noch etwas Silber für dich.«
»Das kann ich nicht annehmen.«
»Du musst. Ich möchte das für Katla tun. Bitte. Es macht mein Herz ein bisschen leichter.«
»Ich kann das nicht mit mir herumtragen.«
»Nein, vergrab es in der Nähe der Stadt.«
»Es ist zu viel.« Das Säckchen fühlt sich schwer an in ihrer Hand.
»Es ist nur eine Handvoll Denare. Schau dich um, Yrsa, meine Geschäfte laufen gut. Ich habe keine Kinder. Tu mir den Gefallen und nimm es. Es ist kein großer Schatz, aber es soll dir bei deiner Suche helfen. Damit du wenigstens genug zu essen hast.« Sie kneift ihr in die Seite. »Hier muss mehr drauf.«

Dann streckt Yrsa die Beine im Boot aus, ihr gegenüber sitzt Thoras Gehilfe, ein kleiner, schweigsamer Mann, der den Kahn mit kräftigen Ruderschlägen in Richtung Haithabu lenkt, den Blick stur auf das Wasser gerichtet. Es ist noch früh, und trotzdem schaukeln schon viele Boote über die Schlei. Immer wieder müssen sie ihren Kurs ändern.

Außerhalb der Stadt springt Yrsa an Land, rennt über den breiten Weg, auf dem schon Ochsenkarren und Reiter in Richtung der

Stadt drängen, und verzieht sich in den Wald. Den größten Teil der Denare vergräbt sie unter der ausladenden Eiche, wo sie ihren Schlafplatz eingerichtet hatte. Einige wenige Münzen steckt sie in den eingenähten Beutel im Innern ihrer Hosen. Sie freut sich auf das Kämpfen bei Gunnar und macht sich auf den Weg zu seinem Hof. Sie hofft, dass Thora recht hat und Avidh ihr die Sache mit Njáll nicht übel nimmt.

»Wenn du mit uns reisen willst, will ich dich jeden Tag hier sehen«, sagt Gunnar und schüttelt den Kopf. »Das geht so nicht.«
Sie steht vor seinem Langhaus, fast alle Männer sind schon auf dem Feld und bereiten die Kampfübungen vor. Yrsa hat Avidh nur kurz gesehen, als sie angekommen ist. Er hat sie nicht beachtet.
»Es tut mir leid. Ich konnte nicht.«
»›Ich konnte nicht‹ ist keine Begründung. Willst du das im Kampf auch sagen? Bei uns reisen nur Kämpfer oder Kämpferinnen mit, auf die wir uns im Schlaf verlassen können. Es ist schade, du hast gut gekämpft. Wenn du weiter solche Fortschritte machst, hätte ich eine Möglichkeit gesehen. Ich würde dich zuerst als Bogenschützin einsetzen.«
»Bitte, gib mir noch eine Chance. Es war etwas ganz Dringendes wegen meines kleinen Bruders, ich wäre sonst gekommen. Ich schwöre es bei Freyja. Hat Avidh nichts gesagt?«
Gunnar schaut sie lange an. »Gut, eine letzte Chance. Versau sie nicht.«

Zu zweit üben sie den Kampf mit der Axt. Gunnar selbst ist heute ihr Trainingspartner. Sie bewegen sich in einem kleinen quadratischen Feld, das sie während der Übung nicht verlassen darf. Avidh und Leif kämpfen weiter vorne. Leif hat ihr kurz gewunken, als sie mit Gunnar aufs Feld kam. Avidh hat sich nicht umgedreht. Es versetzt ihr einen Stich, aber sie hat jetzt keine Zeit, sich darüber den Kopf zu zerbrechen. Gunnar fordert sie. Schlägt links, rechts, über dem Kopf, auf Hüfthöhe, sie blockt, weicht aus, springt, keucht. Das liebt sie am Kämpfen, nichts anderes hat Platz im Kopf, nur dein nächster Schlag und der des Gegners. Sie weiß, dass Gunnar sie schon längst besiegt hätte, wenn er wollte. Einen Moment ist sie unaufmerksam. Gunnar schlägt ihr die Axt aus der Hand.

»Jetzt wärst du tot«, sagt er, »aber du hast gut gekämpft.«
Als sie sich Wasser vom Brunnen holt, trifft sie Leif.
»Wie geht es Avidh?«, sagt sie.
Leif zuckt mit den Schultern. »Er hat mich besiegt.«
»Das meine ich nicht.«
»Er sagt, du warst nicht ehrlich zu ihm. Das verträgt er nicht.«
Sie seufzt. »Kannst du ihm sagen, dass es mir leidtut?«
»Das musst du ihm selbst sagen«, sagt Leif, lächelt sie an und geht zurück zu Avidh.

Sie schießen mit den Bögen. Einer nach dem anderen aus dem Lauf. Yrsa staunt, wie gut sie trifft. Trotz allem, was geschehen ist. Gunnar nickt ihr zu.

In der nächsten Kampfpause nimmt sie ihren Mut zusammen und geht zu Avidh. Er sitzt unter einem Baum. Als sie sich nähert, steht Leif auf und verschwindet.

»Lass mich in Ruhe«, sagt Avidh, bevor sie sich setzen kann. »Wir halten besser Abstand voneinander, wir hätten das immer tun sollen.« Sein Gesicht ist unbeweglich, sein Blick geht ins Nichts. Es tut ihr weh, ihn so zu erleben.

»Avidh, bitte, ich möchte es dir erklären.«
»Ich will nichts hören.« Er schaut sie kurz an. »Du hast mich angelogen.«
»Nein.«

»Und wer ist dann dieser Njáll? Hat er vielleicht gelogen, als er sagte, ihr hättet das Bett geteilt?«

»Nein.«

»Siehst du, und ich hatte dich gefragt, ob du einen Mann in deinem Dorf hast.«

»Er ist nicht mein Mann.«

»Du lügst schon wieder, verschwinde, ich will keine Frauen, die mich belügen. Davon hatte ich schon genug.«

»Avidh, bitte, lass mich erklären, du wirst es verstehen. Ich wollte dich nicht belügen, ich wollte dich nicht verletzten. Ich ... Das musst du mir glauben.«

Er schüttelt den Kopf, springt auf und lässt sie stehen.

»Avidh, warte.« Ich habe noch nie für einen Mann empfunden, was ich für dich fühle, würde sie gern sagen. Aber er will es im Moment nicht hören. Sie hat alles falsch gemacht. Ich war in Not, hätte sie sagen sollen, aber jetzt ist es zu spät. Sie kämpft gegen die Tränen, will nicht, dass die anderen Männer mitbekommen, was gerade mit ihr passiert.

Vom Hof her ruft jemand: »Schick sie sofort weg!«

Yrsa zuckt zusammen. Sven der Schwulstige kommt übers Feld gelaufen. Sie hat ihn heute noch nicht gesehen.

Er zeigt auf Yrsa: »Schick sie weg, Gunnar! Sie ist eine Diebin. Sie hat bei uns nichts verloren.«

Sven kommt auf Yrsa zu, stößt sie heftig gegen die Schulter. Sie verliert beinahe das Gleichgewicht.

»Die Trolle sollen dich holen«, sagt er. »Du hast ihn bestohlen.« Ein schreckliches Gefühl breitet sich aus in ihr. Die Götter haben sich abgewendet. Böse Geister umflattern ihren Kopf. Alles bricht in sich zusammen.

Gunnar kommt dazu. »Was ist los?«

»Frag sie mal, woher sie ihre schöne Kampfaxt hat!«

»Was meint er?«, sagt Gunnar zu Yrsa.

»Sie hat die Axt Njáll dem Schmied gestohlen und ist ihm davongelaufen. Er ist ein alter Freund von mir. Ich habe ihn gestern in Haithabu getroffen, und er hat mir das erzählt.«

»Stimmt das?«, sagt Gunnar.

»Nein, also doch, aber es ist nicht so, wie Sven sagt.«

»Sie lügt. Njáll hat mir alles erzählt.«

Die Männer kommen näher, stellen sich um Gunnar, Sven und Yrsa auf. Nur Avidh sieht sie nicht. Sie versucht zu erklären, was geschehen ist. Nach kurzer Zeit winkt Gunnar ab.

»Waffen stehlen geht nicht. Verlasse meinen Hof.«

»Bitte, lasst mich erklären. Njáll hat viele Waffen. Sein Leben war deshalb nicht bedroht.«

»Verschwinde. Jetzt sofort«, sagt Gunnar.

Kapitel 56

Die Tränen laufen Yrsa auf dem Weg zurück in die Stadt über das Gesicht. Sie wischt sie nicht weg. Sie ist zornig auf Njáll und zornig auf sich selbst. Ich hasse dich, Njáll, denkt sie immer wieder. Und: Wie dumm von mir, wie unglaublich dumm von mir. Und wenn sie an Avidh denkt, wie verletzt er schien, weint sie nicht nur aus Zorn, sondern weil es sie unglaublich traurig macht. Sie hat das alles nicht gewollt. Sie hätte sich an ihre Vorsätze halten sollen. Keine Gefühle für einen Mann. Was sie allerdings nicht ahnte: Manchmal kommen die Gefühle, auch wenn man sie nicht will.

Als sie die Stadt erreicht, sind überall Menschen, drängen in Richtung der großen Wiese westlich der Siedlung. Dort findet das Saga-Fest statt. Sie fasst einen Entschluss: Sie wird sich Hervors Saga noch anschauen und dann aufbrechen in Richtung Norden. Wenigstens kann sie sich jetzt wieder voll auf die Suche nach Sjalfi konzentrieren. Eigentlich möchte sie Frida noch um Rat fragen, aber sie weiß nicht, ob Frida ihr jetzt noch helfen will. Yrsa glaubt zwar nicht, dass Avidh versuchen würde, das zu verhindern. So ist er nicht. Aber das macht den Gedanken, ihn verloren zu haben, noch trauriger.

Kurze Zeit später steht sie auf der Wiese. Thora hatte recht. Es sind so viele Menschen hier. Niemand beachtet sie. Als sie sich einen Weg durch die Menge bahnt, schaut sie nur auf den Boden.

Sie hat noch nie so viele Füße gesehen: schmutzverkrustete nackte Füße, Füße in löchrigen Schuhen, Füße in spitz zulaufenden, knöchelhohen Lederschuhen oder in teuren Stiefeln mit knebelartigen Verschlüssen am Schaft. Avidh trägt solche Stiefel, ihn hat sie nirgendwo gesehen.

Sie erinnert sich, dass sie das Saga-Fest vor vielen Wintern schon einmal besucht hat. Mit ihrer Mutter, Torbjörn und seinem ältesten Sohn sind sie damals in die Stadt gefahren. Weiter vorne ist eine breite Bühne aus Holzplanken aufgebaut.

Ein Schauspieler mit einem langen Schwert poltert gerade über die Bühne, hat einen anderen im Duell um eine Frau niedergestreckt. Die Schauspieltruppe zeigt einen Teil der »Völsunga«-Saga. Der Tote ist der Bruder Borghilds, einer Frau mit wehenden roten Haaren. Sie stürmt auf die Bühne. Dort sitzt ihr Mann König Sigmund auf einem verzierten Thron. Borghild fleht Sigmund an, der Tod ihres Bruders dürfe nicht ungesühnt bleiben. Doch der Mörder ist Sigmunds Sohn Sinfjotli. Deshalb fällt Sigmund ein mildes Urteil. Borghild plant Rache. Als sie Sinfjotli etwas später ein Trinkhorn unter die Nase hält, raunt das Publikum leise. Alle wissen, dass Borghild einen giftigen Trank abgefüllt hat. »Trink, Sinfjotli, trink«, sagt sie. Kurz darauf bricht der Schauspieler, der Sinfjotli spielt, dramatisch auf der Bühne zusammen. Viele im Publikum schreien laut auf. Dann ist Pause.

Yrsa lässt den Blick über die Menge schweifen. Ihre Augen bleiben an einem Mann hängen, der ein Stück entfernt steht. Seine Haare glänzen in der Sonne rotblond. Es wird ihr fast schwindlig. Sie schaut noch einmal, macht einen Schritt nach vorne, um den Mann besser zu sehen. Tatsächlich: Es ist Torbjörn, und neben ihm steht sein ältester Sohn. Eigentlich sollte sie nicht erstaunt sein. Torbjörn liebt Geschichten, erzählt sie selbst gern. Sjalfi hat Torbjörns Geschichten immer gern gelauscht.

Sie fürchtet, auch Njáll könnte irgendwo sein. Schaut nach hinten, dreht sich nach allen Seiten, macht sich klein in der Menge.

Sie versucht sich gut zuzureden, Torbjörn und Njáll mögen sich nicht, warum also sollten sie zusammen im Publikum stehen. Ihr kommt ein Gedanke. Vielleicht hat ihre Mutter Torbjörn von Sjalfis Vater erzählt. Sie sollte zu Torbjörn gehen und ihn fragen. Doch ihre Füße gehorchen ihr nicht.

Auf der Bühne wird das Drama der »Völsunga«-Saga fortgesetzt, aber sie kann sich nicht mehr auf die Geschichte einlassen. Sie bemüht sich, ruhig zu atmen.

Als sie das nächste Mal auf die Seite schaut, sieht sie Torbjörn in ihre Richtung laufen. Er schaut sie nicht an, hat sie vielleicht nicht bemerkt. Ihr fällt ein, dass ein Stück weiter hinten Tische stehen, wo Händler Bier und Met verkaufen. Jetzt ist Torbjörn fast auf ihrer Höhe, sie legt die Hand auf ihr Amulett und macht einen Schritt in seine Richtung.

»Torbjörn«, sagt sie, viel zu leise bei dem Lärm auf der Wiese. Er hört sie nicht. »Torbjörn.«

Er dreht den Kopf, fast scheint ihr, dass er zusammenzuckt. »Yrsa! Dich hätte ich nicht hier erwartet.«

»Ich suche noch immer nach Sjalfi, ich muss dich etwas fragen. Können wir kurz dort drüben unter der Ulme miteinander sprechen?«

Er nickt, und sie bahnen sich einen Weg.

Wieder schaut sie nur auf Füße, auch auf Torbjörns, als er ihr schließlich gegenübersteht. Sie achtet darauf, dass genügend Abstand zwischen ihnen ist. Dann fragt sie, ob Katla jemals von ihrem oder Sjalfis Vater erzählt habe.

Torbjörn kratzt sich im Bart und schüttelt den Kopf. »Von Sjalfis Vater hat sie nie gesprochen.«

»Weißt du, warum wir damals in euer Dorf gekommen sind?«

Er schaut sie an und nickt. Sie versucht seinen Blick zu erwidern.

»Bitte, erzähl es mir.«

»Katla war auf der Flucht vor einem Mann, der sie bedroht hat. Ich habe ihr gesagt, sie könne im Dorf bleiben, solange sie wolle, und ich würde dafür sorgen, dass ihr der Mann nichts anhaben kann.«

»Als ich losgezogen bin, hat Eydris mir erzählt, meine Mutter habe in der ersten Zeit unruhig gewirkt, sei immer im Haus verschwunden, wenn Fremde ins Dorf kamen.«

»Sie hatte Angst, der Mann könnte sie finden. Und sie hatte vor allem auch Angst um Sjalfi. Ich durfte ihn in der ersten Zeit nicht aus den Augen lassen.«

»Um Sjalfi? Warum?«

»Sie wollte nicht darüber sprechen.«

»Weißt du, wer das war? Warum er sie bedroht hat?«

Torbjörn schüttelt den Kopf. »So genau habe ich nicht gefragt, und mit der Zeit hat sie die Angst verloren. Sie hat sich sicher gefühlt bei mir.«

»War es jemand aus Ribe?«

»Ich weiß es nicht«, sagt Torbjörn. »Ist lange her.«

Er geht zu den Tischen, wo die Händler das Bier verkaufen. Er kommt mit drei Bechern zurück. Er gibt Yrsa einen Becher und sagt: »Vielleicht fragst du mal Njáll, warum er Katla nicht geholfen hat.«

»Njáll? Warum Njáll?«

Aber Torbjörn ist schon auf dem Weg zurück zu seinem Sohn. Yrsa mischt sich wieder in die Menge, trinkt ihr Bier. Ihre Gedanken rasen. Sie muss unbedingt herausfinden, wer ihre Mutter bedroht haben könnte. Und warum sie auf ihrer Flucht aus Ribe Angst um Sjalfi hatte. Yrsas Hauptsorge auf ihrer Fahrt war damals, wie ihr Vater sie noch finden könnte, wenn sie nicht mehr in Ribe wohnten.

Auf der Bühne fängt die Saga der Heldin Hervor an. Sie wünschte, Sjalfi könnte das Stück sehen. Sie hat ihm Hervors Geschichte oft erzählt, so wie ihre Mutter sie ihr erzählt hatte: »Zwerge schmiedeten das Zauberschwert Tyrfing. Wann immer es jemand zog, glänzte es hell wie die Sonne, auch in der dunkelsten Nacht. Und jedes Mal musste Tyrfing jemanden töten. Nur benetzt mit frischem Blut ließ sich das Schwert wieder in die Scheide stoßen. Gift klebte an der Klinge, schon der kleinste Kratzer brachte den Tod.«

»Yrsa.« Sie dreht sich um, es ist Ingvar. Er lächelt. »Was machst du hier? Wolltest du nicht in den Norden aufbrechen?«

Auf der Bühne rumpelt eine Kiste, die jemand für die nächste Szene ins Bild schiebt.

»Eigentlich schon.«

»Lass uns dort rübergehen«, sagt er und zeigt auf eine leicht erhöhte Stelle, von wo sie die Bühne gut sehen. »Erzähl mir, warum du noch da bist. Sie müssen umbauen, dann kommt der nächste Teil.«

»Ja, meine Lieblingsszene, wenn Hervor das Schwert Tyrfing aus dem Grab ihres Vaters holt.«

»Ich wollte mich entschuldigen, falls ich ein bisschen schroff gewirkt habe letztes Mal. Wenn die Götter durch mich sprechen, ist es nicht meine Stimme, die du hörst.«

»Schon gut, ich kenne das. Ich bin froh, dass du mir helfen wolltest.«

»Ich helfe gerne. Ich verstehe, dass du verzweifelt bist. Ich habe auch schon Menschen verloren, die mir sehr nahestanden. Warum bist du noch immer in der Stadt?«

»Ich bin zurückgekommen. Ich habe eine neue Spur, mit der ich nicht gerechnet hätte.«

»Das ist wunderbar. Wie bist du darauf gestoßen?«

»Bei einer alten Freundin meiner Mutter.«

»Sehr gut. Warte einen Moment. Ich hole uns etwas zu trinken, und dann erzählst du mir davon, bevor es auf der Bühne wieder losgeht.«

Kurz darauf kommt Ingvar mit Bier zurück und gibt ihr einen der Becher. Yrsa streckt sich, um die Schauspielerin zu sehen, die Hervor verkörpert. Sie stürmt jetzt mit ihren Männern auf die Bühne. Sie kommen auf der Insel Samsö an, wo das Grab von Hervors Vater Angantýr liegt. Eine große Kiste dient den Schauspielern als Gruft, rechts und links davon stehen Schalen auf der Bühne, in denen Flammen lodern.

»Wach auf, Angantýr«, ruft die Schauspielerin, sie hat eine kräftige Stimme, ihre dunklen Haare wehen im Wind. »Hervor, deine einzige Tochter, weckt dich. Gib mir deine scharfkantige Klinge aus dem Grab.«

»Ich liebe diese Szene«, flüstert Yrsa.

»Gebt mir das Schwert«, ruft Hervor noch einmal, »was will ein Geist mit dieser wertvollen Waffe?«

Die Kiste öffnet sich mit einem ächzenden Geräusch. Ein weiß geschminkter Schauspieler streckt als Angantýr den Kopf heraus: »Höre, weise Tochter, was geschehen wird. Tyrfing wird deine Familie vernichten.«

Yrsas Mund fühlt sich trocken an. Sie trinkt ihr zweites Bier leer.

»Ich kenne keine Frau, die es wagen würde, dieses Schwert zu führen«, sagt Angantýrs Geist.

»Aber Hervor wagt es«, sagt Yrsa leise. Ihr Mund ist noch immer trocken.

»Ich hole uns noch ein Bier«, sagt Ingvar. Yrsa nickt.

Auf der Bühne streut jemand ein Pulver in die Schalen, das Feuer züngelt noch höher. »Ich fürchte die Flammen nicht«, ruft Hervor.

»Du bist eine Närrin«, sagt Angantýr. »Aber du hast Mut, Hervor. Ich will dir das Schwert geben.« Der Schauspieler streckt ein langes Schwert aus der Kiste. Das Publikum jubelt. Hervor tritt näher zur Gruft.

Das Schwert in Angantýrs Hand wird plötzlich breiter, es wächst und wächst, dann schrumpft es wieder.

»Was ist mit dem Schwert?«, flüstert Yrsa Ingvar zu, der mit zwei neuen Bechern zurückgekommen ist.

»Warum?«, flüstert er zurück.

Yrsa schüttelt den Kopf und schaut wieder nach vorne. Jetzt hebt sich die Bühne, die Pfosten, auf denen die Plattform ruht, wachsen und wachsen, als wären zwanzig Sommer in wenigen Momenten vergangen. Die Bühne steht plötzlich auf Stelzen. Yrsa fasst sich an die Stirn. Ihr ist heiß. Ich bin so aufgeregt, Hervors Geschichte auf der Bühne zu sehen, denkt sie.

Als sie das nächste Mal nach vorne schaut, ist die Bühne wieder normal groß. Ihr Kopf ist schwer. Sie wischt sich mit der Hand über das Gesicht. Es ist heiß und trocken. Sie zuckt zusammen. Jetzt liegt Sjalfi und nicht mehr der Schauspieler in der Gruft, weiß geschminkt und leblos. »Sjalfi!« Sie weiß nicht, ob sie laut gerufen hat oder nur in Gedanken.

»Geht es dir nicht gut?«, sagt Ingvar. Sie schaut ihn an, sieht zwei Augen, die sich wie Honigfäden in die Länge ziehen. Ihr ist so heiß, ihr Herz rast.

Sie hört Ingvars Stimme: »Yrsa, was ist los, du taumelst, hast du zu viel Bier getrunken?«

Sie schaut wieder auf die Bühne. Sjalfi ist verschwunden, Hervor auch. Das Publikum klatscht.

»Lass uns gehen«, sagt Ingvar. »Du fühlst dich nicht wohl, du kannst dich bei uns ausruhen.«

Sie schaut Ingvar an, wie die Bühne wächst er in die Höhe, schrumpft wieder und dehnt sich dann zu einem fetten Kloß. Er zieht an ihrem Arm.

»Lass mich«, sagt sie, will ihn wegstoßen, verliert fast das Gleichgewicht.

»Yrsa, lass mich dir helfen, du hast zu viel getrunken.« Wieder greift er nach ihrem Arm.

»Fass mich nicht an«, will sie sagen, ihre Zunge stolpert über die Silben.

Dann spürt sie, wie ihr jemand von hinten den Arm um die Taille legt. Sie will sich wehren, hat kaum Kraft, versteht nicht, was los ist. Sie hört Ingvar sagen: »Was willst du hier, lass sie in Ruhe.«

Sie will auch etwas sagen, aber ihre Zunge gehorcht nicht mehr. Ihr Herz hat noch nie so schnell geschlagen. Sie rudert mit den Armen, weiß nicht, wer es ist, der von hinten an ihr zieht. Dann riecht sie einen vertrauten Geruch, einen Geruch, den sie sehr gern riecht. Ihr benebelter Kopf kann ihn zuerst nicht zuordnen. Dann wird es ihr klar. Es ist Avidh.

Alles wird schwarz.

Kapitel 57

Flammen, überall Flammen. Rotgelbe Ungetüme. Züngeln hoch, schlagen in den Himmel. Alles ist heiß. Nie war ihr so glühend heiß. Sie schwebt. Will die Augen öffnen. Steine liegen auf ihren Lidern. Jemand trägt sie. Sie hört sich lallen. Ihr Herz stolpert, ihr Puls rast. Sie will weg. Will sagen »Lass mich los«, windet sich. Sie spürt Atem. Jemand ist nahe. Sie hört Avidhs Stimme: »Leif, hol Frida.« Sie lässt sich fallen.

Ihr ist warm, viel zu warm. Sie reißt an ihrem Hemd.
    Eine Tür knarzt. Es wird düster. Noch heißer. Die Flammen fressen sie. Ihr Herz explodiert. Sie gleitet. Ein weiches Fell. Alles dunkel.

Sie kämpft. Hervor. Torbjörn. Sie will rennen. Jemand hält sie fest. Sie wehrt sich. Eine Frauenstimme: »Bring Wasser.«
    Eine Hand in ihrem Gesicht. Ein Finger auf ihrer Zunge. Sie will beißen. Ein Schwall aus ihrem Mund. Wieder Nacht.

Sie sieht jetzt, dass das Haus in Flammen steht, das ganze Haus. Das Feuer verschlingt das Holz, frisst sich durch die Planken, das Stroh, die Felle. Nichts entkommt seiner Gier. Ihre Mutter schreit: »Hol deinen Bruder!«

Ihr Bruder ist ein Baby. Ganz hinten liegt er in einem Korb. Die Flammen haben ihn noch nicht erreicht. Dicke Rauchschwaden ziehen in seine Richtung. Sie muss schnell sein, oder der Rauch wird ihn umschließen, mit sich reißen, die Luft in seinen Lungen durch schwarzen Qualm ersetzen. Sie stürzt über einen Scheit Holz, rollt über den Boden, Funken regnen neben ihr von der Decke. Ihr Bruder schreit. Dann ist er ganz leise.

Sie reißt ihn aus dem Korb. Er ist so schwer. Draußen vor dem brennenden Haus schlingt ihre Mutter die Arme um sie beide und schluchzt laut. Wasser spritzt.

Ein Finger an ihrem Auge, hebt ihr Lid. »Pupillen groß wie Pferdeäpfel«, sagt eine Frauenstimme. Jemand wäscht ihre Arme und Beine. Das Wasser ist angenehm kühl.

»Lösch das Haus«, versucht sie zu sagen. Sie spürt einen Becher an den Lippen, will ausspucken.

Hört eine Frau: »Du musst trinken, Tochter der Katla.«

Sie trinkt. Öffnet kurz die Augen. Alles ist verzerrt. Sie schließt sie wieder. Ihr ist schrecklich heiß. Sie wirft sich hin und her. Ihre Kehle ist ausgetrocknet.

Ihr ist kalt, sie zittert, Decken liegen auf ihr, das Zittern bleibt, sie hat heftigen Durst. Jemand singt, eine Frau sagt Verse auf, immer wieder. Dann hört sie Sjalfi Flöte spielen. Sie kennt die Melodie. Er hat sie manchmal gespielt, abends am Feuer. Sie streckt die Hand aus, möchte Sjalfi berühren. Jemand nimmt ihre Hand und hält sie.

Irgendwann öffnet sie die Augen und weiß nicht, wo sie ist. Es ist düster. Sie liegt auf einem Fell, streicht sich über den Bauch, trägt ein dünnes Hemd, das ihr nicht gehört. Sie dreht sich auf die andere Seite und erschrickt. Da ist Avidh. Er schläft. Würde sie den Arm ausstrecken, könnte sie ihn berühren. Sie will den Kopf heben. Alles dreht sich. Sie schließt die Augen wieder.

Als sie das nächste Mal aufwacht, ist es etwas heller im Haus. Draußen trappeln Menschen über Holzplanken. Avidh liegt nicht mehr neben ihr. Aus dem vorderen Teil des Hauses hört sie ein leises Klopfen. Ein Vorhang, der das Haus unterteilt, versperrt ihr die Sicht. Es klingt, als würde jemand Kräuter stampfen. Sie versucht zu sitzen, hat aber kaum Kraft, sich auf die Ellbogen zu stützen. Sie ist unglaublich müde.

Nach einer Weile kommt eine alte Frau und setzt sich auf den hölzernen Rand der Schlafstatt. »Du bist wach«, sagt sie und lächelt.

»Du bist Frida«, sagt Yrsa.

»Der Geist der Tollkirsche hat in dir gewütet. Wir konnten ihn verjagen.«

»Wie bin ich hierhergekommen?«

»Avidh hat dich gebracht. Du konntest nicht mehr laufen, es ging dir sehr schlecht. Ich war zuerst nicht sicher, ob wir es schaffen, den Geist zu vertreiben. Er hatte sich weit ausgebreitet in dir, kämpfte hart gegen uns, und dann wollte das Fieber nicht weichen.«

»Es war so viel Hitze in mir. Ein Feuer hat gewütet.«

»Ich habe versucht, der Hitze mit kalten Tüchern und viel Wasser einen Weg aus dir zu weisen.«

»Ich weiß nicht, wie ich dir danken kann.«

Frida nimmt ihre Hand, hält sie fest. »Mach dir deshalb keine Gedanken. Ich habe deine Mutter gekannt. Es ist lange her. Sie hat uns die letzten Tage unterstützt. Ich habe es immer wieder gespürt.«

»Wie lange bin ich schon hier?«

»Zwei Tage. Du bist stark. Sonst hätten wir den Geist vielleicht nicht vertreiben können.«

»Ich muss aufstehen.«

»Auf keinen Fall. Du musst dich ausruhen und essen. Ich hole dir etwas.« Frida steht auf und geht in Richtung des Vorhangs.

»Wo ist Avidh?«, sagt Yrsa.

Frida dreht sich um und lächelt. »Er musste dringend zu Gunnar. Ich habe ihm heute Morgen gesagt, dass wir den Tollkirschen-Geist besiegt haben. Da ist er aufgebrochen. Er kommt später zurück.«

Gegen Abend wacht sie auf und hört, dass Avidh im vorderen Teil des Hauses mit Frida spricht. Sie streicht sich durch die zerzausten Haare, versucht sie zu glätten, taucht die Finger in die Wasserschale neben ihr und wischt sich über das Gesicht. Er hat mich in den letzten Tagen in schlimmerem Zustand gesehen, denkt sie. Sie kann sich nicht an viel erinnern.

Dann kommt Avidh durch den Vorhang und setzt sich dorthin, wo Frida zuvor gesessen hat. Seine Haare sind nass, er streicht sie aus dem Gesicht.

»Ich war noch kurz im Noor«, sagt er.

Einen Moment weiß Yrsa nicht, was sie antworten soll. Es überwältigt sie, ihn zu sehen. Sie ist ihm so dankbar. Er ist wunderschön, sein Blick ist weich, er legt ihr die Hand auf den Bauch. Wärme breitet sich aus, dort, wo er sie berührt, sie streicht ihm über den Unterarm, hält ihn fest. »Ich … ich weiß nicht, wie ich dir danken kann … Du hast mich gerettet.«

Er lächelt. »Ich bin sehr froh, dass es dir besser geht. Ich habe mir wirklich Sorgen gemacht um dich.«

Das warme Gefühl in ihrem Bauch verstärkt sich noch. Sie will ihm so vieles sagen, aber es fällt ihr nichts ein.

»Ich brauche auch ein Bad«, sagt sie dann und spürt, wie ihr die Hitze ins Gesicht steigt.

Er schüttelt den Kopf. »Das hat Zeit. Hör auf Frida. Sie bringt dich wieder auf die Beine. Darin ist sie gut.« Er holt tief Luft. »Es war … Ich weiß, wie es ist, wenn Frida hart gegen einen Geist kämpfen muss. Und das musste sie. Am ersten Abend sah es sehr schlecht aus. Ich wollte dich nicht …«

Sie drückt seinen Arm. »Ich bin auch Frida so dankbar.«

Er nickt. »Ja, ohne Frida … Was ist passiert?«

»Ich erinnere mich nicht. Es ging mir während Hervors Saga plötzlich schlecht. Nichts schien mehr, wie es sonst ist.«

»Jemand muss dir Tollkirschen untergemischt haben. Wer auch immer es war, ich mach ihn fertig.«

»Ich hoffe, dass nicht Olaf und seine Männer dahinterstecken.«

»Glaube ich nicht. Was hast du gegessen oder getrunken?«

»Ich habe Bier getrunken.«

»Was für Bier?«

»Von der Festwiese.«

»Bei welchem Händler hast du es gekauft?«

»Ich habe es nicht selbst gekauft. Zuerst hat Torbjörn mir Bier gebracht und dann Ingvar.«

»Wer ist Torbjörn?«

»Er war mit meiner Mutter vor ihrem Tod zusammen. Er ist der mächtigste Mann in unserem Dorf.«

»Hat er einen Grund, dir schaden zu wollen?«

Sie überlegt. Vermutlich war es tatsächlich Torbjörn, aber sie will jetzt nicht an ihn denken. »Ich weiß es nicht. Er mag mich nicht. Ich habe mich ihm widersetzt.«

»Wie?«

»Spielt keine Rolle. Ich habe nicht gemacht, was er wollte. Bei Ingvar wüsste ich nicht, warum er mir schaden wollte.«

»Er will mir schaden«, sagt Avidh. »Vielleicht hat er uns zusammen gesehen.«

»Aber er war immer nett zu mir. Hat mir sogar geholfen, mich von einem Fluch zu befreien. Er ist nicht böse.«

Avidh brummt. »Ich weiß nicht. Aber das hat Zeit. Du musst dich ausruhen. Wir werden es herausfinden.«

Wir, denkt Yrsa, er hat wir gesagt.

»Es tut mir leid, dass wir gestritten haben«, sagt sie und nimmt seine Hand. »Ich wollte das nicht, es hat sich furchtbar angefühlt.«

Er nickt. »Fand ich auch.«

»Ich bin nicht Njálls Frau.«

»Lass nur.«

»Nein, ich ... Es ist mir wichtig, dass du weißt, wie es war.«

Sie erzählt davon, wie sie allein für Sjalfi gesorgt hat, wie sie irgendwann einfach nicht mehr weiterwusste. Wie Njáll sie verfolgt hat, obwohl sie ihm klargemacht hat, dass ihre Treffen Geschichte sind.

»Dann hat er den Mann damals im Gasthaus auf dich gehetzt«, sagt Avidh.

»Ja, ich hätte es dir früher erklären sollen. Das war dumm von mir.«

»Schon in Ordnung. Ich wollte gegen ihn kämpfen, ich hätte es geliebt, gegen ihn zu kämpfen, aber er war zu feige.«

Sie lächelt. »Er hätte keine Chance gegen dich. Und wegen der gestohlenen Axt ...«

Avidh winkt ab. »Das verstehe ich. Ich kenne das, wenn man in Not stiehlt.«

Frida streckt den Kopf durch den Vorhang. »Avidh, sie sollte sich jetzt ausruhen.«

Er lacht. »Alles klar.« Frida verschwindet wieder. »Mach die Augen zu. Ich bleib noch ein bisschen hier sitzen.«

Yrsa wacht auf. Es ist dunkel. Noch immer liegt sie in Fridas Haus auf einer breiten Schlafstatt. Es fühlt sich an, als habe sie lange geschlafen, wie spät es ist, weiß sie nicht, vielleicht mitten in der Nacht.

Sie fühlt sich besser, hört von irgendwo leises Schnarchen. Fridas Schlafplatz ist an der anderen Wand, abgetrennt mit einem Vorhang. Yrsa dreht sich um, erkennt die Umrisse von Kissen und einem zweiten Fell. Avidh liegt nicht neben ihr. Sie lauscht. Außer Fridas Schnarchen scheint es still zu sein im Haus.

Sie denkt an Avidh, an alles, was sie bisher miteinander erlebt haben, an das Flattern, wenn er ihr nahe ist. Sie wusste es schon zuvor, aber jetzt spürt sie es noch viel deutlicher. Sie ist verliebt in ihn. Genau so hat ihre Mutter es vor vielen Wintern beschrieben. Er wohnt in ihren Gedanken, selbst wenn er weit weg ist, und sie wünscht sich ständig, ihn zu berühren. Sie ist sich sicher, was sie jetzt möchte. Egal was morgen geschieht.

Sie setzt sich hin. In ihrem Kopf dreht sich nicht mehr alles. Sie wartet einen Moment, dann steht sie auf. Zuerst ist ihr ein bisschen schummrig. Aber sie bleibt stehen, spürt den kalten Boden unter ihren nackten Füßen, und der Sturm in ihrem Kopf lässt nach. Noch immer trägt sie das dünne Leinenhemd, weiß nicht, wo ihre Kleider sind. Leise setzt sie einen Fuß vor den anderen und schlüpft durch den schweren Vorhang, der den vorderen Teil des Hauses abtrennt. Hier ist es ein bisschen heller. Die Glut in der Feuerstelle taucht den Raum in ein mattoranges Licht. Auf einem Hocker liegen ihre Kleider. Sie riechen frisch, jemand hat sie gewaschen.

Ihr kommt eine Idee. Aber zuerst muss sie sich anziehen. Neben der Kochecke findet sie einen Eimer mit Wasser. Sie streift das

Leinenhemd ab, schöpft etwas Wasser und wäscht sich. Das kalte Wasser lässt ihre Haut prickeln. Dann zieht sie ihre Kleider an. Ihr Herz schlägt ein bisschen schneller als sonst, wenn sie sich bewegt. Kurz setzt sie sich auf die Bank neben der Feuerstelle, trinkt einen Becher Wasser. Sobald es hell wird, muss sie überlegen, wie es weitergeht. Aber zuerst hat sie etwas anderes vor.

Sie hört Schritte. Jemand läuft draußen über die Holzplanken, bleibt vor dem Haus stehen. Öffnet leise die Tür. Einen Moment erschrickt sie. Dann sieht sie, es ist Avidh. Sie hat gehofft, dass er es ist. Auch er scheint kurz zusammenzuzucken, als er sie auf der Bank neben der Feuerstelle sitzen sieht.

»Es geht dir besser.« Er lächelt. Seine dunklen Augen leuchten im Schein des Feuers. »Ich war mit Leif in der Methalle, ist bisschen später geworden.« Er kratzt sich am Kopf. Sein Atem riecht nach Bier.

»Ich wollte gerade etwas holen«, sagt Yrsa.

»Was denn?«

»Eine Überraschung.«

Sie steht auf, macht zwei Schritte auf Avidh zu, legt ihm die Hand auf den flachen Bauch, streichelt ihn dort, wo die Rippen in einem Bogen zusammenlaufen, und schaut ihm in die Augen. Sein Blick ist intensiv. Er will das Gleiche wie sie. Sie fährt mit den Fingern über die Muskeln an seinem Bauch und folgt den beiden Linien, die am unteren Bauch von außen in die Mitte führen. Er zieht die Luft durch den Mund ein, stöhnt leise, umfasst ihre Taille und zieht sie an sich. Sie hebt den Kopf, schließt die Augen, küsst ihn, will nur noch seine Lippen, seine Zunge spüren.

»Lass uns in den Wald gehen«, flüstert Avidh ihr ins Ohr. »Frida hat einen leichten Schlaf. Ich will sie nicht wecken.«

»Ja, komm mit mir auf die Hochburg«, sagt sie leise.

Sie schleichen nach draußen. Avidh schließt die Türe, zieht

Yrsa gleich wieder an sich. »Wenn wir auf der Hochburg sind«, flüstert er, sie spürt seinen warmen Atem an ihrem Ohr, »möchte ich dir dein Hemd, die Hosen, alle Kleidungsstücke, eins nach dem anderen, langsam ausziehen und dich dabei überall küssen, deine Haut spüren, deinen Körper fühlen.«

»Ich möchte auch, dass du das machst«, sagt sie an seinen Lippen. »Ich kann es kaum erwarten, dir endlich, endlich ganz nahe zu sein.«

Sie laufen durch die dunkle Stadt, nur da und dort glimmt noch der Schein von Öllampen aus einer Luke. Ungewohnte Gefühle rauschen durch Yrsa. Sie will nicht mehr denken, nur diesem einen Wunsch nachgehen, der sie im Moment beherrscht, und alles andere vergessen. Was morgen sein wird, spielt keine Rolle. Der Mond ist halb voll, es sieht aus, als hätte ein Krieger ihn mit dem Schwert in der Mitte entzweigeschlagen. Er leuchtet auf den Pfad, dem sie in den Wald folgen.

Kurze Zeit später stehen sie unter der großen Eiche auf der Hochburg, wo Yrsa viele Nächte verbracht hat. Durch die Äste scheint das Mondlicht. Ihr Lager aus Reisig, Laub und Moos ist, wie sie es verlassen hat.

»Hier hab ich die letzten Wochen geschlafen», sagt sie.

Sie lehnt sich gegen den Baum. Einen Moment lang schauen sie sich nur an. Avidh umfasst ihren Hinterkopf, berührt ihre Lippen sanft mit seinen, erkundet mit der Zunge ihren Mund. Sie legt ihm die Arme um den Hals, schließt die Augen, zieht ihn noch näher zu sich. Sie küssen sich lange, dann folgt er mit seinen Lippen einer Linie ihrem Hals entlang, hält einen Moment inne, schaut ihr in die Augen. Sie sagt leise: »Hör nicht auf. Es fühlt sich viel zu gut an.«

Er fährt ihr mit der Hand über die Backe, den Hals, landet mit den Fingern in der Kuhle über ihrem Schlüsselbein. Küsst sie dort und schiebt ihr langsam das Hemd über die eine Schulter. Weil ihr das Hemd zu groß ist, geht das leicht. Dann öffnet er die Bänder, die den Ausschnitt in der Mitte zusammenhalten, und streift den Stoff auch über die andere Schulter. Das Hemd fällt ihr auf die Hüften. Sie spürt die Nachtluft auf der Haut und dann seine Hände.

Mit seinem Körper drückt er sie gegen den Stamm. Sie stöhnt, greift nach seinem Hemd, zieht es ihm über den Kopf. Alles kribbelt, als sein nackter Oberkörper ihre Haut berührt. Es ist ein so heftiges Gefühl, dass sie den Moment anhalten möchte. Sie küsst seine Lippen, seine Brust, seinen Bauch. Dann zieht er sie auf das weiche Lager. Sie spürt ihn ganz nahe. Sie wusste nicht, dass sich das so anfühlen kann.

Kapitel 58

Yrsa wacht auf, als die ersten Lichtstrahlen in den Wald dringen. Zusammen liegen sie unter der weitverzweigten Eiche. Avidh hat seinen Umhang über sie beide ausgebreitet. Sein Körper hält sie warm. Sie liegen ganz eng, Haut an Haut, ihr Rücken an seiner Brust. Yrsa schließt die Augen noch einmal, will sich das Gefühl einprägen, Avidh so nah zu spüren, zieht seinen Geruch ein. Sie weiß nicht, wie lange sie bei ihm sein kann, aber daran will sie nicht denken. Sie bewegt sich vorsichtig. Er schlägt sofort die Augen auf, küsst ihren Hals, ihre Schulter.

»Ich muss dir etwas zeigen«, sagt sie, »wir liegen drauf.«

Er lacht.

»Das ist kein Witz. Ich habe von der Freundin meiner Mutter Denare geschenkt bekommen, sie hier vergraben und möchte dir helfen.«

»Mir?«

»Ich könnte ein paar Schwerter kaufen für euren Raubzug, damit ihr das Silber der Kriegsmagier nicht braucht. Ich weiß, dass du Ingvar nicht magst. Ich weiß selbst nicht mehr, was ich von ihm halten soll. Aber darüber will ich jetzt nicht nachdenken.«

Er zieht sie noch näher zu sich. »Danke dir. Aber das geht nicht.«

»Warum nicht? Ich möchte das sehr gern für dich tun.«

»Wir brauchen viel Silber. Und deinem Bruder und dir nützen die Denare mehr. Nicht, dass du dich wieder mit irgendwelchen alten Schmieden treffen musst.«

»He.« Sie knufft ihn in die Seite. »Im Ernst, du hast so viel für mich getan. Ich möchte etwas zurückgeben, möchte dir helfen. Es könnte wie bei Hrolfr eine Investition in eure Reise sein. Ich würde so gerne mitreisen. Aber Gunnar war deutlich.«

Avidh seufzt. »Hrolfr hat mehr Silber als du.«

»Das weißt du nicht«, sagt sie und steht auf. »Lass uns nachschauen.«

Sie ziehen sich an, Yrsa wischt das Nachtlager zur Seite und beginnt die Erde mit einem Stück Holz aufzuwühlen. Sie gräbt und gräbt, stößt aber nicht auf das Säckchen. Die Hitze steigt ihr ins Gesicht. »Das kann nicht sein. Wo ist mein Silber?«

»Du bist sicher, dass es hier war?«

»Ganz sicher. Es kann doch nicht einfach weg sein!«

Auch Avidh beginnt zu graben. Das Loch ist bald tief und breit, neben ihnen türmt sich ein Berg Erde, doch das Säckchen taucht nicht auf. Yrsa setzt sich auf eine Wurzel und stützt den Kopf in beide Hände. »Ich fasse das nicht. Es war ein schweres Säckchen, viel Silber. Wie ist das möglich?«

»Hast du jemandem davon erzählt?«

»Nein. Ich verstehe das nicht. Niemand hat davon gewusst. Es muss mich jemand beobachtet haben. Ich hatte in den letzten Tagen manchmal das Gefühl, dass mir jemand folgt. Aber immer, wenn ich mich umgedreht habe, war da niemand.« Es schaudert sie bei dem Gedanken, dass jemand so nah an ihrem Lager war, sie vielleicht auf Schritt und Tritt verfolgt hat, vielleicht sogar in der Nacht.

Avidh schüttelt den Kopf, setzt sich neben sie und zieht sie an sich.

»Du hast nie jemanden gesehen?«

»Nein, es war immer nur so ein Gefühl. Ich weiß nicht, wie viel Silber es war. Als ich es bekommen habe, wollte ich es einfach schnell vergraben, damit es sicher ist. Was sage ich Thora jetzt? Sie hat es mir geschenkt. Und ich habe nicht gut darauf aufgepasst.«

»Das ist nicht deine Schuld. Lass uns nachdenken. Wer könnte das gewesen sein? Es hat bestimmt mit dem Anschlag auf dein Leben zu tun.«

»Freyja, stehe mir bei. Es wird mir erst jetzt so richtig bewusst, was geschehen ist. Es fühlt sich schrecklich an.«

»Wer immer das war, wird es büßen. Das Silber hätte dir bei deiner Suche helfen können.«

»Ja, aber ich hätte es so gern dir gegeben.«

»Diese verfluchten Kriegsmagier.« Sie spürt, wie Avidhs Körper sich anspannt.

»Du denkst noch immer, dass Ingvar hinter dem Giftanschlag auf mich steckt?«

»Allerdings denke ich das.«

»Ich verstehe das alles nicht. Torbjörn hat mir erzählt, dass meine Mutter sich vor allem um Sjalfi sorgte, als wir damals aus Ribe geflohen sind. Was, wenn Ingvar mit seiner Prophezeiung recht hat und ich in den Norden aufbrechen und dort nach Sjalfis Vater suchen muss? Ich muss ihn unbedingt finden.«

»Kannst du dich daran auch erinnern?«

»Ich weiß nicht. In der ersten Zeit im Dorf war Sjalfi viel mit meiner Mutter und Torbjörn zusammen. Aber er war auch noch klein.«

»Und wenn Torbjörn einfach irgendetwas erzählt? Trotz allem könnte auch er es gewesen sein, der dich vergiftet hat.« Er streicht ihr mit der Hand langsam über den Rücken, spielt mit ihren langen offenen Haaren.

»Ich weiß nicht mehr, was ich denken soll. Es ist zum Verzweifeln.«

»Obwohl ich noch immer glaube, dass es Ingvar war.«

Sie schlingt ihre Arme um Avidhs Hals. »Ich will nicht weg, es fühlt sich schrecklich an, aber ich fürchte, ich werde die Antworten auf all diese Fragen nicht hier in Haithabu finden. Vielleicht muss ich auch noch mal in mein Dorf. Auch wenn ich das nicht möchte.«

»Lass uns unbedingt zu Frida gehen. Sie ist im Wald.«

Sie nickt. Sie will nicht aufstehen. Am liebsten würde sie einfach mit Avidh unter dem Baum bleiben. Ihr Bauch schmerzt, wenn sie sich vorstellt, abreisen zu müssen, sich von ihm zu trennen.

Einige Zeit später sind sie wieder unten in der Stadt, die längst zum Leben erwacht ist. Die Fischer sind mit den Booten draußen. Möwen kreisen über dem Hafen. Vom Markt dringen die Rufe der Händler bis zum Uferweg. Yrsa hält Avidhs Hand fest. Sie möchte sie nicht loslassen, und doch fühlt es sich an, als müsste sie das bald. Jetzt, da sie in der Stadt bleiben will, scheinen alle Spuren von hier wegzuweisen. Sie kann Avidhs Gesicht nicht lesen, weiß nicht, was in ihm vorgeht, obwohl sie ihm heute Nacht so nahe war.

Frida sitzt im Wald auf ihrem Lieblingsstein, umrahmt von Farn. Ein Igel verschwindet im Unterholz, als sie sich nähern. Die alte Frau lächelt Yrsa an, nimmt Avidhs Hand und hält sie einen Moment.

»Ich bin froh, dass es dir besser geht«, sagt sie zu Yrsa.

»Sie braucht deine Hilfe«, sagt Avidh.

»Ich muss wissen, wo Sjalfis Vater ist.«

Frida nickt. »Ich helfe dir gern. Setz dich hier vor mir auf den Boden.«

Frida legt ihr die Hände auf die Schultern. Ihre Hände sind angenehm warm. Yrsa spürt ein leichtes Prickeln, dort wo sie liegen. Dann streicht ihr Frida über das Gesicht, legt ihr eine Hand auf den Kopf. Und beginnt leise zu summen. Yrsa schließt die Augen. Es fühlt sich an, als würde ein warmer Strom von ihrer Schulter zur Stirn fließen. Sie hört die Stimme ihrer Mutter in ihrem Kopf. Ganz deutlich. Aber sie versteht nicht, was ihre Mutter sagt. Es ist ein schönes Gefühl. Das Amulett scheint auf ihrer Haut zu glühen. Frida singt Verse sie klingt nicht wie eine alte Frau.

»Ich spüre viel Traurigkeit«, sagt Frida. »Und ich sehe Wasser, einen Sturm, ein kleines Boot.«

Dann streicht sie Yrsa über beide Arme und lässt sie los. Yrsa öffnet die Augen

»Du musst in den Norden«, sagt Frida, »eine Stadt am Meer.«

»Ribe?«

Frida nickt. »Die Wassergeister wissen Bescheid.«

»Werde ich Sjalfis Vater in Ribe finden?«

»Das kann ich dir nicht sagen, eine Wasserwand hat sich aufgetürmt. Ich kam nicht näher an ihn heran.«

Yrsa steht auf, schüttelt die Erde aus ihren Kleidern. »Ganz herzlichen Dank für alles. Ich werde das nicht vergessen«, sagt sie.

Frida nimmt noch einmal ihre Hand, hält sie lange, dann legt sie eine Hand auf Yrsas Amulett, schließt die Augen und murmelt einige Verse. »Freyja wird dich beschützen«, sagt sie dann.

Kurz darauf steht Yrsa mit Avidh in Fridas Haus und packt ihr Bündel.

»Mein Bruder ist seit drei Wochen verschwunden«, sagt sie.

«Ich kann die Suche nicht aufgeben. Ich muss aufbrechen in Richtung Norden. Auch wenn ich das eigentlich nicht möchte.»

»Ich weiß.«

»Ich wünschte, du könntest mitkommen.« Sie schaut sich noch einmal in Fridas Haus um. Hasst den Gedanken, es hinter sich zu lassen.

»Ich auch. Aber es geht nicht«, sagt Avidh.

»Gunnar würde das nicht gefallen.« Sie streicht mit der Hand kurz über das Bett, in dem Avidh schläft und in dem sie gelegen hat.

»Nein. Und ich kann Frida jetzt nicht allein lassen.« Sein Blick ist düster.

»Ja, das verstehe ich.«

»Leif sagt manchmal, ich mache mir zu viel Sorgen um sie.«

»Hat er recht?«

»Ich weiß es nicht. Es gibt keinen Menschen, der in meinem Leben so viel für mich getan hat, ohne die geringste Gegenleistung zu erwarten. Und jetzt, da sie alt ist, habe ich das Gefühl, ich müsste sie beschützen.«

»Kann sie nicht selbst auf sich aufpassen? Sie ist eine mächtige Seherin und Heilerin.«

Er lächelt. »Das sagt Leif auch immer.«

Dann stehen sie am Pferdestall, wo ihre Wege sich trennen. Yrsa hört die Pferde nervös wiehern. In ihrem Bauch sitzt ein ziehender Schmerz. Sie schlingt ihre Arme um Avidh, er hält sie lange fest, küsst sie. Sie drückt ihren Kopf gegen seine Brust, will sich nicht lösen von ihm. Der ziehende Schmerz wird stärker.

»Ich ... Es war ...« Sie findet keine Worte. Das Ziehen im Bauch vernebelt ihren Kopf. Da ist nur ein Gedanke: Sie will nicht weg von ihm. Aber sie muss.

»Ich wünschte, du könntest hierbleiben«, sagt Avidh leise.
»Wirst du mit deinem Bruder in euer Dorf zurückkehren, wenn du ihn findest?«
»Ich weiß es nicht. Er wollte das Dorf nie verlassen. Ich schon.«
»Pass auf dich auf.« Seine Stimme klingt heiser.
»Du auch. Lass dich von keinem Franken erwischen.«
Er schüttelt den Kopf.
Plötzlich wird ihr bewusst, dass sie ihn vielleicht nie mehr wiedersehen wird. Vielleicht findet sie Sjalfi erst, wenn Avidh schon abgereist ist. Vielleicht kommt Avidh nicht mehr zurück von seiner Reise, vielleicht stirbt er im Kampf. Der einzige Mann, für den sie jemals solche Gefühle hatte.

Sie nimmt sein Gesicht in beide Hände, hält sich an seinem Bart fest, presst ihre Lippen auf seine, küsst ihn, saugt an seiner Lippe, der Zunge, will sich nicht lösen von seinem Mund, will den Kuss nicht enden lassen. Wenn sie aufhört, muss sie sich von ihm trennen, und im Moment weiß sie nicht, wie sie das schaffen soll. Sie küsst ihn und schluchzt gleichzeitig, ihre Tränen laufen in seinen Bart. Er legt seine Arme um sie und drückt sie fest an sich, wischt ihr die Tränen aus dem Gesicht. Sie küsst seine Hände, schmeckt das Salz ihrer Tränen.

Irgendwann flüstert sie: »Ich muss gehen, ich muss Sjalfi suchen. Ich wünschte so sehr, du könntest mit mir kommen. Ich will nicht ohne dich sein.«

»Ich will auch nicht ohne dich sein«, sagt er.

Wieder spürt sie Tränen aufsteigen. Sie küsst ihn noch einmal lange, dreht sich um und rennt los.

Kapitel 59

Yrsa rennt, bis es ihr bei jedem Atemzug in den Seiten sticht. Dann bleibt sie stehen, stützt die Hände auf die Knie und schaut Richtung Norden. Die Stadt hat sie längst hinter sich gelassen, auch die Schlei ist rechts aus ihrem Blickfeld verschwunden. Vor ihr windet sich der Ochsenweg durch die Landschaft, gesäumt von hohen Bäumen. Zwei Reiter kommen ihr entgegen, eine Frau mit einem Korb auf der Schulter kreuzt den Weg.

Yrsa muss vier Tage laufen, um bis nach Ribe zu gelangen. Vielleicht hat sie Glück und jemand nimmt sie auf dem Wagen oder dem Pferd mit. Im Moment scheint ihr der Weg so weit, als müsste sie bis dorthin gehen, wo es im Sommer keine Dunkelheit gibt.

Ihr Zopf fällt nach vorne, Avidhs Geruch hängt noch in ihren Haaren. Die Trennung von Avidh hat auch etwas Gutes, sagt sie sich: Wie soll sie klar denken, wenn sie sich nur dauernd wünscht, in seiner Nähe zu sein? Wie die Schläge eines Gegners parieren, wenn ständig Erinnerungen an seine Berührungen aufblitzen? Sie wünschte, sie könnte ihre Mutter fragen, warum Freyja ihr diesen Zauber schickt. »Ich wollte das nie«, sagt sie leise und läuft weiter.

Der Weg steigt jetzt leicht an. Die Wolken ziehen rasch über den Himmel. An einem anderen Tag ließe sie sich von ihrem schnellen Strom beflügeln. Doch jetzt muss sie erst wieder zu Atem kommen. »Die Männer genießen«, sagte Thora. Yrsa weiß nicht, ob sie diese Aufforderung erfüllt hat. Gestern Nacht kam es ihr so vor. Doch jetzt hat sich dieses Gefühl verflüchtigt, zurückgeblieben ist nur das Reißen in ihrem Innern. Es fühlt sich an, als würde ein Troll auf ihrem Magen sitzen. Wenn sie nicht aufpasst, breitet sich dieses Gefühl im Körper aus. Und es flüstert ihr zu: Bleib stehen, dreh dich um, kehre zurück zu ihm. Er wartet auf dich, du kannst ihn wieder berühren, riechen, schmecken.

»Sjalfi, ich bin unterwegs«, sagt sie laut, um die Stimme zum Verstummen zu bringen, sagt es immer wieder, im Rhythmus ihrer Schritte auf dem Weg in Richtung Norden. Und als sie endlich wieder zu Atem gekommen ist, fängt sie erneut an zu rennen. Das Rennen macht alles einfacher. Über die Wagenfurchen springen, den Schlammlöchern ausweichen und nichts, einfach gar nichts denken. Doch irgendwann sind ihre Beine so schwer, ihre Lungen schmerzen, und sie mag nicht mehr rennen. Sie trottet entlang des Ochsenwegs, den Blick auf ihre Füße gerichtet, hebt den Kopf nur kurz zum Gruß wenn Karren an ihr vorüberfahren. Ich habe es geahnt, Thora, denkt sie. Die Männer zu genießen, mag ein guter Plan sein, aber Avidh war der Falsche dafür.

Sie sehnt sich so stark danach, wieder bei ihm zu sein, dass es sich anfühlt wie ein körperlicher Schmerz. Sie fährt sich mit der Hand über den Körper, noch immer hallen Avidhs Berührungen in ihr nach. Wenn sie die Augen schließt, versucht sie sein Gesicht zu sehen. Sie bemüht sich, seine Stimme in ihrem Kopf zu beschwören, fürchtet, ihren Klang zu vergessen. Bitte, Yrsa, schimpft sie mit sich. Du benimmst dich, als wäre er gestorben. Er ist sehr lebendig, und wer weiß, vielleicht siehst du ihn wieder.

Das jedoch ist mehr als fraglich.

Es fängt an zu regnen. Dicke Tropfen platschen Yrsa auf den Kopf, laufen ihr über den Nacken ins Hemd. Nach kurzer Zeit kleben ihre Kleider schwer und kalt an ihr, ein frischer Wind lässt sie frösteln.

Als es langsam dunkel wird, will sie auf einem Hof um etwas Brot bitten. Im Langhaus duftet es nach Grießbrei. Die Bäuerin steht gerade am Feuer, ist durchnässt von der Arbeit. Ihren schwarzen Zopf hat sie auf dem Kopf zu einer Schnecke aufgetürmt, trotzdem reicht sie Yrsa nur bis zur Brust. Yrsas Bauch rumpelt so laut, dass sie meint, die Bäuerin müsste es gehört haben. Die Frau lächelt und lädt Yrsa zu einer warmen Mahlzeit ein. Nach dem Essen sagt die Bäuerin: »Du bist herzlich willkommen, hier am Feuer zu übernachten.« Yrsa nimmt dankend an. Draußen regnet es noch immer.

Gleich nach dem Essen hängt Yrsa die nassen Sachen in die Nähe des Feuers und legt sich auf ein altes Fell in einer Ecke des Langhauses. Staub wirbelt auf, als sie sich auf die Seite dreht, aber das Fell ist weich und warm. Die Bäuerin geht hinaus, will im Mondschein Kräuter suchen. Yrsa schließt die Augen, denkt an Avidh. Sie erinnert sich daran, wie sie ihn erstmals in Njálls Dorf vor dem Gasthaus gesehen hat, erinnert sich an das Wilde, Unnahbare und zugleich Sanfte, das sie zu ihm hingezogen hat. Versucht in ihrem Kopf die beiden Bilder zusammenzubringen: der geheimnisvolle, unnahbare Krieger von damals und der Mann, dem sie in den letzten Tagen so nahegekommen ist und für den sie Gefühle spürt, von denen sie nicht wusste, dass es sie in ihr gibt.

Plötzlich verdrängt etwas die Bilder von Avidh. Yrsa steht vor einer Nebelwand, tastet sich vorwärts. Der Nebel verflüchtigt sich, sobald sie ihn berührt, bildet sich aber jedes Mal neu, wenn sie glaubt, ihm entkommen zu sein. Dann hallt die Stimme der Fylgja über das Land. Blumenkohlartige Wolken türmen sich auf, schnüren Yrsa die Luft ab. Es riecht nach Rauch. Sie hustet, keucht, ringt nach Atem.

Dann lichtet sich der Nebel. Die Fylgja steht da in ihrem roten Gewand. Sie hebt die Hände, lässt die Ärmel flattern. Flammen schießen aus dem Stoff. Überall um die Fylgja brennt es. Rotes, oranges, grellgelbes Feuer schlägt aus ihrem Kleid. Die glühende Hitze kann der Fylgja nichts anhaben, doch Yrsa hält schützend die Arme vors Gesicht, jeder Atemzug brennt. Dann verdunkelt sich der Rauch, sie sieht die Fylgja kaum mehr. Aber sie hört ihre Stimme, so laut wie noch nie. »Ihn kannst du nicht mehr retten«, sagt sie. »Rette ihn.« Das sagt sie immer wieder: »Ihn kannst du nicht mehr retten. Rette ihn.«

Yrsa hört eine Tür schlagen, öffnet die Augen. Es ist die Bäuerin, sie ist mit einem Büschel Grün zurückgekehrt. Yrsa schließt die Augen wieder, doch die Fylgja ist verschwunden. Die Fylgja hat sie lange nicht mehr besucht. Yrsa fragt sich, warum sie gerade jetzt aufgetaucht ist.

Was wolltest du mir sagen, denkt Yrsa, ich verstehe es nicht. Wen kann ich nicht mehr retten, und wen soll ich stattdessen retten?

Kälte kriecht Yrsa bis in die Fingerspitzen. Hoffentlich meint die Fylgja nicht, dass Sjalfi rettungslos verloren ist. Ich werde ihn suchen, und wenn ich bis zu den Sami laufen muss, denkt Yrsa und versucht damit auch die Sehnsucht nach Avidh beiseitezudrängen.

Die Morgendämmerung ist erst ein grauer Schleier, als Yrsa wieder aufbricht. Wenigstens hat es aufgehört zu regnen. Sie folgt dem Weg weiter in Richtung Norden. Unterwegs hilft sie einem alten Mann – sein Rücken ist krumm, sein Blick freundlich –, eine Kiste wieder auf den Karren zu laden. Der Ochse des Mannes war plötzlich stehen geblieben, als irgendwo in der Ferne ein Wolf heulte. Zum Dank nimmt der Mann Yrsa mit, und sie kann die müden

Beine strecken. Ihre Beine sind noch nicht so stark, wie sie waren, bevor der Geist der Tollkirschen in ihrem Körper wütete.

Irgendwann fahren sie am Gasthaus am Ochsenweg vorbei, in dem Avidh Yrsa damals vor den Männern beschützt hat. Zwei Händler sitzen vor dem Haus und trinken Bier. Einer hebt den Becher in ihre Richtung. Viele Monde scheinen vergangen zu sein, seit sie hier nachts neben Avidh lag und sich fragte, warum er ihr half. Dabei ist es erst wenige Wochen her.

Am späten Nachmittag haben sie fast die Stelle erreicht, wo der Ochsenweg durch Njálls Dorf führt. Yrsa springt vom Karren, dankt dem alten Mann und weicht in die Wälder aus. Sie nimmt sich vor, das Gebiet zu meiden, in dem die Waldelfen hausen.

Lange Zeit später stolpert sie noch immer durch den Wald. Ihre Beine wollen sie längst nicht mehr tragen, auch gegessen hat sie kaum. Sie folgt einem kleinen Pfad, der sich immer mehr verengt. Der Himmel verschwindet im Grün der dichten Wipfel, nur ab und zu tauchen noch blaue Fetzen über ihrem Kopf auf. Ein ungutes Gefühl beschleicht Yrsa. Vielleicht hat sie sich verlaufen. Dann fällt ihr Blick auf eine Hütte. Sie steht seitlich des Pfades zwischen den Buchen. Sie erinnert Yrsa an jene Hütte, in der sie Njáll traf. Diese Hütte lag ähnlich versteckt im Dunkel der hohen Bäume. Egal was geschieht, schwört sie sich, nie mehr werde ich mit Njáll das Bett teilen.

Ihr fällt ein, dass in diesem Waldstück eine alte Heilerin lebt. Estrid beschloss irgendwann, in der Einsamkeit mit den Göttern zu sprechen, und zog sich in den Wald zurück. Zuvor besuchte sie manchmal Yrsas Mutter. Yrsa kann sich noch dunkel an eine hagere Frau mit schütteren Haaren erinnern. Vielleicht schadet es nicht, Estrid nach Sjalfis Vater zu fragen. Obwohl Yrsa bezweifelt, dass die Alte etwas weiß. Sie war keine enge Freundin ihrer Mutter.

Ein Trampelpfad führt bis zu der Hütte. Der Unterschlupf ist aus schiefen Brettern gezimmert. Schwarze Flechten überziehen die Vorderwand, bilden ein eigenartiges Muster. Beinahe sieht es aus, als hätte jemand Runen ins Holz geschnitzt. Doch eine Botschaft kann Yrsa in den Flechten nicht entziffern. Über dem Eingang hängt ein Wolfsschädel. Einen Moment zögert sie, ist nicht sicher, ob sie tatsächlich klopfen soll, legt die Hand auf ihre Axt. Sie hofft, dass sie wirklich vor Estrids Hütte steht. Sie will die Heilerin auch um etwas zu essen bitten und fragen, wie sie möglichst schnell wieder zum Ochsenweg kommt.

»Ist jemand zu Hause? Hallo?«, ruft sie.

Ein Specht klopft in der Nähe gegen einen Stamm. Sonst bleibt es still.

»Hallo, Estrid? Ist jemand da?«

Yrsa fährt mit der Hand über das weiche Muster, das die Flechten auf die Wand gezeichnet haben. Die Türe des Verschlags ist nur angelehnt. Yrsa zieht sie ein Stück weit auf. Modrige Luft schlägt ihr entgegen. Vielleicht sollte sie weitergehen. Aber sie ist müde.

Es dauert einen Moment, bis sich ihre Augen an das dämmrige Licht gewöhnt haben. Dann zuckt sie zusammen, zieht die Axt, geht langsam ein paar Schritte rückwärts und kauert sich seitlich an die Außenwand. Mitten im Raum hat sie einen Wolf gesehen. Sie bemüht sich, leise zu atmen. Oder hat sie sich geirrt? Sie konnte in der Dunkelheit nur Umrisse erkennen. Doch das Tier sah aus wie ein Wolf. Sie wartet, umklammert die Axt so fest, dass ihre Knöchel weiß hervortreten.

Nichts geschieht. Sie schleicht zurück zu der Türe, streckt den Kopf vorsichtig um die Ecke. Es ist still in dem düsteren Raum. Noch einmal wagt sie sich über die Schwelle. Und wieder sieht sie einen Wolf. Dieses Mal bleibt Yrsa stehen.

Der Wolf lebt nicht, jemand hat das Tier ausgestopft und in die Mitte des Raums gestellt. Sie macht einen Schritt weiter in die

Hütte. Ein seltsamer Geruch steigt ihr in die Nase. Der Wolf hat keine Augen, nur schwarze Höhlen. In jeder der Höhlen steckt eine Pfeilspitze, als hätte ihm jemand die Augen ausgestochen.

Der Boden ist weich unter ihren dünnen Sohlen. Yrsa bückt sich, streicht mit der Hand über etwas Weiches, es fühlt sich an wie Moos, etwas krabbelt über ihre Finger. Sie zieht die Hand zurück, steht wieder auf. Die Wand seitlich des Wolfs ist mit Runen bedeckt. Sie stößt die Türe weiter auf und beginnt zu lesen:

»Im Osten kauert eine alte Riesin und zieht die Brut des Wolfs Fenrir auf. Einer erinnert an einen Troll und verbeißt sich in den Mond. Der Wolf saugt seine Kraft aus jenen, die dem Untergang geweiht sind. Das Reich der Götter färbt sich rot mit ihrem Blut. Schwarze Schatten ziehen im Sommer vor die Sonne.«

Und etwas weiter unten steht:

»Vor den Toren der Hallen von Hel lässt Fenrir ein schreckliches Jaulen erklingen. Der Wolf wird seine Ketten sprengen und entkommen. Ich habe viel Weisheit, ich sehe weit in die Zukunft, bis zum Tag des Ragnarök, es wird ein düsterer Tag für die Götter werden.«

Yrsa kennt diese Geschichte. Estrid hat auf die Wand geschrieben, was in den Versen der Dichtung »Völuspá« über das Ende der Welt und das Ende der Götter steht. »Brüder werden gegen Brüder kämpfen und einander töten«, rezitiert Yrsa die Verse in ihrem Kopf weiter. Doch dieser Moment ist fern, hat ihre Mutter immer gesagt.

Sie überlegt, was Estrid dazu bewogen haben mag, auf einer Hüttenwand den Tag nachzuerzählen, an dem die Welt zerbrechen wird. In der Ecke steht ein Tisch. Mehrere Wolfsschädel und abgeschlagene Pfoten liegen dort, daneben ein langer Jagdbogen und eiserne Fallen. Yrsa fährt mit dem Finger über das geschwungene

Holz des Bogens. Er ist länger als ihr eigener, die Sehne hängt schlaff.

In der anderen Ecke steht ein hölzernes Gestell, Laub und Moos liegen darauf. Etwas raschelt, als sie sich nähert. Eine Maus rennt an ihrem Fuß vorbei. Das Schlaflager stinkt wie eine Latrine. Über dem Bett ist eine Zeichnung, mit Ruß hat jemand drei Wesen an die Wand gezeichnet, eine Schlange, einen Wolf und eine Frau: die Midgardschlange, Fenrir und Hel – Lokis Kinder. Wer immer das gezeichnet hat, dessen Hand haben die Götter sorgfältig geführt. Die Schlange sperrt ihr Maul weit auf, Yrsa erkennt ihre Fänge, und es scheint, als würde sie aus der Wand auf sie zuschießen. Neben der Zeichnung steht in riesigen Runen der Name Loki.

Estrid scheint nicht hier zu sein. Yrsa will gerade gehen, als es plötzlich dunkel wird. In der Türe steht eine kräftige Gestalt und verdeckt das Tageslicht.

»Was machst du in meiner Hütte?«, sagt eine tiefe Stimme.

»Wer ist da?«, fragt Yrsa.

»Was willst du hier?«, sagt der Mann.

»Entschuldigt die Störung. Ich habe mich geirrt, bin auf der Durchreise. Ich dachte, dies sei die Hütte von Estrid«, sagt Yrsa, »ich bin gleich weg.« Sie macht einige Schritte in Richtung der Türe. Die Gestalt im Türrahmen bewegt sich nicht. Der gleiche Gestank, der die Schlafstatt umweht, steigt Yrsa in die Nase.

»Fenrir mag es nicht, wenn man in seine Hütte eindringt«, sagt der Mann.

Yrsa kann sein Gesicht im Gegenlicht nicht erkennen. Er hat lange zottelige Haare und einen Bart, der ihm fast bis zum Bauchnabel reicht.

»Es tut mir leid. Ein Missverständnis. Hast du die Runen in die Wand geschnitzt?«

Der Mann hebt beide Arme, ihm fehlt eine Hand. »Fenrir muss an die Leine.« Mit dem Armstumpf kratzt er sich am Kinn.

»Mir gefällt die Zeichnung dort drüben von Fenrir, Jörmundgandr und Hel. Hast du das gezeichnet?«

Der Mann nickt. »Loki und Angrboða haben das geschaffen.« Er räuspert sich. »Ich spreche selten. Wir sollten Lokis Kinder besser behandeln.«

»Ja«, sagt Yrsa. »Meine Mutter hat auch oft mit den Göttern gesprochen.«

Der Mann macht einige Schritte auf sie zu, mehr Licht fällt durch die offene Türe. Sein Gesicht ist jünger, als Yrsa angenommen hat. Er legt seinen Armstumpf auf den ausgestopften Wolf.

»Was ist mit deiner Hand passiert?«

»Der Wolf hat sie abgebissen, aber ich spüre sie.«

»Jagst du Wölfe?«

»Ja. Es gibt viele Wölfe hier im Wald. Sie gehorchen alle Fenrir. Ich höre sie nachts, wie sie miteinander sprechen.«

»Kannst du den Bogen noch spannen mit einer Hand?«

Der Mann brummt etwas, das Yrsa nicht versteht.

»Ich muss dann mal los.«

»Hast du Hunger?«

Yrsa nickt.

Der Mann zieht ein Stück Brot aus einem Sack, der auf dem Boden liegt, gibt es Yrsa und sagt: »Loki beschütze dich.«

»Dich auch.«

Sie nimmt das Brot und ist in wenigen Schritten aus der Hütte. Als sie zurück auf dem Hauptweg ist, und das Sonnenlicht sie wieder wärmt, schaut sie sich das Brot an. Stücke von Blättern sind im Teig eingeknetet. Yrsa hält das Brot an die Nase, es riecht modrig. Was es für Blätter sind, kann sie nicht erkennen. Das Loch in ihrem Bauch ist groß. Sie seufzt und wirft das Brot ins Gebüsch.

Kapitel 60

Am Morgen des vierten Tages erreicht Yrsa eine Stelle, wo sich der Weg gabelt, sie folgt ihm in Richtung Nordwesten. Am späten Nachmittag tauchen in der Ferne die ersten Häuser von Ribe auf. Immer mehr Menschen sind unterwegs, der Weg wird breiter. Er führt von Süden in die Stadt hinein. Vor ihr rumpelt ein Ochsenwagen, die Ladefläche voll mit gackernden Hühnern in hölzernen Käfigen.

Abrupt bleibt sie stehen. Ein Mann mit einer Schubkarre fährt ihr beinahe von hinten in die Füße. Yrsa springt zur Seite. Der Mann flucht und schüttelt den Kopf. Yrsa beachtet ihn nicht. Sie ist stehen geblieben, weil ihr plötzlich alles vertraut vorkommt. Rechts des Weges steht eine Gaststätte, ein ockerfarbenes, lehmverputztes Haus, so lang wie ein kleines Handelsschiff, mit strohgedecktem Dach. Sie hört Menschen lachen und reden. In dieser Gaststätte außerhalb des Stadtgrabens hat sie manchmal mit ihrem Vater gegessen, nachdem sie draußen auf den Wiesen das Kämpfen geübt hatten. »Eine fette Schweinshaxe, meine Tochter hat Hunger«, rief er jeweils laut, sobald sie die Gaststätte durch eine der beiden Türen betraten.

Sie wünschte, er wäre hier, sie wünschte, er würde an einem der Tische trinken, würde aufspringen und ihr bei der Suche helfen. Vielleicht ist er hier, denkt sie plötzlich, und wartet seit vielen Wintern auf sie. Wie sollte er wissen, wohin sie gegangen waren?

In wenigen Schritten steht sie in der Gaststätte, prallt beinahe mit einer Frau zusammen, die drei Krüge Bier balanciert. Yrsa lässt den Blick über die Gäste schweifen, dann bleibt ihr Blick an einem Hinterkopf hängen. Genauso einen Wirbel wie dieser Mann dort vorne hatte ihr Vater auch in seinen Haaren!

Yrsa rennt zu dem Tisch, schaut dem verdutzten Mann ins Gesicht und weiß im gleichen Moment, dass sie Erinnerungen nachjagt. Ihr Vater ist nicht hier. Sie schließt kurz die Augen. Du schaffst das auch allein, sagt sie sich, verlässt die Gaststätte und läuft weiter.

Der Graben um die Stadt ist tiefer, als sie ihn in Erinnerung hatte. Im Halbkreis zieht er sich um die Häuser. Sie könnte in dem Graben stehen und würde kaum Himmel sehen, nur das Erdreich, auf dem die Stadt erbaut ist. Ein Brett überbrückt den Graben, mit dem letzten Schritt vom Brett steht sie in Ribe.

Links von ihr gurgelt der Fluss, dem die Schiffe in vielen Kurven bis zum Meer folgen. Den Hafen im Nordwesten der Stadt sieht sie noch nicht. Von dort ist ihr Vater zu seinen Reisen aufgebrochen. Und sie, in ihren Träumen, auch, unzählige Male. Sechs Winter sind seit ihrer überstürzten Flucht vergangen. In der ersten Zeit hat sie sich verzweifelt nach dieser Stadt und ihrem Leben hier gesehnt. Doch das ist lange her.

Sie bückt sich, krümelt die Erde zwischen den Fingern, wünschte, der Boden könnte ihr von den alten Geschichten erzählen. Ihr Haus war im Südosten. Sie weiß nicht, ob es noch steht und, wenn ja, wer darin wohnt. Sie nimmt sich vor, zuerst zu ihrem Haus zu gehen, bevor sie nach Menschen sucht, die Sjalfis Vater vielleicht kennen. Alles scheint kleiner, als sie es in Erinnerung hat, obwohl die Stadt gewachsen ist.

Sie folgt dem Hauptweg, entlang des Flusses, wo die Händler ihre Waren anpreisen. Es klingt wie in Haithabu am Hafen. Glasperlen, Waffen, Kämme, Stoffe, teure Gläser, geräuchertes Fleisch, Krüge, Spielsteine, alles, was man braucht, kann man hier kaufen. Auch das Gedränge und Geschiebe ist ähnlich. Viele Handwerker betreiben ihre Werkstätten direkt am Fluss.

Yrsa bleibt an einem kleinen Haus stehen, in dem ein Silberschmied arbeitet. Auf der Seite, die am Weg liegt, hat der Silberschmied eine große Klappe angebracht. Sie steht offen, darunter ist ein Tisch, wo der Mann seine Schmuckstücke ausstellt. Yrsa fällt ein schwerer silberner Armring auf. Mehrere dicke Drähte sind mit filigraneren Drähten verdreht und zu einem offenen Ring geschmiedet. Auf beiden Seiten endet der Ring in einem Drachenkopf. Sie hat solche Armringe schon manchmal bei Kriegern gesehen und stellt sich jetzt vor, wie gut dieses Schmuckstück um Avidhs Handgelenk aussähe. Mit dem Finger fährt sie über die Windungen des Silbers. Wenn sie nur Thoras Münzen noch hätte! Sie würde den Armring kaufen, auch wenn sie nicht weiß, ob sie Avidh jemals wiedersehen wird.

»Pfoten weg«, ruft der Silberschmied aus dem hinteren Teil des Hauses. »Ich sehe alles, komm nicht auf die Idee, mich zu bestehlen.«

Yrsa gibt keine Antwort, läuft weiter. Sie biegt ab, folgt einem Weg, der zwischen zwei eng nebeneinanderstehenden Häusern vom Markt wegführt. Alles scheint vertraut und doch fremd. Die Vergangenheit ist in ihrem Kopf so lebendig, doch hier in den Gassen ist das Leben weitergezogen. Die Stadt hat sich verändert in den sechs Wintern, die seit ihrer Flucht vergangen sind. Yrsa hat ein seltsames Grummeln im Bauch. Es wird stärker, je näher sie dem Haus kommt, in dem sie einst wohnten. Es liegt an einem Bohlenweg etwas abseits im Südosten der Stadt. Würde sie nur ein bisschen weitergehen, dann würden jenseits des Stadtgrabens die Gräberfelder beginnen.

Schon von Weitem sieht sie, dass ihr Haus noch steht. Der Giebel, immer ein bisschen schief, auf beiden Seiten Pfeiler, um die Lehmwände zu stützen. Neun Schritte ist das Haus lang und sechs breit. Das Dach ist mit frischem Stroh gedeckt, also wohnt jemand dort.

Sie streicht an der Seitenwand über die bröckelnde Lehmschicht, die das Flechtwerk und den Reisig in den Wänden zusammenhält. Sie war noch ein Mädchen, als sie aus diesem Haus flüchten mussten. Auch das Haus war in ihrer Erinnerung größer.

Die Türe ist geschlossen. Sie legt ihr Ohr ans Holz, im Haus scheint es still zu sein. Sie klopft, niemand antwortet. Vor ihrem alten Haus steht eine Bank, dort setzt sie sich hin und überlegt, wo sie anfangen soll zu suchen. Sie spürt ihre Mutter jetzt nahe, und es macht sie traurig. Als sie flüchteten, ahnte ihre Mutter nicht, dass sie nie mehr hierher zurückkehren würde. Ihre Mutter hatte Ribe geliebt. Schon Yrsas Großmutter war Seherin in dieser Stadt gewesen. Yrsa schließt die Augen. Nichts scheint von ihrem Leben hier geblieben. Nur die Wände des Hauses und die Bilder in ihrem Kopf.

»Yrsa, bist du das?«, sagt eine heisere Stimme.

Sie öffnet die Augen, springt auf. Vor ihr steht eine magere alte Frau. Die Frau fährt sich mit der Hand über den Kopf, streicht schüttere Haare aus dem Gesicht. Yrsa überlegt, ob sie die Frau schon einmal gesehen hat.

»Bist du nicht die Tochter von Katla der Großherzigen?«

Yrsa nickt. »Wohnt Ihr hier in diesem Haus?«

»Nein, ein Händler wohnt hier. Er ist wahrscheinlich auf Reisen. Aber ihr habt einmal in diesem Haus gewohnt. Ich bin Bodil die Wieselflinke und war eine Freundin deiner Mutter. Erinnerst du dich?«

»Ich weiß nicht genau«, sagt Yrsa.

»Ich habe mich verändert«, sagt Bodil und hustet.

Kurze Zeit später sitzen sie in Bodils Hütte, am nördlichen Rand der Stadt. Bodil trocknet sich Tränen mit dem Handrücken. »Ich muss fast immer weinen, wenn ich von Katla spreche«, sagt sie und schüttelt den Kopf. Ihre langen Ohrringe klimpern. »Alles wäre besser, wenn sie noch hier wäre. Wäre ich nur damals nicht fortgegangen. Wir hatten eine sehr gute Zeit zusammen.« Bodil hustet, es ist ein tiefes Röhren. Yrsa staunt, dass ihr dünner Körper ein solches Geräusch hervorbringen kann.

In Bodils Hütte hat sich Staub auf den Brettern, dem Tisch, dem Boden ausgebreitet, die Felle und Decken auf dem Schlaflager haben Löcher. Bodil teilt ein trockenes Stück Fladenbrot mit Yrsa und entschuldigt sich, dass sie eine so schlechte Gastgeberin ist.

»Ein Troll sitzt in meiner Brust«, sagt Bodil.

»Wann hast du meine Mutter zuletzt gesehen?«

»Es ist viel zu lange her. Ich bin vor sieben Wintern über das Meer in den Norden gezogen. Katla hat gesagt, vielleicht komme sie mich mal besuchen. Als ich vor drei Wintern zurückkehrte, erfuhr ich von ihrem Tod.«

Bodil erzählt Geschichten von gemeinsamen Reisen, und je länger sie spricht, umso klarer wird in Yrsa das Bild von einer Frau, die wenig mit der mageren Alten gemein hat.

»Ich kann mich jetzt an dich erinnern«, sagt sie. »Du warst manchmal bei uns. Es ist schön, die Geschichten über meine Mutter zu hören. Das bringt sie mir näher. Manchmal fühlt sich die Erinnerung an sie so fern an, als würde sich eine immer dickere Wand zwischen uns schieben, als könnte ich ihre Stimme nicht mehr hören, wenn sie aus Freyjas Halle zu mir spricht. Die Trau-

rigkeit ist immer noch da, aber sie hängt irgendwo im Leeren, ist gefüllt mit Bildern, die verblassen und doch an mir ziehen.«
»Das verstehe ich«, sagt Bodil. »Manchmal wird der Ruf der Verstorbenen leiser. Aber sie ist trotzdem immer bei dir.«
Yrsa nickt und erzählt Bodil von Sjalfis Verschwinden und ihrer Suche.
»Ich muss dringend Sjalfis Vater finden. Deshalb bin ich in die Stadt gekommen. Kannst du mir helfen? Weißt du, wer Sjalfis Vater ist?«
Bodil schaut lange ins Feuer und nickt. »Das ist eine traurige Geschichte«, sagt sie dann, »aber auch eine schöne Geschichte.«
Sie tupft sich die Augen mit den Ärmeln ihres Kleids ab.
»Deine Mutter hat ihn sehr geliebt. Ich weiß nicht, ob sie jemals einen Mann so geliebt hat wie ihn. Er hieß Kåre. Wir waren zusammen unterwegs, als sie ihn kennenlernte. Kåre war ein schöner Mann, hatte blonde Locken, ein verschmitztes Lachen und strahlte etwas aus, das direkt von den Göttern kam. Anders kann ich das nicht erklären. Er hatte eine besondere Wirkung auf die Menschen. ›Die Götter zwinkern dir zu, wenn du mit ihm zusammen bist‹, so beschrieb es deine Mutter immer.«
Bodil lächelt, sie hat nicht mehr viele Zähne. »Katla und ich sind damals von Ribe aus nördlich gereist in ein kleines Dorf an der Küste. Fünf Höfe, Schafe, so weit man schauen konnte. Alle stellen dort Wolle her für die Segel der Schiffe. Eine Familie hatte uns um Hilfe gebeten, eines ihrer Kinder war vom Baum gestürzt. Kåre war Fischer, lebte in einer Hütte am Strand. Ein Bett, Angelruten, eine Laute und eine Flöte, mehr hatte er nicht, mehr brauchte er nicht. Der Strand lag nicht weit vom Hof der Familie entfernt. Katla hat abends gern den Wellen gelauscht.«
»Ich weiß«, sagt Yrsa. »Wir sind auch in Ribe manchmal abends noch in die Marsch raus, haben Muscheln gesucht, und sie hat

lange aufs Meer geschaut. Ich habe mir immer vorgestellt, dass sie dabei an meinen Vater denkt.«

»Manchmal hat sie das bestimmt getan. An jenem Abend, als sie Sjalfis Vater traf, saßen wir am Strand, das Meer war sehr still, die Götter konnten ihr Spiegelbild sehen, so flach war das Wasser, und plötzlich hörten wir Flötenklänge. Es waren wunderschöne traurige Melodien. Katla hat sofort den Kopf gehoben und gelauscht. Dann sind wir den Klängen gefolgt und kamen zu einer Fischerhütte. Dort saß Kåre neben seinem Boot. Wir haben uns zu ihm gesetzt. Er hat kurz aufgeschaut, uns zugenickt und weitergespielt.« Sie lacht. »Ich bin dann schon bald aufgebrochen. Es war mir sofort klar, dass die beiden eine besondere Verbindung hatten. Am nächsten Tag bin ich allein nach Ribe zurück. Deine Mutter ist bei ihm geblieben. Und sie ist dann immer wieder in das Dorf gereist, hat viel Zeit mit Kåre verbracht, und irgendwann war sie schwanger.«

»Wo ist Kåre? Ich muss dringend mit ihm sprechen.«

Bodil schüttelt den Kopf. »Die Geister des Meeres haben ihn vor langer Zeit zu sich geholt. Er fuhr so oft raus, dass er sich vor hohen Wellen nicht fürchtete. Ist mit seinem Boot wie ein Fisch durch die Wellentäler gerauscht. Doch am Tag seines Todes hat er die Wut der Wassergeister unterschätzt.«

»Bist du sicher, dass er nicht mehr lebt?«

»Ja, leider. Es hat ihn am nächsten Tag an Land gespült. Das war einige Monde vor Sjalfis Geburt. Er hat Sjalfi nie gesehen. Deine Mutter war sehr, sehr traurig. Aber sie hat auch gesagt, die Wassergeister hätten immer schon in Kåre gelebt. Deshalb war sie nicht erstaunt, dass sie ihn eines Tages zu sich holten.«

»Sjalfi spielt auch sehr schön Flöte.« Yrsa läuft ein kalter Schauder über den Rücken, als sie das sagt. »Ich habe mich schon manchmal gefragt, woher all die Melodien kommen, die er manchmal spielt. Und meine Mutter war sicher, dass Kåre Sjalfis Vater war?«

»Sie wusste es. Und sie hat es gesehen. Sjalfi hat neun Zehen, stimmt's?«

»Ja, ein Zeichen Odins, hat meine Mutter immer gesagt.«

»Ja. Kåre hatte dieses Zeichen auch. Auch später hat Katla immer wieder gesagt, dass sie Kåre in Sjalfi sieht. Und dass in Sjalfi besondere Kräfte schlummern, die Götter hätten ihre und Kåres Kräfte in Sjalfi vereint.«

Yrsa seufzt. »Ich hatte so gehofft, dass Sjalfis Vater mir helfen könnte oder dass er vielleicht etwas mit seinem Verschwinden zu tun hätte. Jetzt habe ich wieder keine Spur und bin auf mich allein gestellt bei meiner Suche.«

»Sjalfis Vater hätte ihn nicht entführt. Er wäre zu euch gekommen, und die beiden hätten zusammen Musik gemacht. Es ist traurig, dass er Sjalfi nie gesehen hat.«

Bodil schaut in die Flammen.

»Ich bin müde«, sagt sie dann.

»Leg dich hin. Ich mache ein bisschen sauber hier.«

»Ich danke dir«, sagt Bodil, fährt Yrsa mit der mageren Hand über den Arm und verschwindet im hinteren Teil der Hütte.

Als Yrsa sauber gemacht hat, hackt sie Holz, schichtet es neben Bodils Kochecke auf und setzt sich vor der Hütte auf die Bank. Es ist ein milder Abend, der Mond steht am Himmel, das letzte Licht hängt am westlichen Horizont. Sie muss nachdenken. Wieder hat sich eine Spur im Nichts aufgelöst. Morgen wird sie noch in der Stadt herumfragen, ob jemand etwas weiß, warum sie damals fliehen mussten. Auch Bodil konnte ihr bei dieser Frage nicht weiterhelfen. Und wenn sie nichts findet, muss sie zurück in ihr Dorf und dort nach Spuren suchen. Sie kämpft gegen das Gefühl der Verzweiflung, das in ihr aufsteigen will. Immerhin versteht sie jetzt, warum sich eine Wasserwand vor Frida aufgetürmt hat, als sie ihr bei der Suche nach Sjalfis Vater helfen wollte.

Kapitel 61

Avidh lässt die Erde durch die Finger rinnen, unter seiner Hand bildet sich ein kleiner Haufen. Er sitzt auf der Hochburg, unter der Eiche, wo Yrsa ihr Lager hatte. Das Loch, das sie auf der Suche nach dem Silber gruben, ist noch immer sichtbar. Er will Yrsa vergessen, aber es gelingt ihm nicht. Fast eine Woche ist ihre Abreise schon her. Er fragt sich, wie es ihr ergangen ist, ob sie ihren Bruder gefunden hat, wo sie im Moment gerade ist und ob er sie jemals wiedersehen wird. Vielleicht kann er sie suchen gehen, wenn er im Herbst aus dem Frankenland zurückkehrt. Vielleicht hat er sie bis dann auch vergessen können. Im Moment fühlt es sich nicht so an, als ob ihm das gelingen würde. Er sehnt sich nach ihr, vermisst ihre Nähe sehr.

Es ist früher Nachmittag, er wischt sich die Erde von den Händen und beschließt, Frida im Wald zu besuchen.

Kurz bevor er Fridas Lieblingsplatz erreicht, kommt sie ihm auf dem Weg entgegen. Er weiß sofort, dass etwas nicht in Ordnung ist, und rennt los.

»Mein Lieblingsbaum, mein Garten, der Stein mit dem Farn. Sie haben alles zerstört. Jetzt reicht es mir«, sagt Frida. Ihre Stimme klingt tief, ihre Nasenflügel beben.

Avidh hat sie lange nicht mehr so aufgebracht gesehen. Er nimmt sie in den Arm. »Ich spreche sofort mit Ingvar«, sagt er.

Frida schüttelt den Kopf. »Ich gehe jetzt auf den Hof der Kriegsmagier und stelle sie zur Rede.«

»Auf keinen Fall, das ist viel zu gefährlich. Ich bringe dich aus der Stadt.«

Sie legt ihm die Hand auf den Arm. »Nein, Avidh. Verstehst du nicht? Das ist genau das, was sie möchten: mich loswerden und dich am besten gleich auch. Aber wir werden ihnen den Gefallen nicht tun.«

»Du kannst nicht einfach auf ihren Hof gehen. Das ist ein zu großes Wagnis.«

Sie nimmt seine Hand, hält sie fest. »Avidh, ich weiß, du meinst es gut. Aber ich möchte das jetzt nicht mehr hören. Ich kann selbst auf mich aufpassen und habe keine Angst vor diesen Magiern.«

»Dann begleite ich dich. Und Leif auch.«

»Wenn ihr möchtet. Aber komm zuerst mit zu den Resten meines Lieblingsbaums. Dort kannst du mir etwas helfen.«

Gegen Abend stehen sie vor dem großen Tor der Magier, Frida in der Mitte, Avidh und Leif rechts und links von ihr. Avidh klopft am Tor. Den Rest des Nachmittags war Frida damit beschäftigt, Runen in einen hölzernen Stab zu ritzen. Avidh hat ihn für sie aus dem Holz ihres gefällten Lieblingsbaums geschlagen. Ihre Wut war da längst schon wieder verraucht. Avidh saß neben ihr auf dem Waldboden und beobachtete sie, wie sie beim Schreiben zufrieden summte.

Während sie jetzt warten, streicht Frida mit dem Finger über die Zeichen und murmelt Beschwörungen. Avidhs Hand liegt auf dem Schwertknauf, die andere am Griff seiner Axt. Auch Leif hat seine Waffen griffbereit. Avidh gefällt nicht, was Frida tut. Aber er weiß, dass er sie nicht davon abbringen kann.

»Sie haben den Hof seit unserem letzten Besuch noch stärker befestigt, weitere Palisaden hochgezogen«, sagt Avidh.

»Sie scheinen sich vor etwas zu fürchten«, sagt Leif.

Das Tor öffnet sich einen Spaltbreit. Die Tochter der Besitzerin schaut heraus. Als sie Frida sieht, bittet sie die drei herein.

Frida legt der Tochter die Hand auf den Arm. »Ach, ich habe dich lange nicht mehr gesehen. Weißt du noch, als das Fieber in dir wütete?«

Die Tochter nickt. »Es ging mir sehr schlecht, und Ihr habt dem Fieber den Weg aus mir heraus gezeigt. Das habe ich nicht vergessen.«

Frida nimmt ihre Hand und hält sie fest, während sie in Richtung des Langhauses laufen. Avidh schaut links, schaut rechts, bereit zum Kampf. Es ist seltsam still heute auf dem Hof. Nur die Vögel zwitschern in den Bäumen. Auf der Wiese finden keine Übungskämpfe statt. Im Kräutergarten arbeitet eine Magd.

»Warum ist es heute so leer hier?«, fragt Avidh.

»Die meisten Männer sind gerade in der unterirdischen Kultstätte«, sagt die Tochter, »und sprechen mit den Göttern.«

Sie haben das Langhaus fast erreicht, als Ingvar ihnen entgegenkommt. Er breitet die Arme aus, als wäre Frida eine alte Freundin. Die Tochter der Besitzerin verschwindet im Haus. Avidh schaut auf die eine, Leif auf die andere Seite. Niemand ist zu sehen.

Frida bleibt stehen. Sie winkelt die Arme an, dreht ihre Handflächen in Richtung Himmel. Den hölzernen Stab hat sie in den Gürtel gesteckt.

Auch Ingvar ist stehen geblieben, einige Schritte vor ihr. Starrt sie an. Eine Mischung aus Trotz und Unsicherheit glaubt Avidh in Ingvars Blick zu lesen.

»Ich bin alt«, sagt Frida. Ihre Stimme klingt sanft.

»Was führt euch zu uns?«, sagt Ingvar. Er lächelt. »Was kann ich euch anbieten? Lasst uns gemeinsam Skuld besuchen.«

»Ich bin alt«, sagt Frida, »und mag es nicht, wenn ich weit laufen muss.«

»Umso geehrter fühlen wir uns, dass Ihr uns besucht.« Ingvar legt die Hand auf seine Brust.

»Ich hätte mir den Besuch gern erspart«, sagt Frida, »aber diesen Baum habe ich geliebt.« Ihre Stimme schwillt an. »Seine Wurzeln dringen an Orte vor, die dir verborgen bleiben. Er hat Geschichten gelauscht, die du nicht hören wirst. Er kennt die Namen von Geistern, die niemals mit dir sprechen. Ihr könnt sein Holz entzweischlagen, doch er wird nicht verstummen, sich von euch nur noch weiter entfernen.«

Avidh schaut Frida an. Sie lächelt, aber es ist nicht das Lächeln, bei dem die vielen Fältchen um ihre Augen tanzen.

»Wovon sprecht ihr?«, sagt Ingvar. Er räuspert sich, schaut kurz zu Boden. Dann sieht Avidh ein Flackern in Ingvars Blick.

»Ihr wisst, wovon ich spreche«, sagt Frida. »Und ihr werdet es gleich spüren.« Sie zieht den hölzernen Stab aus ihrem Gürtel, fährt mit dem Finger über jedes einzelne Zeichen, das sie ins Holz geritzt hat. Malt dann mit dem Stab Kreise in die Luft.

»Der Baum spricht nicht zu euch, aber er hat mich beauftragt, euch zu besuchen. Und ich bringe Wörter der Waldelfen mit. Dieser Stab und der Wind tragen sie bis zu euch.«

Sie richtet den Stab auf Ingvar, fängt an Verse aufzusagen, zuerst leise, dann mit immer kräftigerer Stimme. Sie spricht in einer Sprache, die Avidh nicht versteht, aber schon gehört hat. Es sind gutturale, fremde Laute, sie schwingen im Rhythmus der alten Zeit. Avidh spürt ein Kribbeln im Bauch, wenn Frida mit dieser Stimme zu rezitieren beginnt.

Ingvar hält die Hände schützend vor den Körper, zieht ein

Amulett aus der Tasche und streckt es in Fridas Richtung. Auch er sagt Verse auf, lauter als Frida, er schreit sie in die Landschaft.

Frida verstummt. Sie lässt den Stab durch die Luft tanzen, schlägt mehrmals mit ihm auf den Boden vor Ingvar und streckt die Hände in den Himmel.

Der Wind raschelt durch die Blätter, zuerst ist es nur ein Flüstern, dann schwillt er an, rauscht durch die Äste, bläst Ingvar die Haare ins Gesicht. Avidh hört den Zorn der Waldelfen jetzt auch. Ingvar krümmt sich, schlingt die Arme um den Körper, macht zwei Schritte rückwärts.

Frida geht auf Ingvar zu. Fängt leise an zu singen, schwingt den hölzernen Stab dabei durch die Luft.

Avidh entspannt sich ein bisschen. Trotzdem hört er nicht auf, nach rechts und links zu schauen, ob nicht von irgendwoher ein Pfeil in ihre Richtung fliegt. Seinen Schild hält er bereit, um Frida damit zu beschützen.

»Lausche der Botschaft der Waldelfen«, sagt Frida. »Sie sind zornig. Du solltest dich bei ihnen entschuldigen.«

Ingvar weicht weiter zurück. »Mächtiger Odin, Einäugiger, hilf mir«, murmelt er und fällt auf die Knie.

Frida dreht sich um, lächelt Avidh an, streicht ihm über den Arm. »Lasst uns gehen, Jungs«, sagt sie. »Unsere Arbeit ist getan.«

Als sie in Richtung des Tors laufen, dreht Avidh sich immer wieder um, ob nicht doch noch ein Pfeil fliegt. Dann fällt sein Blick auf etwas. Was er sieht, kann er nicht glauben.

Kapitel 62

Keiner kann sie sehen hier oben. Das hofft Yrsa zumindest. Sie kauert hinter einer Buche, lehnt sich gegen die glatte Rinde und schaut auf ihr Dorf. Fast ein Mond ist vergangen, seit sie von hier aufgebrochen ist um Sjalfi zu suchen. Sonnenlicht fällt auf die sieben Langhäuser, die Hütten, Lager und Scheunen. Sie wäre jetzt auch irgendwo dort unten, würde Unkraut in ihrem Garten zupfen, ein Jagdtier ausnehmen oder Holz hacken.

Auf Torbjörns Hof zieht der Knecht einen Ochsen über das Feld. Der Wind zupft die Blütenblätter von den Apfelbäumen, Lämmer hüpfen über die Wiese. Der Geruch von gärendem Met und Kuhmist weht bis zu ihr. Alles scheint vertraut und doch seltsam fremd. So viel ist in den letzten Wochen geschehen.

Sie wartet auf einen günstigen Moment, wartet schon lange, schnitzt Pfeile, schärft die Waffen. Ribe hat sie vor drei Tagen verlassen. Niemand konnte ihr dort weiterhelfen. Auf dem Markt, am Hafen, auf den Wegen hat sie kaum mehr ein vertrautes Gesicht erkannt. Alle, die sie nach Sjalfi oder ihrem Vater fragte, zuckten nur die Achseln. Und niemand konnte ihre Frage beantworten, warum sie damals so plötzlich aus der Stadt fliehen mussten. Ganz kurz schöpfte sie Hoffnung. Ein älterer Händler bot seine Hilfe an. Lange graue Haare fielen ihm auf seinen dicken Bauch, an beiden Händen trug er wertvolle Ringe. »Komm mit zu mir nach Hause«, sagte er und strich sich über den Bauch. »Meine Frau hat deine Mutter gekannt, sie hat bestimmt Antworten auf deine Fragen.« Sie hatte das Haus des Händlers kaum betreten, als er versuchte, sie gegen die Wand zu drücken und zu begrabschen. Sie schlug ihm die Faust ins Gesicht und rannte davon.

Auf ihrer Reise von Ribe in ihr Dorf musste sie immer wieder über die Worte Offos in Haithabu nachdenken und über das, was Bodil von Sjalfis Vater erzählt hat. »Hast du mal überlegt, ob Sjalfis Gabe ein Grund sein könnte, dass er verschwunden ist?«, sagte der Mönch. Und Bodil betonte, dass die Götter in Sjalfi die Kräfte ihrer Mutter und seines Vaters vereint hätten. Yrsa wusste immer, dass Sjalfi besondere Kräfte hat, aber das Ausmaß ahnte sie nicht.

Sie hat sich den Kopf zerbrochen, ob sich die Menschen im Dorf vor seiner Gabe fürchten und deshalb dafür gesorgt haben, dass er verschwindet. Aber warum jetzt? Sie hätten Yrsa und Sjalfi schon lange davonjagen können. Yrsa hatte immer den Eindruck, dass Sjalfi im Dorf beliebter war als sie. Doch dann fiel ihr ein: Einen Menschen gab es, der sich an Sjalfis Gabe stören könnte. Sie fragt sich, ob Revna in Sjalfi einen Gegenspieler sieht. Jemand, der ihr, wie einst ihre Mutter, das Geschäft vermiesen könnte. Es will ihr nicht aus dem Kopf, dass sie Revna in Haithabu gesehen hat.

Endlich läuft Eydris auf dem Pfad in Richtung des Waldes. Sie sammelt hier oben oft Beeren. Yrsa richtet sich hinter dem Baum auf. Eydris bleibt abrupt stehen, streckt den Kopf nach vorne, als würde sie ihren Augen nicht trauen. Sie umarmen sich und setzen sich ins Gras. Yrsa erzählt Eydris, was alles in den letzten Wochen geschehen ist. Avidh erwähnt sie nicht. Sie weiß nicht, warum, aber sie glaubt, dass Eydris nicht verstehen würde, was zwischen ihnen ist.

»Ich bin sehr froh, dass du alles heil überstanden hast«, sagt Eydris. »Aber warum hast du Njáll bestohlen? Das hättest du nicht tun sollen. Er hat es überall herumerzählt. Du kannst dich hier nicht mehr blicken lassen.«

»Es musste sein.«

»Geh doch zu ihm und bitte ihn um Verzeihung. Er wird dir vergeben, wenn du ihn heiratest. Wo willst du sonst hin?«

Yrsa verkneift sich, was sie am liebsten antworten würde. »Lass uns jetzt nicht davon sprechen, Eydris. Weißt du, ob Torbjörn Revna in letzter Zeit häufiger gesehen hat?«

»Ja, hat er.«

»Bei Freyjas Katzen, ich wusste es.«

»Dass er krank ist?«

»Nein, das wusste ich nicht.«

»Ein Troll sitzt in seinem Bauch, schon eine Zeit lang, scheint was Ernstes zu sein. Revna konnte ihm bisher nicht richtig helfen, obwohl sie öfter bei ihm war.«

»Ich habe Torbjörns Sohn und Revna zusammen in Haithabu gesehen. Weißt du, was die beiden dort gemacht haben?«

»Nein, aber Thorgrim fährt öfter in die Stadt. Vielleicht konnte Revna bei ihm mitfahren.«

»Meinst du, Revna könnte irgendetwas mit Sjalfis Verschwinden zu tun haben?«

Eydris denkt einen Moment nach. »Ich weiß nicht. Warum sollte sie? Aber etwas habe ich noch erfahren, nachdem du abgereist warst. An dem Tag von Sjalfis Verschwinden hat jemand Revna sehr früh am Morgen im Dorf gesehen. Der Hahn hatte noch nicht einmal gekräht.«

Von hinten schleicht Yrsa sich an Revnas Haus an. Sie hat sehr lange hinter einem Busch gewartet, bis die Seherin ihr Haus verlassen hat. Revna hat einen Korb am Arm getragen. Yrsa hofft, dass

Revna eine Weile fort sein wird. Yrsa muss diese Möglichkeit nutzen. Was sie sucht, weiß sie nicht genau.

Sie duckt sich hinter eine Ecke des Hauses, lauscht noch einmal. Alles scheint still. Gebückt schleicht sie entlang der Mauer bis zur Türe, schaut sich um und öffnet sie vorsichtig. Etwas streift Yrsas Haare, sie zuckt zusammen. Aber es war nur Eirik, Revnas zahme Goldammer.

Durch den niedrigen Gang betritt Yrsa Revnas Haus. Es ist düster, doch sie wagt es nicht, die Öllampe anzuzünden, die auf einem der Tische steht. Der seltsame Geruch von dem Kraut, das Revna raucht, steigt ihr in die Nase. Einen Moment steht Yrsa ratlos im Haus, dann lässt sie ihre Hände über die Wände streifen. Sie sucht nach versteckten Türen, fährt mit den Fingern über jede Spalte, findet aber nichts. Auch den Boden sucht sie nach Falltüren ab. Erfolglos. Unter einem teuren Teppich findet sie nur vermoderte Essensreste. Leise flüstert Yrsa Sjalfis Namen. Eine Antwort bekommt sie nicht.

An einer Wand stehen mehrere Truhen. Yrsa öffnet eine nach der anderen, zuckt bei jedem Quietschen zusammen, lauscht zwischendurch nach draußen. Einen Hinterausgang gibt es nicht. Sie muss wachsam sein, damit Revna sie nicht überrascht. Sie durchwühlt die Truhen, kann nicht glauben, wie viele Kleider Revna besitzt. In einer kleineren Truhe neben Revnas Schlafstatt findet sie silberne Ketten, Broschen, goldene Anhänger, Armreife. Schmuck für eine ganze Familie.

Revnas Stab lehnt an dem großen Stuhl, in den sich die Seherin für die Zeremonien setzt. Unter dem Stuhl findet Yrsa eine kleine hölzerne Truhe, sie ist mit aufwendigen Schnitzereien verziert. Ein drachenartiges Wesen schlingt die Flügel um die Seitenwände, als wolle es den Inhalt der Truhe beschützen. Amulette, kleine Säckchen und Tierknochen liegen darin.

Dann stutzt Yrsa. Ihr Herz fängt an schneller zu klopfen. Ihre Finger berühren eine Kette. Sie zieht sie heraus und erkennt den silbernen Freyja-Anhänger. Die Kette gehörte ihrer Mutter, lag immer in der Truhe neben Yrsas Bett und fehlte am Tag von Sjalfis Verschwinden. Yrsa setzt sich auf den Boden, den Anhänger in der Faust, drückt ihn gegen die Brust und bittet ihre Mutter um Hilfe. »Wo ist er, Mama? Hilf mir. Warum hat Revna deine Kette?«

Auch ein kleiner Beutel aus Schafsleder hat am Tag von Sjalfis Verschwinden gefehlt. Er muss hier irgendwo sein. Yrsa durchsucht das ganze Haus, mehrmals und immer verzweifelter. Aber sie findet den Beutel nicht. Und ist schon viel zu lange in Revnas Haus. Höchste Zeit zu verschwinden. Sie wirft noch einen letzten Blick auf die Truhen, versichert sich, dass alles aussieht wie zuvor. Die Kette ihrer Mutter steckt sie ein. Revna soll sie mit ihren schmutzigen Fingern nicht mehr berühren.

Bevor Yrsa die Türe öffnet, späht sie durch die kleine Luke und zuckt zusammen. Revna ist auf dem Weg zum Haus. Warum hat Yrsa sie nicht kommen hören? Sie hat sich ablenken lassen, war aufgewühlt von ihrem Fund. Sie muss sich verstecken. Schnell.

Sie rennt in den hinteren Teil des Hauses, will sich zwischen die Truhen ducken. Nein, das ist keine gute Idee. Doch wohin nur? Sie hastet nach vorne. Hört die Türe und rettet sich unter einen der langen Tische, die in der Ecke nahe dem Eingang stehen. Sie macht sich klein, bemüht sich, flach zu atmen.

»Eirik, was suchst du hier draußen vor dem Haus?«, sagt Revna. »Du warst doch vorhin noch drinnen. Oder täusche ich mich? Dummer Vogel, rein, raus – rein, raus.«

Revna schließt die Türe. Schlurfende Schritte nähern sich. Revna stellt ihren Korb auf den Tisch, unter den Yrsa gekrochen ist. Es ist ein großer Tisch. Yrsa sitzt in der hintersten Ecke, trotzdem steigt ihr Revnas Geruch in die Nase, modrig und nach Schweiß. Yrsa hält die Hand vor die Nase.

Revna murmelt Verse. Dann zündet sie ein Feuer an, und es ist nicht mehr ganz so düster im Haus. Yrsa drückt sich noch tiefer unter den Tisch. Sie riecht das gleiche Kraut, das sie während der Zeremonie gerochen hat. Wahrscheinlich raucht Revna. Etwas gluckert. Dann rülpst Revna. Ihre Schritte entfernen sich. Vielleicht hat sie sich in ihren Sessel gesetzt. Aber selbst von dort würde sie Yrsa sehen, wenn sie versuchte, bis zum Ausgang zu gelangen.

Yrsas Blase ist voll und drückt. Sie schließt die Augen, weiß nicht, wie spät es ist. Vermutlich dauert es noch sehr lange, bis Revna schlafen geht.

Eirik hüpft über den Boden. Yrsa sieht ihn aus ihrem Versteck. Der Vogel hopst in ihre Richtung, kommt näher, fängt schrill an zu piepsen.

Yrsa erstarrt, versucht die Goldammer nicht zu beachten.

»Halt's Maul, du dummes Viech«, ruft Revna.

Eirik hüpft unter den Tisch, pickt nach Yrsas Fuß. Sein Schnabel ist spitz. Sie beißt auf ihre Hand, um keinen Ton von sich zu geben.

»Was machst du da unten, Eirik?«, sagt Revna. »Ist da eine Maus unter dem Tisch?«

Eirik pickt wieder nach Yrsas Fuß. Es ist ein stechender Schmerz. Yrsa bewegt sich nicht. Blut läuft über ihren Fuß. Eirik piepst. »Sei still, dummer Vogel«, ruft Revna. Der Vogel hüpft ein Stück weg, kehrt dann um und hackt Yrsa noch einmal in den Fuß. Der Schweiß tritt ihr aus allen Poren. Sie hätte beinahe aufgeschrien. Ihr Fuß pulsiert, blutet. Eirik plustert sich auf, gibt quiekende Töne von sich.

Revna steht auf, nähert sich. Yrsa drückt sich noch näher an die Wand. Ein Reisigbesen taucht unter dem Tisch auf, wischt hin und her. Eirik flattert erschrocken auf in Richtung des Ausgangs. Yrsa hört, wie Revna die Türe öffnet.

»Raus jetzt«, ruft sie. »Ich habe genug von dir.« Revna schlägt die Türe wieder zu. Ihre Beine laufen vorüber. Sie verschwindet wieder in Richtung Sessel.

Einige Zeit später sitzt Yrsa noch immer unter dem Tisch. Ihre Füße sind eingeschlafen, sie spürt sie fast nicht mehr. Ihre Blase ist so prall, dass sie nicht weiß, wie lange sie noch so ausharren kann. Revna hat schmatzend gegessen und führt jetzt leise Selbstgespräche in ihrem Sessel. Yrsa versteht nicht, was sie redet. Das Feuer knackt, und Yrsa wagt es, ihre Beine ein kleines bisschen zu strecken. Falls sich plötzlich eine Gelegenheit zur Flucht ergeben sollte, müssen ihre Beine ihr gehorchen.

Etwas später scheint es seltsam still. Nur das Feuer knistert noch. Yrsa lässt sich auf alle viere fallen und schiebt sich leise nach vorne. Zieht ihren Kopf aber sofort wieder zurück. Revna sitzt in ihrem Sessel. Sie ritzt Runen in ein Stück Holz.

Lange wird Yrsa ihre volle Blase nicht mehr halten können. Sie hat keine Ersatzhosen, will sich nicht in die Hose machen. Revna ist noch immer mit ihren Runen beschäftigt. Schließlich schiebt Yrsa die Hosen leise hinunter und hockt sich in die hinterste Ecke. Das Knistern des Feuers übertönt das leise Plätschern. Die Flüssigkeit versickert im lehmigen Boden. Riechen wird es hoffentlich erst später.

Dann sucht sie eine Stelle unter dem Tisch, wo es nicht feucht ist. Hockt sich dorthin. Wartet weiter.

Irgendwann, endlich, hört sie leises Schnarchen. Streckt langsam den Kopf unter dem Tisch hervor. Revna sitzt in ihrem Sessel, ihr Kinn ist nach vorne gekippt. Jetzt muss ich es versuchen, denkt Yrsa.

Draußen ist es noch hell.

So leise wie möglich kriecht sie unter dem Tisch hervor und in Richtung des Ausgangs. In der Mitte des niedrigen Gangs bleibt sie kurz stehen, lauscht. Das Schnarchen ist gleichmäßig. Dann zieht sie langsam die Türe auf. Es quietscht. Das Schnarchen setzt einen Moment aus. Yrsa erstarrt, wartet. Dann schnarcht Revna weiter. Yrsa öffnet die Türe, stößt beinahe mit Eirik zusammen und rennt davon, so schnell ihre steifen Beine sie tragen.

Sie beschließt, im Dorf zu übernachten, obwohl es sich seltsam anfühlt. Über die Felder läuft sie geduckt bis hinter ihre Hütte. Kurz schaut sie bei ihrem Opferstein für Elf Miðrogar vorbei. »Es tut mir leid, ich habe nichts für dich. Beschütze Sjalfi und hilf mir, ihn zu finden. Ich bitte dich«, sagt sie. Bleibt einen Moment stehen und schließt die Augen.

Heute ist sie froh, dass ihre Hütte so abseits steht. Niemand ist in der Nähe, niemand hat sie gesehen. Sie setzt sich vor die Hütte ins Gras. Dort will sie warten, bis sie so müde ist, dass ihr die Augen im Sitzen zufallen. Nur so kann sie sich vorstellen, in der leeren Hütte zu schlafen, die zu einem anderen Leben zu gehören scheint.

Morgen muss sie nochmals mit Eydris sprechen. Sie versteht nicht, warum Revna die Kette ihrer Mutter hatte, nicht aber den kleinen Beutel. Und sie braucht einen guten Plan, wie sie Revna zum Reden bringt.

Ein Reiter kommt auf dem Hauptweg durch ihr Dorf, scheint dort anzuhalten. Eines der Langhäuser versperrt Yrsa die Sicht. Sie duckt sich ins Gras. Es muss nichts bedeuten. Es kommen manchmal Reiter durch das Dorf.

Plötzlich sieht sie den Reiter. Er reitet über die Felder, nähert sich schnell, treibt sein Pferd an. Er kommt in Richtung ihrer Hütte.

Kapitel 63

Im Jahr 828, sechs Jahre zuvor

Er ist zurück. Freyja, stehe mir bei. Ich habe die Zeichen gesehen. Die Vögel haben es in den Himmel geschrieben. Die Elfen mir zugeflüstert. Ich hoffte, sie würden irren. Dann war ich draußen am Meer. Und wusste, sie irren nicht. Mit jeder Welle, die über den Sand rollte, kündigte sich das Unheil an. Aus Westen wird es kommen. Mit einem Schiff aus Norðymbraland.

Der Bannzauber wird uns bis morgen beschützen. Dann müssen wir fort sein. Ohne Spuren. Niemand darf wissen, wohin wir gehen. Sonst wird er uns finden. Wird die Menschen mit seiner dunklen Magie bedrängen. Sie würden ihm verraten, was sie wissen.

Ich muss Sjalfi beschützen. Seinen Bruder konnte ich nicht beschützen. Yrsa wird mir helfen. Sie ist stark. Sie wollte mir schon damals helfen. Sie war noch so klein. Versuchte ihren Bruder aus dem Haus zu schleppen.

Vielleicht hätten wir die Stadt vor neun Wintern endgültig verlassen sollen. Aber ich wollte zurück. Und er war jenseits des Meeres.

»Lass mich von dir lernen«, hatte er vor langer Zeit gesagt. Er war jung. Wir waren jung. Ich mochte das Strahlen in seinen Augen, wenn er mir bei der Arbeit zuschaute. Manchmal sprachen wir gemeinsam mit den Göttern. Er lernte schnell. Und hatte immer Zweifel. Ich sagte ihm oft: »Ich spüre deine Kraft.« Er wollte mir nie richtig glauben. Jemand hatte den Zweifel früh in ihm gesät. Ich kam nicht dagegen an.

Die Kraft war nicht so tief in ihm verwurzelt wie in Kåre. Es vergeht kein Tag an dem ich Kåre nicht vermisse. Aber ich habe Sjalfi. Er hat so viel von ihm. Und jetzt muss ich Sjalfi retten.

Die Zweifel machten, dass er falsch abbog. Und Knud der Böswillige träufelte Gift in seine Ohren. Ich bemühte mich. Manchmal frage ich mich, ob ich mehr hätte tun müssen. Um ihn zurückzuholen von dort. Er verbrachte immer mehr Zeit bei Knud und seinen Männern. Machte mir immer häufiger Vorwürfe. Ich würde ihn nicht ernst nehmen. Würde ihn verspotten. Niemals habe ich das getan.

Kapitel 64

Der Reiter springt vom Pferd, Yrsa läuft in seine Arme. Nie hätte sie erwartet, Avidh hier zu sehen. Sie umarmen sich, sie kann nicht aufhören ihn zu küssen, kein Haar hat Platz zwischen ihren Körpern. Tief zieht sie Avidhs Geruch ein. Jetzt, da er ihr nahe ist, spürt sie noch stärker, wie sehr sie ihn vermisst hat. Seine Brust hebt und senkt sich schnell. »Das fühlt sich gut an«, flüstert er ihr ins Ohr.

»Du bist nicht gekommen, um mir das zu sagen«, sagt sie, lacht, küsst sein verschwitztes Gesicht, seinen Hals, seine Brust. »Du hast mir so gefehlt«, sagt sie immer wieder ganz nah an seinem Körper. »Ich wusste nicht, wie weh es tun würde, dich zu vermissen. Was machst du hier?«

»Ich muss dir unbedingt etwas erzählen.«

Sie setzen sich ins Gras vor ihrer Hütte. Avidh wischt sich den Schweiß aus dem Gesicht.

»Ich bin geritten, so schnell ich konnte«, sagt er und legt seinen Arm um Yrsa.

»Wie hast du mich gefunden?«

»Mit viel Glück und ein bisschen Nachdenken. Hätte ich dich hier nicht gefunden, wäre ich nach Ribe. Ich habe dort vorne jemanden gefragt, wo deine Hütte steht.«

»Ich bin so froh, dass du da bist.«

»Bleib ganz ruhig, wenn ich dir gleich etwas erzähle. Ich weiß nicht, was es bedeutet.«

»Sag schon.«

»Wir waren gestern mit Frida auf dem Hof der Kriegsmagier.« Avidh lacht. »Sie hat ihnen die Meinung gesagt. Bevor wir reingegangen sind, haben Leif und ich das Gelände von einem Baum aus beobachtet, ohne dass sie uns bemerkt haben. Und da habe ich etwas gesehen, was mir keine Ruhe gelassen hat. Deshalb habe ich mir heute morgen das Pferd genommen und bin durchgeritten.«

»Was hast du gesehen? Erzähl schon!«

»Mir ist ein Junge aufgefallen. Er war das einzige Kind weit und breit. Bei unserem letzten Besuch hatte ich ihn nicht gesehen. Als wir dann drin waren, konnte ich ihn nirgendwo entdecken. Aber auf dem Weg zurück zum Tor habe ich mich noch einmal umgedreht und ihn wieder gesehen. Er kam gerade aus dem Langhaus. Und es schien mir, als habe ihn jemand zurückziehen wollen.«

Yrsa packt seine Hand und drückt sie fest. »Was meinst du damit?«

»Es könnte irgendjemand sein, deshalb will ich nicht, dass du dir zu große Hoffnungen machst. Aber deine Beschreibung von Sjalfi passt genau auf diesen Jungen. Es hat mir nachher keine Ruhe gelassen. Es muss natürlich nichts bedeuten. Aber was, wenn es Sjalfi ist?«

Yrsa schlägt die Hände vors Gesicht. »Das ... Wie kann das sein ... Ich weiß nicht, was ich sagen soll.«

»Und noch was. Nach unserem Besuch hat Frida gesagt, sie habe auf dem Hof eine starke Präsenz gespürt. Aber es sei nicht Ingvar gewesen. Ich wollte dir das erzählen, bevor du deinen Bruder irgendwo in der Ferne suchst.«

Sie fällt Avidh um den Hals, murmelt immer wieder »Danke, danke, ich danke dir« und umarmt ihn lange.

»Ich muss den Jungen mit eigenen Augen sehen.«

Avidh nickt. »Das dachte ich auch. Aber sei darauf gefasst, dass es ein fremder Junge sein könnte.«

»Aber ich verstehe nicht, warum Sjalfi dort sein sollte.«

»Das weiß ich auch nicht.«

Yrsa springt auf. »Wir müssen sofort aufbrechen.«

Avidh schüttelt den Kopf. »Das Pferd braucht Ruhe und Zuwendung. Und der Reiter fände das auch nicht schlecht.«

Sie lacht. »Entschuldige. Lass uns außerhalb des Dorfes im Fluss baden gehen.«

Sie nimmt Avidhs Hand, sie meiden das Dorf und machen sich auf in Richtung des Flusses. Es ist ein seltsames Gefühl, hier in dieser Gegend, die ihr Zuhause war, mit Avidh herumzulaufen. Wegen Njáll muss sie sich verstecken, aber am liebsten würde sie mit Avidh über den breiten Weg laufen, der mitten durchs Dorf führt. Alle sollten sehen, wie sich ihr Leben verändert hat.

Kurze Zeit später stehen sie südlich des Dorfes an einer Stelle, wo das Ufer flach ist. Der Fluss fließt hier gemächlich in einem breiten Bett, er steht nicht mehr so hoch wie vor einigen Wochen. Das Wasser glitzert in der Abendsonne. Yrsa beginnt sich auszuziehen. Als sie aus ihren Hosen schlüpft, steht Avidh schon bis zu den Hüften im Wasser. Sie legt ihre Kleider ans Ufer, dann spürt sie den lehmigen Boden und das eisige Wasser an den Füßen. Die Kälte kriecht ihre Waden hinauf.

»Ich bin nicht so schnell wie du«, sagt sie.

Avidh nimmt ihren Arm, zieht sie tiefer ins Wasser und nahe zu sich. Sie legt ihre Arme um seinen Hals.

»Ich kann nicht glauben, dass du wirklich hier bist. Aber ich danke den Göttern, dass du dich sehr echt anfühlst«, sagt sie.

Er lacht. »Vielleicht musst du mich noch näher, noch intensiver spüren, damit du glaubst, dass ich wirklich hier bin.«

»Ja, ich glaube, das ist eine gute Idee.«

Sie legt ihm die Beine um die Hüften, schließt die Augen und beginnt ihn zu küssen.

Nach dem Bad sammeln sie Holz und machen am Ufer ein Feuer, um sich zu wärmen.

»Ich kann es noch immer nicht fassen, dass dieser Junge vielleicht Sjalfi ist. Ich werde es nie vergessen, dass du so weit geritten bist, um mir von deiner Beobachtung zu erzählen.«

Avidh zuckt mit den Schultern. »Dein Bruder ist dir wichtig. Man sollte nicht von Menschen getrennt sein, die einem im Herzen sind. Das ist für mich Grund genug. Und ich mag Ingvar nicht. Etwas in seinem Blick hat von Beginn an mein Misstrauen geweckt. Er ist hungrig nach Macht und bereit, weit zu gehen für diesen Hunger.«

»Falls es Sjalfi ist, dann hat Ingvar mich die ganze Zeit angelogen. Und mir eine falsche Botschaft von den Göttern vermittelt.«

»Erstaunt mich nicht.«

»Und ich habe ihm die ganze Zeit geglaubt. Warum war ich so leichtgläubig?«

»Er ist geübt darin, Menschen zu täuschen. Mach dir keine Vorwürfe.«

»Was hat Gunnar gesagt?«

»Nicht viel. Ich solle so rasch wie möglich zurückkommen. Falls es Sjalfi ist, brauchen wir einen guten Plan, um ihn da rauszuholen. Der Hof ist gut befestigt.«

Als das Licht am Horizont nur noch ein hauchdünner Strich ist, kehren sie zu ihrer Hütte zurück. Früh am Morgen wollen sie aufbrechen. Yrsa bleibt einen Moment vor der Türe stehen.

»Ich war seit meiner Rückkehr noch nicht in der Hütte«, sagt sie. »Sie ist klein, und alles ist alt. Es ist nicht so schön wie bei Frida.«

»Lass uns reingehen«, sagt Avidh. »Du weißt nicht, wo ich schon überall geschlafen habe.«

Sie drückt gegen die Türe, sie öffnet sich mit einem leisen Ächzen. Es scheint alles so, wie Yrsa es verlassen hat.

»Ist doch alles da, was man braucht«, sagt Avidh.

Später liegen sie zusammen auf ihrer Schlafstatt. Avidh schläft, sein Arm liegt auf ihrem Bauch, sein Bein auf ihrem. Wie anders ihr Leben in dieser Hütte noch vor ein paar Wochen ausgesehen hat!

Sie nimmt Avidhs Hand und küsst sie. Er macht kurz ein Auge auf, brummt zufrieden und schläft weiter. Sie kann nicht glauben, was er für sie getan hat. Ins Ungewisse ist er geritten, und das alles, um ihr bei der Suche nach ihrem Bruder zu helfen. Noch nie hat ein Mann so etwas für sie getan. Und wenn es stimmt, was sie vermuten, und Sjalfi tatsächlich bei den Kriegsmagiern ist, dann wäre sie ihm in Haithabu nahe gewesen und hat sich mit ihrer Reise in den Norden von ihm entfernt. Sie hätte ihn vielleicht niemals gefunden. Ohne Avidh.

An Schlaf ist nicht zu denken. Sie ist viel zu aufgewühlt. In der Feuerstelle brennt noch eine Glut. Im rötlichen Schein des Lichts streichelt sie Avidhs Arm, seine Schulter, folgt sachte den Linien seiner Muskeln.

Sie kann nicht glauben, was für ein Glück sie hat, dass dieser Mann jetzt bei ihr, halb auf ihr, in dieser alten Hütte liegt. So viele Nächte hat sie hier schweißgebadet wach gelegen, weil sie aus schlechten Träumen aufgeschreckt ist.

Noch niemals hat sie für einen Mann empfunden, was sie für Avidh fühlt. »Ich liebe dich«, flüstert sie. Er schläft tief, hört sie nicht. Doch vielleicht wird sie es ihm schon bald auch sagen, wenn er wach ist. Sie streichelt seinen flachen Bauch, seinen nackten Oberkörper, würde gern die Hand in seine Hose wandern lassen. Aber er ist weit geritten, und sie waren sich schon im Fluss ganz nah. Sie fährt vorsichtig der Linie seines Hosenbunds entlang und schaut ihm ins Gesicht. Er zieht sie näher zu sich, schläft weiter.

»Niemals werde ich vergessen, was du für mich getan hast«, murmelt sie.

Kapitel 65

»Das ist der Baum«, sagt Avidh mit leiser Stimme, »über diese Astgabel da kommen wir weit nach oben. Und die Blätter schützen uns vor Blicken.« Seine Hand liegt auf dem Stamm einer dicken Buche. »Aber wir müssen uns langsam bewegen und leise sein. Sie haben Wachen, und wir sind nicht weit von den Palisaden entfernt.«

Yrsa nickt. In ihrem Bauch rumort es. Sie kann nicht glauben, dass sie Sjalfi vielleicht ganz nah ist. Am Vortag sind sie nach Haithabu zurückgeritten. Dann musste Avidh etwas für Gunnar erledigen, und sie hat das Warten fast nicht ausgehalten. Sie musste Avidh versprechen, nicht allein nachschauen zu gehen und sich nicht in der Stadt zu zeigen. Sie saß bei Frida im Haus, ist unzählige Male vom vorderen in den hinteren Teil gelaufen und wieder zurück. Sie hätte sowieso nicht gewusst, wo der Hof der Kriegsmagier liegt. Avidh weigerte sich, ihr den Weg zu beschreiben.

Sie stößt sich vom Boden ab, bekommt den langen Ast mit einer Hand zu fassen und zieht sich nach oben. Kurz darauf sitzen sie auf zwei Astgabeln weit oben im Baum. Yrsas Hände sind eiskalt.

»Wenn du ihn siehst, keinen Mucks«, flüstert Avidh.

»Habe ich verstanden. Wir können nicht erkennen, was hinter dem Langhaus passiert.«

»Dort haben sie ihren Runenstein und mehrere Statuen. Wir haben dort bei unserem ersten Besuch mit Ingvar gesprochen.«

»Ich wünschte, wir könnten einfach auf das Gelände gehen. Sjalfi soll mich sehen, damit er weiß, dass ich ihn suche.«

»Auf keinen Fall«, sagt Avidh, »das wäre viel zu gefährlich, auch für ihn. Und es ist das Beste, wenn Ingvar nicht weiß, ob du noch lebst oder in der Stadt bist. Und vielleicht ist der Junge auch nicht Sjalfi.«

»Falls Sjalfi tatsächlich dort ist, würde das bedeuten, dass es Ingvar war, der mir Gift ins Bier gemischt hat?«

»Das halte ich für sehr wahrscheinlich.«

»Der Troll soll ihn fressen.«

Sie kneift die Augen zusammen, um besser zu sehen. »Da sind einige Kämpfer.«

»Die habe ich schon bei unserem ersten Besuch bemerkt. Siehst du die junge Frau dort hinten?« Er zeigt in Richtung des Langhauses. »Dort, wo der Garten angelegt ist. Du erkennst einige Beete, dort steht sie. Das ist die Tochter. Der Hof gehört ihrer Mutter. Ich weiß nicht, ob sie oder die Mutter oder beide mit einem aus der Gruppe verbandelt sind.«

»Wie lange bleiben wir jetzt hier oben?«

»So lange, wie es nötig ist.«

»Ich kann fast nicht still sitzen. Ich möchte da runterrennen und ihn rufen. Keine Angst, ich mache es nicht.«

»Letztes Mal habe ich den Jungen zusammen mit der Tochter gesehen. Also lohnt es sich vielleicht, ihr zu folgen.«

»Sie geht ins Haus.«

»Schau du, ob du ihn irgendwo siehst. Ich merke mir, wo Wachen sind und wie sie sich bewegen.«

Die Sonne ist schon ein ganzes Stück über den Himmel gezogen, als sie noch immer in den Astgabeln sitzen. Yrsa rutscht hin und her.

»Vielleicht müssen wir morgen wiederkommen«, sagt Avidh.

»Noch ein bisschen, bitte. Nachher können wir machen, was auch immer du willst.«

»Alles, was ich will? Ist gut.«

»Lenk mich nicht ab. Ich muss da runterschauen und darf nichts verpassen.«

»Die junge Frau ist wieder draußen. Siehst du sie, drüben bei den Hütten?«

»Ja, aber niemand ist bei ihr.«

»Ihre Mutter ist im Kräutergarten, rupft Unkraut aus.«

»Kennt Frida sie?«

»Nicht gut. Sie hat erzählt, dass der Mann früh gestorben ist. Seither hat die Mutter den Hof geführt.«

Yrsa schlägt sich die Hand vor den Mund, unterdrückt einen Schrei. Sie schluckt, muss sich am Ast festklammern, damit sie das Gleichgewicht nicht verliert.

Avidh schaut sie an. »Er ist es?«

Yrsa nickt. Tränen laufen ihr aus den Augen. Alles in ihr bebt. Sie beißt sich auf die Hand, um keine Geräusche zu machen. Sjalfi! Ihr liebster Sjalfi. Er ist es! So sehr hat sie diesen Moment herbeigesehnt, hat sich die schlimmsten Dinge ausgemalt, und jetzt läuft er vom Langhaus zu der Besitzerin des Hofes, als wäre es ein ganz normaler Tag. Die Frau sagt etwas zu ihm, zeigt in die Richtung, aus der er gekommen ist, und er verschwindet wieder im Langhaus. Er schien unversehrt, gesund, nicht eingeschüchtert, hat ein bisschen so gewirkt, als müsse er etwas erledigen, auf das er keine besondere Lust hat.

»Ich muss ihn da rausholen. Jetzt gleich.« Es fühlt sich an, als könne sie keinen Moment länger warten. Sie will losrennen und ihn sofort umarmen.

Avidh schüttelt den Kopf. »Auf keinen Fall! Lass uns runtersteigen.«

Während sie mit zitternden Händen den Baum hinunterklettert, murmelt sie immer wieder: »Er lebt, er lebt, wir haben ihn gefunden.«

Sie lässt sich auf den Boden unter der Buche sinken. Avidh setzt sich neben sie, nimmt ihre Hand. »Du brauchst jetzt noch ein bisschen Geduld.«

»Ich weiß, ich weiß, keine Sorge.« Sie fällt Avidh um den Hals, Tränen laufen ihr über das Gesicht, sie küsst ihn und lacht und weint, alles gleichzeitig.

»Ich werde dir das niemals vergessen. Du hast ihn gefunden. Es scheint ihm gut zu gehen, aber wehe, sie haben ihn nicht gut behandelt! Aber warum haben sie ihn entführt? Ich habe Ingvar zuvor noch niemals gesehen.«

Avidh streicht ihr die Haare aus dem Gesicht und streichelt ihr über den Rücken. »Vielleicht hat er deine Mutter gekannt.«

»Irgendetwas in seinem Gesicht hat mich ihm vertrauen lassen. Aber er ist nicht Sjalfis Vater, das weiß ich jetzt sicher.«

»Was auch immer der Grund ist, wir brauchen einen guten Plan«, sagt Avidh, küsst sie, steht auf und streckt ihr die Hand hin. »Lass uns mit Leif sprechen.«

Sie finden Leif in der Südsiedlung und setzen sich dort abseits der Häuser zusammen ins Gras. Leif kaut auf einem Grashalm und spuckt dann auf den Boden.

»Der Troll soll sie vierteilen, diese Kriegsmagier«, sagt er. »Auf Gunnar können wir nicht zählen, der hat noch immer ihr Silber im Kopf.«

Avidh wirft sein Messer ins Gras, es steckt im Boden, die Klinge zittert. »Ja. Leider. Und ein Junge, der nicht da ist, wo seine Schwester ihn gerne hätte, wird ihn nicht von diesem Vorhaben abbringen.«

»Wir haben schlechte Erfahrungen gemacht mit Befreiungsaktionen«, sagt Leif und wirft Avidh einen Blick zu.

»Ihr braucht mir nicht zu helfen, ich finde schon einen Weg«, sagt Yrsa. »Ich weiß, ihr habt anderes zu tun.«

Leif schüttelt den Kopf. »So war das nicht gemeint. Ich wollte sagen, wir brauchen einen guten Plan. Einen besseren als letzten Sommer.«

»Sjalfi darf das Gelände nicht verlassen. Also müssen wir rein«, sagt Avidh.

»Oder ihn freikaufen?« Leif zieht die Augenbrauen in die Höhe.

»Fragt sich, womit.« Avidh putzt die Klinge seines Messers mit einem Blatt.

»Silber scheinen sie genügend zu haben«, sagt Yrsa. So viele verschiedene Gefühle überwältigen sie. Sie ist unendlich glücklich, dass Sjalfi lebt und dass sie weiß, wo er sich aufhält. Doch mit diesem Wissen wächst ihre Sorge, ihn nicht befreien zu können.

»Wie wäre es mit einem Feuer?«, sagt Leif. »Wir könnten uns nachts aufs Gelände schleichen, einen ihrer Schuppen anzünden. Und auf viel Aufregung hoffen. Und ihn in der Aufregung mitnehmen.«

»Ist das nicht gefährlich für Sjalfi?«, sagt Yrsa.

»Es wäre ein Plan mit vielen Unsicherheiten. Wir müssen zuerst wissen, wie viele dort nachts aufpassen. Und wir müssten wissen, wo er nachts ist und wie leicht es ist, ihn dort zu erreichen«, sagt Avidh.

»Er hat bestimmt selbst schon versucht zu entkommen«, sagt Yrsa.

»Vermutlich sperren sie ihn nachts ein«, sagt Leif.

»Als wir das erste Mal da waren, hat Ingvar etwas von einer Kultstätte unter der Erde gesagt, die er uns zeigen könne. Wenn er dort irgendwo schläft, wird es schwierig«, sagt Avidh.

»Aber hätte er davon erzählt, wenn sie da etwas zu verstecken haben?«, fragt Yrsa.

»Er konnte damals keine Verbindung zwischen uns und dir erkennen. Und er hätte uns viel erzählen können: dass Sjalfi ein entlaufener Sklave ist, der Sohn eines Knechts, der sich schlecht benommen hat, oder eine ähnliche Geschichte«, sagt Avidh.

»Wir brauchen jemanden, der uns erzählt, was auf dem Hof täglich so passiert«, sagt Yrsa.

»Ja, Kundschafter«, sagt Avidh. »Leif, gibt es da jemanden?«

»Schwierig, vor allem ohne Silber.«

»Wenn wir auftauchen, schöpfen sie sofort Verdacht«, sagt Avidh.

»Ja, Ingvar bekommt Schweißausbrüche, wenn er dich nur sieht«, sagt Leif und lacht.

»Was ist mit Gunnar?«, fragt Yrsa. »Ihn würden sie reinlassen und herumführen, wenn er das fordert.«

Leif runzelt die Stirn. »Gunnar ist unterwegs, noch mindestens bis morgen. Das ist gut für uns, er sitzt uns weniger im Nacken. Aber ich zweifle, dass er bereit wäre, für uns zu spionieren. Er hat im Moment anderes im Kopf.«

»Und wenn wir doch einen Austausch versuchen?«, fragt Avidh.

»Ich habe gehört, dass die Tochter der Besitzerin mit Halfdan zusammen ist. Vielleicht wäre das eine Möglichkeit«, sagt Leif.

»Wir entführen sie und bieten einen Austausch an.«

»Riskant, aber eine Möglichkeit«, sagt Avidh. »Wir sollten auch überprüfen, ob es einen unterirdischen Zugang gibt. Diese reichen

Höfe haben oftmals Tunnelanlagen, durch die eine Flucht im Falle eines Angriffs möglich ist.«

»Ich habe mich vor ein paar Monden mehrmals mit einer jungen Frau getroffen, die auf dem Hof als Magd arbeitet. Vielleicht ist sie noch da und kann mir was erzählen«, sagt Leif.

»Sehr gut. Gibt es noch andere Seherinnen in der Stadt, die sie bedroht haben?«, fragt Yrsa.

»Außer Frida noch eine andere, aber Fridas Freundin Astrid die Blumenkundige hat nichts von ihnen gehört«, sagt Avidh. »Sie sehen Frida wohl als die größte Hürde auf dem Weg, sich in der Stadt einen Namen zu machen.«

»Würde Astrid die Blumenkundige mal bei ihnen vorbeischauen unter einem Vorwand?«, fragt Yrsa.

»Gute Idee«, sagt Avidh. »Ich weiß nicht, ob sie ihre Verbindung zu Frida kennen. Vermutlich schon. Ich habe immer stärker das Gefühl, dass sie ein Netzwerk aus Spitzeln betreiben. Du hattest doch auch das Gefühl, dass dir jemand folgt.« Er schaut Yrsa an.

Sie nickt. »Warum haben sie dann nicht schon früher versucht, mich zu verscheuchen?«

»Du schienst nicht gefährlich.«

»Das scheint sich geändert zu haben, als ich in die Stadt zurückkam. Ich habe Ingvar erzählt, ich hätte eine neue Spur. Das war dumm von mir. Ich habe in den letzten Tagen versucht, mich an die Einzelheiten unseres Gesprächs zu erinnern, aber da ist nur Nebel.«

»Du warst bei der Freundin deiner Mutter. Also gibt es vielleicht eine Spur in die Vergangenheit, vor der er sich fürchtet«, sagt Avidh.

»Das hilft uns im Moment nichts«, sagt Leif, »lasst uns weiterplanen.«

»Wir müssen sie nachts beobachten, um zu sehen, wie viele

Wachen da sind. Ich habe schon ein ungefähres Bild, wie viele es tagsüber sind«, sagt Avidh.

»Am besten heute Nacht.«

Er nickt. »Wichtig ist, dass sie keinerlei Verdacht schöpfen. Deshalb will ich auch nicht, dass du in der Stadt herumläufst, Yrsa. Sie sollen denken, du bist im Norden. Und du darfst auch nicht mehr zu deinem alten Schlafplatz zurückkehren. Den kennen sie vermutlich schon. Dein Silber könnten sie auch gestohlen haben.«

»Das werden sie büßen! Ich kenne schon jede Holzfaser in Fridas Wänden und trage einen ihrer alten Umhänge mit Kapuze, wenn ich ihr Haus verlasse. Ich könnte noch einmal zu Thora reisen und sie fragen, ob sie uns etwas Silber borgt.«

»Das kann nicht schaden. Ich frage Frida wegen Astrid. Leif kümmert sich um die Tochter der Besitzerin. Und heute Nacht gehen wir auf Pirsch.«

»Ich verstehe nicht, warum ich immer die Frauen als Aufgabe bekomme«, sagt Leif.

»Ist mir auch ein Rätsel«, sagt Avidh.

Kapitel 66

»So schnell hätte ich dich nicht zurückerwartet. Komm in meine Arme«, sagt Thora und lacht. »Ich hole dir ein Schälchen Haferbrei, setz dich ans Feuer. Heute Abend weht ein kalter Wind über die Schlei.«

Kurz darauf sitzen sie an Thoras langem Tisch.

»Ich muss dich etwas fragen«, sagt Yrsa. »Ich weiß nicht so recht, wie.«

Thora winkt ab. »Also frage ich zuerst etwas. Hast du meinen Rat wegen Avidh befolgt? Ah, ich sehe schon, dir steigt Hitze ins Gesicht. Jetzt muss ich alles hören.«

»Ich weiß nicht viel mehr.«

»Das glaube ich dir nicht. Du bist eine schlechte Lügnerin.« Sie haut auf den Tisch.

Ich sollte sie bei Laune halten, denkt Yrsa. Sie wünschte, sie wüsste, wie sie von Avidh erzählen soll, von der großen Verwirrung, die sie in sich spürt, seit sie sich nahekommen. Davon, wie sie seine Berührungen noch lange spürt, wenn er längst woanders ist, und sie nie genug davon bekommt. Davon, dass es vielleicht das war, das sie immer vermeiden wollte und nach dem sie sich nun sehnt. Und vor allem auch davon, was er für sie getan hat. Einfach so.

»Er ist nett.«

»Yrsa, ich werfe dich gleich aus meinem Haus. Nett? Meine alte Magd ist auch nett.« Thora lacht. »Gefällt er dir auch ohne Kleider?«

»Ja.«

Thora stöhnt »Wolltest du ihn nach dem ersten Mal, als ihr zusammen wart, wieder in deinem Bett?«

»Ja.«

»Das ist ein gutes Zeichen. Also kann er was. Und du willst noch immer nicht heiraten?«

»Nein, will ich nicht.« Aber ich würde gern viel Zeit, sehr viel Zeit mit ihm verbringen, denkt sie, und ich habe es gehasst, als ich mich von ihm verabschieden musste.

»Das ist auch ein gutes Zeichen. Ich hatte nur Ärger mit meinen beiden Ehemännern.«

»Ich wollte fragen ...«

Thora fällt ihr ins Wort. »Ich habe die Händlerin, die eine Freundin deiner Mutter war, noch mal getroffen. Ihr ist noch etwas eingefallen. Es liegt weit in der Vergangenheit, deshalb denkt sie nicht, dass es etwas mit Sjalfis Verschwinden zu tun hat. Aber sie meinte, ich soll es dir auf jeden Fall erzählen.«

Yrsa schaut auf von ihrem Brei und erzählt Thora, dass sie inzwischen weiß, wo Sjalfi ist. »Deshalb wollte ich fragen ...«

»Und das sagst du erst jetzt!« Thora schlägt erneut mit der flachen Hand auf den Tisch. »Das ist wunderbar! Aber dann könnte dich das, was die Händlerin erzählt hat, vielleicht doch interessieren. Du warst noch klein, vielleicht zwei Winter alt oder so, und kannst dich vermutlich nicht erinnern. Damals hatte deine Mutter eine Beziehung mit einem anderen Seher. Sie war zuerst angetan von ihm. Sie haben zusammengearbeitet, und er hat sie sehr bewundert, ihr jeden Wunsch von den Augen abgelesen. Aber mit der Zeit schlich sich das Böse zwischen sie. Der Seher wollte Katla einschränken, wollte bestimmen, wohin sie geht und was sie tut.

Und das«, Thora fasst sich an die Stirn, »konnte Katla nicht ertragen. Und er warf ihr vor, sie nähme seine Arbeit nicht ernst. Katla hatte das Gefühl, dass er sich ihr in seiner Magie immer unterlegen fühlte. Das hat ihn sehr beschäftigt. Trotzdem hat Katla ihn eine Zeit lang immer wieder getroffen. Und sie wurde schwanger.«

»Was?«

»Ja. Er wusste zuerst nichts davon. Und ich weiß nicht, ob der Junge von ihm war.«

»Wo war mein Vater?«

»Irgendwo auf Reisen. Aber in jener Zeit kam er noch öfter. Deshalb weiß ich es nicht. Dieser Seher wollte dann unbedingt mit euch leben, als er von dem Kleinen erfahren hat. Aber Katla wollte nicht.«

»Wo ist der Junge jetzt? Ist er am Fieber gestorben?«

»Nein. Kurz darauf hat euer Haus gebrannt. Katla schwört, dass das Feuer kein Unfall war. Der Kleine hat den Rauch nicht überlebt. Sie ist dann mit dir aus der Stadt geflohen. Als sie hörte, dass der Seher über das Wasser in den Westen gereist ist, seid ihr zurückgekehrt.«

»Ich hatte diese Fieberträume von Feuer. Frida sagte, dass der Geist der Tollkirsche für starke Hitze sorgt.«

»Vielleicht waren es auch Geister aus der Vergangenheit, die dich besucht haben.«

Yrsa löffelt eine Zeit lang schweigend. »Das Silber, das du mir gegeben hast ...«

»Habe ich gern gemacht.«

»Ich habe es vergraben. Trotzdem hat es jemand gestohlen.«

Thora schlägt mit der Faust auf den Tisch. »Mögen die Waldelfen den Dieb in Stücke reißen!«

»Ich wollte fragen, ob du uns noch etwas borgen kannst. Es würde uns helfen, Sjalfi zu befreien.«

Thora überlegt. »Das tut mir leid. Du kommst in einem schlechten Moment. Ich habe gerade eine große Lieferung Rohstoffe zahlen müssen, und ich habe mir einen jungen Mann von den Inseln im Westen geleistet. Jetzt ist meine Silbertruhe fast leer. Ein, zwei Münzen kann ich dir geben, mehr leider nicht.«

Zum Abschied umarmt Thora sie noch einmal innig und sagt: »Pass auf dich auf, Yrsa. Dieser Mann ist gefährlich und zu allem fähig.«

Thoras schweigsamer Gehilfe bringt Yrsa mit dem Boot zurück ans andere Ufer. Sie lauscht seinen rhythmischen Ruderschlägen. Außerhalb der Stadt setzt er sie am Ufer ab. Yrsa will allein in den Wald gehen, um auf ein Zeichen ihrer Mutter und der Geister zu warten. Sie wird ihr den besten Weg zeigen, wie sie Sjalfi befreien können. Sie hat ein schlechtes Gewissen, dass sie Avidh und Leif in die Sache hineinzieht.

Um diese Zeit des Jahres ziehen Árvakr und Alsviðr lange Bahnen über den Himmel, und es dauert lange, bis der Horizont das Sonnengespann schluckt. Sie mag diese ausgedehnten Abende im Wald. Wenn sie zuschauen kann, wie die Nacht allmählich die Stämme schwarz färbt, bis die Bäume nur noch ein einziger Schatten sind. Sie setzt sich unter einen Stamm, den Thor mit einem Blitz aufgerissen hat, legt die Hände zuerst auf ihr Amulett, dann auf den weichen Waldboden und schließt die Augen.

Sie hört die Elfen in den Wipfeln flüstern, eine Kröte quakt nicht weit von ihr.

»Hilf mir, Mama«, sagt sie leise, lauscht dem Pochen im Boden, dem Krabbeln im Stamm. Sie hört ein leises Summen, dort, wo die Blätter der Esche über die Blätter der Ulme streichen.

»Du musst aufmerksam zuhören, Yrsa«, sagte ihre Mutter immer. »Manchmal sprechen die Geister in Botschaften, die du verpasst, wenn du dich einen Moment vom Knirschen der Hölzer ablenken lässt.«

Ihre Finger scharren über den Boden, wühlen zwischen Würmern und Wurzeln.

»Geduld, Yrsa«, hört sie ihre Mutter.

Sie öffnet die Augen, ihre Mutter lenkt ihren Blick auf einen dicken Stamm, seine Borke, ein Wirrwarr aus Linien, rund, zackig, keine wie die andere. Sie steht auf, legt die Hand auf die raue Rinde, schließt die Augen wieder, wartet, doch alles bleibt stumm.

Sie kennt die Elfen in diesem Wald nicht. Hat es lange verpasst, ihnen Gaben zu bringen, setzt sich wieder unter den gespaltenen Baum. Starrt in die dunkle Nacht.

»Warte auf die Sterne«, wispern die Elfen. »Dort kannst du heute eine Botschaft empfangen. Warte, bis das Käuzchen zweimal ruft, dann verlasse den Wald und lies, was die Götter in die Sterne schreiben. Im Wald kannst du heute Nacht nur den tapsigen Schritten der Trolle lauschen.«

Es dauert nicht lange, und Yrsa hört in der Ferne ein Käuzchen, ein schwaches Huhuh ist es nur. Sie wartet auf den zweiten Ruf. Und wartet. Sie denkt daran, was Thora über den Brand ihres Hauses in Ribe erzählt hat. Wenn sie sich nur erinnern könnte. Dann endlich der zweite Ruf des Käuzchens.

Sie tritt aus dem Wald, legt sich ins Gras und schaut in den Himmel, sieht die zwölf Himmelsburgen, aber nicht alle Götter. Tyr steht tief im Nordwesten, Thor strahlt im Süden, und Odin zeigt sich im Moment nicht. Sie richtet ihren Blick auf Alfheimr, die Heimat der Lichtelfen, und dann auf Freyjas Halle Sessrumnir. Freyja, wo ist Freyja, sie wartet auf die Göttin, weiß, dass sie es sein wird, die ihr die entscheidenden Worte übermitteln wird.

»Bitte gib mir ein Zeichen«, flüstert sie. Die Feuchtigkeit der Wiese kriecht langsam durch ihre Kleider.

Dann beginnt das Schauspiel am Himmel. Freyja schießt von West nach Ost in ihrem Katzenwagen über das Firmament. Schnell ist sie immer, aber heute scheint sie es besonders eilig zu haben. Um diese Zeit des Jahres ist Freyja immer sehr beschäftigt. Alles blüht.

»Verlasse dich auf die eisige Kraft der Wassergeister«, lautet schließlich die Botschaft, die Yrsa in ihrem Kopf hört. Sie lächelt. Sie weiß, was das bedeutet.

Sie trifft Avidh am Schleiufer. Yrsa zieht die Kapuze tief ins Gesicht. Dann machen sie sich auf den Weg zum Hof der Kriegsmagier, um zu beobachten, was dort in der Nacht vor sich geht. Abwechselnd sitzen sie in der Astgabel, während der andere am Boden im Laub döst. Im Morgengrauen machen sie sich auf den Weg zurück zu Fridas Haus, um noch eine Zeit lang richtig zu schlafen.

Als sie am Haus ankommen, erstarrt Avidh. Auf der Türe sind Runen eingeritzt.

»Es ist vorbei. Wir haben sie geholt«, liest Yrsa.

Avidh rennt ins Haus, ruft Fridas Namen. Das Haus ist leer.

»Ich suche sie im Wald«, ruft er und verschwindet so schnell, dass Yrsa nicht einmal antworten kann.

Einige Zeit später kommt Avidh zurück, der Schweiß läuft ihm über das Gesicht. Er schaut Yrsa nicht in die Augen. Sie hat ihn noch nie so bleich gesehen.

»Sie ist nirgendwo. Ich war überall.«

Er läuft im Haus auf und ab. Kurz darauf klopft es. Avidh ist in einem Sprung bei der Türe. Ein Mädchen, vielleicht elf Winter alt, steht da.

»Ich habe eine Botschaft von den Kriegsmagiern für Avidh.«

»Sprich.«

»Frida ist an einem dunklen Ort. Wenn du die Stadt verlässt, kommt sie frei. Sonst stirbt sie.«

Yrsa packt das Mädchen am Arm. »Wer hat dir das aufgetragen? Los, sag schon.«

»Ein Mann, ich habe ihn nicht gekannt. Ihr macht mir Angst.«

»Lass sie los«, sagt Avidh.

Das Mädchen rennt davon.

»Aber wie konnten sie Frida überwältigen?«

»Sie müssen sie in eine Falle gelockt haben.«

»Es tut mir leid, es tut mir so leid.« Sie fühlt sich schrecklich hilflos, möchte Avidh helfen, weiß aber nicht, wie. Er scheint sich an einen Ort in seinem Innern zurückgezogen zu haben, wo sie ihn nicht erreichen kann.

»Es ist nicht deine Schuld«, sagt er. Sein Gesicht zeigt keine Regung. Sie streichelt ihm über den Unterarm. Er reagiert nicht.

»Ich muss zu Leif«, sagt er und ist wieder aus der Türe, bevor sie antworten kann.

Yrsa sinkt auf die Bank neben dem Ofen, stützt den Kopf in die Hände. Sie weiß nicht weiter. »Verlass dich auf die eisige Kraft der Wassergeister«, lautete die Botschaft. Aber jetzt hat Avidh andere Sorgen. Wie kann sie Sjalfi befreien, wie Avidh helfen? Die Verzweiflung lähmt ihre Gedanken.

Nach einer Weile klopft es wieder. Es regnet. Leif steht vor der Türe, seine Haare sind nass.

»Wir machen alles, wie wir es geplant haben«, sagt er.

»Ist das nicht zu gefährlich?«, sagt Yrsa. »Wo ist Avidh?«

»Wir haben über die Botschaft nachgedacht«, sagt Leif. »Sie wissen vermutlich nicht, dass wir Sjalfi auf der Spur sind. Sonst hätten sie das wahrscheinlich erwähnt.«

»Ich weiß nicht. Sie scheinen immer alles zu wissen«, sagt Yrsa.

»Ich will nicht, dass Frida meinetwegen in Gefahr gerät. Ich suche einen anderen Weg.«

Leif schüttelt den Kopf. »Nein, Avidh will es so. Sie halten Frida irgendwo gefangen. Wir müssen Sjalfi befreien, um freie Bahn zu haben. Avidh ist oberhalb der Stadt, dort wo der Pfad zu Fridas Baum führt, falls du zu ihm möchtest. Ich weiß nicht, ob er mit dir redet. Aber er wird sich trotzdem freuen, dich zu sehen.«

Es regnet noch heftiger, als sie sich auf den Weg macht. Sie findet Avidh am Waldrand. Er sitzt auf einem Baumstamm. Das Wasser läuft ihm in kleinen Rinnsalen über das Gesicht. Sein Hemd klebt ihm am Körper, seine Haare sind so durchnässt, dass sie noch dunkler glänzen als sonst. In der linken Hand hält er sein Schwert. Sein Gesicht ist regungslos, eingefroren, der Blick geht ins Nichts. Nur manchmal zuckt ein Muskel in seinem Oberkiefer. Nichts deutet auf den Tumult in seinem Innern hin.

Sie bleibt einen Moment stehen, weiß nicht, wie sie ihm am besten helfen kann, wünscht sich nichts sehnlicher, als ihn zu berühren, den Schmerz, der ihr so vertraut ist, mit ihm zu teilen. Sie setzt sich neben ihn auf den Baumstamm, so nahe, dass sich ihre Oberschenkel berühren. Der Regen prasselt ihr auf den Kopf.

Irgendwann hält sie es nicht mehr aus, streift mit ihrem Handrücken sacht über seinen nassen Arm. Seine Haut ist kalt. Sie weiß nicht, ob er ihre Berührung bemerkt hat. Dann nimmt er plötzlich ihre Hand, verschränkt seine Finger mit ihren. Sie will ihm sagen: Avidh, wir finden Frida, wir befreien sie, sie ist am Leben. Aber sie schweigt. Manchmal können Worte die Last der Gefühle nicht tragen. Sie möchte ihm die nassen Haare aus dem Gesicht streichen, ihn küssen, ihm ins Ohr flüstern. Avidh, ich bin hier und lasse dich nicht los. Ihr Umhang saugt sich mit Wasser voll, hängt schwer an ihrem Körper. Sie führt seine kalte Hand an ihre Lippen und küsst sie.

Irgendwann sagt er: »Ich lasse mich nicht einschüchtern. Das würde Frida niemals wollen. Ich werde sie da rausholen. Und dann mache ich Ingvar fertig. Ich breche ihm jeden einzelnen Knochen.«

Sie nickt.

Dann sagt er: »Lass uns zurückgehen, du musst dich aufwärmen. Du bist ganz durchnässt.«

Kapitel 67

Yrsas Herz rast. Jede einzelne Faser ihres Körpers ist angespannt. Sie zwingt sich, langsam zu atmen. Es gelingt nicht gut. Sie kauern hinter einem breiten Baum, den Blick auf ein Gebüsch weiter vorne gerichtet. Es ist fast Mitternacht, und sie sind in einem dichten Waldstück auf der Ostseite des Kriegsmagier-Hofs. Einen Pfad gibt es nicht, auch ein Tor in den Palisaden nicht. Das einzige Tor öffnet sich im Norden, wo ein Weg vom Schleiufer zum Hof führt.

»Bist du sicher, dass dort vorne die beste Stelle ist?«, flüstert Leif.

Avidh scheint zu nicken. Es ist so düster im Wald, dass sie seine Kopfbewegung mehr ahnt als sieht. Schon lange hocken sie hinter dem Baum und spähen in Richtung der Büsche. Yrsa weiß nicht, wie lange die beiden noch warten wollen. Ihr wäre es am liebsten, sie würden jetzt gleich nachschauen gehen.

»Ich sehe niemanden«, sagt sie leise. Sie lauscht in die Dunkelheit. Sie hört nur, was sie nachts im Wald oft hört, da und dort leises Rascheln im Unterholz, Bäume, die im Wind knarzen, aber keine Schritte, keine Stimmen, kein Atmen. »Ich glaube nicht, dass dort Wachen sind.«

Avidh schüttelt den Kopf. »Ich auch nicht. In den letzten beiden Nächten war niemand hier draußen. Einfach, um auf der sicheren Seite zu sein. Fehler können wir uns nicht leisten.«

»Lasst uns näher herangehen.«

Avidh legt ihr die Hand auf den Arm. Ein Zeichen, dass sie noch warten muss. Sie kann nicht fassen, wie geduldig er ist. Sie haben am Vorabend lange in den Astgabeln gesessen und beobachtet, was nach Einbruch der Dunkelheit auf dem Gelände vor sich geht. Frida haben sie dabei nicht gesehen. Yrsa weiß nicht, wie viel Avidh geschlafen hat. Er spricht kaum, scheint jede Minute mit Planen beschäftigt zu sein.

Leif hat sich mit seiner einstigen Geliebten getroffen. Sie arbeitet noch immer als Magd auf dem Hof. Beschwerte sich über Halfdan, über Ingvar hatte sie nicht viel Schlechtes zu erzählen. Helfen will sie ihnen bei der Befreiung von Sjalfi nicht. Auch Leifs Überredungskünste brachten nichts. Aber er konnte ihr Informationen entlocken. Sjalfi scheint gesund. Jeden Vormittag müsse er sehr lang in verschiedenen Zeremonien mit Odin Kontakt aufnehmen. Genaues wusste die Frau nicht. Und sie hat ihnen noch einen entscheidenden Hinweis gegeben.

Yrsas Bauch schmerzt, wenn sie daran denkt, was alles schieflaufen könnte. Doch eine andere Möglichkeit bietet sich im Moment nicht. Die Tochter der Besitzerin, die sie entführen und austauschen wollten, hat das Gelände in den letzten Tagen nicht verlassen. Und alles andere scheint noch riskanter.

Avidh hat die beste Stelle gefunden, um den ersten Teil ihres Plans zu schaffen. Der zweite Teil, fürchtet Yrsa, wird noch schwieriger.

»Sobald wir auf dem ersten Baum sind, kein Flüstern mehr, nur noch Handzeichen«, sagt Avidh.

Am Nachmittag wollte Avidh sie überzeugen, auf einem Beobachtungsposten zu warten. »Falls etwas schiefgeht, kannst du uns von draußen helfen«, sagte er. Vielleicht hat er recht, aber nichts kann sie jetzt davon abbringen, bei jedem Schritt der Befreiung dabei zu sein.

»Sobald wir gefunden haben, was wir suchen, verschwinden wir auf demselben Weg wieder. Keine Ausflüge, um Sjalfi zu suchen, Yrsa.«

»Habe ich verstanden.«

»Solange sie sich in Sicherheit wiegen, ist es einfacher. Wie Schatten huschen wir rein und wieder raus.«

Einige Zeit später gibt Avidh endlich das Zeichen, dass es losgeht. Gebückt schleichen sie zu der Ulme, auf die sie zuerst klettern. Yrsa stützt sich im feuchten Waldboden ab, will möglichst geräuschlos vorwärtskommen. Dann spürt sie den Stamm. Der tiefste Ast liegt so hoch, dass Yrsa ihn mit einem Sprung kaum erreichen kann. Avidh legt ihr beide Hände um die Taille und hebt sie hoch. Leif ist schon einige Astgabeln weiter. »Wir klettern langsam, einer nach dem anderen, immer Pause machen«, hat Avidh zuvor gesagt. Es soll von Weitem nicht so wirken, als würden sich die Äste des Baumes unnatürlich bewegen.

Dann sitzen sie alle drei in Astgabeln hoch oben im Baum. Jetzt kommt der anspruchsvolle Teil. Sie müssen auf den Nachbarbaum. Sie sind so hoch oben, dass beinahe ein Schiffsmast Platz hätte zwischen ihnen und dem Boden. Die Dunkelheit macht es einfacher. Schaut Yrsa nach unten, verliert sich ihr Blick irgendwann im Schwarz. Da und dort kann sie einen Ast erkennen, den Boden nicht. Sie geht als Erste.

Sie steht langsam auf, hält sich an einem Ast auf Schulterhöhe fest und wartet, bis ihr Körper im Gleichgewicht ist. Der Ast ist ein bisschen breiter als ihr Schuh. Am Nachmittag hat es geregnet.

Einen Fuß vor den anderen. Zuerst kann sie sich noch über dem Kopf festhalten. Nicht hetzen. Jetzt kommt das Stück, wo sie frei gehen muss.

Sie lässt den Ast los, breitet beide Arme aus. Winzige Schritte. Die Hälfte ist geschafft. Kurz Pause machen.

Ein Windstoß fährt in den Baum. Ihr Fuß rutscht weg, sie greift oben ins Leere, erwischt im letzten Moment seitlich einen Ast. Ihr Herz hämmert laut. Du schaffst das. Zuerst wieder ins Gleichgewicht kommen. Nicht umdrehen, balancieren, vorsichtig wieder einen Fuß vor den anderen. Der Ast wippt leicht. Aber er hält.

Das Schwierigste kommt noch. Der Nachbarbaum. Sie schaut auf ihre Füße, wartet, bis der Ast ruhig ist. Sie ist jetzt an der Stelle, wo sie rübermuss. Dort drüben kann sie sich festhalten, wenn sie erst mal da ist.

Sie kämpft gegen ein Zittern im Bauch. Ein großer Schritt, das Bein lang machen, den Arm ausstrecken.

Sie packt den Zweig und ist drüben. In kleinen Schritten tastet sie sich bis zum Stamm vor, setzt sich dort in eine Astgabel und wartet.

Sie müssen das Ganze noch einmal wiederholen, um auf den dritten Baum zu gelangen, der nahe der Mauer steht. Yrsas Herz hat sich noch nicht beruhigt. Aber es hilft, wenn sie dem Ziel näher kommen. Sie beobachtet Avidh, wie er vom ersten auf den zweiten Baum springt. Wie immer sieht bei ihm alles einfach aus. Leif braucht länger.

Endlich sitzen sie alle drei auf dem dritten Baum, der nahe der Balustrade wächst. Im unteren Bereich hat der Baum nur einen einzigen Ast, und der hängt ein kleines Stück auf das Land der Kriegsmagier. Zum ersten Mal erblickt Yrsa Umrisse der Kultstätte, von der Avidh erzählt hat. Sie steht hinter dem Langhaus. Es ist zu dunkel, um Einzelheiten zu erkennen. Dorthin müssen sie.

Langsam klettern sie hinunter. Vom untersten Ast springen sie auf das Dach des nahe gelegenen Schuppens. Jetzt befinden sie sich auf dem Land der Kriegsmagier. Sie verschwinden sofort im Gebüsch hinter dem Schuppen. Yrsa atmet nur oberflächlich. Avidh tastet nach ihrer Hand und drückt sie.

Wieder wartet sie auf sein Zeichen, bis sie weiterschleichen. Alles scheint ruhig. Aus dem Langhaus fällt nur ein mattes oranges Licht nach draußen. Wahrscheinlich von der Feuerstelle. Yrsa hofft, dass alle schlafen. Fast alle. Zwei Wachen sind nachts unterwegs. Doch in den letzten zwei Nächten schienen sie nicht besonders aufmerksam, saßen nur vorne beim Tor. Kurz vor Tagesanbruch hat einer der beiden in der ersten Nacht eine Runde gedreht. In der zweiten Nacht sind beide eingenickt.

Avidh gibt das Zeichen, und sie kriechen hinter den Hecken in Richtung der Kultstätte. Yrsa nimmt ihren Zopf zwischen die Zähne, um nicht im Gestrüpp hängen zu bleiben. Dann sind sie ihrem Ziel nahe, kauern auf der Höhe der Kultstätte. Doch um sie zu erreichen, müssen sie die Deckung verlassen.

Die Umrisse der hohen Statue wirken im Dunkeln bedrohlich. Die Trollkönigin Skuld. Irgendwo im unteren Teil der Statue gibt es eine kleine Schublade. Dort, so hat es die Magd erzählt, liegt ein Schlüssel. Die mächtige Skuld bewache ihn. Diesen Schlüssel wollen sie holen. Er ermöglicht den Zugang zu einem alten Geheimgang, den die Hofbesitzer, genau wie Avidh vermutete, vor längerer Zeit anlegen ließen. Ingvars Gruppe habe dieses Gangsystem erweitert, erzählte die Frau. Der Hauptgang führt, wie meist bei diesen Notausgängen, von einer Falltür im Langhaus bis zu einer zweiten Falltür draußen im Wald.

Den Ausgang haben sie gefunden. Doch er ist mit einem Schloss gesichert. Von diesem Hauptgang aus habe Ingvars Gruppe einen zweiten Gang gegraben. Er führt bis unter die Statue. Dort sind eine unterirdische Kultstätte und weitere Räume. Skuld fühle sich unter der Erde zu Hause, habe Ingvar erklärt. Jeden Vormittag müsse Sjalfi längere Zeit in der unterirdischen Kultstätte verbringen und das Gespräch mit Odin suchen. Hätten sie den Schlüssel zum Gang, so könnten sie ihn von dort unbemerkt bei Tag ins Freie schaffen. Das ist der Plan. Aber als Erstes brauchen sie den Schlüssel.

Sie schauen sich ein letztes Mal um, dann verlassen sie leise das Gebüsch, nähern sich der Statue in gebückter Haltung. Avidh tastet den unteren Bereich ab. Leif schaut in die eine, Yrsa in die andere Richtung. Es scheint eine Ewigkeit zu dauern. Yrsas Augen flitzen nach links, dann wieder nach rechts. Dann bleiben Avidhs Hände an einer Stelle. Er scheint die Schublade gefunden zu haben, zieht an einem Stück Holz. Es macht ein quietschendes, schleifendes Geräusch. Sie erstarren.

»Eindringlinge!«, ruft irgendwo eine Männerstimme.

»Schnell weg von der Statue«, zischt Avidh.

Gebückt rennen sie in Richtung der Büsche.

Etwas surrt an Yrsas Ohr vorbei. Dann hört sie Leif ächzen, sieht ihn stolpern. Er stürzt, hält sich das Bein. Ein Pfeil hat ihn getroffen.

Avidh flucht, zieht das Schwert, stellt sich vor Leif. »Verschwinde«, ruft er Yrsa zu.

Sie bleibt stehen, will die beiden nicht zurücklassen.

»Verschwinde, schnell«, zischt Avidh in ihre Richtung, »ich kümmere mich um Leif.«

Zwei Männer rennen vom Langhaus auf sie zu. Alles in Yrsa wünscht sich, bei den beiden zu bleiben, aber sie hastet los. Hört noch mehr Männer aus dem Langhaus kommen.

Sie muss auf demselben Weg zurück, rennt, so schnell sie kann, in Richtung des Schuppens, wagt nicht, sich umzudrehen. Sie keucht.

Plötzlich steht ein Mann vor ihr, er schwingt eine Axt, holt aus. Sie duckt sich, zieht ihre Axt, taucht unter seinem Arm durch. Er bekommt ihren Gürtel zu fassen. Sie holt aus mit der Axt, ihre Waffen prallen aufeinander. Er stößt sie zurück. Sie fällt nicht, holt schnell wieder aus, trifft sein Bein, die Axt gräbt sich in sein Fleisch, er schreit, taumelt. Sie hetzt weiter.

Dann ist sie auf dem Schuppen, mit einem Sprung muss sie die Mauer erreichen. Nicht nach hinten schauen, sonst sitzt du in der Falle!

Sie hört einen Mann hinter sich schnaufen. Ein Pfeil sirrt an ihrem Kopf vorbei. Sie duckt sich, hastet gebückt vorwärts.

Dann ist sie auf der Mauer, erwischt den Ast, zieht sich nach oben, klettert rasch in die Höhe, hofft, dass die Männer in der Dunkelheit nicht gesehen haben, wohin sie geflohen ist.

Sie wirft einen Blick zurück. Leif und Avidh sind von einer Gruppe Männer umzingelt. Sie kann im Moment nichts für sie tun, außer zu entkommen. Am liebsten würde sie laut schreien. Auch wenn alles in ihr hierbleiben will, muss sie weiter.

Mit zitternden Händen klettert sie von Baum zu Baum. Sie weiß, sie muss verschwinden, bevor die Männer in den Wald ausschwärmen. Sie sieht sie bereits in Richtung des Tors auf der anderen Seite rennen. Sie klettert von der großen Ulme und jagt, so schnell sie kann, durch den dunklen Wald in Richtung der Stadt.

Sie rennt, bis sie fast keine Luft mehr hat. Schaut immer wieder über die Schulter, bleibt kurz stehen, lauscht. Sie hört niemanden. Die Männer scheinen ihre Spur verloren zu haben.

Sie kriecht ins Dickicht, rollt sich zusammen. Die Gedanken rasen durch ihren Kopf. Sie weiß nicht, was sie jetzt tun soll. Sie muss Leif und Avidh befreien, Sjalfi retten, Frida finden. Sie muss allein einen Weg finden, um alle vier zu befreien, muss zurück in die Stadt, sich Hilfe holen. Wenn sie nur wüsste, wie.

Kapitel 68

Yrsa schreckt auf. Einen Moment weiß sie nicht, wo sie ist. Dann fällt ihr alles ein, und ihr Puls rast. Es ist früh am Morgen. Sie liegt in Fridas Haus, dort, wo sonst Avidh schläft. Aber niemand ist da außer ihr. Avidh ist ein Gefangener der Kriegsmagier. Und Frida auch. Dabei bräuchte sie jetzt dringend Hilfe. Es poltert an der Türe. Sie steht auf.

»Wer ist da?«

»Mach auf«, sagt ein Mann. Sie kennt die Stimme. Es ist Ingvar.

Einen Moment lang weiß sie nicht, was sie tun soll. Er hat Nerven, denkt sie, hier einfach aufzutauchen. Sie zückt die Axt und öffnet die Türe einen Spalt. Ingvar drückt die Türe auf, tritt ins Haus. Sie stehen sich gegenüber, Yrsa umklammert die Axt. Sie würde die Klinge gerne tief in seinen Hals schlagen. Doch sie weiß, im Moment muss sie zuhören, was er zu sagen hat.

»Nimm die Waffe runter«, sagt er.

»Du hast mich angelogen, von Anfang an. Hast meinen Bruder entführt, mir Märchen erzählt, mich vergiftet.« Die Hitze steigt ihr ins Gesicht, kalter Schweiß läuft ihr über den Körper.

»Du hättest auf mich hören sollen«, sagt er. Sie sieht in seinen Augen dieses wilde Flackern, das ihr schon während der Zeremonie kurz aufgefallen war. »Um das hier gleich klarzustellen: Wenn du mir nur ein Haar krümmst, werden Sjalfi und deine Freunde das nicht überleben. Um Sjalfi wäre es schade. Ein außergewöhnlicher Junge.«

»Was willst du von ihm? Was fällt dir ein, ihn einfach zu entführen?!«

»Ich habe erkannt, welche Kräfte in ihm schlummern. Ich werde seine Magie für mich nutzen.« Ingvar starrt sie an. Er will ihr beweisen, wie mächtig er ist, hat sie den Eindruck.

»Du hast kein Recht, ihn zu irgendwas zu zwingen.«

»Und wer will mir das verbieten?«

»Ich. Ich bin die Tochter der Katla. Sie hat mich beauftragt, ihn zu beschützen.«

»Scheint dir nicht besonders gut zu gelingen.« Sein Tonfall ist höhnisch.

Sie muss alle Kraft sammeln, um ruhig zu bleiben. Es pocht hinter ihren Schläfen.

»Du kannst nicht über ihn bestimmen. Hast du ihn gefragt, was er möchte?«

Ingvar verzieht den Mund zu einem seltsamen Lächeln. »Es scheint ihm gut zu gefallen bei uns. Er wusste nicht, was für Kräfte in ihm brodeln.«

Yrsa zögert einen Moment. Was, wenn Ingvar die Wahrheit sagt? Vielleicht ist Sjalfi tatsächlich gerne bei den Kriegsmagiern. Aber alle Zeichen, die sie bekommen hat, sprechen dagegen. Die Fylgja, ihre Mutter. Sie haben sie aufgefordert, ihn zu suchen.

»Das glaube ich dir nicht.«

»Es bleibt dir nicht viel anderes übrig.«

»Du warst der Grund, warum unsere Mutter damals aus Ribe flüchten musste.«

»Ich war lange in Norðymbraland. Als ich zurückkam, hat sie mir viele Vorwürfe gemacht. Behauptete, ich würde sie bedrohen.«

»Meine Mutter hat solche Sachen nicht erfunden. Wie hast du uns gefunden?«

»Ich hatte Hilfe.«

Yrsa schluckt. »Von wem?«

»Vor einigen Monden habe ich eine Seherin kennengelernt, die bei euch in der Nähe lebt. Revna hat mir dann irgendwann von einem Jungen bei euch im Dorf erzählt. Er habe eine besondere Gabe. Als sie mir seinen Namen und den Namen seiner Mutter nannte, war mir schnell alles klar. Und sie wollte ihn sowieso loswerden. Sie hat sich schon über eure Mutter geärgert und fürchtet sich vor Sjalfis Kräften, wenn er älter wird.«

»Hast du Sjalfi beobachtet?«

»Ja, ich wollte wissen, wie er ist.«

»Und du hast die Nachricht in unsere Türe geritzt. Hast du ein Amulett mit Flammen an den Baum gehängt?«

»Ja, ich fand das sehr passend. Weil sein Bruder, mein Sohn, in den Flammen gestorben ist. Und meine Männer haben Geschichten herumerzählt, wonach Olaf der Unwirsche Kinder entführt, um sie in den Osten zu verkaufen. Olaf hat einen schlechten Ruf, das kam uns sehr gelegen. Und ich habe es als Wink der Götter verstanden, dass auf der Flagge seines Schiffs eine Flamme ist. Wie ich schon sagte: Äußerst passend.« Ingvar lächelt sie zufrieden an.

Yrsa holt tief Luft. Sie ist auf ihn hereingefallen, aber jetzt braucht sie schnell einen Plan, wie sie all das wiedergutmachen kann. »Wo ist der kleine Beutel meiner Mutter?«

»Der gehört mir. Eine Haarlocke meines Sohnes ist darin.«

»Ich will mit Sjalfi sprechen.«

»Wenn du willst, dass Sjalfi nichts geschieht, dann verlässt du die Stadt, kehrst in dein Dorf zurück und gibst es auf, jemals wieder nach ihm zu suchen. Mit meiner Hilfe wird er zu einem mächtigen Seher. Ich kann viel Schlechtes über deine Mutter erzählen, aber eins steht fest: Ihre magischen Kräfte waren groß. Und er hat diese Kräfte auch. Du nicht. Für dich ist da kein Platz. Obwohl ich zuerst nicht sicher war.«

»Was heißt das?«

»Ich mochte dich, als wir uns trafen. Ich wollte dir eine Chance geben. Vielleicht hättest du auch bei uns auf dem Hof leben können. Aber mit der Zeit habe ich gemerkt: Du bist wie deine Mutter.«

Wahr ist das nicht, denkt Yrsa. Aber sie fasst es als Kompliment auf, wenn jemand sie mit ihrer Mutter vergleicht. »Warum bin ich wie sie?«

»Ich habe es gespürt, als ich die Götter für dich um Hilfe gebeten habe. Du hast mich nicht ernst genommen, hast nicht geglaubt, dass sie durch mich sprechen.« Er macht einen Schritt auf sie zu, hebt beide Hände.

»Das stimmt nicht«, sagt Yrsa. Aber sie denkt, vielleicht stimmt es ein kleines bisschen. Irgendetwas ließ sie zweifeln, als er mit Odin sprach. »Warum bist du so wütend auf meine Mutter?«

»Sie hat mich nie ernst genommen. Hat herabgeschaut auf mich, meine magischen Fähigkeiten angezweifelt. Das hat mich sehr verletzt.«

»Das glaube ich nicht. So war sie nicht. Sie hat nicht auf Menschen herabgeschaut.«

»Sie hat meinen Sohn getötet. Hat ihn den Göttern geopfert.«

»Das hat sie niemals getan. Wie kommst du darauf, so etwas zu behaupten?«

»Sei still«, sagt Ingvar laut. »Er ist im Feuer gestorben. Sie hat das Feuer gelegt.«

»Hat sie nicht.«

»Siehst du, alles, was ich sage, zweifelst du an.«

»Weil du nicht die Wahrheit sagst.«

»Ich wünschte, du und Katla und nicht mein Sohn wären in dem Feuer gestorben!« Er atmet schwer, macht noch einen Schritt auf Yrsa zu. »Wenn du nicht verschwindest, werde ich dich vernichten. Du wirst den Zorn Odins spüren, und dann wirst du mich ernst nehmen.«

Yrsa hebt ihre Axt. »Einen Schritt näher, und ich schlage zu.«

»Das wirst du nicht. Denk an Sjalfi. Was ich alles für ihn getan habe, wird er erst später verstehen. Was hast du für ihn getan? Was kannst du ihm bieten?«

»Er wird bald seinen eigenen Weg gehen. Ich habe die letzten vier Jahre für ihn gesorgt. Wie geht es Avidh und Leif? Leif ist verletzt.«

Das wilde Flackern in Ingvars Augen ist zurück. »Avidh hat mich schon länger belästigt. Ich bin froh, wenn ich ihn bald los bin. Ich werde beide morgen der großen Trollkönigin Skuld opfern.«

»Das wirst du nicht wagen!« Ihr wird schwindlig.

»Unsere Verbindung zu ihr wird sich dadurch noch stärken.«

Yrsa bemüht sich, ihn ihre Verzweiflung nicht spüren zu lassen. Eigentlich müsste sie sich setzen, ihre Beine tragen sie fast nicht mehr. Aber diesen Gefallen tut sie ihm nicht. Ihr Mund ist trocken, ihr Magen ein harter Klumpen. Ihr Wunsch, Ingvar mit der Axt zu verletzen, ist übermächtig.

Sie tritt einen Schritt zurück, versucht, tief Luft zu holen. Hilf mir, Mama, fleht sie in Gedanken. Schick mir Ruhe, damit ich trotz seines Giftes klar denken kann. Die Vorstellung, dass Ingvar Avidh tötet, ist unaushaltbar. Sie muss die Bilder zur Seite schieben.

»Das wird dir Gunnar nicht verzeihen«, sagt sie, »wenn du seine Männer tötest.«

»Ich habe kein Interesse mehr an Gunnar und seiner Reise. Wir haben unsere Pläne geändert. Ich war sowieso immer mehr daran interessiert, in der Stadt als Seher zu arbeiten. Es ist Halfdan, der mit den Kriegern reisen möchte. Und dass das ganz klar ist: Wenn uns jemand angreift, sterben die beiden Männer sofort und nicht erst morgen.«

Er schaut ihr noch einmal mit seinem flackernden Blick in die Augen, dreht sich um, verlässt das Haus und schlägt die Türe zu.

Yrsa lässt sich auf einen Hocker fallen. Ihre Gedanken rasen. Einen Moment lang überlegt sie, ob sie wieder in den Wald soll, das Grundstück beobachten, um irgendeinen Weg zu finden, die drei zu befreien. Oder noch einmal allein versuchen, an den Schlüssel zu gelangen. Doch ihr ist schnell klar: Sie kommt allein nicht weiter, und es gibt nur einen, der jetzt helfen kann. Sie muss dringend zu Gunnar und seinen Männern. Hofft inständig, dass sie auf Gunnars Hof sind. Und dass Gunnar sie nicht wegschickt. Er war so wütend auf sie das letzte Mal.

Sie rennt durch die Stadt, springt über die glitschigen Bohlen, schlängelt sich zwischen den Menschen am Hafen hindurch, rempelt einen Händler an und hetzt weiter in Richtung Norden aus der Stadt hinaus. Sie beschließt, sich ein Pferd zu nehmen, um noch schneller zu sein. Kurz vor dem Stall bleibt sie stehen, um eine ihrer Münzen herauszuholen. Plötzlich hat sie das Gefühl, dass jemand hinter ihr steht. Sie will sich umdrehen, als sie einen Schlag auf den Hinterkopf spürt. Dann wird alles schwarz.

Kapitel 69

Avidh zieht die Stofffetzen etwas enger. »Es blutet fast nicht mehr«, sagt er und schaut Leif an. »Fühlt sich das Bein heiß an?«
»Wird schon wieder«, sagt Leif, »der Knochen ist heil.«
»Wir müssen hier raus. Und zwar schnell.«
Leif ächzt, versucht das gesunde Bein zu strecken. »Wird ein bisschen schwierig.«
»Ich traue diesem Ingvar alles zu. Und wir müssen Frida suchen. Sie kann dir auch mit deinem Bein helfen.«
»Ja, nur wie?«, sagt Leif.
»Und du brauchst etwas zu trinken.« Avidh schaut sich um. Es ist düster in der Zelle, in der sie sitzen. Die Luft riecht modrig, der Boden ist feucht. Weiter vorne in dem unterirdischen Gang brennt eine Fischöllampe. Etwas Licht dringt bis zu ihnen. Auch Avidhs Kehle ist trocken, nicht nur von der staubigen Luft. Seit gestern Abend haben sie nichts getrunken oder gegessen.
Er weiß nicht, ob Morgen oder Mittag ist. Er schätzt, dass es inzwischen Vormittag ist. Die Decke ist so niedrig, dass er nicht aufrecht stehen kann. Er setzt sich an das Gitter, das ihre Zelle vom Rest des Gangs abtrennt, drückt das Gesicht gegen die Stäbe, um auf beide Seiten zu schielen. Außer dem düsteren Gang kann er nicht viel erkennen.
»Yrsa konnte entkommen«, sagt er. »Das ist gut.«

»Aber was kann sie allein ausrichten?«

»Es wird ihr etwas einfallen. Sie hat ein wildes Herz und wird nicht ruhen, bis ihr Bruder und hoffentlich auch wir wieder frei sind.«

»Ist länger her, dass du so über eine Frau gesprochen hast.«

»Wenn es nach mir ginge, müsste sie nicht in ihr Dorf zurückkehren. Aber eins nach dem anderen. Zuerst müssen wir hier raus. Und wir müssen Frida finden. Es tut mir leid, dass ich dich mit reingezogen habe.«

»Hey, ich treffe meine eigenen Entscheidungen. Du weißt, wir kämpfen immer für die gleiche Sache. Und du hättest dich an meiner Stelle genauso verhalten.« Leif hustet. »Schlechte Luft hier unten.«

Avidh hört eine Türe, jemand schließt sie ganz leise, dann Schritte. Ein Junge taucht auf, blonde Locken hängen ihm ins Gesicht. Er kommt ans Gitter.

»Ich habe mich hergeschlichen. Sie wissen nicht, dass ich da bin. Eigentlich müsste ich mit Odin sprechen. Wer seid ihr?«

»Bist du Sjalf?«

»Woher kennst du meinen Namen?«

»Ich bin Avidh, das ist Leif. Wir sind Freunde deiner Schwester.«

»Wirklich?« Seine Miene hellt sich auf. »Wo ist Yrsa?«

»Sie ist ganz in der Nähe. Sie wird uns hier rausholen.«

»Ich warte schon so lange, dass sie kommt. Schon länger als einen Mond. Ingvar hat immer gesagt, dass sie nicht kommt. Dass es ihr lieber ist, wenn ich hier bin.«

»Das ist eine Lüge.«

»Ich hab's auch nicht geglaubt. Ich vermisse Yrsa. Wann kommt sie?«

»Ich hoffe, schon bald. Sie vermisst dich auch. Sie hat eine weite Reise gemacht, um dich zu finden.«

»Ich muss jeden Vormittag sehr lange mit den Göttern sprechen, hat Ingvar gesagt. Aber ich habe keine Lust. Die Götter melden sich irgendwann und nicht dann, wenn Ingvar will. Er hat auch gesagt, ich dürfte nicht zu euch gehen. Dass ihr Einbrecher seid, die mich hätten töten wollen. Ich wusste, dass er lügt.«

»Wo schläfst du?«

»Im Langhaus. Am Anfang war ich auch hier unten, wo ihr jetzt seid.«

»Weißt du, wo der Schlüssel zu dieser Zelle ist?«

»Ich glaube, den hat Ingvar.«

»Mein Freund hier, Leif, braucht unbedingt etwas Wasser. Er ist verletzt.«

»Ich bringe was.«

Bevor Avidh etwas sagen kann, ist Sjalfi davongerannt. Nach kurzer Zeit kommt er zurück mit zwei Bechern und einem Krug. Unter dem Arm hat er ein Fladenbrot geklemmt. Er schiebt alles zwischen den Gitterstäben hindurch.

»Danke«, sagt Avidh. »Das hilft uns sehr.« Er gibt Leif einen Becher und das Brot.

»Wie bist du hierhergekommen?«

»Es war dunkel, ich habe geschlafen, und dann waren drei Männer in der Hütte. Ingvar hat gesagt, er ist mein Vater. Stimmt das?«

»Nein, das stimmt nicht. Yrsa kann dir alles erklären.«

»Ich hab's nicht geglaubt. Ich habe viel mit Mama gesprochen, seit ich hier bin. Ich wollte nicht mit den Männern gehen. Ich musste etwas trinken, und dann bin ich erst im Karren wieder aufgewacht.«

Eine Frau ruft Sjalfis Namen aus der Ferne.

»Ich muss weg. Ich komme wieder.«

Er rennt den Gang nach hinten.

Avidh rüttelt an einem der Stäbe. »Scheinen ziemlich gut verankert. Wir bräuchten irgendein Werkzeug, um zu graben.«

»Wenn du das da vorne machst, sieht das jeder sofort.«

»Ja, wir müssten es in der Nacht versuchen.«

»Vielleicht kann uns Sjalfi etwas bringen. Er scheint sich recht frei bewegen zu können.«

»Ja, aber er soll sich nicht für uns in Gefahr bringen.«

Leif schließt die Augen. Avidh weiß, dass ihm das Bein mehr zu schaffen macht, als er zugibt. Er muss ihn unbedingt hier rausholen, und zwar schon bald. Niemand scheint sich bisher für sie zu interessieren. Als wollte Ingvar sie hier unter der Erde verrotten lassen.

Einige Zeit später hört Avidh wieder die Falltür schlagen, dann laute Schritte, die sich nähern. Es ist Ingvar. Avidh richtet seine Kraft ins Innere, um die eisige Macht seines Schwertes zu wecken. Auch wenn er es im Moment nicht hat, kann er seine Kraft und die Ruhe spüren, die in ihm steckt. Seine Wut wird er zügeln, egal was er zu hören bekommt.

Dann steht Ingvar vor dem Gitter.

»Du wolltest nicht auf meine Warnungen hören«, sagt er und fixiert Avidh mit seinem Blick.

»Einen wehrlosen Jungen zu entführen, zeugt nicht von großer Ehre«, sagt Avidh.

»Er ist mein Sohn.«

»Da habe ich etwas anderes gehört.«

Ingvar tritt nahe an das Gitter, presst sein Gesicht an die Stangen. »Ich werde Frida zerstören.«

Avidh schweigt. Er spürt sein Schwert, die eisige Kraft.

»Ihr werdet das nicht mehr erleben«, sagt Ingvar. »Morgen werde ich euch der großen Trollkönigin Skuld opfern. Sie wird sich freuen.«

Ingvar wartet einen Moment. Avidh vermutet, dass er auf eine Reaktion hofft. Er starrt ihm regungslos ins Gesicht.

»Habt ihr nichts zu sagen? Wollt ihr nicht um euer Leben flehen?«

»Nein«, sagt Avidh.

Ingvar dreht sich um und verschwindet im Dunkeln. Kurz darauf hört Avidh die Falltür wieder schlagen.

»Ich hoffe, Yrsa hat einen guten Plan«, sagt Leif. »Oder hast du einen?«

»Ich denke nach. Ist nicht das erste Mal, dass wir in Schwierigkeiten stecken.«

»Aber die Schwierigkeiten fühlen sich im Moment ziemlich ernst an.«

»Ich weiß.«

»Es wäre kein ehrenvoller Tod.«

»Wir finden einen Ausweg.«

Avidh weiß, dass er Leif Mut zuspricht, um sich selbst gut zuzureden. Im Moment steht es tatsächlich schlecht um sie. Und er weiß nicht, wie schnell Yrsa Hilfe holen kann.

Dann, er hat keine Ahnung, wie viel Zeit vergangen ist, hört er die Falltür wieder. Gleich darauf taucht Sjalfi auf. Er bringt ihnen noch mehr Wasser, Fladenbrot und getrockneten Fisch.

»Das habe ich in der Küche für euch geholt«, sagt er.

»Danke dir. Das können wir sehr gut brauchen«, sagt Avidh. »Ich hoffe, du bringst dich nicht in Gefahr.«

Sjalfi schüttelt den Kopf. »Die Besitzerin des Hofes ist nett zu mir. Ihre Tochter manchmal auch.«

»Hast du hier auf dem Hof in den letzten Tagen eine alte Frau gesehen? Sie ist auch Heilerin. War kürzlich einmal hier.«

»Ich kann mich erinnern. Aber ich habe sie nicht mehr gesehen. Sie ist nicht auf dem Hof.«

»Bist du sicher?«

»Ja, ich wüsste das«, sagt Sjalfi.

Kapitel 70

Yrsa schlägt die Augen auf. Ihr Kopf dröhnt, ihr ist übel. Die Welt um sie ruckelt. Etwas kratzt auf ihrem Gesicht. Sie sieht nur blaues, verschwommenes Licht. Zuerst versteht sie nicht, was los ist. Dann merkt sie, eine Decke liegt über ihr. Sie will sie zur Seite schieben. Aber sie kann ihre Hände nicht bewegen. Sie sind an ihrem Gürtel befestigt. In ihrem Hinterkopf pocht der Schmerz, breitet sich in Wellen über den ganzen Schädel aus.

Sie legt sich auf die Seite, schließt die Augen einen Moment wieder, kämpft gegen die Übelkeit, zieht die Beine an. Ihre Knöchel sind zusammengebunden. Sie versucht sich aufzusetzen, aber das Ruckeln, der Schwindel machen es schwierig. Dann wird ihr klar, sie liegt hinten in einem Karren. In einem fahrenden Karren. Alles fällt ihr wieder ein. Jemand hat ihr auf den Kopf geschlagen, als sie fast beim Pferdestall war. Vielleicht um ihr Silber zu stehlen, oder es war einer von Ingvars Männern.

Wieder versucht sie die Decke von ihrem Gesicht wegzuschieben. Sie sieht den Himmel, sieht Baumwipfel. Sie sind irgendwo außerhalb der Stadt. Dabei muss sie so schnell wie möglich zu Gunnar. Sie fahren in die falsche Richtung.

Sie versucht den Kopf zu heben, um zu erkennen, wer vorne den Wagen lenkt. Streckt sich, dreht sich. Sie sieht einen breiten Rücken. Und dann wird ihr klar, wer sie zu entführen versucht.

»Njáll, halt sofort den Wagen an«, ruft sie.

Er dreht den Kopf. »Ach, du bist wach.«

»Njáll, was fällt dir ein! Halt sofort an.«

»Warum sollte ich das tun? Wir fahren jetzt zurück in mein Dorf.«

»Nein. Es ist dringend. Bitte, hör mir zu.«

»Nein, ich habe deine Spielchen satt. Immer wieder hast du mir versprochen, du gibst die Axt zurück. Nichts ist geschehen.«

»Ich habe gesagt, wenn Sjalfi wieder da ist. Deshalb musst du jetzt sofort anhalten, bitte.«

»Wir fahren zurück in mein Dorf, und dann können wir alles in Ruhe besprechen.«

»Das geht nicht. Das dauert mindestens zwei Tage. Bis dann ist es zu spät.«

»Ich habe sehr lange gewartet, Yrsa, jetzt musst du Geduld haben.«

Sie weiß, sie muss ruhig bleiben. Als Erstes muss sie Njáll dazu bringen, ihr die Fesseln abzunehmen. Dann könnte ihr vielleicht die Flucht gelingen.

»Njáll, halt an. Mir ist schlecht.«

»Ich kenne deine Tricks. Du denkst, ich falle darauf rein.«

»Mir ist wirklich schlecht. Du hast mich auf den Kopf geschlagen.«

Sie robbt bis zur Umrandung des Wagens, versucht sich hinzusetzen, aber das Ruckeln macht es schwierig.

»Bitte, Njáll.«

»Na gut, aber keine Tricks.«

Er zügelt den Ochsen, der Karren kommt zum Stehen. Jetzt braucht sie schnell einen weiteren Einfall.

»Kannst du mir aus dem Wagen helfen? Bitte löse meine Hände.«

»Das tue ich nicht. Ich traue dir nicht.«

Er klappt die hölzerne Umrandung des Wagens hinten auf, zieht sie an den Füßen bis zu sich und hilft ihr, sich aufzusetzen. Sein Geruch steigt ihr in die Nase. Die Übelkeit wird stärker. Aber im Moment darf sie nur an eines denken: Sie muss dafür sorgen, dass Sjalfi, Avidh und Leif freikommen, und das noch heute. Wegen Njáll hat sie wertvolle Zeit verloren. Jetzt muss sie sich tatsächlich übergeben. Sie hängt den Kopf seitlich über die Wagenumrandung. Dann sagt sie: »Kannst du mir einen Schluck Wasser holen?«

Njáll brummt und geht nach vorne. Er scheint etwas weniger zornig. Sie muss ihn auf ihre Seite ziehen. Das ist ihre einzige Möglichkeit. Er kommt zurück, hält ihr die Wasserflasche an den Mund. Die Hälfte des Wassers läuft über ihr Hemd.

»Warst du die ganze Zeit in Haithabu?«, fragt sie.

»Nein, ich musste zurück auf den Hof. Aber ich bin schon zweimal wiedergekommen. Deinetwegen und wegen Aoife. Ich weiß, dass sie in der Stadt ist, ich habe sie gesehen. Sie hat mich auch betrogen, wie du. Ihr denkt alle, ihr könntet mir auf der Nase herumtanzen. Aber so läuft das nicht.«

»Njáll, ich muss Sjalfi befreien. Darum ist es immer gegangen.«

»Und wer war der Mann, mit dem ich dich gesehen habe?«

»Das war nichts. Das hast du falsch verstanden. Ich habe Geld gebraucht.« Es fällt ihr schwer, das von Avidh zu behaupten. Viel lieber würde sie sagen, er ist das Gegenteil von dir, ich habe Gefühle für ihn, die ich für dich niemals haben werde. Aber im Moment zählt nur, dass sie Njáll loswird.

»Und das soll ich glauben?«

»Ich war schon eine Weile unterwegs. Du weißt, dass ich kein Silber habe.«

»Ja, und ich habe euch immer geholfen.«

Du hast auch eine Gegenleistung verlangt, denkt Yrsa. Sagt es aber nicht. »Ja, ich war dir dafür dankbar.«

»Es wird alles wieder so werden wie früher. Wir fahren jetzt nach Hause.« Er will sie zurück auf die Ladefläche des Karrens schieben.

»Nein, warte, Njáll!«

Er stößt sie unsanft zurück in den Wagen, sie kippt nach hinten. Er schlägt die Wagenklappe zu und geht nach vorne. Kurz darauf setzt sich der Ochse wieder in Bewegung. Mama, hilf mir, denkt Yrsa. Ich brauche jetzt schnell einen Einfall!

Sie wünscht, sie hätte Ingvar niemals vertraut. Macht sich Vorwürfe, dass sie ihn so falsch eingeschätzt hat. Der Gedanke, dass sie nun mit Njáll in den Norden fährt, während Avidh und Leif schon bald sterben werden, zerreißt sie fast. Sie wollten mir helfen, und jetzt ist ihr Leben bedroht. Irgendwie muss ich ihnen doch helfen können!

Eine Krähe fliegt über den Wagen, dreht eine Runde, schickt ein »Krakra« in ihre Richtung. Yrsa hört Njáll fluchen.

»Bei Thors Hammer, der Vogel hat mir auf das Hemd geschissen. Meine Mutter hat immer gesagt, das ist ein böser Zauber. Mein Vater hat sich den Arm in der Schmiede verbrannt, nachdem ihm ein Rabe aufs Hemd geschissen hatte.«

»Halt den Wagen an, dann helfe ich dir, das wegzuputzen. Wenn du es schnell wegmachst, ist der Zauber schwächer.«

Yrsa kennt diesen Zauber nicht, aber im Moment ist ihr alles recht, um Njáll auf ihre Seite zu ziehen. Njáll zügelt den Ochsen. Yrsa schaut der Krähe nach. Sie verschwindet über den Baumwipfeln. Njáll springt von der Bank und kommt nach hinten.

»Ja, der Vogel hat dich richtig erwischt. Dort hinten ist ein Bach. Lös mir die Fesseln.«

Njáll schaut sie an. »Keine dummen Spielchen. Ich löse dir die Hände, das muss reichen. Ich hole Wasser.«

Als Njáll zurückkommt, sagt sie: »Setz dich hier neben mich. Bitte hör mich an, Njáll. Ich muss Sjalfi ganz dringend befreien. Sein Leben ist bedroht.«

»Zuerst hörst du mir zu. Du machst mich zum Narren, stiehlst mir eine wertvolle Waffe, betrügst mich. Ich will nicht, dass du dich mit anderen Männern triffst.«

Das haben wir nie vereinbart, denkt Yrsa. Die Wut kocht in ihr, sie ekelt sich vor ihm, aber sie weiß, sie muss ihre Gefühle ausschalten, so wie Avidh es immer tut. Nur dann wird es ihr gelingen, Njáll umzustimmen.

»Es tut mir leid, dass ich deine Kampfaxt gestohlen habe. Es ist eine sehr gute Waffe.«

»Ich habe lange daran gearbeitet.«

»Sie liegt perfekt in der Hand und hat mir in vielen Situationen geholfen.«

»Du hast mit ihr gekämpft?«

»Ich habe jedes Mal gespürt, wie viel Kraft in ihr steckt, wie du das Feuer gezähmt hast, das Eisen nach deinem Willen gebogen. Die Götter sprechen durch deine Waffen. Du schmiedest wie die Söhne des Ivaldi.«

Njáll nickt. »Der mächtige Thor hat meine Hand gelenkt. Aber du willst mir nur schmeicheln und mich dann wieder hintergehen.«

»Nein. Die Axt hat mich mehrmals gerettet. Und jetzt musst du mir dabei helfen, Sjalfi zu retten.«

»Du weißt, wo er ist?«

»Ja, ich muss ihn dringend da rausholen. Ingvar, ein Seher aus Haithabu, hat ihn entführt und droht, ihn umzubringen. Morgen schon. Deshalb haben wir nicht viel Zeit.«

»Ingvar, ein Seher aus Haithabu? Bei dem war ich auch mal«, sagt Njáll.
»Du? Warum?«
»Ich war bei Revna. Sie hat mir geraten, zu Ingvar zu gehen, wenn ich mal in der Stadt bin. Die Götter hätten eine Botschaft für mich. Ich hatte Zweifel, Männer und Magie ... Ich weiß nicht. Er hat mir dann eine Prophezeiung gemacht. Dass ich schon bald eine zweite Frau, die ich mir wünsche, heiraten und besitzen würde. Und er hat gesagt, ich solle wiederkommen, falls ich weitere Hilfe von den Göttern brauche.«
»Warum hast du Torbjörn von Olaf dem Unwirschen erzählt und mir nicht?«
»Ich habe das irgendwo gehört. Und dachte, wenn man das herumerzählt, und Torbjörns Frau ist gut im Herumerzählen, dann würdest du verstehen, dass Sjalfi längst in der Ferne ist, dass die Suche keinen Sinn macht. Mir glaubst du ja nicht. Ich wollte nicht, dass du allein losziehst. Das ist zu gefährlich.« Er schaut Yrsa an. »Ich vermisse unsere Treffen.«

Sie kämpft wieder gegen die Übelkeit. »Ich auch. Aber jetzt musst du mir helfen. Ich muss dringend auf den Hof von Gunnar dem Waghalsigen in der Nähe von Haithabu. Er hat Kämpfer und wird uns helfen, Sjalfi zu befreien.«

»Warum würde er das tun?«

»Ingvar hält auch zwei seiner Männer gefangen. Deshalb wird er uns bestimmt helfen.«

»Kennst du diese Männer?«

»Nein. Aber wir können das für uns nützen, um Sjalfi freizubekommen.«

Njáll kratzt sich im Bart, schiebt seine Armschienen hin und her, spielt mit seinem Thor-Amulett. Dann sagt er: »Ich helfe dir unter einer Bedingung. Sobald Sjalfi frei ist, kommst du mit mir zurück in mein Dorf. Ihr lebt bei mir, und du heiratest mich als meine zweite Frau.«

Alles in Yrsa will sagen: Das mache ich nicht. Ich will dich nicht mehr sehen, nicht mehr riechen, will nicht, dass du mich berührst. Aber im Moment scheint es keine andere Möglichkeit zu geben, um die drei zu retten.

»Du machst dafür alles, um bei der Befreiung von Sjalfi zu helfen?«

»Ja. Aber du musst mir bei deiner Ehre versprechen, dass du mit zurückkommst.«

Ein heftiger Schmerz fährt durch ihren Bauch.

»Ich verspreche es bei meiner Ehre.«

»Und du gibst mir als Pfand das Amulett deiner Mutter, das du trägst.«

»Nein, das kann ich dir nicht geben.«

»Dann fahren wir jetzt in mein Dorf. Das ist mein letztes Wort.«

Mit zitternden Fingern öffnet Yrsa die lederne Schnur, an der das Amulett hängt. Und gibt es Njáll.

»Pass gut darauf auf. Ich bitte dich.«

»Ich habe mich so nach dir gesehnt«, sagt Njáll, zieht sie an sich und küsst sie. Sie hält die Luft an und lässt es geschehen.

Bald darauf erreichen sie Gunnars Hof.

»Warte hier auf mich«, sagt Yrsa.

»Keine dummen Spielchen.«

Yrsa läuft durch das Tor mit dem Bärenschädel. Sie wird hier nie mehr das Kämpfen üben können. Aber jetzt zählt nur eines: Sie muss Gunnar überzeugen, dass er seine Männer und Sjalfi befreit. Sie hat das Langhaus noch nicht erreicht, als ihr Harald entgegenkommt.

»Verschwinde sofort von hier, Diebin«, ruft er.

»Bitte, hör mich an.«

»Du sollst abhauen. Waren wir nicht deutlich?«

»Es geht um Avidh und Leif. Ihr müsst ihnen helfen. Bitte.«

»Was redest du da? Du lügst, wenn du den Mund aufmachst. Raus jetzt, oder du spürst meine Faust.« Er stößt sie gegen die Schulter.

»Gunnar!« Yrsa ruft laut.

Die anderen Männer sind unten auf dem Feld am Kämpfen. Harald stößt sie noch heftiger. Sie verliert beinahe das Gleichgewicht.

»Lass mich erklären. Ist Sven da?«

»Sven? Warum Sven?«

»Einen Moment.«

Sie rennt zum Wagen. Ihre Verzweiflung steigert sich noch.

»Bitte, Njáll, sag ihnen, dass es ein Missverständnis war mit der Axt. Sie helfen mir sonst nicht.«

»Jetzt willst du plötzlich wieder meine Hilfe.«

»Ja, ich brauche dich.«

»Nun gut.«

Er springt vom Wagen, spricht mit Harald, und nach kurzer Zeit taucht Njálls Freund Sven auf. Die anderen Männer sind noch immer auf dem Feld. Njáll spricht mit Sven. Der wirft Yrsa mehrmals böse Blicke zu. Dann verschwindet er und kommt mit Gunnar zurück.

Kapitel 71

»Dort vorne ist es«, sagt Yrsa, »hinter den hohen Bäumen. Hier sind wir noch außer Sichtweite.« Gunnar hebt die Hand. Die meisten seiner Männer verschwinden hinter Bäumen und Büschen im dunklen Wald. Yrsa mag den Wald bei Nacht. Sie hatte oftmals das Gefühl, dass die Dunkelheit eine schützende Decke um sie legt. Doch jetzt machen die Schatten ihr Angst. Da und dort meint sie die Fratze eines Trolls zu erkennen.

»Wir sprechen noch mal kurz durch, wie wir vorgehen«, sagt Gunnar, die Hand auf dem Schwert. Er winkt Yrsa und Njáll zu sich. Jeder Muskel in Yrsas Körper ist angespannt, ihre Hände sind eiskalt. Nachdem Njáll mit Sven geredet hatte, war es leicht, Gunnar um Hilfe zu bitten. Als er hörte, dass Avidh und Leif in Gefahr sind, packte er sofort die Waffen und rief seine Männer. Jetzt haben sie einen Plan, aber ein Teil ihres Vorhabens macht Yrsa Sorgen: Njáll spielt am Anfang eine wichtige Rolle, und er hat Gunnar mehrmals widersprochen bei der Vorbereitung. Yrsa staunte, mit wie viel Geduld Gunnar Njálls Vorbehalten lauschte.

Wahrscheinlich, weil er weiß: Sie brauchen Njáll. Den Hof zu stürmen, wäre viel zu gefährlich. Ingvar könnte Avidh und Leif töten, bevor sie über die Balustrade kämen. Und vielleicht sogar Sjalfi. Sie setzt Sjalfi mit der Befreiungsaktion einem gewissen Risiko aus, aber sie kann nicht zulassen, dass zwei Männer ihretwegen sterben. Sie sehnt sich danach, Avidh ein letztes Mal vor ihrer Abreise zu umarmen. Vielleicht sogar kurz Zeit mit ihm zu verbringen. Sie will ihm erklären, warum sie mit Njáll fortgehen muss.

»Du klopfst ans Tor«, sagt Gunnar zu Njáll. »Ein Teil von uns steht links und rechts direkt an der Balustrade, außer Sichtweite für die anderen.« Gunnar zeigt mit dem Arm nach vorne. »Wenn sich das Tor öffnet, sagst du, du müsstest dich wegen einer Prophezeiung mit Ingvar beraten. Und dann ist entscheidend, dass du im Torbogen stehen bleibst. Sie sollen das Tor nicht sofort schließen können. Du erklärst das damit, dass du dich nicht ihrem Zauber aussetzen willst. Ingvar soll zum Tor kommen, um mit dir zu sprechen. Lass dich nicht abwimmeln.«

»Jaja, alles klar«, sagt Njáll.

Was Yrsa schon bei Avidh bewundert hat, beobachtet sie nun auch bei Gunnars anderen Kriegern. Wüsste sie nicht, dass sie sich durch den dichten Wald vorwärtsbewegen, es würde ihr nicht auffallen. Schließlich sind alle auf ihrem Posten. Yrsa kauert nur ein kleines Stück vom Tor entfernt hinter einer dicken Buche. Sie will eine der Ersten sein, die den Hof stürmen. Sie umklammert die Kampfaxt, ihre Hände sind eiskalt. Gunnar hat ihr einen alten Schild geliehen, einen Helm hat sie nicht, aber sie hat ihre Wut und die Verzweiflung. »Hilf mir, Mama«, murmelt sie. »Ich weiß, du hörst mich auch ohne das Amulett.«

Dann gibt Gunnar Njáll ein Zeichen. Njáll läuft über den Weg, der bis zum Tor führt. Jeder seiner Schritte scheint durch den Wald zu dröhnen. Beim Tor angekommen klopft Njáll heftig gegen das Holz.

Yrsa getraut sich fast nicht hinzuschauen. Was, wenn sie nicht aufmachen? Auch das haben sie besprochen. Njáll muss hartnäckig bleiben. Irgendjemand wird kommen.

Njáll poltert erneut gegen das Tor. Sie warten. Gerade will Njáll die Hand erneut heben, als sich das Tor einen Spaltbreit öffnet. Njáll spricht mit jemandem. Yrsa hört nicht, was gesagt wird. Dann schließt sich das Tor wieder. Njáll bleibt stehen.

Yrsa hält die Anspannung fast nicht aus. Nach kurzer Zeit öffnet sich das Tor wieder, dieses Mal weiter als einen Spalt. Njáll macht zwei Schritte und steht im Torbogen. Er unterhält sich. Yrsa sieht nicht, mit wem. Sie erstarrt. Was macht er? Er sollte im Tor stehen bleiben. Warum geht er rein? Njáll, soll der Troll dich vierteilen. Was machst du?

Auch Gunnar sieht, was geschieht, und gibt seinen Männern ein Zeichen: mit aller Kraft verhindern, dass sich das Tor hinter Njáll schließt. Von beiden Seiten huschen Männer in den Torbogen. Die Wache merkt sofort, dass etwas nicht stimmt, und schreit laut: »Eindringlinge!« Ein anderer ruft: »Eine Falle!«

Lärm bricht los. Schreie. Schwerter, Äxte klirren gegeneinander. Und Yrsa rennt, hört sich keuchen. Noch nie war sie schneller. Das Tor steht offen. Sie schaut nicht rechts, nicht links. Sie muss durch dieses Tor. Zwei von Gunnars Männern sind im Torbogen in Kämpfe verwickelt. Im Augenwinkel sieht sie, wie auch die anderen aus ihrer Deckung und in Richtung des Tors stürzen. Wo ist Sjalfi?

Als sie das Tor erreicht, sieht sie Ingvar vom Langhaus in Richtung des Lärms rennen. Ingvar hat sie auch gesehen und macht auf dem Absatz kehrt. Ein Schwert trifft sie fast an der Schulter, sie duckt sich, springt über einen Mann am Boden, rast weiter, weicht einem Kämpfer aus, ihre Augen immer auf Ingvar geheftet.

Er rennt in Richtung des Langhauses, seitlich daran vorbei. Ruft einem seiner Kämpfer zu: »Halt sie auf!«, und ist um die Ecke verschwunden. Yrsa verliert ihn kurz aus dem Blick, der Kämpfer stellt sich ihr in den Weg, ihre Äxte prallen aufeinander. Sein

Schlag ist so heftig, dass sie das Gleichgewicht verliert, stürzt, auf dem Boden abrollt. Er will nach ihr treten, sie ist schon wieder auf den Beinen.

Einer von Gunnars Männern kommt ihr zu Hilfe, verwickelt Ingvars Mann in einen Kampf. Sie hetzt weiter. Ingvar ist hinter dem Langhaus verschwunden. Sie kommt um die Ecke, sieht ihn gerade noch mit einer Fackel in einer Falltür neben der Kultstätte verschwinden. Er sieht sie auch, ruft: »Jetzt werden sie verbrennen.«

Sein Kopf verschwindet, seine Hand greift nach der Falltür, zieht mit Schwung an ihr. Yrsa sieht die Tür fallen, während sie zu der Öffnung hastet.

Sie ist noch drei Schritte entfernt, als die Türe mit einem Knall schließt und sie einen Riegel hört. Sie rüttelt an der Türe, versucht mit ihrer Axt, das Holz zu durchschlagen, aber es dauert alles zu lange. Die Türe ist zu massiv.

Dann riecht sie Feuer, es kommt aus dem winzigen Spalt, den sie mit der Axt geschlagen hat. Ingvar hat im unterirdischen Gang Feuer gelegt. Wo ist Sjalfi, wo sind Avidh, Leif? Sie werden ersticken, verbrennen!

Sie muss nachdenken. Ruhig, Yrsa. Wo könnte ein zweiter Ausgang sein? Ingvar muss aus dem Gang entkommen. Das Langhaus! Der zweite Ausgang ist im Langhaus.

Sie rennt zurück, im Hof kämpfen noch immer die Männer. Sie weicht aus, Schwertern, Körpern, Äxten. Den Blick stur auf die Türe des Langhauses gerichtet. Dort muss sie hinein. Wo ist Sjalfi? Wo ist Avidh?

Auch im Eingang des Langhauses kämpfen Männer. Sie duckt sich zwischen den Leibern hindurch. Rennt vorbei an der Kochstelle, den Tischen, Bänken, eine Magd springt zur Seite. Dann sieht sie die Falltür, links seitlich an der Wand. Sie öffnet sich gerade. Sie riecht Rauch. Er kommt von unten.

Ingvar erscheint, schreit: »Wo ist der Junge?«

Dann sieht Yrsa Sjalfi. Er steht ganz hinten im Langhaus, erstarrt. Ingvar rennt in seine Richtung. Yrsa auch. Sie wird es nicht rechtzeitig schaffen.

Ingvar schreit: »Er gehört mir.«

Er hat ein Messer in der Hand. Er ist fast bei Sjalfi, als sich ihm eine ältere Frau in den Weg stellt. »Jetzt reicht es«, sagt sie.

Und genau diesen Moment hat Yrsa gebraucht, um auf gleicher Höhe zu sein mit Ingvar. Sie will nach ihm schlagen mit der Axt, doch er hat sie gesehen, dreht sich, fuchtelt mit dem Messer, sticht nach ihr. »Jetzt stirbst du«, sagt er.

Sie weicht aus, macht einen Schritt nach links, nach rechts, er versucht wieder zuzustechen, sie holt aus und trifft ihn in den Bauch. Die Axt bleibt stecken.

Er schaut an sich herunter, sie schlägt ihm das Messer aus der Hand. Er stürzt zu Boden. Sie zieht ihre Axt aus seinem Bauch, ein Schwall Blut färbt sein Hemd.

Ihr Blick geht zu Sjalfi. Die ältere Frau hat sich schützend vor ihn gestellt. Rauch dringt jetzt aus der Falltür.

»Sjalfi, bist du in Ordnung?«, ruft Yrsa.

»Sie sind da unten«, ruft Sjalfi zurück, seine Stimme klingt fest.

Yrsa rennt los.

»Der Schlüssel ist um seinen Hals«, schreit Sjalfi.

Sie hechtet zurück, reißt Ingvar das Band vom Hals. Ingvar stöhnt nur, liegt in einer Blutlache.

Sie öffnet die Falltür, mehr Rauch schlägt ihr entgegen. Sie packt ein Tuch, taucht es in Wasser, hält es sich vor Mund und Nase und springt nach unten. Der Rauch ist dicht, aber der Gang ist noch nicht mit ihm gefüllt. Sie muss Avidh und Leif finden!

Geht in die Hocke, tastet an der Wand entlang, nimmt kurz das Tuch weg, hustet, ruft. Dann hört sie ein Husten und hastet durch den Qualm in diese Richtung, die Hand an der Wand.

»Wir sind hier«, es ist Avidh, wieder hört sie Husten.

Der Rauch ist dicht. Sie sieht nichts, tastet weiter der Wand entlang.

»Wo?«, ruft sie.

Es kommt keine Antwort mehr. Sie hört jemand hinter sich im Gang, umklammert die Axt. Wieder ein Husten, sie folgt dem Geräusch. Dann spüren ihre Hände Gitterstangen. Sie kauert sich auf den Boden, wo der Rauch nicht so dicht ist. »Avidh?«

»Hier.« Er berührt ihre Hand.

»Wo ist das Schloss?«

Sie tastet nach oben. Er führt ihre Hand zum Schloss. Sie steckt den Schlüssel hinein und dreht ihn. Die Türe öffnet sich. Wieder hört sie etwas hinter sich. Jemand ist ihr gefolgt.

»Schnell«, sagt Avidh, hustet, »wir müssen Leif nach draußen schaffen. Er kann nicht laufen. Frida ist nicht hier.«

Ein Mann erscheint im Rauch. Es ist Gunnar, er wirft sich Leif über die Schulter, Yrsa hilft Avidh, gibt ihm ihr Tuch, damit er es vor Mund und Nase presst, und sie kriechen in Richtung des Ausgangs. Husten, keuchen, schaffen es mit letzter Kraft aus der Falltür heraus, liegen auf dem Boden des Langhauses und versuchen wieder zu Atem zu kommen.

»An die frische Luft«, ruft jemand.

Und im gleichen Moment rennt Sjalfi auf Yrsa zu, legt seine Arme um sie, drückt, so fest er nur kann, und lässt nicht mehr los.

Kurze Zeit später sitzen sie draußen vor dem Langhaus. Der Kampf ist vorüber. Ingvars Männer haben aufgegeben. Sjalfi sitzt ganz nah bei Yrsa, hält ihren Arm fest. Alles riecht nach Ruß, ihre

Haare, ihre Kleider, ihre Haut. Sjalfi hat schwarze Streifen auf seinen Kleidern, dort, wo er sie umarmt hat.

»Ich wusste, dass du kommst«, sagt er.

Sie legt ihre Hand auf seine. »Ich wäre auch noch viel weiter gereist, um dich zu finden«, sagt sie.

Plötzlich fällt Yrsa etwas ein. Sie hat Njáll nicht mehr gesehen, seit der Kampf begonnen hat. Doch im Moment will sie nicht an ihn denken. Ist nur froh, dass Sjalfi, Avidh und Leif leben.

Eine Frau bringt ihnen Wasser. Avidh und Leif liegen auf dem Boden, husten.

»Wir müssen Frida suchen«, sagt Avidh und hustet lange. Dann rappelt er sich auf, streckt Arme und Beine, holt tief Luft. »Wo ist Ingvar?«

»Drinnen. Ich glaub nicht, dass er noch was sagen kann. Ich wäre sonst nicht bis zu euch gekommen.«

»Weiß jemand hier, wo Frida ist?«, ruft Avidh in die Menge.

Die Tochter der Besitzerin kommt aus dem Langhaus.

»Ich weiß es«, sagt sie. »Sie ist in einer Hütte eingesperrt, nicht weit von hier, mitten im Wald. Ingvar fürchtete sich davor, sie in der Nähe zu haben. Er wollte sie verdursten lassen. Aber ich habe sie mit Wasser und Essen versorgt. Frida war immer gut zu mir.«

»Bring mich zu ihr«, sagt Avidh.

Eine Weile später kehren die beiden mit Frida zurück. Sie scheint unversehrt, lächelt, kommt zu Yrsa und umarmt sie. Dann legt sie Sjalfi beide Hände auf die Schultern, schaut ihn lange an.

»Ich freue mich sehr, dich kennenzulernen«, sagt sie.

Kapitel 72

Am nächsten Tag sitzt Yrsa in Fridas Haus, schaut ins Feuer und dreht ihre Kampfaxt in der Hand. Ihr Herz ist schwer beim Gedanken, in ihr Dorf zurückkehren zu müssen. Sie kann sich nicht vorstellen, ihr altes Leben wieder aufzunehmen. Aber Sjalfi hat heute Morgen, als er aufgewacht ist, als Erstes gesagt: »Jetzt gehen wir nach Hause.« Und dann ist da noch ihr Versprechen, das sie Njáll gegeben hat. Sie weiß, dass sie es halten muss. Auch wenn es sich gegen alles richtet, was sie fühlt und was sie sich wünscht.

Sie sind gestern Abend spät in die Stadt zurückgekehrt, und Frida ging gleich mit Avidh zu Leif. Als sie zurückkamen, schlief Sjalfi schon fest, und Yrsa sah die Erleichterung in Avidhs Gesicht, schon bevor er sagte: »Es geht Leif bald wieder besser.« Dann haben sie alle lange geschlafen. Ab und zu ist sie in der Nacht aufgeschreckt, aber wieder beruhigt weggedämmert, als sie Sjalfi und Avidh neben sich hat liegen sehen.

Jetzt ist Sjalfi mit Frida im Wald. Er wollte heute Morgen alles sehen, was Frida im Haus für ihre Zeremonien aufbewahrt, und sagte immer wieder: »Das hat meine Mama auch so gemacht.« Irgendwann meinte Frida: »Jetzt musst du aber mit mir in den Wald kommen, da kann ich dir noch viel mehr zeigen.« Schon lange wartet sie nun auf die beiden. Auch Avidh ist unterwegs, er besucht Leif.

Was für eine Reise ich hinter mir habe, denkt Yrsa. Sie ist stolz auf das, was sie alles geschafft hat. Und darauf, wie sie sich mit der Axt verteidigen konnte. Sogar Gunnar hat ihr gestern Abend noch anerkennend auf die Schulter geklopft. »Das macht er nicht aus Höflichkeit«, hat Avidh auf dem Heimweg gesagt. Gunnars Zorn scheint verflogen, seit Njáll gesagt hat, der Diebstahl sei ein Missverständnis gewesen.

Sie hofft, dass sie noch ein bisschen Zeit mit Avidh verbringen kann, bevor sie abreisen. Njáll hat auch schon vorbeigeschaut. Wollte sie mitnehmen. Sie hat gesagt, Sjalfi braucht noch einen Tag. Er hat schließlich zugestimmt, morgen zu fahren. Es bleibt ihr ein einziger Tag.

Sie hat wieder dieses Ziehen im Bauch, wenn sie daran denkt, dass sie sich schon bald von Avidh verabschieden muss. Und von einem Leben, in dem sie ihrem Traum nahe gekommen ist. Aber das Wichtigste ist jetzt, dass Sjalfi sich erholen kann. Wenn nur dieses Ziehen, dieser Schmerz in ihr nicht wäre.

Vielleicht kann sie Avidh mal besuchen. Aber sie weiß, dass das kaum möglich sein wird. Er ist dann vielleicht schon längst auf Reisen. Oder im Kampf gestorben. Vielleicht kann sie in ein paar Wintern, wenn Sjalfi älter ist, mit ihm in die Stadt ziehen und es noch einmal mit dem Kämpfen versuchen. Vielleicht.

Endlich geht die Türe auf, und Frida kommt mit Sjalfi zurück. Sie bringen einen großen Korb mit Kräutern. Der Duft erfüllt das ganze Haus. Yrsa sieht ein Strahlen in Sjalfis Gesicht und kann sich nicht erinnern, wann sie das zuletzt gesehen hat. Er fällt ihr um den Hals und fängt an zu erzählen, was er alles gesehen hat.

»Sjalfi ist ein besonderer Junge«, sagt Frida und lächelt.

Yrsa nickt. Sie weiß das, hat es immer gewusst. Auch ihre Mutter wusste es.

»Wir machen jetzt einen Kräutertrank«, sagt Sjalfi und breitet die Kräuter auf dem Tisch neben der Kochecke aus.

»Ich gehe noch ein bisschen ans Wasser«, sagt Yrsa.

Frida nickt. »Ich sag Avidh, wo er dich findet, wenn er zurückkommt.«

Sie läuft langsam durch die Gassen der Stadt. Beobachtet das Treiben, das ihr am Anfang viel zu aufgeregt war. Dann setzt sie sich ans Noor, ein bisschen nördlich des Hafens, wo sie mit Avidh manchmal gesessen hat, und schaut aufs Wasser. Nach einiger Zeit kommt Avidh, setzt sich neben sie und legt den Arm um sie. Sie drückt sich an ihn, will ihn riechen, solange sie kann, und ganz nah fühlen.

»Dieses Mal hast du mich gerettet«, sagt Avidh.

»Das wurde auch Zeit«, sagt sie und lacht, damit sie nicht weint. »Lass uns auf die Hochburg gehen und von dort auf die Stadt schauen.«

In der Nähe ihres alten Schlafplatzes suchen sie eine Stelle, wo sie über die Stadt und die Schlei sehen.

»Wollen wir heute für die letzte Nacht noch einmal hier oben schlafen?«, fragt Yrsa und schlingt ihre Arme um seinen Körper.

»Ich schlafe gerne heute Nacht mit dir hier oben«, sagt Avidh, »aber ich finde, ihr solltet morgen nicht abreisen.«

»Ich möchte auch nicht abreisen. Es fühlt sich schrecklich an.«

»Dann bleibt hier. Ich fände das sehr schön.«

»Das geht nicht.« Sie versucht ihren zitternden Atem zu beruhigen.

»Warum?«

»Sjalfi hat heute Morgen gesagt, er möchte nach Hause.«

»Ich glaube, was heute Morgen war, gilt nicht mehr. Als ich zurückkam, war er mit Frida dabei, einen Kräutertrank zu brauen.

Das ganze Haus hat gestunken, wie immer. Ihn hat es nicht gestört. Und dann hat er gesagt, er müsse unbedingt mit dir sprechen. Er wolle noch eine Weile hierbleiben, also eine längere Weile, hat er gesagt, und alles von Frida lernen, was es zu lernen gibt.«

»Und was sagt Frida zu dieser Idee?«

»Frida ist begeistert. Sie hat sofort gespürt, was in ihm schlummert.«

Yrsa weiß nicht, ob sie sich freuen soll oder traurig ist. Wenn sie mit Njáll zurückmuss und Sjalfi hierbleibt, wird alles noch schlimmer. Trotzdem ist es ihr lieber, er bleibt hier bei Frida, anstatt bei Njáll auf dem Hof wieder verbergen zu müssen, was in ihm steckt.

»Freust du dich nicht?«, sagt Avidh.

Sie holt tief Luft. »Es gibt eine Schwierigkeit ... Es ... Ich weiß nicht, wie ich das sagen soll ... Um euch zu retten, haben wir Njálls Hilfe gebraucht, und ich musste ihm im Gegenzug bei meiner Ehre versprechen, mit ihm auf seinen Hof zu kommen und ihn zu heiraten. Es wird mir schlecht bei dem Gedanken, aber ich habe es versprochen. Und er hat mir das Amulett meiner Mutter als Pfand weggenommen.«

Avidh schweigt.

»Es tut mir leid, ich habe keinen anderen Ausweg gesehen«, sagt sie. »Euer Leben war in Gefahr.«

Avidh schweigt noch immer. Sie fühlt sich schrecklich. Dann sagt er: »Wo ist Njáll?«

»Er wohnt bei einem Schmied im Westen der Stadt.«

Avidh springt auf. »Komm mit.«

»Er wird nicht nachgeben.«

Sie nähern sich der Schmiede, und Yrsa hält sich die Nase zu. So viele Gerüche, die sie an Njáll und seinen Hof erinnern. Sie weiß nicht, wie sie seine Nähe ertragen soll. Njáll sitzt vor der Werkstatt seines Freundes in der Sonne. Als er sie sieht, steht er auf.

»Was willst du hier?«, sagt er zu Avidh. »Fass meine Frau nicht an.«

Avidh stellt sich vor Njáll, die Hand auf dem Schwertknauf.

»Hast du mal überlegt, was es für Sjalfi bedeutet, nach allem, was geschehen ist, wieder von Yrsa getrennt zu sein?«, sagt Avidh.

Njáll macht einen Schritt auf ihn zu. »Das geht dich alles nichts an. Und er kann ja mitkommen. Wir finden schon einen Platz für ihn auf dem Hof.« Njáll greift nach Yrsas Arm und will sie zu sich ziehen. Sie weicht aus.

»Sjalfi möchte in Haithabu bleiben«, sagt sie.

Njáll zuckt mit den Schultern. »Das ist seine Entscheidung. Soll er hierbleiben. Du kommst auf jeden Fall mit. Ich muss dich nicht an dein Versprechen erinnern.«

»Wo warst du während des Kampfes? Gunnar meinte, er hat dich nicht kämpfen sehen«, sagt Avidh.

»Das war nicht mein Kampf. Lass uns in Ruhe.«

»Du bezeichnest Yrsa als deine Frau und sagst, das war nicht dein Kampf?«

Njáll macht noch einen Schritt auf Avidh zu. »Hör mir mal gut zu, junger Mann, es reicht mir jetzt. Das geht dich alles nichts an. Ohne mich wärst du jetzt tot. Beleidige nicht meine Ehre. Yrsa, setz dich hier auf die Bank!«

»Nein, wir reisen erst morgen.«

»Du verschwindest jetzt«, sagt Njáll zu Avidh und will ihn vor die Brust stoßen.

»Vorsicht«, sagt Avidh. »Du sprichst von verletzter Ehre. Noch einen Schritt, und ich fordere dich zum Duell. Ich kämpfe gerne gegen dich.«

Njáll bleibt stehen. »Ich will nicht gegen dich kämpfen. Aber ich werde es tun. Wenn du nicht die Finger von meiner Frau lässt.«

»Sehr schön«, sagt Avidh, »ich freue mich auf unseren Kampf. Sie ist nicht deine Frau, und ich werde nicht aufhören, sie zu berühren, falls Yrsa sich das wünscht. Das bestimmst nämlich nicht du. Aber etwas kannst du doch wählen: Du darfst entscheiden, mit welchen Waffen wir gegeneinander kämpfen. Mir ist alles recht.«

Avidh lächelt, und Yrsa ist froh, dass er sie niemals auf diese Weise anlächelt.

»Njáll!« Eine Frauenstimme.

Yrsa dreht sich um. Gudrun kommt den Bohlenweg entlanggelaufen. Einer von Njálls Knechten begleitet sie.

»Njáll! Beim fünfbeinigen Troll«, ruft sie.

»Was willst du hier, Gudrun?« Njáll schaut den Knecht an, runzelt die Stirn.

»Dieses Mal bist du zu weit gegangen«, sagt Gudrun.

»Misch dich nicht ein. Ich muss etwas wegen Yrsa klären. Wir reisen morgen. Übermorgen bin ich zurück auf dem Hof. Sie wird dir bei der Arbeit helfen.«

»Du hast Ulf entkommen lassen. Du hast Aoife gefunden und sie ziehen lassen. Nur um einer anderen jungen Frau hinterherzulaufen. Knecht Arne hat mir alles erzählt. Und wo ist das Silber, das du für Aoife ausgegeben hast? Du hättest es zurückholen können.«

Njáll winkt ab. »Das können wir auf dem Hof besprechen.«

»Nein. Wir besprechen es jetzt«, sagt Gudrun. »Ich habe deine Lügen satt. Ich hatte gesagt, es war meine letzte Warnung. Ich werde zum Jarl gehen und um die Scheidung bitten.«

»Das wirst du nicht!« Njáll packt Gudruns Arm. »Du wirst das bereuen«, sagt er zu Knecht Arne.

»Ihr habt mir meine Belohnung vorenthalten, Herr. Schulden

soll man immer begleichen, das hat schon mein Vater gesagt«, sagt Knecht Arne.

»Du kannst die Schmiede mit Yrsa führen. Viel Glück dabei.« Gudrun dreht sich um und will gehen.

»Ich führe keine Schmiede«, sagt Yrsa, »und auch keinen Hof. Ich bin Kämpferin.«

»Gudrun, warte, lass uns das in Ruhe zu Hause besprechen«, sagt Njáll. »Es wird alles besser.«

Gudrun bleibt stehen. »Warum sollte ich das glauben?«

»Ich verspreche es. Yrsa kommt mit uns. Und ich werde nicht mehr reisen. Sondern alles tun, damit die Schmiede läuft. Und Silber verschwindet auch keines mehr.«

»Ich habe deine Geschichten satt. Ein guter Ehemann denkt nicht immer nur an sich selbst. Hast du Yrsa erzählt, wie du ihre Mutter behandelt hast?«

»Meine Mutter? Ich verstehe nicht.«

»Ja, ich habe Torbjörn vor einigen Tagen besucht. Er ist krank, es geht ihm nicht gut. Und er hat mir die ganze Geschichte erzählt. Sag es ihr, Njáll, wie du das Gebot der Gastfreundschaft verletzt hast.«

»Das sind alte Geschichten, davon sprechen wir jetzt nicht.«

»Was war mit meiner Mutter? Ich muss das wissen!«

»Wenn du es ihr nicht erzählst, erzähle ich es«, sagt Gudrun. »Ich glaube nicht, dass sie dann noch mitkommen möchte. Njáll hat vor langer Zeit öfter das Bett mit deiner Mutter geteilt. Ihr wart damals noch in Ribe. Als ihr dann auf der Flucht wart, hat sie anscheinend bei uns angeklopft. Ich wusste das nicht. Ich hätte sie aufgenommen. Sie war in Not, das wäre meine Pflicht als gute Gastgeberin gewesen. Aber Njáll hat sie weggeschickt. Torbjörn hat ihr dann geholfen.«

Yrsa stützt sich an einer Mauer ab. Alles dreht sich um sie.

»Gudrun, hör auf, bitte. Das ist lange her. Ich habe sie damals deinetwegen weggeschickt.«

»Ich will dich nie mehr sehen«, sagt Yrsa. »Du widerst mich an. Jetzt noch mehr als zuvor schon.«

»Ich möchte den Hof und die Schmiede eigentlich nicht verlieren«, sagt Gudrun. »Ich gebe dir noch eine letzte Chance, Njáll. Keine jungen Frauen mehr. Es bringt uns immer nur in Schwierigkeiten. Yrsa kommt nicht mit uns. Das ist mein letztes Wort.«

Njáll setzt sich auf die Bank. Er ist bleich geworden, murmelt: »Bei Thors Hammer.«

»Hol sofort Yrsas Amulett«, sagt Avidh. »Du hattest nie ein Recht, es ihr wegzunehmen.«

Njáll steht langsam auf, ächzt, bleibt einen Moment stehen, als müsse er abwarten, ob seine Beine ihn tragen. Er schaut Yrsa an. Sie starrt ihm in die Augen. Ich hoffe, es ist das letzte Mal, dass ich dich sehen muss, denkt Yrsa, aber sie wendet ihren Blick nicht ab. Dann schaut Njáll Gudrun an und verschwindet im Haus seines Freundes.

Er kehrt mit Yrsas Amulett zurück.

»Ich lege es dir wieder um den Hals«, sagt er. Bevor er sich Yrsa nähern kann, stellt Avidh sich ihm in den Weg.

Yrsa schüttelt den Kopf. »Das wirst du nicht, Njáll. Du gibst es Avidh. Er wird das nachher tun. Meine Mutter will das so. Sie ist schon lange fertig mit dir, und ich auch.«

»Vielleicht doch noch ein Kampf?«, sagt Avidh und macht einen Schritt auf Njáll zu.

»Nein, nein«, sagt Njáll und gibt Avidh das Amulett.

»Ich wünsche dir alles Gute«, sagt Yrsa zu Gudrun. »Ich gehe jetzt mit Avidh zu meinem Bruder.«

Sie dreht sich um und macht sich auf den Weg. Avidh nimmt ihre Hand, und sie folgen dem Bachlauf in Richtung des Noors.

Das Hämmern aus den Schmieden wird leiser, ein frischer Wind weht all die Gerüche weg, die sie an Njáll erinnern.

»Ich kann nicht glauben, was gerade passiert ist«, sagt sie. »Ich hatte keine Ahnung. Ich will ihn nie wiedersehen«, sagt Yrsa. »Nie, nie mehr.«

»Musst du nicht«, sagt Avidh. »Dein Versprechen hat längst seine Gültigkeit verloren.«

Sie biegen auf den Uferweg ab in Richtung Süden. Es ist nicht mehr weit bis zu Fridas Haus.

»Mein Vater hat immer gesagt, man müsse zu seinem Wort stehen.«

»Ja, aber es kommt auf die Umstände an. Das hätte er später sicher auch noch erwähnt. Ich hätte Njáll gerne im Kampf besiegt.«

Sie lächelt. »Es wäre ein kurzer Kampf geworden. Und du denkst, Sjalfi will wirklich hier in Haithabu bei Frida bleiben?«, fragt sie dann.

»Ja, er klang sehr überzeugt. Wir sind ja auch noch eine Weile hier.«

»Wir werden es gleich herausfinden.«

Als sie die Türe zu Fridas Haus öffnen, schlägt ihnen ein herber Geruch entgegen. Frida und Sjalfi sitzen in der Kochecke. Sjalfi rührt in einem Topf mit einer dampfenden Brühe.

»Ich wusste es«, murmelt Avidh, wedelt den Dampf mit der Hand weg und verschwindet durch den Vorhang in den hinteren Teil des Hauses.

»Yrsa!«, ruft Sjalfi. »Ich habe etwas gekocht. Mama wäre stolz auf mich.«

»Das wäre sie ganz bestimmt«, sagt Yrsa.

Sie setzt sich auf die Bank und schaut Sjalfi zu. Frida reicht ihm ab und zu kleine Büschel mit Kräutern, und jedes Mal, wenn Sjalfi etwas in den Topf wirft, schließt er kurz die Augen und flüstert einige Worte, die Yrsa nicht versteht.

»Ich habe gehört, dass du noch ein bisschen bei Frida bleiben möchtest. Stimmt das, Sjalfi?«, sagt Yrsa nach einer Weile.

Er dreht sich um, seine Augen strahlen. »Würde das gehen, Yrsa? Bitte! Ich möchte das unbedingt. Noch lange.« Er schaut wieder auf die Brühe, rührt weiter. »Du kannst ja auch hierbleiben.«

Yrsa nickt. »Das würde ich sehr gern. Und du vermisst unser Dorf nicht?«

»Gar nicht. Hier gefällt es mir viel besser. Frida weiß so vieles, was Mama auch wusste. Und Mama wäre einverstanden.«

»Ja, ganz bestimmt. Wir müssen aber zuerst Frida fragen, ob sie das auch möchte«, sagt Yrsa.

Frida lächelt. »Ich habe mir schon lange gewünscht, einen Schüler wie Sjalfi zu haben. Und ich weiß, dass es Avidh glücklich macht, wenn du an seiner Seite bist.« Sie streicht Yrsa über den Arm. »Ich fände das sehr schön, Tochter der Katla.«

Yrsa schiebt die Zweige auf die Seite, bückt sich und kriecht durch die kleine Öffnung. Der Wald wächst dicht im Nordosten der Hochburg.

»Hier«, sagt sie. »Hier haben wir eine schöne Sicht über das Noor, und niemand sieht uns.«

Avidh setzt sich auf einen umgestürzten Stamm. »Die Aussicht ist mir gerade nicht so wichtig«, sagt er und zieht sie auf seinen Schoß.

»Es macht mich so glücklich, dass ich bleiben kann«, sagt Yrsa und lehnt sich gegen seine Brust. »Als wir das letzte Mal hier waren, habe ich befürchtet, es könnte das letzte Mal sein, dass ich dir so nahe bin.«

Avidh schüttelt den Kopf, kommt dicht an ihr Ohr und flüstert:

»Es war ganz bestimmt nicht das letzte Mal.« Er beginnt ihren Zopf zu öffnen, fährt mit den Händen durch ihre langen Haare. Sie fallen ihr auf den Rücken bis über die Taille.

»Hm, bist du sicher, dass es nicht das letzte Mal war?«, sagt sie. Sie steht auf und setzt sich umgekehrt auf seinen Schoß. Sie will ihn anschauen.

»Bin ich«, sagt er, »ich habe Gunnar heute gesehen. Er hat gesagt, du hast gut gekämpft.«

»Ich habe nicht nachgedacht, ich wollte einfach nur euer Leben retten.«

»Ich habe Gunnar geantwortet, du würdest gerne wieder mit auf den Hof kommen.«

»Ja, das würde ich so gern. Und was hat er gesagt?«

»Er findet es eine gute Idee.«

»Meinst du, ich könnte mit euch reisen? Das wäre ... unglaublich.«

Avidh nickt. »Aber du musst noch viel üben, damit du auch gegen schwierigere Gegner als Ingvar, der mit dem Messer fuchtelt, bestehen kannst.« Er grinst.

»Haha«, sagt Yrsa, »das habe ich schon. Aber ich werde viel üben.«

»Das ist gut«, sagt Avidh. »Dann werden wir Seite an Seite kämpfen. Du und ich.«

»Ja. Du und ich. Das klingt sehr schön«, sagt Yrsa. »Vielleicht in Dorestad, da wollte ich schon lange einmal hin.«

»Ich würde sehr gern mit dir in die Ferne ziehen. Aber du musst dir bewusst sein, dass es eine schwierige Reise wird. So viel ist passiert im letzten Sommer. Und«, er holt tief Luft, »dieses Mal muss alles besser laufen.«

»Das macht mir nichts aus.«

Avidh streicht ihr mit der Hand über das Gesicht. »Ich weiß

keine Wörter für die Liebe«, sagt er. »Ich weiß nur, wie es sich anfühlt, wenn ich dir nahe sein möchte und dieser Wunsch immer stärker wird. Tief in mir sitzt die Einsamkeit. Seit Langem. Sie verschwindet nicht. Aber jetzt ist da auch diese Sehnsucht. Sehnsucht nach dir, nach deiner Nähe. Mit dir möchte ich zusammen sein.«

Er legt seine Arme um sie, und sie hält ihn fest. »Ich habe den Gedanken nicht ertragen, dass Ingvar dir etwas antut«, flüstert sie ihm ins Ohr. »Es war so grauenvoll. Aber ich wusste schon davor, dass du mir sehr viel bedeutest. Ich habe noch nie für einen Mann empfunden, was ich für dich fühle.«

Avidh schlingt seine Arme noch enger um sie, streicht ihr über den Rücken, den Hinterkopf, nimmt ihr Gesicht in beide Hände und küsst sie lange. Dann sagt er: »Ich habe hier noch etwas Wichtiges, das dir gehört.« Er zieht das Amulett ihrer Mutter aus dem Lederbeutel an seinem Gürtel.

»Es bedeutet mir sehr viel«, sagt Yrsa, »dass ich es von dir zurückbekomme.« Sie streichelt über Avidhs Hand, in der er das Schmuckstück hält. »Ich weiß, dass meine Mutter dich sehr gemocht hätte.«

Avidh legt ihr das Amulett um den Hals und verknotet das Lederband. Sie küsst ihn, will nicht aufhören, ihn zu küssen. Das Amulett fühlt sich warm an auf ihrer Brust, und irgendwo im Baumwipfel krächzt eine Krähe.

Nachwort zum historischen Hintergrund

Yrsas Geschichte ist fiktiv, doch sie spielt vor einem realen historischen Hintergrund. Der Norden des heutigen Schleswig-Holsteins war im neunten Jahrhundert Wikingergebiet. Als »Zeitalter der Wikinger« gelten die Jahrhunderte von rund 750 bis 1050. Mit ihren Reisen prägten die Wikinger die Geschichte Europas im Frühmittelalter entscheidend mit.

Die Menschen nannten sich damals selbst nicht so. »Wikinger« war im Altnordischen eine Berufsbezeichnung und hieß so viel wie Seeräuber. Wenn Avidh, Leif und Gunnars Männer auf Raubzug gehen, passt dieser Begriff. Doch die große Mehrheit der Bevölkerung lebte von Landwirtschaft, Fischerei und Handwerk und wäre irritiert gewesen, hätte man sie Wikinger genannt. Ihre Reisen unternahmen die Männer und Frauen aus dem Norden zudem nicht nur, um zu rauben, sondern sie betrieben auch regen Handel. Sie bauten ein weitverzweigtes Handelsnetz auf, das von Grönland bis Istanbul reichte. Den amerikanischen Kontinent entdeckten sie fünfhundert Jahre vor Kolumbus.

Wie sie sich selbst bezeichneten, wissen wir leider nicht. Sie hinterließen kaum schriftliche Quellen, sondern lebten in einer Kultur der mündlichen Überlieferungen. Abends am Feuer erzählten sie wie Torbjörn über Generationen hinweg Geschichten, in den Methallen und Gasthäusern gab es Wettstreite, wer die besten Verse dichtete.

Trotzdem hatten die Wikinger eine Schrift: die Runen. Der Ursprung dieser Zeichen geht weit zurück, bis mindestens ins 2. Jahrhundert unserer Zeitrechnung. Überlebt haben die Runen vor allem als Inschriften auf Steinen. Die Wikinger schrieben im Alltag aber vermutlich auch Botschaften, die sie zum Beispiel in Holz ritzten, so wie die Drohungen, die Frida bekommt. Einige wenige Exemplare haben die Jahrhunderte überdauert. In Norwegen fand man ein kleines Holzstück, auf dem im 11. Jahrhundert irgendjemand die Botschaft »Küss mich« einritzte.

Die schriftlichen Quellen zu den Wikingern haben größtenteils die Opfer ihrer Überfälle verfasst, etwa Mönche, deren Klöster ausgeraubt wurden. Ihre Berichte erzählen von der Gewalt und dem Schrecken dieser Ereignisse. Die Chronisten hatten ein Interesse daran, alles möglichst dramatisch zu schildern. So konnte man sich vom Vorwurf freisprechen, sich schlecht verteidigt zu haben. Aus zwei Schiffen machten sie zwanzig oder gar zweihundert, was die Erforschung heute erschwert. Auch wurden nicht alle Berichte von Augenzeugen geschrieben, bisweilen erzählt ein Chronist nur vom Hörensagen.

Manches lässt sich heute mit archäologischen Funden korrigieren: beispielsweise wenn die Quellen berichten, dass die Wikinger einen Ort niederbrannten und es in den Bodenschichten keine Brandspuren gibt. Die Archäologie ist sowieso eine wichtige Quelle zum Alltag und zu der Kultur der Menschen in der damaligen Zeit. Wir wissen sehr wenig darüber, wie die Wikinger lebten und dachten. Viele Funde stammen jedoch aus Grabbeigaben, und wie sich Grabbeigaben deuten lassen, darüber kann man lange streiten. Eine der gängigen Interpretationen lautet: Man gab den Menschen Gegenstände mit, die ihnen zu Lebzeiten wichtig waren. Doch sicher ist das nicht.

Das Beispiel der Kleidung zeigt diese Schwierigkeit: Was wir darüber wissen, stammt, abgesehen von einzelnen Stofffetzen, aus Gräbern. Doch es ist nicht überliefert, ob man die Menschen damals in Alltagskleidern beerdigte oder ob es besondere Regeln gab, wie man Tote einkleidete.

Auch Waffenfunde haben in den letzten Jahren für hitzige Debatten gesorgt. Im schwedischen Birka stießen Forscher vor 145 Jahren auf das Grab eines Wikingerkriegers. Begraben war der Tote mit einem Waffenarsenal. Lange nahm man an, dass es sich um die letzte Ruhestätte eines mächtigen Mannes handle. Vor einigen Jahren kam die große Überraschung. Eine DNA-Analyse der Knochen zeigte zweifelsfrei: Der Krieger im Grab Bj.581 war eine Frau. Und es gibt noch weitere Gräber, in denen Frauen mit Waffen lagen.

Längst nicht bei allen Funden sind noch Knochen vorhanden. Früher deutete man ein Grab mit Waffen als Männergrab, ein Grab mit Webutensilien als Frauengrab, selbst wenn man nicht wusste, wer wirklich darin beerdigt wurde. Die aktuellen Methoden der Archäologie erlauben genauere Analysen und neue Erkenntnisse.

Heute nehmen die meisten Forschenden an, dass es Kriegerinnen wie Yrsa gab, dass sie aber nicht allzu zahlreich waren. Auch in der nordischen Mythologie und Sagenwelt ist die Vorstellung, dass Frauen kämpfen, vorhanden. Die Frauen mussten sich dazu nicht als Männer ausgeben. Trotzdem trugen sie kaum lange Kleider, beim Kämpfen ist das nicht sehr praktisch. Auch war es wohl nicht immer einfach, sich als Frau in einer Welt der Waffen und Männer zu behaupten.

Ihren Ehemann konnten Frauen meist nicht selbst aussuchen. Das Heiratsalter lag bei vierzehn, fünfzehn Jahren. Einflussreiche

Männer lebten oftmals mit mehreren Ehefrauen. Trotzdem hatten die Wikingerinnen mehr Rechte als Frauen in anderen mittelalterlichen Gesellschaften. Sie konnten erben, Land besitzen, sich scheiden lassen und ihren Aufenthaltsort bestimmen. Wohlhabende Frauen leiteten oftmals die Höfe, vor allem wenn ihre Männer zur See fuhren. Studien zeigen, dass Frauen ähnlich gut genährt waren wie Männer. Das war in anderen zeitgenössischen Kulturen nicht immer so. All das galt jedoch nur für freie Frauen und nicht für Sklavinnen.

Gunnars Kämpfergemeinschaft, zu der Avidh gehört, plant einen Raubzug auf die Stadt Dorestad im fränkischen Reich. Dorestad war im neunten Jahrhundert eine bedeutende Handelsstadt und lag in den heutigen Niederlanden. Der Überfall im Jahr 834 hat tatsächlich stattgefunden, Dorestad wurde in den Jahren 834 bis 837 jeden Sommer Opfer von Wikingerüberfällen. In der ersten Hälfte des neunten Jahrhunderts fanden diese Raubzüge in kleineren Gruppen mit nur wenigen Schiffen statt. Erst in der zweiten Hälfte des neunten Jahrhunderts schlossen sich die Wikinger zu größeren Gruppen zusammen, wie beispielsweise zu der berühmten Belagerung von Paris im Jahr 885 oder mit der »Viking Great Army«, die ab 865 Teile Großbritanniens eroberte.

Die Stadt Haithabu (heute Schleswig), in der ein Teil von Yrsas Geschichte spielt, war Anfang des neunten Jahrhunderts eine wichtige Stadt und ein Zentrum des Handels. Haithabu lag an der kürzesten Verbindung zwischen Nord- und Ostsee, wollte man nicht um das ganze heutige Dänemark segeln. Über die Flüsse Eider und Treene erreichten die Schiffe von der Nordsee die Stadt Hollingstedt. Von dort waren es rund 18 Kilometer mit dem Ochsenwagen, dann luden die Händler ihre Waren wieder auf Schiffe und reisten über die Schlei bis zur Ostsee.

Die spirituelle und magische Welt der Wikinger war lebendig und vielfältig. Lange hat man versucht, diese Welt nach den Grundsätzen des Christentums zu erklären. Anstatt eines Gottes habe es einfach viele Götter und Göttinnen gegeben. Doch die Unterschiede gehen viel tiefer. Es war für die Menschen damals, anders als heute, keine Frage, ob man glaubte oder nicht. Das Spirituelle gehörte selbstverständlich zur Sicht auf die Welt, und die Menschen teilten sich ihre Umgebung mit Wesen wie Elfen, Geistern, Zwergen oder Trollen. Oder wie es der Wikingerexperte Neil Price einst formulierte: »Unsere heutige Welt fänden die Wikinger sehr langweilig.« Die spirituellen Wesen spielten im Alltag der Menschen vermutlich sogar eine wichtigere Rolle als die Götter und Göttinnen. Wer eine Bitte hatte oder Schutz suchte, der legte der Elfe etwas auf den Opferstein.

Die Verbindung zur spirituellen Welt lief im Alltag über die Magie, und Magie war Frauensache. Das verlieh den Frauen Macht. So gab es einflussreiche Seherinnen, wie es Frida oder Katla sind. Weil die Zauberei eine wichtige Stellung versprach, versuchten sich auch Männer auf diesem Gebiet, doch sie hatten es schwer und wurden wie Ingvar teilweise als unmännlich beschimpft. Mit der Christianisierung verloren die Frauen diese Macht und wurden von allen religiösen Ämtern ausgeschlossen.

Die Wikinger glaubten, dass das Wesen des Menschen aus vier Elementen besteht. Eines davon ist die Fylgja, eine Art Beschützerin und Verbindung zu den Ahnen, die Yrsa in der Geschichte mehrmals erscheint.

Thor, Odin, Freyja oder Loki haben heute auch dank der Marvel-Filme einen prominenten Platz in der Populärkultur. Doch wir wissen viel weniger über diese Gottheiten, als es oftmals den Anschein hat. Die schriftlichen Quellen, die von ihnen erzählen, stammen nicht aus der Wikingerzeit, sondern wurden erst Jahrhunderte später von christlichen Autoren aufgeschrieben. Diese Texte sind eine späte Momentaufnahme eines ursprünglich dynamischen Weltbildes.

Die »Prosa Edda« beispielsweise hat der Isländer Snorri Sturluson zwischen 1220 und 1230 verfasst, also fast vierhundert Jahre nach jener Zeit, in der Yrsas Geschichte spielt. Deshalb gibt es viele Diskussionen darum, als wie authentisch die Schilderungen gelten können, gerade weil sie von Autoren stammen, die einen anderen Glauben hatten. Das Gleiche gilt für die Isländersagas, die für uns heute eine faszinierende Lektüre sind, aber ebenfalls erst Jahrhunderte später niedergeschrieben wurden.

Auch die Versdichtungen der »Poetischen Edda« wurden erst nach Ende der Wikingerzeit von christlichen Autoren festgehalten, obwohl sie unsere wichtigste Quelle für die nordische Mythologie und Götterwelt sind. Aus welcher Zeit die Originale stammen, wissen wir nicht und auch nicht, wer die Autoren oder Autorinnen waren. Ursprünglich verfasst haben sie vielleicht tatsächlich Menschen in der Wikingerzeit, aber wie sie sich danach verändert haben, ist unklar. Die Gedichte sind für uns heute nicht leicht zu interpretieren.

Auch ist leider nicht bekannt, in welcher Zeit die Versdichtung um die mutige Hervor, ihren Vater Angantýr und das Zauberschwert Tyrfing entstand, die Yrsa ein Vorbild sind. Eine einfach zu lesende englische Übersetzung mit dem Titel »Hervor and Heidrek« hat der Amerikaner Jackson Crawford in »Two Sagas of Mythical Heroes« herausgegeben.

Wer sich heute mit den Wikingern beschäftigt, der ist auch mit der Rassenideologie des 19. und 20. Jahrhunderts konfrontiert. Die Nationalsozialisten schufen ein Bild von den Wikingern, das nichts mit den historischen Realitäten zu tun hat, sondern ihr eigenes rassistisches Weltbild spiegelt. Trotzdem beziehen sich Rechtsextreme noch heute auf diese Konstrukte. Den Begriff »Rasse« gab es im Mittelalter nicht, auch keine Nationalstaaten im heutigen Sinn.

Das Bild, das die historischen Quellen von den Wikingern zeichnen, ist ein ganz anderes: Ihre Welt war bunt und vielfältig, sie erscheinen als weltoffene Menschen, in ihren Handelszentren wie Haithabu lebten Personen verschiedenster Herkunft zusammen. Schließlich reisten die Wikinger in die Gebiete von rund vierzig heutigen Ländern.

Je mehr wir über die Wikinger erfahren, umso klarer wird, wie stark sich ihre Welt von der unseren unterschied. Das illustriert ein wichtiger und rätselhafter Fund, dessen Erforschung noch im Gang ist. 2008 stießen Archäologen im estnischen Salme auf ein imposantes Bootsgrab aus dem achten Jahrhundert. 34 Männer lagen in einem 17 Meter langen Schiff beerdigt. Ihre Körper waren mit prunkvollen Schwertern, Pfeilen, Speeren und mehr als 250 Spielsteinen bedeckt. Manche Männer hielten Enten im Arm, andere hatten Fische auf den Hüften oder bergeweise Rind- und Schweinefleisch auf der Brust, überall waren zerstückelte Nutztiere, Raubvögel und Hunde verstreut. Auf dem Mann mit dem wertvollsten Schwert lagen keine Spielsteine, ihm steckte die Königsfigur im Mund. Niemand weiß, was das alles so genau zu bedeuten hat. Aber Schilderungen von Zeitgenossen aus anderen Kulturen berichten davon, dass Begräbnisse bei den Wikingern tagelange Ereignisse waren.

Sehr fremd ist uns heute auch ein weiterer Aspekt der Wikingerzeit, der für die Menschen damals selbstverständlich war. Die Sklaverei war ein fester Bestandteil des Wirtschaftssystems. Vor allem auf ihren Raubzügen nahmen die Wikinger viele Gefangene, die sie auf Märkten verkauften und die dann unter prekären Bedingungen für ihre Besitzer schuften mussten.

Ich bin Historikerin und habe viel wissenschaftliche Literatur über die Zeit der Wikinger gelesen. Trotzdem ist es heute mit einem Abstand von 1200 Jahren schwierig, sich vorzustellen, wie die Menschen im neunten Jahrhundert gedacht und gefühlt haben. Ich habe versucht, aktuelle Forschungen wo immer möglich in Yrsas Geschichte einfließen zu lassen. Bei den vielen Dingen, die man nicht genau weiß, habe ich im Sinne der Geschichte und der Spannung entschieden. Trotzdem ist vieles an Yrsas Geschichte auch modern. Denn ein historischer Roman soll zwar die fiktive Reise in eine ferne Zeit ermöglichen, aber er soll auch gut unterhalten.

Wer mehr über die Lebenswelt der Wikinger erfahren möchte, dem empfehle ich das sehr gelungene Buch des Archäologen und Wikingerexperten Neil Price. Es heißt im Original »The Children of Ash and Elm« und ist auf Deutsch als »Die wahre Geschichte der Wikinger« erhältlich. Das bisher nur auf Englisch erhältliche »The Viking Way« von Price und der kürzlich erschienene Sammelband »The Norse Sorceress«, herausgegeben von Leszek Gardela, Sophie Bønding und Peter Pentz, bieten einen wissenschaftlichen Einblick in die magische Welt der Wikinger.

Viele spannende Informationen zu den Überfällen der Wikinger auf Dorestad findet man im Buch »Monarchs and Hydrarchs« des Historikers Christian Cooijmans.

Sehr empfehlen kann ich auch einen Besuch in Haithabu, wo heute ein Museum mit einigen rekonstruierten Häusern aus der Wikingerzeit steht, geleitet wird es vom Wikingerexperten und Archäologen Matthias Toplak. Haithabu gehört seit 2018 zum UNESCO-Weltkulturerbe.

Dank der Autorin

Verschiedene Menschen haben Wichtiges dazu beigetragen, dass ich dieses Buch schreiben konnte. Ich möchte sie hier in der Reihenfolge der Entstehungsgeschichte des Texts nennen:

Der erste und wichtigste Dank geht von Herzen an meinen Sohn Thierry. Er hat von Anfang an daran geglaubt, dass Yrsas Geschichte einst als Buch in einer Buchhandlung liegen wird, lange bevor ich das selbst für möglich gehalten habe. Thierry war mein erster Leser. Dass er immer weiterlesen wollte, selbst wenn es noch nicht viel zum Lesen gab, hat mich sehr ermutigt und bedeutet mir unglaublich viel.

Ein riesengroßer Dank geht auch an meine beste Freundin Nadja. Sie hat Yrsas Geschichte früh begleitet, sich durch erste Versionen gekämpft und mir wertvolle Leseeindrücke geschildert.

Auch meiner lieben Freundin Katharina möchte ich ganz herzlich danken. Mit ihrer langen Leseerfahrung und einem professionellen Blick hat sie mir entscheidende Inputs gegeben.

Wertvoll war es, Testleserinnen zu haben, die in einem ähnlichen Alter wie Yrsa sind: Mein Dank gilt Emilie. Ihr Feedback war für mich interessant, auch weil sie eine erfahrene Leserin von New-Adult-Titeln ist. Ein herzlicher Dank auch an Marietta und Ella.

Sehr dankbar bin ich meiner Schwester Patricia, die mir mit ihrem Talent für kurze Verkaufstexte in entscheidenden Momenten geholfen hat, genauso wie meiner Schwester Verena, die mich immer unterstützt hat.

Danken möchte ich dem Dozenten Martin Hielscher und der Jahresklasse der Textmanufaktur. Ihre Anregungen zu Yrsas Geschichte haben mich sehr inspiriert (und dass sie unbedingt »Wikinger-Romance« lesen wollten, hat mir gut gefallen).

Auch meiner Chefin Anke danke ich, dass sie mir unbezahlten Urlaub bewilligt hat, als ich ihn dringend gebraucht habe.

Für seine Hilfsbereitschaft bedanke ich mich bei dem Historiker Christian Cooijmans, der mir alle Fragen zu Dorestad geduldig beantwortet hat. Vor allem auch für den zweiten Band von Yrsas Geschichte, der 2025 erscheinen wird, sind Cooijmans Forschungen sehr wichtig.

Danke sagen möchte ich zudem der Dramaturgie-Expertin Katrin Opatz. Mit ihrer Expertise hat sie mir zu einer Rohversion dieses Textes wichtige Inputs gegeben.

Ganz besonders danken möchte ich meiner Agentin Franka Zastrow von der Agentur Thomas Schlück. Ihre schnelle Begeisterung für Yrsas Geschichte hat mir sehr viel bedeutet, und ich war beeindruckt, wie rasch sie einen tollen Verlag für Yrsa gefunden hat.

Ein riesengroßer Dank geht auch an die Programmleiterin Wiebke Bolliger vom Ullstein Verlag. Es hat mich außerordentlich gefreut, dass sie Yrsas Geschichte so gern gelesen und sich für das Buch eingesetzt hat. Ein herzlicher Dank an das ganze Team des Ullstein Verlags.

Ich habe zum ersten Mal mit einem professionellen Lektor zusammengearbeitet, und besser hätte es nicht laufen können. Ich möchte Carlos Westerkamp sehr herzlich danken. Er hat Yrsas Geschichte mit seinem scharfen Blick, der langjährigen Erfahrung und viel Einfühlungsvermögen ganz entscheidend verbessert.

Sehr dankbar bin ich auch allen mir unbekannten Leserinnen und Lesern, die in Yrsas Geschichte eintauchen. Falls das Buch gute Unterhaltung und eine spannende Reise in die Vergangenheit bietet, dann macht mich das sehr glücklich.